泉鏡花素描

吉田昌志

和泉書院

泉鏡花素描　目次

凡例

【鏡花作品の初出・刊記】

詳細は、田中励儀氏編「著作目録」、須田千里氏編「単行本書誌」（岩波書店版『新編泉鏡花集』別巻二、平18・1・20）に委ね、発表・発行の年月のみを記した。

【全集】

岩波書店版『鏡花全集』は左記の通り、三刷まで刊行されている。

鏡花作品の本文の引用は三刷に拠ったが、その収録巻数のみを示し、刊行年月日の記載を省いた場合が多い。別巻は、二刷に付いたもの、これに「拾遺」を加える三刷に付いたもの、二種があるが、必要に応じて「別巻（一刷）」「別巻（二刷）」とした。

一刷→昭15・3・25—昭17・11・15
二刷→昭48・11・20—昭51・3・26
三刷→昭61・9・3—平1・1・10

本文引用を初出・単行本に拠った場合は、そのつど断った。なお、全集附録の「鏡花全集月報」は、刊記から区別ができると考え、一刷、二刷の表記を省いた。

【原文の引用】

かなづかいは原文のまま、字体はおおむね現行印刷文字に改め、読解に必要と思われる振りがなを残した。傍点・圏点等の扱いについては、引用文末に注記した。

引用文中の（…）は中略、／は改行、〔 〕内は引用者の補足、をそれぞれ示し、原文の誤記誤植を［ ］内に補正した場合がある。

【自筆年譜】

文中の「自筆年譜」は、特に断らないかぎり、改造社版「現代日本文学全集」第十四編『泉鏡花集』（昭3・9・1）の「年譜」をいう。

【文中の年齢】

すべて数え歳とし、満年齢を示す場合はそのつど断った。

【雑誌名の表記】

次の雑誌は、誌名を略記した。

春陽堂発行「新小説 臨時増刊 天才泉鏡花」
→「新小説 天才泉鏡花」
至文堂発行「国文学 解釈と鑑賞」→「解釈と鑑賞」
學燈社発行「國文學解釈と教材の研究」→「国文学」

【論文の初出】

それぞれの文末に記し、初出題と異なる場合は注記した。

＊泉鏡花の作品中には、今日の人権意識に鑑みて不適切な社会的差別にかかわる表現・語句がみられる。本書では、歴史的事実を正確に捉え、差別を克服してゆくことが重要な課題であるという認識のもとに、原文のまま引用することとした。

1　泉鏡花素描

鏡花の誕生

　明治六年十一月四日、加賀国金沢新町に生る。父の名は清次、政光とて金属の彫師なり。母の名は鈴、江戸下谷の出生、葛野流の鼓打、中田氏の女にて、能楽師松本金太郎の小妹なり。十八の年東京に来たり、翌年十月、はじめて故紅葉先生の門人たることを得たり。ただ是のみ。

右は、鏡花泉鏡太郎が自記したもののうち最も早い年譜（博文館版『鏡花叢書』の「自序」明44・4）の全文であるが、清次（三十二歳）、鈴（二十歳）の夫妻が男児を授かった明治六（一八七二）年当時の金沢は、維新による瓦解で衰微し、清次の家業の加賀象嵌、鈴の血筋の能楽、ともに藩政時代の手厚い保護を失って危機に瀕していた。

　鏡花文学の基盤を説く際に、加賀百万石の文化的あるいは美的な伝統に触れるのを常とするが、そうした伝統の最も衰頽していた時の金沢に鏡花は生れたのであり、当地で彼が伝統を享ける機会と可能性は、盛時に比して著しくせばめられていた。であればこそ、鏡太郎は長男にもかかわらず、彫金師の父の業を継ぐことを得なかったのだし、また続いて生れた二人の妹、他賀（明治十年生）とやゑ（明治十五年生）が、ともに他家に養女となって泉家を出なければならなかったのである。

　末の妹やゑの誕生は、すなわち母鈴との永訣であった。十歳のおりの母の死（明治十五年十二月二十四日）は、やがて鏡花文学のモティーフの核心となり、さまざまな変奏を伴いつつ、豊かな作品世界を湧出する水源となるが、この決定的な喪失を創作へと転化するために、書物を通しての文芸との出会いが糧となったことはいうまでもない。後年の談話「いろ扱ひ」（明34・1）に語るところの、幼時期の母の絵解きによる草双紙、文字を覚えてからの読本、さらに軍記軍談へと進み、長じて同時代の文学へ、という読書体験は、当時にあっては決して特殊なものではないが、鏡花において顕著なのは、幼時期に受容した本邦近世芸文の物語性や様式美を、同時代文学の手本たる西欧の近代文芸と引換えるのではなく、すすんで自らの創作の源泉とした点にある。当代のほとんどの作家が前代文芸との断絶によって文学を始めたのに対し、鏡花は近世との接続にその基軸を据えたのであった。

こうした「江戸」との紐帯は、下谷生れの母鈴の喪失と絡まりあって、より強度を増した。江戸を見棄てることは母の否定を意味するからだ。北陸英和学校を中退、上級学校（第四高等中学校）の受験に失敗した後の明治二十三（一八九〇）年十月の上京は、むろん未知の土地への不安もあったろうが、母の生地に赴く期待もまた大きかったはずである。

とはいえ、上京後ただちに崇敬する尾崎紅葉の門を敲きかね、湯島から麻布、浅草、神田、本郷、鎌倉等を転々、「巷に迷ひ、下宿を追はれ、半歳に居を移すこと十三四次」（自筆「年譜」改造社版「現代日本文学全集」第14編『泉鏡花集』昭3・9。以下「自筆年譜」はこれをさす）に及ぶ放浪生活を送らねばならなかった。この貧窮彷徨の一年は、虐げられ、悲惨な生活を強いられる人々の側から社会を見つめ、その悲境に深い同情を寄せる、という鏡花文学の基本的な立場の確立に与って力があった。

上京から一年を経た明治二十四（一八九一）年十月、ようやく伝手を得て牛込横寺町を訪ねたとき、紅葉は鏡花より五歳の年長に過ぎなかったが、「我楽多文庫」創刊から四年後の『二人比丘尼色懺悔』（明22・4）を出世作とし、当代幸田露伴とともに「紅露時代」を謳われる文壇の大家だった。鏡花をその最初の内弟子としたのは、おそらく牙彫の名人谷斎を父とし、母庸と六歳で死別していた紅葉が、同じ職人の父を持ち、母を早くに喪った鏡花への同情を深くしたからにちがいない。

紅葉膝下での文学修業は、鏡花の後に入門した弟子（小栗風葉、徳田秋聲、柳川春葉ら）とともに、玄関番としての諸事の合間に書いた習作の添削を乞うかたちで行われたが、北陸から上京した二十歳前の青年にとっては、紅葉宅での立居振舞のすべてが修業であったし、また峻厳を極めたといわれる紅葉の教導は、日常のみならず、実家の焼失（二十五年十一月）、脚気（二十六年八月）、父清次の逝去（二十七年一月）等、入門後相次いで見舞われた弟子の危難の際に最もよく発揮され、余儀なく帰郷した失意の鏡花を物心両面から支えて、文学の業を継続せしめた。死への誘引と死の淵からの救済との間を振幅する「聾の一心」（明28・1）や「鐘声夜半録」（同・7）など、「第二の父」たる紅葉の督励を受けて成った諸作の執筆を通して、鏡花はしだいに危地を脱しつつ、「母」の主題を発見する方途を模索してゆくのである。

鏡花の登場

泉鏡花子は所謂新進気鋭の作家なり。昨は紅葉門下の一なにがし、今は歴々の少壮作者、其想は遥に近欧の最新思想に連り、其文も亦一種得易からざるの気概を含む。『夜行巡査』に於て其想の奇険なるに驚きし読者は、『外科室』を読むで、悲哀の喉を扼する如きを覚ゆ可し。（「小説界の新傾向」「帝国文学」明28・8）

この文は、日清戦後の文壇に鏡花の登場を迎えた印象を端的に伝えている。明治二十五（一八九二）年の処女作「冠弥左衛門（かんむりやざえもん）」の二年後には、「なにがし」名義で「読売新聞」へ「予備兵」「義血侠血」を発表、その翌年二十八年には、創刊まもない博文館「文芸倶楽部」の檜舞台へ、職務に殉じて己の恋愛を犠牲にした巡査の死を描く「夜行巡査」（四月）、一瞬の出会いで永遠の恋人となった人妻と医学士、その結ばれぬ恋の解決を死に求めた「外科室」（六月）の問題作を相ついで公にし、川上眉山の諸作とともに、「観念小説」の名を与えられた。右文中「其想は遥に近欧の最新思想に連り」は、今から見ればいささか当を失しているが、師の紅葉が日清戦前に示した硯友社文学の枠を超える「想」の新しさは、当時の評家に「近欧の最新思想」との連繫を思わせるに充分だったのである。

明治二十八年から二十九年初めにかけての観念小説の中には、義務や職務などの「観念」ゆえに、死に至る主人公が執拗に描かれているが、その破滅を必然とする社会への批判的視点を獲得しえたのは、義務や職務の遂行を通して行われる現実への参加を拒まれた鏡花の内面の葛藤が存していたからである。その葛藤は、父の死によって生じた窮迫のなかで、個としての自立を果すべく、義務や規範に代表される父性的な社会原理の前に自己を対置することに発していた。「人に義務といへるものさへなからむには世はなほ無事に送らるべきなり、然れども人生未だ必ずしも義務なくむばあらず、従ふて責任なくむばあらず」という「義血俠血」（再稿）の一節がそれを証している。この「義血俠血」はじめ、父の訃に接して帰郷、金沢から東京の紅葉へ送った初期作品群には、社会通念を受け容れて義務を完うする人間の賞揚と、これを果さずして現実から逃れようとする死への傾斜とが混淆している。郷里で生と死との間を振幅しつつ作品を書き続けていた日清戦中は、青年鏡花の存亡がきわまった時代であり、彼は紅葉の激励を支えによくこの危難を凌ぎ、戦後の文壇において、義務に情を対置させ、現世での敗北によって情を純化せんとする方向に進み出る。

「外科室」の発想を支える評論「愛と婚姻」（明28・5）での不毛な婚姻制度の糾弾が「他人之妻」のモティーフと絡み合い、人妻お貞と彼女を亡き姉のごとく慕う少年芳之助の関係に具体化されたのが「化銀杏」（明29・2）であり、この作を転機として、年上の美しい女二人に愛される、母のいない少年の遍歴が、「一之巻」（同・5）より「誓之巻」（明30・1）に至る連作と「照葉狂言」（明29・11—12）に定着された。「一之巻」とは紅葉が与えた題名で、鏡花のつけた初題が「情懐自伝」であったという事実は、この連作のモティーフが、幼時期への回帰を通してみずからの原体験へと向っていたことを明確にものがたっていよう。

先に述べたように、観念小説群が父の死を契機とし、社会・現実への関わりを強いられた鏡花の内面の葛藤から生れてきたとすれば、「誓之巻」連作、「照葉狂言」に始まる回帰は、葛藤の生じる以前の、母喪失の原点に立戻ることを意味していた。いわば父から母へ、苛酷な現実から至福の過去への転換であり、彼を社会原理や常識から解き放つ場の形成でもあった。それは生涯における取返しのつかぬ喪失であることによって、母を索める殉情の永遠を保証するので、作中の少年は社会との関わりにおいて成長することを避け、年上の女性の庇護を受けつつ、稚き（いとけな）ものの純情、無垢を体現してゆくのである。加えて、文体も同時代の森鷗外や樋口一葉のそれの摂取により、観念小説期の詰屈がしだいに矯められ、哀感を伴う抒情の獲得に与って力があった。

花柳物の開拓と深川の発見

一連の回憶文学に観念小説からの転回を果した鏡花は、すすんで「風流蝶花形」（明30・6）を皮切りに、遊女、芸妓を主人公とする花柳ものの開拓へとおもむき、自身の小説技法をさらに練磨してゆく。この推移は、一見硯友社風の文学への後退とも映るが、それを現実に対する情の優先において表現したところに彼の花柳もの独特の位相が認められる。

「通夜物語」（明32・4―5）は、結構からすれば、遊女丁山の念晴しや強請（ゆすり）が、情人に達引くための彼女の自刃によって凄惨な血の場に変ずる、きわめて近世（演劇）的な世界であるが、それを単なる趣向から救っているのは、世俗の権威への反発の激しさと対話の迫真とであり、丁山の心意気に感ずる作者の同情に裏打ちされて、一篇の悲劇性を際立たせている。結末丁山の自刃は、かつての「外科室」のそれを思わせはするものの、人物の布置と劇的場面の構成法は、長足の進歩を遂げているといってよい。同年書下しの「湯島詣」（明32・11）は、のちに夫人となる伊藤すずとの出会いを一契機とし、文学士が数寄屋町の芸妓と投身する悲恋を描く。将来の望みある学士に俗世間の貶む芸妓との愛を全うさせることによって、あどけない蝶吉の薄命可憐の高唱に成功しており、当時の評家からは写実の進展を認められた。前二作が現実世界の悲劇に終始しているのに対し、三十四（一九〇一）年四月の「註文帳」では、雪の吉原の情趣を背景に、剃刀紛失の怪を発端として、遊女の亡霊が無理心中で生残った男の甥を殺める怪異が語られ、花柳風俗の描写に止まらぬ、夢幻的要素の導入をもって、鏡花世界の輪廓をよりいっそう鮮明なものとした。

　三十年代前半の花柳ものへの進出は、かように怪異を融合させた鏡花風悲劇の完成に至る道程として捉えることができるとともに、花柳もののいくつかを含みながら展開された、いわゆる「深川もの」の系譜にも注意を払う必要がある。その嚆矢「辰巳巷談」（明31・2）は、題名に当地が示されていることからも明らかなごとく、もと深川洲崎の遊女胡蝶いまはお君と、彼女を慕う少年鼎の悲恋が眼目だが、加えて、お君を横恋慕する宗平の自棄、鼎の母沖津の苦衷が描き込まれ、人物造型に一段と幅の拡がりを見せている。この作には硯友社の先輩作家広津柳浪の影響も認められるというが、つづく「葛飾砂子」（明33・11）では、富岡門前三味線屋の一人娘の入水と救済が、水の深川を舞台に描かれ、伝統に殉じる人間への讃仰と江戸情調の取込みがいっそう推し進められた。

　しかし、鏡花にとっての深川は江戸情緒をのみ求める土地ではなかったので、「葛飾砂子」に先立つ「三尺角」（明32・1）では、近代都市の文明化の過程で取残され、「風土の喪に服して居る」かのような深川に「土地の末路を示す、滅亡の兆」を見出しつつ、病んだ風土を再生させるべく、材木小屋で巨木を曳く少年与吉に、深山幽谷を幻視させている。この風土や景観からの想像力の喚起による鏡花独自の深川の発見が一時のものではなく、彼の心性に深く根ざしていたことは、「木精（こだま）」（ノチ「三尺角拾遺」明34・6）、「歌仙彫」（明45・7）、大正に入っての「五大力」（大2・1）、「第二菎蒻本」（大3・1）から大作「芍薬（しゃくやく）の歌」（大7・7―12）へと続く諸作に就いてみれば、なお明らかであろう。

かくして明治三十年代の鏡花は、失われた風俗、伝統的な情緒をすすんで摂取し、小説技法の充実を得て、これを美的な世界へ再生させることにより、「露伴隠れ、紅葉衰へ、柳浪又振はず、今後の小説壇は鏡花風葉二子の有に帰せんとす。」（「帝国文学」明33・9）とまで評されるに至った。時代の担い手は、紅葉からその弟子の世代へと確実に推移していたのである。

「高野聖」の出現

森鷗外の「灰燼」（「三田文学」明44・10—大1・12）に、主人公山口節蔵が鏡花崇拝の三田（慶應義塾）の学生から、「鏡花の賛否」を訊かれて「無造做」に、「鏡花は今丁度第一の詩人と云はれる時が来てゐるのだ。」と応える一節があるのはつとに知られているが、この「第一の詩人」の評価を決定づけたのは、明治三十三（一九〇〇）年二月の「高野聖」の出現である。

冬の敦賀で同宿となった旅僧宗朝が、若き日の夏の山越えの体験を「私」に物語る、という形式の中に、山中の孤家の美女の妖しい魔性が描かれるこの作には、中国の怪異譚や本邦の口碑伝説からの影響も言われているが、説話的な表象やモティーフを生かしながら、それを脱化して、山中異界の神秘妖美を創出できたのは、ひとえに彼の想像力と浪漫的心情とであった。語りの大きな枠組は、現在から過去、再び現在へと戻り、全体として教誡を含んだ説教に近いにもかかわらず、その語りを止揚するごとく、「雲に駕して行く」「聖の姿」が最後に示される。旅僧の山越えが「現実を超えたもうひとつの空間への旅ではなく、失われた過去の時間へと回帰する旅」（前田愛「『高野聖』旅人の物語」「国文学」昭48・7）だとすれば、この物語は、根底において明治二十九（一八九六）年に始まった幼時期への回帰と揆を一にするものとなる。鏡花文学の、とりわけ幻想的な作品は、始源への遡行とそれへの郷愁（ノスタルジー）の喚起を第一の魅力とするが、この特質を最もよく表している「高野聖」の主人公は、旅僧や孤家の美女ではなく、飛騨深山の魔的な空間そのものだ、とさえいえるのである。

しかしながら「高野聖」の山中の魔界は、この期に及んで突然現れてきたわけではない。その原型は生前未発表（執筆は明治二十六年から二十八年の間とされる）の習作「白鬼女物語」にすでに認められ、二十九年以降の回想文学とほぼ並行して、少年が山中の美女に邂逅する異界譚「蓑谷」（明29・7）、「龍潭譚」（同・11）の書き継がれた線上に「高野聖」が位置するのである。かつて「龍潭譚」の架空や繊弱を難詰した同時代評（荒川漁郎「最近の創作界」「太陽」明29・12）の一節に、「金沢理想は東京小説に上ずべからず」とあったが、この「高野聖」は、当世風俗の写実を旨とした硯友社風の「東京小説」に対する、鏡花の「金沢理想」の一具現でもあった。またこれを以後に辿れば、「女仙前記」（明35・1）、「きぬぐ〳〵川」（同・5）の山中は、「高野聖」の孤家の女がそうであったように、現世で虐げられた女たちが仙女となって生きる超俗の美的な空間に他ならず、それまでの作品で現実に破れ悲劇的な死を遂げたヒロインが命脈をつなぐ場所として定位され、鏡花固有の仙女譚をかたちづくっている。

こうして明治三十年代は、花柳ものにおける発想・構想・文体の熟練と相俟ち、「高野聖」を頂上とする確固とした鏡花世界構築の時代と捉えることができる一方で、その世界の背後には洗練や成熟をはばむ混沌が湛えられており、ときに伝奇的な長篇を産み出す源泉ともなっている。

鏡花最大の長篇「風流線」（明36・10―37・3）、「続風流線」（明37・5―10）は、処女作「冠彌左衛門」以来、「貧民倶楽部」（明28・7―9）、「蛇くひ」（明31・3）等の叛乱や貧民の蜂起にみられるアナーキーな情念の形象化が「黒百合」（明32・6―8）を経て結実した作で、北陸線の「鉄道敷設小説」（日夏耿之介「泉鏡花」『明治大正作家論』下巻、小学館、昭18・12）の枠組の中に、「水滸伝」や「八犬伝」の世界に通ずる雄大な構想をもつ伝奇小説である。発表当時は、伝奇性評価の基準を前時代の読本・合巻に求めたため、近代性からは遠い荒唐無稽をあげつらわれもしたが、「社会の安寧を攪乱する」「外道」の立場から日常社会の俗悪を搏つ集団の行動を描いた本作は、近代小説が取り落してきたロマンの可能性を開示するとともに、近代そのものを相対化する視座を孕んでいる。のち大正期にアナーキスト、社会主義者のグループに入る宮嶋資夫、安成貞雄、辻潤らの若いころの心を捉えたのは、この「風流線」であった。こうした伝奇創出のエネルギーは大正期の「芍薬の歌」、「由縁（ゆかり）の女」（大8・1―10・2）、「龍膽（りんどう）と撫子（なでしこ）」（大11・8―12・1）、昭和に入っての「山海評判記」（昭4・7―11）に至るまで脈々として衰えることがなかった。

紅葉の死と逗子滞在

永らく胃を病んでいた師の紅葉が歿したのは「風流線」の連載が開始された明治三十六（一九〇三）年十月のことであったが、師を失う前後の鏡花は、紅葉を最大の障碍とする自身の現実問題に直面していた。いうまでもなく、三十二（一八九九）年に出会い、のちに夫人となる伊藤すずとの恋愛である。この恋を実らせるため、鏡花は三十五（一九〇二）年夏、胃腸病の療養を好機に、彼女との「幽居」を目的とし逗子に赴いた。この滞在の所産として、立身ゆえの洋行に際し恋人に「閨怨」の情を求める「起誓文」（明35・11）、「舞の袖」（明36・4）の連作が発表された。しかし両篇にこめられた恋愛成就の希みにもかかわらず、三十六年四月、二人の同棲が発覚、病床の紅葉から離別を言い渡される。同年中の紅葉の死去――すなわち障碍の消滅――によってやがて二人は結ばれ、現実の問題は一応の解決をみたが、離絶を強いられた内面の屈折は、のちの「婦系図」（明40・1―4）における早瀬主税の家族制度への復讐劇の素因となったのである。

続いて三十八（一九〇五）年二月、父の歿後の生活を深い慈愛で支えてきた祖母のきてを喪った鏡花は、その精神的な衝撃から体調を崩し、夏以降ふたたび逗子に滞在することになる。三年有半におよぶ二度目の逗子滞在は、自然主義の隆盛期と重なるため、長く逼塞あるいは隠棲の期間と見なされてきた。たしかに文壇の中心地東京を離れてはいたが、しかし全く筆を収めていたわけではなく、このかんに発表された幻想的な作品群、世話物の長篇「婦系図」、書下し戯曲「愛火」（明39・12）、生涯唯一の翻訳「沈鐘」（ハウプトマン原作、明40・5―6）等を挙げてみるだけでも、従来の隠棲説を修正する必要があるのは明らかだろう。

この期の作品の双璧とすべきは「春昼」（明39・11／12）と「草迷宮」（明41・1）である。執筆中の状態を自筆年譜に「蝶か、夢か、殆ど恍惚の間にあり」と記される「春昼」は、夏目漱石の「草枕」（明39・9）に触発され、春のもの憂い情趣の横溢の中、散策子を視点人物に、寺の客人と土地の人妻玉脇みをとの「夢の契」のごとき恋が、和泉式部の恋歌を媒介とし、時を隔てての水死に示される作であって、ひろく鏡花の幻想小説の佳品とするに足るものである。これに対し「草迷宮」は、魔所といわれる三浦半島近くの秋谷海岸を舞台に、「亡き母の手球唄を慕ふ青年の恋愛と、霊魂の故郷を思慕する崇高な感情と、不可思議な「永遠回帰」の姿とが全編を通じて流れてゐる」（辻潤「鏡花礼讃」「新小説 天才泉鏡花」大14・5）作品で、亡母憧憬という至醇なテーマが幻想と結びつくことによって、題名そのままの多元性、重層性をもった稀有の迷宮譚となりえている。「春昼」「草迷宮」に限らず、「悪獣篇」（明38・12）、「月夜遊女」（明39・1）、「頰白」（明41・4）、「沼夫人」（同・6）等のいわゆる「逗子もの」諸作に共通しているのは、逗子に「地妖」や「魔所」「地縁」を求めんとする志向であり、また人妻への恋（「他人之妻」）のモティーフが土地の障りとなり、怪異・幻想を惹き起す、という点である。したがって、三十八（一九〇五）年以降の滞在は、かつて「幽居」の地であった逗子を、幻想的な物語生成の空間へと変容しえたことを最もな特徴とする豊かな創作期間であった、とみることができる。

なおまた、逗子行きの前から着手していた登張竹風との「沈鐘」の共訳は、二年後の四十年五月以降公にされたが、この作業は作中の「唄」の活用やモティーフの摂取において、戯曲「愛火」のみならず「草迷宮」にも影響を及ぼし、やがて大正期の戯曲「夜叉ケ池」（大2・3）発表の基盤となったことも言っておかねばならない。

帰京後の活動と「歌行燈」

明治四十二（一九〇九）年に逗子から帰京した鏡花は、十月より、夏目漱石の斡旋で「東京朝日新聞」へ「白鷺」を連載する。盂蘭盆の夜語りによって、芸妓小篠の薄命の哀切に彼女の亡霊の幻想美を綾取った点において、「註文帳」にひとつの完成をみた鏡花情話の典型として創作意欲の持続と安定をうかがうに十分な作品である。

帰京後の活動は、同年四月に発足した文芸革新会への参加によっても示された。自然主義に覆われた文壇の刷新を志すこの会は、後藤宙外、笹川臨風ら、鏡花の知友を主要なメンバーとしていたが、自然主義の感化を受けやすい地方の文学青年への啓発をもくろんだ遊説の他には、ほとんど見るべき成果を得られずに終った。しかしながら、鏡花は講演を通じての啓蒙よりもむしろ、伊勢への講演旅行中に想を得た「歌行燈」（明43・1）の一作をもって会の本旨を実践してみせたのである。

膝栗毛の一節を口誦みながら、霜月の夜の桑名に降り立った老人二人の道中と、博多節の門附けの男の仕方話とが、薄倖の女お三重を接点に交叉し、三人の男が能の至芸者であることの明かされる終局、鼓と謡が唱和した女の舞に、それまでの時空が聚合、いっさいを浄化する芸の三昧境の現ずるこの作には、初期の「照葉狂言」や「髯題目」（明30・12）以来の芸能への親和が底流している。しかし「歌行燈」は従来の作にみられた下層芸能者の悲惨や怨恨を描くのではなく、母にゆかりの能楽師を主人公に据え、その芸ゆえの流離と復活を枢軸に、謡曲の表現形式をわがものとして、より高次の芸の至上を謳いあげることに成功した。明治四十年代の数年間に、談話を通して開陳された自然主義批判は、反論というより、自己の信念の吐露であったけれども、客観的な現実の描写を志向せず、みずからの出自にかかわる技芸者の血統をかえりみて、芸による昇華をめざした「歌行燈」は、醜悪な現実生活の告白に終始していた自然主義への最も鋭い自己主張であった。

このとき鏡花は、すでに「第一の詩人」といわれる時期を過ぎていたが、本作に示された芸の至上の認識は観念小説の新進作家として文壇に登場して以後、いくつか創作の水源を探りあてながら、その流れに乗って至りついた浪漫主義作家の帰趨だったといえよう。

大正期 ― 戯曲の時代 ―

「歌行燈」発表の明治四十三（一九一〇）年は、四月に志賀直哉、武者小路実篤らの「白樺」、五月に永井荷風主宰の「三田文学」、九月に谷崎潤一郎の登場を調えた第二次「新思潮」等の創刊があいつぎ、前年一月創刊の「スバル」を含めて、自然主義の大勢に変更をせまる新潮流の生れた年である。

自筆年譜の当年の項に、「十月、「三味線堀」三田文学に出づ。頁数の少き雑誌に、一稿百枚は、永井荷風氏の厚情による。」と記されているごとく、鏡花を再び文壇の前面に上場せしめる道が確実に開かれようとしていた。「山谷菅垣」（明34・2）、「いちごの実」（同・9）など、洋行前の習作時代に鏡花調を模したこともある荷風の「厚情」は、ひとり既成の鏡花のみに止まらず、谷崎潤一郎の登場するや、「特種の素質と技能とを完全に具備してゐる」この新人の「内的生命」の「都会的」な点において、「江戸的たる」鏡花よりも高い評価を与えるにいたるが（「谷崎潤一郎氏の作品」「三田文学」明44・11）、荷風の評価は措くとしても、谷崎を含めた当代の新進作家たちが、新しい潮流に棹さして、漸次鏡花の親和圏に惹きよせられてくる。

谷崎が深川佐賀町を舞台とする「刺青」の初稿（現代物で今よりもさらに長かったという）を「泉鏡花の所へ持って行かうかな、と思つた」（谷崎「創作余談（その二）」「別冊文芸春秋」昭31・8）のも、「辰巳巷談」以来の「深川もの」の諸作をもつ鏡花が彼の眼に当地を描く随一の作家と映じていたからであったろう。

先に「高野聖」のところで、森鷗外の「灰燼」に触れたが、この作の連載が始まる前の「三田文学」には、鏡花の小説「風流線」の水上規矩夫と「黒百合」の千破矢瀧太郎、各々の姓と名をとって筆名とする青年作家水上瀧太郎（本名阿部章蔵）が登場していた。「スバル」「三田文学」の後見であった鷗外の周りには、この水上を典型として、かつての「鏡花の時代」に文学への目覚めを経験した青年たちが確実に存在し、彼らは作家的成長とともにやがて大正期以降の鏡花を支えてゆく。「灰燼」の物語の現在は明治三十三年だが、鷗外は自然主義以後の情勢を見極めたうえで、自作に鏡花崇拝の三田の青年を描出したのだった。

さきの「三味線堀」にとどまらず、明治末から大正にかけては、「南地心中」（明45・1）、「五大力」（大2・1）、「陽炎座」（モト「狸囃子」同・5）などの力作が続き、大正三（一九一四）年九月には『日本橋』（千章館）の書下しもあって、従前に変らぬ創作力を保持しているが、大正期鏡花の第一の徴標は「戯曲の時代」である。

明治の劇壇において、鏡花と演劇との関係は、壮士（書生）芝居と改良演劇の合体した、いわゆる「新派」劇の原作者として知られていた。「通夜物語」「辰巳巷談」「婦系図」等の花柳風俗小説のヒロインを、喜多村緑郎、河合武雄ら小説好きの女形が演じつつ、芸の「型」を編み出してゆく過程で、演劇的要素に富むプロットと場面構成を備え、会話に迫真や妙味のある鏡花の小説が、ことのほか尊重され、新派劇の演目を潤していたのであった。

これに対して、大正の「戯曲の時代」は、そうした原作小説の提供ではなく、創作戯曲（オリジナル）の量産によってもたらされた。鏡花の創作戯曲は生涯に「夜叉ケ池」（大2・3）、「紅玉」（同・7）、「海神別荘」（同・12）、「恋女房」（同・12）、「天守物語」（大6・9）、「山吹」（大12・6）、「戦国茶漬」（大15・1）、「多神教」（昭2・3）の全八編を数えるが、うち七編が大正期に書かれ、しかもその過半の四作が大正二年に陸続と発表されているのが際立つ。

こうした旺盛な戯曲創作の背景には、時代の動向を認めないわけにはゆかない。明治四十二年に結成した小山内薫の自由劇場、および文芸協会（後期）の活動は当代の青年作家の戯曲熱をあおり、木下杢太郎、吉井勇、長田秀雄ら「スバル」の同人、「三田文学」から巣立った久保田万太郎らによる創作戯曲の試みのあとを受けて、大正期には、武者小路実篤、長與善郎、有島武郎らの「白樺」派と、山本有三、久米正雄、菊池寛ら「新思潮」（第三・

第四次）派、つまりは新進作家と目される人々が、こぞって戯曲に手を染める「戯曲の季節」が訪れていた。とりわけ大正二年は、新しい劇団が簇生し、その多様な公演が劇界に話題を提供した新劇の最全盛期だったからである。この時季の促し、刺戟を受けて発表した鏡花の創作は、俗界（現実界）と魔界との二元的な対立をもつ劇構造がもたらす幻想性、批評性の表出において、多産された同時代戯曲にほとんど類例をみない。

「夜叉ケ池」では、山上の「魔界」と村人の住む鹿見村の「俗界」を両極に、その中間点に琴弾谷の鐘楼が置かれており、「海神別荘」では、地上の「現実界」と海底の琅玕殿の「魔界」とに上下関係が逆転し、また「天守物語」は、白鷺城天守第五重の富姫の住まう「魔界」に対する下方の「現実界」が、階段を通路につながる構造となっている。「山吹」はこうした垂直構造を持たぬが、俗世間に訣れを告げて歩み去る夫人と老人形使いのゆくてには「魔界」が大きく口を開けている。加えて「天守物語」を除く三作が、いずれも「時、現代」の設定をもつ「現代劇」である点もまた特筆に価する。

しかしながら、これらの幻想的な戯曲群は、必ずしも同時代の劇壇の迎えるところとはならなかった。演劇の近代化をもっぱら西欧の翻訳劇の移入によって実現しようとした「新劇」運動も、また流行の現代小説の脚本化によって旧劇（歌舞伎）とは異なる風俗写実劇をめざした「新派」も、ともに「新」の字を冠しながら、鏡花の斬新かつ豊穣な劇的世界の可能性を、ついに発見するに至らなかったのである。

大正期 ― 長篇小説の時代 ―

創作戯曲の代表作「天守物語」を書上げて新境地を開発した意欲は、本領の小説の分野でも、従来の技法やモティーフの集大成たる長篇の制作において如実に示された。鏡花大正期の第二の特質は「長篇小説の時代」である。「芍薬の歌」（大7・7―12）は、先述「辰巳巷談」「葛飾砂子」「三尺角」「歌仙彫」「五大力」から続く「深川もの」

の帰着点であり、金と縁に悪どくつながれた薄倖の娘幾世と破滅型の画工三浦柳吉とが、その危難にみちた境遇から救済される「甦り」のテーマを、「滅亡の兆を表はす」「まぼろしのなつかしい、空蟬の」（「三尺角」）ごとき風土深川において具現しようとした大作である。長さに応じて人物の出入りが多く、複雑な筋立てをもつが、翡翠の玉と挿櫛の流転をプロットの要に据えた全百五十章の構成には緩みが少なく、近代小説では斥けられる善悪の明確な登場人物の活動が、その類型ゆえに、いっそう演劇的（歌舞伎的）な各場面を躍如たらしめている。

この年大正七（一九一八）年に発表された島崎藤村「新生」（五―十月）、佐藤春夫「田園の憂鬱」（九月）と較べてみるならば、本作の人物造型や結構はこれらと余りにも逕庭があるといわざるをえない。しかし、同じ年に「二人の稚児」（四月）、「小さな王国」（八月）を書いた谷崎潤一郎が、二年後に鏡花作「葛飾砂子」の映画化（製作大正活映）を試み、また「地獄変」（五月）、「奉教人の死」（九月）の作者芥川龍之介が、三年後「三尺角」及び続篇「木精」の影響下に「奇怪な再会」（大10・1―2）を発表しているのに徴しても、当代文学の担い手たる両者の創作の糧となった鏡花の「深川もの」の世界は、決して時代と隔たっているわけではないのである。

「芍薬の歌」が完結した翌月から、鏡花は生涯のうちで「風流線」に次ぐ長さの、また大正昭和の後半生では最も長い小説「由縁の女」の連載を始めた。亡き母の生地である第二の故郷東京の「深川もの」の集成に続き、生れ故郷「魂の原郷」金沢を舞台に、みずからの文学の中枢たる女性像の集約をめざしたのである。

「婦人画報」への連載二十五か月（大8・1―10・2）に及んだ「由縁の女」は、故郷が舞台の「金沢もの」の中でも、帰郷墓参をモティーフとする「墓参小説」の代表であるが、その嚆矢「一之巻」（明29・5）に典型的なように、墓参は父祖一般に対してであるよりも、亡き母に対する参詣であり、「母なるもの」への追慕と希求を純化する象徴的な行為なのであった。

墓参小説の系譜は「一之巻」から「誓之巻」連作以降も途切れることなく続いているが、就中大正に入って、六発表されているのは、作者自身の金沢帰郷による懐旧の直接の反照とみてよい。

年に「伯爵の釵」（一月）、「榲桲に目鼻のつく話」（十月・十一月）、「瓜の涙」（十月）の三作がそれぞれまとまって

（一九一七）年に「時雨の姿」「伊達羽子板」「町双六」（以上一月）、「卯辰新地」（七月）の四作が、また九（一九二〇）

「由縁の女」は墓地改葬のため、妻のお橘を東京に置いて帰郷した主人公麻川礼吉（初出では市中二つの川にちなむ「浅川犀吉」）をめぐる又従妹のお光、妹のごとき露野、永遠の女性お楊、いずれにも作者と縁のあった実在の女性の投影が認められ、また女性の中核に在る「母」との思い出につながる草双紙（「釈迦八相倭文庫」「偐紫田舎源氏」）も、物語の中へ巧みに織込まれている。これまでの諸作に形象化された女性像の典型が示されているため、お光を任俠型、露野を可憐型、お楊を崇高型とする同時代評（古迫政雄「泉鏡花の恋愛観」「文壇」大13・8）もみられ、川端康成（「『櫛笥集』など」「新小説　天才泉鏡花」大14・5）もこの解釈を敷衍して本作への深い共感を表明するところがあった。

しかし「魂の原郷」であるとはいえ、生地金沢のすべてが作者にとって好ましいものだったわけではない。「金沢もの」最大の長篇「風流線」（「続」の四十一章）に、当地出身の判事唐澤新助が、地元支配層の前で、竹馬の友水上規矩夫の「故郷に対して懐く」ところの「憤怒、怨恨、不平」を代弁する条があるが、ここにあげつらわれた「故郷の人々の、因循姑息」、階級意識あらわな「士族根性」は、十五年後の「由縁の女」においてもなお依然として主人公を抑壓する主因でありつづけている。そうした郷党による迫害のもととなる者も、また窮地の礼吉を庇う者も、ともに深い「由縁」のある女人なのであって、おのおの異なった「型」の女たちは互いに決して対立することなく、主人公との関係を保っており、これを光源氏の世界になぞらえる論者（朝田祥次郎『注解考説泉鏡花　日本橋』明治書院、昭49・9）もいるほどである。

鏡花本の諸相

大正期のこうした創作活動の充溢は、作品そのものにとどまらず、作品を収納する「器」としての造本、世にいう「鏡花本」の高度な造型表現によってもまた証し立てられている。

自筆年譜に「大正三年九月、「日本橋」知友堀尾成章氏の千章館より。小村雪岱氏はじめて装画を試む。」と記された雪岱は、この『日本橋』を皮切りに、明治二十六年以来、鏡花の著作を独占的に刊行してきた春陽堂が大正期に入って出した『鏡花選集』（大4・6）以下の袖珍本の装丁を手がけ、鏡花の歿するまで形影相添うごとく生きたのである。

雪岱に先んじては、明治期に鏑木清方が『三枚続』（明35・1刊）以降、刎頸の交りを結んで、浮世絵の伝統を継いだ清麗な美人画により鏡花本を彩ったのに対し、「清方といへば英朋つりしのぶ」（久保田万太郎『春燈抄』木曜書房、昭22・12）とうたわれる鰭崎英朋は、「水滸伝」をふまえた最大の伝奇長篇『続風流線』（明38・8刊）の口絵に「水滸伝」中「浪裡白跳張順」のモティーフに拠りつつ、武者絵の系統を引く躍動あふれる筆勢をもって、おのおの好一対の画境を存分に示していた。

進んで明治末から大正初めにかけては、漱石本の装丁で知られる橋口五葉が、アール・ヌーヴォーの感性を発揮し、斬新なデザイン性によって秀れた造本の世界を確立していたが、小村雪岱の手になる鏡花本の数数は、葛飾北斎、安藤広重ら江戸末期浮世絵の風景画に一つの完成をみた遠近法と画面構成を摂取し、作者鏡花への敬慕に発する作品の深い理解をもとに、繊細な線美と華麗な色彩とによって鏡花世界を具象化し、近代の装丁造本史に特筆すべき独自の達成に至った。清方、英朋、雪岱による鏡花本の造形表現においてもまた近世との紐帯を認めることができるのである。

大正後期 ― 震災前後 ―

大正の後期にあって、例えば「宣言一つ」（大11・1）を書いた有島武郎にとっての鏡花は「生活全部が純粋な芸術境に没入してゐる人で、その人の実生活は、周囲の生活と、どんな間隔があらうと、一向それを気にしない。さうして自己独特の芸術的感興を表現することに全精力を傾倒する所の人」（「広津氏に与ふ」「東京朝日新聞」大11・1・18）であり、芸術と実生活との間に引裂かれ、階級意識を超克できずに苦悶する有島の目には、及びがたい作家と映っていた。この見方は、ひとり有島のみならず、同時代作家、またひろく一般読者の多くに通有だったと思われるが、当の鏡花自身が「純粋な芸術境に没入し」、芸術と実生活との「間隔」に全く悩むことがなかったかどうか、についてはは慎重な検討を要する。

大正期の「夕顔」（大4・5）、「萩薄内証話」（大5・10）、「二人連れ」（大6・6）などの作品には、愛人をもつ男性主人公が妻への贖罪意識に悩むモティーフが繰返しあらわれているからだ。この因由のすべてを、鏡花の愛人だったといわれる女性（杉本富）と妻すずとの確執、その間にあって懊悩する鏡花、という実生活上の問題に帰するのは短絡にすぎるとしても、芸術と実生活との「間隔」をせばめる叙法――作者に限りなく近い「私」が、別の人物の「語り」をそのまま伝える形式――の多用されるのに応じて、生活上の危機を直截に反映した作例が生じるようになったことは否定しがたい。水上瀧太郎の「初期に於る如き一本気の熱情は夙に力を弱めてゐる。同時に又感受性もその若さを失つた」（「鏡花世界瞥見」昭4・3）との指摘も、かかる問題の一端に触れてのことであろうが、浪漫主義作家にとっての生命線である「熱情」の枯渇を補給するものとして、大正後期以降には、薄命の佳人への追慕に発する作品系列が認められるようになる。

その佳人とは、「友染火鉢」（大7・2―3）、「毘首羯摩（びしゆかつま）」（大10・1―10）、「銀鼎」（同・7）、「続銀鼎」（同・8）、「楓と白鳩」（大11・7）における閨秀画家の池田蕉園（大正六年歿、享年三十二）、また昭和に入っては、明治期の「祝盃」（明35・1）を先駆とし、「白花の朝顔」（昭7・4）、「薄紅梅」（昭12・1―3）における同門の閨秀作家北田薄氷（明治三十三年歿、享年二十五）の両人である。初期以来、一貫して強固なモティーフの機動力となり、その憧憬の対象たる位置を長らく独占してきた「母」に替って、往年の「熱情」を甦らせたのが薄命の彼女たちへの「追慕」「追善」なのであった。

関東大震災の意味

喪失とそれへの追慕の情を糧としてきた鏡花は、さらに決定的な亡失を体験することになる。

――江戸のなごりも、東京も、その大抵は焦土と成んぬ。ながき夜の虫は鳴きすだく、茫々たる焼野原に、いかに虫は鳴くであらうか。私はそれを、人に聞くのさへ憚らるゝ。

とは、大正十二（一九二三）年九月一日に発生した関東大震災の罹災記「露宿」（大12・10）の一節である。類焼余震を避けて近隣の公園で二昼夜を過したこの記録は、町内の火災、見舞の人々の様子を細叙しつつ、最末尾に「幾十万の生命を助けて」「厳に気高く焼残つた」浅草寺の観世音の加護を記し、法華経普門品の偈を引いて文を納めている点、鏡花ならではの異色の罹災記とするに足る。

「露宿」に続いては、「十六夜」（同）、「間引菜」（同・11）、「仮宅話」（大13・4）、「きん稲」（同）など「震災もの」の諸作が書かれることになるが、震災後の「小春の狐」（大13・1）、「夫人利生記」（同・7）等について、「以前、優しい母のおもかげを宿して現われた姉のような女たちは、いつのまにか姿を消している」（脇明子「運命の女との訣別」「鏡花全集月報」22、昭50・8）、との指摘もあるごとく、この未曾有の災禍は、これまで飽くことなく描き続けてきた女人像の変容に色濃い影を落している。女人ばかりか、これに関わってゆく男性にも「罪障」や「懊悩」が重くのしかかっていることはいうまでもなく、物語の発動もまた様変りせざるをえない。

幼い頃から二人連の女の幻を見つづけ、震災の被害を蒙った相州葉山の旅館を一人で守る女と結婚後、盲目となった彼女と湯治場を巡る若い「知己」秋葉の「直話」を聞き終えた「甲乙（きのえきのと）」（大14・1）の語り手の「著者」は、最後にその話に「涙はともに誘はれた。が」、「何の不思議も、奇蹟も殆ど神秘らしい思ひ（ママ）でのないのが、ものたりない。……」とさえ記すにいたるのである。

春陽堂版全集の刊行 ― 文業の集大成 ―

大正末年、五十歳を越えていた鏡花は、明治期とは異なり、一作ごとに月旦に上る作家ではなくなっていたが、その周辺には当代文学の担い手が多く参集し、一つの親和圏を形成していた。親炙の早い順に名を挙げれば、木下利玄、里見弴（ともに先輩志賀直哉の強い感化を受けて鏡花作品を読みはじめ、すでに明治末に接点を持っていた）、久保田万太郎（大正二年六月の「ホトトギス」主催の観能会で生田長江の紹介により面悟を得た）、水上瀧太郎（米英留学から帰朝後、久保田に伴われて大正五年十一月に初訪問）、谷崎潤一郎（初対面は明治四十五年一月だが、前述「葛飾砂子」の映画化を機に大正九年以降親交が深まった）、芥川龍之介（大正七年以降に交際が始まった）等がその主な顔ぶれであり、逗子滞在中の明治四十一年六月から始められた愛読者の集い「鏡花会」の会員の中には、長谷川時雨、岡田八千代らの閨秀も在った。

こうした人々が編輯委員となった『鏡花全集』全十五巻の刊行開始は大正十四（一九二五）年七月、版元の春陽堂は関東大震災で壊滅的な打撃を蒙った後だったが、処女作品集『活人形（いきにんぎよう）』（明26・5）以来、鏡花の単行本の半数以上を刊行してきたこの書肆を措いて他に全集の出版は求めがたく、装丁（岡田三郎助）にも贅を盡した大冊の十五巻であった。刊行記念の「新小説」臨時増刊「天才泉鏡花」号（大14・5）には、本欄巻頭に永井荷風、以下編輯委員の全員が創作を寄せ、愛読諸家の頌辞に充ちている。同じ春陽堂から明治四十三（一九一〇）年以降に刊行された『鏡花集』全五巻は、袖珍本ゆえ収録作品の限られた選集だったが、本全集は文字通り全文業の集成であり、作品初出の蒐集につとめていた水上瀧太郎を中心に、小村雪岱、濱野英二が編輯実務を担当、二年と一か月を要して完結した。作者自身も全巻にではないが本文の校正に当っており、あたかも大正から昭和への替り目は、「冠彌左衛門」以来三十年に及ぶこれまでの文業を改めて見つめ直す時間を鏡花にもたらしたのである。

昭和期の鏡花

春陽堂版全集の最終回配本のあった昭和二（一九二七）年七月、編輯委員の一人芥川龍之介が自裁した（享年三十六）。全集の完結を果し、故芥川の葬儀で先輩総代として弔辞を読むことから始まった昭和期は、制作の数こそ往時に及ばぬものの、新潮社、改造社、春陽堂各社からの、いわゆる「円本」文学全集の出版による旧作の流通と経済的な安定がもたらされた晩年の十四年間である。

昭和四（一九二九）年五月の帰郷と能登和倉遊覧を機に、七月から小村雪岱の挿絵を伴って「時事新報」に連載された「山海評判記」は、鏡花長篇の棹尾である。帝都復興祭の賑しい開催は翌五年の三月だが、鏡花の「復興」はこれに先んじて本作により印されることとなった。

物語は、和倉温泉逗留中の在京の小説家矢野誓が、柳田國男（作中「邦村柳郷博士」）のオシラ神（お白神）信仰の解釈に従いつつ、その民俗的表象を説くことから始まり、東京芝で「白山の神、姫神様」を戴く「一門徒」と自称する安場嘉伝次の紙芝居を見た花柳李枝が、矢野を追って能登に合流、つかわしめの女により、矢野と李枝が危難を免れるところで閉じられている。両人を救ったオシラ神の一党――その頭目は陰に陽に矢野への恋着を見せる姫沼綾羽らしい――に、やがて李枝が迎えられることの示唆されている点からすれば、物語の主軸は白山信仰であるともみられるのだが、「井戸覗き」、「長太狢」譚、童唄等のフォークロアが絡み合いつつも、一つの要素による全体の統一や収束が目指されておらず、「この小説の主役は「闇」そのもの」（福永武彦「「山海評判記」再読（中）」「鏡花全集月報」25、昭50・11）であり、総てを呑みこむ「混沌」であるといってよい。鏡花の長篇は、西欧に成立した近代小説とは対極に位置するこのような地点にたどりついたのである。

つねに過去への「回帰」が物語世界の進境と拡充を可能ならしめてきた鏡花文学にあって、この昭和期に青年時代の回想をモティーフとする「糸七もの」の系譜の現れたのは、震災後の復興の進捗にしたがい、喪われた「明治」を回顧する時代の動きと無縁ではありえない。

「白花の朝顔」（昭7・4）の後半部に描かれた同門の閨秀の結婚をめぐる経緯が、その五年後の「薄紅梅」（昭12・1—3）では、紅葉の玄関を出て、郷里から祖母と弟を迎え、一戸を構えた大塚時代（明治二十九年—三十二年）を背景に改めて展開されている。冒頭、九段中坂の硯友社を訪れる依田学海、これを迎える石橋思案の点出に始まっていることからも判るように、文壇回想録の要素を持ちつつ、作者の青春を甦らせた中篇である。作者の分身辻町糸七が彼の親友との縁談を取持ったのを恨みとする反動から、同門の女流月村京子（モデルは北田薄氷）が糸七の最も嫌う画家のもとに嫁ぐ、という屈折したロマンスは、実名で登場する樋口一葉はじめ、作中人物のほとんどが物故しているこの時点にあって、明治以来の三代を生きぬいてきた著者のみが描きうる「虚々実々の鏡花世界」（佐藤春夫「「薄紅梅」の作者を言ふ」「東京日日新聞」昭11・12・29—31）なのであった。

「縷紅新草」と終焉

「薄紅梅」末尾で京子の結婚に驚愕した辻町糸七が、ふたたび姿を現すのは彼の故郷金沢においてである。糸七の展墓から始まる「縷紅新草」（昭14・7）は「糸七もの」の最終作であると同時に、「由縁の女」を頂点とする帰郷墓参小説の終着点でもあった。その回想は故郷にとどまらず糸七の生涯の総てに及んで、「其の壮年を三四年、相州逗子に過した時」のことも織込まれているが、中心は墓に眠る従妹お京（モデルは、昭和十年十二月に歿した又従妹の目細てる）の話題と、女工初路の入水をめぐる事件であり、父清次逝去による帰郷中、紅葉の督励により成った「鐘声夜半録」（明29・7）と同じ素材が扱われている。

本作が四十五年の時を隔てて初期作品の世界に回帰したのは、父を喪った当時（明治二十七年年頭）が作者の生涯で最も多端な、死に瀕した時期であり、「死の彷徨」から二人の女人により救い上げられた——と作者が固く信じた——ことによって初めて可能な「生」であったからにほかならない。「女客」（明38・11）が祖母きての死を契機として成ったように、父歿後の時期への回帰には常に肉親の死が深く関わっているが、「縷紅新草」においては作者自身に迫りつつあった死がその回帰を必然としたのだった。

鏡花の逝去は「縷紅新草」の発表から二た月あまり後の昭和十四（一九三九）年九月七日、享年六十七（満六十五歳十か月）。死因は肺腫瘍だったが、三十七で身罷った師の紅葉よりさらに三十年の長命を保ったのである。回帰性を著しい特徴とする彼の文学は、絶筆「縷紅新草」をもって始発の時に帰り、その約半世紀に及ぶ創作活動の円環をここに閉じた。明治三十年代以来の長きにわたる交際があり、「ひまさえあれば小石川の家へ訪ねて行ったりした」（『故郷七十年』のじぎく文庫、昭34・11）とも回顧する柳田國男は、逝去の翌年、畏友鏡花の死を悼んで次のように述べるところがあった。

> 泉鏡花が去つてしまつてから、何だかもう我々には国固有のなつかしいモチーフに、時代と清新の姿を賦与することが、出来なくなつたやうな感じがしてならぬ。　（「文芸と趣向」「日本評論」昭15・4）

しかしわたしたちは「作るところの小説戯曲随筆等、長短錯落として五百余篇」（芥川龍之介「鏡花全集開口」）におよぶ鏡花世界へ参入することにより、いつでも豊沃なこの「国固有のなつかしいモチーフ」の源泉を汲むことができるのである。

■本章は、「鏡花の登場」(『時代別日本文学史事典 近代編』有精堂出版、平6・6・15)にもとづく新稿。
この章に限り、西暦を併記し、単行本の刊行日、雑誌の巻号数・発行日の記載を省いた。

総説ゆえ、Ⅰ—Ⅳの各論と内容の重複するところがある。

I

1　ふたつの「予備兵」——泉鏡花と小栗風葉——

はじめに

尾崎紅葉の門下であった泉鏡花と小栗風葉には、ともに「予備兵」と題する作品がある。鏡花作「予備兵」は、明治二十七年十月一日から二十四日まで「読売新聞」に連載された彼の最初期の小説であり、風葉作「予備兵」は、明治三十七年三月一日「文芸倶楽部」(10巻4号)発表の脚本である。小説・脚本という違いこそあれ「牛門の二秀才」たる両人が、それぞれ日清・日露の開戦に意を発して同じ題名の作品を公にしているのは興味深い。

鏡花の「予備兵」は、内田魯庵[1]以来、日清の戦争熱に浮立つ世間を批判的にみる医学生風間清澄を描く前半と、召集令が発せられるや彼を慕う娘を残して入営、進発の途次日射病に斃れる後半との齟齬を指摘される作である。前半の清澄は、終局で死んでも軍刀を離さぬ「一死報国の志士」を際立たせるための前提であった。かたや風葉作「予備兵」の主人公相良俊郎は、除隊後、家を再興する事業の途中召集令状が来ると、国家の兵役をうらむが、総てを失って自身の死を決した時、君が代のラッパを聞いて翻然国のために立つことを発起する。清澄も俊郎も戦争および周囲にひととき批判的な態度をとりながら、愛国の士として立つ点においては共通している。「予備兵」という存在は、開戦時にあって個人と国家の問題を端的に示しうるモティーフなのであった。

題名となった「予備兵」とは、兵役制度の中で現役(陸軍三年・海軍四年)ののち服する兵役(陸軍四年・海軍三年）にあるものをいう。具体的には、明治二十二年一月に改正された「徴兵令」第十四条に「予備兵ハ戦時若シクハ事変ニ際シ之ヲ召集ス」とあるごとく、「軍が動員を行い、平時編制から戦時編制に移るさいに召集されて戦時野戦兵力の主力をかたちづくる存在であった」（大江志乃夫氏『日露戦争と日本軍隊』立風書房、昭62・9・9）。

帝国憲法第二十条「日本臣民ハ法律ノ定ムル所ニ従ヒ兵役ノ義務ヲ有ス」という規定に照応するかたちで、その第一条に「日本帝国臣民ニシテ、満十七歳ヨリ満四十歳迄ノ男子ハ、総テ兵役ニ服スルノ義務アルモノトス」とし、「国民皆兵」の原則を制度化した改正「徴兵令」下にあって、召集は国家と自己との関係において重要かつ深刻な事件だったことはいうまでもない。

以下小稿では、ふたつの「予備兵」を比較しながら、その形象の内容を検討してみたい。

一　鏡花の「予備兵」

「予備兵」の書かれた明治二十七年当時の鏡花は、父清次の訃（一月九日、享年五十三）に接して帰郷し、故郷から東京へ試作を送り、紅葉の指導を受ける修業時代を過していた。

この帰郷時に書かれた作品には、かかる事情を反映して、当地の新聞記事に素材を仰いだものの多いことが特徴である。弦巻克二氏(2)によれば、「大和心」「鐘声夜半録」等は地元の「北国新聞」掲載記事に拠って成った作であり、この「予備兵」もその一つに数えられる。素材を提供した記事は（A）「女子従軍を願ふ」（7月5日付2面）、（B）「山本直子」（7月8日付2面）、（C）「女丈夫従軍を督促す」（7月26日付2面）であって、詳細は弦巻氏の論に譲りたいが、この他に（A）と（B）の間に、現存する新聞（マイクロフィルム）が一部欠損していて記事名を判読できないものの、山本直子の従軍願の原文が紹介された報（7月6日付2面）がある。作中風間清澄の養母直の設定は以上の四つの記事に殆んどを負っている。当時の「北国新聞」は七月だけに限ってみても、「義勇兵」（1日付1面）、「抜刀軍の計画」（2日付1面）、「薩摩隼人の義勇団」（4日付1面）、「義勇団の組織」（5日付3面）、「義勇兵の募集」（12日付2面）、「抜刀隊に付ての訓令」（19日付1面）、「従軍願を出す」（27日付3面）等の記事が続いており、先の四つの記事も開戦を前にして報じられた敵愾心のあらわれの一つにほかならなかったのである。

　新聞記事から「予備兵」に取り入れられた内容は、㈠女ながらの従軍願の提出、㈡金二百円の献納、㈢窮困の書生を養っていること、㈣直子の養子の存在、の四点に要約できるが、なかでも重要なのは、主人公清澄の造型に活かされた㈣の記述である。㈣の内容を含む、前出（B）「山本直子」の該当する部分を引けば、

　〔直子養〕ふ所の児あり鞠育鍾愛実子に優る、然に〔養子は〕業成りて一個の好紳士となるのに及び恩詛海〔の如き〕直子を捨てゝ省みず、直子親子の情尚ほ之〔れ捨つ〕るに及びず、其撮影の裏に一首の国風を認〔め、依〕て以て訣別の意を表せんとす。　（〔　〕内は、マイクロフィルムの欠損を弦巻氏が補足したものに従う）

とあり、養子が養母を捨てたことが報じられている。いわば「不孝」な養子の像であるが、鏡花は「予備兵」で、直に養子のある設定を摂った際に、養母を批判的に捉える立場から、主人公をその養子とし、記事に報じられた「不孝者」のイメージを反転させ、逆に養母より義絶を受ける風間清澄を造型していったのである。

　成立の要因として第二に挙げられるのは、清澄の言動を通して主張される「義務」観念の拠って来るところである。さきの新聞記事に材を得た養母風間直が、開戦を前に落ち着いて書見する清澄を腰抜けだ、「お前だつて武士の子ぢやないか」と面責したのに対し、彼は「能く（よ）解つてゐます。解つてゐますから私は、貴方に限らず、世間の者が妄（みだり）に逸つて騒ぐのが、馬鹿々々しくてならんのです。」と反論する。これは戦争に立騒ぐ俗衆への反感であり、あくまで感情的なものに止まるが、さらに鏡花はその根拠として、清澄に「義務」観念を主張させる。直が兵士の演習の過酷を訴えたのに対して、「それは兵士たるもの、義務ですもの」と言い、直が女子にして従軍願を出すこ

とについては「一婦人の為に法令を枉げるやうな、そんな陸軍ではありません。」と言わしめている。かような「義務」や「法」の主張は、ほぼ同時期に書き進められていた「義血俠血」再稿の中にも見出すことができる、この時期の鏡花にとって焦眉の問題だった。[3]

松村友視氏[4]は「義血俠血」初稿と再稿の執筆に触れ、

〔明治二十七年〕七月十日以降に書かれた初稿には強硬論に傾きつつあったはずの社会情勢への言及がなく、再稿に至ってはじめてあらわれるという事実は、この二つの原稿執筆の間に、社会の状況およびそれに対するある種の変化が生じたことを物語っている。それは恐らく八月一日の開戦を契機とする社会的変化によるものだったと考えられる。

と述べて、社会状況に対する鏡花の意識の変化を日清の開戦時に求めておられるが、このことは「義血俠血」に止まらず、「予備兵」においても注目されなければならない。というのは、第二章冒頭に本作の時日の設定が、「明治二十七年七月、牙山の捷報新に到りて、平壌の戦雲未だ乱れず、義勇兵に対する勅詔未だ下らざるさきなりき。」とされ、清澄に敵対し彼を面責する義勇団の蹶起を「義勇兵に対する勅詔」との関係において強調しているからである。この「勅詔」とは、開戦後の八月七日に渙発された次のような内容である。

朕ハ祖宗ノ威霊ト臣民ノ協同トニ倚リ我カ忠勇ナル陸海軍ノ力ヲ用ヰ稜威ト光栄トヲ全クセムコトヲ期ス各地ノ臣義勇兵ヲ団結スルノ挙アルハ其ノ忠良愛国ノ至情ニ出ルコトヲ知ル惟フニ国ニ常制アリ民ニ営業アリ非常徴発ノ場合ヲ除クノ外臣民各々其ノ営業ヲ勤ムルコトヲ怠ラス内ニハ益々生殖ヲ進メ以テ富強ノ源ヲ培フハ朕ノ望ム所ナリ義勇兵ノ如キハ其ノ必要ナキヲ認ム各地方官朕カ旨ヲ体シ示論スル所アルヘシ

一読して明らかなように、この詔勅は維新以降初の対外戦争に当って、国家の運営に不必要な義勇兵を排除したものである。渙発の理由は、徴兵令（明6）以来二十年余を経て軍隊の編制が確立しつつあったこと、軍事手段の高度化により戦闘員には相当な軍事教育が必要であったことが考えられるが、逆にいえば、この戦争は徴兵令及び廃刀令により存在意識を失っていた旧武士たちに恰好の働き場所を供する可能性を持っていただけに、抜刀隊や義勇団の組織化にも急な動きがあったのである。しかしこの詔勅が出された以上、彼らの活動は意味をもたなくなる。

本作に即していえば、この詔勅は市中にひろまった義勇の挙に強い牽制力となったので、清澄の行動を正当化するのに大きな役割を果すものにちがいなく、作者鏡花にとって世俗への反感に根拠を与え、彼の「義務」観念の形成ないしは主張に力を与えたのではあるまいか。義勇団の「首唱者とも謂ふべき」風間直が、清澄の召集を境に後半の物語に全く関与しない所以は、さきの詔勅が彼女のごとき存在を不要としたからなのである。

この「義務」観念はまた、清澄のみならず、彼の「絶好の知己」となる陸軍曹長竹中於菟介によっても補強されている。第四章、兼六園で清澄が義勇団蜻蛉組の面々に「我々同胞の面汚（つらよごし）」として辱めを受けているところへ来かかった竹中は、壮士らに向って次のように言う。

君等は又何だつて然う囂々（わあ〳〵）騒ぐのかねえ。そりや敵愾心は結構だ。義勇兵も可（い）いさ。けれどもが、我日本帝国には精鋭なる陸軍といふものがある。君等は其陸軍を恃むに足らぬと思ふのだね。（…）考へて見給へ。何のための陸軍だ。一朝国家事あるの際は其責（せめ）に任じて、君等に心配を懸けまい為の陸軍ぢやないか。（…）見苦しい！其ほど清国が可懼（おそろしい）かな。日本の陸軍はそれほど信用されんかな。僕は樹陰（きのかげ）で読書をするやうな人が好きだ。其人は陸軍を信用する人だもの。浅き瀬にこそ細浪（さゞなみ）は立てさ。事に遭つて妄に動くのは、英雄の為ざる所だ。支那征伐は陸軍に委せておいて、君等は昼寝でも為て待つてゐ給へ、今に又平壌を取つて御覧に入れるから。

これは「言はむよりは寧ろ行はんと誓ふに似たり」（四章）と評される清澄になり替って、軍人の立場から義勇の挙を戒めた言葉だが、素材を提供した「北国新聞」にも類似の内容を見出すことができる。七月三日付（1面）の「中将励声」と題する記事がそれで、客の義勇兵の事を以て山地中将〔名元治、当時第一師団長〕に問ふものあり、中将励声して曰く我国小といへども厳正の訓練を経たる数万の貔貅あり、復た何ぞ卿等義勇兵の手を煩はさむや、如かず去つて商は牙籌を手にし農は来耜を把りて以て軍糧を給するの途を講ぜんにはと、軍人斯擔当なかる可らず

とある。右は、七月中の義勇の挙を伝えるに忙しい論調の中にあって、さきの詔勅に先んじ、軍人の立場からその不必要を説いた記事として異例のものといえる。鏡花はこの前後の「北国新聞」に目を通す日常であったのだから、この記事を参看しつつ竹中の主張に反映させた、とみることが可能である。

かくして、「北国新聞」記事は作中の義母風間直と養子清澄の設定に素材を提供したばかりでなく、清澄の行動を支える「義務」観の形成にもまた有力な方向を与えたといえるだろう。加えて、八月七日に出された義勇兵に関する詔勅は、主人公の行動の原理をあらためて国の立場から公認したものに他ならず、これら二つの要因が相俟って「予備兵」の成立を促したのである。

日清戦争を故郷の金沢で迎えたことは、「加賀ツぽは何だか好かない」（「自然と民謡に」大4・10）という感情を基底として、「家を棄て、徒党を結び漫りに郷里を騒がす者」（「義血俠血」再稿の一節）への反感をよりいっそう強めたにちがいない。したがって鏡花の「義務」観念や「職務意識」の形成は、彼を観念小説の作者として文壇へ押出した日清戦後ではなく、「予備兵」や「義血俠血」の執筆を通して、すでに日清戦中から始まっていたことを忘れてはならないだろう。

二　風葉の「予備兵」

いっぽう風葉作「予備兵」の成立に関しては作者自身の複数の談話が残されていることから、これらを合せて経

緯をたどってみたい。その談話とは、発表直後のA「予備兵について」（「歌舞伎」46号、明37・3・1）、B「真砂座新狂言予備兵に就て 小栗風葉氏談話」（「新小説」9年3巻、明37・3・1）、後年になってからのC『新小説』中の我が作物」（「新小説」10年1巻、明38・1・1）、D「作物とモデル」（「新潮」5巻4号、明39・10・15）の四種である（以下、談話名を記号で示す）。

この作の「起因」は、かつて「さる人から筋だけ聞い」ていたズーデルマンの「カッツエンステッヒ」である〔B〕。が「然しズーデルマンの其れとは第一根本思想から違ひ」、「内容形式共に私の創作と申して憚らない」〔A〕ものである。三十六年の冬に「新声社の新声誌上で川上音二郎が脚本の新作を募集し」たので「匿名で応じた」〔A〕のだが、風葉の名が出てしまったため、これを撤回し、伊井蓉峰に相談したうえ、真砂座の二月狂言として出すことになった。執筆には「一ケ月近く」〔B〕を要したという（ただし、Dには「タッタ十日許で脱稿した」ともある）。

外的契機の発端は新声社の脚本募集だが、「此の趣向は二三年前から持つて居た」〔A〕、「あの筋は六七年も前から蓄へて居て、頭の中で練つて置いた」〔D〕等の言葉から察すると、脚本での発表は時に応じてのことで、かなり以前から小説として構想がきざしていたのは間違いない。「舞台や、役者なんぞの出入なにかに就て、勝手が知れないのですから、そつくり小説を書く心で」、「地の文はあたり前の文章で書いて遣りまして、ト書きとしても同じく地の文で続けました。」〔B〕とあるのがそれを証し立てる。

もっとも、そうして出来上った脚本は「起因」となった「カッツエンステッヒ（猫橋）」からの影響をそれほど重視できない内容になってしまっている。わけても「お咲のやうな、無邪気な、極田舎びた女」である自然児レギイネの投影を彼女の中にみることは難しい。例えば、牧場（第三段・第一場）で俊郎のお咲に対する愛情と、彼女が俊郎を兄と慕う情との違いを表現せんと腐心したらしい〔B〕が、現行の科白回しのみでは、言葉足らずで、この違いを認めるのは困難だし、また父真吾に犯されたお咲が終末部で、俊郎の脱営、真吾の卒倒死により「私は今日まで女ぢや無かつた!女に成らずに居たんだ!」と、俊郎の愛を知って自己の「女」を自覚する条も、それまでの場面でお咲に筆を割くことが少ないため、唐突な印象を免れがたい。かつての「沼の女」(『新小説』明35・8)における「お真」ほどにもその野性は発揮されずに終っている。お咲の造型に「三段の変化を見せる積り」〔A〕であった風葉の意図は実現されていないとみるべきだろう。

むしろ「起因」のうえでは「予備兵」と「裏表みたやうなもの」〔C〕とされる、明治三十三年七月発表の「下士官」(『新小説』5年10巻)との関連を重視すべきである。末尾に「後半省略――未定稿」とあるこの作は、「酒乱で不倫の愛欲をおかす父と、発狂した母の遺伝を受けた主人公宗像軍曹の精神病的な一面のみが強く打ち出されているゾラ風の作」(岡保生氏『評伝小栗風葉』桜楓社、昭46・6・10)である。許嫁のお勝が宗像の入営中父に犯され、子まで身籠ってしまい、その苦悩にさいなまれる主人公の姿は、「予備兵」における、父真吾、息子俊郎、お咲の関係に近似している。この点からすれば「予備兵」は未定稿(未完)の「下士官」のプロットを俊郎の召集を軸にもう一度組立て直した作だといってよい。

両作ともに、戦争(開戦)という事変に際しての執筆である以上、成立が外的要因により多く支えられているのは当然であった。郷里で失意のうちに自らの道を模索しつつあった鏡花においては、「義務」観念の形成にあたって、社会情勢の変化は不可欠の契機であり、風葉にあっては鏡花ほどの切迫した欲求はないにしろ、未完成の旧作をもとに日露戦争の時事性や問題性をもたせながら、劇的効果をねらい、いかにこれを再生させるかという問題がかけられていた、といえるのではあるまいか。

三　兵役制度のなかの「予備兵」

次には以上の成立経緯をふまえ、両作の主人公を兵役制度との関連において捉えてみることにする。鏡花作の主人公は次のような予備兵である。

清澄は曩（さき）に医学黌を退学して一年志願兵となり、除隊の後更に高等中学の受験に応じて、第四級に入学せし比（ころほひ）、既に故ありて風間の姓を冒せしなり。渠は元来寡言なるが故に、おのれが一身上の始末など、濫（みだり）に口外せざりければ、渠が軍事の教育を受けたりし履歴の如きは、実家の父兄を除きて、之を知れるもの寡（すくな）かりき。（六章）

文中の「一年志願兵」とは改正徴兵令の第十一条[5]に規定されたきわめて特権的は服役制度である。その特権とは、㈠現役後予備将校となりうること（一般徴兵は准士官まで）、㈡現役服務の三年を一年に短縮されること、㈢特別な教育と勤務上の特典を得られること、であった。しかも志願兵になるための条件は、㈠中等学校以上の卒業者、㈡在営期間中の経費（一〇〇円以上）を自弁できること、㈢将校任官にあたっての経費支出に堪えうること、などあって、まさに「兵役を金で償う特権」（大江志乃夫氏『日露戦争の軍事史的研究』岩波書店、昭51・11・26）にほかならなかった。同氏によれば「一九〇三年（明治三六）度の中学卒業生数は一万二四七七人、同年末現在の満一七歳の男子人口は四三万四七八六人、つまり同世代の二・八七パーセントにすぎなかった」のであり、日清役当時ではさらに低い割合となるだろう。こうした点からみると、風間清澄は数多くの予備兵とは異なり、如上の特権を行使しえた例外的な予備兵であることがわかる。したがって、清澄の人物像は、彼を官立の医学校学生とした設定（これには同時期執筆の「聾の一心」との関連が認められる）と合せ、理想化が甚しい点にその特徴を求めることができよう。

この「一年志願兵」制度は、現役の服役期間が三分の一に短縮されるものであっただけに、兵役の義務ある青年にとって大きな問題であり、当然のことながら風葉作の相良俊郎にあっても、意識に上らざるをえない。三年間の現役を終え、砲兵伍長で除隊、故郷に戻った俊郎は臨終の母を前に、上京後農学を修めんと苦学していた折、怪我がもとで学校をやめなければならなくなった過去を次のように語り出す。

　退学されゝば、今迄延期してゐた徴兵を受けねばならず、徴兵に当つて、全三年其の方へ躰を取られた日には、是まで骨折つて遣り懸けた勉強も、先づまあ捨て、了ふものと諦めねば成りません。（…）切めて一年志願兵にと思つても、それには纏つた金も要ります事ですし――其の際の手紙で些つと阿父さんへ御相談も為ましたけれど――（…）頭から天で受付けて下さらんものですから、私も実に残念ではありましたが、余儀なく向ふで徴兵検査を受けまして、加も立派に合格して、それから今日まで三年と云ふものを、毎日大砲の掃除で送つたのです、

（第一段・第二場）

旧家に生れながらも、父の不身持から、一年志願兵の費用を弁ずる能わず、三年の現役を終えたばかりの俊郎の述懐には、特権を享受しうる立場にいなかった者の嗟嘆と羨みとが含まれている。そしてまたこの感慨は、ひとり本作の主人公に限るものではなかった。生方敏郎は『明治大正見聞史』（春秋社、大15・1・15）の中で、日露戦争に召集された友人と兵営で面会したおりの、その友人の言葉を、

　あの人〔二人の共通の友人〕が戦死するとすれば、全く只国家の為めより外はないんだ。所が僕等はさうではない。少くとも僕は、一年志願をするだけの金も無く、学業半ばにして兵隊屋敷へぶち込まれているんだ。だから僕が戦死するのは国家の為めぢや無くつて貧乏の為めなんだ。

と伝えている。相良俊郎との類似はいうまでもなく、貧困を抱える彼らにとって兵役は苦役にちがいないのである。しかも、

私は外の書生のやうに、行々政事家になつて天下に名を轟かさうとか、又は軍人になつて威張らうとかいふやうな、然う云ふ了簡で元々東京へ出たのでは無いので、唯先祖代々の相良家を恢復為やう（ママ）と云ふのが目的ですから、其れには殖産の方法を学ぶのが早道と考へて、私は学問の内でも一番事実な農学を撰んだのです。

（第一段・第二場）

と述べる俊郎には相良家の「恢復」という大きな目的があったので、除隊後は借財返済のため牧場を始めるのだが、その矢先に召集令が下る。召集を知ってからの「えゝ、残念だ！今召集されちや、折角是まで計画し懸けた事業も何も――あゝ、国家の徴兵は、此の俊郎を亡して了はねば歇まないのか！」（第三段・第四場）という叫びは、こうした俊郎にあってこそ一層切実に響くのである。

これに対し、風間清澄の召集は「老勇婦の面責と、（…）蜻蛉組の天誅とを、屑とも為ざりしと一様の面色にて、心静に令状を披見し了り、（…）語簡に後事を託しつゝ、服を更め、袴を着けて、我こそ入営の一番槍。天晴武者振か、と戯謔一言を紀念にして、見る目も潔かりし首途」であった、と記される通り、周囲の面責に耐えぬいてきた真の自己を発揮する絶好の機会であった。「卑屈、無気力、破廉恥、不忠、不義の国賊」とされた清澄が、召集を機に一転して「入営の一番槍。天晴武者振」へと変身するさまは、同時期の作「取舵」の老船頭などと共通する「見顕し」の趣向を呈している（彼の一年志願を父兄の他は養母さえも知らなかったとしているのは、この「見顕し」の劇的効果をねらったものである）。それは、すでに越野格氏[6]も言われるように、前近代的な英雄の姿であることはあきらかだ。清澄においては、「元来寡言なるが故に」、一年志願の経緯や自分にとっての医学の意味が語られることはなく、それらの特権がほとんど無条件に具わっているのである。

いうならば、清澄の召集は彼本来の面目を施すための欠くべからざる契機でありこそすれ、相良俊郎におけるそれのように一家を背負って立つ自己の目的（事業）を「亡して了はねば歇まない」ものでは決してありえない。

そしてまた、鏡花は清澄にかような行動を執らしめるため、

> 養母に義絶されし清澄の帰るべき家はあらざるなり。母は幼(いとけな)かりし頃に殁(みまか)り、父は兄なる人と共に数十里の他郷に在りて、竈の烟微(かすけ)くも有(ある)か無(なき)かに日を暮せば、争(いかで)か之を便るべき。

とし、召集にあたって予備兵の苦悩を深くする家族の紐帯をあらかじめ排除している。かような「孤児」的存在が鏡花作品の主人公における原点の一つであることはあらためていうまでもないだろう。養家からの義絶は同時に恩師の娘円(まどか)との恋愛の契機をもたらすが、召集に応じて潔く出征することを一身の目的とする清澄は、円の思いを斥ける。このとき彼が身を殉ずるのは恋愛ではなくして自己の「義務」であり、私的な恋愛と公の義務との葛藤は存在しえないからである。

したがって、鏡花の「予備兵」が清澄の造型を通して「義務」の完遂をめざし、召集にまつわる悲劇の因をできる限り捨象したところに成り立っているとすれば、風葉作「予備兵」は主人公をとりまく環境や係累をより複雑化し、その絡まり合いの中心に俊郎の召集を据えることによって成り立つ劇であるといってよい。風葉が談話（前出のB）で、「全篇の主意」を「因果応報」にあると述べているのがその証となるはずである。

四　「予備兵」と召集

同じ予備兵とはいえ、各々にとっての召集の意味が異なる両人は召集ののち、いかなる行動をとるのであろうか。恋人を振切って入営した清澄は、竹中を伴い市中の散歩に出て義勇団蜻蛉組の面々にかつての恥辱を雪ぐことができた。「無気力」な医学生から「天晴」な陸軍少尉へと変貌した彼に対して義勇団の「天誅」はもはや無意味だからである。もっとも、この変貌の内容については、すでに同時代の内田魯庵[7]から、

野川清澄が高等学校に入らず、風間家に養はれざる以前既に少尉に任じたるを師友は本より義母にすら語らざりしほどの者が書斎中の風間清澄たりし時冷然として死灰の如くなりしにも関らず蜻蛉組に辱められて涙声を振染り野川少尉となりては兼六園に潸々として泣ける何ぞ始めと終りと相似ざるの甚だしきや。

と指摘されるような「不自然」さを持っていることは事実である。鏡花はこの魯庵の指摘した箇所を、春陽堂版『鏡花全集』（第一巻、昭2・4・15）において削除しているが[8]、魯庵のいう人物像の偏りに劣らず、行軍の途中日射病に倒れ、死に至っても軍剣を離さぬ結末は、やや唐突の感を免れない。死してのち清澄の遺骸を前に一将軍は次のような言葉を述べる。

嗚呼、君が臨終の忠烈なる言行は、誠に以て我帝国陸軍の精神を発揚するに足る。（…）忠を攄べ、職を盡し、死に瀕みて渝らざる君の如きは、其節天地に愧ぢず、其名千載に朽ちざるものなり。（…）一死報国の志士尚くは瞑せよ。混成旅団長敷島国臣衆にかはりて述ぶ。

この言葉をもって本作は閉じられ、一人の英雄が誕生する。彼の行為は旅団長より「我帝国陸軍の精神を発揚するに足る」ものとして称えられたのである。しかし、この死が果して称揚するに足るものであるのかどうか、全く疑問がないわけではない。というのは、金沢の第七聯隊長陸軍歩兵大佐三好成行は進発に臨み、将兵に向って次のような訓示をしているからである。

余は天皇陛下の命により外征の途に就き、名誉ある軍旗と共に、身を犠牲に供せんとす。汝等能く軍紀を守り、能く衛生に注意し、困苦欠乏に堪え、自己の不摂生により過つて病患に冒され、未曾有の盛事に洩るゝが如き不幸なからんこと、切望に堪へず。

（『金城聯隊史』歩七戦友会、昭44・9・9）

鏡花がこの訓示の内容を知り得ていたかどうかは速断できない（「予備兵」では進発を「八月中旬」としているが、実際第七聯隊は八月二十九日に金沢を発している。もし進発を見届けていたなら「八月中旬」という曖昧な書き方はしなかったはずで、鏡花は進軍を確認せずして、二十九日以前に上京した公算が大きく、したがって訓示を知っていたとは考えにくいのである）が、清澄の死は右の訓示にある「自己の不摂生により過つて病患に冒され、未曾有の盛事に洩るゝが如き不幸」の範疇にあることは確かだろう。清澄を「一死報国の志士」と称えた旅団長敷島国臣は実際の指揮官三好成行とは対照的な立場にいるといってよい。清澄は作品内においてたしかに英雄的な人物であるが、それは少なくとも軍の指揮官にとって望ましい軍人ではなかったのであり、あくまで作者の観念の中で培われた鏡花特有の英雄であったことをあらためて確認しておく必要がある。

結末に関していえば、風葉作もまた性急な展開をみせる。家のことが気がかりとなり「営倉入を覚悟で」脱営してきた俊郎が、父とお咲と家屋敷を失ったのち、天長節に鳴る「君が代」のラッパの音に「愛国の念油然と胸に湧いて」「お、俊郎にはまだ国家がある！」と言い、日の出とともに愛国の士として立つ結末は、上演脚本であることを考慮すれば無理ないことかもしれない。が、この幕切れにおいて、実の父（すなわち母の不義の相手）である陸軍中将日比野維方の封書によって脱営の罪を免れることが保証されており、俊郎の救済もまた「因果応報」のプロットから必然的に導き出されたものであるといえよう。俊郎が自ら進んで召集を受けて立つためには、清澄と同じように、予備兵にとって心を残す「家」の消失が必要な条件となっていることが知られるのである。

おわりに

これまでみてきたような両作の相違は、むろん鏡花・風葉の資質に発していることはいうまでもない。しかし、その違いはまた、日清・日露の両戦役自体の違いにも求められる。

召集に関わることがらに問題を限定すれば、日露戦争時の兵役年齢人口は、日清戦争のそれに比して一割強の増加にすぎないにもかかわらず、動員数は准士官下士卒で四・五五倍に激増している。日清戦争の陸軍動員兵力約二四万人、全戦没者一万三四八八人、戦費約二億円に対し、日露戦争の陸軍動員兵力約一〇八万人、全戦没者八万〇一三三人、戦費約一八億円、わずか十年をへだてたにすぎない戦争の規模としては桁ちがいであり、それだけに一般民衆の生命や経済上の犠牲もまた桁ちがいであった。

（前出大江志乃夫氏『日露戦争と日本軍隊』）

この点をふまえるなら、日清戦争における「義戦」の主張も、この戦争が開戦前に備蓄された戦力で戦うことのできた戦争であり、兵力動員が生産に深刻な影響を及ぼすに至らなかったことと無関係ではない。日露ほどに大規模な動員、犠牲のなかった日清役における楽観的、好戦的な雰囲気は、鏡花が批判の対象とした敵愾心の高揚をもたらすと同時に、彼が憧憬をもって描き出した英雄の出現を許す背景となっていることは十分考えられるのである。

ところが、動員が四倍強になった日露戦争では労働力（とりわけ農業）の大量抽出による生産力の低下は、国民にとって憂うべき事態であった。開戦二か月後の明治三十七年四月二日に制定された「下士卒家族救助令」には、

抑々予後備及び補充兵役に在る者は、多くは妻子を有し、一家其手足に頼りて衣食するもの尠からず。若し其れ等の者にして戦役に召集されんか、家眷忽ち糊口に窮するや必せり、固より贅縁扶養の責ある者之れを扶助し、其の足らざる所は隣保郷党をして助力せしむべしと雖も、軍事国の士気に関するを以て、独り私人若しくは団体の扶助のみに委せず、其の逮ばざるものは須く国家自ら之れが救助に当らざるべからず。

とあって、国家が遺家族の扶助を配慮するに至っているのは注目されてよい。現役を終えて帰郷し、没落した家を救わんとして召集に会い、国家の兵役をうらむ相良俊郎の叫びは、一家の働き手を奪われるという多大な犠牲に泣く国民の多くに共通のものであった。

もとより鏡花や風葉がこのような情勢を誤りなく認識していたとは考えられないにしろ、両作の主人公が、とも

にその時代なり社会なりを確実に身に負った存在であったことは否定しえないところである。

　冒頭にも述べたごとく、予備兵は、軍事的な立場からすれば、現役兵とともに戦時の野戦兵力を形成すべく、戦時定員を充足する要員である。しかし個人の側からみれば、徴発召集による戦争参加という国家の強いた自己犠牲を猶予されている人間であり、動員が行われた場合を想定しつつ日を送らねばならぬ極めて不安定な未決の存在でもあった。したがって、自己の意思とかかわりのないところで発せられる召集は、彼らにあらためて自己の存立や周囲との関係を認識させる契機となる。しかも彼らが社会への出発点に立っている「青年」であるとき、その認識はより鋭くなるだろう。鏡花、風葉がともに「予備兵」の主人公を青年としたのには、それなりの必然性があったにちがいない。

　鏡花は郷里で予備兵の召集に際会して、俗衆への反感を起点に兵役の「義務」を完うする英雄を描かんとして、特権的な青年風間清澄を作り出していった。この時期に鏡花が形成しつつあった「義務」観念の発揚を、当時の国民に課せられた兵役という「義務」に同化させた点に「予備兵」の特質を認めることができるのである。とはいえ、同化させた限りにおいて、兵役制度自体への問いかけの余地を少なくし、鏡花が本来持つ反社会的な観点を弱める結果をもたらしたといえるのかもしれない。

　対するに風葉は、鏡花が一人の英雄をつくり出すために切り捨てた「家」との関係を展開の中心に据えることで主人公を造型してゆく。清澄にあっては自己の発現にとり無二の機会を提供した召集が、相良俊郎の事業を阻むかたちで彼に迫ってくるのである。プロットを因果応報に頼りすぎたこと、脱営までしながら最後は愛国の士として立つ結末の処理など、風葉の意識の限界をみることはたやすいが、作者が当時の青年の抱えていた問題に迫りえた点は評価されるべきだろう。日清戦争に際し、風間清澄のような青年は少なかったかもしれないが、日露戦争において、同時代の青年のなかには数多くの相良俊郎がいたはずだからである。

注

（1）「小説界の新潮流（殊に泉鏡花子を評す）」「国民之友」262／263号、明28・9・13／23。

（2）「『予備兵』の素材など」「光華女子大学研究紀要」21集、昭58・12・1。

（3）義勇兵に関しては、その一節に「然るに血ありと誇る者は、要らざる熱に浮かされつゝ職権外に干渉し、半日以上の放論に、商が兵を談じ農が法を説き、はた工人が政事を語る、（…）もしそれ天下事ある時、自から信ずる心薄くして一に以て海陸の軍備に任ずる能はず家を棄て、徒党を結び漫に郷里を騒がす者は、これを義勇兵と称ふるなり」云々とある。

（4）『自筆稿本義血俠血 解説』岩波書店、昭61・11・25。

（5）その条文には「満十七歳以上満二十六歳以下ニシテ、官立学校（…）・府県立師範学校・中学校、若クハ文部大臣ニ於テ中学校ノ学科程度ト同等以上ト認メタル学校、若クハ文部大臣ノ認可ヲ経タル学則ニ依リ法律学・政治学・理財学ヲ教授スル私立学校ノ卒業証書ヲ所持シ、若クハ陸軍試験ニ及第シ、服役中食料・被服・装具等ノ費用ヲ自弁スル者ハ、志願ニ由リ一箇年陸軍現役ニ服スルコトヲ得。」と定められていた。

（6）「泉鏡花『予備兵』論」『野田教授退官記念日本文学新見—研究と資料—』笠間書院、昭51・3・31。

（7）注（1）に同じ。

（8）岩波書店版『鏡花全集』の頁・行でいえば、279頁14行目「乱臣賊子でせうか。」のあとに、初出紙・初刊では、

曹長は愁然と黙したり。清澄は威長高になりて、涙の声を振絞り、「日本武尊の尊像の前に、比不忠義なる国賊の首を斬つて、早く蜻蛉組の陣門に梟(か)け給へ！」

と帽子を引裂き、引捩りて、群る壮士の前に投出し、身を顫して男泣きに泣けり。

という表現が続いていた。また312頁4行目「大人気無い。構ひたまふな。」のあとに、

曹長は其眼の霑(うるほ)へるを認めたり。

「無念でせう、少尉殿！」

遂に涙は涔々(しんしん)として少尉の両頰に流れぬ。比躰を見るより曹長は益(ますます)激して、

「無念でせう。私も無念だ！」

と続いていたが、鏡花はともにこれを削除している。この削除によって、春陽堂版全集以降の本文を読む者は魯庵の批判が奈辺にあるのか理解に苦しんだはずである。逆にいえば、魯庵の評は作者の念頭に長らく留まっていたことになろう。

【追記】

本稿は、日本近代文学会春季大会（平成元年5月28日、於昭和女子大学）での発表に基づく執筆である。

引用に際して、鏡花「予備兵」は『なにかし』（春陽堂、明28・4）収録の本文を、風葉「予備兵」は初出誌本文をそれぞれ用いた。

主人公風間清澄の進発直後の日射病死については、その後、穴倉玉日氏（「『予備兵』の執筆—泉鏡花と日清戦争—」石川近代文学館主催・第194回鏡花研究会での発表、平12・8・12）により、実際の事実に基づくものであろうことが指摘された。

その内容は、第三師団歩兵第七聯隊第七中隊の『遠征日誌』（刊記不明、金沢市立玉川図書館蔵。昭10・8・10の蔵印あり）に記載されているもので、明治二十七年八月二十九日、金沢を進発した聯隊が高温多湿のなか北陸線開通前の徒歩による重装備の行軍のため「続々日射病ニテ合計三十名ノ多キニ達シ」、三十日に丸岡で歩兵二等卒前田與四郎（二十二歳）、翌三十一日に武生で同一等卒岩見三太郎（二十三歳）がそれぞれ敦賀到着前に死亡し、埋葬に際して中隊長橘七三郎大尉の追悼の演述があった、とのことである。

以上の点から、鏡花は第七聯隊兵士の日射病死を知ってこれを予備少尉風間清澄の最期に取入れた公算が極めて大きいと考えられる。そして、この出来事を養母風間直の素材を得たのと同じ「北国新聞」の報に拠った可能性もまた濃くなるのだが、現存する「北国新聞」（石川県立図書館・国立国会図書館蔵）は、明治二十七年は一月一日より七月三十一日までと、九月十三日、十二月一日より三十一日までのみで、八月から十一月のほとんどを欠いているため、実際の新聞報に就いてこれを確めることができない。

本稿四節に「「予備兵」では進発を「八月中旬」としているが、実際第七聯隊は八月二十九日に金沢を発している。もし進発を見届けていたなら「八月中旬」という曖昧な書き方はしなかったはずで、鏡花は進軍を確認せずして、二十九日以前に上京した公算が大き」い、と記したが、秋山稔氏は「『取舵』考」（『泉鏡花　転成する物語』梧桐書院、平26・4・24）において、この二十七年の上京を「取舵」や書簡の記述に基づき、九月二日以降七日以前のこととしている。これに従えば、おそらく八月三十一日以降に載ったであろう「北国新聞」の記事を目にすることができたと思われるが、当期の新聞を欠く現況では嘱目の確定に至らないのである。

上京後に事件を知り得た可能性が認められるのは、松田顕子氏（「〈反戦小説〉の根底—泉鏡花「海城発電」とナショナリズム—」「日本近代文学」76集、平19・5・15）の指摘された、岩見三太郎の日射病死の報「勇兵斃れて銃を離さず」（「読売新聞」明27・9・17付3面）であるが、いずれにしろ日清戦争という事変に際して筆を執った「予備兵」が、主人公の死に至るまで実際の出来事を報じた新聞記事に拠り組立てられていることは明らかである。

以上、新たに判明した事実から本文の記述も改めるべきであるが、全面的な改稿が難しいため、この追記をもって補足訂正とさせていただきたい。

なお、「予備兵」の自筆原稿の所在は不明だが、『鏡花集』第五巻（春陽堂、大7・9・28）の目次の後に、書出し部分の半丁が、朱筆もそのまま木版による複製として折込まれている（元版である『鏡花双紙』春陽堂、大5・1・1、にはこの折込みは付いていない）。総ルビであることから、初出「読売新聞」掲載用の最終原稿だと思われる。題名「予備兵」（朱筆）の上に○印が付けられているが、この印は他の自筆原稿に照して、初題を変更した際の決定題に付される場合が多く、別に原題（初題）のあることを窺わせるものの、複製からはそれが読み取れない。

決定稿以前の草稿類は、すでに村松定孝氏（「泉家蔵草稿類の語りかけるもの」「鏡花全集月報」29、昭51・3）に紹介があり、

「予備兵」の下書きは、一行二十三字、十五行の桝目の原稿用紙に書かれていて、全部で十九枚であるが、これを決定稿（現行本）の章目に照すと五場面ほどに区分される。

として、以下五つの場面を解説しているうちの、「墓参」と題する小見出しのある六枚、「花の兄」の小見出しのある三枚に、それぞれ主人公の名を「謙吉」と記しているのが目を惹く。拙稿「「海城発電」成立考」（＊本書収録）にも記した通り、「海城発電」の草稿「非戦闘員」（執筆は明治二十八年六月―十月と推定）の中に、赤十字の「看護手」の名が「落合謙吉」あるいは「外山謙吉」と記されているからである。後に定稿「海城発電」では「神崎愛三郎」となる人物の元の名「謙吉」が、前年執筆「予備兵」の草稿に出自をもつことになり、本作の草稿は「日清戦争もの」の生成過程を探るうえで逸しがたい指標といえよう。今後、泉名月氏旧蔵の草稿全部の翻刻紹介が望まれる。

【本章初出】「日本近代文学」第41集（平成元年10月15日）

2　観念小説期の泉鏡花 ― 兵役と戸主相続の問題を通して ―

はじめに

明治二十八九年頃に於ける泉鏡花氏や川上眉山の作品によつて代表される観念小説が明治の小説史上に極めて重大な転向期を劃出するものであつたことは今日既に常識となつてゐる。（「観念小説とその転向」[1]）

と片岡良一氏が述べたのは、鏡花存命中の昭和七年だったが、後述する明治二十八、九年ごろの同時代評は、この「常識」が、長い間に形成されたものではなく、日清戦後の小説の新傾向に対し、「観念小説」の名が与えられた時点で、おおかた通用する見解だったことを証している。そして、実父が歿した二十七年一月以降の生活上の危難の中、鏡花が社会と相交わることによってはじめて、観念小説の問題性が生じた点もまた、現在広く認められているところだ。

しかしながら、社会と鏡花との具体的な関係となると、それが多様かつ複雑であるために、さきの「常識」を補翼しうるほど自明にはなっていないように思われる。

本稿では、このような社会と鏡花との関わりのうち、第一に、日清戦争における兵役（および兵役拒否）の問題、第二に、父の死により発生した戸主相続の問題、の二つを通して、観念小説執筆の必然性を明らかにしてみたいと考える。

さて、泉鏡花と兵役の問題を公にしたのは蒲生欣一郎氏である。氏は『鏡花文学新論』（山手書房、昭51・9・7）所収の「泉鏡花と兵役拒否」において、「夏目漱石が徴兵検査を受けなくて済むように本籍を東京から北海道へ移していた」事実に示唆を受け、「鏡花が戸籍上の本籍地を転々と移した」のは、「〈兵役拒否〉のためではないか」と推論、これを鏡花本人の意思であるよりも「孫の成長に心を傾けていた祖母の才覚であろう」と結論した。この説は、例えば「鏡花は兵役忌避者だったという推定を、近年鏡花研究者の蒲生欣一郎が書いているが、当っているようである」（小田切秀雄氏『明治文学史』[2]）との見解にもあるように、積極的に支持されぬまでも、その当否が検討されることなく、なかば暗黙の承認を受けてきたのではなかろうか。鏡花の反戦的傾向をもつとされる「海城発電」「琵琶伝」「凱旋祭」等の作品がその承認に根拠を与えてきたといってよい。

しかし、私も蒲生氏にならって鏡花の徴兵検査と兵役とについて調べたところ、氏の指摘した事実の誤りに気づき、反対に鏡花には兵役拒否の事実を認めることができない、との結論を得て、さらに戸籍の記載から戸主相続をめぐる問題と観念小説執筆との相関に、より重要な点を見出すにいたったのである。まず、その報告から始めたい。

一　鏡花の戸籍

蒲生氏が兵役拒否の根拠とした鏡花の本籍地転々の事実は、殿田良作氏「泉鏡花の実際と作品」（「国語国文」32巻7号、昭38・7・25）の記述に基づいている。かつてのように戸籍を自由に閲覧できなくなった現在、殿田氏の報告はとりわけ貴重なものだが、以下に必要事項を摘記してみると、

㈠　明治二十八年十二月二日に下新町の家を売却、以後、本籍地を、

㈡　金沢市裏金屋町三十四番地、
㈢　金沢市三社川岸町三十九番地、
へと移し、
㈣　明治三十二年一月三十一日、東京市小石川区小石川大塚町五十七番地、
に転出したむね「金沢市役所の戸籍簿」に記されているという。㈡、㈢の転籍の期日は不明である。現地の戸籍簿を調べた殿田氏の報告はここまでだが、その後についての資料が実はもう一つ存在する。それは、石川悌二氏『近代作家の基礎的研究』（明治書院、昭48・3・25）所収「神楽坂と鏡花」中に掲げられた写真版の戸籍で、これについては一部旧稿（「泉鏡花・祖母の死と「女客」」「学苑」590号、昭64・1・1。＊本書収録）にも触れたが、改めて以下に写真版から判読できる記載を翻刻してみる（ただし、体裁をそのまま写すことは難しいため、項目の記載のみを追い込んで記すことにしたい。［　］内は項目名、漢数字の字体は原本のまま）。

［本籍地］小石川区小石川大塚町五拾七番地　［前戸主］泉清次　［族称］平民　［前戸主トノ続柄］亡泉清次長男　［父］亡泉清次　［母］空欄　［戸主名］泉鏡太郎　［出生］明治六年拾壱月四日　［戸主トナリタル原因及ヒ年月日］空欄　［戸籍事項］明治弐拾八年拾月参拾日相続ス明治参拾弐年壱月参拾壱日石川県金沢市三社川岸町参拾九番地ヨリ転籍届出仝日受付入籍（印）　明治参拾六年拾弐月壱五日牛込区神楽町弐丁目弐拾弐番地へ転籍届出仝日牛込区戸籍吏土方篠五郎受付仝月弐拾壱日届書及入籍通知書発送仝月参拾壱日受付除籍（印）

第二国民兵

これは、明治三十一年式戸籍で、その調製登記は、殿田氏の報告を裏付ける金沢から東京への転出の時点、すなわち明治三十二年一月三十一日以降になされ、三十六年十二月の牛込区転出までを記す内容である。なお、蒲生氏は前掲書で、戸籍に鏡花の兵種が「第二乙種」であったとし、これを根拠に説を進めているが、翻刻にもあるよう

に「第二乙種」は誤りで、「第二国民兵」が正しい。翻刻には示さなかったが、右戸籍には、戸主である鏡花の他に、家族の祖母きて、弟豊春も登記されており、豊春の戸籍事項欄末尾に「乙種」との記載が判読できる（「乙種」以外に番号も記されているが、判読不能である）。つまり、「乙種」とは鏡花のものではなく、弟の豊春の兵種だったのである。

蒲生氏の誤りを確認した上で、当面の課題にかかわって注目すべきは、㈠戸籍事項欄末尾に「第二国民兵」と記されていること、㈡明治二十八年十二月の下新町の生家売却に先立ち、十月三十日に亡父清次からの戸主相続が行われていること、この二点である。以下二節で「第二国民兵」の記載の意味するところを、三節で戸主相続から生ずる問題を、それぞれ検討してみたい。

二　兵役拒否の可能性

鏡花の戸籍に記された「第二国民兵」とはいかなるものであったのか。当時の兵役制度は、明治二十二年十二月に改正された徴兵令（以下にしばしば「改正徴兵令」という）の第二条に、

兵役ハ分テ常備兵役後備兵役補充兵役及国民兵役トス

〔以下徴兵関係の条文は『徴兵法規』厚生堂、明30・1・31、及び『現行兵事法令大全』大全館、明36・6・16、の二書に拠る〕

と定められ、「国民兵役」は同じく第六条に、

国民兵役ハ分テ第一国民兵役第二国民兵役トス第一国民兵役ハ後備兵役及第一補充兵役ヲ終リタル者之ニ服シ第二国民兵役ハ常備兵役後備兵役補充兵役及第一国民兵役ニ在ラサル者之ニ服ス

とされている。つまり、「第二国民兵役」は、常備より後備、補充、国民にいたる各種兵役のうち、最終に位置する兵役であり、徴兵の優先順位の最も下位にあって、事実上の「免役」に等しいのである。

では、鏡花はなぜ「第二国民兵」に編入されたのだろうか。これを説明するためには、各兵役の編入を決定する徴兵検査の段階にさかのぼる必要がある。徴兵検査の受検にいたる手続きを、改正徴兵令、徴兵検査規則、徴兵事務条例等の規定にそって略述すれば、次のごとくになる。

(1)「帝国臣民タル男子」のうち「戸籍法ノ適用ヲ受クル者ニシテ前年十二月一日ヨリ其ノ年ノ十一月三十日迄ノ間ニ於テ年齢ニ達スル者」に受検の義務があった。［受検者の範囲］
(2)一家の戸主は家族内に適齢者のある時は、受検する年の一月末までに本籍地の市町村長に届け出る義務があった。［適齢届出の義務］
(3)市町村長は当該者について毎年一月一日調の適齢人員を調査し「壮丁人員表」を調製後、(2)と照合して「壮丁者名簿」を調製、徴募官はこれに基づき徴兵の配賦を行う。［人員表と名簿の作成］
(4)各徴募区の検査は毎年四月中旬から七月末日までとされ、通達書を当人に交付、当人不在の場合は戸主・家族に交付、これを当人に渡す義務があった。［通達書の交付］
(5)なお、本籍地ではなく寄留先で受検する者は、寄留地の市町村長（東京は区長）を通じて本籍地の市町村長に必要な手続きを行い、(2)と同じく戸主を通して一月末までに届け出る。［寄留地での受検］
(6)身体検査の結果、受検者はその体格健康状態により、甲種、第一乙種、第二乙種、丙種、丁種、戊種に分類された。丙種以上が合格だが、乙種以上が現役に適するとされ、丙種は現役不適で第二国民兵役に服し、丁種は身体上の障害による不合格で免役、戊種は発育の遅れとされ、翌年再検査の対象となった。［受検後の分類］
鏡花もまたこの(1)から(6)の手続きを踏んだことが、現存する父清次宛の書簡二通によって確認できる。その第一は、明治六年生れの鏡花が徴兵検査適齢となる明治二十六年の一月二十八日付、牛込区横寺町の紅葉宅からの発信（全集別巻二刷「拾遺」所収）で、[3]

父上様、別紙へ市長の名をおかきいれにあひなり候て御地の市役所へお出し下され度送籍には及び不申候

とあり、これは(5)の寄留先（牛込区）で受検するため、本籍地金沢の市長宛の届出を戸主である父に依頼した内容である。一月末日の提出期限が迫った二十八日の発信ゆえ、封筒の表には「要用大至急」と記されている。さらに、同年七月一日付（封筒を欠くため月推定。別巻所収・書簡番号一〇）には、

先月十六日懲（ママ）兵の検査を受け案の定目のためにさらりと落第仕候たゞ鏡太郎が落第するはこればかりと思召下されたく候

（傍点引用者）

とあり、これは(6)の検査結果を伝えたものである。なお、同年の市下麻布大隊区管内、牛込区の検査は、(4)の規定により、四月十四日から六月十六日まで、市谷左内坂町、陸軍士官学校そばの宗泰院で実施されている（「徴兵検査日割」「読売新聞」明26・3・24付2面）。書簡の月推定に拠るなら、鏡花は検査の最終日に受検したことになる。先の戸籍の「第二国民兵」の記述を勘案すれば、書面中「目のためにさらりと落第仕候」とは、丁種以下の不合格を意味するものではなく、近視のために現役不適の「丙種合格」になったことをさす、と考えるのが妥当だろう。「目のため」すなわち近視が丙種となり現役不適とされたのは、「小銃射撃を必要な戦闘手段とする歩兵主体の軍隊では視力が重視され」（大江志乃夫氏『徴兵制』岩波書店〈岩波新書〉、昭56・1・20）たことに因るのであり、またこの丙種までをも国民兵役に編入させたのは、改正徴兵令がすべての成年男子を兵役の枠内に参入せしめる「国民皆兵」の原則を制度化したものだったからにほかならない。

以上煩瑣にわたったところもあるが、確認しえたことがらを整理すれば、鏡花は満二十歳になる明治二十六年、通達書を受取ったのち、当時の寄留先であった牛込区で徴兵検査を受けるため、一月二十八日、金沢の父清次に急

ぎ手紙を送り、手続きを依頼した。そしておそらくは六月十六日、牛込区市谷の宗泰院で受検し、その結果、近視のため丙種合格となり、この検査結果により、のち第二国民兵役に編入されたのである。

したがって、徴兵検査の結果ならびに戸籍の「第二国民兵」という記載が実質的な「免役」を意味するものである以上、蒲生氏の鏡花兵役拒否説は成り立ちがたいといわなければならない。兵役拒否の手だてを講じたのが「祖母の才覚であろう」とする結論もまたここに根拠を失うのである。氏は日清戦争後（二十八年十二月以降）の本籍地移転に拠って説を立てたが、なによりもまず、徴兵検査の翌年二十七年に開戦した日清戦争中に、鏡花がなぜ徴集の対象とならなかったのか、その原因に思い至るべきであった。

さらに、『陸軍省統計年報』[4]の明治二十六年「壮丁総員」の項によれば、同年の二十歳の壮丁総員三八四、五三六人のうち、徴兵検査合格者は、一一七、八四〇人で、抽籤による現役当籤者は一九、〇四〇人、当籤率は約一六パーセントである。『年報』は日清戦争後の二十八年から甲種、乙種の当籤人数を区別して掲げているが、乙種の当籤者は、二十八年が七五人、二十九年が一二八人で、合格者の当籤率は、それぞれ〇・〇九パーセント、〇・〇三パーセントにすぎない。合格者のうちから抽籤によって現役兵を徴集していた当時の状況、また日清戦争が常備兵役にある兵力のみで戦うことのできた事実からして、もしかりに鏡花が丙種ではなく、現役徴集の範囲内にある乙種の合格であったとしても、彼に兵役拒否の契機が生ずる可能性はきわめて少ない、と考えられる。

では、このような事例は鏡花のみに限ったことであるのか。他作家の場合を参酌するため、その手がかりを、大正五年一月より七年十二月にわたって「新潮」誌上に連載された「文壇諸家年譜」の記載に求めてみたい。この「年譜」は、まま誤りもみられるが、作家自筆のものも多く含まれており、同時代の証言として貴重だと判断されるからである。

同「年譜」掲出の「文壇諸家」六十八名のうち、徴兵に関わる記述のある者は、わずか八名にとどまる（大正六年二月号の鏡花の年譜に徴兵検査の記述はない)。年齢、条件はさまざまながら、八名のうち、鏡花と同門の小栗風葉は、故郷での受検のみを記して結果が判らず、現役兵として入営したのは、稲毛詛風（甲種合格で歩兵第三十二聯隊へ)、吉田絃二郎（一年志願兵で対馬の砲兵大隊へ)、広津和郎（補充兵として野戦砲兵第一聯隊へ）の三名であり、「近視眼のため乙種国民兵とな」った島崎藤村（「乙種国民兵」という兵役はないから、鏡花と同じ「第二国民兵」の誤りだろう)、「第一乙種なりしも兵役を免れ」た久保田万太郎、「丙種免役となる」久米正雄、「丙種にて兵役を免る」豊島與志雄、の例がある。久米、豊島はともに帝国大学卒業後、徴兵猶予期限の切れた満二十七歳で受検しているが、おそらく鏡花や藤村と同じく近視のための「丙種」であろう。重ねていえば、大正なかばのこの時点でも「丙種」合格は事実上の「免役」なのである。

右の「文壇諸家年譜」以外でも、例えば、「身長五尺二寸二分、筋骨薄弱で丙種合格、徴集免除、予て予期した る事ながら、これで漸やく安心した。」と日記（明39・4・21）に記す石川啄木、本籍地の愛知県ではなく東京麹町で受検、不合格となった永井荷風、脂肪過多で同じく不合格の谷崎潤一郎などがいる。その他の作家についての現時点での調査は後の「補注」に示したので参看していただきたいが、以上に照してみると、明治四十三年徴兵猶予の切れる二十七歳で一年志願兵となり、砲兵第十六聯隊に入隊、聯隊副官らの配慮により耳に疾患ありとの理由で常後備兵役免除となった志賀直哉などは、むしろ特権を行使しえた数少ない例だといってよいのではないか。

かくて、蒲生氏がその説の根拠とした、明治二十八年十二月以降二回の本籍地の転籍は、兵役拒否以外の理由から行われたと考えなければならないのだが、今のところこれを説明する資料を欠いているため、爾後の調査に委ねるほかない。

がともあれ、これまで見た限りにおいて、鏡花が徴兵検査で「目のため」現役不適と判断され、免役に等しい兵役に編入されたという事実はほぼ確定されたと考える。つまり鏡花は、兵役を拒否したのではなくして、兵役という制度から拒否された青年なのであった。

　このような鏡花が、郷里の金沢で日清戦争に際会した時、いかなる反応をするのか。われわれはその端的な現れを「予備兵」（「読売新聞」明27・10・1―24）に見てとることができる。本作は、当初日清の戦争熱に浮立つ世間に批判的な態度をとりながら、金沢に召集令が発せられるや、自分を慕う娘を残して「入営の一番槍。天晴武者振」となったのもつかのま、進発の直後日射病に斃れてしまう青年風間（旧姓野川）清澄を主人公とする。彼は、

　曩に医学黌を退学して一年志願兵となり、除隊の後更に高等中学の受験に応じて、第四級に入学せし比、既に故ありて風間の姓を冒せしなり。（六章）

と記される予備兵である。この設定の意味についてはすでに旧稿（「ふたつの「予備兵」―泉鏡花と小栗風葉―」「日本近代文学」41集、平1・10・15。＊本書収録）においても述べたことがあるが、改正徴兵令（第十一条）で新たに設けられた富者のための特権的な服役制度である「一年志願兵」となった予備少尉にして、しかも「高等中学」――鏡花はかつてこの上級学校の受験に失敗している――医学部学生の風間清澄は、作者がかくありたいと願った理想の英雄像を具体化した人物であった。

　従来「予備兵」は、「日清戦争下の世相を取り上げ、無暗に興奮して足が地に着かなくなつてゐる世間に対する批判を籠めたもの」[5]とされ、日清戦後の「海城発電」「琵琶伝」等に認められる反戦的傾向の萌芽を求める向きが多かった。しかしこの理解では、世間の熱狂を冷やかに眺める前半の清澄と、召集を境に「君が臨終の忠烈なる言行は、誠に以て我帝国陸軍の精神を発揚するに足る」「一死報国の志士」と旅団長より称えられる後半の彼との人物像の齟齬を十分に説明できない。むしろ、越野格氏[6]が、同時期執筆の「義血侠血」草稿との関連において指摘されるごとく、「己の職分を知り義務を全うする人間」の賞揚に作の主題を認めるべきであろう。この義務感の抱懐こそが、召集発令以前の彼をして世俗の批判を可能ならしめ、かつ戦時の召集が義務を果すべき絶好の機会となっ

たのであって、彼の存念自体に矛盾はなかったからだ。進発直後のまことに唐突な日射病死も、作者の眼が戦地での活躍にではなく、もっぱら召集時の義務の遂行に向けられていたことの招いた当然の結末だった。

そしてまた、その行為の賞揚にともない、清澄の人物造型が理想化となって現れた一因は、鏡花と兵役との関係にこれを求めることができる。というのは、先に確めたように鏡花は現役不適で国民兵役に編入された青年であり、兵役の義務を果そうにも、当時の兵役制度がこれへの参加を許さなかったからである。召集前、兼六園で血気に逸る地元の義勇団「蜻蛉組」が浴びせかける「卑屈、無気力、破廉恥、不忠、不義の国賊」（六章）との罵倒は、清澄のみならず、郷里で開戦の報に接した作者自身を責める言葉でもあったはずだ。

かく「予備兵」一篇は、日清開戦によって生じた義務の遂行において、兵役制度から拒まれた鏡花の疎外感に発し、予備兵の義務を完うして斃れる理想の青年を創り出した作である、とみなされよう。この点に、戦後二十九年以降の反戦的厭戦的傾向をもつ諸篇とはおのずから異なる位相が認められるといってよい。

三　戸主相続をめぐって

さて、一節に翻刻紹介した鏡花の戸籍に兵役の種別が併記されていたことからもわかるように、徴兵制度は戸籍制度をその基盤にしてはじめて成り立つものであった。ばかりか、明治十八年、統計院が戸籍法改正につき照会した際、内務省は「戸籍ハ経国ノ要務ニシテ警察、徴兵、収税、学制、農商工務等凡百政治ノ基礎タルハ言ヲ須タス」と回答した（福島正夫氏『日本資本主義と「家」制度』東京大学出版会、昭42・3・30）。このような政府の認識のもとに公法諸制度が整備施行されていったことを、まず確認しておこう。

戸籍制度の主体は、いうまでもなく、戸主と、戸主のもつ戸主権により統率される家族とによって組織される

「家」であり、その「家」は戸主の財産、身分とともに長男子の承継＝家督相続によって存続する。泉家の長男子であった鏡太郎に、この家督相続が発生したのは、戸主の父清次が死亡した明治二十七年一月九日からである。ところが戸籍の記載の示す通り、鏡花は清次歿後長らく戸主相続の届出をせず、二十八年十月三十日にようやくこれを果した。つまり泉家は一年十か月のあいだ、嗣子がありながら戸主不在の状態が続いていたことになるのである。

では、当時の家督相続の実態はどうであったのか。明治初年から明治民法施行の三十一年までは、太政官布告などを中心として単行の諸法令の中で断片的に示されているにすぎないうえ、各地方によって取扱いに差があるため、正確な捕捉は難しいのであるが、中川高男氏「明治前期石川県戸籍関係法令資料」（『明治学院論叢』126号、昭42・3・31）によれば、明治十九年一月七日付の石川県布達（第二号）には、

　渾テ戸籍ノ異動ハ遅クトモ七日以内戸長役場へ届出ヘシ　若シ止ヲ得サル事故アリ期限内届出ノ手続ヲ為シ能ハサルトキハ其事由書ヲ差出ヘシ

とあって、異動届出の期限が「七日以内」とされている。しかし、同年の十月に戸籍法が改正されているので、この規定がその後も実効をもっていたのか判断がつきかねる。そこで、中央省庁の指令の実態を『明治前期家族法資料』（外岡茂十郎編、早稲田大学刊、昭45・11・10、第二巻第二冊下）によって窺えば、平民戸主の退隠または死亡により家督相続が開始した場合の相続人届出期限の取扱いにつき、明治二十年三月二十五日の山形県伺に対する司法省の指令では、

　従来平民家督相続ニ付テハ一定ノ制規ナシト雖モ家督相続ハ前戸主退隠若クハ死亡ノ日ニ始マルモノナレハ久敷届出ヲ怠ルヘキ筋無之

とし、前々年の十八年六月の三重県伺に対して内務省が指令した「当主死亡後五十日ヲ過クヘカラス」に準ずるべき旨を示している。また同様の件につき照会した二十年十二月一日の神奈川県伺には、

戸主死亡後荏苒数月ヲ経或ハ数年ヲ過ルモ相続者ヲ定メサル比々有之

と見え、これに対して司法・内務両省は、死亡後五十日を期限とし、「若シ無已事情アリ遺族ヨリ願出ルトキハ定期ノ外相当ノ延期ヲ聞届苦カラス」と指令している。

もって、当時の家督相続は当主死亡後五十日を期限とするが、平民については制規がなく、「無已事情」ある場合は願出を条件として相当の延期の認められていたことが判る。と同時に、戸主死亡後「数年ヲ過ルモ相続者ヲ定メサル」鏡花のごとき事例も少なくなかったことが知られよう。もし所定の願出をしていたとすれば、制規の及ぶ士族ではなく、泉家の平民であったことが「相当ノ延期」を許容せしめたのである。

しかし「延期」は、あくまでも相続が近い将来に行われるべきことを前提とした猶予期間にすぎない。戸主相続の届出を保留していた鏡花にとって、父歿後に残された老祖母きて、弟豊春の扶養をその第一に、法律や制度、それにともなう義務の遂行が大きな課題として彼の前に立ちはだかっていたろうことは確実である。のちの談話で「丁度この時分、父の訃に接して田舎に帰つたが、家計が困難で米塩の料は盡きる。為に屢々自殺の意を生じて、果てには家に近き百間堀といふ池に身を投げようとさへ決心したことがあつた。」(「おばけずきのいはれ少々と処女作」明40・5)と回想するように、父の死は戸主の空白ばかりか、直ちに一家の困窮をもたらした。当時執筆の「旅僧」(初出題「一人坊主」、発表は明28・4)に、国許の父危篤の報により、船で急ぎ帰郷する姉弟の言葉を、船客に伝える僧の語りで、

父様(おとつさん)には私達二人の外に、子といふものはござらぬ、二人にもしもの事がありますれば、家は絶えてしまひまする。父様は善いお方で、其きり跡の絶えるやうな悪い事為置かれた方ではありませんから、私どもは其麼(どんな)危い目に出会ひましても、安心でございます　　（傍点引用者）

とある条などは、自分に言い聞かせるような念の入れようから、むしろ記述とはうらはらに「跡の絶えるやうな悪

い事」、すなわち父親の不行跡を想像させるし、また「さゝ蟹」(明30・5)の一章、「由縁の女」(大8・1―10・2)の四十二章、「瓜の涙」(大9・10)の三章等、後年の自伝的色合いの濃い諸作の記述からすれば、清次の歿後に借財のあったことが窺われ――そして、この三作とも主人公は負債の取立てに耐えかねて、祖母(もしくは老母)を家に残したまま、いずこへか逃避している点で共通するのだが――これを戸主届出の遅延した理由の一半とすることも可能であるかもしれない。

ところで、明治二十三年以来の民法典論争を経たのち、三十一年の明治民法に定着された「戸主」の身分的地位は、家族に対する養育・教育の義務と、「家」を構成し統括するための各種の権利との両面から成り立っていた。明治民法施行以前においても、この地位は身分財産に関する法規制である「戸主ノ法」として実体法的な規範になっていた。当時の鏡花が置かれていた状況からして、維持すべき家産や家業、また家名によって示される社会的地位の承継が戸主相続の第一義となる可能性はほとんど考えられないから、戸主となった場合、それに伴って与えられる「権利」よりもむしろ、父歿後の家族の扶養という「義務」のほうを強制される相続だったはずである。そして、もしかりに父の残した負債があったとすれば、これもまた新戸主鏡太郎に返済の「義務」を迫ることになったのではないか、との推測は許されるだろう。

むろん、この戸主相続に関して鏡花は何も書き残しておらず、相続の遅延に特別の意味を見出すことはできないのかもしれない。しかし、清次歿後の二十七年一月から戸主届出をする二十八年十月までの一年十か月が、あたかも「観念小説」の執筆時期に重なっているという事実は、これをたんなる偶然として片づけるわけにはゆかないのである。

人に義務といへるものさへなからむには世はなほ無事に送らるべきなり、然れども人生未だ必ずしも義務なくむばあらず、従ふて責任なくむばあらず、其義務といひ責任といふもの皆自他の約束に因りて起るなり、

あるいは、

社会に法あり、法の無情なる天よりも寧ろ一段甚だしきものあるを奈何せむ

など、のちに師の紅葉によって削除されてしまうことになる「義血俠血」草稿[7]（再稿）の一節は、当時の鏡花にとって法や義務と自己との関係が焦眉の問題であったことを明瞭にものがたっているからである。以後の観念小説に繰返し示される「社会より荷へる処の負債」（「夜行巡査」初出文）としての義務・職務への執拗なこだわりは、その遂行を通して行われる現実への参加を拒まれた彼の内面の葛藤が存していた証にほかなるまい。さきにみた「予備兵」もまた、戦争という事変が兵役を通して「義務」のありかたを作者に迫ったことから生れ出た点において、作品成立の契機を同じくするのである。

松村友視氏[8]は、この時期に書かれた「聾の一心」以下、「鐘声夜半録」「義血俠血」「大和心」「お弁当三人前」「取舵」「旅僧」「海戦の余波」「予備兵」「夜行巡査」の諸作に、共通して具体的な年月日が書込まれている点に着目し、「ある特定の時間を現実との接点として作品世界を構築することで、その接点に立って自己の内面と向き合っている作家主体の姿」をそこに認められた。氏の指摘は、伝記的事実よりいったん離れ、作品自体の連なりから作家主体確立の過程をたどった結果得られたものだが、なぜ「ある特定の時間を現実との接点として」、具体的な年月日が記されねばならなかったのか、その必然性は、父の歿後に生じたさまざまな義務の遂行を日延べしていた作者にとって、時々刻々の日それ自体が重い桎梏だった、という伝記的事実からも充分説明できるのではなかろうか。鏡花において、義務や規範に代表される父性的な社会原理との対立葛藤は、父が存在した時から生じていたのではなく、父の不在によって始まったことに、あらためて注意を促しておきたい。

四　作家としての自立

ではすすんで、鏡花はなぜ戸主相続を一年十か月のあいだ行わなかったのであろうか。先にも触れた通り、いくつかの作品の記述は、そこに父の負債に関わる事情が介在していたことを示唆するのだが、ただはっきりしているのは、この時紅葉宅に寄食中の、文学修業を始めて三年に満たぬ数え二十二歳——父清次死亡時の満年齢は二十歳と二か月——の青年に、家族の生活を維持する経済能力がなかったということである。戸主に付託された最も重要な責務である家庭生活の維持に窮する以上、戸主たる資格にもとるのは当然であろう。したがって、鏡花が戸主を相続するための要件は、何よりもまず社会的、経済的な自立であり、それは彼が一生の業と定めた作家としての自立を通してのみ果される。

先引「義血俠血」草稿の別の箇所に、女主人公お玉（定稿では水島友）が出刃打の連中に金を奪われたのちの「思案」が次のように記されている。

然り金策の窮したるには、なほ賊すといふ余裕あるなり、最後の手段を試みもせで、死して自分潔うせむか、其は唯責任を軽むずるにて、義務を盡せりといふべからず、死や死や、安逸を求むる卑怯の所為のみ那個の剛腹いづくむぞ然ることをせむ、

お玉のこの「思案」もまた紅葉によって削除されてしまったのだが、ここに、生と死の間を振幅する作者の肉声が強く響いているのは明らかだろう。「責任を軽むずる」ことなく、「義務を盡」すために、「死」を「安逸を求むる卑怯の所為」として斥けるとすれば、鏡花は作品を書き続けるほかにない。それがお玉ならぬ彼の「最後の手段」だった。この作品を起点とする以後のあゆみは、かくて「義務」や「責任」を彼なりに内面化し、観念に殉ず

る主人公の形象を中心に行われ、そのひとつの結実が二十八年四月の「夜行巡査」（「文芸倶楽部」）となってあらわれるにおよび、「鏡花の評判絶頂に達せし時」（樋口一葉「みづの上日記」明29・7・22に記される斎藤緑雨の言葉）が訪れた。

「泉鏡花子は所謂新進気鋭の作家なり。昨は紅葉門下の一なにがし、今は歴々の少壮作者」（「小説界の新傾向」傍点原文）と「帝国文学」に報じられたのは、「夜行巡査」発表の四か月後であり、このかん、五月に「愛と婚姻」（「太陽」）、六月に「外科室」（「文芸倶楽部」）と、やつぎばやに問題作を発表したことによって彼の得た評価である。「夜行巡査」の鏡花をして戦後の文壇に寵たらしめたのは、第一に、それまでに語られた物語の内容を「あはれ八田は」以下の数行により一挙に統括する末尾部分の呼びかけの力強さだったろう。末尾にのみ二度記される「社会」への認識の程度に議論の余地はあるにしても、「恕すべき老車夫」や「憐むべき母と子」をその底辺に産み落した「社会」が、同時に彼らに対して「残忍苛酷」な巡査に「負債」としての義務を荷わせもし、なお殉職後の「八田巡査を仁なりと称」した「社会」でもある。本作はそういう認識を当の「社会」へ向けて表明することに成功した作品だった。

そしてまた、この主張の強さは、「残忍苛酷」な職務の遂行者にして、百鬼「夜行」の「怪獣」たる八田義延と、「三代祟る執念」から姪と巡査との結婚を阻む「悪魔」のごときお香の伯父、この二人の特異な人物造型によっても支えられていた。両者の形象の「不自然」はもとよりのことだが、「嘗て我国人の理想に上らざりし、否上せ得ざりし」（時文記者「夜行巡査」「青年文」1巻4号、明28・5・10）、新奇な両人の結節点に位置するのがお香であり、ひとつの観念に憑かれ「其職掌を堅守する」「怪獣」と、「一眼の盲ひたる」「悪魔」とが「一個の年紀少き美人」をめぐって相争い、ともに深更厳冬の水の中に没し去る、という一篇の構図は、末尾に現実の「社会」を提示しながらも、むしろ鏡花の本源に根ざした「怪異譚に近い」（関良一氏[9]）のである。

わけても、伯父に具体化された恋の妄執、邪な恋の異様は、同時期執筆（または発表）の「怪語」「黒壁」「妖僧記」「黒猫」等の諸作にも通じているので、内田魯庵がこの志向を「人心の暗黒面を以て主題となす者」（「小説界の新潮流」「国民之友」262／263号、明28・9・13／23）と指摘したのは正しかったといえよう。

さらに、かかる「人心の暗黒面」の追究が、本作の二か月後の「外科室」における内容と著しい対照をなしていることは注目にあたいする。というのは、評論「愛と婚姻」が補強する「外科室」の主意が、「恋愛」から「人心の暗黒面」たる情欲や肉欲を捨象して、「我執」を越える「無我」の愛を謳い、これを社会通念あるいは制度へ対置することにより、社会と相容れざる恋愛の純粋性を高く掲げるところにあったからである。「夜行巡査」が作者の内面によどむ妄執、愛欲の自覚に発して、「暗黒」の「夜」の情念に形を与え、これを職務観念と相剋させた作であるとするなら、「外科室」はその「暗黒」を克服すべく、現世での敗北を必至とすることによって、恋愛を「聖化」する立場への移行を示す作品だった、と考えられる。

この立場は、むろん「生きるという意志を欠いたところ」に成り立ち、「生を超越してはじめて可能な純情」であって、「非現実的」である点（三好行雄氏[10]）は争われぬが、八田巡査の身を滅ぼした「職務」観念に替る、新たな「恋愛」という観念の定立を意味していたことは動かしがたい。そして、この「聖化」された恋愛が現実の社会では実現されえず、現実を超えた世界（天上）での成就が望まれている限りにおいて、おのずから観念小説以後の鏡花の転換の方向を予告するものであった、といえよう。

相踵いで発表された二つの問題作は、このような作家内面の形象化の確実な推移を経て、はじめて戦後文壇の新潮流に棹さし、作家的な自立を可能ならしめたのである。鏡花が戸主を相続したのは、「新進気鋭の作家」と報じられてから三か月後の十月三十日であった。

おわりに

　以上、鏡花の兵役拒否説の検討から、その説の成り立たぬことを証する戸籍の記載が、当時鏡花の直面していた戸主相続にかかわる問題を新たに浮上させる結果となった。社会的には日清の事変に、個人的には戸主相続に、それぞれ代表されるごとく、父清次が歿する前後の時期は、青年鏡花にとって多端の一語に盡きよう。こうした厳しい状況は、鏡花に座視を許さぬものであったので、社会に対する「義務」の遂行を要請した点、ひいては「義務」という「観念」を内面化する必要の生じた点において、観念小説執筆の必然性を説明する有効な手がかりをわれわれに与えてくれているのである。

　文学史の多くは、日清戦後にあらわとなった社会矛盾に着目した新傾向小説の典型が、いわゆる観念小説であり、それは観念の性急露骨な表明によって特徴づけられる、と説く。しかし注意を要するのは、これまで見てきたように、鏡花の観念小説の問題性を際立たせる社会への認識は、日清戦後の社会の急激な変化をまってはじめて現れてきたのではなく、父の死による一家の維持という現実的かつ火急の問題に当面したことによって、すでに戦争前から、めばえていた点である。観念小説期の鏡花に、法・制度・社会通念への批判的な視点が認められるとすれば、その視点が獲得される契機は、徴兵や戸主相続の問題を通して、社会＝現実との対面を余儀なくされた作家の内面の葛藤と、そこからの脱却の道が探られることによって生れたのだ、と考えられる。

　なおまだ、戸主相続に係わる父の負債の有無、相続後の二度の本籍地移転の理由等、課題を残すが、今後に調査を続けることとして、現段階での報告を終りたい。

注

（1）初出「国文学誌」2巻1号（昭7・1・1）。のち「観念小説時代の鏡花と眉山」と改題、一部字句を改めて、『近代日本の作家と作品』（岩波書店、昭14・11・17）に収録。中央公論社版『片岡良一著作集』（第五巻、昭54・12・25）に収録。
（2）潮文庫版（昭48・3・20）第五章「浪漫主義の高揚」285頁。
（3）岩波書店版『鏡花全集』（三刷、昭61・9―平1・1）をさす。
（4）明治二十六年版は第七回（明27・11・17発行）のものである。以下、二十七年版・第八回（明29・2・13発行）、二十八年版・第九回（明30・3・31発行）、二十九年版・第十回（明31・1・29発行）となっている。
（5）笹淵友一氏『「文学界」とその時代』下巻、明治書院、昭35・3・25。
（6）「泉鏡花『予備兵』論―「観念小説」論のための序章―」『野田教授退官記念日本文学新見―研究と資料―』笠間書院、昭51・3・31。
（7）「義血俠血」草稿の本文は、『自筆稿本義血俠血』（岩波書店、昭61・11・25）の複製版からの翻字により、濁点を補い、読解に必要な振りがなを残した。
（8）「明治二十年代末の鏡花文学―作家主体確立をめぐる素描―」「国語と国文学」67巻10号、平2・10・1。
（9）「夜行巡査」「解釈と鑑賞」38巻8号、昭48・6・1。
（10）「写実主義の展開」『岩波講座日本文学史12・近代Ⅱ』岩波書店、昭33・9・10。

【補注・諸作家と徴兵検査】

本文に触れた以外の作家の年譜中、明治年間を中心に徴兵検査を受けたむね記述のあるものを以下に示す。年譜の記載が区々であり、また調査の範囲が限られているため、正確な実情の把握には遠いが、いちおうの目安として掲げてみる。その他の事例については、おおかたの御示教を仰ぎたい（（　）内は受検・入営の年次。明治期のものは元号を略す）。

(1)徴兵検査受検のみを記すもの。小杉天外（18）、後藤宙外（19）、田中王堂（20）、薄田泣菫（30）、室生犀星（42）、鈴木三重吉（42）、芥川龍之介（大6）。

(2)結果を「不合格」とのみ記すもの。木下尚江（22）、金子筑水（23）、国木田独歩（24）、長塚節（32）、若山牧水（42）、久保田万太郎（42）。
(3)乙種合格のもの（「第二乙種」という記載も含む）。与謝野鉄幹（26）、前田夕暮（36）、魚住折蘆（43）、広津和郎（大2）、中村憲吉（大7）、尾崎一雄（大9）、草野心平（大12）、淀野隆三（大13）。
(4)丙種合格のもの（「丙種不合格」という記載も含む）。島村抱月（24）、岡本綺堂（25）、蒲原有明（29）、窪田空穂（30）、平山蘆江（35）、柳田國男（36）、加能作次郎（38）、中里介山（38）、山本有三（40）、高村光太郎（42）、木下利玄（43）、原石鼎（43）、水上瀧太郎（45）、吉川英治（45）、獅子文六（大2）、中戸川吉二（大5）、宮澤賢治（大7）、中村草田男（大10）、山本周五郎（大12）、萩原朔太郎（未詳）。
(5)丁種不合格のもの。江見水蔭（23）、巌谷小波（23）、綱島梁川（26）、佐藤春夫（大3）。
(6)「兵役免除」とのみ記すもの。伊藤左千夫（17）、古泉千樫（39）。
(7)一年志願兵を志願したもの。有島武郎（34）、夢野久作（41）、中勘助（43）、長田秀雄（未詳）。
(8)一般徴募で入営したもの。五百木瓢亭（23）、新海非風（23）、本山荻舟（34）、大倉桃郎（34）、長谷川伸（37）、宮地嘉六（37）、山村暮鳥（38）、荒畑寒村（40）、白柳秀湖（40）、木村毅（大3）、細田民樹（大4）、黒島伝治（大8）、壺井繁治（大9）。
(9)その他。広津柳浪（徴兵逃れのため官吏となる・14）、徳冨蘆花（徴兵逃れのため他家の養子となる・16）、大橋乙羽（同・18）、夏目漱石（本籍を北海道へ移す・25）、高山樗牛（同・26）、菊池寛（徴兵猶予のため早稲田大学へ入学・43）、平林初之輔（六週間現役制の特典ある京都師範学校へ入学・43）。

【追記】

初出では、［補注・諸作家と徴兵検査］に五十六名の作家を記したが、本書収録に際し、その後の調査による十五名を加えて、計七十一名を記した。各作家の年譜研究において、徴兵検査に関する調査は、夏目漱石の場合を除き、それほど重視されていないため、この人数にとどまっている。今後の調査を俟ちたい。

なお、鏡花作品のなかでは、「由縁の女」（大8・1―10・2）の十章、針屋のお光と職人年蔵との会話に、

「似合つたかい。」と莞爾（にっこり）する。

「結構ですなあ。」

「其処から紋が見えますか。」と袖口を胸にさし向ける。

「徴兵検査にや甲種合格……はゝ、、籤免（くじのが）れでございましてな、目は明（あきらか）でございます、はゝ、。」

「ぢやあ何ですえ。」

「お祖師様の紋でせう。」

お光は引しめられるやうに肩をすぼめた。

とあり、「甲種合格」でも「籤免れ」で徴集にならなかった場合のあったことを示す記述である。

近代作家と兵役については、すでに平岡敏夫氏「近代作家と旧軍関係文献」（「書斎の窓」289号、昭54・11・1。のち『昭和文学史の残像Ⅱ』有精堂出版、平2・3・7、に収録）に、夏目漱石、森鷗外の事例、志賀直哉の一年志願兵の志願に関する言及がある。

【本章初出】「国語と国文学」第72巻第8号（平成7年8月1日）

3 「海城発電」成立考

はじめに

「海城発電」は、日清戦争終結のあくる年、明治二十九年一月の「太陽」（2巻1号）に発表された小説である。のち、博文館刊の『鏡花叢書』（明44・3）、春陽堂版『鏡花全集』巻二（大15・11）に収められたが、岩波書店版『鏡花全集』には収録されず、再版の別巻（一刷、昭51・3）に収められた。岩波版全集未収録の理由は、作品発表時に森鷗外（「海城発電」「めさまし草」巻1、明29・1・31）が、

日本軍の中には、赤十字の義務を全うして、敵より感謝状を贈られたる国賊あり。然れどもまた敵愾心のために、清国の病婦を捕へて犯し辱めたる愛国の軍夫あり。是れ篇末に載せたる、英国新聞社員の電報に擬したる文にして、やがてかの泉鏡花海城発電の筋なり。

と紹介したこの作品の内容が、全集刊行当時の軍国的風潮下にあって反戦的色彩を帯びているため、これを憚ったのである、といわれている。

鏡花の自筆年譜明治二十九年一月の項に「旧冬より病を推して、起稿したる「海城発電」「琵琶伝」「化銀杏」三篇、（…）世評皆喧し、褒貶相半ばす。否、寧ろ罵評の包囲なりし。」とあるごとく、鷗外が先の紹介に続けて「兵站に勤むる救護員の上も、部隊に隷する軍役夫の上も、現実的に真ならざること論なく、又理想的に真ならざるこ

とも覚束なくやあらん。」とする評価が当時のおおかたであった。その中で、宮崎湖処子（「泉鏡花の『海城発電』」「国民之友」280号、明29・1・25）は、欠点を指摘した上で、「然れども世界主義と国家主義の撞着、斯くの如き大にして新なる題目を捉へて筆を着けたる鏡花氏の功は、決して之を没すべからず。」とし、鷗外の審美的批評に対して、本作のテーマがもつ問題意識を賞揚した。この評価は、のちに、主題を「職務の神聖」、事件を「愛国心と人道主義の対立」と捉え、「あやまれる愛国心を非難した」点を重視する水上瀧太郎（「鏡花世界瞥見」「中央公論」44年3号、昭4・3・1）に受継がれ、以後も研究者によって、いわゆる観念小説の枠内にありながら、反戦的心情を表現した作品と位置づけられている。

後述のように、この作品には鏡花自筆の草稿の断片と決定稿が現存しており、松村友視氏によって成立考証の端緒が開かれた。本稿では、松村氏のあとを承け、さらに詳しく成立過程をたどってみたい。

一　草稿について

「海城発電」の草稿は、石川近代文学館蔵の目細家旧蔵資料の一つである。新保千代子氏（「新資料紹介」「鏡花研究」1号、昭49・8・10）の翻刻によれば、「非戦闘員」と題された書出し五種、断簡三種があり、「書き出しの他に、半端になった原稿で「非戦闘員」の一連かと思われるものが、長いもので八枚、一枚のもの、二枚のもの等合計二十八枚をかぞえ」る、という。この他、小林輝冶氏が「「妖怪年代記」論」（「鏡花研究」3号、昭52・3・30）中に写真版で紹介された断簡一種があるが、これを合せても、右草稿の翻刻紹介は、二十八枚のうち、十四枚に相当する分量で、残り十四枚分の調査が必要となる。そこで、同館に調査をお願いしたところ、資料整理中で草稿を実見することができなかった。したがって、草稿の考察は、現在までに翻刻紹介された分を対象としたものであることを予めお断りしておきたい。

以下に書出し㈠―㈤の内容を摘記する（書出しに付された番号は、新保氏翻刻のものに従う。なお、総ての草稿には振りがなが無い）。

㈠「私の名が聞きたいですか。」で始まり、「一個年若き我が赤十字の看護員」が「仕込杖棍棒など手に〳〵」持った「十名余の軍夫」に取囲まれ、詰問されている。名を言えという軍夫の言葉に「冷かに」「落合謙吉」と答える。〔一枚〕

㈡「外山謙吉、お前が劉永叔の家に行つたのは軍医の命令であつたと謂ふな。」との大隊副官の言葉に始まり、「三月以前海城附近の戦闘の時敵のために捕へられて多日消息なかりしものなるが前日意外にも放たれて帰営したる」「年紀少き赤十字の看護手」に対する審問の様子。〔一枚〕

㈢「先生、此処へ。」と言う軍夫の言葉で始まり、「東京府の一新聞社より戦地に派せられたる従軍記者」の「予」が、軍夫の案内で、「土地の紳商豪農の家とも覚しき清人の家」に赴くが、隣の部屋の光景を覗き見た「予」は蒼くなる。「外山看護卒の一度劉氏の家に潜みて遂に満州兵のために捕へられ不思議にも生命を完うして我軍に帰したること」が発表されるや、「神州男子の体面を汚せるものなり」として兵士軍夫の間に「不平の声」がおこり、「血気にはやる軍夫輩は彼の看護卒を引捕へて一廉の制裁を行はむなど不穏の風説」が喧しい。〔二枚〕

㈣「旦那、此様な酷い吹雪には逢つたことがありません。」と言う支那人に「ふむ」と「冷やかに答へたる人物は我が日本国東京府下の某新聞より特派したる一個年若き従軍記者」である。彼は「紅瓦寨の戦を観むと欲して今朝未明に海城を出発し来」ったが、激しい吹雪に難渋している。〔一枚〕

㈤「海城附近の戦に於て赤十字の（看）護手一名行衛不分明となりけるが敵の為に捕へられしともいひはた何処

にか潜みつつ活路を発見すべき機会の到るを待つなりとも謂へり／予は其に着きて多分其ならむと推量すべき一條の哀れなる物語を知れり。」で始まる。戦闘後、倒れていた清国の豪商を憐れんだ軍医が看護卒をして家に送らしめた。看護卒が看病を終え帰営せんとしたとたん、紅瓦寨付近の満州兵が踏込み、家人は看護卒を奥の「秘蔵娘の一室」に隠す。五日目、日本兵推来に狼狽した清兵が奥の部屋に闖入する。〔三枚〕

右の書出し五種の執筆時期は、すでに松村氏が「鏡花初期作品の執筆時期について」（「三田国文」4号、昭60・10・30）で、㈣、㈤の中に「海城」「紅瓦寨」の戦闘に触れている記述があり、当時の戦史により、海城攻略が明治二十七年十二月十三日、紅瓦寨（鏡花は「紅」と記しているが、当時の表記は「缸」が通用なので、これに従う）の戦闘が同十九日であることに鑑みて、明治二十七年一月から九月の帰郷時ではなく、二十八年六月から十月の金沢帰郷時の執筆であることを実証された。氏は同時に、この書出し相互の執筆順序を、現行本文との比較から、㈤・㈣・㈢・㈡・㈠の順である、とも推定されている。人称の形式、設定等からして、この推定はほぼ妥当と考えられるが、㈤から㈠へと直線的に執筆されたかどうかについては、一考の余地がある。

あらためて整理してみると、㈠、㈡、㈢、㈤は、赤十字看護員の行方不明事件を含んでいて、現行本文に最も近いのは、軍夫の問いに看護員が「落合謙吉」と名乗る㈠であり（ただし、定稿本文では、書出し部分にではなく、後半第六章末尾に活かされた）、この事件の状況説明がより具体的なのは㈤であるが、看護員・清の豪商の名前が現れていないことからすると、書出しのうち㈤が一番早い時期の執筆である、と考えられる。したがって、㈤が最も古く、㈠が最も新しい執筆であることは動かしがたい。

次に重要だと思われるのは㈢で、前半にはこの事件の目撃者（と同時に語り手）である従軍記者の「予」が登場、後半には看護員生還後の将校による審問、その処置に対する軍夫らの不平が記されている。将校の審問は㈡に具体化され、軍夫の不平からくる「一廉の制裁」が、㈠の軍夫の糾問に発展したと思われ、前半の従軍記者が案内人に導かれ家に向う結構は㈣と近似している。つまり、㈢は他の総ての書出し部分に繋がる要素をもっている、といえよう。

これら書出し相互の関係を図示すれば上のようになる。

見るとおり、原初形である㈤から派生した他の四種は、㈢、㈣が従軍記者「予」の登場、㈠、㈡が看護員に対する問答という共通項をもっているので、㈤から㈣・㈢が、㈢から㈡・㈠が派生し、㈤—㈢—㈠の移行が現行本文への主流を形成し

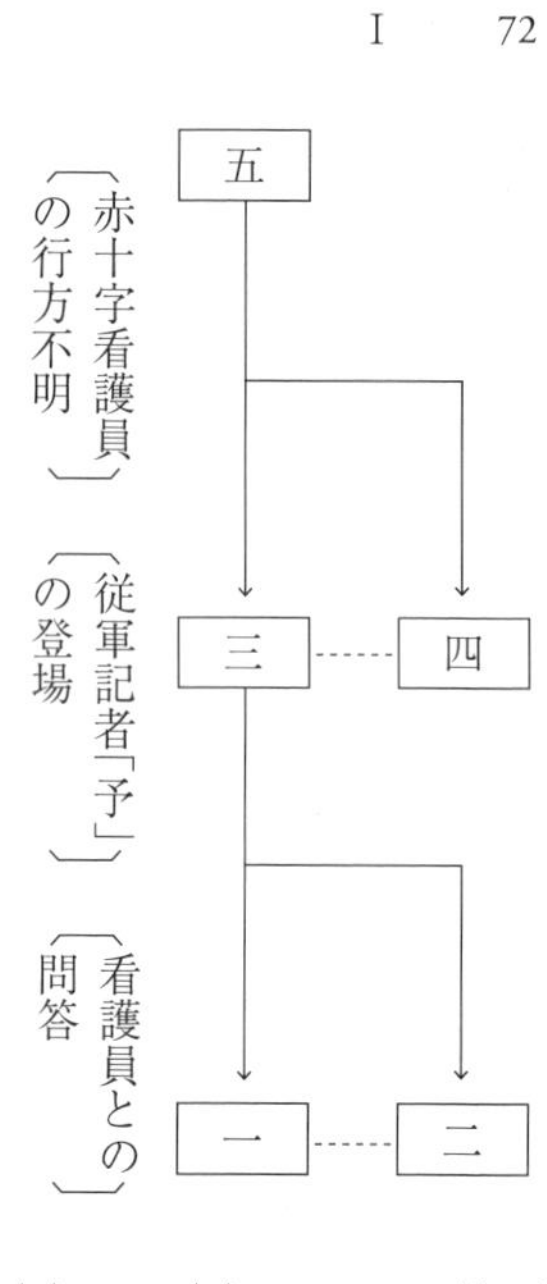

ていると考えられる。
以上、書出し相互の共通部分を目安に先後関係を推定してみたが、その比較を共通点ではなく、相違点に求めた時、重要な位置を占めるのが㈠である。というのは、現行文の看護員と軍夫との対話により物語の進行する作品全体の枠組が、㈠において初めて採用されているからである。書出し㈤に記された状況説明（清人との関係、将校による審問等）は、従軍記者の「予」が語り手でなくなったのに従い、現行文では総て両者の対話の中に吸収され、同時に書出し執筆時期を測る手がかりとなった「海城」「紅瓦寨」の具体的な戦地名は本文から消えて、末尾の電文を発する場面と題名にのみ、その名を残すこととなった。
この変容は何を意味するのか。第一には、対話という枠組による統一が、対話の内容・議論のテーマである赤十字の職務と敵愾心の対立を顕在化させ、観念性、抽象性をより高めたといえるであろう。語り手「予」が語らんとした「一條の哀れなる物語」（書出し㈤の一節）は作品の主要なテーマから後退して行かざるをえない。しかし、議論の白熱をもたらす抽象度の高まりと引きかえに、物語の場所がなぜ「海城」でなければならぬのか、その必然性は逆に薄れてしまったのである。

次に、書出しに続いて断簡三種の内容を摘記、要約し、検討を加えてみる。
(1)娘を見て駆寄ろうとする謙吉は軍夫に組留められる。五十人長が彼に向い、この女を目前にしてまで赤十字の職務を全うするのか、と迫り、女の袴の裳を引裂かんとする。とたんに謙吉は左右の軍夫を払退け、五十人長の腕を摑み、腰の護身の短剣を抜いて身構える。〔二枚〕
(2)剣を構えた看護手の形容。〔一枚〕
(3)謙吉が身構え「来い」と声を発した時、軍夫を押分け、黒衣の人物が登場、彼の前に立ち「冷かに太く錆のある声」で「看護手だ。」と謂いかける。声を聞いた謙吉は「見る〳〵眉顰み色変りて其唇をふるはし」、剣を棄て、面を蔽い、椅子に崩折れる。黒衣が戸蔭に佇んだ時、絶入るばかりの悲鳴が聞こえるが彼はそれを「冷かに眺め」ている。二十分が経過、軍夫等が立去った後、美人の死骸を見た看護手が、落した剣を拾い咽喉に突立てんとする時、再び「看護手だ」と先刻の黒影の呼ぶ声がする。謙吉は「忽ち刀を納めて蹌踉として起上り四辺のさまには眼もやらで其まま室外に去らむとする」と、黒影が寄り、「お手を」と言うのに振返る。〔二枚〕
これらの断簡は、先の書出しと対照的に、現行本文末尾、軍夫と看護員との争闘場面に関わり、ほぼ連続した内容をもっている。断簡(1)の五十人長の言葉は、本文第七章の百人長海野の言葉に共通するが、本文が女を引致する前の言葉であるのに対し、断簡では女を目の前にして謙吉に迫るそれになっている。断簡(1)―(3)の記述の特徴（すなわち本文との相違）は、（a）清人の娘を謙吉が短剣で助けようとしていること、（b）黒影の人物により看護手の「職務」を自覚させ、娘を軍夫の凌辱に任せていること、（c）謙吉は娘の死骸を見て自殺せんとするが、再び黒影の言により思止まること、の三点に求められる。うち、（a）・（b）は定稿抹消部分〔後述〕にまで受継がれるが、最終的には除かれてゆく構想である。断簡(3)の「黒影」は、書出しの従軍記者「予」の後身であり、かつ最終本文の「黒衣長身の人物」すなわちじょんべるとんの前身とみられる人物である。この「黒影」は「職務」と

「情」との葛藤から、謙吉を「職務」の側に引寄せ、これを完遂させる役目を担った人物といってよい。それは、断簡(3)の「身の丈高く痩せたるが其歩み其動く時一定の法則ありて恰も一個腹中にゼンマイを仕懸けたる」という形容が、「夜行巡査」（明28・4）における八田義延の「其歩行（あゆむ）や、此巡査は一定の法則ありて存するが如く」云々を容易に想起させることによっても明らかだろう。

さらに、前述小林輝治氏の紹介された断片がある。これは写真版ゆえ、次に断簡(4)として翻刻してみたい（改行を／で送り込んで示す）。

されば彼の時彼のままにて死果てたりしものならむ／と予は心に惟ふのみ転た愛惜の情に堪へざりき。／其後凡そ一月余を経過して一日予は清国より放還／されたる一個の捕虜を係りの将官が審問する／席に列して意外にも彼の憐児が恋人なる外山看護／卒の無事なりしを視たり。

この断簡は「予」が目撃した将官と看護卒の審問に関わる記述であり、看護卒の名が「外山」であることから、さきの断簡(1)―(3)とは異なり、書出し(五)から派生し、(三)ないし(二)に至る過程で記された、比較的初期段階の断簡であることが判明する。

以上の書出し五種、断簡四種の様態をまとめてみると、断簡(1)―(3)の記述は、書出し(一)の軍夫と看護員の対話が定着し、従軍記者の「予」が語り手でなくなり、「黒影」の人物へと転移した後に執筆されたものと推測されるが、この末尾争闘の場は、両者の対立が最も激化し、娘の凌辱に至って看護員の職務観念の理非が問われるだけに、構想の定着にはまだ幾重にも推敲を経なければならないのである。

次節では、草稿に続いて、決定稿の検討を試みる。

二　原稿（決定稿）について

「海城発電」の最終稿とみられる原稿は、現慶應義塾図書館所蔵の三十九枚である。「泉鏡花自筆原稿目録」（『全集』別巻）に原稿の状態が「朱筆による総ルビ。章立ては「第一」～「第八」。墨筆による加筆・訂正・削除の後、朱筆にて更に推敲。すべて自筆。」とあり、後述のように末尾部分に大幅な削除があるが、さらに仔細に見ると、原稿は次の四つの段階を経ていると考えられる。

A、墨筆の初稿。

B、Aよりやや薄い墨による加筆・訂正・削除。

C、朱筆で、句読点・振りがなを施しながら添削を行い、Bをさらに補強（振りがなは大部分が右側だが、添削が甚しく、右側に余白のない箇所には左側に振ってある例も少なくない）。

D、Cの朱筆の推敲で煩雑になった箇所、特に抹消部分を墨筆で塗りつぶす。

なお、「五十人長」の「五十」を「百」に、「看護手」の「手」を「員」とする訂正が、「第一」から「第八」まで、BないしCにおいてなされている。このことから、Bの添削は、Aの初稿が成った後、あらためて「第一」から全体に渉る見直しを行い、続いて句読点・振りがなをつけながらCが行われ、D段階で印刷に回すため原稿の最終的な整備がなされたと思われる。

各章の枚数は、「第一」から「第七」まで、各五枚ずつの均等な枚数である（ただし、五丁ウラは白紙）。これは草稿段階からの度重なる推敲がもたらした結果であり、「第八」のみが四枚と均衡を失している（そして、現行活字本文が、四枚分よりさらに少ない）のは、先の断簡に見た通り、決定稿に及んでも末尾争闘の場面が流動的だったからであり、最後に黒衣の人物を全くの傍観者とすることで完稿に至ったものであろう。

B段階以降の削除部分は前記「自筆原稿目録」の解題に「草稿本文を省略（削除）することによって文章を凝縮し、当初冗長にみえた文体を引きしまった鏡花独自の文体に整えて行く例が多く見られる。」とする自筆原稿全体の傾向に沿っている。いくつかの例をあげれば（数字は「全集」別巻の頁・行数、↑の下が原稿の状態、□は判読不能の箇所、をそれぞれ示す）、

35・2　自分も　↑もと「僕」を直す。以下同じ。

35・4　富豪柳氏の家なる、↑「柳氏」はB段階の挿入句。

54・3　活返つた李花てえ女で、↑もと「知つてるだらうお前梨花てえ女でお前の情婦さ。」を直す。

など、人称、固有名詞の挿入・変更があり、また軍夫に係わる記述では、

44・7　うむ、↑「我四十万の同胞に」をB段階で直す。

44・9　吾々もあやかりたい。↑のあと「金鵄勲章何するものぞだ。喃」を消す。

45・7　多数の軍夫に掲げ示して、↑「多数の軍夫に差示して、祝詞の如き調を帯び」を直す。

等の圧縮が多く見られ、さらに看護員に係わる記述では、

47・13　断々乎一種他の力の如何ともし難きものありて存せるならむ　↑もと「断々乎として一種他の力の動かすべからざるものありと見えたり。いかなる場合に臨みても、いかなる威嚇を蒙りても、意とせずなお且つ意とせむとも思懸けで一筋に其真情を吐露するならむ。」を直す。

55・8　蓋し赤十字の元素たる、博愛のいかなるものかを信ずること、渠の如きはあらざるよりは、到底これ保ち得難き度量ならずや。↑もとこの前に「軍夫等が怒号と恫喝も嘗て赤十字□□る熱病者の膽語と大差なく渠の耳朶に触るるにあらざるや。」を消し、「…ならずや。」の後の「□く看護の冷かなるほど

55・11　五十人長は熱し来り。海野は」を消す。
　　　　出来ないです。余裕があれば綿繖糸を造るです。↑「余裕が」の後「あればともかく論外ですが自分は何時も満足に職務を果して取つて足りると思つたことはないので、とてもほかのことまでに手がまはりは志ないです。万能の神はともかく人間の力では片手で一づゝ二ツのことの出来た例はないです。何貴下方は何だかそれは自分に分りませぬ。」「渠は厳に態を正しぬ。」とある部分を抹消し、さらに朱筆で消す。

など、説明過剰な部分を圧縮、軍夫の興奮と対照させて、「冷々然」とした看護員神崎愛三郎の造型につとめている。

では、本作で鏡花が最も意を盡した思われる末尾部分はどのような状態であるのか。以下に細説してみたい。三十六丁―三十九丁は「目録」にも記載されている通り、削除がはなはだしく、錯綜しているが、整序してみると、三十六丁は原稿製本の際に生じた綴じ間違い（錯簡）で、本来は、三十七・三十六・三十八・三十九の順となるべきものである。削除は原稿段階でいえばBおよびCにおいてなされている。

次に削除部分を明らかにするために、三十六丁以降の内容を要約する（×印は削除部分、◎は現行本文に活きている箇所を示し、□は判読不能箇所、〔　〕内は原稿の補足・状態の注記である）。

〔37丁オ〕×五十人長は嵩に懸り、看護手の義務上何も言うことはないのか、と迫る。

〔37丁ウ〕◎看護手は「繰返す必要はないです。」と言い、「靴音軽く歩を移して其まゝ室を出でむとする。」
×五十人長はそれを見て、

〔36丁オ〕×軍夫等に看護手を留めるよう命ずる。軍夫が看護手を組止め、海野は梨花の袴の裾を引裂かんとする。看護手は軍夫の手を振払う。

〔36丁ウ〕×看護手が海野に飛掛かり、護身の短剣を抜いて身構える。とその時、揉み合う看護手の胸のあたりに、
〔38丁オ〕×差出された血染の片腕がある。それは、黒衣の人物が自らの腕を傷つけたものだった。看護手はじっとその疵を見つめる。
〔38丁ウ〕×看護手は真蒼になって自分の短剣を取落し、衣兜の綿繖糸を取出す。
◎海野と軍夫の隙間から娘の白く細い手のわななくのが見え隠れする。
×看護手は黒衣の腕を治療し、感謝の意を表する黒衣に頷き、「漸く目を転ぜし」で終る。

〔39丁オ〕◎五分後、愛国の志士たる軍夫が立去ったあとには、李花の亡骸のみが残っている。

×「恁ておのが職務のために死すべき余裕なかりし神崎愛三郎□□□に此室を出去り〔し〕後」、黒衣の人物は血染の鋭刀を衣兜に納め、手帳に挟んだ電信用紙を広げ、梨花の亡骸に伏し、
◎この時までじっとその様子を見ていた黒衣の人物は闊歩して李花に伏し、〔前の記述を抹消、欄外に朱筆〕
〔39丁ウ〕◎椅子に寄りつつ、用紙に電文を書き、じよん、べるとん、と署名する。〔末尾に「完」とある〕

この末尾部分は、要約からもわかる通り、初稿を全く書き改めるのではなく、削除により初稿の一部を残しながらの完稿がめざされている。前述断簡(3)の黒衣の人物が謙吉に「看護手だ」と呼びかける構想は、三十八丁では黒衣が自分の鋭刀で故意に腕を傷つけ、血染の片腕を看護手に治療させることにより、李花の救出を不能ならしめる結構に変えられている。しかし、黒衣の人物自体の役割、すなわち看護手の「情」への傾斜を「職務」の側へ引戻すことにおいては草稿段階と同じ線上にある。したがって、作者はこの時点まで、「赤十字の元素たる、博愛」の信奉者の看護手が李花の凌辱を認めるという行為の矛盾を十分自覚しており、これを整合するため、黒衣の人物の言動に矛盾の解消を求めていることが判る。三十九丁の「おのが職務のために死すべき余裕なかりし神崎愛三郎」

は、断簡(3)の自裁せんとした彼が黒衣の言により思い止まる記述の残存かとみられるが、最終稿に至って、その葛藤を神崎個人の内部で処理させ、三十七丁以下末尾部分の七割弱の分量に当る軍夫との争闘及び黒衣の人物の言動をいっさい削除し、「靴音軽く歩を移して、其まゝ李花に辞し去りたり。」（37丁ウ）とするに至ったのである。松村氏が[1]「本来は二人の人物に分離していた要素をひとりの主人公に集約することによって義務や規範のもつ相矛盾する両面を併せもつ人物が形象されてゆく」と述べておられる通りである。

かくして、黒衣の人物は、軍夫と看護員の争いに全く関与しない立場に身をおき、「予は目撃せり」以下の電文によって、その両者を相対化することが可能となり、最末尾ではじめて彼にじよん、べるとんという名前が与えられたのである。

三　典拠について

「夜行巡査」「外科室」そして本作などを含めた、いわゆる観念小説が、発表当時からしばしば「翻案物なるやの疑ひなき能はず」（時文記者「夜行巡査」「青年文」1巻4号、明28・5・10）等の評を蒙ることになったのは、ひとえにその「趣向の余りにも奇隗なる処ある」（「小説界の新傾向」「帝国文学」1巻8号、同8・10）がゆえだったのは周知の事実である。森鷗外の「海城発電」評の末尾に「此人の作を見るごとに、仏蘭西なるスクリイブ、ヂユマなどの伝奇のみおもひ出さる。」とあるのも、その例に洩れないが、はたして「海城発電」に典拠は存在するのであろうか。

この点につき、すでに松村友視氏は、博文館発行の「日清戦争実記」掲載の記事に本作の典拠の一部を見出しておられる。[2]

具体的には、㈠デーリー・テレグラフ紙の報道を摘訳した「干渉か非干渉か」（同誌19編、明28・2・27）、㈡タイムス紙の通信員が日本赤十字社員の功労を賞揚したことを報じる「日本赤十字社員の膽勇」（同21編、同・3・7）、㈢赤十字社員に救護された清軍捕虜の感謝の一文を紹介した「閻喜亭の述懐文」（同11編、明27・12・7）の三つの記事が、㈠はじよん、べるとんの発信した「アワリー・テレグラフ」紙の、㈡は赤十字社員の職務の、㈢は清人が送った感状の、それぞれ典拠となったのではないか、というのである。内容の類似は明らかであり、氏の指摘は十分肯われる。

しかも、鏡花は二十八年二月から横寺町の紅葉宅を出て、博文館の支配人大橋乙羽宅（小石川区戸崎町六十一番地）に寄寓しており、「海城発電」掲載誌「太陽」の題名あとの紹介文に「今本館に入て、編輯に従事す」と記されているように、博文館の編輯局に身を置いていたのだから、本作執筆時にこの雑誌を目にする可能性は極めて高いといえよう。

「日清戦争実記」は、開戦後の明治二十七年八月二十五日に創刊、月三回発行で、二十九年一月に第五十編をもって完結した戦況報道雑誌である。「菊判百頁の本文に四枚の写真銅版口絵と、戦局地図を添へ、（…）一冊定価金八銭（…）本文記事は三国従来の関係より開戦に至るまでの経緯を詳述して戦況に及び、記事と写真と相待ち、従来比類なき雑誌」（坪谷善四郎『博文館五十年史』昭12・6・15）であった。これに対し春陽堂も「日清交戦録」を毎月六回発行（明28・2からは月三回発行）したが、「実記」の新鮮な形式と豊富な情報には遠く及ばなかった。「幸ひその発行高は望外の結果を生じ、第一編は二十三版を重ねて三十余万冊を出だし、第十三編までにして三百余万冊の巨額に達するにいたる。じつに前古無比といふべし。」との館主大橋新太郎の言葉（「太陽の発刊」「太陽」創刊号、明28・1・5）は、時宜に投じた企画の成功に裏付けられた自信に満ちている。

二十八年頭、従来発行の諸雑誌を廃刊、「太陽」「文芸倶楽部」「少年世界」等の創刊による雑誌大革新の断行は、この「実記」の成功によって開拓された広汎な読者層の吸収を目的としたものだったのである。鏡花は博文館の編輯局にあって、この出版社の大躍進を目のあたりにしていたはずで、戦役のさなか、「日清戦争実記」は自作の掲載される「太陽」や「文芸倶楽部」に劣らず、注視に値する雑誌だったことは疑いない。

さて、松村氏の指摘を踏まえて、さらに詳しくこの「日清戦争実記」を通覧してみると、本作のより有力な典拠を見出すことができる。それは、第二十六編（明28・5・7）に掲載された「海城奇談」（同誌29―39頁）と題する記事である。次にその冒頭を引用する。

我第一軍に属する第五師団糧食縦列隊附の軍役夫加藤熊太郎他二名は、三月八日頃鳳凰城より第五師団某糧食縦列隊の用を帯びて、牛荘に到りしに、同地は第三師団の守備兵のみにして、第五師団兵は更に居らず、依て同地の守備兵に向ひ、種々聞合せたる末、第五師団は遼陽方面に進行しつゝありと聞誤り、直ちに遼陽方面に向て進み行きたるに、途中にて敵の歩騎兵に逢ひ、遂にその追捕する所となり、敵営に引致されたれども、加藤熊太郎は敵将のために放免され、同じ十七日、海城に敵の人民二名に護送されて、無事帰着せり。熊太郎が一旦敵の捕虜となりたるに、かく敵に護送せられて帰着したるは、蓋し敵将より二通の書面を我軍隊に送り届けしめんためなりしなり。

見る通り、軍役夫加藤熊太郎が、糧食運搬中一行から離れ、敵の捕虜となったのち無事帰還した顚末が記されている。記事はこの後（a）敵将よりの書面二通の全文、（b）加藤の口上書、（c）同人の取調調書、（d）付添いの清兵の取調調書、で構成されているが、続いて（c）の海城守備隊歩兵第六聯隊による加藤の調書を引用してみる。

問　爾は何年何月軍役夫となりて渡清せしや。
答　昨年八月三十一日軍役夫となり、有馬組に従ひ、仁川に至る、次で平壌野戦病院附となる、居ること二十日義州兵站糧食金櫃部役夫となりて、茲に六十日程居りました、其後第五師団兵站糧食縦列役夫となりました。
問　爾の縦列長は、何と云ふ人なりや。
答　知りません。
問　然らば爾の百人長は知り居るや。
答　小田垣新次郎。
問　爾は何時頃義州を発せしや。
答　二月十六七日頃、其れより鳳凰城に至り、同月廿一二日ごろ同地出発、海城に向へり。(…)

もって当時の軍役夫の実態を窺い知ることができるが、加藤が放免されたのは、一般兵士と異なり、軍夫という「非戦闘員」だったからであろう。記事は最後に付添いの清兵を放還した旨を報じて終っている。

この「海城奇談」を典拠とするのは、第一に、事件のあった場所が海城であること、第二に、軍夫が「一旦敵の捕虜となりたるに」「敵将のために放免され」「無事帰着」し、その際に敵の書状を携えていたこと、第三に、帰還後に行われた審問・尋問、以上の三点が赤十字看護員が軍夫となっていることを除けば、いずれも草稿「非戦闘員」および「海城発電」のなかに認められる要素だという理由による。そして第四に、この記事が草稿を執筆した明治二十八年六月から十月の金沢帰郷時の前に掲載されているからである。

かく「海城奇談」を本作の有力な典拠とすることができるならば、題名に「海城」の名が冠せられた理由もまた自ずから明らかである。しかし、鏡花は「実記」に毎号掲げられるおびただしい記事の中から、なぜ「海城奇談」に注目し、作を構えるに至ったのであろうか。

まず第一に、先の鷗外の評にもあったように、「伝奇」を求める鏡花本来の心性がこの「奇談」に赴いたこともちろんであるが、さらにすすんで「海城」という場所への持続的な興味に根ざしていた点を重視したい。

その興味の所以は、鏡花と日清戦争との関係において説明される。日清戦争の実質的開戦は、明治二十七年七月二十五日の豊島沖海戦であるが、同二十七日の成歓の役後、八月一日に宣戦布告があった。この時、鏡花は父清次の死去（一月九日）に伴い、金沢に帰郷中であり、開戦の報に接し、「名古屋第三師団の分営を置かれたる石川県下金沢」の「第六旅団に於て、予備、後備を徴集したる日」を中心に、予備少尉風間清澄を描く「予備兵」を執筆している。(3) この第六旅団の歩兵部隊は第七聯隊であり、同作には「時惟（ときこれ）明治二十七年八月中旬、暁天爽かに、残月依稀として、気清く露冷かなり。俄然三発の砲声[火辟]烞（へきはく）天地に震ひ、進軍の喇叭劉喨として金沢城の南門に起りぬ。」と、その進発が記されているが、この金沢を進発した第七聯隊こそ、じつは海城攻略の主戦部隊だったのである。

第七聯隊は第一軍麾下の第三師団内、歩兵第六旅団に属し、三好成行大佐が聯隊長をしていたが、第一軍司令官山縣有朋が独断で下令した海城攻撃命令に従い、難戦を強いられた（のち山縣は病気を理由に召還、司令官を罷免される）。この海城および缸瓦寨の激戦において、第七聯隊は常に部隊の前衛にあって、清国軍と最初に対面、敵の前線を打破する任務を課せられていた。

鏡花は九月に上京し、十月「なにがし」名義で「読売新聞」に「予備兵」を、続いて同じく十一月「義血俠血」を発表するが、上京後も、郷里の第七聯隊の動向には絶えざる関心があったはずである。維新後初の対外戦争である日清の戦役は、日本という「国」を自覚させるとともに、自分の生れた「お国」すなわち「郷里」から出征した部隊の戦ういくさでもあったからだ。第七聯隊の動向を知るのに最も有力な情報を提供してくれたのが、さきの「日清戦争実記」にほかならない。同誌には、翌二十八年に入ってから、「第三師団進軍記」（15編、明28・1・17）、「析木城及び海城の占領詳報」（16編、同1・27）、「缸瓦寨の大激戦」「海城の逆撃」（19編、同2・27）等で逐次戦況が報じられている。これら一連の報のあとに五月の「海城奇談」が位置するのである。

そして鏡花は、その翌月の六月、前年に続いてふたたび金沢に帰った。折しもこの帰郷中の七月九日に、海城占領後、牛荘、田庄台と進み、缸瓦寨で休戦命令を受けた第七聯隊が、仁川、宇品を経て、歓呼の声に迎えられ金沢に凱旋してくる。

かくて鏡花は地元金沢の部隊の「出征」と「凱旋」の双方に遭遇したわけである。進発に際して「予備兵」の筆を執った彼は、凱旋に当って今度は「凱旋祭」(4)を著すが、両作と同じく日清戦争を題材とする「海城発電」成立のモメントもまた、この時機の巡り合せなしには考えられないのではなかろうか。本作が発表されて以来、作品の舞台がなぜ「海城」であるのか、その必然性が問われたことはなかった。しかし、以上の考察から、金沢の第七聯隊の動きに注視していた鏡花の関心のおもむくところ、典拠に「海城奇談」を得たことをもって、この問いに答えることができるように思う。

本稿で扱った自筆原稿の検討、成立契機の考察は充分とはいいがたく、これを踏まえて、赤十字看護員、軍夫、外国新聞従軍記者等の形象のありかたを、日清戦中から戦後にかけての時代相のなかで捉え直す作業が必要であるが、その余裕を失った。続稿を期したい。

注

(1)「明治二十年代末の鏡花文学―作家主体確立をめぐる素描―」「国語と国文学」67巻10号、平2・10・1。
(2) 第一回泉鏡花研究会(昭和五十九年七月十四日・於上智大学)における発表「鏡花初期自筆原稿に関する二、三の点について」による。
(3)「予備兵」については、拙稿「ふたつの「予備兵」―泉鏡花と小栗風葉―」(「日本近代文学」41集、平1・10・15。
＊本書収録)を参照。
(4)「凱旋祭」(「新小説」明30・5)の執筆は、明治二十八年七月二十二日に行われた石川県団体凱旋祝賀会を直接の

契機としているが、凱旋の熱狂を批判的に捉えている点で、「海城発電」とともに日清戦後の文学であり、戦中文学としての「予備兵」とは対照的な作品である。

【追記】

本稿は、泉鏡花研究会第十一回例会（平成4年3月21日、於昭和女子大学）の報告の一部をもとに執筆したものである。自筆原稿の調査に際して、慶應義塾大学三田情報センター（現・同三田メディアセンター）に格別のご高配をいただいた。

発表後に「非戦闘員」を所蔵する石川近代文学館の資料整理が終って、「鏡花研究」第八号（平5・9・24）に現存草稿全部が写真版と翻字で紹介されるにあたり、機を得て同誌に「「非戦闘員」解説」を寄稿した。草稿に関する考察の不備はこれによって多少は補いえたと思う。

本稿末尾に「赤十字看護員、軍夫、外国新聞従軍記者等の形象のありかたを、日清戦中から戦後にかけての時代相のなかで捉え直す作業が必要である」と記したが、その後に発表された梅山聡氏「「海城発電」論への一視点─日清戦争劇・軍夫・鏡花のパラドックス─」（「東京大学国文学論集」7号、平24・3・25）は、赤十字、軍夫、従軍記者の形象に同時代の川上音二郎一座の演じた日清戦争劇からの明らかな影響を認め、当時の軍夫の存在意義を闡明して、軍夫と神崎との対立をパラドックスの観点から読み解かんとしている点、本稿の課題を承けてさらに視野を拡げた注目すべき論考である。梅山氏によって拡げられた日清戦中戦後のメディアからの影響については、日清戦争錦絵との関係を拙稿「泉鏡花における文と絵との交わり」（「アナホリッシュ国文学」6号、平26・4・30）に、図版を引用して述べたことがある。

軍夫および森鷗外の評に関しては、酒井敏氏の論考（「軍夫・「文明戦争」の暗部─文学テクストからの照明─」「日本文学」45巻11号、平8・11・10、「「鷸翮掻」の諸問題―「めさまし草」巻之一、巻之二における日清戦争関連作品群を中心に―」「国文学研究」127集、平11・3・15。ともに『森鷗外とその文学への道標』新典社、平15・3・31、に収録）に詳しい。

なお、赤十字については、執筆の時点で、平岡敏夫氏「火筒の響き―女性・看護婦・赤十字―」（「文学」54巻8号、昭61・8・10。のち『北村透谷研究第四』有精堂出版、平5・4・9）のあることを看過していた。氏は、日清戦争時、従軍看護婦を歌って人口に膾炙した「婦人従軍歌」（菊間義清作）を基点とし、日本赤十字および看護婦のイメージを諸作に求めたなかで「海城発電」にも言及、「婦人従軍歌」の歌詞中「真白に細き手をのべて」と、本作李花の凌辱場面の記述との共通性から、鏡花がこの歌に動かされることがあったのではないかとの推定を示している。

【本章初出】「青山語文」第23号（平成5年3月1日）〔原題〕泉鏡花「海城発電」成立考

4　泉鏡花と広津柳浪 ―「化銀杏」と『親の因果』の関係―

はじめに

広津柳浪に、明治三十年七月発表の『親の因果』と題する小説がある。三十年といえば柳浪の最盛期に当るが、これまでの彼の著作年表には逸せられている。

この作品は、B六判八頁立ての小冊子として刊行されたもので、表紙奥附が各一頁、本文は二段組六頁、四百字に換算して十枚足らずだから、年表に漏れたのも当然というべきかもしれない。売価の記載は無く、奥附の「明治三十年七月十五日発行」とある横には「版権所有　村井兄弟商会」と記されている。村井兄弟商会は、専売化（明37）前の民営時代に、いち早く機械による紙巻製造を始めたことで知られる煙草会社である。

後節に登場する泉鏡花の「葛飾砂子」（明33・11）の冒頭、深川富岡門前の荒物店を叙した条に「烟草も封印なしの一銭五厘二銭玉、ぱいれいと、ひーろー位な処を商ふ店がある」と出る「ヒーロー」は、日清戦争前の二十七年五月に合名会社となった同商会（本店京都）がアメリカ産葉煙草を輸入して売出し、大当りをとった人気の銘柄で、諸家の小説にもしばしば登場する。

片々たる冊子とはいえ、煙草会社がなにゆえに当時の人気作家の小説を刊行したのであろうか。まず、その経緯をたずねてみたい。

一　「景物」小説

あらためて文学年表を見ると、「村井兄弟商会」の名が出てくる唯一の箇所がある。明治三十年八月の項に、幸田露伴『新羽衣物語』の版元として載っているのがそれだ。

門人田村松魚の回想によれば、松魚入門当時の明治二十九年「有名だつた煙草王の村井から、創立何周年かの記念の為に、先生へ長編創作を依嘱して来た」、「其の時の作の名は「新羽衣物語」と云つた」（「明治大正偉人の片鱗　幸田露伴」「キング」4巻3号、昭3・3・1）とある。その後、松魚は本作を書き継いで、露伴松魚の合作『三保物語』[1]（青木嵩山堂、明34・1・7）を完成させるが、正確にいえば、『新羽衣物語』は村井の「創立何周年かの記念の為に」ではなく、三十年五月から売出した新銘柄「バアジン」の宣伝用に「依嘱」された作であった。

「空前の大景物」と大書された当時の新聞広告（「東京朝日新聞」明30・6・8付4面）を見ると、「六月七日乃至七月廿三日の間に個数有限のバアジン十本入一箱価金四銭を購求せらる、華客には一箱毎に盡く漏なく景物を進呈せんとす」とあり、その目録を挙げては、舶来上等自転車、天賞堂の金側・銀側時計、浴衣地のほか、

長編小説（正価金三十銭）貳千部と嶄新なる短篇小説数十万部を含む就中長篇の小説は今代の大家幸田露伴先生の新著一世の傑作を疑ふべからず　（活字の大きさは均等とした）

とうたっている。つまり露伴の「新著」『新羽衣物語』は、バアジン売出しの「景物」小説だったわけである。

右の広告から明らかなように、村井兄弟商会が版権をもつ、柳浪作の『親の因果』は、露伴作の長篇に対し、同じく「景物」の「短篇小説」なのであった。露伴、柳浪の両著に売価の記載がないのはこのためである。発行「数十万部」という短篇小説は柳浪のものばかりではなく、管見架蔵のもので確認できる小説には、山田美妙作『以毒

制毒』、福廼家主人作『瓜ふたつ』、失名子作『ピストル』の三作があり、いずれも『親の因果』と同じ体裁をもつ。

こうした景物小説は、必ずしも明治以降の産物ではない。自営店「京家」の広告に怠りなかった山東京伝が、紅問屋玉屋九兵衛商店のために筆を執った黄表紙「女将門七人化粧」（寛政4）、青本「玉屋景物」（文化2）をはじめとして、同種の黄表紙「虎屋景物」（文化3）、「春霞御嬪附（おひめつけ）」（同）等に、その先蹤を求めることが手易いからである。他に楚満人、一九にも同例があり、下っては、広告文学の「第一人者」（頴原退蔵）とされる式亭三馬にも、家伝売薬・化粧水の宣伝景物の合巻「江戸水福話（えどのみづさいはひばなし）」（文化9）があって、よく知られている。京伝の黄表紙は、華客への配布上、十丁以内の小冊子の体裁をもつこと、村井版と同様であるが、京伝や三馬が店の商品を作に取りこんで宣布に努めているのに対し、村井商会の各篇は露骨な商品宣伝を含まず、一応独立した作品である点をその相違としなければならない（以上、小池藤五郎『山東京伝の研究』岩波書店、明10・12・5、頴原退蔵「三馬の広告文学」「書物礼讃」8号、昭3・7・3、等を参照）。

さて、このバアジン売出しには、もう一つのおまけがついた。四銭の煙草に豪華な景品が付くとあって売行きは好調だったが、発売から二か月近く経っても自転車、時計など高額商品に当ったという人がいなかったため、客が騒ぎ出し、店に詰めかけるトラブルがあいつぎ、村井側はあわてて八月に入り「景物」を渡すことにした。新聞報道によると、「其渡したる景物の雑誌は紙数僅かに六七枚に止まり恰かも那（か）の往来に読売するホウカイ節の本に等しく一人にて三四十冊を貰ひて捨られもせぬ迷惑さに何だ愚々（ばか〳〵）しい斯（こん）なものかと笑ひながら立出るもあれば悪口する者もあり」（「東京朝日新聞」明30・8・3付4面）という有様だった。この時渡された「紙数僅かに六七枚」の「景物の雑誌」が先の広告の「嶄新なる短篇小説」、すなわち柳浪や美妙の景物小説であることはいうまでもない。

これらの小冊子を渡されたのみで客が納得するはずもなく、八月三日夕刻には、怒った客の一群が日本橋室町の村井商会東京支店に乱入、器物・商品を損壊し、飾ってある自転車を日本橋上から川へ投げ落す騒動が起り、警察・憲兵までも出動して、深更ようやく鎮静した。これがいわゆる「バアジン事件」である。景物小説のゆくえはといえば、

▲紙屑拾ひの僥倖　暴行者は彼の景物品の小説雑誌類を手当り次第投げ散したる見物中に多くの紙屑拾ひあり此体を見て打喜び急し気に冊子を拾ひ取り何れも籠を充して喜び去りしと

（「バアジン大打撃」「読売新聞」同8・5付4面）

この紛擾も含めて、村井商会とそのライバル・天狗煙草岩谷松平との販売合戦の模様は、すでに永井龍男作「けむりよ煙」（「近世名勝負物語」第三十六話。初出「読売新聞」朝刊3面、昭39・4・23―11・5。初刊筑摩書房、昭40・6・20）に小説化されているから、あらためて詳述しないが、この事件で村井商会は、煙草を売るよりも、世間の顰蹙を買ってしまったのである。

二　ふたたび『親の因果』について

以下に、バアジン事件で「紙屑拾ひ」に「僥倖」を与えた、この「景物」小説『親の因果』の内容を見てみよう。上、中、下の三段からなる本作は、

明朝の一番汽車で是非東京へ帰らねばならぬ用が出来たので、野州の烏山を長久保の停車場に向け出立したのは、夕の四時頃であつた。

と書き出されているが、十枚足らずの小篇であって、それほど複雑な筋をもっているわけではない。――今から三年前の七月末、烏山から喜連川を経て長久保[2]をめざした「自分」が道に迷い、途中見付けた老人夫婦の住む一軒家

はもと旅宿だった。宿を貸し渋る老人に頼みこんで泊めてもらったその晩、枕元の燈火を吹き消して走り去る女の「怪物」に出会うまでが上・中の段。下段は、翌朝、事の仔細を聞けば、「怪物」の正体は老人夫婦の孫娘で、

其母なる女は氏家（うぢいへ）の大家（たいけ）の娘であつたが、泊り合せて居た旅商売（たびあきうど）と姦通して、露見し様とした時、其夫——老人夫婦の為には一人息子、娘のためには父である男を毒殺して、それが為に絞殺の刑に処せられたのは、娘が三歳の時、今より十五年昔の事である。

母親の容貌に生写しの娘が、長じて十二の歳に母の悪事を教えられて以来、「人に顔を見られる事を厭ひ、祖父母にも顔を合せなくなり、終（つひ）に客の座敷へ忍んでは、行燈の火を消す様になつた」という老女の説き明かしがあって終る。

行路中の「自分」が奇異に遭遇する筋立ては、三年後に発表された「夜泣峠」（「ふた葉」3巻2号、明33・3・31。この作は大阪時代の体験に基づく）と同趣であるが、本作は題名そのままの「因果物語」であって、当時、田岡嶺雲をして、「陰森悽愴之を読みて暗憺の気の人に逼るを覚ゆる」（「時文 柳浪」「青年文」3巻1号、明29・2・10の「亀さん」評）と言わしめた柳浪ほどの人ならば、同じ内容を語るにしても、一段の工夫があってしかるべきだったろう。叙述、筋ともに易きに過ぎて、怱卒の作というほかない。

煙草の「景物」として大量に配られたままに読み棄てられても致しかたない作品ではあるが、しかし、舞台に選ばれた土地「野州烏山」（現・栃木県那須烏山市、平成十七年まで那須郡烏山町）に着目すると、他の柳浪作品の系列化の鍵にもなる一篇なのである。

というのは、「野州烏山」が、かつて柳浪の滞在していたゆかりの土地だったからである。これを証するのが、尾崎紅葉の柳浪宛書簡で、岩波書店版『紅葉全集』第十二巻（平17・9・27）に収められている文面を、左に引いてみたい。

勘ちがひ日々拝見致候失礼ながら貴兄近作中出色の文字その文章の如きも明かに一家の体を成し候御苦心の程内々察入申候／御病気は如何候や大方の病苦は得意の著作に因りて癒ゆべくと存じ候が如何／諸種の雑誌近来柳浪の名を唱ふこと頻なり此期を外さず奮励一番して潜龍の淵を出でたまへかし君を待てる風雲は既に晦きなり／小生は此頃文気阻喪して唯諸君の飛躍活動の極めて壮なるを望見するのみ（…）／四つの緒次号の原稿出来次第御廻し被下度思案水蔭の分昨日落手候に付御催促申上候／余は後便にて　草々不尽

十三日　　　　　　　　　　　　　　　　　　葉　生

柳　兄

日付は明治二十八年八月十三日。文中「諸種の雑誌近来柳浪の名を唱ふこと頻なり」が柳浪の向上を、また「小生は此頃文気阻喪して」云々の条が二十八年当時の紅葉の停滞を語る際によく引用されて、周知の文面であるが、ここに問題としたいのは、その宛先である。

はじめ、『紅葉書翰抄』(3)（博文館、明39・1・23）に収められた際は年月日のみであったが、のち『定本広津柳浪作品集』別巻（冬夏書房、昭57・12・25）収録の際、封筒から「栃木県下那須郡習山町仲町　叶屋方　広津柳浪先生」という宛名と、「十三日午前十時東京より」の差出しが補われた。前記『紅葉全集』もこれに従っている。

ところが、栃木県に「習山町」という名の町は存在しないから、この宛先は『親の因果』に照しても「烏山町」の誤りであることは明らかだ。「烏」のくずし字が「習」に似ているために生じた誤読である。さらに、同じ紅葉が、脚気療養のため江の島金亀樓に滞在中の巌谷小波に宛てた書簡（明28・8・24付）に「一昨日柳浪帰京致候」とあるのによって、柳浪の八月二十二日の帰京が確められる。

さて、紅葉が「貴兄近作中出色の文字」とした「勘ちがひ」は、八月八日から九月二十一日まで「中央新聞」に連載された作で、この書簡が送られた時、六回を数えていた。烏山仲町の呉服屋の当主常吉が女馬士のお鈴に迷い、女房お霜を棄てて出奔、お鈴と東京で暮すものの、「蛎殻町」通いで散財し立行かなくなる三十六回までで連載を打切り、のちに六回分を補って、老父とお霜が常吉を連戻す結末を付け、三十一年三月十日、春陽文庫第九編『女馬士』[4]と改題して刊行された。つまり柳浪は、療養先からその当地を舞台とする小説を新聞社に送っていたわけである。

作中第四回に、

　野州烏山は那須郡にての都会、戸数は七八百、人口はまた此に適ひたり。（…）仲町は東京にての日本橋、続いては元町、和泉町は五ケ町にての場末なり。南には金江町に遊女屋の軒を列べて、弦歌時に涌き、東には鍛冶町に酒樓那珂河に枕みて、香魚盤に踊る。那須家の古城趾は、西に毘沙門山と列びて高く、眺望またなく佳し。

と、手際よく当地を紹介しており、烏山周辺の情景も細かく捉えられているから、それほど短い滞在だったとは思われないが、いつから赴いたのか、資料を欠いていて判らない。ただ、二十九回に烏山の「天王様祭礼」（現称「山あげ祭」）のことが見え、この祭礼は毎年七月二十五日より三日間行われるので、滞在の上限をこのころまで遡らせることが可能だろう。先述『親の因果』の時節が「七月の末」と設定されているのも、この推測の補いとなるかもしれない。

のちに「私は田舎訛言など使ふ癖があります」（『新著月刊』2年4巻、明31・3・3）と述べる柳浪だが、本作ではお鈴の「田舎訛言」から都会言葉への変化を、彼女の上京後の堕落に絡めて効果的に用いており、烏山滞在の実を上げんと努めていることは明らかだ。

紅葉書簡末尾「四つの緒次号の原稿」云々とは、紅葉編輯による硯友社同人・門弟の創作合集『四の緒』（春陽堂、明28・7・28）に続く集の原稿督促で、この年十二月二十七日『五調子』として刊行された。先に落手した「原稿」

のうち、水藻のものは「海猟船」、思案のものは、小杉天外「卒都婆記」を入れるために収録を見送られたが、柳浪が同書に寄せたのは「亀さん」の一篇であった。その冒頭に、

野州烏山に一人の名物男がある。那須郡に入ツて、単に亀さんとさへ云へば、あの法恩寺の息子かと、誰一人笑(ゑみ)を含まぬ者はない。

とあるごとく、この「亀さん」もまた、前述『親の因果』「勘ちがひ」と同じく「烏山もの」の一つにほかならない。

従来「亀さん」は、この年二十八年発表の「変目伝」(2—3月)、「黒蜥蜴」(5月)に続く悲惨小説の典型として、最も多く言及の対象となってきた。にもかかわらず、基礎研究に進捗が見られないため、作者の動静を踏まえた成立の経緯については等閑に付されてきた感がある。あらためて、同年夏の烏山滞在を確定し、これを成立契機の基点にしたいと思う。

「法恩寺」のみが架空の寺名であるのを除けば、「蝮蛇(うはばみ)のお辰」の住居であり、大団円に焼燼する「稲荷の畦」をはじめとして、作中の描筆は「四方山に抱かれて懐にも似た烏山」の実際を適確に写している。加えて、塚越和夫氏[5]が早くから着目されているように、その文体も「柳浪における言文一致体の再確認・完成」というべき「全文口語体」が採られており、二十二、三年ごろの山田美妙調の言文一致とは異なるそれをもって、翌二十九年の躍進に道を開いたのである。

柳浪の談話には「亀さんなどは比較的油の乗つた方で、朝の八時から翌晩の十一時頃まで懸つて、其の間単に食事を取る丈、あとはずつと書きづめに書いたのですが、其れでも原稿が後(おく)れたとか何とか云つて、甚(ひど)く尾崎を憤(おこ)らしたものでした。」(「半生を観たのが蹉躓の原因」「時事新報」大6・3・15付朝刊5面)とある。速筆で鳴らした彼にしても、よほど短い制作時間といわねばならないが、数か月前の逗留体験の直接の反照がこの速成を可能ならしめたのであった。

さらに、烏山から帰京した二年後、明治三十年九月発表の「七騎落」（「文芸倶楽部」）も同地を舞台とする作であり、「雲中語」の要約を藉りれば、

野州松山村より出でし兵卒平野三千三、日清の役に大和尚山の斥候して功ありとて、帰郷の後村人に敬重され、村長藤井某の愛嬢お愛をめとる約をなししに、賞に溺れて喪心し、お愛は他に嫁す。

（「めさまし草」巻23、明30・11・30）

という「日清戦争後日譚」である。この年は、一月「非国民」、五月「あにき」、九月の本作、十月「畜生腹」等、題材の拡充、社会批判の盛込みの見られた年であるが、その転機にもまた「野州」という土地の資するところ少なくなかったといえよう。

全体に柳浪の小説は、時代ものを別にすれば、その制作数の多さに比して、作の舞台となる「場所」はかなり限られており、東京および近郊が大部分を占める。柳浪もそのことを十分自覚していて、「私は小説の筆を起す時に、いつでも困るのが場所なのです。それと云ふのも私が余り旅行をしない罰でもありませうが、何日も此場所には苦しむのです。（…）どうも皆な知らぬ場所へこじつける事が出来ないのです」（「名家談　作家の苦心」「文芸倶楽部」11巻1号、明38・1・1。傍点原文）と語っているほどだ。ひいては、数少ない旅行や滞在がじかに創作へ反映する傾向をもつので、柳浪にとっての「野州烏山」は、かかる苦心を解消し、作物に東京以外の「地方色」をもたらす貴重な「場所」であった、としてよい。

如上「勘ちがひ」（ノチ『女馬士』）、「亀さん」、「七騎落」などの、いわゆる「野州もの」「烏山もの」は、三十年代に入っての「八幡の狂女」（明34・3）、「親こゝろ」（同・5）、「鶴ヶ谷心中」（明36・9）、「都の夢」（明37・7）等の「房州もの（館山もの）」とともに、地方を舞台にした作品群として看過することはできないのである。

こうして、『親の因果』は二十八年夏以降の柳浪作品に「野州もの」「烏山もの」の系譜を浮びあがらせたわけだ

が、本篇はひとり柳浪においてのみ意味あるものにとどまらない。

というのは、『親の因果』の末尾に、作品の成立を語った次のような付記があるからだ。

此話は数年前に友人に聞いたので、鏡花子は之を化銀杏の結末に用ゐた。自分も其当時二十枚ばかり書綴つたが、書損じた様に思つて筐底に秘して置いたのを今度村井兄弟商会の急需に応じて、原稿の半分ほどに縮めて与へる事にした。

（傍点引用者）

先に本作品の「自分」の行路が柳浪の烏山行きを踏まえていることを確認したが、右の付記は、「下」の因果話が「友人」からの伝聞であること、さらに鏡花に伝わった素材が「化銀杏」の結末に活用されていることを示して、柳浪とともに日清戦後の文壇を担った泉鏡花の作品との接点がここに生じるのである。

柳浪鏡花共通の友人からか、あるいは柳浪を経由して鏡花に伝わったのか、伝聞の経緯を詳かにしえないが、いままで、鏡花の側に素材に関する言及が確認できない以上、この『親の因果』の付記は「化銀杏」の成立を考えるうえで貴重な証言といわねばならない。

鏡花と柳浪との親交は、明治二十四年十二月発信と推定される鏡花の書簡下書により、次男和郎出生直後の柳浪宅訪問が窺えるので、紅葉入門の翌々月にその始まりを求めることが可能である。また和郎の『年月のあしおと』（講談社、昭38・8・10）にも、「よく私の父を訪ねて来た」鏡花が書斎で熱心に話しこむ姿が回想されており、「明治二十七、八年頃に鏡花さんに抱かれた」記憶を綴ってもいる。柳浪の回想（「取留めもないこと」「文章倶楽部」12巻1号、昭2・1・1）によれば、一葉の病蓐にあることを最初に彼に伝えたのが鏡花であったというし、鏡花の談話（「おもて二階」「新小説」明38・1）には、「河内屋」執筆当時、矢来中の丸の柳浪宅へ「大塚からチヨイ〳〵遊びに参りました」とあって、明治二十九年前後の交際の親密を語る双方の言葉は一致している。

詳しい実態の解明はさらなる調査を要するが、師の紅葉以外に接した硯友社の作家のうち、鏡花の最も親近したのが柳浪であることは、おそらく向後も動くまい。

柳浪の『親の因果』のもとになった友人の話は、この交流のさなかに共通の話材となり、先んじて鏡花の「化銀杏」に活用されたのである。

三　「化銀杏」をめぐって

「化銀杏」は明治二十九年二月「文芸倶楽部」の臨時増刊「青年小説」号の巻頭に掲げられた。発表後に「経営惨憺の作なりと聞く」（「時文『化銀杏』」「青年文」3巻2号、明29・3・10）などの評があることから、当時にあっては執筆の状況がかなり周知されていたごとくであるが、現在は成立の経緯の詳細を把握しがたい。とはいえ、手がかりが全くないわけではなく、成立を考えるための材料として、次の三点を挙げることができる。

第一は、鏡花自身の履歴に関して、明治二十八年六月に帰郷、十月の上京まで、金沢市下、馬場五番丁の金沢商業学校勤務富松英比古宅の二階に、祖母・弟とともに下宿していたことがあり、この住居が作の舞台の背景になった、といわれている。

第二は、「鏡花研究」第四号（昭54・3・30）の「新資料紹介」において公にされた目細家蔵の十九枚の草稿群である。紙幅の関係上、詳細は新保千代子氏の解説に委ねるとして、以下に概要をまとめてみると（分類は新保氏のものに従う）、A稿（「門生冷熟」の題をもつ八丁）、B稿（無題の三種六丁）、C稿（「義姉弟」の題をもつ三種五丁）、の三類七種の草稿は、たとえば「非戦闘員」と「海城発電」[6]のように、草稿が直接定稿に結びつくような様態ではなくして、発表年代の異なる複数の作品との接点をもつところに特徴がある。

具体的には、B稿の場面は「売色鴨南蛮」（大9・5）六、七章の花札を弄ぶ妾宅の場に、またA稿の「予」が湯島の住居を訪ねる設定は、「湯島詣」（明32・11）の「湯帰り」の章に接続する。A稿、C稿に記された「湯島天神男坂下」の地名に着目し、「梓が上京して後東京の地において可懐（なつかし）いのは湯島であつた」（「湯島詣」二十一）との記述に照せば、紅葉入門前の明治二十三年、初めて上京し「十二月一日、湯島女坂下の下宿に在りし済生学舎福山某をたづね同宿す」（自筆年譜）から始まる、いわゆる放浪の一年の体験に根ざしていることは容易に推測しうる。

しかし、そのモティーフにおいて、最も多く接点をもつのが「化銀杏」であるという事実は、㈠A、B、C稿ともに、二階に下宿する少年と階下の女（人妻）との関係が示されていること、㈡C稿に「義姉弟」の題があり、A稿にも「従兄妹」同士の二人の設定が見えること、㈢「化銀杏」の女主人公「貞」の名が、C稿に少年の名「貞ちやん」として与えられていること、などによっても明らかだ。

この草稿群は、少年を愛する年上の女たちの物語、すなわち「観念小説に代わる新たな文学世界の獲得」（松村友視氏[7]）の端緒である「化銀杏」のモティーフが、二十七、八年の観念小説執筆期に底流していたことを示す証となっている。

さらに、草稿に関して、上記十九丁と同じく目細家蔵の未翻刻の断片[8]一種を紹介しておきたい。これは「じふてりあ」と題された一丁分の書き出しの断片で、題名に続いて「(上)」とあることから、それほど長い作品として書き出されたのではないことを窺わせるが、「伝染病院第六号小児科金谷静江、年弱の三／才なる愛らしき女の児は其母親に抱かれてあ／はれ今日の午後入院したり、病疽は何、しふてりや（ママ）、嬰小児にはこれ難治の症なり、」とあり、以下「金沢病院」の病室を訪う女髪結と、少女の母親との会話の途中までを記して終っている。この簡単な紹介からも判るように、時彦、お貞の一粒種で「去年（じふてりや）で亡くなつ」た娘の「環」の形象につながる草稿断片なのである。

こうしてみると、先に見た『親の因果』の付記にある柳浪の証言は、以上の鏡花の実体験および現存する草稿群とは、位相を異にする素材であることは明らかだろう。

『親の因果』の「下」の内容は、妻の姦通、その妻による夫の毒殺、それを恥じて一室に閉息する娘、の三点に要約できるが、もとより、この内容が「友人」からの伝聞と同一であるのかどうか、疑いなしとしない。しかし私は、柳浪が友人の話をほぼそのまま伝えているとしてさしつかえないと考える。なぜなら、もし大幅に変更してしまった場合、鏡花が自分に先んじて「化銀杏の結末に用ゐた」事実を証明できないからである。そもそも柳浪の付記は、友人の話に忠実であることをもって鏡花の「化銀杏」との差異を示し、かつそれが同一の素材に発していることを示すべく書かれたのである。

草稿の中で唯一『親の因果』の素材につながるものとして、A稿（「門生冷熱」二丁ウラ）に、「予」の「従姉」の「お松」を「下総国千葉県成田の旅店、竹屋の長女にして年紀二十なり。」とあるのが注目されるのだが、この「旅店、竹屋の長女」の設定が、『親の因果』の素材を伝聞してから後の執筆なのかどうか（新保氏の推定に従えば、執筆の下限は二十八年十月と考えられるが）、先後関係については、判断を保留するしかない。だが逆に言えば、この箇所を例外として、草稿の他の部分に、夫殺し、妻の狂気、閉居など、作品末尾に急展開する要素を見出せない以上、草稿群は少年と年上の女のモティーフの所在を示すものではあっても、その構想の初期段階に止まり、夫殺しという劇的な事件に発展する契機を、いまだ持っていないのである。

鏡花は「人に見られることを厭ひ」「終に客の座敷へ忍んでは、行燈の火を消す様になつた」（『親の因果』）娘を、「化銀杏」で「夫を殺せし貞婦」「狂せるお貞」の身に置き換えた。これによって、親の因果が子に報いる「因果」性は無くなったとはいえ、『親の因果』の「因」である夫殺しは、鏡花にとっては逆に、お貞の物語の「果」＝結着点であり、これに「行燈の火を消す」怪異性が伴えば、それで充分だった。こうして物語に結「果」が与えられた時、草稿群に芽ばえていたモティーフはその終局に向って動き出し、お貞を「狂」に至らしめる「因」の意味づけを可能としたのである。

この「良人殺し」の「果」は、前月発表の「琵琶伝」における、お通の夫重隆殺害とも響き合っているはずであるが、「良人の喉咽を血に染め」る「琵琶伝」の奇巧にくらべ、本作に格段の迫真をもたらしたのは、「愛と婚姻」(明28・5)の論理に裏うちされたお貞の語りが、「因」の具体化に奏功したためであった。

「光を厭ふこと斯の如し。されば深更一縷の燈火をもお貞は恐れて吹消し去るなり。」の一節を捉えて、「憐むべきお貞の運命を一結し、読者をして低回情に堪へざらしむるものあり。」(「『青年小説』を読む」「太陽」2巻5号、明29・3・5)とする同時代評にある通り、「長くこの暗室内に自ら其身を封じたる」お貞の姿を「一結」せしめ、それまでの観念小説に通有の末尾の呼びかけをも導き出した点において、『親の因果』の素材となった「友人」の話は、「化銀杏」の「点睛」ともいうべきものだったのではないか。

帰休庵(森鷗外)の「鷸翮掻」(「めさまし草」巻2、明29・2・25)を始めとして、本作の要約に「諸君他日もし」以下の末尾部分から説き起す例が多いのに照しても、観念小説の常套とはいえ、作品の全体を「一結」する効果はめざましいといえよう。

がしかし、鏡花はなお最後に、次の一節をつけ加える。

然れども其姿をのみ見て面を見ざる、諸君は嘸な本意なからむ、然りながら、諸君より十層、二十層、なお幾十層、こゝに本意なき少年あり。渠は活きたるお貞よりも寧ろ其姉の幽霊を見むと欲して、猶且つ爾かするを得ざるものをや。

前引「太陽」の評者は、これを「蛇足」とし、「強て照応の妙を衒はんと欲して偶々読者をして其の織巧補綴に顰眉せしむるに終る。本篇に於ける少年芳三(ママ)は決して斯の如き因縁を有せざるなり。」(原文の傍点を省く)と批判していた。だが、「狂せるお貞」が髪を「銀杏返」に結うのはなぜか。その理由を最もよく知る者こそ、かつては

「姉の幽霊」をお貞に見、今また「幽霊」のごとき彼女に相対する芳之助にほかならない。「化銀杏」に従来の観念小説からの転機があるとすれば、それは、お貞の内面の切迫した語りに加えて、この末尾に取り残された「本意なき少年」の欲求の切実さにもあった、というべきだろう。当初のモティーフは「良人殺し」の因果の結着をみてもなお、最末尾にいたるまで貫かれていたのである。

同じ素材にもとづくことを明かした柳浪の『親の因果』の付記は、たんなる「良人殺し」の「因果」を超えたところに、新たな「狂せる貞婦」と「本意なき少年」の物語を作りあげた鏡花作「化銀杏」の特質を確認させることになったのだが、柳浪がこのような付記を書くにいたった必然性を、さらに考えてみたい。

四　模擬と剽竊

鏡花が「化銀杏」を発表した明治二十九年、柳浪は七月に「今戸心中」、九月に「河内屋」「信濃屋」、十一月に「浅瀬の波」、十二月には「変目伝」を一括再掲するなど、次々に話題作を発表し、文壇の寵児となった。二節に引いた紅葉書簡の「潜龍の淵を出でたまへかし」という奮励に応えたわけだが、「河内屋」発表直後、原抱一庵はこれに次のような批評を加えた。

過般の『今戸心中』今回の『河内屋』艶は則ち艶なり美は則ち美なり、然れども余輩をして一隅に向ふて涙を呑ましむるものは子の文才を以てしても尚ほ且つ時流時評に動かさるゝの痕を現すことなり、見ずや『今戸心中』が筆気酷だ一葉の『たけくらべ』に類するを、『河内屋』の文情が鏡花の『化銀杏』に酷似するを、『たけくらべ』と『化銀杏』とは近時江湖に褒評を博せるものなり、柳浪子たる者社会の軽浮なる褒評を欣びて其筆を二三にせん歟、余輩は歌舞伎の秀調子が好みて壮士役者の束髪に擬せんとするを頗る愧づ

（「柳浪作『河内屋』を読む」「万朝報」明29・9・18付1面「よろづ文学」欄。原文の圏点省略）

みる通り、「今戸心中」が一葉の「たけくらべ」に、「河内屋」が「化銀杏」に酷似していることの指摘で、当時「新小説」を編輯し柳浪に「河内屋」執筆を依頼した幸田露伴は、これを読むや、柳浪宛に「抱一庵失当の評をなし申候御一笑の御事と存じ申候」（明29・9・18付、前記『定本広津柳浪作品集』別巻収録）と書き送った。が、右の抱一庵の批評に促されるようにして、文壇内にいわゆる「模擬と剽竊」論議が本格化し、柳浪はその渦中の人となるのである。

この論議のあらましを知るには「早稲田文学」三十一号（明30・3・15）の「彙報」欄、「模擬と剽竊」「模擬と脱化」「批評家の徳義」の三項を見るに如くはない。一葉「にごりえ」の影響作（水蔭「泥水清水」、花圃「空ゆく月」、柳浪「今戸心中」「河内屋」）を挙げ、「信濃屋」に「われから」の模倣を認める八面楼主人（宮崎湖処子）の評〔後出〕、以後の「帝国文学」と「江湖文学」の応酬、中庸を執る「太陽」などの所説を、例によって手際よく捌いたものだ（ただし、引用文は正確を欠くところがある）。周知の報告だが、実はこれ以前、同誌二十四号（明29・12・15）の「柳浪対批評家」にも、すでに一応の整理が施されていた。同欄もまた、八面楼主人の「今戸心中」評（「或は一葉女史の『濁江』を逆にしたりと云ふものあれど」云々〔後出〕）の紹介に始まり、諸紙誌の柳浪評の褒貶を分類したものであって、これらを通覧すると、模擬される対象は常に一葉もしくは鏡花であり、模擬したと評定される作家の筆頭は、当節もっとも多作だった柳浪であることがわかる。

以下にその様態をまとめてみると（↓の下が模擬された先行作、（a）―（g）はそれを指摘した評。雑誌の巻号数・発行日を省く）、

「今戸心中」↓「にごりえ」　（a）八面楼主人「柳浪子の『今戸心中』」「国民之友」明29・8

（b）八面楼主人「『信濃屋』と『われから』」「『河内屋』」「国民之友」明29・10

「今戸心中」→「たけくらべ」（c）抱一庵「柳浪作『河内屋』を読む」「万朝報」明29・9・18
「河内屋」→「化銀杏」（c）
「河内屋」→「にごりえ」（b）
「河内屋」→「琵琶伝」（d）「脱化と模擬」「帝国文学」明29・11
　　　　　　　　　　　　反論（e）「江湖喁語」「江湖文学」同・12
　　　　　　　　　　　　反論（f）「柳浪の模擬の論」「太陽」明30・3
「信濃屋」→「われから」（b）・（d）／反論（e）
「信濃屋」→「琵琶伝」（g）「江湖文学記者に与ふ」「帝国文学」明30・2

となる。

　このさなかに、およそ思想問題に不得手な柳浪が「非国民」（明30・1）で、あからさまなモデルに湖処子を選び、キリスト教徒の敗残を描いたのは、柳浪「模擬」説の口火を切った湖処子に対する個人的な反感に根ざしていることは明白だ。湖処子に続いて抱一庵が増幅した「模擬」論は柳浪作を中心に展開したが、むろんその対象は他作家にも及び、「にごりえ」の追随作として花袋の「断流」や水蔭「泥水清水」を挙げるもの（田岡嶺雲「時文『泥水清水』」「青年文」3巻4号、明29・5・10）もあるほか、その序文にみずから「河内屋」との類似を告白した三木天遊「鈴舟」（「新小説」5号、明29・11・3）のごとき作すら現れるに至り、編輯の露伴は翌月号に「江湖諸君幷に新作家に告ぐ」を掲げ、「剽竊」について一言弁じなければならなかったほどである。

　こうした「模擬」論発生の因由は、つとに「青年文」記者が、

　『夜行巡査』『外科室』『奔馬』『蝗売』『黒蜥蜴』等機に投じて大に声あり、為に端なく沈滞なりし小説界に一波動を喚起して其跡を追ふ者多し、曰く何、曰く何、去るも来るも悉くこれ悲惨小説なり。（…）悲惨小説を

作るも今のうちなり、各自に一二篇は可なり、かくも皆悲惨には、読者の眼早くも涙涸れ去らん、

（「時文　小説界の潮向」2巻3号、明28・10・10）

と指摘するように、日清戦後の新潮流として現れた「悲惨小説」すなわち「傾向」性著しい小説の簇出であり、またかかる「傾向」の中から次なる「新傾向」を見出し、もって作家を領導せんとする批評家の指向のしからしむるところだった、といってよい。「傾向」を作り出した一半は批評家の側にもあったのだ。

これに対し、しきりに「模擬と剽竊」をあげつらわれた柳浪は、「新著月刊」所載「作家苦心談」の「其二」（創刊号、明30・4・3）と「其五」（3号、同6・3）で、弁疏を試みた。

要点は、自作の素材・出所を明らかにして、それらが多く実際の事実（あるいは伝聞）に基づいていることを強調し、「われから」は評が出てから初めて読んだと言い、「たけくらべ」については、「今戸心中」執筆のほうが先んじていると釈明、八面樓主人や「帝国文学」記者の説に反論している。この弁疏の当否に関して、すでに岡保生氏(9)が指摘しているごとく、「作品そのものを読み比べてみれば明らかなように、「今戸心中」により近いのは「にごりえ」のほうであって、「たけくらべ」は、吉原風俗を描いた点で共通性はあるものの、全体の調子が全然異なっている」。にもかかわらず、柳浪はこの談話で「にごりえ」について一切触れていない点など、いまだ模擬の疑いを払拭するに至らず、との感が強い。

しかも彼は、談話の終りに、自作の脱稿の日数を聞かれ、

『亀さん』は四十時間位でかき『変目伝』は三夜（みばん）で出来ました。其れから『信濃屋』は二日間位でしたらう。『今戸心中』は確か四日費したやうに記憶してゐます。気が乗ツてくると割合に早く書けます。

と答えて、速筆を誇っている。

「氏の筆の勢といふものは、恵風一度到れば、瞬刻にして百花爛発するの概があつた」とは「作家苦心談」の聞

き手後藤宙外（『明治文壇回顧録』岡倉書房、昭11・5・20）の有名な言であるが、さらに後年の談話で、

以前中央新聞に居た頃から、随分早く書く方で、この頃も別に書換へなんかしないし否殆ど読み返しもしないで、一晩三四十枚位書く事もあるが、あれでは何うも思ふやうなものが書けない筈だと自分ながら思ふのです。

（『創作苦心談』新声社、明34・3・5）

とも語る柳浪は、自信作を得られぬことと引換えに、多作と世の注目とを手に入れたのであった。

むろん一気呵成ということもあるが、常識的に考えて、いくら素材に恵まれていたとしても、添削推敲するいとまなく、一晩に何十枚も書いていれば、他作家の作品の印象、影響が露骨に自作へ反映することは避けがたい。模擬の指摘が柳浪に集中する必然性は、彼を文壇の中心に押出した速筆多作の才に存したといわねばなるまい。もとより、一連の模擬論の実測には、そのさなかに歿した一葉という存在を抜きにしては考えられないのであるが、一葉の問題は稿を改めるとして、ここでは当面の対象である鏡花作品との関係を見てみよう。

柳浪は自作「信濃屋」について、

『帝国文学』記者は、長吉が『父ちゃん死なんねへかへ』と無心に痛切の言を吐けるは、鏡花が『琵琶伝』の鸚鵡が、無心に『通ちゃん』と云ッたのを取ツて『われから』のお町を男にしたものだ、と攻撃してゐますが、甚しい冤罪です。自分が『信濃屋』起稿の念を起したのは、車夫の子が『爺（とッ）ちゃん何時（いつ）死ぬんだい、尚（まだ）死なゝいのか』と云ッたと云ふのを面白く感じたからのことで、之を模倣などゝ云はれては至極迷惑するのです。

（前出「作家苦心談」其一）

と弁明している。「帝国文学」評に対しては、当時から「江湖文学」や「太陽」の反論を招いたが、鏡花の読者ならば、「信濃屋」の長吉の言葉は「琵琶伝」の鸚鵡ではなくして、むしろ「化銀杏」のお貞の子供、夭折した環が母に向って言う「父（おとっちゃん）様が居ないと可（い）いねえ。」（七章）と酷似していることに気がつくはずである。

環が「何時でもさう謂つた」として、作中三回繰返して記されるこの言葉は、やがてお貞のなかで「死ねば可い」という強迫観念にまで増幅してゆくのだが、子供が発する言葉ゆえ、とりわけ強い響きを残す。柳浪の言の通り「信濃屋」起稿が車夫の子の言葉に触発されたとしても、先行作品（しかも話題作）のキイワードと同じ言葉を、同じ子供に言わせては、やはり「模擬」を指弾されても致しかたなかろう。「模擬」の指摘を避ける配慮と時間、その双方ともが当時の柳浪には欠けていた。「琵琶伝」との類似を「冤罪」だと憤る彼の言葉は、前述「にごりえ」の場合と同じく、「化銀杏」からの借用を隠そうとするかのような印象をわれわれに与える。

さらに「信濃屋」の主人公長太郎は、柳浪の得意とする「意気地無き男」の典型であって、「われから」のお町を「男にした」とはとうてい言えない。あえて類似を求めるならば、出世を望まぬ夫與四郎を責めるお美尾がお町を置いて家を出る条と、長太郎に対する女房お玉の家出を挙げるべきだろう。

一方、抱一庵にその「文情が鏡花の『化銀杏』に酷似する」と指摘された「河内屋」は、清二郎と嫂お染の関係が、「化銀杏」の亡き姉を慕う芳之助とお貞のそれに、やや似ているといえばいえるが、重吉と時彦の人物像は相隔たること遠い。三者の関係からすれば、「帝国文学」記者の指摘した「琵琶伝」の謙三郎、お通、近藤重隆のほうにより近い。がなによりも、「河内屋」の結末に斬倒される重吉の情人お弓の存在は独特で、悲惨な結末という、作の雰囲気以外に鏡花作品との類似点を見出すのは難しいのである。お弓を主人公として書くつもりで頓挫し「期したる事の十分の一だに書き得なかつた」（「『新小説』に掲げし自作」「新小説」10年1巻、明38・1・1）と述べる「河内屋」であるが、かえって当初の強いモティーフであったお弓の存在が、鏡花作品との「酷似」の疑いから柳浪を救った、というべきだろう。

おわりに

粗雑な整理で行き届かぬ点も多いが、こうして明治二十九年から翌三十年にかけて文壇を賑わした「模擬と剽竊」論議の中に『親の因果』を置いてみると、あらためて「付記」の意味するところがはっきりとするだろう。『親の因果』の刊行は、「新著月刊」第三号に「作家苦心談」が載った、その翌月のことである。つまり柳浪は、『親の因果』が鏡花の「化銀杏」の「模擬」だと言われる前に、みずから素材の出所を明らかにしておく必要があったのだ。それは同時に「作家苦心談」で「模擬」の疑いに弁疏し、ひたすら冤を雪がんとする柳浪とは対照的に、素材を共有しながらも、ついにこれを「因果」話の旧套にしかとどめることができなかった先輩作家の嗟嘆を示すものである。

「急需に応じて」書いた本作が、バアジン事件で「紙屑拾ひ」に「僥倖」を与え、巷間に散逸してしまったことは、むしろ柳浪にとっての幸いであったのかもしれない。

さらにいえば、明治三十年のめざましい活躍期のさなかに「景物」小説の付記を書いた柳浪の姿は、その十二年後、自作の選集の巻首に「今日まで失敗の歴史を続けて来て、今尚ほ其を続けつゝあるのである。顧るに、私の経歴は失敗と云ふ事を以て一貫してゐる」（博文館版『柳浪叢書』前編、明42・12・31）と記さねばならなかった彼の意識の本質とも、またつながっているはずである。

先輩作家柳浪が鏡花に与えた影響が広くかつ深いことは、すでに先学の指摘（岡保生氏「〝鏡花の時代〟へ」『明治文学論集』1、新典社、平1・5・30）もあって、ほぼ定説化しているが、こと『親の因果』と「化銀杏」に関する限り、影響を与えたのは柳浪ではなく、同じ素材を活用し、先んじて問題作を公にした鏡花のほうであった。影響が必ずしも先輩から後続へと一方的に及ぼされるものでないことをあらためて確認し、稿の結びとしたい。

注

(1) 露伴筆の『三保物語』の「引」(岩波書店版『露伴全集』未収録)によれば、『新羽衣物語』初版刊行後、村井商会は青木嵩山堂に版権を譲渡、翌三十一年三月再版を出したが、嵩山堂版は村井版全二十四回のうち最後の二回を除いた本文で、この二回分を松魚が大幅に加筆増補し、『三保物語』として改題刊行するにいたったのである。

(2) 長久保(現・栃木県さくら市。モト塩谷郡氏家町)の停車場は、明治十九年に開業、烏山・馬頭など那須地方の産物の集荷駅であったが、明治三十年、鬼怒川の洪水による危険を避けるための路線変更により廃駅となって、同年二月、新たに氏家駅が開業した。

(3) この別巻は、研究編で、基礎研究の遅れている柳浪にあっては貴重な成果であった。しかし、「広津柳浪宛書簡」の翻刻担当者は、実物を見ていながら、『紅葉書翰抄』との照合を怠ったため、読み誤りが多く、また他書簡の発信の年月推定にも疑義の存するところがある。

(4) 『女馬士』については、すでに塚越和夫氏「硯友社—広津柳浪を中心に」(初出「日本近代文学」18集、昭48・5・20。のち『明治文学石摺考』葦真文社、昭56・11・16、に収録)に言及がある。

(5) 「広津柳浪論—「落椿」と「己が罪」—」(「日本文学」16巻12号、昭42・12・1)および「「今戸心中」について」(「日本近代文学」11集、昭44・10・20)。のち改題してともに前記『明治文学石摺考』に収める。

(6) 「非戦闘員」と「海城発電」については、かつて「泉鏡花「海城発電」成立考」(「青山語文」23号、平5・3・1。*本書収録)に私見を述べたことがある。

(7) 「明治二十年代末の鏡花文学—作家主体確立をめぐる素描—」「国語と国文学」67巻10号、平2・10・1。

(8) この断片は、すでに弦巻克二氏が「鏡花的世界の予兆」(泉鏡花研究会編『論集泉鏡花』有精堂出版、昭62・11・20)の「補記」において触れられたものだが、行文についての詳しい説明がなかったため、あらためてその一部を紹介した。

（9）「一葉と明治文壇」小学館版『全集樋口一葉』第四巻、昭54・9・1。

【追記】

文中に引用した文章は、初出および初刊に拠った。

本稿発表後、延広真治氏より、景物小説に関して、林美一校訂『江戸広告文学』（未刊江戸文学刊行会、昭32・9・1）に、景物本八種の収録があり、江戸期の景物本の刊行年表（全二十七種）が付載されていることを御教示いただいた。なお、花咲一男『続江戸広告文学』（近世風俗研究会、昭39・9・20）には「虎屋景物」他の翻刻・複製が収められている。

幸田露伴作『新羽衣物語』については、詳しく言及するに至らなかったが、岡田八千代の「紅葉、露伴、一葉の三先生」（「中央文学」5年10号、大10・10・1）中に、

ヴアジンと言ふ煙草を買ふと露伴先生の「羽衣物語（ママ）」といふ小説が当ると聞いた時には、兄は幾つもその煙草を買つたものでした。そしてとう〳〵（ママ）買ひ宛て、飢えたやうに読んだ事を覚えてをります。

とある。「兄」の小山内薫は明治三十年当時十七歳、府立尋常中学四年生であった。小山内兄妹が「飢えたやうに読んだ」この『新羽衣物語』は「露伴自らの語によると、ひどく催促されて無理にまとめたものといふ」（柳田泉『幸田露伴』中央公論社、昭17・2・12）とされる。たしかに舞台を三保に移した「其十九」以降の分量は二章のみ、これを森田思軒が「前半太（はなは）だ長く後半太だ短く全篇の斤量をして均斉ならざらしむるの失ある」（白蓮庵「新羽衣物語」「万朝報」明30・9・2付1面「よろづ文学」欄）と指摘した点は重々認められるにしても、主人公たる鶴園重春とお瀧の心情を濃やかに叙する写実の筆致は優に従来の作を越えており、「雲中語」（「めさまし草」巻23、同11・30）の「天保老人」が「露伴居士の著作は吾多くこれをみれども、この新羽衣よりよきはなし」、「余は趣向といひ

文章といひ、大いに両手をあげてこの新羽衣を賛称す。」とする評は決して過褒ではない。同じバアジンの景物小説で巷間に散逸した柳浪や美妙の作とは同日の談でないのはもとよりのこと、当時（明治三十年代初め）にあって一頭地を抽く小説である。

また、柴田宵曲『紙人形』（日本古書通信社、昭41・9・1）によって、露伴の小説「貧乏」中に「バアジン」に触れた条のあることを教えられた。同作は貧乏長屋に住む夫婦の会話よりなる短篇だが、「一揆がはじまりやあ占めたもんだ」「岩崎でも三井でも敲き毀して酒の下物に仕て呉れらあ。」と意気込む亭主に対し、女房が、

酔ひも仕ない中から強い管だねエ、バアジンへ押込んで煙草三本拾ふ方じやあ無いかエ、ホ、、、。

と言うのに、亭主が、

馬鹿あ吐かせ、三銭の恨で執念を引く亡者の女房ぢやあ汝だつて些と役不足だらうぢやあ無えか。

と応じるのである。「貧乏」の発表は明治三十年十月（「新小説」2年11巻）だから、その二か月前の「バアジン事件」をいち早く作中に取込んでいることになる。柴田宵曲は「際物を使つてニヤリとする作者の様子が目に浮んで来る」と述べているが、バアジンの景品だった『新羽衣物語』の作者によるこの「貧乏」を読んだ者もまた同様であったにちがいない。

二節に柳浪の先行研究として引用した塚越和夫氏は『続続明治文学石摺考』（葦真文社、平13・8・20）に収録の「「亀さん」の紹介の紹介」において、「下野新聞」（平5・4・3付10面）掲載「とちぎ文学の旅」に法恩寺のモデルは烏山に実在する「慈願寺」であり、「仲町」の「金花堂と称ぶ小間物店」も柳浪の宿泊した叶屋旅館の近くにあった、という記事を紹介している。

三節に言及した、目細家蔵（現石川近代文学館蔵）の草稿群は、その後、岩波書店版『新編泉鏡花集』別巻一（平17・12・14）の「参考編」に翻刻収録された。草稿の類別、呼称が本稿と異なるが、詳細は同書秋山稔氏の「解題」

を参照されたい。

四節に「模擬と剽竊」論議の広津柳浪を中心として、田山花袋や江見水蔭の作にも及んでいたことに触れたが、その他では、「化銀杏」に関わって小杉天外の例を補っておきたい。

天外作「ばけ柳」（「文芸倶楽部」4巻1編、明31・1・1）は――日清戦争から帰った予備軍曹清水専太郎が畑野村の勇者として持てはやされたものの、一向に勲章の沙汰が無いのでしだいに鬱（ふさ）ぎ込み、酒に溺れて女房のお徳を虐げる。耐えかねたお徳が専太郎の異母弟勝次郎にすがり、二人して八幡神社の「ばけ柳」に祈願しているところを目撃した専太郎は、これを撲殺、我家の座敷に二つの首級を列べて自らの腹を切った――との筋をもつが、角田浩々歌客（「時文所感　天外の近業」「国民之友」366号、同2・10）と「雲中語」（「めさまし草」巻26、同2・28）が、ともに柳浪作「七騎落」（明30・9）との類似を指摘したほか、「反省雑誌」（13年2号、明31・2・1）の「文界時評　新年の小説壇」では、

『ばけ柳』は何ぞ其れ鏡花の化銀杏に其名目の近くして其人物の略相似たる、性格の分明ならざるお徳と云ふ女が勝次郎なる美少年に於ける関係の如き宛然鏡花が書きさうな也、人物事件の曖昧摸稜なるも殆んど鏡花の気味なり、（傍点原文）

と指摘されている。右評冒頭に「柳浪に亞いで新文壇に多作を試みしは天外也」とあるように、天外の「多作」ゆえに模擬の弊を免れることができなかった。あまつさえ天外の模倣の対象は、当時最も模擬を疑われた柳浪の作にすら及んでいたのである。

加えて、天外作の前々月十一月の「文芸倶楽部」（3巻15編）に載った無名氏作の「化弁天」は、「雲中語」（「めさまし草」巻24、明30・12・30）の要約を藉りれば「村長に酷く使はるゝ孤（みなしご）次郎吉、日ごとに柴刈りに通ふ山道の祠に安置したる弁財天の亡き姉おかまに似たるを見て、その姉とならんことを願ひ、銀杏の葉を銭にかへて堂に

積みぬ。その数万枚に満ちし折、像の光を放つを見て熱を病み、市中の医者の家に連れゆかれし帰途、馬に乗れる洋装の婦人に逢ひて、姉えやと叫び、追ひ縋りて馬に蹴らる。後祠の側の小屋に衰翁の常に縄を綯ひてこれを焼き、その灰千尋とならば、梯となして姉の許に往かんといふを見き。」という作であり、続けて「邪推」が「分らなさ加減より推するに、鏡花か、その模倣者かの内なるべし。化銀杏、化鳥、化弁天、かうせい出して作るも、化競飯櫃の種とは、我ながら悪い〳〵」と述べるごとく、「化銀杏」と「化鳥」とからの模擬の痕の瞭然たる作品である。

かくて「ばけ柳」「化弁天」の例に就いても明らかな通り、柳浪の『親の因果』のみならず、鏡花「化銀杏」の余響は、なお三十一年まで及んでおり、明治三十年代における「模擬と剽竊」の検討はいまだ考究の余地を多く残している。

【本章初出】「日本近代文学」第62集（平成12年5月15日）〔原題〕広津柳浪と泉鏡花―『親の因果』と「化銀杏」の関係―

Ⅱ

1 「通夜物語」のかたち

はじめに

「通夜物語」は、明治三十二年に発表、三十四年の単行本刊行直後の正宗白鳥の要約を藉りれば、

主人公は玉川清といふ画工、茶の湯を以て貴族の邸に出入するを無上の栄とする叔父、叔母の性に合はず。互に思ひ思はれた従妹お澄は他の立派な軍人に嫁(よめい)らされて、清は遊女丁山を女房とし、[伯]父が亡くなつた時、手伝にもと連れて来た所を叔父に揶揄(からか)はれ、妹ですと言訳すると、それでは伜操の嫁に呉れと散々冷かされた。これを根に持ち、清は襦袢一枚で、丁山を派手やかに仕立て、操の嫁にせよと、ゆすりに出かけ、却つて先方に巧まれて、翻弄せられた揚句、丁山は意地づく、対手の一人を斬つて、己も自害し、清は血のした、る其の襦袢を切り取つて、襖四枚に一筆丁山の姿を描いたといふ話

（月曜会「鏡花作通夜物語評」「読売新聞」明34・5・13付4面）

であるが、読者の目は、画工の清よりも、終局、出刃庖丁で敵役の脇腹を抉り、「丁山さんの遊女だよ。」「覚えて置け、達引はかうするもんだ。」と、わが胸へ刃を突き立てる女主人公の姿に惹きつけられる。作者のえがく凄艶な女性美の典型として、明治三十年代前半のいわゆる「鏡花の時代」を支えた秀作であり、また三十五年の常盤座初演以来、新派劇の重要な演目となって世に広まった作品である。

本稿の題名に「かたち」の語を入れたのは、のちに原作を脚色した上演の「型（かたち）」をみるためであるが、しかし問題を演劇に限るのではなく、その前に、原作となった作品本文自体が現行の「かたち」に定着する経緯を確認し、あわせて作品の受容の一端を考えてみたい、との意図に基づいている。「瀧の白糸」「婦系図」等と並ぶ新派「鏡花もの」の代表としての上演史の研究は、一応の成果を示してはいるものの、作品本文に関する基礎的研究は、これまで等閑に付されてきたと思われるからである。

一　初出から単行本へ　―　その異同　―

まず、初出以降の書誌的事項を、田中励儀氏編「著作目録」、須田千里氏編「単行本書誌」（ともに岩波書店版『新編泉鏡花集』別巻二、平18・1・20）に拠り、まとめて記したのち、詳しい経緯を述べてみる。

初出は「大阪毎日新聞」の明治三十二年四月七日から五月八日までの全三十二回。毎回の挿絵は、当時同紙の専属画家の一人阪田耕雪である。各六面掲載で、四月二十四日、二十七日、二十八日、五月四日は四面、四月二十九日、五月一日、七日は八面に載っている。

この後、三十三年一月の「新小説」の巻末に、『照葉狂言』と『黒百合』の間にはさまって、「近刊予告」が載った。広告は自筆案文だが、右予告より一年四か月後の明治三十四年四月十九日に春陽堂から単行本（以下しばしば「初刊本」という）が刊行された。巻首の木版色刷の口絵は予告通り富岡永洗である。

その後、大正四年六月十八日、春陽堂刊の袖珍本『鏡花選集』に「湯島詣」「婦系図」とともに収められ、大正十三年十月二十五日、『鏡花選集』の紙型を用いて春陽堂から再刊本（奥附は「改版三十版」とする）が出た。

全集へは、生前の春陽堂版の巻三（第三回配本、大正十四年九月三十日発行）、歿後の岩波書店版の巻四（第八回配本、昭和十六年三月十五日発行）にそれぞれ収録された。生前の文庫本には、春陽堂文庫版（昭和八年四月三十日発行）がある。

以上に加えて、各段階の「通夜物語」を考察するための有力な補助資料が存する。現在岩波書店所蔵の「編修資料」がそれで、概容についてはかつて拙稿「鏡花を「編む」「集める」」（「文学」隔月刊4巻5号、平15・9・25）に述べたことがある。本作関係資料の詳細は後注（1）に掲げるが、初出紙の切抜に鏡花が割付指定したものから、春陽堂版全集の校正刷（再校・自筆赤ペン訂正入）まで、再刊本・文庫本を除く、生前の初出以降各段階の刊本すべての校正資料が揃っている。これに、自筆原稿が存していれば、本文の「かたち」が生成する過程を具さに検討できるのだが、残念なことに自筆原稿の所在はいまだ確認されていない。

さて、初出に立ちもどってみると、明治三十二年の「大阪毎日新聞」は旧臘二十九日の一面に「紙面拡張」の実行を掲げ、「小説の方面に於ては我社は従来優艶の筆を揮へる数名の記者あるに満足せず今回別に東京に於る知名の小説家に乞うて時々筆を取らしむる事としまづその手始めとして幽芳の『七日間』が喝采の裡に終結するを待て広津柳浪子が特に本社の為に経営惨憺せる新著作心中二ツどもゑ　柳浪　を掲載すべし」としたのに加え、新たに「文学欄」を設けて文学の奨励につとめることを宣していた。従来の宇田川文海、菊池幽芳らの社内作家から社外在京作家招聘による小説欄への方針転換である。菊池幽芳が「文学欄を設くるの辞」（明32・1・15／16付各3面）で、不振の関西文壇の改良刷新を唱えたのと同時に「心中二つ巴」の連載（挿絵阪田耕雪）が始まったが、その題名の次には「東京　広津柳浪」と、東京作家であることが謳われていた。しかし本作が八十回を迎えた四月六日の末尾には「作者しるす」として、「本編は尚ほ三十回以上を重ねざれば、完結せぬ」ゆえ、読者の迷惑を考え、「強て完結せしむること」としたのは、「昨冬より脳病を煩ひ、今日尚ほ小快だも得ないので、原稿が毎(つね)に後勝(おくれがち)になつて」「編輯者諸君を苦しめた事一通りでない」からだ、とこの時期の柳浪作品にしばしば見られる不出来の弁疏をもって連載を終えた。東京作家第一号となった柳浪は、体調不良もあるが、新聞社所期の目的に応えることができなかったのである。

二番手たる鏡花作「通夜物語」の予告は四月五日、六日の紙面に載り、「この篇は鏡花子が苦心経営の余になれる傑作にして而も晦渋の点なく深刻奇警の筆路優に読者の歓迎を博するの価値ある可し」と告知せられている。「晦渋の点なく」は、前作柳浪の失敗を踏まえたものであり、「深刻奇警」は観念小説時代以来の鏡花に与えられる定評であった。

その第一回は、四月七日の第六面。柳浪の時にあった著者名の上の「東京」の文字は取れているが、「「鍋焼饂飩！」／駒込白山の阪の上、千駄木へ曲らうといふ辻の角で、」から始まる冒頭部は、柳浪作の「一月も七草を過ぎた八日の朝である。東京は山の手小石川水道町に丸屋と称ふ老舗の呉服屋の前に」云々という書出しと同様、大阪の読者に向けた東京作家の「約束事」であったといってよいのかもしれない。

後の校異のところでも触れるが、初出の人物の会話の上には、例えば、冒頭では「壮佼」は「壮」、「親仁」は「親」と会話主が小字で注記され、後段でも会話の主が判明するまでは「女」、判ってからは「粂」と変るよう配慮されている。こうした配慮は作者にしかできないから、掲載に当って予め新聞社側から要請があったと考えられる。本作の評価の常套に「芝居仕立」というのがあるが、初出文にこそこの評語がふさわしく、読者は芝居を見るように、物語を読み進めたことだろう。

挿絵画家の阪田耕雪は、号からも判る通り尾形月耕門下の俊秀、大正五年刊の『明治画史大正画家列伝』（富田文陽堂、大5・10・3増訂三版）には「加賀の人明治四年に生る」とあり、「菊池幽芳氏の小説大探検を描ける年恒の後を襲ふて大阪毎日新聞社に入り宇田川文海氏の太閤記の挿画を描くや太閤記よりも挿画の方が寧ろ好評なりき」とも記されている。『毎日新聞七十年』（昭27・2・1）によれば文海作「猿面郎出世双六（第三編）」（明29・8・9—11・

7）の挿絵画家として初めて耕雪の名が見える。先任稲野年恒の後に入社したのをこの時期とすることができよう。耕雪は、後に鏡花作「三枚続」（明33・8・9―9・27、全50回）の挿絵も描いているが、「三枚続」の描線は粗く、両作比べて「通夜物語」の画が格段に優っている。とりわけ、大団円の清が血で描いた丁山の姿を秀逸としたい。

初刊本の予告は連載終了から七か月後の「新小説」臨時増刊「初日之出」（5年1巻、明33・1・1）である。この号の巻末には、鏡花の作も含めて、実に二十四件の「近刊予告」を一挙に掲載、もって本誌の躍進を窺うに足る壮観だが、広告の順序の通り、『照葉狂言』が三十三年四月二十七日、『通夜物語』に次いで『黒百合』が三十五年三月二十三日に、それぞれ刊行された。

初刊本は、富岡永洗の口絵が華を添えている。彩色木版刷で、右に花魁姿の丁山を、左にこれを見上る若い女、袖のところには簪が宙に浮いているから、「第十六」の丁山が妓楼表二階の欄干から簪を投げる場面、若い女はお松だと判る。のちに絶妙の相方をつとめる鏑木清方ならば、お松は描けただろうが、艶冶媚麗の花魁の姿はやはり永洗を措いて他に求めがたいであろう。

なお、「単行本書誌」には記されていないが、表紙および扉の題字は、師の尾崎紅葉の筆であることを特記しておきたい。「十千万堂日録」の明治三十四年三月二十日の項に「春陽堂来る（通夜物語に題簽す）。」とあって、それと認められるからである。この日は発行日のほぼ一と月前で、当時の出版日程の目安にもなろう。共著として出た『なにかし』以来、字体からすると『錦帯記』『湯島詣』『三枚続』『黒百合』『田毎かゞみ』等、歿する三十六年まで、一番弟子の刊本の題簽は、紅葉が与えていたと考えられる。

初出連載の回数と初刊本の章数は、ともに三十二で一致するが、初刊本の章立ては連載の切れ目と一致しないところがあり、例えば第一回の途中「鍋焼饂飩」（333・12。以下数字はすべて春陽堂版全集の頁・行を示す）で切って、章を改めている。詳細は一括して後注（2）に掲げたが、こうした不一致は、作品の始め六回と終り七回の部分に集中し、計十三か所に及んでいる。この変更が、連載各回の量的な区分から、内容上の展開による質的な章立てへの転換を意味することはいうまでもない。

しかし、章立てにもまして注目されるのは、固有名詞に関する異同である。新聞切抜の編修資料は組み方の指示が大部分で、細かい字句の改変は初刊本の校正で行われているが、各頁、天柱の波罫の有無、「要三校」の書入れから区別すると、初刊本1―88頁、97―128頁、153―161最終頁の初校と、33―48頁、89―96頁、131―152頁の再校の存していることが判る。

固有名詞の変更で著しいのは、清と丁山が乗込む、現行「久世友房」の家の設定に関してであり、初刊本以後の流布本文に「宗偏流茶の湯の名家」（351・6）の「久世友房」（同・7）とあるのは、初出の「当今屈指の謡の名人」「観世友房」（初出第九回）を直した結果なのである（校正刷では「宗偏流」と改める前に、「遠州流」と書いて振りがなまで付けた後、これを消しているのが確認できる）。その他、友房の倅「操」（357・15ほか）は初出で「久（ひさし）」となっていたのを改めた名である。これに伴い、「能役者」は「大宗匠」（373・15）に、「能舞台の後なる楽屋の隅まで」は「廊下を越えた圍の中まで」（392・11）に、「楽屋の暗中」は「圍の暗中」（395・7）に、それぞれ変えられることになった。この改変は、初校ではなく、再校段階でなされたものであり、「宗偏流茶の湯の名家」と直した校正刷43頁には、欄外に鏡花の自筆で「注意!!!」の文字があり、次の44頁には「此一枚要三校」とも記されている。ただし一か所、十二章の友房の言葉「俺も久世友房だ」（358・2）だけは「観世友房だ」（初刊本59・9）となっており、この直し忘れは『鏡花選集』にも引継がれて、春陽堂版全集で、ようやく改められた。

その他、丁山の本名が「粂三」（「三」には振りがな無し）となっていたのを「粂次」（338・19ほか）と改め、「銀座の旦那」を「本郷の旦那」（353・3）に、「石切橋の伯父さん」を「業平橋の伯父さん」（353・1）に、「伯父さんは」を「おぢい様は」（354・6）に、「大河内の御台様」を「大山路の御台様」（360・4）に、妓樓の名「水本」を「源」（373・1）

にそれぞれ直している。文章の直しでは、お澄の母親の容貌を叙す条「両方に目尻が著しく垂れて目がぽつちりと附いているこの目に限らず、鼻も其の口元も」を「生れは京阪地(かみがた)でもあるらしい。／其の口元も」（350・15）と圧縮、また二十一章の清の科白「六道の辻だコリヤ」（379・10）のあと「よう石切橋の伯父さん何うなすつた、老年だから足が遅いんですか、は丶丶丶丶誰がくらやみで分る奴があるもんか、」の部分をそっくり削除し、また丁山の科白、「肝が据らなきや客の曲持は出来ません」を「膽が据らなきや客を手玉には取れません」（396・18）と直しているところなどが目立つのであるが、初刊本における本文異同の中心が、先の固有名詞の変更にあることは動かない。

紙幅に余裕が無いため、初刊本から『選集』、『選集』から春陽堂版全集への推移については、今回省略せざるをえないが、初出からの改変ほどの著しい異同は認められず、仮名づかい、用字、振りがな、句読点の変更が施されている。初刊本の本文をそのまま踏襲せず、『鏡花選集』、春陽堂版全集、ともに自らの文業の集成として世に出す刊本へ、そのつど細かい修正を加えているのである（異同の詳細の報告は、後日に稿を改めたい）。

二　モデルと発想

こうして、初出本文が現行のように「宗偏流茶の湯の名家」「久世友房」の家を舞台とするのではなく、「当今屈指の謡の名人」「観世友房」の「能舞台」のある「伯父」の家に清と粂三（丁山）が乗り込む作品だったことが判ってみると、わたしたちの興味は、この作品の素材・モデルへと赴かざるをえない。いうまでもなく、作者鏡花の母方の伯父に、宝生流シテ方で斯流の名人といわれた松本金太郎が在り、神田猿楽町の居宅には、明治二十二、三年頃作った仮舞台を本作発表の前年十月に増改築した能舞台があったからだ。かてその一家には、初出友房の倅の「久(ひさし)」に音の近い、能師を継いだ次男の「長(ながし)」がいた。松本金太郎と鏡花との関係については、別稿「松本金太郎の事蹟—泉鏡花ゆかりの人々—」（「緑岡詞林」22号、平10・3・1）に述べたことがあり、詳しくはこれを参照していただきたいが、作者と松本家の間柄を知る者は、初出本文を読めば、ただちに素材の根拠に思い至ったことだろう。この点について、

　松本長は生前、令息恵雄氏に向って「鏡花のあの『通夜物語』のにやけた息子は、俺をモデルに使っているらしいよ」と言って苦笑しておられたという。

（新保千代子「「歌行燈」のモデルを追って」「鏡花研究」6号、昭59・11・10）

との報告がすでにある。恵雄は長の次男の能楽師だが、長男のたかしは、生前次のような文章を残していた。

　新派が行つてゐる「通夜物語」といふ芝居の原作は、ある時鏡花が金太郎に罵倒されて、むらむらと例の反抗精神を起し、創作欲を刺戟されて、書上げたのがそれである。ここでは金太郎は篠山六平太といふ敵役にされてしまつてゐる。

（「ある時代」『俳能談』阿寒発行所、昭22・9・30）

　ともに長の子息の貴重な言であるが、金太郎歿後の鏡花の談話の中に「伯父の普通を思ふと、誰彼のお構ひなく真向からけなし附ける叱り飛ばすといつた風だから」（「伯父」大4・2）云々とあり、「鏡花が金太郎に罵倒され」た可能性は、むろん十分に考えられるとしても、金太郎と篠山六平太との間には距離があり過ぎる。「肥大な身の幅充満に座蒲団にどツかと乗つた、豹の額、獅子ツ鼻、象の眼、鰐の口、猿の耳。猪首で、牛の如き大男」（359・11）と、すべて獣の比喩で表現される六平太よりは、むしろ通夜の席で清をやりこめる友房の磊落な口ぶりに、金太郎の面影が写されていると見るべきだろう。たかしが初出で友房の「当今屈指の謡の名人」であったことを知っていれば、篠山と金太郎を結びつけることはなかったはずである。もとより、作品はモデルを想定して読まれる必要はないが、初出「通夜物語」は現行よりもその素材を露わに示す本文のかたちを備えていたのである。

　では、もう一人の主役丁山の発想の由来はどこに求められるのであろうか。この点に関しては、すでに安部亜由

美氏[3]が「丁山」という名の由来を、四代目澤村源之助が演じて当りをとった、福地桜痴作「俠客春雨傘」(明治三十年四月歌舞伎座初演)中の傾城丁山に求めており、その論証も周到で、私も安部氏の説に従いたい。その上でいささかの補足をすれば、「俠客春雨傘」の傾城丁山は、同じくおいらんの葛城大夫に対して、自らを「わちきの様な張も意気地も無い者」(第三幕・松葉屋内証折檻の場。引用は春陽堂版『桜痴集』第一巻、明44・7・15)と僻む女であって、この芝居で見事な達引をするのは、丁山に嫉妬される葛城大夫である。源之助が脚本通りに丁山を演じたとすれば、その役どころは「通夜物語」の丁山とは対極に位置するものであったといわねばなるまい。またもし、源之助が舞台で「伝法肌」を見せたとしたら、それは彼が脚本を離れて己れの「本地」を現したということになるだろう。したがって、本作の丁山の命名が「春雨傘」に発していることは間違いないにしても、該作の丁山の造型に誘引されたのではなく、「切られお富」「蟒お由」「鬼神のお松」「妲妃のお百」などを当り芸とする贔屓の女形源之助[4]が丁山を演じたことによって、女主人公に丁山の名が与えられたのだ、と考えたい。

　この経緯は、「通夜物語」の新富座公演(明治四十年一月、後述)の折の劇評においても確められるので、三木竹二は「この『通夜物語』の丁山は、作者の贔屓役者と聞いた源之助のそれから、強請も弁天小僧から落想かれたのだらう」(「一月の劇壇」「歌舞伎」82号、明40・2・1)と述べるところがあった。三木に限らず、芝居好きの者なら、丁山という名を聞かずとも出刃包丁を揮う本作のおいらんに、毒婦ものの悪婆を得意とした源之助の舞台姿を重ね合せることは容易だったろう。かつ「湯島詣」の十六章にヒロイン蝶吉の姿態が「源之助の肖像画から抜け出したやう」だと描かれてあるのを知っていた鏡花の読者は、作者の源之助贔屓を承知していたはずである。三木竹二の感想は、おそらく当時の多くの人々が共有していた思いだったのではなかろうか。そうした「場」を措いてほかに、「通夜物語」の「かたち」は成立しえないのである。

　次節では、このような受容の「場」の様相をもう少し詳しく見てみたい。

三　「通夜物語」を読む青年たち

「大阪毎日新聞」掲載時の評は、まだ確認できておらず、単行本刊行時の同時代評としては「読売新聞」掲載「月曜文学」欄の「鏡花作通夜物語評」（前出）をその代表とする。

合評の冒頭は、単行本の校正時に南榎町の鏡花宅を訪れていた正宗白鳥[5]で、「註文帳」「高野聖」のごとき「ミステリアスな空気にも触れない。平凡の話を平凡に書いて、うそらしい無理な事をまぜた作、湯島詣の統を引いて更に数等劣れる小説（ノベル）」とし、丁山の性格は「一通り書けてゐる」としながらも「併しこんな風の女は、徳川時代から書きつくされて、既にカタになつてゐて、其のカタの如くに作つたと云ふに過ぎぬ」として、「古めかしい題目を活かすべき「斬新な着眼」の不足を言っている。このあと「山水子」「秋江子（近松秋江）」「星月夜（島村抱月）」それぞれの評が続くが、全体の否定的評価は動かしがたい。「帝国文学」（7巻5号、明34・5・10）の、丁山・清・お松らの人物造型を「極り切つた型」と非難した評も含めて、必ずしも高い評価を得ていないといってよいだろう。

これ以外、管見に入ったものでは、「中央公論」（16年6号、明34・6・1）の「青葉若葉」欄（署名「春湖」）もまた「月曜文学」評を承けて、「氏の作としてはむしろ不成功」、「部分の美には富んで居るが、全部の美には甚だ欠けて居る」とした一方、「文庫」（17巻5号、同・5・20）の「無題録」（署名「江東」＝千葉亀雄）では「例の怪物が出ない代り、派手なことは滅法派手な、まあ佳作の一つではあらうが、惜むらくは、全体の余りに芝居かゝり（ママ）なることよ」としながら、作中お澄や丁山の言葉から発する「熱」を認め、「丁山の切語は、情に脆くて意気地に強い、丁山を説明して、いかに余蘊がない者であらうか。」と、好意的な評価を与えている。前年四月の「任意記㈠　鏡花の近業」（署名「莫愁生」同14巻5号）で「高野聖」を「小供だましの修身談、天生峠冒険の怪談」と断じた千葉亀雄の評価は、怪異ものの神秘よりも花柳風俗ものの「情」の発現に高い価値を見出しているのである。

当時の評価は、先の「月曜文学」の合評が最も充実した内容をもっている。合評に加わった白鳥、秋江、抱月らは、その価値観や立場はともかくも、当代の小説を十分に味読できた読者の代表だと言ってよいと思うが、鏡花作品の読者は、むろん彼らだけではなかった。

里見弴の「君と私と」（前篇「白樺」4年4号、大2・4・1）に次のような一節がある。

> この年の夏休には、もう、君たちと一緒に暮すやうになつて居た。
> 元箱根に八畳二タ間の貸し別荘を借りて置く世話などは、黒田君が主にしてくれた。（…）私は黒田君が貸してくれた英吉利の通俗小説家の何んとか云ふ人の何んとか云ふ本を毎日十頁づゝ読むことにきめて、安楽椅子の上で字引を引き〳〵一ト朝ぢうかゝつて役目を果して居た。（…）尤も、書いてあることはその時分の私にもつまらなかつた。あり来りの恋愛小説だつた。鏡花や紅葉のものゝ方が遙かに興味が多かつた。雨の夜など、私たちはさう云ふ小説の朗読会をした。それがかうじて来ると、役割をきめて会話のところを芝居の白（せりふ）のやうにやりとり始める。黒田君は「湯島詣」の寄宿舎のところで何んとか云ふ神月梓の友達が上手だつた。君は「通夜物語」の平助を嫌がりながらも買つて出た。（…）この白（せりふ）のやりとりが又かうじて来ると、今度はいよ〳〵立稽古になる。君はよく「高野長英」に出た芳三郎の摸掏の真似をして、すれ違いさまに懐中をぬく、あの早業（はやわざ）を私を対手にしてやつたりした。（傍点・振りがなは原文）

引用が長くなったが、この自伝小説の「私」は里見弴、「君」＝坂本は志賀直哉、「黒田君」は黒木三次である。「この年」とは「世間が旅順の戦況で夢中になつてゐた年」であり、「俊之助兄」＝有島生馬が五月に洋行した年であると記されているので、明治三十八年の夏(6)、ということになる。

もとより、実名を記さぬ創作であって、事実と異なる点も無いではないが、この年二月、「君」が宮戸座で

「蟒於由高評仇討(うはばみおよしうはさのあだうち)」（源之助のお由）を観たという記述も実際の興行と一致するから、年次はほぼ間違いがないと思われる。引用部分に語られているのは、夏の箱根の「小説の朗読会」、それが「かうじて」の「芝居の白(せりふ)」の「やりとり」と「立稽古」であり、注目すべきはその対象に鏡花の「湯島詣」、次いで「通夜物語」が選ばれ、「君」が「平助」を「買つて出た」ことである。「嫌がりながらも」とあるのは、篠山家の車夫平助が清と丁山をさんざんに弄る敵役だからだ。

このころの志賀の「日記」を見れば明らかなごとく、歌舞伎、浄瑠璃から新派まで、彼は連日のように市中各所の舞台に通っては、その印象を書きつけている。「朗読会」が昂じて「立稽古」の実演に至るのは当然であったろう。同時代評の多くが難じる本作の「カタの如くに作つた」（前記月曜会「読売新聞」評）、「極り切つた型」（同「帝国文学」評）が、むしろ青年たちの「立稽古」を可能ならしめたのである。

本作の別の箇所に、この年の正月「丁度君は夕方から明治座へ初御目見得の芳三郎と徳三郎を見に行くと云ふ日だつた。私も盛に誘はれたけれども断つて、明日から鎌倉の別荘で読み耽らうと云ふ鏡花の小説の出て居る古雑誌を、持ちきれないほど借りて帰つた。」とある条は、「君」＝志賀から「私」＝里見への鏡花熱の感染を示すもので、「日記」と同じく、この時期の志賀の「手帳」がそれを証し立てる（詳細は、前記の別稿「鏡花を「編む」「集める」」を参照）。

こうした「君と私と」の記述は、どのような批評にも増して、志賀直哉を中核とするグループの鏡花世界の愛好、支持を物語るものだといってよい。当年（明治三十八年）の作者鏡花は数え三十三歳、二つ年上の抱月（三十五歳）、年下の秋江（三十歳）、白鳥（二十七歳）らより、さらに下の志賀（二十三歳）、里見（十八歳）の世代に、いわゆる「鏡花党」の青年たちが存在していたのである。もう一人、白樺派の有力な「鏡花党」木下利玄（二十歳）は志賀と里見の間に位置する青年だが、彼もまた志賀の感化を受けて、のちに両者よりも早く鏡花自身に接近してゆく。

里見、木下両人を鏡花世界へ親炙させた一つの「磁場」としての志賀の存在を忘れてはならないと考える。

四 「通夜物語」上演のさまざま

夏の箱根での「朗読会」から芝居の「立稽古」までした青年たちの中に、「通夜物語」の新派による上演がどれほど意識されていたかは判らないが、初刊本刊行の翌年三十五年八月には、常盤座で「艶物語」として初演があった。以後、本作は上演という「かたち」によって、その受容の「場」を拡張してゆくことになる。

以下で上演史を検討する前に、鏡花作品の新派上演に関する研究上の課題について、述べておきたい。

周知のように、この分野は、昭和五十三年以降、越智治雄氏[7]による詳細な研究から始まったものの、氏の逝去（昭和五十八年）により、その全体像が示されずに終った。越智氏の研究は、鏡花が「かきぬき」を残した、つまり自身が脚色に関与した、新派のいわゆる「鏡花もの」を対象としているが、鏡花存命中に上演されたのは「瀧の白糸」「婦系図」「白鷺」「日本橋」そしてこの「通夜物語」ばかりではなかった。

「義血俠血」の当初より鏡花に心酔し、新派で原作者鏡花と二人三脚をしてきたといってよい喜多村緑郎に次のような発言があるからだ。

私は明治二十九年の十二月、大阪の角座で『是又意外』といふ外題でこの『瀧の白糸』をやりました。しかしそのときのは『瀧の白糸』の筋の中へ『強盗判事』だの何んだのを持込んでゐました。それ以来その当時の文学青年で、とくに泉さんのものを愛読してゐたわたくしだつたので、それ以来ちよい〳〵『湯女の魂』だの『七本桜』だの『鬚題目』だのをやりました。勿論その時分のことです、泉さんには無断です。

（「〝鏡花と新派〟座談会」「演劇新派」8巻3号、昭15・3・5）

この言葉は、二十八年に東京を離れ、三十九年に再東上するまでの喜多村の大阪（成美団）時代、「泉さんには無断で」上演した鏡花作品が数多くあったことを証すものだが、「無断」ゆえに外題が変えられていて、調査のままならないのが現状である。私も鏡花「年譜」（前記『新編泉鏡花集』別巻二に収録）を作成する過程で、「黒百合」を脚色した「妖星」（明治三十六年十一月、国華座）、「湯島詣」と「三枚続」を綯交ぜにした連鎖劇「心中女夫星（めをとぼし）」（大正五年十月、演伎座）、同じくこれを改題した「紅行燈」（大正十三年一月、大阪角座）、「唄立山心中一曲」を脚色した「晴衣（はれぎ）」（大正十五年八月、同）の上演を確認することができた。また最近では、里見弴の「やがて薄汚い名古屋の町はづれにかゝると、小さな劇場の絵看板に、泉鏡花原作、「霊象」と出てゐる。むろん先生は夢にも御存知ないことだらう。」（『若き日の旅』甲鳥書林、昭15・5・25）という記述を手がかりに、地元紙を調べたところ、明治四十一年三月十三日から二十九日まで、名古屋音羽座での「霊象」の興行を見出した。(8)

本稿の対象である「通夜物語」に関しても、山田九州男に「丁山は今度九州巡業中各地で出し狂言にしました。」（「名家真相録（六九）山田九州男」「演芸画報」4年12号、明43・12・1）との言葉があり、主要都市部に限らず、九州における興行も調査に加える必要がある。

「瀧の白糸」については、越智氏の後を受継ぐように、穴倉玉日氏（「旅する「白糸」」福井大学言語文化学会「国語国文学」45号、平18・3・20）が、北海道、東北地方の興行の跡をたどっているが、こうした調査が新派劇団の地方巡業の及んだ範囲のすべてにわたって行われたならば、当り狂言の演目のみが論及されている鏡花作品の新派上演は、その様相を全く改めることとなるだろう。今後も地道な調査をつみかさねてゆくしかないのである。

さて、「通夜物語」の上演研究は、越智氏が(9)昭和十一年五月明治座公演の「かきぬき」を中心に、明治三十五年八月常盤座初演以来の主要な上演を整理したあと、飯塚恵理人氏が(10)三十九年八月大阪朝日座、四十年一月新富座、四十五年一月本郷座の各公演を詳しく検討しているが、以下に両氏の触れられなかったところを補ってみたい。

「大阪毎日新聞」明39・8・7付7面
（国立国会図書館蔵新聞マイクロ資料より）

掲げたのは、これまで紹介されたことのない大阪初演時の舞台写真（「大阪毎日新聞」明39・8・7付7面）である。秋月桂太郎扮する清の描く丁山の姿は、単行本の表紙絵に似せた左向の後姿で、これは舞台の実写ではなく、宣伝用の写真ではあるが、それほど拙劣ではない。

上演の歴史においては、東京・大阪の両初演も尊重されなければならないが、筋立、場割、役どころの定着、さらに興行の規模からして、明治四十年一月の新富座興行が一つの指標となるだろう。

場割と幕開時間を掲げた「都新聞」（明40・1・8付3面）の記事を引けば、

上野公園（一時五十分）梅川楼（二時廿八分）金子二階俄（三時廿五分）根岸玉川宅（三時五十分）向島植半（四時四十八分）龍泉寺町貧家（五時二十分）業平橋十兵衛宅（六時）根津権現前（六時五十分）久世玄関（七時二十分）離屋敷（七時五十分）大広間（八時十二分）

であり、大切喜劇「写真」の幕開が八時五十分だから、上演約七時間。飯塚氏はこれを「「梅川楼」「根岸玉川宅」は原作にない増補場面、「上野公園」「金子二階俄」「向島植半」「龍泉寺町貧家」「業平橋十兵衛宅」は原作をもとにした増補、「根津権現前」「久世玄関」「離座敷」「大広間」は原作通りである。劇の後半は原作通りの場面であり、前半に増補場面を多くしている。」と総括されている。

丁山役の河合武雄の芸の確立の上でも大きな意味をもつこの上演は、河合自身が「人気を呼んで千秋楽まで九分の入を持ち続けた」（「東京に於ける艶物語の初演」「演劇新派」8巻2号、昭15・2・5）と語るほど観客動員はめざましかったのだが、先述志賀直哉の「日記」の明治四十年一月七日には、

午后、木下と新富座の伊井の芝居を見る、「通夜物語」でも原作とは大分ちがつて、不満足だつた、写真といふ大切喜劇は大に面白かつた、小山内君に会ふ

とあって、志賀は木下利玄とともに観劇し、また劇場で小山内薫とも遇っていることが判る。先引「都新聞」の記事によれば、「幕開時間」は、序幕「上野公園」の場が一時五十分、大切「写真」の第二場「市街ペンキ屋」の幕開が九時十五分となっているので、この日は終演まで実に八時間近くを新富座に過したことになる。

同行した木下利玄は、十六日、志賀宛に『通夜物語』初刊本の表紙絵を写した自筆絵はがきを送り、その余白に「どうだい、伊井蓉峰とどつちがうまいね？」と記したが、むろんこれは大詰、清役の伊井が襖に描いた丁山の姿と自筆画との優劣を問うたのである。小山内薫の妹八千代の劇評には「丁山の後姿を屛風に書くのに、画は誠によく出来ましたが、惜しい事に少し濃すぎた様でした。」（「劇談」「演芸画報」1年3号、明40・3・1）とあるから、伊井の絵も相応に秀れていたことになろう。のち四十五年一月本郷座上演を前に、彼が鏑木清方に就いて画の稽古に励んだ、とも報じられている（「読売新聞」明44・12・29付3面）。

「原作とは大分ちがつて、不満足」との志賀の感想は、同じく原作を読んでいる小山内八千代の「私が読みました所では、原作の筋の方が面白く出来て居た様に思ふので御座います」（前出「劇談」）とも一致する。

兄の薫の印象もまた同様で、彼は翌四十一年六月、鏡花の「湯島詣」をもとに小島孤舟が改作脚色し、「みじか夜」の題で明治座に上場したのを観て綴った「劇となりたる鏡花氏の小説」（「読売新聞」明41・6・21付6面）の中で、

伊井と河合が合同して新富座に興行を続けた時、鏡花物では『通夜物語』と『瀧の白糸』との二つが演ぜられ

た。七八年前に「手前達は、誰だと思ふ。丁山さんの遊女だよ。」と云つたやうな言語を小説で読んで、無上に痛快だと思つた僕も、伊井河合の芸の上に得る処こそあつたれ、『通夜物語』と云ふ劇其者には、少しも動かされなかつた。不相変馬鹿々々しいと云ふ感じがした。

と批判、「これを要するに従来鏡花氏の小説を劇にしたもので、充分原作の心持を伝へたものは一つもないし、原作を離れた一つの劇としても賞讃を価するものは一つも無つた。」として、失敗の理由を脚色者と俳優の技芸の不足に求め、さらに進んで、原作者鏡花の小説の「劇的」性格は「徳川時代の劇的」であって「近代の劇的」ではない「アナクロニズム」であり、読者は「話し方の巧い」ことに喜んでいるので、「話してる事実」に動かされぬから、それが劇の上に現れて人を感動せしめるに至らない、とするのである。

小山内のこの批判は、鏡花小説の前近代性を指摘する際に必ず引用されて有名なものだが、注意しなければならないのは、この批判を挟んだ前後の文章で、彼は明治三十六年八月本郷座の「辰巳巷談」以降、「黒百合」（上演時の外題は「妖星」）、「瀧の白糸」「高野聖」等、本郷座の「風流線」以外の主だった鏡花ものの上演を丹念に観て、その感想を率直に記し、「水鶏の里」の劇化「深沙大王」や書下しの「愛火」にも言及し、かつ、鏡花作品でいまだ上場されないもののうち「近代劇を生み得べき材料」のある作品として、「夜行巡査」「外科室」を一幕物とすること、「紅雪録」「続紅雪録」の脚色化を提案している点である。この文章は、鏡花批判の前に、小山内の鏡花劇体験を総括したものなのであった。

つまり、「鏡花氏の小説は一種のアナクロニズムだ」と断じる前提には、他の誰よりも良く鏡花作品を読み込んでいるという小山内の自負と長年の鏡花愛顧とがあったことを忘れてはならない。であればこそ、「原作の心持」をほとんど表現しえない舞台への幻滅もまた甚しかったのである。さらには、帝国大学在学中の三十七年ごろから伊井蓉峰一座（長篇「大川端」では「水谷の一座」）の演出を手伝い、「通夜物語」の新富座公演から正式の座員となったものの、伊井との間に軋轢が生じ、この年四十年十月の「己が罪」を限りに退座するに至る、彼の新派劇団への失望も考慮する必要があるだろう。いずれにしろ、この自由劇場旗上の前年に発表された「劇となりたる鏡花氏の小説」を、一方的な鏡花批判としてのみ捉えるのは一面的であって、それまでの小山内の鏡花心酔の程度と、新派劇団への失望と離脱、という両面から読まれてしかるべきものと思う。

こうして、四十年一月の新富座興行は、観客でありかつ鏡花愛読者でもあった青年たちの側からも光を当てることのできる重要な舞台であるといってよい。

新富座以降、現在までに確認できる興行を列記してみると（配役は、丁山、清のみを記し、不明のものは「＊」で示す）、同年二月二十八日初日の柳盛座（「松陰会」とのみ。＊）、同年十二月十日初日の大阪老松座（丁山＝＊、清＝白川廣一）、四十一年九月一日初日の三崎座（丁山＝澤村紀久八、清＝岩井米花）、四十二年一月一日初日の真砂座（丁山＝若水美登里、清＝山崎長之輔）、同年二月一日初日の京都明治座（丁山＝河合武雄、清＝静間小次郎）、同年六月十五日初日の宮戸座（丁山＝澤村源之助、清＝嵐芳三郎）、同年十月十二日（二の替り初日）の神戸大黒座（丁山＝河合、清＝静間）、同年十月十九日初日の名古屋末広座（同前）、同年十一月一日初日の日暮里花見座（＊）、四十三年一月二十二日初日の京都国華座（＊）、四十四年二月六日初日の京都末広座（＊）、四十五年一月二日初日の本郷座（丁山＝河合、清＝伊井蓉峰）、同年一月四日初日の横浜喜樂座（丁山＝若水、清＝山崎）、同年三月十七日初日の演伎座（同前）、同年六月六日初日の常盤座（小蝶＝若水、清＝鳥居梧樓）、などがある。

上演の地域は、回を重ねるにつれて、横浜、大阪、京都、神戸、名古屋へと及び、また劇場も大劇場から小芝居へと、「通夜物語」の普及伝播の様相は明らかであろう。

なかでも注目したいのは、四十一年九月の三崎座興行で、女芝居により有名なこの劇場に、女役者の紀久八が丁山を、米花が清を演じているからである。残念ながら、いまだ劇評を確認できずにいるのだが、澤村紀久八は「家内の不和や云ひ交はした男に捨てられた煩悶のため」に発狂し、「是れが柳浪さんの「乱菊物語」や風葉さんの「鬘下地」紅緑さんの「俠艶録」の材料と為つたんです」（「女優の半生涯」「読売新聞」明41・7・16付6面）とみずから語る通りの、まことに数奇な経歴をもつ女役者であり、三十三年に復帰後「己が罪」「想夫憐」などの新派ものにも手を染めた彼女が、丁山役をどのように演じたのか、今後調査を進めて明らかにしたい。

四十二年六月の宮戸座興行については、大愚堂主人「六月の劇壇」（「演芸画報」3年8号、明42・7・1）の評に、

> 夜の部「つやもの語」是は評者が源之助にすゝめて舞台へ掛けさせたるものなるが、源之助の丁山は原作の小説を見た時から此人の物と云ふ極附だけ、とても是までの河合や若水の及ぶ所に非らず、向島植半で炬燵のいちやつきは、苦労性なる其筋の不認可とあつて、源楼と云ふ女郎屋に直し丁山の花魁姿を見せる源之助の思付はよかりしが、其場に限つて、いつもの七五調の白を用ひたのはをかしく、「廿五座では無いけれど、ひよつとこ揃ひの其中で、一番目立つ外道の面」などの言廻しは、大に耳立つてをかしく聞えたり、芳三郎の玉川清は大に伊井張りに演て居たれど、斯う云ふ新派ものに掛けては中々うまい所あり。　（傍点原文）

とあるのが注意される。大詰の印象の記されていないのを憾みとするが、前段の濡れ場に検閲のおそれがあったため、場を変えたことも窺える。劇評の最後には市内各座を総括して「六月の劇壇は相撲の国技館に客を引かれて悉く不人気なりし。」と結ばれている。本文の筆者「大愚堂主人」は川尻清潭の別号。先にも述べたように、本作丁山の人物造型に澤村源之助を想起したのは清潭だけでなく、三木竹二もそうでありまた多くの芝居好きに共通のものだったはずだが、清潭の進言でこの公演が成ったことの意義は少なくない。前記「月曜文学」欄で白鳥の「源之助にでもやらせてみたい丁山」との評が、その八年後に実現をみたことになるからである。とはいえ、旧劇の源之助の丁山が、新派劇の丁山を演じた場合、どうしても「時代」が付いてしまうことは避けがたく、不人気に終ってしまった。

丁山を当り芸としたのは河合武雄だが、河合の芸は源之助心酔に発しているので、彼の著『女形』（双雅房、昭12・7・10）にも縷々述べられている通り、明治二十四年、河合の実父大谷馬十らと小芝居の三崎座に出演した源之助が、ために東都の大劇場へ出られなくなり、市内の小芝居や大阪での興行を続けていた時、馬十の頼みでその一座に加えられて修業していたのが若き日の河合武雄だった。河合の女形の芸は、江戸歌舞伎最後の女形といわれる澤村源之助をその出自とするのである。河合の丁山の役の完成は、源之助の女形芸の新派劇における再生だったといえよう。

次に、地方興行の実態を、京都、神戸、名古屋について見てみたい。

四十二年二月の京都明治座は「艶物語」の外題、京都を本拠とする静間小次郎一座へ河合が加入したかたちで、幸い「京都日出新聞」に詳報があって、舞台の大体を把握することができる。場割は新富座とほぼ同じだが、河合自身が「私の扮しまする丁山と申すのは吉原の花魁でございますが東京では警視庁が厳（やかま）しくて旧演劇では花魁の出る場を許してあるに拘はらず新の方ではそれを許しませぬので東京で演じました時も花魁らしい処を一切ヌキにしたやうな訳なのでございます、実に可笑な訳で」と言い、また、「御当地では余り江戸趣味が受けないといふので座方からの注文で余り突飛な処は直すやうに致しました」（あすならう「河合武雄と語る（上）」「京都日出新聞」明42・1・29付7面）とも語っているので、「花魁の出る場」を削った理由が明らかになる。が、「花魁を主人公としたるにも拘はらず青樓（ちやや）の場面一もなしとの看客の注意に依り昨夜より二幕目へ錦樓丁山部屋の一場を加えたり（ママ）」（「明治座」同紙明42・2・4付7面）ということになった。本作の欠くべからざる要素である鏡花式の「江戸趣味」も、当地での受けを考えて相当に薄められた点も注意してよい。

その他の配役は、篠山＝熊谷武雄、澄子＝山田九州男、久世友房＝岡本五郎、久世操＝辰見小太郎等であるが、中に「岡本の能師久世友房は面のつくり帽子の好み共に好く調子も高田張にて妙なり」（「明治座劇評（中）」同紙明

42・2・7付9面）とあるのが目を惹く。つまり、姓は久世ながら、流布本文の「茶の湯の名家」ではなく、初出本文と同じ「能師」の設定で演じられているのである。これが関西での上演に限るかといえば必ずしもそうではなく、「能師」の役柄は、のち大正七年三月の歌舞伎座で、東儀鉄笛演ずる久世の「能楽家の敵役が柄にはまつて大層よかつた」という、伊原青々園の評（「伊井―河合―喜多村」「都新聞」大7・3・8付3面）のあるのによって確認できる。この他の上演で友房の設定を確める必要があるが、少なくとも初出形の設定を活かした上演が、京都と東京にあった点は特記しておきたい。

明治四十二年十月には、十二日から京都明治座と同じ静間河合の一座が神戸大黒座にて「通夜物語」の外題で興行している。しかしこれは「二の替り」であって、十月三日の幕開きは前狂言「無花果」、切狂言「切られお富」であったのを、十二日から差替で十七日まで続けて、一座は名古屋末広座に乗込み、十九日から二十四日まで同じ演目を興行している。

つまりこの年十月には、六日間ずつ、神戸から名古屋にかけての旅興行が行われたことになるが、神戸では「切られお富」の二の替りだった点、この黙阿弥ものも先に述べた澤村源之助の当り役を河合が継承した演目であり、「通夜物語」への差替には連続性があったわけである。

なお、二の替りの初日は「半額の事とて大入を占め好評なりし又本日よりは本紙末尾に各等三割引券を刷り込みあれば読者は遠慮なく持参されたし」（「大黒座」「神戸新聞」明42・10・13付7面）とあって、同紙は十七日の終演まで連日「三割引券」を印刷、集客につとめている。初日に限っての割引は東京でも通例だが、初日半額、以後三割引、は地方ならではといえるのかもしれない。これで「大入」が保証されていたとすれば、好評の報もそのまま受け取るわけにはゆかなくなるだろう。

こうして、本作の上演は、回数の増加とともに、中央から地方へ、また大劇場から小芝居へと伝播、滲透してゆくのであるが、上演のかたちからすれば、常盤座初演より新富座上演までの間に確立した場面構成の再生産であったといえる。後段の強請場が凄惨な殺し場に変ずる劇的要素の鮮烈な「通夜物語」は、作品の長さからして、他に「鏡花もの」の原作となった「婦系図」や「白鷺」等の長篇とは較べようもないほどの短さであり、大団円を除けば、物語に起伏は少なく、場所の移動もほとんど無い。また、新派が得意とした法廷の裁きの場面のある「瀧の白糸」（「義血俠血」）とも異なる、となればおのずと脚色は大団円に至るまでの経緯を複雑化する方向を取るので、前段に清・丁山の濡れ場を設け、清と六平太との対立を顕在化させ、祖母（原作は「伯父」）の臨終の場面や、丁山の父の回心を付け加えるなど、人情の場を積み重ねて劇を構成してゆくしかなかった。それが新派の「通夜物語」における風俗劇の実践だったのである。

以上、明治期に限って、ごく大まかに公演の「かたち」を見てきたが、この延長上に展開する大正・昭和期の上演については、いまだ確定しがたい部分を残しているため、明治末から始まった連鎖劇、映画の上演とともに、あらためて続稿を期したいと思う。

注

（1）『新編泉鏡花集』別巻二の「編修資料目録」に拠って、その概要を示せば、①初出「大阪毎日新聞」切抜＝初刊本『通夜物語』用原稿（割付指定あり）・自筆組み方指示あり（墨書）、②初刊本『通夜物語』校正刷・初校・部分・自筆訂正あり（墨書）、③初刊本『通夜物語』切抜＝『鏡花選集』用原稿（割付指定）、④『鏡花選集』校正刷・初校・自筆訂正あり（墨書）、⑤『鏡花選集』切抜＝春陽堂版全集用原稿・割付指定、⑥春陽堂版全集校正刷・再校・自筆訂正あり（赤ペン書）、⑦初刊本『通夜物語』広告切貼＝春陽堂版全集用原稿・割付指定・句読点追加（自筆）、以上七種の資料がある。ただし、本文中にも記したが、②の校正刷は、初校と再校（いずれも鏡花自筆の訂正あり）とが混在している。

（2）新聞連載の切れ目と初刊本の章立てとが一致しない箇所を比較するため、新聞掲載回の始まりを春陽堂版全集の頁行数によって記し、初刊本の章の始まりも同様に記してみる。

〈新聞連載〉	〈初刊本〉
第一回　331・1—	333・2から「二」
第二回　333・13—	335・5から「三」
第三回　336・6—	337・6から「四」
第四回　338・17—	339・18から「五」
第五回　340・19—	
第六回　343・5—	343・10から「六」
＊第七回（345・6—）から第二十二回（379・17—）までは回数と章数が一致している。	

〈新聞連載〉	〈初刊本〉
第二十三回　382・9—	383・16から「二十四」
第二十四回　385・6—	385・11から「二十五」
第二十五回　387・13—	
第二十六回　389・17—	390・16から「二十六」
第二十七回　392・8—	393・6から「二十七」
第二十八回　394・9—	395・6から「二十八」
第二十九回　396・6—	397・15から「二十九」
＊第三十回（398・6—）から第三十二回最終回（402・9—）までは回数と章数が一致している。	

（3）「泉鏡花と歌舞伎—「通夜物語」を中心に—」「文学」隔月刊5巻4号、平16・7・27。

（4）作品以外の鏡花の「源之助」への言及では、伊原青々園宛（年次未定。明治29年—32年カ）の「今度のは源之助の出ぬしばゐに候まゝ不礼致候」とある観劇不参の手紙、また笹川臨風宛書簡（明治34年10月25日付）に「このあひだ明治座にて左団次の唐犬と源之助の姉御を見」云々とあり、同年十月二日初日の「水澤瀉晴着唐犬」（幡随院長兵衛の後日）で、唐犬女房おこうを演ずる源之助を観たことが判る。鏡花作品の伝法肌の女性の造型にあたって、女形源之助の芸の及ぼした影響はもっと重視されてよいと思う。

（5）正宗白鳥「雑文帖」（「改造」22巻8号、昭15・5・1）の「泉鏡花」の冒頭に「私は学生時代に数人の同級生と共に、牛込榎（ママ）町に泉鏡花氏を訪問したことを、今でもよく覚えてゐるが、その時氏の机の上に「通夜物語」の校正刷が置かれてあつた。」とある。自らが合評した作品ゆえ、その印象が長く残ったものであろう。

（6）　武者小路実篤の志賀直哉宛書簡二通（明治38年7月23日付、同8月10日付。小学館版『武者小路実篤全集』第十八巻、平3・4・10、に収録）の宛先は「相州足柄下郡箱根町石内九郎吉方」となっており、「君と私と」の記述の年次推定の根拠となりうるものである。
（7）「瀧の白糸」「泉鏡花の「かきぬき」」「泉鏡花と新派劇」など、のちにまとめて『鏡花と戯曲』（砂子屋書房、昭62・6・15）に収録された論考をさす。
（8）「新愛知」の明治四十一年三月十三日付「演芸界」欄に「▲音羽座　は本日より狂言を差替へ泉鏡花子の「霊象」を八幕に脚色して上場す」とあり、同年三月二十四日付の「名古屋新聞」の「音羽座の「霊象」劇」には「由来鏡花氏作の小説を舞台に上場（のぼ）すと殆んど原作の俤を破つて演（し）なければ成らないが此霊象は比較的自然に出来て居て、原作の筋を差したる相違もなく従つて変化のある、情緒と、波瀾とが工合好く配合されて妙味の有る劇と為つて居る」と報じられている。
（9）　越智治雄氏「泉鏡花の「かきぬき」」（注7に同じ）
（10）「「通夜物語」上演をめぐって―明治四十年前後の鏡花評価―」（「稿本近代文学」15集、平12・11・10）。これまでのうち最も詳細な上演研究だが、明治三十九年の大阪朝日座上演を本作の「初演」としているのが訝しい。その他、本作に関する論考では、種田和加子氏「二つの花柳小説―鏡花作品のメロドラマ的性格をめぐって―」（「国語と国文学」81巻10号、平16・10・1）が管見に入った。

【追記】

文中に引用した「通夜物語」の本文は、記述に応じて、それぞれ、初出・初刊本・春陽堂『鏡花全集』のものを用いた。「通夜物語」の「編修資料」の調査に際しては、岩波書店編集局に格別のご高配をいただいた。

文末に課題として記した「明治末から始まった連鎖劇、映画の上演」については、その後に判明したところを本書巻末「泉鏡花と演劇」中に記したが、いまだ全容の解明には至らず、さらなる調査を続ける必要がある。

【本章初出】　昭和女子大学女性文化研究所編『女性文化と文学』（御茶の水書房、平成20年3月18日）〔原題〕泉鏡花作「通夜物語」のかたち

2　逗子滞在と「起誓文」「舞の袖」

はじめに

かつて神西清は、泉鏡花の作品中「一ばん懐かしい」ものとして、「紅提灯」「葭簃本」などの「番町もの」に次いで「逗子もの」を挙げたのち、

逗子を舞台にとつた鏡花の作品は、明治三十八年あたりから、四十一年頃までを最盛期として、断続して大正期に及んでゐる。(…)可憐、怪異、絢爛、幽玄と、色とり〴〵の逗子ものを読んでゐると、さすがに当時の閑寂な、鄙びた、あの『桜貝』にいはゆる――「聖書の書抜きらしい平和な地」であつた逗子の面影が、随処に仄見えて嬉しい。

(「鏡花風土記拾遺」「鏡花全集月報」23号、昭17・7)

と述べたことがあったが、「逗子もの」の「最盛期」は周知のごとく、鏡花の逗子滞在期と相重なっている。しかし、彼はこの長期にわたる滞在の始まる三年前、明治三十五年にも逗子に一夏を過したことがあり、その所産として「起誓文」「舞の袖」の連作が発表された。これが「逗子もの」の皮切りとなったのである。

以下本稿では、最初の逗子行きの実態をたしかめ、この二作を検討することによって、鏡花における逗子の意味を考える手がかりとしたい。

一　明治三十五年夏までの動静

三十五年夏の逗子滞在を検討するに先立ち、この年の鏡花の動静を確認しておきたい。幸いこの時期は、師尾崎紅葉の「十千万堂日録」（三十五年は年頭―五月二十三日、六月一日―三日、七月一日、二日、十日の分）が残されており、これを中心として、比較的詳しく鏡花の動きをつかむことができる。

「日録」によれば、この年鏡花は夏までに、三つの旅行に出かけている。

その第一は、三十四年歳末から翌正月にかけての旅行である。紅葉が、年末十二月二十七日に東京を発ち、岡田朝太郎（虚心）、海野美盛とともに京阪地方を廻って正月九日に帰京したのとほぼ同じくして、鏡花は、伯父松本金太郎と二人で、三十日に出京、相州酒匂の松濤園に一泊、大晦日は箱根環翠楼に泊り、明けて元旦小田原へ戻り、俥を傭って熱海へ向い、三日ほど逗留後、静岡へ行き、五日に久能山東照宮を参詣、一月八日に帰京した。この旅の様子は、「熱海の春」（明35・1）、「城の石垣」（同・2）、「吉浦蜆」（明36・2）、「友白髪」（ノチ「道中一枚絵其一」明37・2）、「道中一枚絵」（ノチ「道中一枚絵其二」明38・7）、「雨ふり」（大13・7）等に繰返し記されている。以上、岩波書店版全集第二十七巻「紀行」の部に収められた十九篇のうちの六篇、分量はともかく、数からして三分の一に近く、また小説としては「千歳之鉢」（明36・1）および後年の「婦系図」（明40・1・1―4・28）に活かされ、「新通夜物語」（大4・4）にもこれに触れるところがあることからしても、この伯父金太郎との二人旅は、鏡花の旅の「原点」ともいうべきものだった。

第二は、「新小説」の特派員として、柳川春葉とともに中京名古屋、伊勢を巡った旅行であり、一月三十一日午後東京を発ち、翌二月十日に帰京している。「特派員」の署名で同誌に載った（目次には「泉鏡花柳川春葉」とある）

「名古屋見物・附り伊勢まゐり」(1)（明35・4―5）はその観察の報告であり、のちの「紅雪録」（明37・3）、「続紅雪録」（同・4）に素材を提供したことで知られているが、伊勢参宮の経験が、翌三十六年五月発表「伊勢之巻」の成立を促したことは注意してよい。

第三は、胃病療養のため上総成東鉱泉に赴いていた紅葉のあとを逐って、小栗風葉、春葉とともに五月十七日から同地に滞在、二十一日に帰京した旅行である。帰京後、生前未発表になった小説「新泉奇談」を執筆、またこれをもとにのち戯曲「愛火」（明39・12刊）が書かれている（なお、紅葉は六月中旬にも再び成東を訪れているが、この際には同行していないもようである）。

かくして、第一の旅行は避寒を兼ね、これを弥次喜多の道中に見立てた伯父との旅であり、春葉との名古屋行きは「新小説」社会欄記事のための派遣、成東行きは師弟打揃っての転地療養、とそれぞれ旅の性格は異なるものの、その経験が何らかのかたちで必ず作品として結実していることを考えるなら、あらためて鏡花における「旅」の意味の大きさを思わざるをえないのである。

二　三十五年夏の逗子滞在

では、「起誓文」「舞の袖」を産み出した最初の逗子滞在はいかなるものであったのだろうか。以下で具体的に検討してみる。

まず滞在期間であるが、自筆年譜明治三十五年の項には、

二月、名古屋に行く。七月の末より九月上旬まで、逗子桜山街道の一軒屋にあり。胃腸を病めるなり。すゞ台所を手伝ふ。十月「起誓文」新小説に出づ。

とあり、従来の諸年譜もこれを踏襲している。「新小説」の同年九月号（7年9巻）の「時報」には、

▲柳川春葉氏も又跡を趁ふて趣かれたり

▲文士消息　泉鏡花氏は令弟斜汀氏及家眷を携へ暑を逗子桜山に避けられ、

と報じられており、春葉も逗子へ赴いたことが判明するが、いつから出かけたかは明らかでない。自筆年譜の通り「七月の末より九月上旬まで」としたいところだが、滞在中に執筆し、右の「時報」と同じ号に掲載された雑記「手帳四五枚」の冒頭には、

五日、午後二時二十五分、横須賀行の汽車にて東京発。約、三時間ばかりにて、逗子の停車場に着く。同所、田越のなにがし寺に、神田の従姉、四五人連にて、行きて前にあり。便りてお手軽な家を一軒借てもらひ、新世帯といふに穏ならず、祖母と弟とともに、自炊して些と稼がうと云ふつもりなり。

とあって、出発の日時、滞在の事情、理由はこれに明らかである。「五日」は「時報」記事との関連からみて八月のこととするのが妥当であろう。したがって、逗子滞在は「七月の末」からではなく、八月五日から始まった、と考えられる。滞在の理由は胃腸病の悪化による療養と避暑のためであるが、先にも述べた通り、三十五年は、この八月までに三つの旅行を重ねており、もともと壮健とはいいがたい鏡花にとって、これらの旅行が体調を悪化させたのではなかろうか。

また、帰京の時期については、「文藪」寅ノ九号（明35・10）に載せた「絵はがき」に「九月十日、名古屋の金色夫人（K.W. 夫人、金色夜叉を愛誦して殆ど癖を成す、故に人此名を呼ぶ）より安産の吉報あり。この音づれ朝疾く来て、女中わが寝床に齎らす、」云々とあって、「金色夫人」（「紅雪録」のモデルとされている和達菫をさす）の出産の報が十日に届いた時点では、南榎町の自宅に帰っていることになり、帰京は九日以前と推定される。以上より、三十五年の逗子滞在期間は、八月五日から九月上旬のおそくとも九日以前まで、とすることができよう。

先の引用と重複するところもあるが、「手帳四五枚」および「逗子だより」（「文藪」寅ノ八、明35・9）の記述にしたがって、滞在当初の様子を日録ふうにまとめれば次のようになる。

〔八月〕五日　午後五時半過ぎ逗子着。雨勝ちにて避暑海浴の客少なし。「神田の従姉」、「立女形」とあだ名される友人とともに夜の浜に出る。寺に戻り、夕食。夜、寝つかれず、「枕許に小さき灯（ともし）して、懸賞書簡文当月の課題、写真を送る文といふ、編輯の選を手つだふ」も、まだ寝られず、「弟への手紙を認む」。

六日　晴。四時起床。停車場に至り、弟への手紙を投函。日中、桜山に家を借りる。「寺よりは七八町、海までは十町なほ余あるべし」。夕刻、所帯道具を買いに町へ出る。この夜も寺に泊る。

七日　掃除かたがた借家に赴くが、昨晩から曇りつつあった空より雨が落ちる。雨の中を「荷車一台、七輪、鍋など、夜具の類を積みて来れり」。〔以上「手帳四五枚」〕

八日　大雨の暗夜、十時過ぎ、原口春鴻来る。

九日　雨の晴間を海に行く。〔以上「逗子だより」〕

この二つの雑記は発表誌の異なるものの、内容が連続しているので、かように五日間の動静をうかがうことができるのである。文中「なにがし寺」は、位置から考えて、延命寺かあるいは桜山に点在するその末寺の一つであろう。弟斜汀の到着は、六日の投函後数日してからではないかと思われるが、「手帳四五枚」の冒頭に記された「祖母」きてがはたして逗子にやって来たかどうか、今は傍証を欠くため確定できない。また先着していた「神田の従姉」は、「火の用心の事」（大15・4―5）に「神田の従姉――松本長の姉を口説いて」云々とあることから、「新通夜物語」（大4・4）に登場する、松吉にとっては「年上の従姉」お常のモデルとなった松本金太郎の長女たねではなかろうか。借家の住所は「逗子田越村桜山五百七十六番地」（現逗子市桜山五丁目四番七号）で、詳しい現地踏査をされた君島安正氏（「泉鏡花と逗子―起誓文の舞台とモデル」逗子市立図書館報「うみかぜ」47号、昭49・12・1）によれば、この家は一柳庄右衛門所有の新家であったという。同文には借家の間取り、周辺の地図が示されているが、借家は八畳・六畳・四畳半の三間に、台所、手洗、風呂場のついたものであったらしい。

八月十日以降、九月上旬まで、ほぼ一か月の間にどのようなことがあったのか、現在までに確認できるのは次の三点である。一つは、すでに引用した「新小説」時報文にある柳川春葉の来訪、第二は、八月二十六日発信の師紅葉の来簡、第三は、八月二十八日の鏑木清方の来訪(2)である。就中、紅葉からの書簡は重要だと思われるので、やや詳しく見てみたい。

この紅葉書簡は横寺町より発信された封書で、「鏡花全集月報」十六号（昭50・2）に翻刻紹介されている長文のものだが、その前半を引用してみる（なお、改行は翻刻にしたがい、明らかな誤読を正し、濁点を補った）。

然者文藪寄稿本朝着到致候　文章はまづ無難なれど記事は凡々たるものにて通信体にてもあれ今少し変りて田園生活の事などをかしく又は幽居の感情等も書きたらましかばと存じ候にあれにては文藪初号に載する値も無之遺憾に存候
折角故採録は致候へども実は難有迷惑のかたち也
かたくなりしといふは嘘にて義理一遍の卒筆なるべし不深切の事と存候　もしかたくなりしといはゞそれは文章の上にこそあれ着想取材に於て何ぞさる事あらん　今少し砕けておもしろき事を叙すべき也
春葉出掛け候由無聊幾分か慰められ候事と存候　幸に数日の日和にて避暑らしかりしは何より也　今日又々愁雨朝より降りて単衣にては冷々難儀なる天気に候
小生は其後日中夜間と両度づゝ毎日獅子寺に参り運動専一と勉め申候　腹具合もおひ〳〵よろしく相成此分にては来月より執筆出来可申と喜居申候

昨日の万朝に小生退社の報を出し候　あすこはいつも素早き事感心に御座候
風葉参り一日逗子に行かずやと誘ひ候故今少し暑き日続かずてはと申し候
一二日は出遊の意なきにあらねど文藪の編輯一手にて甚だ悩しく候　然し折を見て出掛け申とも存候
何日頃迄滞在の見込に候や通知可被致候

鏡花からの原稿受領、春葉の逗子行き、読売退社の報、自らの逗子行きの意向、などが述べられているが、文中ひときわ目立つのは、原稿受領をめぐっての強い調子である。「文藪寄稿」とは、先に触れた「逗子だより」をさすが、この文について「あれにては文藪初号に載する値も無之遺憾に存候」といい、文章が「かたく」なったという鏡花の弁解に「義理一遍の卒筆」である、と手厳しい評を下している。たしかに「逗子だより」は八百字に満たぬ短文で、先に見た通り滞在当初の消息を伝える「通信体」の「凡々たる」内容であって、詩趣に乏しく、紅葉の評は肯われてよい。内弟子に対し峻厳をきわめたといわれる紅葉としては当然の叱咤であろうが、避暑をかねて療養中の鏡花には苛酷にすぎる、ともみられよう。

だが、紅葉の側にはかような叱咤を発する理由がいくつかあった。一つは鏡花の「逗子だより」を載せた雑誌「文藪」発行に対する意気込みである。この「文藪」は、門人星野麦人が編輯していた「俳藪」（明34・8創刊）を引継ぎ、藻社の機関誌として紅葉みずから編輯に当った雑誌である。その意欲は、たとえば本間久雄氏（「「文藪」刊行についての手紙」『文学と美術』東京堂、昭17・3・10）が紹介された、友人嘉瀬信吉宛書簡（明35・9・28付）に就いても明らかである。

文藪御購読被下候千万忝く（…）あれは御覧の如き微々たる小冊子にて御はづかしく存候へども小生社中のいはゞ道楽にて唯行く〳〵は然るべきものに致度始めより声を大にするは却つてよろしからず又片手業の気まかせに編輯致候には大冊にては長く続かず候故始は処女の如く興し候次第にて十年計画の心算に御座候

「道楽」といいながら「行く〳〵は然るべきもの」にすべく「十年計画の心算」をもって編輯にあたるというこの熱意はなみなみではない。このような意気込みをもっていた「文藪」の創刊号に、凡々たる短文を寄せられては、その筆鋒が鋭くなるのは致しかたのないところであろう。

理由の二つめは、当時の紅葉の健康状態である。周知のように彼は胃の具合思わしからず、小説の執筆もままならなかった。在独の巌谷小波宛書簡（明35・3・17付）には、

近来好文章絶えて無之好句も出でず頗る慙愧に不堪候（…）慢性的に胃病を患ひて意気や〻沈滞し然も何か書かんとの煩悶と大いに学ばんとの抱負と日夜胸中に磅薄して始終の苦悩と相成（…）何と無く色気薄く相成小言沢山にて人を弱らせ申候

とある。畏友小波宛であってみれば、真情の偽らざる告白であろう。鏡花宛書簡にも記されていた通り、この夏紅葉は読売新聞を退社、二六新報に迎えられたが、読売退社の原因こそは「近来好文章絶えて無之」がゆえであり、そうした焦慮も手伝っての叱咤だった。そして紅葉は「小言沢山にて人を弱らせ」るわが身を良く弁えてもいたのである。

いっぽう、鏡花の側にも無理からぬわけがあった。というのは、先に見たごとく、滞在早々に鏡花は「手帳四五枚」を「新小説」に寄せている。この文は「逗子だより」の約四倍の長さをもち、文中に到着初日の夜、懸賞書簡文の選をしていることからもわかるように、彼は「新小説」の編輯局員であって、同じ滞在記を二つの雑誌に送るとなれば、自分の編輯している雑誌を優先するのは当然であった。

かような紅葉鏡花双方の事情はともかく、紅葉が「逗子だより」に厳しい評を加えながら、「今少し変りて田園生活の事などをかしく又は幽居の感情等も書きたらましかばと存じ候」といい、「今少し砕けておもしろき事を叙すべき也」と書き送っている箇所は、この指示がそのまま後述「起誓文」「舞の袖」の内容に合致することから、

逗子滞在の所産である両篇の成立に大きく関わる示唆として注目にあたいする。

紅葉書簡に関連して、なお言及すべきは、逗子滞在中、すずとともにいた鏡花のところへ紅葉が突然訪ねてきた、という有名なエピソードについてである。この点は、すでに岡保生氏が「文学みをつくし―明治三十五年夏の鏡花と紅葉―」（「学苑」603号、平2・3・1）において詳しく考察され、結論として、この時紅葉は逗子の鏡花を訪ねなかった、そういうエピソードのもとは、おそらく鏡花が八月末の鏑木清方の突然の来訪に驚き、自身で門下生の寺木定芳に清方を紅葉とすり替えて話したことによるのではないか、とされている。筆者もほぼこの結論に従うものであるが、いささかの補足をしておけば、同文では、村松定孝氏『あぢさゐ供養頌』（新潮社、昭63・6・5）中の「寺木ドクトル昔語り」に拠って、寺木の渡米を三十五年秋としておられる。しかし、泉斜汀の「転居記」[3]（「新小説」8年7巻、明36・6・1）には、三十六年の神楽町への転居の際にも、寺木が早稲田の文科へ通っていることになっており、渡米時期をさらに検討する要があると思われる。また、実際にはなかっただろう紅葉訪問の一件は、寺木がこれを言明する以前に、長谷川時雨の「明治美人伝（三十六）泉すゞ子(下)」（「読売新聞」大2・8・10付5面）に見えている。周知のごとく時雨の「美人伝」は、虚実のないまぜになった文章だが、いずれにしろ、大正二年の時点ですでに鏡花周辺に紅葉訪問のエピソードは成立していたのである。

三　「幽居」というモティーフ

さて、逗子滞在の経験をもとに、おそらく紅葉の叱咤に対する発奮を契機として書かれたであろうことが確実な「起誓文」は、明治三十五年十一月「新小説」（7年11巻）の巻頭に、続篇「舞の袖」[4]は五か月後、翌三十六年四月の同誌（8年4巻）の、これも巻頭に掲げられた。いずれにも、鏑木清方の色刷石版口絵が添えられてある。八月二十八日の逗子訪問の実見を活かした、この画家ならではの秀作といってよい。十一月までに発表された新作の小説は、十月の短篇「親子そば三人客」（「文芸界」）のみであり、帰京後ただちに執筆にかかったとして、二か月足らずで「起誓文」が完成したことになる。「起誓文」が、三章から五章までの章題「松虫」に表徴されるように、初秋のとある晩を現在とし、その一晩に終始する物語であるのに対し、「舞の袖」は、それから半年後の春の夕暮れより翌日までを描いた作品であって、各々雑誌発表の月（あるいは執筆の時期）とほぼ重なっている点、風俗小説の要件をじゅうぶんに満たしているといえるだろう。

この両篇に一貫して認められるのは、さきにみた成立契機から必然的に導き出される「幽居」のモティーフである。国木田独歩（「欺かざるの記」）や徳冨蘆花（「自然と人生」「不如帰」）の例を引くまでもなく、逗子は「幽居」の土地であり、逗子を舞台としたならば、このモティーフはしぜん作品に内包されるはずのものであった。

「起誓文」の設定は、月岡正左衛門の養子数夫が、山師の実兄正三郎の失敗を肩がわりしたために家産傾き侘しい暮しを余儀なくされた老親の願いをきいて、「此春から帰省つて」きたことを前提とし、数夫の後を逐い逗子にやって来た檜物町の芸妓お静の姿が描かれている。以上の設定が地の文によって説明されるのは、前三十三章のうち後半部の二十六章「岩井静馬」以下の数章ほどで、冒頭は、逗子停車場近くの茶屋の娘お縫が「店前へ通りか、つた男女連」に言懸ける声から始まっている。冒頭から九章まで、お静は「婀娜者」（一章）、「洗ひ髪の意気なの」（三章）と記され、二人してお縫からは「若旦那様」「御新姐様」（二章）、茶屋の母親に「彼の方達は何にも御存じない、お坊ちゃんとお嬢さま」（七章）とも呼ばれて、語り役の彼ら土地の者とは異なる点の強調されているのが特徴である。二十六章以下に説明のあるまで、二人の間柄は、車夫の筑松の語りを通して描かれているのだが、この間の叙述の眼目は初秋の逗子の叙景にある。例えば、「松虫」の章、虫を探したため手が汚れているのに気づき、剝きかけていた梨を取り落したお静の言葉、

「何て処、此のさきの、海へ出ようとする些と手前の砂ツ原に蒼白い異人館がありませう。橋があつて、片一方が芋畑になつてますね。路傍に三味線草だの何か、入ると乳ぎり伸びて居るでせう、彼処に沢山鳴いて居るの。松虫ツたら、まるで草続きに一軒々々、世帯を持つて棲つて居るやうですわ。（…）」

などは、「客分」の外来者である彼女の言葉を通して、秋季の象徴の松虫とともに、「異人館」のある避暑地の逗子海浜の様子をおのずから説明しているし、つづく地の文では、

溝石の外に棄てられた一魄の雪は砂に塗れず、早や初秋の気の所為か、それさへ梯に立つ位。五六軒筋向うの、町家の交つた茅屋の軒に、淡く残つて居た蚊遣の煙が名残なく消えると、髪に染み、袖に宿つた磯の香が、ほの〲としたのがはじまり。

界隈の灯が一ツ消え、やがて間近な腰障子に人の影法師が大きく映つて、屋根暗く、銀河つら〱と低く下りた。

と、取り落した梨の実を「一魄の雪」に見立て、灯の消えゆく逗子の夜景を見事に描き出している。「幽居」のさまを具体化するために、逗子のものさびしい秋の描写は必須の前提であったにちがいなく、「起誓文」自筆原稿の原題に「なゝくさ」と記されていたのも、作者がまず秋の情緒の再現から筆をつけ始めたことをものがたっている。紅葉の叱責を蒙った「逗子だより」の文章とは、もとより格段に優る筆づかいといってよい。

ただし、両篇に描かれている逗子は、この町の全体からみて、かなり限られた地域である。例えば、二十三章末尾に、

未だ松虫の声も聞かない前、黄昏の浜辺の地引を見ようと、数夫と連立つて月ケ岡を出で、椿を横ぎり、観世音を拝み、此の小屋の前を通つて、瓦焼く竃を横に折れると池子、秋草、右左、五丁畷から遙かに見ゆる延命寺の石碑について、小橋を渡ると、鎮守の松の森の下には、ハヤ潮風が身に染むばかり。海へ行くのは、

停車場の前を横ぎつて、両側別荘の間を抜け、葭葦の繁き小川の橋を、最う一つ渡るので、それからの路、しばらく、夜は松虫の名所となる。

という記述がある。これは数夫の住まいから海への経路で、月ケ岡（実際は「桜山」であるが、それを「月ケ岡」と変えたのは、秋の情趣にふさわしく、「桜」を避け「月」を用いたのであろう）、池子、秋草、延命寺、鎮守の松、停車場、別荘など、この作品の場所のほとんどが提示されており、他の部分にもいえることだが、地理的な記述はきわめて精確である。これらは横須賀線の南側を中心とする地域であって、鏡花の逗子滞在の生活圏と全く一致するのであるが、停車場の北東側、「春昼」の重要な舞台で名高い久木久能谷の岩殿寺は含まれていない。後の三十八年夏からの長期滞在中に書かれた「逗子より」（明39・8）に「当春、はじめて詣で候折は、石段土にうづもれて、」云々とあるのによっても、停車場より「一里八町」ある岩殿寺へは、この三十五年の滞留時に参詣していないことがわかる。約一か月の短い間のこととて無理もないが、見聞の狭さは物語の空間を限定しており、のちの「春昼」や「草迷宮」の幻想を喚起する空間とはおのずと異なった逗子の相貌があることに注意しておきたい。

さらにいえば、続篇「舞の袖」は、「起誓文」より半年後の春の物語であるが、「起誓文」にくらべて季節の描写は著しく少ない。後にも述べるが、「舞の袖」を春としたのには、お静の舞う「保名物狂」の詞章「菜種の花に狂ふ蝶」に準拠してのことであり、この時点でいまだ春の逗子を経験していない鏡花にとって、いきおい実感のない自然描写の少なく、お静をめぐる人事にもっぱら筆の集中してゆくのは必然であったともいえるのである。

四　鏡花の当面していた問題

さて、「幽居」というモティーフの具体化にあたり、作者は志をまげて逗子に戻った画家志望の数夫と彼を逐って来た芸妓のお静とを主人公にしたわけだが、かような設定のうちには、やはり三十五年当時の鏡花が抱えていた問題の反映をみないわけにはゆかない。

詳しくいえば、のちに夫人となった「すゞ」の鏡花の内部における意味である。かつて伊藤整(5)は、「鏡花的原モチーフ」が「年上の女性への愛着」と「正義と感情の背反」の二つにあることを認め、「正義と愛情の背反」が、明治三十六年の「師紅葉の伊藤すゞ拒否事件」を経て、「社会的モチーフから作家自身の生活上の現実のモチーフに置きかへられた」こと、さらにそれは「湯島詣」あたりからしだいに顕在化し、紅葉歿後の「婦系図」において「師の掟と愛の背反というテーマに変化した」と述べていたが、この指摘は「起誓文」「舞の袖」両篇を考える際にも看過しがたい視点の一つである。というのは、この逗子滞在が、たんに胃腸病の療養と避暑のためのみではなく、意中の人であり、人目を忍ぶ仲の「すゞ」との「幽居」を目的とするものでもあったからである。すでに引いた自筆年譜、門下生寺木定芳の証言、長谷川時雨の文など、周辺の人々の言葉以外に、すゞが逗子にやって来たという証拠は見出せないが、しかし鏡花の自筆年譜には、年次の錯誤はあるものの、記実自体の誤りが認められぬことからして、「すゞ台所を手伝ふ」の記述は、事実を伝えたものとして大過ないであろう。従来、すずと作品の形象との検討は、その出会いにおいて三十二年の「湯島詣」が、その離別において四十年の「婦系図」が専ら論じられてきたが、この間に挟まる「起誓文」「舞の袖」にあっても、彼女の存在は重要なモティーフであるといわなければならない。

むろん、すずをただちに作中のお静に重ねてしまうことは慎まなければならないが、すず＝静、という名前の類似を踏まえて、お静の造型に関しては、さしあたり次の二点を考慮する必要がある。

第一にはその境遇で、「起誓文」第二十六章、数夫への恋に煩い寝ついたお静に対する「抱主(かゝへぬし)の姐さん」の言葉として、お前のからだで儲けるやうな、情無い私だと、思はれたのが怨めしい、これだつて江戸ツ児だ。したが他のものの手前がある、私が支度を手伝ふから、気の向いた時、何時でも可いから、そこを明けて遁げておくれ。但し土産も小使も、目立たぬやうに持たして上げる。

とあるごとく、苦界に身をおく芸妓としては異例のとりはからいによって、はじめて彼女は逗子に来ることができた。その境遇の惨めさによって悲劇を余儀なくされるのが通例の鏡花作品に、このお静のような芸妓が登場したことはかつてなかった。村松定孝氏(6)によれば、すずは明治三十六年の神楽町で同棲を始めた時点で完全に落籍されたのではなく、鏡花とともに暮しながら座敷に出ていた、とのことであるが、これがもし事実だとすれば、すずにくらべて作中のお静の境遇はきわめて恵まれていることになる。

第二は「芸」に関する問題である。お静は同じ章に、

涼傘さして当流の大師匠なにがしが、横町の舞台へ通ふ、夕暮の其の七ツ八ツの頃ほひより、踊には天稟の妙を得て、年紀十七の時疾く流儀の免許を得た。岩井静馬といふ名を其のまゝ、（…）一度も三絃を手に取らなかつたのであるけれども、檜物町の検番の札、長く三番の下に落ちず、就中、名題「深山桜及兼樹振」保名の物狂ひに神を会して、紺泥に銀で秋草の乱れ咲を画いたる舞扇、衝と畳について立つる時は、席にあるもの襟を正して、地に立つたるは、いかなる上手も、音〆に汗を握りしとかや。

と記される芸の上手である。抱主の格別の好意も、この「神を会し」た「芸」を持つゆえであったし、「舞の袖」終局「保名物狂」の踊りこそは、彼女の面目をいかんなく発揮する高潮の場面となっている。鏡花は「深山桜及兼樹振」の詞章のうちから、「花模様」と呼ばれた花柳趣味の横溢する華やかな印象の箇所を除き、幽玄の趣ある部分を抜き出して作中に採り入れ、お静の「物狂ひ」を強調しているが(7)、実際のすずは「廓で仕込まれただけあつて花柳流の踊りを自分でもゆるしてゐるほど」（前記長谷川時雨「明治美人伝」の一節）であったにせよ、お静のよう

な名取ではなく、「檜物町の検番の札、長く三番の下に落ち」ぬお静と神楽坂の芸者桃太郎との距離ははなはだ遠い。かように、お静の理想化の程度が著しければそれだけ、恋人を逐って日本橋から逗子にやって来た女の「幽居」が際立つ、と作者は考えたのであろう。

この種の美化は「起誓文」に限ったことではない。しかし、伊藤整が指摘した「現実の問題」に即してみれば、自筆年譜に、三十二年「起誓文」「伊藤すゞと相識る」、三十五年「すゞ台所を手伝ふ」、三十六年「すゞと同棲」、と記されていることから明らかなように、当時の鏡花にとって、すずとの関係は、たんに逢瀬を重ねる間柄から、同棲へと進む、その途上にあった。胃腸病の療養を好機に東京を離れ――ということは、二人の関係の障碍となっていた師紅葉の束縛からひととき逃れて――「幽居」を敢行することにより、彼はすずとの恋愛の成就を一歩先へ進めようとしていたのではなかろうか。

「起誓文」の最終三十二章、観音堂に起誓文を納めた数夫はお静に向って、洋行の決心を明かし、この故郷の逗子に残してゆく老親のことを頼むと、お静は「何もあなた、そんなに立派にならなくても可んですのに、（…）一所に此処で死ねとおつしやるんなら、訳はないのにね」と淋しく笑う。後年「婦系図」の舞台化に当って書下した「湯島の境内」（大3・10）のお蔦の科白の先蹤ともいうべき言葉であるが、数夫がそのお静を抱きとめて、

「あれ、御覧、あの流れるやうな天の川の少しさきに、目立つて光る星が七ツ。恁うくつきりと七個所にね、（…）彼の星は居所がかはるけれども、一番端の星から真直に、二番目の星との間に五つがけだけ、放して見ると小さいけれども別に光明の目立つた星が見えようね。可し。外国だつて何わけはない。私が学問に行く処は直ぐ彼の下にあたるもの。」

と言うのに、お静は「弱々と打頷く」ばかりだった。二人を照す「七ツ」の「星」の「光明」が、しばらくの忍従ののちに結ばれるべき希望の象徴であることは明らかであろう。

したがって、この連作が、それまでの花柳界を扱った風俗小説の「死」をもって終る悲劇的な結末とは異なり、数夫の胤を宿しながら彼の帰りを「物狂はしく待つ」お静が、「神を会し」た「保名」を舞うことで自らの「芸」の力によって望ましい将来を保証される終局を呈しているのは、鏡花の現実解放の希求を反映したものである(8)、と考えることができる。そして、紅葉から示唆を得た「幽居」のモティーフはここに至って、閨怨の女の芸による現世での救済として結実をみたことになる、と同時に、現実生活のすずとの恋愛の大きな障壁であった紅葉に対してもまた、その成就の希みを訴求するものであったという側面を併せもっていたのではあるまいか。

五　「慈愛」と「真情」

ところで、「舞の袖」において、われわれの眼はテーマの実現である終局、お静の舞の姿に惹きつけられがちだが、そこに至りつくまでにも、この作品を特徴づける場面がいくつかある。その主眼となっているのは、閨怨の情を抱きつつ良人を待つお静と老夫婦との交情である。冒頭「湯がへり」の章以下でかわされる嫁と姑との会話のかずかずはその典型であるといってよい。夕刻、ひさしぶりで町の湯に入って帰宅したお静をあたたかく迎えた姑は、淋しげに立つ嫁の袂が擦り切れているのを目にとめる。何か言おうとする姑を遮って、お静がわざと強がりに「こんなものを着ちや、御先祖さんのお墓参詣も出来ません、みなずん〳〵着殺して了ふんです。でも、あの一々恩に被せて、数夫さんがお帰んなすつたら、沢山拵へて頂きませうね。」と言ったのに答えて、姑お竹は次のように言う。「あゝ、然うお為な、然うお為な。私たちが届かぬながら、木綿ものの一枚も被せようと思うても、勝手を庇つて謂ふことを聞かしやらず、あべこべ此の春の冴え返つて寒い時、お前が瀧縞の羽織を直して、お爺さんの寝ン寝子に縫つて着させたわ、真個のこツちやが嬉しがつて、寝る間も脱ぐのが惜いとの。宛然小児ぢや。如何なこツても、彼岸過ぎに未だ引張つてござらうではないか、お庇での、村一番の達者ぢやで、私も此の年になつて惚れ直したといふものぢや。（…）私たちも一時は世の中が果敢なうて、一層出家になり、尼になって、爺さんと二人で廻国にでも出ようと思つたなれど、此野村を一足外れたら、其こそ未来までかけ違うて、お前といふ優しい女に逢へるのではなかつたよ」。

この言葉には、嫁を思う姑のいたわり、慈しみ以外のなにものも混っていない。お静が舞を始めるまで、この作品にはかような老人の言葉が溢れている。鏡花が男女の情愛の至上なるを描くに切であったことはこれまで誰しも強調し、周知のことがらとなっているが、老人が示す慈愛にみちた真情の表現もまた忘れてはならぬ鏡花世界の特質であろう。女性崇拝や讃美の根源に亡母憧憬があるのと同じように、自身を温かく見守ってくれた祖母に対する報謝の念が、しばしばこのような老人を描かしめた、という点は決して軽んずべきではない。祖母への思いは、例えば、この「舞の袖」発表と同時期、明治三十六年四月八日付の目細八郎兵衛・てる宛書簡に、

おかげさまにてとしよりはまことに達者、おかう〳〵などいふかたいもの、ほかは何でもたべられ候（…）だいじのだいじの人に候ゆゑ男手にてゆき届かぬがちに候へども決してかぜなどひかさぬやう、おなかのぐあひを悪くせぬやう、心がけをり候

とある条によっても明らかである。鏡花はかくのごとく祖母を思うこと篤かった。肉親を思う心はもとより鏡花に固有なことではなかろう。しかし、早くに父母を亡くした彼にとって、以後の生涯での精神的な庇護者が祖母きてを措いてほかになかったことを考えるなら、少なからぬ作品に慈愛の象徴として老人が登場することは故なしとしないのである。というよりもむしろ、老人において示される素朴な情愛の重視こそは、当の祖母きてが鏡花に及ぼした最大の感化だったとすべきかもしれない。

この両篇において、数夫、お静、正左衛門、お竹、の四人はそれぞれ夫婦であり、親子であるとはいえ、互いに

血のつながりのない養子であり、嫁、舅、姑である。その彼らが洋行した数夫の帰りを待ちつつ、「嫁が厚情（なさけ）」と「嫁への心盡（こゝろづくし）」（ともに「舞の袖」十三章お竹の言葉）とによって、たがいを庇い合い、深く清らかな情愛で結ばれていくところにも、この連作の重要なテーマを見出すことができる。鉄造を代表とする土地の者の華族の姫様に対する盲目的な追従は、お静がつとめて慣れようとした「田舎」の人間の単純で卑屈な反応にちがいないが、姫様接待の場で村人に彼女の存在の証である「舞」を強いられるのは、その情愛の絆をいっそう明確にし、自らの芸の力によって卑俗を超えたところに到達するための試練であった、と理解できるのである。

この点で、かつて川端康成が、「由縁の女」に対して与えた「親子、夫婦、恋人、隣人、主従、さうした人と人との関係や接触から生じる人情、道義のうち、伝統的に最も美しいとされてゐる部分だけを眺めようとするのが、鏡花氏の好みである。」（『櫛笥集』なぞ」「新小説 天才泉鏡花」大14・5）という評言は、「起誓文」「舞の袖」両作にも有効だろう。川端は続けて「だから、感情や理性の新しさは少しも見られない。しかし、古い美しさに古い表現を与へながら、しかも老いない輝きを放つてゐるところ、こゝに鏡花氏独歩の芸術の力がある。」と述べているのだが、たしかに「感情や理性の新しさ」がなく、行為の基準がおおむね古い道徳観に拠っている点は、先の祖母の感化とも関係し、鏡花小説の通俗性とつながっている。だが、たとえそれが、古くとも、「人情、道義」のうちの美質は否定するものではなくして、受継ぐべきものであろう。この伝承に成功しているからこそ鏡花の表現は「老いない輝き」を持つに至ったのである。庶民のもつ慈愛や純情を尊重することによって、これまた衆庶の中にある卑俗や横暴を超える手だてとしたのが、この連作だったのではなかろうか。

鏡花の美的な世界は、現実と対峙し、その超克をめざす「幻想」ばかりではなく、庶民の生きる現実の世界の伝統的な美質を純化して示さんとした、その希求によってもまた支えられているのだ、ということをあらためて確認しておきたい。

おわりに

これまで見てきたように、初めて一夏を過した逗子滞在の結果生れた「起誓文」「舞の袖」の両篇に一貫する「幽居」というモティーフは、紅葉からの示唆にもとづくものであったと同時に、鏡花自らが直面していた意中の人すずとの関係において、これを対象化しなければならぬ切実な問題でもあった。鏡花小説の中で、作者の実生活上の問題が作品成立に深く関わり、モティーフを形成している場合は、かなり限られているが、この連作はその数少ない例のひとつに挙げられよう。執筆に示唆を与えた当の相手紅葉が、鏡花の恋愛における最大の障碍であったのは、まことに皮肉というほかないが、このことは逆にまた小説執筆に際し、かかる障碍を乗り越えるべく、別のモメントとなって彼に働いたであろう。

「幽居」の具体化は、秋の情趣の点綴にはじまり、いったん都を捨てて田舎に帰ってきた月岡数夫が、立身のため洋行を決意し、恋人お静と離別するに至る「起誓文」のあとをうけ、「舞の袖」では残された数夫の老親とお静のいたわり合いの中で、本篇十九—二十章の章題である「閨怨」の情を全面に押出し、その情を「保名物狂」の舞に象徴させている。都での「意地」と「張り」をなくしながら、なお夫を待つお静とすずとの距離はあきらかに遠い。しかし、その理想化の程度のはなはだしさは、このとき鏡花が抱いていた現実解放の、具体的には恋愛成就にかける意欲の強さを反映していたとみることができよう。

逗子から帰京後、居を移した神楽町でのすずとの同棲が発覚し、紅葉から厳しい呵責を受けたのは、あたかも「舞の袖」発表の月、三十六年四月の十四日であった。「起誓文」「舞の袖」に託された希求の強さにもかかわらず、師によってすずとの離別を余儀なくされたという、この現実生活での手痛い仕打ちが、鏡花の生涯にひとつのあやを加えただろうことは疑いない。紅葉歿後の「婦系図」に示された虚実の意味も、この屈折を前提とすることで、よりよく理解しうるのではなかろうか。

注

（1）「名古屋見物・附り伊勢まゐり」は、四月、五月と二回連載されたが、名古屋の分を載せたきり「未完」で中絶、「伊勢まゐり」は掲載されぬまま、七月号に小栗風葉の「「名古屋見物」評」が発表された。鏡花が「伊勢之巻」を発表したのに先立ち、同行した春葉は三十六年三月「文芸倶楽部」に雑記「覚書」を寄せ、伊勢の様子を書きとめている。なお、この名古屋行きについては、助川徳是氏「「紅雪録」「続紅雪録」考」（「文学」51巻6号、昭56・6・10）に詳しい。

（2）この来訪の模様は、清方「湘南絵葉書」（「読売新聞」明35・8・30付4面／同31付6面）および『こしかたの記』（中央公論美術出版、昭36・3・20）の「「読売」在勤」の章に詳しい。

（3）この「転居記」は、「旧の小家」「今の新宅」「九星早見」「其支度」「引越騒」「じやん拳」「古城明渡し之段」の七節からなり、牛込南榎町の旧宅から神楽町への転居の様子が克明に描かれている。文中に神楽町への転居が一月二十二日である旨の記述があり、従来の年譜の「三十六年三月」転居との食い違いをみせている。寺木の登場も含めて、この斜汀の記述が正確であるのかどうか、いずれ稿をあらためて検討してみたい。

（4）清方『こしかたの記』には「後期「新小説」三十五年以降の私の口絵は、たいてい東京印刷であつたが、この時代にスツカリ石版の滋味を感受するやうになつた。なかでも、鏡花作「舞の袖」にかいたものは、木版では出しにくいその場の雰囲気を漂はせることが出来た。」と記されている。

（5）「作品解説」講談社版「日本現代文学全集」12『泉鏡花集』昭40・1・19。

（6）「「婦系図」の虚構の意味—畑井つる女聞書に基づく事実の解明—」『泉鏡花』寧楽書房、昭41・4・15。

（7）この詞章の活用のしかたについては、第十三回泉鏡花研究会（平成二年六月三十日、於青山学院大学）における塩崎文雄氏の発表「鏡花と音曲」により示唆を得た。

（8）全集未収録の書簡（「手紙雑誌」3巻9号、明39・7・10、に掲載の写真版の絵葉書で、おそらく同誌編輯部宛のもの）には、

案ずるよりうむがやすく、数夫は外国より立帰り、お静も可愛きものをもふけ候よし。いかにも新開地に近き古き二階家に御座候。

とあり、再度の逗子滞在を報告しつつ、「舞の袖」のその後に触れている点、鏡花自身がお静の行く末を保証しているることのあかしとしてよいのではないか。

【追記】

二節で、「新小説」の「時報」に触れて「春葉も逗子へ赴いたことが判明するが、いつから出かけたかは明らかでない」としたが、全集別巻（一刷）収録の柳川春葉宛書簡（番号四二・封筒欠）は「これはチヨト桜山にすまふものでござる」と始まり、在京の春葉を逗子に誘う文面であり、文末に「十四日」と記されている。別巻では年次を「三十九年カ」と推定しているが、「桜山」の地名が記されている点からすれば、年次は「三十五年」、月は「八月」とするのが妥当であろう。したがって、春葉の逗子行きは、本簡の出された翌日八月十五日から、紅葉書簡の届く前日二十五日までのあいだ、と限定することが可能になる。

また、寺木定芳の渡米時期についての存疑を記したが、その後公にされた明治三十六年十二月十一日付の後藤宙外宛書簡（岩波書店版『新編泉鏡花集』別巻一、平17・12・14）に「友人寺木子このたび米国に渡航いたし候につきホンノ原口弟など内端だけにて今晩常盤に参り候」とあり、「原口」春鴻、「弟」斜汀とともに料亭常盤（神楽町三丁目）で送別の宴をしたことが判るので、寺木の渡米は三十六年十二月としてよいだろう。村松定孝『あぢさゐ供養頌』において、寺木からの聞書にもとづき「三十五年の秋」と記しているのは、右書簡によって訂されるべきであり、また帰国を四十年としている点も検討を要する。

すず夫人は、三十五年に続く三十八年夏以降の二度目の逗子滞在の終りごろ、明治四十一年十一月に病を得て手術のため上京、駿河台の東京産科婦人科医院（通称濱田病院）へ入院したが、この経緯を語った神田謹三「婦系図前後」（「鏡花全集月報」22号、昭17・7）に「いよいよ手術の当日は寺木ドクトル親戚格で立会、結果も頗る良好順調、日ならずして退院された」とあるので、神田（本名田島金次郎）の言に従えば、この時、明治四十一年にはすでに帰国していることが判る。

【本章初出】　岡保生編『近代文藝新攷』（新典社、平成3年3月31日）〔原題〕泉鏡花・逗子滞在と「起誓文」「舞の袖」

3　祖母の死と「女客」

はじめに

よく知られるように、泉鏡花の「自筆年譜」（改造社版「現代日本文学全集」第14篇『泉鏡花集』昭3・9・1）は、回想・書簡・日記の類が限られている作家である彼においては、歿後作製の年譜の拠りどころとなってきた。しかし、逗子滞在を明治三十九年から四十一年までとする記述には、一部に「錯誤」を含んでいることが早くから指摘されている。小稿は、その「錯誤」を検討して二度目の逗子滞在の時期を確定し、この期の鏡花の動静を考えようとするものである。

自筆年譜の該当する部分を引いてみる。

明治三十九年二月、祖母を喪ふ。年八十七。七月、ます〳〵健康を害ひ、静養のため、逗子、田越に借家。一夏の仮すまひ、やがて四年越の長きに亘れり。殆ど、粥と、じやが薯を食するのみ。（…）

明治四十年一月、「婦系図」を、やまと新聞に連載す。

明治四十一年、新作「草迷宮」春陽堂にて単行出版。二月、帰京して麴町土手三番町に居をトす。敷金の出資、店うけ人は、ともに弥次郎兵衛、臨風氏なりとす。（…）

明治四十二年十月、「白鷺」東京朝日新聞に出づ。

右に従えば、逗子滞在は三十九年七月より四十一年二月までとなり、「四年越」の記述とも矛盾するわけだが、かつて新保千代子氏[1]は、この自筆年譜の記載に疑問を呈し、

岩波版新全集別巻の書簡二九（明治三十八年八月）から五一（四十二年正月）までを参照すれば、以上二十三通がすべて逗子から出されている以上、鏡花の自筆年譜の誤りは明白で、明治三十九年の「祖母を喪ふ」以下は三十八年に、四十一年二月「帰京して麹町土手三番町に居をトす」以下は四十二年に、それぞれ一年宛くり上げ、くり下げ訂正すべきである。

と述べて、鏡花の記憶違いを正された。この指摘に従い、最近の年譜では、逗子滞在を三十八年七月から四十二年二月まで、とするようになっているのだが、祖母の死だけは依然として三十九年の二月のままである。その理由は、新保氏の指摘が逗子発信の書簡に基づくもので、これにより逗子行きが三十八年であることは判明するものの、現存の書簡等から祖母の死を裏づけることができぬ限り、三十九年の記述をそのまま残すべきだと判断されたからであろう。

一　自筆年譜の訂正

だが、当時の書簡以外に鏡花の動向を窺う手がかりが全くないわけではない。その第一は、鏡花が編輯に携わっていた「新小説」の「時報」関係記事である。以下に、年次を逐って掲出すれば次のようになる。

㈠祖母の死去・明治三十八年三月号（「時報」欄）

▲泉鏡花氏祖母君の訃　その寿八十有七に及びなほ鶴の如く 矍 鑠たりし泉 鏡花氏の祖母君きて子はこ

の春以来例ならぬ模様見えしが去月廿日午前四時終に不帰の客となられたる、氏の愁傷はいかばかりか、
惜みても余りある事なり

㈡逗子滞在・明治三十八年八月号（「時報」欄）

▲泉　鏡花氏　本誌の同氏は炎暑の候を暫時海波歛灔の間に避けて其詩想を養はんため客月下旬より逗子地方に赴けり

㈢逗子転居・明治三十九年一月号（「時報」欄末尾の「謹告」）

小生儀、病気保養のため当分相州逗子九五七番地にまかりあり、毎月九、十、十五、十六、二十、二十一、二十八、二十九日は当編輯に参りをり候が、おあそびにおいでの御方は牛込白銀町三十五番地へ御立寄下され度候／泉　鏡花

㈣帰京・明治四十二年三月号（「小品文」後）

左の所に移転仕候

麹町区土手三番町　参拾番地

泉　鏡花

以上の㈡と㈣から、逗子行きは三十八年七月下旬、帰京は四十二年二月中であることがわかるし、㈠から、祖母の死と逗子行きとを同年のこととした鏡花の記憶は正しかったが、年次を一年誤っていることがわかる。したがって、現行年譜におけるきての歿年は「三十九年」ではなく「三十八年」である、と訂正できよう。[2]

祖母の死に関する第二の資料は、石川悌二氏『近代作家の基礎的研究』（明治書院、昭48・3・25）所収「神楽坂と鏡花」の中に掲げられた「鏡花の戸籍」という写真版（同書129頁）である。この写真版は㈠本籍「小石川区小石川大塚町五拾七番地」とある大塚時代のもの、㈡同じく「牛込区神楽町弐丁目弐拾弐番地」とある神楽坂時代のも

の、二種である。㈡の方はやや不鮮明であるが、きての歿年が「明治参拾八年弐月弐拾日」という日付に読める（なお、この戸籍で、きての生年は「文政弐年参月朔日」となっている。「全集」別巻「泉家系図」には「文化二年三月一日」とあるので、これも訂正されなければならない。また、泉家への入籍は「天保七年四月壱日」で、天保十三年十一月三日生れの父清次は、きてが数えで二十四の時の子であることがわかる）。

その他、右の写真版の戸籍より判読できる事項を列挙すれば、

㈠明治二十八年十月三十日　　亡父清次より戸主を相続。

㈡明治三十二年一月三十一日　石川県金沢市三社川岸町三十九番地より小石川区小石川大塚町五十七番地へ転籍。

㈢明治三十六年十二月十五日　同地より牛込区神楽町二丁目二十二番地へ転籍届出（同二十三日除籍）。

㈣明治四十二年六月二十七日　同地より麴町区下六番町十一番地へ転籍届出（同二十九日除籍）。

となる。㈣の場合を除いて、転居が直ちに転籍と一致していない場合が多いようである。

ともあれ、以上に掲げた「新小説」時報欄記事、戸籍の記載によって、きての死去が明治三十八年二月二十日であることはほぼ確定されたと考える。

次に問題となるのは、鏡花がきての死を一年繰下げて記憶していた理由である。嗣子泉名月氏にお尋ねしたところ、泉家蔵の鏡花自筆の過去帳にも「三十九年二月二十日」と記されているとのことで、位牌も、雑司ヶ谷墓地の墓碑銘も同様である。「全集」別巻に収める書簡下書29（大11・2・16付、宛名不明）には、

拝啓余寒きびしく候ところ御健勝大慶に存じたてまつり候

さて此の月二十日は

祖母

唯信院妙常　日海信女

十七回忌命日に相当いたし候まゝ御回向ねがひあけ（ママ）申候（以下略）

とあって、後略の部分には、父、母、祖父、母方祖父、同祖母の戒名と命日が記されており、「御経料」とともに回向を頼んだ文面になっている（おそらく金沢の円融寺宛のものではなかろうか）。大正十一年に「十七回忌」（すなわち、歿年から数えて満十六年目の）回向を依頼したこの時点では、すでに、三十九年歿であると錯誤していることになるが、その原因は判然としない。ただ、「由縁の女」第五章（「婦人画報」通巻155号、大8・1・1掲載分）の祖母臨終の場面に、

祖母の臨終は午前二時頃真夜半であつたが、雪が降つて二三日消えずに残つた、厳しい春寒の頃で。……年紀は最う八十を七歳までの寿で。……礼吉が手を取つて、汽車の通じない処は山も峠も越えるのに、負ふまでもなく健に蝙蝠傘を杖に通つたのが七十六七の時だと言へば、其の老年で故郷を出てから十年に成る。

とあるが、祖母・弟豊春を迎えたのが二十九年五月だから、「故郷を出てから十年に成る」を尊重すれば、臨終が三十九年になるわけで、この「十年」が強く記憶に残り、祖母を迎えてから十年後となったのではないか、とも考えられる。が、「由縁の女」は小説でもあって、にわかに判じがたく、錯誤の原因は今後の検討に委ねるほかない。

二　祖母きての存在

ところで、祖母きては鏡花にとってどのような存在であったのだろうか。

問題としてきた自筆年譜から祖母に関する記述を摘記してみると、

明治二十七年　一月九日、父を喪ふ。帰郷、生活の計を知らず。たゞ祖母の激励の故に、祖母と幼弟を残して上京す。

明治二十八年　六月、年七十を越えたる祖母を見むがために帰郷し、八九月ともに祖母の慈愛に逗留。
明治二十九年　五月、小石川大塚町に居をトし、祖母を迎ふ。年七十七、東京に住むを喜びて、越前国春日野峠を徒歩して上りたり。母の感化による。

とあって、その記述は父の死後の修業時代に集中し、彼女の「激励」と「慈愛」を感謝をこめて記している。久保田万太郎(3)の言葉を藉りれば、「十一歳で母君をうしなはれた先生にとつて、祖母君は、同時にまた可懐しい母君であり、祖母君にとつて、先生は、同時にまた、いとしい、愛しい、何ものにもかへることのできない秘蔵息子ででもあつたのである」。母鈴の死とその影響の大きさのかげに隠れて目立ちこそしないが、鏡花が生涯のうちで最も長くともに時を過した年長の肉親は、父や母ではなく、祖母のきてであったことを忘れてはならない。母（九年間）、父（二十一年間）にくらべて、祖母との三十二年間は、六十七歳で世を去った鏡花の人生のほぼ半ばに近いのである。このことは、当然ながら作品にもうかがわれるのであって、朝田祥次郎氏(4)は、泉名月氏が伝える嫁思いの祖母きての様子を紹介したのち、

鏡花が「さゝ蟹」「起誓文」「舞の袖」「伊達羽子板」「由縁の女」「瓜の涙」等に一様に、女主人公に親切な姑を書いたのは、無意識のうちにも祖母の母にさし示した恩情に感謝しているのであろう。

と述べておられるが、その「恩情」は母鈴の歿後は、孫である鏡花に最も多く注がれていたはずである。朝田氏が挙げられた作品の他にも、慈愛あふれる真情を示す老人が数多く描かれるのは故なきことではない。

さらに言えば、鏡花に先験的な資質があるにしろ、神仏への信仰、自然への畏怖、口碑・伝説・迷信に対する興味、市井人の情愛の重視など、少なくとも近代的とは言われない彼の心性のいくぶんかは、確実に、前時代の人たる老祖母の感化によっているのではなかろうか。そしてまた、庇護するよりも庇護を受ける立場へ身を置くことに自己を同定していた鏡花にとって、その感化はよりいっそう深くなるのではないか、と考えられるのである。

したがって、鏡花にとり、父母の死後、身近で彼をあたたかく見守っていた祖母の死がどのようなものであったか、を想像するのはそれほど難しくないであろう。吉村博任氏は『泉鏡花　芸術と病理』（金剛出版社、昭45・10・15）において、

鏡花の人生の危機と精神症状の悪化は明治二十七年の父の死に見られるように、いつも人の死に連なっているように思われる。さかのぼっていえば、鏡花の一生は十一歳のときの母の死によって決定されたとも考えられる。鏡花の依存的な性格はここにも現れていて、彼の心は絶えずそのときどきの頼るべき支柱を求めていたことになる。

引き続いて明治三十九年(ママ)二月、母がわりに情愛深く育てあげてくれた祖母きてを失った。母なきあとの鏡花は完全なおばあさん子であった。

と述べている。明治二十七年の「人生の危機と精神症状の悪化」とは、談話「おばけずきのいはれ少々と処女作」（明40・5）に「父の訃に接して田舎に帰つたが、家計が困難で米塩の料は盡きる。為に屢々自殺の意を生じて、果ては家に近き百間堀といふ池に身を投げようとさへ決心したことがあつた。」という周知の回想をさすのである。この時は彼の異常な心理を看て取った師紅葉の書簡で「心機立ちどころに一転することが出来た」のだが、吉村氏の説に従えば、三十八年の祖母の死という人生の危機もまた精神症状の悪化につながるはずで、事実鏡花は「病気保養のため」（さきの「時報」欄記事）、逗子に行かねばならぬほどになったのである。門下生の寺木定芳(5)は、この「病気」の内容について、

表面は胃腸疾患といふ事になつてゐたんだが、今にして考へると、立派な神経衰弱の然も高度のもので、食物に対する一種の恐怖症だつた。何しろ喰べる物すべてが胃腸に障害を来すといふ信念を持つたんだから始末にわるい。

と述べている。

かくして、逗子行きの契機となった心身の不調は、二十七年の父の死の場合と同様に、祖母の死の衝撃をその最も大きな要因と考えることができるだろう。自筆年譜の記載が、年次を一年誤っているにもかかわらず、あくまで祖母の死と逗子行きを同年のこととしてあったのも、両者の因果関係を証するのではあるまいか。

そして、当時の鏡花が直面していた危機を端的に反映している作品として浮び上ってくるのは「女客」である。

三　「女客」という作品

「女客」は、明治三十八年六月一日発行の「中央公論」第二十年第六号に、一、二章が掲載され（二章末には「未完」とある）、同年十一月一日発行の同誌（20年11号）に、あらためて全五章が掲載された。十一月号の文末に「休載の時日長きに亘りしを以つて読者の便を計り前篇を掲ぐることゝせり」という編者の注記がある。編輯者として当然の処置であろう。六月号の一、二章は全体の約三分の一の量である。このような分載（休載）は鏡花にあっては比較的珍しいことで、四十年五月から六月「やまと新聞」に連載して休載した「沈鐘」[6]もその一つだが、いずれも逗子滞在期にかかっているのは興味深い。「女客」分載の原因は十一月号の「作者の苦心と編者の苦心」中に「鏡花氏は病を逗子に養はれし折柄でも、強いて筆をとられたといふ」とあるごとく、逗子行きのもととなった心身の不調によるものである。

「新小説」三十八年七月号掲載の「中央公論」七月号の広告には「本号予告」として「小説女客（完結）」とあるから、未完の「女客」を七月号にて完結せんとしたらしいが、これを果せぬまま鏡花は逗子へ行き、滞在中に稿を継いで、十一月の通巻二百号記念の増頁号にようやく間に合せることができた。つまり「女客」は東京から逗子にまたがって執筆された作品であり、鏡花は「女客」完結という課題を抱えて逗子に赴いたのである。

「中央公論」は引続いて誌面に鏡花を載せようとしたらしく、十二月号のST生「著作中の泉鏡花」の前書に「本号に鏡花氏の苦心談を掲載する筈なりしも氏微恙ありて果たさず、鏡花氏と懇意なる某氏の此篇を以つて之に代ふ」とある。「ST生」はおそらく「寺木定芳」あるいは実弟の泉「斜汀」であろう。翌三十九年四月の「春季大附録号」の予告にも、幸田露伴、小栗風葉、柳川春葉、佐藤紅緑とともに鏡花の名が見えているが、この約束も実現されていない。「微恙」の深刻の一端をうかがいうるだろう。(7)

「女客」は、「国許から、五ツになる男の児を伴うて、此度上京、しばらく爰に逗留して居る。お民といつて縁続き、一蒔絵師の女房」と、あるじの「謹さん」との会話よりなる短篇小説である。その素材に関しては、『泉鏡花事典』(有精堂出版、昭57・3・10)の解題に、

> 本作のお民のモデルは、鏡花の祖母の実家目細家の家つき娘で、鏡花の従妹(ママ)に当る照である。照は鏡花が父を喪い帰郷中、失意のあまり、幾度か投身自殺をはかるような危機に際し、鏡花のこころの支えとなって救っており、彼の恩人であることが、本作でもそのまま謹の口を通して回想されている。(…)本作は数少ない鏡花の私小説的発想のひとつに数えられよう。

と説かれている。「私小説的発想」にこだわって、この作品の設定を考えてみると、新保千代子氏が紹介された(8)、弟斜汀豊春のてる宛書簡(明35・4・25付〈年次推定を訂正〉)に拠って、てるが長男勇吉を連れて上京し、牛込南榎町の鏡花宅に逗留していたことが判明する。てるの第五子勇吉は明治三十一年生れで、三十五年には数えで五歳だから、作中「五ツになる男の児」の「譲」にそのまま当てはまる。また同書簡から、当時祖母・豊春とともに住まっていた南榎町の家には「ちよ」という女中も居たことがわかるので、「女客」における、謹にとってはやや年寄り過ぎる「阿母」、「お汁の実を仕入れる」ため買い物に出ている女中の「鉄」は、それぞれ祖母のきてと女中の

「ちよ」を想定することができよう。以上の点から、「女客」の設定は、牛込南榎町時代、具体的には三十五年春のてるの上京に多くを負っている、と考えられるのである。

さて、「女客」の中核となっている謹の回想は、最終第五章、お民を前にして語られる次の条である。

「まあ、お民さん許で夜更しして、ぢや、おやすみつてお宅を出る。遅い時は寝衣のなりで、寒いのも厭はないで、貴女が自分で送つて下さる（…）

其の、帰り途に、濠端を通るんです。枢は下りて、貴女の寝た事は知りながら、今にも濠へ、飛込まうとして、此の片足が崖をはづれる、背後を確乎と引留めて、何をするの、謹さん、と貴女が屹といふと確に思つた。ですから、死なうと思ひ、助かりたい、と考へながら、そんな、厭な、恐ろしい濠端を通つたのも、枢をおろして寝なすつた、貴女が必ず助けて呉れると、それを力にしたんです。お庇で活きて居たんですもの。恩人でなくツてさ、貴女は命の親なんですよ。」

この告白は、さきの談話「おばけずきのいはれ少々と処女作」と同じ内容を含んでおり、目細八郎兵衛宛書簡（明27・10・1付）にも、その心情の一端が窺われるが、談話・書簡と小説「女客」とを分ける最も大きな違いは、「女客」において、窮地にある自分を救うべき女性の登場いかんにかかっている。同じような状況を扱った「さゝ蟹」（明30・5）が、「兼さん」不在のまま、媼と又従妹お京の会話より成っているのと対照的に、「女客」では、「阿母」を階下に置いて、お民の「お庇で」貧窮の極みから救われた謹の心情が最も直接的に語られている。それが「回想」というかたちで過去に向ったのは、当時の鏡花に往時と同じような危機が再び訪れていたからであろう。自己の危機を脱するために彼はもう一度過去に立戻る必要があった。しかし、かつて自分を叱咤激励してくれた師の紅葉はすでに居らず、紅葉や祖母に代って、自分を庇護し、窮迫から救ってくれるのは、現実的には又従妹のてるをおいてほかになかった。本作がさきの「解題」にいうごとく「数少ない鏡花の私小説的発想のひとつ」であるとすれば、その発想がなされる必然性は、祖母の死による喪失の補塡を、祖母につながるほとんど唯一の肉親であるてるに求めていったところに存する、といわなければならない。そして鏡花は物語の設定を、二十七、八年の貧窮時代からさほど遠くない三十五年のてるの上京時に求め、お民という女性を作り出していったのである。

しかしまた、この「女客」が全くの「私小説的」な作品になり終っているか、といえば決してそうではない。本作の特質はてるという実在の血縁者を媒介として、「縁続き」の、「姉さんのやうな」、人の「女房」であるお民を造型しえたところにある。互いに思いを秘めた「同一年(おないどし)のあひやけ」の二人を二階の一間で対話させ、感情の機微を写しながら、しだいに自己の中の「女」をあらわにしていったお民を、子供の見た夢の暗合によって「母親」へと引き戻す最終章は、たんなる情話の趣きを脱している。鏡花自身の「小解」[9]には「家まづしきもの、、誰も遭遇する市塵の些末なるべし」とあるが、物語を「市塵の些末」に限定しつつ、時間（女中が買い物に行っている間）と空間（二階の一間）とを圧縮し、奇を衒わず、同系列の「さ、蟹」におけるお京や「由縁の女」（大8・1―同10・2）のお光の造型にみられる「俠気」を抑制して、お民を描き出したところに「女客」は成り立っている。そして、この「女客」が「私小説的な」側面を多くもちながらも一箇の作品として独立しているとすれば、時に当っての鏡花がお民のような女性を必要とした、その希求の強さと無縁ではないはずである。

おわりに

以上、祖母きての死が、自筆年譜記載の明治三十九年ではなく、明治三十八年二月二十日であることを、「新小説」時報欄記事、および鏡花の戸籍からほぼ確定することができた。おそらく鏡花の逗子行きの原因とされる心身の不調は、二十七年の父の歿後の場合と同様に、祖母の死の衝撃によるところが大きいのではないか、と想像される。

そして、従来祖母の死の前年であるために、それとの関連を注目されなかった小説「女客」は、自筆年譜の訂正により同じ年の発表となったことから、祖母の死という肉親の喪失がもたらした危機感を直接の契機として執筆された可能性が認められる。その結果、かつての貧窮時代から自分を救ってくれた「縁続き」の女性への思慕をモティーフとする作品が出来あがったのである。

ここで取扱ったことがらに限らず、以後のおよそ三年半にわたる逗子滞在期には解明すべき数多くの問題が含まれていることはたしかであり、今後も検討を続けてゆきたい。

注

(1)「新資料紹介―妹たか女をめぐる書簡考と自筆年譜訂正―」「鏡花研究」3号、昭52・3・10。

(2) この時期の「新小説」時報欄はかなり詳しいもので、作家の親族の訃報も決して稀ではない。例えば、三十八年五月号「名士の訃」の中に「伊原氏の厳父」、「小杉氏の厳父と令弟」という項目で、青々園の父、天外の父、弟栄蔵の訃を伝えているが、逝去の日は「三月末」あるいは「三月中」と記すのみで、鏡花の場合ほど詳しくない。「新小説」編輯局員の鏡花ならではの報であるといえよう。

(3)『泉鏡花読本』三笠書房、昭11・9・18。

(4)『注解考説泉鏡花 日本橋』明治書院、昭49・9・25。

(5)「鏡花と逗子時代」『人、泉鏡花』武蔵書房、昭18・9・5。

(6)「沈鐘」の翻訳作業は、逗子行きの前から始まっていたことが「新小説」時報によってわかる。明治三十八年四月号には、

▲登張、泉二子の近業　登張竹風子は泉鏡花子と共に現下某珍書の翻案に従事中なるが其脱稿は早くも来る七八月の交なるべしと、蓋し是れ夏季文壇の異響たらん

とあり、さらに五月号には、

▲登張竹風子と沈鐘　前号に掲げたる如くハウプトマンの沈鐘は登張竹風氏泉鏡花氏と共にその翻案に従事中なるが目下その稿を急がれつゝあれば意外に早く読者の前に現はるべきか

とあるが、難行して二年後の四十年になってようやく発表にこぎつけたのである。中絶に至る過程については、拙稿「「沈鐘」成立考─泉鏡花の翻訳について─」(「青山学院大学文学部紀要」24号、昭58・1・31)を参照されたい。

(7) 越野格氏は「泉鏡花文学批評史考(1)」(「北海道大学文学部紀要」29巻2号、昭56・3・28)において、「新興雑誌における〈小説〉家としての鏡花の黙殺の態度は、真に自然主義文学の擡頭という文壇の状況を如実に反映していた。「中央公論」の態度などはその最たるものである。「中央公論」は三十八年初めて鏡花の〈小説〉、『女客』(明38・6、11)を載せ、その後雑文「夏期学生の読物」(明39・7)でお茶をにごしたきり、写生文(夜店案内記)的〈小説〉、『露肆』(明44・2)を載せるまで四年間も鏡花を無視した。」と述べているが、本文に述べた通り「中央公論」は再三鏡花に執筆依頼をし、その機会を設けているので、心身の不調からその依頼に応えられなかった鏡花を、しだいに敬遠していった、という側面もあったのではなかろうか。

(8) 注(1)に同じ。

(9) 春陽堂版「明治大正文学全集」第12巻『泉鏡花篇』昭3・9・15。

【追記】

本稿は、拙稿「逗子滞在期の鏡花」(「文学」51巻6号、昭58・6・10)を承けて再びこの時期の鏡花に触れてみたが、前稿で筆者の不明から、逗子滞在期を「明治三十九年七月より」とした誤りを訂正するとともに、逗子行きの原因を考えようとしたものである。執筆に際しては、泉名月氏および新保千代子氏にご教示をいただいた。

初出では、三節に「女客」の素材となった目細てるの上京を、新保千代子氏(注1の「新資料紹介」)が、斜汀豊春のてる宛書簡〔封筒欠〕の年次推定を明治三十四年四月二十五日としたのに拠って、同年のことと記した。しかしその後、秋山稔氏が「〈金沢もの〉再考―目細てるの子供たち―」（「文学」隔月刊5巻4号、平16・7・27。のち「〈目細てると子どもたち〉の物語」と改題し『泉鏡花 転成する物語』梧桐書院、平26・4・24に収録）において、てるが三十四年五月三十日に五女他喜を出産している事実から、出産間近に遠出をするのは考えにくいとして、これを三十五年と訂されたのにしたがい、本文の記述を改めた。

【本章初出】「学苑」第590号（昭和64年1月1日）〔原題〕泉鏡花・祖母の死と「女客」

4　「瓔珞品」の素材

はじめに

泉鏡花の生涯に友とした人物は数多いが、就中、自筆年譜に「竹馬の郷友」と記されているのは吉田賢龍である。明治三十六年、彼の「厚誼」によって後の夫人すずと同棲するを得たのだという。

また両人をよく知る柳田國男は『故郷七十年』（のじぎく文庫、昭34・11・20）において、帝国大学在学中の柳田が鏡花と初めて名乗りを交したのが寄宿舎の吉田の部屋で、その折の情景が「湯島詣」（明32・11）に反映された、と述べている。この指摘に従えば、冒頭「紅茶会」の章に、

「篠塚、其の砂糖をお客様に出して上げろ。」

「おい、」と心安げに答へたのは和尚天窓（あたま）で、背広を着た柔和な仁体、篠塚某といふ哲学家。（一）

とある哲学専攻の学生「篠塚」が吉田を写したものだと知れる。さらに柳田は同書で、
吉田君は泉鏡花と同じ金沢の出身だったので、二人はずいぶんと懇意にしていた。よくねれた温厚な人物で、鏡花の小説の中に頻々と現れてくる人である。（傍点引用者）
と語っている。にもかかわらず、これまでの鏡花研究は、随筆「麻を刈る」（大15・9―10）中の「名代の天生峠を越し」「山蛭を袖で払つて、美人の孤家に宿つた事がある」「広島師範の……閣下穂科信良」こと賢龍を、「高野聖」

に素材を供した人物として扱ってきたにすぎない。こうした考究の不足は、交渉のたどりやすい文壇人と違い、賢龍が教育者の道を歩んだことによるのであろうが、しかし彼は決して世に隠れた人物ではない。鏡花が「閣下」と呼んだのは戯れにあらず、この「竹馬の郷友」が長じて斯界で名望の士となっていたからなのである。

本稿では、まず吉田賢龍の事蹟を明らかにし、これを踏まえて彼と鏡花の小説「瓔珞品（ようらくぼん）」（明38・6）の素材に関わる問題について一考を試み、さきの柳田國男の言葉の当否を確めてみたいと思う。

一　吉田賢龍の生涯

管見では、吉田賢龍について最もまとまった記述をもっているのは、近彌二郎著『加能真宗僧英伝』（近八書房、昭17・7・1）である。次に全文を引いてみる。

賢龍。吉田氏、広島文理科大学名誉教授・修道中学校長。明治三年二月五日石川郡鞍月村南新保に生まる。幼名三次郎。金沢七ツ屋円休寺村井善慶の衆徒として得度し、賢龍と改む。金沢共立中学校を卒業後、第四高等中学校に入り一年にして第一高等中学校に転じ、本山の東京留学生となりて、東京帝国大学文科大学哲学科に入り、三十年首席を以て卒業し、更に同大学大学院に入つて研究を重ぬ。爾来千葉中学校長・第三高等学校教授・第七高等学校造士館長に任ぜられ、ほど経て広島文理科大学長兼広島高等師範学長に転じ、昭和九年六月辞職と共に同校の名誉教授に推され、現に修道中学校長なり。従三位勲二等。千葉中学校長時代故ありて還俗す。

右文中で注目すべきは「賢龍」とは法名で、幼少期に金沢で得度し、その半生の僧籍に在った点であろう。この書に先立ち、『帝国大学出身名鑑』（昭9・11・25第二版）、平凡社版『新撰大人名辞典』（昭13・8・4）等にも賢龍について記載があるが、大正六年刊の『現代仏教家人名辞典』（井上泰岳編、同刊行会、大6・8・4）中に「師は真宗大谷派の僧侶にして」云々、とある他は、僧侶であったことに触れるものはない。もっとも、『僧英伝』の記載にも一部に誤りがあるので、以下各種の資料によってこれを補訂しながら、生涯をたどってみることにする。

父は名を與助といい（『帝国大学出身名鑑』）、幼名の示すごとく賢龍はその次男に生れた。鏡花より三歳九か月の年長である。賢龍の友人多田鼎の「香草日記」（「精神界」8巻6号、明41・6・10）に、

　鞍月村なる南新保は、吉田賢龍氏の故園也。氏の令兄善太郎氏、家を嗣ぎて、農耕の事に従はる。曩に厳君の病につかるゝや、予は氏の旨を承けて、金沢に行かば、一たび其病床を訪ひ参らせむことを約せしに、厳君は去る三月遂に遠く逝かれぬ。

とあるのによれば、家を嗣いだ兄に善太郎があり、父與助は明治四十一年三月に逝去したことが知られる。ついで『僧英伝』には、金沢共立中学校卒業後、第四高等中学校から第一高等中学に転じたとあるが、賢龍の談話「エピクテタス推奨者としての清澤先生」（暁烏敏編『わが信念の伝統』金沢明達寺、昭18・12。『資料清沢満之〈資料編〉』同朋舎出版、平3・3・30による）には、

　清澤先生が京都府の尋常中学校の校長となつて居られました時に私は其中学校に三年級の編入試験を受けて入学を致しまして、三年間先生の薫陶を親しく受けた次第であります。（…）中学校を卒業しまして私は京都の第三高等中学校に直ちに入れて貰ひましたのでありますが、其中学校を卒業しました時に清澤先生をお訪ね致しました。

とあるので、賢龍自身の言に従うべきであろう。また同じく賢龍の「エピクテタスと清澤先生」（「精神界」9巻6号、明42・6・10）に「私は明治二十一年に始めて（ママ）、先生に接しました。」とあるのによって、京都尋常中学編入を二十一年とすることができる。同校は当時経営難から京都府が真宗大谷派に運営を委託していた中学で、賢龍はここで

生涯の師清澤満之にめぐりあうことになった。「私は先生からして哲学の講義と云ふのは教場に於ては聴かないのでありますけれども、併し真に自分の学問に於ても、亦学問の方向に於ても亦自分の精神上の向け方に於ても清澤先生より授けられた所が洵に深くして大きいと思ふのであります」（前引「エピクテタス推奨者としての清澤先生」）と述べる通り、清澤の薫陶は賢龍の生涯を決定した。清澤満之の事歴については改めて詳述するまでもないが、明治後半期の最も有力な思想、宗教運動である「精神主義」の主導者清澤と賢龍との出会いは、まず何よりも、真宗大谷派という宗門の中で生じたことに留意しなければならない。以後の賢龍の歩みは、清澤の後継たるべく、宗門の教学に関わって進められてゆく。

本山派遣の留学生として帝国大学哲学科に在学していた明治二十九年十月、清澤をその中核に、内事の醜聞、財務の紊乱、教学の不振を糾弾する宗門改革運動が起った。いわゆる「白川党事件」であり、この改革を唱えた六名（清澤、稲葉昌丸、今川覚神、月見覚了、清川円誠、井上豊忠）は、いずれも本山から東京の大学（帝大及び早大）に学んで、宗門の近代化の必要を痛感した者たちであり、派内の碩学村上専精もまたその賛同者の一人だったが、彼はこの事件について、

主唱者の系統が東京であるから、東京に居る者は、多くこの改革に同情を寄すべきは自然の勢である。そこで当時大谷派本願寺の留学生なるもの即ち東京帝国大学在学のものは、皆其の応援者であつた。秦敏之君、近角常観君、本多辰次郎君、伊藤賢道君、和田鼎君、常盤大定君、吉田賢龍君、藤岡勝二君、春日円誠君、高橋斯文君の如きは、即ち当時の留学生であつた。（『六十一年』丙午出版社、大13・8・1再版）

と述べている。しかし、賢龍も共鳴したこの運動は本山当局に容れられず、主唱者は除名処分を受け、清澤は三河大浜の自坊西方寺に帰った。

その翌年の三十年七月、賢龍は文科大学哲学科を卒業。『僧英伝』には「首席」とあるが、『東京帝国大学卒業生

氏名録』（大15・5・20）によれば、同期卒業十六名中、蟹江義丸に次ぎ、席次二番で卒業していることが判るので、『僧英伝』の記述は訂正を要する。なお、前年の哲学科卒業生には、桑木厳翼、姉崎正治（嘲風）、高山林次郎（樗牛）らがあった。卒業後は大学院に籍をおき、印度における仏教の発達を研究するかたわら、私立真宗東京中学（後に詳述）の主幹となった。清澤に習って宗門の教学を担うべく、やがて賢龍が一生を奉じる教職のはじまりである。

このかん、「仏教以前に於ける印度思想発達の一瞥」（「仏教史林」3編30号、明29・9・10）、「姉崎文学士の「印度宗教史」」（「哲学雑誌」133号、明31・3・10）等、この時期に本格化した、いわゆる根本仏教の研究の成果を、右二誌のほか、清澤らの創刊した「精神界」や真宗大学の機関誌「無盡燈」などへ多数発表、三十年一月発足の丁酉倫理会に入会、三十六年には高等師範学校の仏教青年会の指導にも当るなど、仏教家の実践活動を展開する。さらに三十七年八月には、関東仏教講習会での講演をまとめて、近角常観、常盤大定（前出大谷派の仏教学者）との共著『釈迦史伝』（森江書店）を刊行している。

また、私生活では、三十一年から二年の間に、星野天知の妹勇子（明8・5生れ、平田禿木の初恋の相手と知られるが、賢龍との結婚の経緯は未調査）と結婚、長男龍男（明33・1出生）、次男勇次（明35・9出生）、長女千恵子（明44・3出生）の三子をもうけている（子供の出生年月は『帝国大学出身名鑑』による）。

さて再び清澤との関係にもどれば、三十二年ごろには、本山を出て東京に留学していた大谷光演（句仏、のち法主）・瑩亮の兄弟に毎週の進講をしていたという（前出村上専精『六十一年』）が、これは光演の督促で三河から上京し、その輔導に当ることになった清澤の要請によるものだった。この清澤の上京は彼に再度の宗門教学刷新の試みを促すと同時に、賢龍にとってもまた師と直接に行動を共にする機会をもたらした。すなわち、京都にあった真宗大学の東京移転の事業がそれである。大谷派は二十九年九月に真宗大学を作り、これを高倉大学寮と分離、三十二年には大学の上に研究院を置いて最高学府の学制を整えつつあった。清澤はこの大学を東京に移し、教学を宗政の本拠地である京都から引離して独立させることを条件に、真宗大学学監心得に就任した。先の白川党事件で宗門の封建性や宗学の偏狭を体験した彼は、宗門大学を普遍的な近代性をもった真宗教学を教授しうる文科大学として再構築しようとしたのである。

三十三年一月、賢龍は清澤ら六名とともに本山より真宗大学建築掛に命ぜられ、その地所の選定に奔走、紆余を経てこれを東京府下の巣鴨に求めた。八月には前任村上専精の辞任にともない、真宗東京中学の校長に就任。大学は清澤が、その下の中学は弟子の賢龍が、それぞれ統括することになったのである。

同年中に、清澤は京都時代の教え子の暁烏敏、佐々木月樵、多田鼎らと、本郷に私塾「浩々洞」を結んで、翌三十四年一月に雑誌「精神界」を創刊し、精神主義による仏教の革新運動をはじめるのだが、暁烏敏に、

この頃の来訪者で毎日のやうに来てゐたのは、仏教青年会の幹事をしてゐた真岡湛海君、青年会にゐた和田鼎君、山川真純君（今の小林孝平君）、吉田賢龍君等であつた。（『清澤満之の文と人』大東出版社、昭14・5・15）

とある通り、すでに学校の要職にあった賢龍は、同人にこそならなかったが親しく浩々洞に出入りして、師との精神的紐帯を深めていったのがこの時期であった。

三十四年一月の「精神界」創刊号に次のような彙報が載っている。

◎巣鴨における真宗大学の工事は、盛に進み居候。来る二月には移転式挙行とのことに候。（…）谷中における真宗中学、亦吉田賢龍君の管理のもとに、静平健全の進歩をなし居候。来年早々巣鴨に移転する由にて、目下建築着手に候。（「報道」欄）

すなわち、大学の東移にともない、谷中にあった真宗中学を真宗大学に付属せしめ、宗門の学制の場を統一せんとする計画である。大学移転開学式はこの年十月に行われ、清澤の本旨も実現するかにみえたが、翌三十六年十月

には大学内に、学生による主幹関根仁応排斥運動が起った。学生は大学を教員免状下付の可能な文部省の認可校とすること、知名教授を招聘して現教授陣を変更することを要求したが、社会的認知よりも宗教的修練を、また世間的な虚名よりも学と信の実質を重んずる清澤にとって、学生の要求はとうてい容れがたく、十月二十二日学監を辞任することになった。最後の期待であった教育から激しいかたちで裏切られ、また三河に帰った清澤は、二十七年以来の結核の病痾により、三十六年六月六日、享年四十一で長逝した。賢龍がただちに大浜での葬儀に列したのはいうまでもない。

不幸のあとも清澤の遺志を継ぐかのごとく、東京中学の移転は進められ、真宗大学の東隣の地一万余坪を買収して、十一月一日には移転開校式を挙行、式上校長の賢龍が来賓を前に答辞を述べた。中学から大学にいたる一貫教育の体制がここに整えられたわけであるが、またしてもその運営に暗い影がさす。それは、三十五年以来の大谷派の財政問題をめぐる騒擾が激化し、真宗大学及び中学の存続が危ぶまれる事態となったからである。学校経営の経費確保は、清澤の学監就任時の条件の一つだったが、その財政基盤は清澤存命中の三十五年ごろから危うくなり、当年の大谷派の負債二八四万余円の責任をとって寺務総長石川舜台が辞任、対立する渥美契縁が実権を握り、両派の抗争激しく、これに法主の醜聞も絡んで派内は混乱をきわめた。わが国最大数の門徒をもつ宗派のこととて、各紙は連日紛擾の詳報を伝えたのである。清澤の知友弟子を中心とする東京在住の「学者派」「教学派」（むろん賢龍もその重要な一人である）は、この争擾の中で教学部門の独立を図ったが、実らず、三十七年七月に財政当局より、本山寺務局の縮小とともに、真宗東京中学を真宗京都中学へ併摂し、真宗大学は経費節減のうえ存続することが決定した。

閉校決定後、校長の賢龍は真宗大学教授となり、印度仏教史、世界宗教史、独逸語等を教えていたが、宗門内部の財政破綻によって、力を揮うべき現場を奪われた無念と宗門への失望は深かったにちがいない。

閉校から二年半後の四十年二月、彼は県立千葉中学校長となって東京を離れる。本山の東京留学生として帝国大学に学んだ教学派の人々は、改革を志して当局にその実現を阻まれ、各地の官立学校に転じた例が多いが、賢龍もまた同じ道を歩むことになった。「千葉中学校長時代故ありて還俗す。」という先引『僧英伝』の一節は、賢龍と宗派との訣別を意味するものにほかならない。

宗門との絶縁はまた同時に、教職の場を私学から官学へ転換することであり、爾来、四十四年に三高、大正二年に七高、四年に同校長、大正九年に広島高等師範校長と、もっぱら地方の官立の高等教育機関を転々として育英の業を続け、ついに東京へ戻ることはなかった。かつて長を務めた宗門学校の名にある「真宗」と「東京」を自らのうちに封じ籠めることによって、賢龍の第二の人生が始まったといってよい。生涯の転機となった明治四十年、賢龍は三十七歳を迎えていた。

以後の第二の人生について語るべきことは多いが、後節鏡花との関わりに触れる必要上、簡略に述べたい。三高教授への転任で、彼は十八年ぶりに第三高等中学の後身たる母校へ戻ったことになるのだが、同じ四十四年着任の野々村戒三「京都の宝生流」(『能の今昔』木耳社、昭42・8・10)の一節に、

三高には(…)吉田賢龍・松井知時・山内晋卿・奥山賢・福永亨吉の諸教授がいた。/吉田賢龍氏は、当時教務主任であったが、(…)謡はどこで習われたのか、聞き洩らしたが、石川県大聖寺の人だったから、多分青少年時代に稽古したものであろう。/松井知時氏は、フランス文学の教授、この人も、石川県金沢の人だったから、幼児既に謡の稽古をさせられたものであろう。

とあって、謡仲間に松井知時の在任していたことが判る。鏡花の談話「紅葉先生」(『明星』卯歳11号、明36・11・1)に「親友」として名の挙がる松井もまた、賢龍と同じく「郷友」の一人であり、両人が同僚であったのは奇遇である。『神陵史—第三高等学校八十年史』(昭55・3・31)の座談会によれば、松井、賢龍ともに学生から慕われ、

相国寺近くの賢龍宅へは教え子が多く集まっていたという。
七高を経て広島に移ってからの事蹟は、昭和九年六月退職にあたって編まれた「学校教育」（258号、昭9・8・1）特集号の記事に盡されている。

吉田先生は広島高等師範学校第三代の校長として北條、幣原両校長の後を継がれ、まる一四箇年余の長きに亘つて同校守成の為に、更に広島文理科大学初代の学長として、まる五箇年余同大学創業の為に、文字通りに粉骨砕身の至誠を盡された。（…）また昭和六年には文理科大学、高等師範学校廃止の問題が突発し、師範教育確立運動が燃え起り、吉田先生の御苦心は実に筆舌に盡し難いものがあつたのである。

（「吉田賢龍学長の御勇退」）

右文にもあるように、広島赴任後の活動は、高師昇格による広島文理科大学の創設に費されたが、「其の円熟せる御人格と、囚れざる識見と、率直にして辛抱強き御性格と、何人をも悦服せしむる講演の力と、絶倫なる精力によつて、よく難局を打開し」（同前）、その礎を固めたのである。昭和三年二月から十月にかけて欧米各国を視察、五年三月には、天皇皇太后への進講を仰せつけられた。勇退に当って、高師、大学の同窓会尚志会は、在任中の功に報いるため謝恩金を募り、東京近郊に書斎を建築し贈呈することとした。しかし賢龍は贈られた謝恩金をそのまま奨学のため大学に寄付、昭和十三年には吉田奨学金が発足したのである。師範付属小学校における賢龍の挨拶のなかには、

今日にあつて小学校教化に参与するといふ事は、即ち地方文化の全体に参与するといふ事である。何となれば、昔は寺院が教化の中心であつたけれども、今日は小学校が、まさしく其の地位にとつてかはつたからである。よつて私はや、もすれば乾燥無味に傾く教育界に、宗教的、哲学的の潤を加味しようと努力し来つたのである。

（「辞職に際して」「学校教育」同前）

とある。真宗大谷派の宗門を離れても、宗教・哲学を教育に導入せんとする素志を放擲したわけではなかった。
退職後、賢龍は広島の浅野修道中学の総理ならびに校長に就任、十七年までその職に在ったが、肺を患って広島市白島町十六の自宅で療養中のところ、昭和十八年一月四日午後五時二十分、急性肺炎のため逝去した。享年七十三。訃報を載せた翌日各紙の朝刊一面には、ニューギニア戦線での空爆を伝える活字が大きく躍っている。

二　鏡花とのかかわり

前節に吉田賢龍の東京在住時代を詳しく述べたのは、当時期が本稿の主題たる鏡花との交友、作品への反映に、より多く関係しているからである。以下の節ではこの問題について考えてみたい。

鏡花が「竹馬の郷友」と言うからには、幼少期に両人の接点があるはずなのだが、残念ながらいまだ確認ができていない。鏡花にも賢龍にもそれを具体的に語るものが見つからぬ以上、手がかりを作品の記述に求めるほかないのである。

作品における賢龍の投影は、前記「湯島詣」（明32・11）のちょうど二年前、明治三十年十一月の「なゝもと桜」（「新著月刊」9号）にまず認められる。本作の主人公は肺病の数学家岸田資吉だが、その友人として登場する関堂寺探了は「高等学校を卒業して大学の哲学科に入つた」男であり、彼の風貌が次のように描かれている。

> この帽子を脱ぐと、探了の真相、本地といふものが、印象明瞭になつて人目に映ずるので、一体、大学での同窓の友も皆さういつて居る、関堂寺探了は天窓で学問をするのださうだ。（…）此人生れつき恐しい胎毒で、髪といつたら幼少の頃から少しもない、生際を白くゐどつて、すつぺりと兀げて、優曇華のやうなたとへば毛が生えて居るが、透明体だといつて宜しい。（…）顔は丸顔で、血色の好い、てら〳〵した、愛嬌のある、人

懐こい、殊に其眼色の柔しさといつたらない。眉がふつさりして眦の方が垂れて居る。唇は厚いがいつもうるほつて、濡色が赤く見えて、和気靄々としたもので、些少も心の措けた様子のある男でない。（三十五）

この「出家」探了は、「湯島詣」の「和尚天窓で、背広を着た柔和な仁体」の「哲学家」篠塚よりも、「よくねれた温厚な人物」（前出柳田國男）たる賢龍の容貌印象をよほど具体的に描いたものだといえよう。さらに本作には、資吉と探了の出会いについて、

同一村に同一年紀、其頃二十三の、探了といふ、坊さんがあつて、これが唯た一人のなかの可い朋友であつた処、其新発意探了が一朝志を立てて、哲学を研究しようといふ目的で、其には大学の文科へ行くのが望みで、高等学校へ入らうといふ下拵に、牛込の大久保で、何とかいふ私塾があつたのに通ひ出した。（五）

そこへ資吉も「一所に連立つて通つた」とある。本作の舞台は東京ゆえに牛込大久保の「私塾」となっているが、この「私塾」を鏡花の年譜（春陽堂版全集第一巻の「年譜」）にあてはめると、明治二十年の項に、北陸英和学校退学後、第四高等中学受験に失敗、「素志を翻し、井波氏経営の英漢数の私塾に通ふ」という記述がある。賢龍が京都に出るのは二十一年九月のことだから、時期も矛盾せず、この「私塾」での出会いをひとまず想定することが可能だろう。「井波氏経営の私塾」をモデルとする作に「妖怪年代記」（明28・3—6）及び「怪談女の輪」（明33・2）があるが、他の塾生について触れた条に、賢龍を思わせる人物は登場しない。はなはだ曖昧ながら、「な、もと桜」の記述から類推される両者の出会いを明治二十年ごろとし、さらに今後の探索をつづけたい。

また、再会については、周知の笹川臨風「本郷台の回顧」（「鏡花全集月報」1号、昭15・4）に、

明治二十八年頃、私は此寄宿舎の四人詰の一室にゐた。同室生は姉崎嘲風と畔柳芥舟。（…）時々鏡花さんが此室の窓を音づれる。隣室に吉田賢龍君がゐたから、其関係からだと思ふ。（…）鏡花さんの本郷訪問は無論『湯島詣』などよりも古い。

とある記述から、これを明治二十八年ごろとすることができよう。なお、臨風と同室の姉崎嘲風にも、自伝『わが生涯』（養徳社、昭26・4・25）中に、鏡花が「着ながし」姿で窓から部屋に入ってくる様子を伝える文のあることを付け加えておきたい。

ところで、これまで漢字で記してきた「賢龍」の訓み方についてであるが、前出『現代仏教家人名辞典』は「ケンリユウ」、『大人名辞典』には「ケンリヨー」とある。「なゝもと桜」の「探了」や、「麻を刈る」の「穂科信良」からすれば、「けんりょう」が正しい訓みである可能性が高いが、この他に推定できる資料を欠くため、これも今後の問題としたい。

「湯島詣」の翌年に発表された「高野聖」が、大正末の随筆「麻を刈る」に拠ってその素材に賢龍の体験の反映の認められる点については、冒頭に記した。ところが、作品発表のあくる年の『創作苦心談』（新声社、明34・3）では、「あれは別にモデルはありませんよ、私の想像でやつたもの」で、「私の友人で商人をして居る男」が山中で「美しい田舎娘」に出会った体験に基づき、それを「商人とか何とかにすれば全くつまらなくなつてしまひ」「絵師や詩人なども配合がよくありません」から「坊さん」の話にしたのだ、と述べて、しきりに自分の「想像」を強調している。発表の翌年に種明しをしてしまっては、それこそ「つまらなくなつて」、興もさめようし、むろん鏡花の「想像」の卓越は尊重されてしかるべきである。

しかし、前述賢龍の生涯にも明らかなごとく、三十代まで僧籍にあった事実をふまえれば、この「友人」が鏡花の「想像」に与えた刺戟は軽視できない。なぜなら、賢龍は本山の留学生として帝国大学に学び、その師清澤満之のもとで宗門の学校を預る真宗大谷派教学の逸材であり、「高野聖」の言葉を藉りるなら、「宗門名誉」（二章）の僧ともなりうる人物にほかならなかったからだ。したがって、作中の「坊さん」の登場は「美しい田舎娘」との配合によってはじめて案出されたのではなく、構想の当初から、すなわち僧侶の賢龍の体験を聞いた時点で、すでに作者に与えられていた取合せだった、と考えられるのである。

日夏耿之介の『明治浪曼文学史』（中央公論社、昭26・8・30）にも、

十年の昔、なにがし私立学校教員控部屋でわたくしに、已に道山に帰つた桑木厳翼博士が『高野聖』のモデルは故吉田賢龍君ですよと教へてくれた。

という一節がみえる。このところ「高野聖」の材源研究は孤家の美女の造型に傾いているが、帝大哲学科で賢龍の一年先輩だった桑木の言葉は、やはりおろそかにしてはなるまい。

さて、「瓔珞品」については後に詳述するとして、本作と同じ三十八年十二月の「悪獣篇」に登場する家庭教師鳥山廉平について見てみよう。彼は、

年紀（とし）のころ三十四五、五分刈のなだらかなるが、小鬢さきへ少し兀げた、額の広い、目のやさしい、眉の太い、引緊つた口の、や丶大きいのも凛々しいが、頰肉（ほゝじし）が厚く、小鼻に笑ましげな皺深く、下頤（したあご）から耳の根へ、べたりと髯のあとの黒いのも柔和である。（七）

と描かれ、また土地の老婆（じつは妖猫）から「石の地蔵尊に似てござるお人」（十一）とも言われる人物である。この「柔和」な鳥山は、年齢も当時の賢龍に一致し、また小杉未醒「泉氏の芸」（「新小説 天才泉鏡花」大14・5）にも、「泉氏著、三匹の妖猫老婆と化して、美女をなやます、家庭教師の中老の学究、地蔵の信者が是にからむ、その学究のモデル」の「友人」に触れ、「よく似たものよく写したものと、友人の顔を見る毎に思ひ出す」とあることから、本篇の学究鳥山廉平に賢龍の面影を認めてもよいと思う。

「悪獣篇」は、この年の夏より四十二年二月にいたる逗子滞在の所産だが、滞在中の四十年、札幌に渡った弟の斜汀宛書簡（明40・4・20付）に、「まだ話さなかつたかね大導師吉田は千葉中学校の校長になつたよ、このあひだ一晩泊りで行つて来た。これよりさき法師おとづれて曰く、千葉へついたら中学校長の家と是非きいてくれ低頭平

身して教へるョ。呵々と。」とあって、千葉赴任直後の賢龍宅訪問が確認できる。なお、時期は前後するが、賢龍宛書簡にはこの他に、『換菓篇』収録の「薬草取」中に引く法華経薬草喩品の訓み下しを依頼した書簡下書（明36・5・5付、年月推定）がある。僧侶の賢龍であってみればこの依頼は当然であろう。

これまでは小説を見てきたが、賢龍の投影は、小説にとどまらず、大正期の戯曲にも及んでいる。「夜叉ケ池」（大2・3）の主人公萩原晃の親友として登場する山沢学円は、琴弾谷で消息不明の晃と再会する前、百合に向って「御覧の通り、学校に勤めるもので、暑中休暇に見物学問と云ふ処を、遣つて歩行く」「帰途」だと自己紹介し、「落着く前は京都ですわ。」と言うが、おりしも賢龍は三高教授で、「夜叉ケ池」発表の翌月に七高へ転じる、その直前であった。終局、百合を引致せんとする村人の前に立った学円が、「一体君は何ものですか。」との詰問に再びみずからを語って、

如何にも坊主ぢや。本願寺派の坊主で、そして、文学士、京都大学の教授ぢや。山沢学円と云ふものです。名告るのも恥入りますが、此の国は真宗門徒信仰の淵源地ぢや。諸君の中には同じ宗門のよしみで、同情を下さる方もあらうかと思うて云ひます。

と、百合の命乞いをする場面がある。委細を説くまでもなく、この学円が賢龍の当時の境涯をそのまま写した人物であることは瞭然としていよう。

「なゝもと桜」より「夜叉ケ池」にいたる以上の諸作を「賢龍もの」として系列化することも可能なほど、鏡花はこの「竹馬の郷友」のおりおりの姿を作品に写しとっている。これをもって、冒頭に引いた柳田國男の言葉の、やはり間違いでなかったことが証明されたと思う。

次節では、「瓔珞品」における素材のさまざまについて検討を加えたい。

三 「瓔珞品」のあらまし

「瓔珞品（ようらくぼん）」は明治三十八年六月「新小説」（10年6巻）に発表された同誌の巻頭小説で、折込みの色刷口絵は鏑木清方の彩筆である。のち、春陽堂版『鏡花集』第二巻（明43・5）、春陽堂版全集第六巻（大14・7）に収められた他は生前の刊本に収録をみない。

これまで論究の対象となることが少なかったため、まずあらすじを述べておく。

ある年の「卯月の末」の八つ下り、蘆澤辰起（三十五歳）は、東京への帰途、琵琶湖の辺（ほとり）の某駅で列車故障の待ち時間に、「赤穂義士銘々伝」を懐にして、饂飩屋で聞いた「天人石（てんにんせき）」の名所をこころざす。酒の酔から醒めた彼の前に苺を携える「美女（たをやめ）」が現れたのを機に、女を相手に苺にちなむ十年前の過去を語りはじめる。――そのころ小石川の奥に自炊する身の辰起に、同じ長屋の不良児玄吉が馴染み、毎朝好物の苺をもたらす。苺が小石川台町にある春日井都城子（つきこ）経営の孤児院「有隣学院」の庭から盗んだものと知りつつ、辰起は慈母と慕われる都城子とキリスト教への反感から、玄吉の持ってくるまま苺を貪った。有隣学院の火事に際しても、長屋連中と祝いの酒宴をする始末だったが、焼跡に佇む都城子を見た彼は神々しさにうたれ、罪を詫びんとしたところを玄吉に阻まれて果さず、都城子の消息も途だえた。やがて辰起に宿願の仏門学校が出来、子弟を預る身とはなったものの、都城子に対する罪の意識は消えぬ。その学校も一昨年あたりから本山の財政逼迫で経営が危うくなり、ついに一昨々日、本山で廃校が決定、会議に列した三十五人は、長屋の酒盛に認められた連判状の人数と同じであった。その晩、従者となっていた玄吉は、かつての有隣学院の火事が自分の放火によることを告白、暇乞いをしたのち、本山の門前で割腹自殺をとげる。玄吉を弔った辰起は帰京の途次彦根の友人を訪い、日暮前に湖を渡って竹生島の影を拝みつつ石山へ引返して一泊、今日を迎えたのだが、天人石で見た夢に自分が鮒となって湖を泳ぎ、網にかかって俎の上でまさに切られんとした時に目が醒めた――と語る。この懺悔を聞いた美女は、都城子の使いである身を明かし、主人(あるじ)もこの近くに住んでいるがまだ罪を許すに至らず、麓の無住の寺に入って衆生済度に勤めれば、都城子に会える日も来るだろうと諭し、姿を消す。茫然とする辰起の前に大叔父と名乗る山の神・白髪の老翁が現れ、浄めの手伝いをする、と告げる。

以上、全二十四章、十一の小見出しからなる本篇中に、素材を指摘できる事項は、次の九つの点、すなわち、㈠主人公蘆澤辰起の人物設定、㈡苺を盗む少年玄吉、㈢孤児院「有隣学院」、㈣「有隣学院」の火災、㈤玄吉の自害、㈥辰起の読む「赤穂義士銘々伝」、㈦辰起の見る「夢」、㈧天女および月のイメージ、㈨作品の舞台設定の必然性、である。

このうち㈦の「夢」については、『泉鏡花事典』の作品「解題」に「上田秋成の「夢応の鯉魚」をふまえている。」とあり、また㈧については、東田康隆氏(1)に謡曲「竹生島」からの摂取をみる説があり、それぞれ妥当な指摘であると思われるが、以下の節では、これ以外の七つの点の素材を中心に検討を行いたい。

四　主人公蘆澤辰起と吉田賢龍

本文冒頭に、饂飩屋の「奥からつか〳〵と出て来た一人(いちにん)」の容貌が次のように記されている。

手足に当てて稍(やゝ)太い、胸に合はせ些(ち)と広い、膝のあたりの聊(いさゝ)か古びた、黒の背広の服を着た、頭(つむり)の地の透いて見ゆるまで、一分刈の短いので、鉄ぶちの近眼鏡をゆるく嵌めた、中脊の人物。眉にも、目にも、口許にも、威儀はづツしり備つて、学は眉宇の間に深く、徳は全幅に溢れたが、我を軽いものあつかひに、然(さ)も無雑作な

歩行振（あるきつき）。（一）

後の十四章で「宗教界の名士」「釈門の大徳」と明かされる蘆澤辰起を写すこの条が、前節までに縷述した吉田賢龍をモデルとすることは、風貌のみならず、年齢の一致（明治三十八年に三十五歳）、名前一字の借用（龍と辰）からも明らかだが、その投影の著しいのは、当時の賢龍を見舞った深刻な事態である、真宗東京中学閉鎖の一件が活かされている点であろう。

真宗東京中学は、明治九年四月浅草区小島町に開校の東京府小教校を淵源とするが、以後は国の学制変更にともない、組織校名を変え、二十八年に下谷区真島町に移転、二十九年八月に真宗東京中学と改称した。この年十月には前節に触れた清澤満之らの教学改革運動が起ったが、これに賛同して退学処分となった真宗京都中学生徒八十余名の復学を許し転校せしめた先は、この東京中学であった。賢龍が職に就いた三十年末現在の生徒は百五十名、教職員は二十四名（うち僧籍者十三名）である。賢龍の主幹（明30任）・校長（明33任）の時代に、私立学校の認可（明32・10）、専門学校入学に関する指定（明36・5）等、特定の宗門学校から一般中等教育を施す私立学校への変質をとげ、その到達点が真宗大学の所在地巣鴨への移転による一貫教育体制の実現にあったことは、すでに述べた通りである（以上の沿革は『大谷中高等学校九十年史』昭39・11・19、を参照）。

「瓔珞品」の文章に就けば、

次第に規模も大きくなり、学校も立派に出来、博士学士の講師も入つて、生徒に俊才も顕れる、寄宿舎も建つ。講堂教室も落成して、一万余坪の庭も開け、松が栄える、螢が飛ぶ、萩も咲く、雪も降る。（十五）

のごとくであった。このうち、「博士学士の講師も入つて」云々は、中学よりむしろ、清澤の再編した真宗大学にふさわしい記述でもある。[2] ちなみに、作中辰起が読む「赤穂義士銘々伝」「忠臣蔵の読本」（五）は、清澤の愛読書であることが知られており、その素材において、賢龍の師清澤のエピソードを取り入れている点に注意したい。主人公の名「蘆澤辰起」は、おそらく、清澤と賢龍から一字ずつを借りたものではあるまいか。辰起の預る宗門学校をただ「東京に於ける、なにがし学校」とのみ記して、特定を避けたのもその配慮によると考えられる。

しかし、この栄えの時も長くは続かず、

> 漸く学校も完成して、略礎（ほゞいしずゑ）も定（き）まつたと思ふ一昨年あたりから、予て乱れて居た本山の財政が、蔽ひ切れない破綻を生じて、次第に学校に影響し、雲行きが怪しくなつて、会計の手元が暗く、果は講堂の電燈も闇になつた。（十五）

とある通り、三十五年以来の大谷派の財政疲弊は教学部門にも波及し、その改革を求める声が高まった。明治三十七年二月の「求道」（近角常観主宰）創刊号は、

> 革新事件の起るや、東京よりは南條、近角、吉田、月見、池山の諸氏相前後して西上せられたり、（「政教時報」欄）

と、校長賢龍を含む教学派の西上を伝えている。作中辰起の語りに「京へ上つては談判し、東（あづま）へ帰つては交渉して」「十日の内に三度といふもの、東海道を上下したです。」とあるのは、当時の賢龍の動静を承けたものであろう。しかし、談判交渉も空しく、ついに三十七年七月、本山当局は東京中学の京都中学への併摂を決議し、「果して廃校といふに決した」（十五）のである。

このように、真宗東京中学の消長を語るのに、作中の記述をもって代えても、さほどの齟齬を生じないほど、「瓔珞品」は実際を踏まえている。

三十六年に師の清澤を失った賢龍は、あくる年にまたその長として子弟に教学を講ずる場を奪われた。鏡花がこの「郷友」を主人公に据えたのは、賢龍の受難に心動かされたからにほかならない。

五　苺を盗む少年玄吉

とはいえ、本作は材源のすべてを賢龍に依存して成ったわけではない。彼の事歴に照せば、真宗東京中学の巣鴨移転に備えて、三十六年四月に小石川区大塚窪町に転居しているから、[3]「小石川の奥」に暮した辰起に重なって、賢龍の投影はますます濃くなるのだが、しかし、鏡花は彼に先立って、二十八年小石川戸崎町の大橋乙羽邸に移り、二十九年から三十二年まで小石川大塚町の長屋に住んでいた。作品全体の約半分を占める辰起の長屋生活の描写を如実ならしめているのは、横寺町の紅葉宅を出て以来四年に及ぶ鏡花自身の小石川・大塚時代の体験がふまえられているゆえなのである。この点「瓔珞品」は、前述「な、もと桜」「錦帯記」など同地在住期の作にはじまり、最晩年の回想小説「薄紅梅」（昭12・1―2）にいたる「大塚もの」の系譜にも加えてしかるべき作品だといってよい。

したがって、苺を盗む少年玄吉の素材も、大塚時代の見聞にもとづく小品（スケッチ）「山の手小景」（明35・12）中の一章「茗荷谷」に見出すことができる。

これは「小石川茗荷谷から台町へ上らうとする爪先上り」の坂の上から「おう、苺だ苺だ、飛切の苺だい、負（まか）つた負つた」と呼わりながら跣足（はだし）で下りて来る「一名の童（わつぱ）」と、坂下でそれを待つもう一人の「貧民の児」を叙した短章だが、終りは「目笊の中充満（いつぱい）に葉ながら撮（つ）んだ苺」、その「苺は盗んだものであつた。」と結ばれる。この一文が「瓔珞品」の、苺を盗んでは辰起に届ける長屋の少年玄吉の祖型に当ることは歴然としていよう。しかもこの「茗荷谷」中に、

これは界隈の貧民の児で、つい此の茗荷谷の上に在る、補育院と称へて月謝を取らず、（…）窮境目も当てられない憂目に逢ふなんどの場合には、教師の情（なさけ）で手当の出ることさへある、院といふが私立の幼稚園をかね

た小学校へ通学するので。

という条は、キリスト教の経営でこそないが、「瓔珞品」の、

　窪地を一つ、（…）小石川の、茗荷谷といふのを隔てて、第六天の森の此方に、徳孤ならず必ず隣ありといふ、有隣とした私立学院。（…）主として貧民の児を教育する、着物も食物も与へて、といふので、学校といつても、要するに、一人持の孤児院、養育院といふやうなものでした。（十二）

と語られる「有隣学院」にも重なるのである。この他、学院のあったとされる小石川台町付近には、日本の私立幼稚園の嚆矢といわれる小石川幼稚園（小日向水道端町）、私立武田尋常小学校（小日向武島町）などがあり、また鏡花の住んだ小石川大塚町の隣町、巣鴨寄りの大塚辻町には東京市経営の東京養育院もあった。さらにキリスト教関係では、地域はやや離れるが、牛込原町の東京孤児院を挙げることができる。同院は、二十九年の三陸大海嘯の災害孤児を保護したギリシア正教会の宣教師から児童を引き取り、「偶然にも世の可憐な孤子女の母となり、神と孤児にその一生を捧げる覚悟を持った」[4]北川波津子が自宅に開いた孤児院であり、三十二年秋に鏡花が大塚から引越した牛込南榎町からほど近い場所にあった。

「茗荷谷」の補育院、「瓔珞品」の有隣学院、ともにそのモデルを特定するには至らぬが、類似の施設は小石川大塚一帯、あるいは牛込近辺に点在していたので、それらを複合させて有隣学院の想が生れたと考えられる。

なおまた、「瓔珞品」の口絵を担当した鏑木清方に、「孤児院」と題する絵がある。これは、向って右側に束髪をリボンで結んだ袴姿の令嬢が、椅子に坐って周りに集まる孤児たちに紙に包んだ菓子を与えんとしている図で、少女の左後ろに老乳母が腰を屈め、右には下女が膝をついて控えている。上目づかいで令嬢と菓子を見るおずおずとした子供らの表情が、いかにも孤児らしく、美少女の貴やかさと対照をなす。この絵は明治三十五年十月の第十三回日本絵画協会展への出品で、当時の最高銀賞を受けた。少女のモデルは、烏合会の同人都筑真琴の妹照（翌年清

方と結婚、当年十七歳）であるが、高貴な美少女と孤児院を取合せた図像は、本作の春日井伯爵の令嬢で「姫様（ひいさま）」の都城子と有隣学院の関係に結びつく。三十四年の出会い以降、刎頸の交を結んだ両者であってみれば、鏡花が友人のこの絵に触発されてイメージを作り上げたことは十分に考えられるのではあるまいか。清方との「縁」も本篇の素材の一つに加えておきたい。

六　有隣学院の火災

次に、本作で蘆澤辰起の懺悔の因となる有隣学院の火災の素材は、留岡幸助が創立した「家庭学校」の火災事件である。

創立者留岡は、国木田独歩の『欺かざるの記』（明29・11・12／19の項）にも名前の出る、同志社出身の牧師で、内地雑居を前にした教界の一大事として有名な巣鴨監獄教誨師事件(5)（明31・9）の当事者である。彼は「明治三十二年家族制度の組織を採り入れた感化事業家庭学校を巣鴨の地に創設した。当時総て何々感化院の名称を用いてゐたにも拘らず、氏が敢て之を避けて用ひなかつた一事にも氏の用意が窺はれる。」（生江孝之『日本基督教社会事業史』教文館出版部、昭6・10・19）とあるごとく、この学校は不良児童の感化教育施設であり、しかも前出吉田賢龍が関わった真宗大学・中学の敷地の北側に隣接していた。火災があったのは創設から三年後の明治三十五年九月四日。新聞記事によれば、

●火事　一昨夜八時頃北豊島郡巣鴨二千六百十二番地私立家庭学校第一家族教場より出火し一棟焼失原因取調中、

（「万朝報」明35・9・6付3面）

とあり、管見ではこの他、同日の「読売新聞」以外に報道がなく、「焼失原因」を伝える続報も見当らぬが、キリ

スト教系の総合雑誌「新人」（3巻3号、明35・10・1）の「彙報」欄には、

◎家庭学校の消失　巣鴨なる同校は放火のため第一家族一棟去月四日夜焼失したり、（傍点引用者）

と見え、後に留岡自身も、

三十五年九月四日の夜、一の凶徒は、火を第一家族舎に放ち、校舎及び礼拝堂を焼き盡しました。

（『家庭学校回顧十年』明42・11・14）

と記し、「凶徒」の放火が原因だとしている。もって、キリスト教養育施設の火災であるのみならず、それが放火であった点、本作の玄吉の放火による有隣学院焼失の素材と認めるに十分であろう。

この事件後、「読売新聞」に掲げられた「火災後の家庭学校」（全8回連載挿絵入、明35・9・14―23）は無署名の訪問記事だが、その第一回には、

去十一日の正午頃、記者は所用に托けて、彼地此地の逍遥散策、巣鴨村役場の前に出で、右を顧みれば先頃創立の真宗大学（大谷派）藷畑の間に一際目立ち、輪奐宏壮の光景より察すれば、社会宗教の為めに、将来大に貢献する所あるべし。（…）左は道に沿ふて十数町、赤煉瓦儼めしく、建て繞らしたる監獄署、（…）彼方は浄土の導きともなるべき学の道を伝へ、此方は生ながら奈落の底に呻く囚徒の檻、而も咫尺の間に相対ひて、並び立つこそ不思議なれ。地獄極楽は此娑婆にありてふ諺も思ひ出されて、暫く彳亍たり。

（同日付6面）

とある。巣鴨にはまた東京精神病院（明34・7開設）もあり、仏門の宗教大学、監獄署、キリスト教の感化施設が並び立つ、都市の周縁地としての巣鴨の地域性をおのずと物語る一節となっている。先に「瓔珞品」を「大塚もの」に加えるべき必要を説いたが、本作の素材となった幾多の事件は、いずれも「小石川の奥」大塚から巣鴨にかけての周縁地域に生起したものであった。それはやがて、

昔から、此の台町筋、白山の暗の空、巣鴨、庚申塚、板橋をかけて木曽街道へ、其の通り魔の歩行く路で、異

形なものが時々見えます。（「貸家一覧」明42・5）

という、魔的な空間に変容しうる、作品生成の重要な場所ともなったことを確認しておきたい。

七　玄吉の自害

有隣学院へ「放火（つけび）」した玄吉は、十年後に辰起にこれを告白、暇乞いをしたその晩、京都本山の門前で「腹を切って亡くな」る。本文に就けば、

　新聞もこれを報じたのである。漣や滋賀の都、茶座敷に薄日のさすやうな、おだやかな京の町、俄然として腥（なまぐさ）く、腸（はらわた）を長く曳いて、東山より伽藍高く、甍の浪に紫雲靉靆（たなび）く、本山の門の扉に、仰向けざまに突立つた、首をがツくりと下に曲げ、（…）出刃包丁に諸手をかけ、足を踏張つた下腹（したツぱら）へ、ずぶり拳（こぶし）の隠るゝまで、血汐は雲の渦を巻いて、立腹を掻斬つた、逞しきものの姿ありけり。（…）夥しく烏が鳴いて、忽ち人は黒だかり、僧俗馳違ひ折合ひて、前代未聞と上を下、洛中挙つて色を失ひ、えらいこツちやと大騒動（おほさうどう）。（十四）

このあとに、三条の「信州屋」を定宿とする「宗教界の名士」「釈門の大徳蘆澤辰起氏」の紹介があり、

　近来、当地本山の財政悲境に陥りたるため、其の建設補助の許に、蘆澤氏が管理にかゝる、東京に於ける、なにがし学校、存亡の問題につき、昨週以来上洛中と聞く。自殺したる快漢は、名を玄吉といふ氏の従者（ずさ）なりと、新聞は種々（いろいろ）にして、同一（おんなじ）意味。（同前）

と記される。この本山門前での割腹は、明治三十七年一月十五日に起った真宗大谷派門徒児玉次郎吉（三十二歳）の割腹自殺の一件を素材としている。当地の「京都日出新聞」は「大谷派本願寺門前の割腹（はらきり）」（明37・1・16付7面）と題して「自殺発見」「其の素性」「割腹実況」「其の遺書」の四項にわたって経緯を詳しく伝え、翌十七日、十九日、

二十日にも続報を載せているが、いちいちを引くのは煩雑ゆえ、最もまとまっている「大阪毎日新聞」（同・1・16付7面）の記事を摘記してみる。

●東本願寺門前の割腹

昨十五日午前二時頃京都六条東本願寺なる大師堂門前にて割腹せし男あり通行の俥夫が認め（…）塩小路署へ急訴せしかば奥田署長は上野部長を従へて現場へ駈け付けたるに年齢三十二歳位の男が身には白衣を着し（…）悉皆身を清めたるは素より覚悟の上らしく腹部臍の左上部を短刀にて深く斬りしため臓腑露出し胸部以下は鮮血淋漓たる有様（…）此者は福井市浪花上町八十八番地児玉治郎吉（ママ）（三十一（ママ））といふ者にて自殺の原因は時局問題と本願寺の現状とに憤慨して割腹をなしたる者なることは其遺書に認めあり（…）熱心なる門徒にて近頃本願寺の紛擾を聞くにつけ慷慨悲憤に堪へず不徳の衆僧を警めんとて本願寺の門前に至り割腹せしこと明にして其心情を察すれば哀れなる節少なからずといふ

その他、東京では「時事新報」「国民新聞」「東京朝日新聞」「東京日日新聞」の各紙もこれを報じているが、本文にある通り「新聞は種々（いろいろ）にして、同一（おんなじ）意味」だから、紹介は省く。一節にも述べたように、当時大谷派は財政問題をめぐって争擾中、この信徒の死を賭した抗議は波紋を呼んだ。さきの新聞報道のうち「東本願寺門前の屠腹」と題する記事を掲げた「国民新聞」（同・1・16付3面）には、あたかも鏡花の「風流線」（同日付5面、第67回）が連載中であり、同紙を嘱目した可能性も考えられるのだが、何よりも、大谷派教学の重鎮で争擾の渦中にあった友人吉田賢龍から、本件の情報を得たのにちがいない。

鏡花はこの異事を主人公の従者玄吉の所業として作品に組入れる際、名前一字を借用し、遺書の存在を踏まえはしたが、時局や宗門への慷慨という自殺者児玉の動機までをも活かしたわけではない（ただし、辰起の定宿の名「信州屋」は「真宗」に通じるが）。割腹前の玄吉に、こんな自分と「深い中で居らる丶から、天地自然に其の祟りで、学校が潰れるんだ。悪縁を切りませう、」と言わしめているように、過去の自分の「放火」が辰起の学校閉鎖の罪根であるとの自覚から、その罪を滅するため、自己処罰の割腹をさせたのである。

八　作品の舞台

作中、辰起の語りの場となる「天人石(てんにんせき)」は、近江一円、とりわけ東海道沿いの名跡にこの名を見出すことはできないが、本文第三章、辰起が「天人石」をこころざす途中で目にする道標に「左中仙道」とあるのを手がかりにし、この街道筋をたどってみると、「木曽路名所図会」巻一の「醒井(さめがゐ)」の項に、

　この駅に三水四石の名所あり。町中に流れありて至つて清し、寒暑にも増減なし。

（引用は角川書店版『日本名所風俗図会』十七巻、昭56・10・10）

と見える。「三水四石」とは、日本武尊居醒(いさめ)清水、十王水、西行水の三水と、日本武尊腰掛石、鞍掛石、蟹石、賀茂明神影向石の四石をいう。醒井は中仙道六十九次の宿駅で、上り東海道線では米原の次の駅に当る。「木曽路名所図会」六冊は鏡花蔵書目録にも見えており、醒井の「三水四石」を知っていた可能性は高まる。天人・天女のイメージは、すでに指摘の謡曲「竹生島」からの摂取が有力だが、このほかに琵琶湖北端の余吾湖の天人羽衣伝説の影響も看過しがたく、「天人石」は醒井の四石、余吾湖伝説、「竹生島」の天女、それらの組合せによって発想されたと考えたい。

ただ、その位置については、本文五章の「前後に松葉累(かさな)つて、宿の形は影も留めず、深き翠を一面に眼界唯限りなき漣なり。」とある記述から、彦根の東北、醒井の次の番場より鳥居本へ向う「摺針(すりはり)峠」付近が作中の景望に最もふさわしい。標高一五四米余りを上った建場に石組の茶店があり、さきの「木曽路名所図会」に「湖水洋々た

る中にゆきかふ船見えて、風色其美観なり」とあって、湖中の竹生島はもとより、湖一面を展望できるこの峠からの絶景を描いた西邨中和の画が挿まれている（広重画「木曽海道（ママ）六拾九次之内・鳥居本」もこれと同じ構図をとっている）。「木曽路名所図会」巻一は、鳥居本・番場・醒井の順に記されていることからして、おそらく鏡花はこの書あるいは中仙道の道中記を繰りつつ「天人石」の設定を案配したのではあるまいか。

　さてそれでは、「瓔珞品」の語りの場として、なぜ琵琶湖のほとりが選ばれたのであろうか。その選択の契機は「名所図会」のごとき書物もさることながら、「瓔珞品」発表の前年、明治三十七年四月末から五月初めにかけての金沢帰郷という作者自身の体験に発している。

　全集別巻収録書簡のうち、(a)明治三十七年四月二十九日付・名古屋発信・牛込神楽町自宅宛、(b)同五月二日付・金沢発・自宅宛、(c)同五月二日付・金沢発・自宅宛（以上いずれも葉書）の三通によって、この時の帰郷が確認できるので、文面から察するところ、鏡花は弟斜汀と同道で東京を発ち（a）、五月二日には金沢東新地の江戸屋二階で辰之口鉱泉の伯母中田千代らと会している（b・c）。

　この帰郷を扱ったのが同年七月「新小説」に発表した短文の紀行「左の窓」であり、冒頭は、

> 今年四月二十九日、新橋発、汽車は午前六時半なれども、三十日（みそか）を前に控へたれば、未だ夜の明けぬに出立つ。

と始まる。出発の時日は前述書簡(a)に一致し、文中には「江戸」の留守宅宛に葉書を認める場面もそのまま写されており、鏡花紀行の例に洩れず、東海道の汽車の旅を弥次喜多の道中になぞらえて、発句を配しつつ、豊橋までの行程を記したものである。

　さらに、この「左の窓」と同月「文芸倶楽部」発表の「外国軍事通信員」は、

> 時に午後九時四十分、臨時発の東海道上り汽車は、此の米原で、今や、同じ日の午後三時頃より殆ど七時間の

間待ち飽倦ねて、中には旅籠屋の二階で一寝入した連中さへある。

という、日露戦争出征兵士を臨時輸送する下り列車待合せのため、長時間の停車を余儀なくされた車中での出来事を写した小説である。「左の窓」が下りなのに対し、本篇は上りの車中であって、発表月を同じくするこの両篇は、あたかも東海道線の金沢への往路と東京への復路を描いた作品となっているわけである。

したがって、三十七年四、五月のみぎりの帰郷がその直後の紀行と小説とに反映している事実からして、翌年発表の「瓔珞品」にも帰郷の途次の体験の反映を認めることは十分可能であろう。帰郷した四月の末は、作品の現在「卯月の末」と一致するので、おそらく「瓔珞品」中、辰起の遭遇した某駅の汽車の「事故」は、「外国軍事通信員」における米原での七時間におよぶ停車の経験にもとづいているはずである。

「高野聖」第二章の若狭へ帰る「私」の旅程がそうであるように、また後半の紀行「大阪まで」（大7・10）に「米原は北陸線の分岐道とて、喜多にはひとり思出が多い」とあるごとく、金沢から上京した鏡花にとって「米原」は特別の場所だった。かくして、辰起の懺悔の場所に琵琶湖のほとり、米原の近辺が選ばれたのは当然であり、ここを経由して帰郷と上京をたびかさねた鏡花自身の体験に——最も近くは三十七年の帰郷にその基点をもつといってよい。

おわりに

以上「瓔珞品」の素材を検討してみると、従来指摘された「雨月物語」の「夢応の鯉魚」や謡曲「竹生島」からの摂取は、本作のごく一部に過ぎず、鏡花はまことにさまざまな同時代の事象を積極的に作品へ組み入れていることが判明した。素材は、「竹馬の郷友」吉田賢龍の籍を置く真宗大谷派という「宗門の縁」を中核に、鏡花の暮した小石川大塚地区から真宗大学・中学のあった巣鴨にかけての「地域の縁」の重なるところ、明治三十五年より作品発表までの約三年間に生起した出来事をその範囲とする。仏門学校の閉鎖、宗派本山門前での割腹自殺、キリスト教感化施設の放火による焼失など、素材の点から光をあてるならば、幻想性よりもむしろ、かなり強い時事性、事件性に立脚する作品のもう一つの相貌が照し出されてくる。すでに塚谷裕一氏が、当時まだ果物として珍しかった「苺」の活用に関して「鏡花の早耳と、その作品への取り込みの意欲的なことには驚かされるばかりだ。」（『果物の文学誌』朝日新聞社〈朝日選書〉、平8・10・25）と指摘された作者の志向は、苺のみに止まるものではなかったのである。

では発表当時、この作品はどのように受けとめられていたのか。おそらく宗門関係者が一読すればただちに気づいたであろう作中の話材を指摘した同時代評は管見に入っておらず、たとえば、

▲風流線以後の鏡花子は甚だ振つて居ない、だれ気味である、新小説の胡蝶（ママ）の曲でも、其前の瓔珞品でも、鏡花の短所をのみ蒐めたもので、予をして少なからず絶望さしたものである、（…）瓔珞品でも胡蝶（ママ）の曲でも不自然で余り空想が過ぎて、其空想を辿るべき何等の糸條（いとすぢ）も見出せない事が往々ある

（無名氏「二百号の四小説を評す」「中央公論」20年12巻、明38・12・1）

あるいはまた、

鏡花は、『わか紫』『銀短冊』『纓絡品（ママ）』を出し、『続風流線』を単行として、世に問ひたれども、而かも依然たる、美女、蟹、侠丈夫、蛇、妖姫等を以て組織せられたる妖怪文、彼が世より受くるところの批評は、その妙、文に在りて、小説としては邪道のみと言はるゝにあり

（松原至文「本年の回顧」「文庫」30巻4号、明38・12・15）

などのごとく、「邪道」に迷って一律不変の夢幻譚を作りつづける鏡花数年来の「不振」を前提に、「空想」「不自

然」の鏡花的な「短所」を集めた作品と貶評され終っている。唯一の例外、一記者「現代の幻想小説」（「新潮」2巻7号、明38・6・15）は、同時期発表の夏目漱石「琴のそら音」（明38・6）との対比を試み、「一種の畏れといふ事」を描くのに「漱石氏は如何にして畏れを生ずるかといふ心の往路」を描かんとし、「鏡花氏は直ちに其結果なる畏は斯様なものだといふ事」を描いたのだ、としているが、これとても幻想性の評価に偏っている。つとに越野格氏が丹念に洗い出されたように「三十七、八年あたりから鏡花評価の毀誉褒貶は更にその懸隔の幅を広げる」（「泉鏡花文学批評史考(1)」「北海道大学文学部紀要」29巻2号、昭56・3・28）、その証左ともなりうる扱いである。

本作がこのように見なされたのは、明治三十年代前半のいわゆる「鏡花の時代」の光彩があまりにも強かった反動であろうし、また作品に人生の意義を求める自然主義的な文学の「本道」が形成されつつある中での「邪道」の認識の発生によるものでもあろう（前出越野氏論文参照）。当時発表の漱石作「一夜」（明38・9）が「軽妙なれど意味は分らず、鏡花まがひにて更に拙なるもの」（「月次文壇」「時代思潮」2巻21号、明38・10・5）と評される時代であったから、「不自然」や「空想」などの「短所の少ない」私小説的な短篇「女客」（明38・6／11）が「鏡花近来の佳作」（前引「二百号の四小説を評す」）と認定されるような評価の軸がかたちづくられていたのである。

「瓔珞品」は、仏教とキリスト教の対立を基軸に、仏門学校の閉鎖を主人公の過去の罪の報いとなす因果関係を設定したために、同時代の素材の時事性が、因果を補翬する各種の符合とともにこの関係の中に吸収され、辰起の見る夢や美女の登場による夢幻性に蔽われてしまうことになった。とはいえ、多様な素材が社会的な背景から切り離され、主人公一個の罪障の自覚、告白の要因として機能すべく布置されている以上、やはり本作の主意は、「天人石」で見た夢にではなく、蘆澤辰起の「懺悔」そのものに存する。この点において、「瓔珞品」は中世以来の「懺悔物」の流れを汲んだ、「釈門の大徳」の発心再起をうながす「僧伝」文学の系譜に連なる作品なのである。

終局には、主人公の長い語りを聞き終えた美女が、

「百人千人お教へなさいますのも、一人を二人を、お助け遊ばすのも、貴下(あなた)の勤(つとめ)は同じ勤。学校のたちますまで、此処で庵をお結びあそばし、たとひお姿は見なさいませんでも、姫様(ひいさま)と御近所で、松の風、浪のしらべ、同じおもひを通はせたり、燕(つばくろ)にことづけて、心ゆかしになさいましな。貴下、」

と教へる。

辰起は眼(まなこ)を塞いで、福音を聞くのであつた。

と記される。この「福音」こそ、辰起の懺悔を贖いの道へと導くものにほかならない。

二節に吉田賢龍の投影する諸作を指摘したが、それら「賢龍もの」のうち、「なゝもと桜」や「夜叉ケ池」と本作との大きな違いは、賢龍にあたる人物が「友人」ではなく主人公として登場せしめられている点である。かかる造型の特質、すなわち賢龍その人を中核に作を構えた契機が何に由来するかといえば、それは真宗東京中学の閉校に象徴されるごとく、当時が彼の生涯のうちで最も深い失意の時代だったことに求められよう。いわばこのときの賢龍は、友に扶助を与える人であるよりも、自らが扶けを受くべき危難の渦中にあった。終局の美女の諭しの言葉は、辰起のみか、失意の「郷友」にもまた響く「福音」だったにちがいない。

夢やまぼろしを決して軽んずるわけではないが、私は、この衆生済度の福音を示現する「瓔珞品」と名づけられた経品に、鏡花のかけがえのない友に対する再起の希いを読みとってもよいのではないかと思う。

注

（1）「「瓔珞品」小考」「鏡花研究」2号、昭51・3・30。

（2）「清澤先生言行録」（無我山房版『清澤全集』第三巻、昭2・6・6、九版）の「一七九」には「『義士銘々伝』は、愛読書中愛談書の一なりき。」とある。この条は浩々洞の同人多田鼎の筆記に基づく。

（3）「無盡燈」8巻5号（明36・5・1）に「転居　小石川大塚窪町四番地　吉田賢龍」との告知が掲載されている。大塚窪町は、鏡花の住まった小石川大塚町とは板橋街道をはさんで筋向いに位置する町である。

（4）矢島浩『明治期日本キリスト教社会事業施設史研究』雄山閣出版、昭63・10・20再版。

（5）明治三十一年八月、巣鴨監獄の典獄に赴任した有馬四郎助が、同九月キリスト教牧師留岡幸助を監獄教誨師に任じ、在任する大谷派の教誨師四名のうち三名を辞職せしめんとした。しかし、全国教誨師の約八割を占める大谷派は強硬に反対、議会の問題にまで発展し、ついには真宗の望む通り、翌年五月留岡の辞任によって局を結んだ。留岡が同じ巣鴨の地に家庭学校を創立したのは、その半年後である。この事件に限らず、明治以降仏門でキリスト教と最も多く対立したのは、真宗大谷派であった。

【追記】

本稿は、泉鏡花研究会第二十二回例会（平成八年八月二十四日、於長野県諏訪市）での報告にもとづく執筆である。初出発表後、和泉書院発行の「いずみ通信」（25号、平11・4〔刊行日記載なし〕）の「研究手帖」欄に「泉鏡花ゆかりの人々―吉田賢龍のことなど・補遺―」と題する一文を寄せた。論の不備を補うものとして、全文を次に掲げる（〔　〕内の刊記の表記は原文のままとした）。

二年ほど前、「泉鏡花「瓔珞品」の素材」（「学苑」平九・一／三）と題して、鏡花の「竹馬の郷友」吉田賢龍の人となりを紹介し、諸作品への投影を考えてみた。私とは姓を同じくするのみで、縁のなかった人物だが、鏡花との深い「ゆかり」を確認できたのは幸いだった。しかし、紙幅の関係で省いたことや、発表後にご教示を得た点があり、この機会にいささかの補いをしておきたい。

＊

まず、吉田賢龍が僧侶だったことに触れた文献に、増田五良著『明治本拾遺』（私家版、昭五一・六）のあるのを知った。書中「泉鏡花『高野聖』余談」で、宗朝の寝物語のしぐさについて、

　おそらく番町の鏡花方に泊る時、両友枕をならべて懐旧の物語を交す折の光景があれであったのであろう。／吉田賢龍は僧家の出であり、哲学を専攻しただけあって、平素なんともいえぬ超俗の風格があった。

と述べられている。鏡花が番町に居を移すのは「高野聖」発表の九年後であり、推測に曖昧な点を残すが、昭和初年に賢龍と同席した著者の見聞としてきくべきであろう（増田本に関しては、田中励儀氏「高野聖」『近代小説研究必携』1、有精堂、昭六三・四、にも言及がある）。

　同書にはまた「藤村の涼子、鏡花のお夏」の章に、賢龍夫人勇子の実兄星野天知の話を紹介し、鏡花作「三枚続」「式部小路」の主人公お夏が和歌の師匠鴨川亙の家で華族の令嬢に辱めをうける場面と同じ体験を勇子が持っていた、とのことで、この天知の談話から、勇子の体験が夫の賢龍経由で鏡花に伝わった可能性がある、という指摘も含まれている。

　勇子夫人は、島崎藤村「春」の岡見涼子のモデル、平田禿木の初恋（やがて破恋）の相手として周知だけれども、賢龍との結婚の経緯をいまだ詳かにしえない。両人を結びつけたのは、おそらく賢龍の大学以来の知己にして、かつ「文学界」の人々とも交わった柳田國男ではないか、との憶測はあるものの、この点につきご存じの方がいらしたら、ぜひお教えをいただきたい。

　「麻を刈る」に登場する「穂科信良（ほしなしんりょう）」が吉田賢龍（よしだけんりょう）を指すのはほぼ間違いないと思うが、この随筆には、夫人勇子にも言及している箇所がある。旅中の食べ物で「糠鰊（こぬかにしん）」に触れたくだり、「信良」の「新婚当時、四五年故郷を省みなかった時分」、しきりに「糠鰊」を懐しがっていたが、

　　その後帰省して、新保村から帰つて、

「食つたよ――食つたがね、……何うも何ぢや、思つたほどでなかつたよ。」
然うだらう。日本橋の砂糖問屋の令嬢が、円髷に結つてあなたや……鯵の新ぎれと、夜行の鮭を教へたのである。糠鰊がうまいものか。

と出ている。いうまでもなく、「新保村」は金沢郊外の賢龍の郷里、「日本橋の砂糖問屋」とは夫人の実家星野の家業をさすのである。

さらに、賢龍夫人に触れたものとして、「「金色夜叉」小解」に、

其の頃の「文学界」にちなみの浅からぬ婦人で、私の親友の細君がある。その懇親だつた或る令嬢が、肺を病んだ、聊か誇張して言へば、貫一、宮のなりゆきを余りに思ひ煩つたためである。

（傍点引用者。以下同じ）

ともみえる。

＊

賢龍がその建設運営に参画した宗門真宗大谷派の「真宗大学」については、東郷克美、須田千里両氏から、「春昼」に次の一節があることを教えられた。「瓔珞品」発表の翌年、同じ逗子滞在期の代表作でありながら、看過してしまった。私の粗忽というほかない。該当箇所は、第六章、岩殿寺に参った散策子が住職と言葉を交す場面、

出家の言(ことば)は、聊か寄附金の勧化のやうに聞えたので、少し気になつたが、煙草の灰を落さうとして目に留つた火入の、いぶりくすぶつた色あひ、マツチの燃さしの突込み加減、巣鴨辺に弥勒の出世を待つて居る、真宗大学の寄宿舎に似て、余り世帯気がありさうもない処は、大いに胸襟を開いて然るべく、勝手に見て取つた。

とあるのがそれだ。真宗大学が巣鴨の地にあったのは、明治三十四年から四十四年までの十年間にすぎない。清澤満之が真宗教学の刷新をめざして京都本山から移転建学したこの学寮の名が、なぜ一介の散策子の念頭に上らなければならなかったのか。それは、清澤の高弟吉田賢龍と「春昼」の作者との縁故にもとづくのである。つとに高桑法子氏（「『春昼』『春昼後刻』論」泉鏡花研究会編『論集泉鏡花』有精堂、昭六二・一一）は、本作冒頭の信仰問答の時代背景を論じた中に、「新小説」所載の賢龍の論説に触れているが、鏡花にはめずらしいこの談理に影さす親友の存在をあらためて考え直さねばなるまい。

従来、鏡花と仏教とのかかわりにおいて、日蓮宗や法華経ばかりを取り上げる傾きがあったが、これに囚われず、賢龍の属していた真宗大谷派をも視野に入れてみてはどうか。というよりも、特定の宗教や経典によってのみ鏡花の世界を推しはかることの危うさに思い至ったしだいである。

右の「補遺」を発表してから後にも、補うべきことがらがあるので、項目を立てて記してみたい。

［有隣学院のモデル］

五節に「有隣学院」のモデルをいくつか挙げたが、巣鴨の地縁に関していえば、当時、庚申塚六六〇番地にあった明治女学校をこれに加えることができるかもしれない。周知のように、同校は明治十八年九月三十日麴町区飯田町一丁目（九段牛ケ淵）に開校し、二十九年二月五日の火災で全焼、三十年四月十三日に巣鴨へ移転し、四十一年十二月に廃校となった。小石川ではないものの、キリスト教主義の学校であること、火災による焼失に遭っていることなど、作中の「有隣学院」に通うものをもっているからである。

また同校は、六節に触れた「有隣学院」の火災の素材である家庭学校にも近かった。志賀直哉の「内村鑑三先生の憶ひ出」（「婦人公論」26年3号、昭16・3・1。岩波書店版『志賀直哉全集』第七巻、平11・6・7）に、内村主宰の

夏期講習会に触れて、

此講習会で覚えてゐる事は、或る日、一同で留岡幸助さんの家庭学校を見学に行き、帰途（かへり）巌本善治さんの学校へ寄つた事、又或る日、小金井の上水べりを散歩して、白い大きな輪の山百合を沢山採つて来た事などである。

と記されているように、家庭学校と「巌本善治さんの学校」すなわち明治女学校の両校は巣鴨にあって五百メートルを隔てる位置にあり、火災の厄に遭っている点でもまた共通するのである。

［吉田賢龍の歿後］

「丁酉倫理会倫理講演集」第四八五号（昭18・2・1）に「吉田賢龍追悼特集」のあることを知った。特集は八田三喜「若い賢龍さんの想ひ出」、塚原政次「吉田賢龍君を憶ふ」、姉崎正治「吉田賢龍君の思出」、桑木厳翼「吉田賢龍君の想出」、西晋一郎「吉田賢龍氏の追懐」、常盤大定「吉田賢龍兄を憶ふ」から成り、六氏とりどりの追悼文だが、賢龍と鏡花の金沢における出会いが井波塾であったこと（八田）、大学寄宿舎の「紅茶会」は岩本禎、畔柳都太郎（芥舟）の紅茶好きによって始まったこと（姉崎）、賢龍と勇子夫人との媒酌人は澤柳政太郎であり、真宗東京中学廃校後に千葉中学校長への斡旋をしたのも澤柳だったこと（同）等、本稿にも関係するエピソードが述べられている。澤柳が結婚の媒酌や転職の斡旋をしたのは、彼が帝国大学哲学科で賢龍の師清澤満之の一年後輩、寄宿舎で同室だった、その誼みからであろう。賢龍の生涯が師の清澤の縁によってかたちづくられていることをあらためて確認できる一事である。

また真宗大谷派の宗門を同じくした常盤大定に「兄の一生中に於て、苦痛の血涙を濺いだ事に巣鴨真中の廃校の時程のものはあるまい。今日からふり返つて、当時の兄の意中を付度して実に同情に堪へぬ。」とあるのも、本稿の「おわりに」に述べた趣意を補翼してくれるように思う。

なお、吉田賢龍出生の地南新保の鞍月小学校には、正門前に賢龍の胸像（小学校創立九十周年記念として昭和三十九年十一月建立）があり、講堂に自筆「至誠動人」の扁額が掲げられている（北田八州治『鞍月郷土史』鞍月農業協同組合・鞍月校下町連合会・鞍月公民館、昭47・12・10。『鞍月物語』金沢市鞍月土地区画整理組合、平16・10・1）。

【本章初出】「学苑」第683号（平成9年1月1日）／第685号（平成9年3月1日）［原題］泉鏡花「瓔珞品」の素材（一）—吉田賢龍のことなど—／泉鏡花「瓔珞品」の素材（二）

5　「草迷宮」覚書 ― 成立の背景について ―

一　「草迷宮」のあらまし

泉鏡花の小説「草迷宮」は書下しの単行本として明治四十一年一月一日に春陽堂から刊行された[1]。執筆の時期は、今のところこれを証すべき資料を欠くためはっきりしないが、おそらく「やまと新聞」に連載していた登張竹風との共訳「沈鐘」(ハウプトマン原作)が、四十年六月十日をもって掲載中止となった、その後に本格化したものであろう。

「草迷宮」は、大きく分けて、三浦海岸大崩壊(くずれ)近くの茶店の媼と諸国一見の旅僧小次郎法師によって秋谷屋敷の怪が語られる前段(第一―第十五)と、幼い頃聞いた手鞠唄をもう一度聞きたいと各地を訪ね歩く青年葉越明、彼とは幼馴染の女菖蒲およびそれを守護する秋谷悪左衛門の登場する後段(第十六―第四十五)とから成っており、寺田透氏の言葉を藉りれば、「前半の夏の光、暖色調に対して、後半が同じ季節とは言え青く薄暗いのも対照的で、それがくっきり出るように、この長物語は実はたった一日の出来事である」(「解説」岩波書店版『鏡花小説・戯曲選』六巻、昭56・7・24)。

慶応義塾図書館蔵の自筆原稿の原題が「てまりうた」となっていることからもうかがえるように、篇中の唄が大きな役割を担っている。まとまった作でありながら、長い間顧みられる機会が少なかった。しかし後述するように、昭和五十年代以降注目を集め、逗子滞在期の作としては「春昼」「春昼後刻」とともに高い評価を与えられるようになった。

ここに従来の所説をすべて紹介するゆとりはないが、ごく簡単に触れておくと、芥川龍之介は「鏡花全集に就いて」（「東京日日新聞」大14・5・5／6付朝刊各4面）の中で、鏡花作品の第一の特色に「詩的に正義に立つた倫理観」による「議論」が含まれている点を挙げたのち、この「倫理観」が作中の人間ばかりでなく「超自然的な存在――幽霊や妖怪にも及んでゐる」ことを説いて、「「深沙大王」の禿げ仏、「草迷宮」の悪左衛門等はいづれも神秘の薄明りの中にわれわれの善悪を裁いてゐる。彼等の手にする罪業の秤は如何なる倫理学にも依るものではない。」と述べている。

これに次いでは、辻潤が「鏡花礼讃」（「新小説　天才泉鏡花」大14・5・1）で、「作者の人生観や思想の最高の表現がこの作中に盛られてゐる」とし、「亡き母の手球（ママ）唄を慕ふ青年の恋愛と、霊魂の故郷を思慕する崇高な感情と、不可思議な「永遠回帰」の姿とが全篇を通じて流れてゐる」と述べており、この辻潤の理解は「草迷宮」に展開されたモティーフを規定した言及として動かしがたい位置を占めている。

研究においては、吉田精一氏が「泉鏡花の表現」（「季刊明治文学」2輯、昭9・3・8）で、辻潤と同様の見解を示し、片岡良一氏は「鏡花の鬼神力」（「図書」58号、昭15・11・5）で、「「草迷宮」（四十一年）の如き、怖しい魔の支配する世界を描いて、しかもそれは到底人力のよく凌ぎ得るものではないが故に、人間はたゞ素直にこれを避けることだけに努むべきで、徒に反抗したりこれを刺戟したりする不遜は、極力避けねばならぬといふに似た、そんな考へ方が示されてゐた」し、「其処に梗塞の重さに圧されて諦観的にさへならうとしてゐる作者の心境が反映されてゐぬとは云へまい。」と述べて、結末の怪異を、人間の魔界に対する服従や諦観を意味するものと受け取っており、「それは浪漫主義者鏡花が、その立場への梗塞を正しく観念的に整理する力を欠いて、随つてその梗塞を正しく乗越えることの出来なかつたところから来た、云はば知的敗北のかたみであつたのである。」（傍点原文）としている。鏡花逝去の翌年には、前記芥川龍之介や辻潤の理解とは全く対照的なこうした理解が示されるに至った。

戦後の鏡花研究を主導した村松定孝氏の著『泉鏡花』（寧楽書房、昭41・4・15）において、本作への言及がないことに象徴されるように、論及のほとんどみられない時期が長らく続いたが、岩波書店版『鏡花全集』の再版を機に、笠原伸夫氏（「草迷宮」「解釈と鑑賞」40巻6号、昭50・5・1）が「鏡花における魔的空間の特質、あるいは想像力の勁さ」を示したこと、「草と水と樹による迷宮感覚を濃密に吐露している点」、「魔的なもの、超越的なものの顕現が、哀切に、しかも陰々と流れるわらべうたを介して」表現され、「魔的存在の異相性・抽象性もきわだっている」点を指摘、本格的な作品分析を行って、再評価の口火を切った。三田英彬氏の論考二篇（「草迷宮」「解釈と鑑賞」44巻10号、昭54・9・1及び「草迷宮」同46巻7号、昭56・7・1）も笠原氏の論にほぼ沿っており、種田和加子氏（「『草迷宮』—魔的世界の断面—」「立教大学日本文学」45号、昭55・12・15）は、わらべ唄のもつ意味を古代歌謡に遡り、これを「暗示的、寓意的、予言的性格を内実として呪術的効力を発揮する点」に求め、「草迷宮」の土俗的側面に注目している。また近くは由良君美氏の論（「イメージの分析—『草迷宮』を例として」「解釈と鑑賞」46巻12号、昭56・12・1）がある。

いっぽう篇中の唄に関しては、三瓶達司氏（「鏡花の湘南物における素材について」「言語と文芸」77号、昭48・11・25）、小林輝冶氏（「「草迷宮」の構造—毬唄幻視譚—」「鏡花研究」4号、昭54・3・30）の論があり、小林氏は、澁澤龍彦氏（「思考の紋章学1・ランプの廻転」「文芸」14巻10号、昭50・10・1）が、物の空中に飛び交うポルタガイストの現象及び秋谷悪左衛門登場の原型に平田篤胤「稲生物怪録」がある、と指摘したのを受けてさらに詳しい比較対照を試みている。

このように「草迷宮」は、いまだに論考のない数多の作品にくらべれば言及の機会に恵まれているといえるだろう。再評価の端緒となった笠原氏の論以降、その数はとみに増している。それらに辻潤の言葉が引かれることはないが、結果としては辻の規定要約したモティーフを敷衍するかたちで作品の読解が進められてきた。
小稿では、「草迷宮」の成立、背景について、特に篇中にわらべ唄・手鞠唄が用いられることになった契機、基盤に関する私見を述べてみたい。

二　唄のもつ意味〔付〕唱歌のこと

「草迷宮」の中に出てくる唄は、登場順に次の三種である（このほか鏡花が新たに創作したと思われる唄もあるが、それらは一応除外する）。

㈠ 向うの小沢に蛇が立つて、
八幡長者の、をと娘、
よくも立つたり、巧んだり。
手には二本の珠を持ち、
足には黄金の靴を穿き、
あゝよべ、かうよべと云ひながら、
山くれ野くれ行つたれば……

㈡ 此処は何処の細道ぢや、
細道ぢや。
秋谷邸の細道ぢや、
細道ぢや。
少し通して下さんせ。
下さんせ。
誰方が見えても通しません。
通しません。

㈢ 産んだ其子が男の児なら、
京へ上ぼせて狂言させて、
寺へ上ぼせて手習させて、
寺の和尚が、
道楽和尚で、
高い縁から突落されて、
笄落し、
小枕落し、

以上三つの唄は、前に触れた三瓶氏、これをさらに正確にされた小林氏の研究によれば、㈠は鏡花が「序」を寄せている『諸国童謡大全』（春陽堂、明42・9・15）中に「信濃国南佐久郡前山地方」（『大全』本文では、「南佐久間郡」

とするが、長野県にこの地名はないから、「南佐久郡」を誤ったもの）とある手鞠唄であり、㈡は同書に収められる周知のわらべ唄を一部改めたものであり、㈢も同書冒頭「東京」の部の手鞠唄の一節であって、いずれも唄われていた地域の確認できる唄である。

小林氏は、この作品において葉越明が本当に知りたい唄の手がかりとしている㈢の手鞠唄が、「草迷宮」以前では「照葉狂言」（明29・11―12）、「鶯花徑」（明31・9―10）の二作に、また以後では「天守物語」（大6・9）、「由縁の女」（大8・1―10・2）、「燈明之巻」（昭8・1）の三作にも見出せることを指摘している（もっとも、引かれる部分に若干の異同はある）。

しかし、正確にいえば、㈢の鞠唄が用いられたのは、「照葉狂言」以来「草迷宮」が二度目であって、「鶯花徑」初出文には、鞠唄があらわれていないのである。

このかんの事情を詳しく述べると、「鶯花徑」は明治三十一年九月二十日発行の「太陽」第四巻第十九号に「第一」から「第九」まで、同年十月五日発行の同二十号に「第十」から「第十八」まで二回掲載された。単色挿画二葉は水野年方である。このうち「第七」末尾の部分が岩波書店版全集第四巻の本文では、

……おらが姉さん三人でござる、
一人姉さん鼓が上手、
一人姉さん太鼓が上手、
いつちよいのが下谷にござる。……

さきとおなじ声でうたつたのが、澄み渡つた調子でさえざえしう、しかもあはれに聞き取られた。

となっている。この唄は「御正々　お正月、松樹て竹立て、」で始まる手鞠唄の前半の一部であり、「草迷宮」の㈢の唄はその後半の一部を採ったもので、出所は同じ唄である。ところが、初出においてこの部分は、

君が代は千代に八千代にさゞれ石の
　いはほとなりて苔の蒸すまで。

さきとおなじ声で、唱歌をうたつたのが澄み渡つた調子でさえざえしう、しかもあはれに聞き取られた。

と、鞠唄ではなく「君が代」の唱歌になっている。「鶯花徑」を収録した単行本の『鏡花叢書』（博文館、明44・3・23）および『粧蝶集』（春陽堂、大6・8・1）は初出文と同じであり、鏡花は春陽堂版『鏡花全集』第三巻（大14・9・3）収録の際、右の唱歌を鞠唄に改変したのである。したがって他に「唱歌」と記してある初出の部分は、例えば「君が代の唱歌は母上（おつかさん）が大層お好だつた。」（第八）は「此の鞠唄は母様（おつかさん）が大層お好だつた。」に、また「坊ちやん、塩梅は何うだね。え、（君が代）は唄へますか。」は「坊ちやん、塩梅は何うだね。え、（一人姉さん）は唄へますか。」に、さらに「第十二」冒頭の「君が代」も鞠唄へと、それぞれ改められている。

作中にある「ねん〳〵よ、ねん〳〵よ、／坊やのお守は何処へ行つた、／山を越えて里へ行つた、／里の土産に何貰ふた、／でん〴〵大鼓に簫の笛、／起上り小法師に犬張子」という子守唄には変更がないので、唱歌から馴染の鞠唄への改変は、子守唄と相俟って、母性追慕を表明したこの「鶯花徑」の主題を、より鮮明にすることになったわけである。

なお「唱歌」について、冒頭に触れた種田和加子氏は「『草迷宮』―魔的世界の断面―」の「注5」で、唱歌教育においては「わらべ唄・民謡も非教育的なものとして軽んじられた。しかし俗学の浸透ぶりには根づよいものがあり、洋楽は定着しにくく、唱歌教育もそれほどたやすく導入できなかった」とし、つづけて、

子供は何よりもおもしろい唄、楽しい歌に反応する。鏡花の作品に登場する子供は唱歌ではなくわらべ唄をうたいつづけるし、『草迷宮』では全く唱歌をかえりみない子供が描かれる。

と指摘している。しかし、鏡花作品には唱歌のしばしば用いられているものが見出される。柴田宵曲『明治風物

誌』（有峰書店、昭46・12・15）の「唱歌」の項に指摘されているように、「悪獣篇」（明38・12）の冒頭には、女主人公浦子との縁（ゆかり）で、銑太郎が彼女を待つ間に、

「昔……昔、浦島は、小児の捉へし亀を見て、あはれと思ひ買ひ取りて、……」と誦むともなく口にしたのは、別荘のあたり夕間暮に、村の小児等の唱ふのを聞き覚えが、折から心に移つたのである。

銑太郎は、不図手にした巻莨に心着いて、唄をやめた。

と記されているし、また「式部小路」（明39・1）の末尾、高熱にうなされ危篤となったお夏のいる病院で、

あはれな声で、

　青葉しげれる桜井の、里のわたりの夕まぐれ、

と廊下で繃帯を巻きながら、唐糸の響くやうに、四五人で交る〴〵低唱して居た、看護婦たちの声が、フト途切れたトタンに。

硝子窓へばら〴〵と雨が当つた。

廊下を馳せ違ふ人の跫音。

二人は呼吸（いき）を詰めた。

電燈が直ぐに点いた、其の時顔を見合はせた。

　木の下蔭に駒とめて、

と又聞える。

と、落合直文作の「青葉しげれる」の唱歌がうたわれている。海岸近くで口誦まれる「悪獣篇」の「浦島」、病院で低唱される「式部小路」の「青葉しげれる」、いずれも場面の雰囲気を醸成するのに与って力があろう。

もっとも先の『明治風物誌』の指摘のほかには「無憂樹」（明39・6）で、父の香合を取り返さんと敵役津田屋

の高作へ直談判に及んで、歌をうたえと無理を言われた兄兼次の様子を語る、弟の少年次郎助の言葉のうち、

小父さん、兄さんに唄へといふんだ。

兄の奴あ、からつきし出来ないや。シノ、メノストライキどころか、何なの、学校でも唱歌は弱つたつて、零点（ゼロ）なんだ。（…）

うたつたさうだ。遣つたつて僕に話したがね、何を怒鳴つたか、僕それを聞いたけれど、思ひ出しても冷汗が出て、極が悪いつて話さないよ。

あゝ、大方、松山かゞみ照らさばやといふ、女の子の遣る、情けない声の唱歌でも饒舌（しやべ）つたらう。時々口の内で言つて居るんだから、意気地（いくぢ）はないぜ、小父さん。

と、これは寺の境内で巡礼の六部を相手に語ったものだが、このように登場人物の口から唱歌がやや否定的に触れられている事例もないわけではない。しかしながら、鏡花が場面の描出にあたって、唱歌やそれ以外の唄が雰囲気を醸し出し、情感を高めるものであれば、すすんでこれを活用していることはたしかであろう。むしろ、唱歌もまた作中に頻出する謡曲、狂言、小唄などの一節と同様、つねにその効果を慮って用いられているのである。

したがって、種田氏の「鏡花の作品に登場する子供は唱歌ではなくわらべ唄をうたいつづける」との指摘は、子供に限っては正しいかもしれぬが、「鶯花徑」初出、「悪獣篇」「式部小路」等の例に徴してあきらかなように、鏡花作品の全体が唱歌を否定しているわけでは決してないことを付け加えておきたく思う。

「鶯花徑」初出文の一部が現行本文のごとき手鞠唄ではなく唱歌であったことから、唱歌をめぐる用例に及んだが、ともあれ、「草迷宮」執筆の時点において「一人姉さん」の鞠唄が用いられたのは「照葉狂言」以来二度目ということになる。

では「照葉狂言」から十一年を経て発表された「草迷宮」における手鞠唄はどのようなものとして捉えられるで

あろうか。

この点ついては、すでに小林輝治氏が「鏡花における毬唄は、そのどれ一つ取って見ても、亡母のみではなく、母に似た悲しい女たちすべての比喩ではなかったかと考えられる。いわば、逝ける女たちのメロディーであろうか。」と述べているように、母に対する追慕と重なっている点は容易に認められるところである。しかし、「照葉狂言」と「草迷宮」に限った場合には、唄のもつ意味もおのずから異なる。以下に両作を比較してみたい。

＊

「照葉狂言」は、冒頭が「鞠唄」なる章より始まるが、唄のあらわれかたは、隣家の婦人に「それぢや、まあお坐んなさい。そしてまた手鞠唄を唄つてお聞かせな。あの後が覚えたいからさ。何といふんだつけね。」と請われて、貢が唄うことにより、それを広岡の家の下婢が聞きつけ、やがてはその下婢から「阿銀小銀」の話を導き出し、「阿銀小銀」の話はお雪の境遇と重ね合されることによって、彼女との出会いをつくる、というふうに、唄はのちの様々な出来事を招来する端緒、契機として働いている。冒頭に「鞠唄」の章が置かれたのはこのためであろう。

また、「狂言」の章末尾では、狂言一座の者の手車に乗った貢が小稲に「坊ちやんも何ぞお唄ひなさい。然うすると下してあげます。」と言われ、「止むなく声をあげて」唄ったのち、ようやく外で待つ小親に近づくのであって、ここでも唄は次の事態を迎えるために不可避なものとして貢の前にある。「鞠唄」「狂言」の両章において、唄をうたったのちにヒロインのお雪・小親との出会いがあるという点では、小林氏の指摘のごとく「母に似た悲しい女たちの比喩」なのである。

だがしかし、作者の意識の段階で悲しい女たちの比喩として用いていることはたしかながら、作品の中で主人公に唄がどのようなものであるのかを自覚させるまでには至っていない。貢の回想形式をとっているこの物語で、唄そのものの意味について語られることがないのは、唄に対する意識、自覚をもたせるのに少年貢は稚きに過ぎたといえようし、彼の前には、死んだ母の代替者として、現実に生動しているお雪と小親が居り、貢と両人との交渉に主題がある以上、唄は彼女たちよりも切実なものとして捉えられることがなかったからであろう。

唄は「照葉狂言」において、お雪の境涯に重ねられる「阿銀小銀」の話、小親の妖艶さにつながる「野衾」のイメージなどともに、彼女たちの間を揺れる貢の心のあやを示す一つの要素として点出されており、そのように働くことによって唄の挿入が活きているのだが、主題を直截に示しているとはいいがたい。

*

これに対し「草迷宮」では、小次郎法師に向い「年を取るに従うて、まるで貴僧、物語で見る切ない恋のやうに、其の声、其の唄が聞きたくツてなりません。」と語る葉越明にとって、唄は「命にかけて、憧憬れて」いるものであり、漂泊する彼を秋谷屋敷に引き寄せたのは手鞠唄にほかならず、「照葉狂言」において他の要素とともに展開を支えていた鞠唄が、ここでは明確な主題に据えられている。

> 国を出て、足かけ五年！
>
> 津々浦々、郡、村、里、何処を聞いても、あこがれる唄はない。似たのはあつても、其後か、其の前か、中途か、或は其の空間か、何処かに望みの声がありさうだな……と思ふばかり。また小児たちも、手毬が下手になつたので、了まで突き得ないから、自然長いのは半分ほどで消えて居ます。
>
> 迚も尋常ではいかん、と思つて、最う唯、其の一人行衛の知れない、稚ともだちばかり、矢も楯も堪らず逢ひたくなつて来たんですが、魔にとられたと言ふんですもの。高峯へかゝる雲を見ては、蔦をたよりに縋りたし、湖を渡る霧を見ては、落葉に乗つても、追ひつきたい。巌穴の底を極めたければ、瀧の裏も覗きたし、何か前世の因縁で、めぐり逢ふ事もあらうか、と奥山の庚申塚に一人立つて、二十六夜の月の出を待つた事さへあるんです。
>
> （第三十二）

このように明は、唄を求めて彷徨わねばならぬみずからの境遇を吐露するまでに成長した姿となって物語の中にあらわれている。

名前が示すとおり、葉越に明らかな「月」のごとく色白で無垢な彼は、黒門の客となって、「矢幡不知（やはたしらず）」の別宅で起る怪異のさまざまに動じることなく、「其が望みの唄を、何人かゞ暗示するのであらうかも知れん」と思い、それらしき唄を覚書しながら「参籠」を続ける。むろん「産んだ其子が男の児なら、／京へ上ぼせて狂言させて、……」の唄はひとつの手掛りに過ぎず、「魔にとられた」幼馴染の菖蒲（あやめ）(2)が、

思余つて天上で、せめて此の声きこえよと、下界の唄をお唄ひの、母君の心を推量つて、多勢の上臈たちも、妙なる声をお合せある――唄は爾時（その）聞こえませう。明さんが望の唄は、其の自然の感応で、胸へ響いて、聞えませう。

と語るように、現実のこの世では聞き得ぬ唄をこそ明は求めているのであるが、唄の探索が同時に母との邂逅になるというモティーフは、「草迷宮」においてはじめて具体的に展開されるに至った。

そして、先ほど触れた「鷲花徑」で、語り手の少年が子守唄と母の好んだ唱歌とを聞くことによって狂気から覚醒し、母を求めてゆくことを考え合せると、唄のありかたにおいて「鷲花徑」は「照葉狂言」と「草迷宮」の中間に位置する作だとしてよいのかもしれない。

ただ唄一般についてはそういえるものの、鞠唄と母への追慕との結びつきに限って考えれば、「鷲花径」初出に「母上が大層お好だつた」唱歌「君が代」が用いられ、はるかのち大正十四年になってこれを鞠唄に変更した事実は、「鷲花徑」執筆の時点で鏡花の内部に鞠唄と母性追慕との結びつきがいまだ確実に定着していないことを示しており、かような定着はやはり「草迷宮」執筆を俟ってはじめて実現したといえよう。

このほか「草迷宮」に出てくる二つの唄は、亡母への思慕と直接結びついているわけではないが、「向うの小沢

に蛇が立つて、……」は笠原伸夫氏が「陰々たるわらべうた」とされているように、丑待ちをしていて神隠しに会った菖蒲のイメージを暗示している。もっとも「草迷宮」に引かれたのはその一部で、全部を記してみると、「向うの小沢に蛇が立つて、八幡長者のおと娘、巧くも立つたり企んだり、手には二ほんの球(ママ)をもち、足には黄金の靴を穿き、あゝ呼べ、かう呼べ、と言ひながら、山くれ野くれ行つたれば、草刈殿御に行きあつて、帯を下され殿御さま、帯も笠も易い事、己の女房になるならば、朝は起きて髪結うて、花の咲くまで寝て待ちよ。」（引用は『諸国童謡大全』に拠る。傍線引用者）である。傍線部が「草迷宮」に活かされているのだが、鏡花の省略した「草刈殿御に行きあつて」以下は男女の出会いをうたったものであって、この後半を含めると必ずしも「陰々たるわらべうた」とはいいがたい。鏡花がその前半を採ったのは、「蛇」と「おと娘」の喚起する妖しいイメージと「魔にとられたと言ふ」菖蒲との重ね合せを意図したからであろう。

もう一つの「此処は何処の細道ぢや、秋谷屋敷の細道ぢや、……」、と一部を換えて逢魔が時に唄われる周知のわらべ唄は、種田氏が「呪術的効力」を読み取っているように、嘉吉の発狂と「相孕(あひばらみ)」によって五つの葬礼(とむらい)が出た秋谷屋敷の怪しさを暗示しており、唄の章句そのものが物語の展開と分ち難く結びついているという点において、後年大正期の「由縁の女」における長短様々な唄の活用と共通している。

また、第十六以下に宰八の語りで「遠方の松の梢も、近間なる柳の根も、いづれも此の水の淀んだ処」の霞川に手鞠が浮いており、それを宰八の制止もきかず明が拾うことによって黒門の別宅に引寄せられる、という成行きは、作品の表層に明確な唄としてあらわれていないが、あるいは「私の手鞠(てんまり)糸かがり、つけば汚れる貯(と)蓄けば黴びる、川に流せば柳に懸かる、柳切つたら川流れ川流れ」(3)という手鞠唄が発想の基底にあったのかもしれない。

このように「草迷宮」は、篇中の唄の意味やはたらきに関しては物語の展開を予表、暗示する唄とともに、唄の探索が同時に母（またはその代替者）を求めることになるという具体的かつ明瞭な主題となっている点、いわば鏡花永遠のテーマが唄と結びつき、唄が物語の全面にわたって滲出しているところに、その特徴を見出すことができよう。

と同時に忘れてならぬのは、唄が結末に出来する「怪異」を招き寄せているのが「草迷宮」なのであって、前段の茶店での語りからして既に怪異の起る場を調えんがためのものであった。唄と幻想・幻覚との結合は「龍潭譚」「鶯花徑」「薬草取」などにも看取されるが、この点でも同じ鞠唄が出てくるとはいいながら、現実世界に終始する「照葉狂言」とは一線を画しているのである。

*

ではもう一度最初の問題に立返って、なぜ「草迷宮」に手鞠唄・わらべ唄が用いられるに至ったのであろうか。小林輝治氏は先に掲げた㈢の鞠唄が頻りに用いられた理由を、唄の中に「下谷」の地名が見えることから（ただし「草迷宮」にこの部分は採られていない[4]）、「母鈴の、最も好んだ毬唄であった、と思われるからである」とし、「草迷宮」については、

> したがって、少年明が「芳しい清らかな乳を含みながら、生れない前に腹の中で、美しい母の胸を見るやう」に聞いたという毬唄を、「命にかけて」（二十九章）も尋ねあてたい、そう言い放つ「草迷宮」に、「己が姉さん」（さきの㈢の唄をさす）の用いられたのは、蓋し当然といえば当然過ぎることであった。

と述べている。また、つとに吉田精一氏が「「高野聖」研究[5]」において、

> 鏡花の非凡な感受性と印象力は、文を行り情を叙ぶるの間、幼時の体験や記憶を糾ふことが多いのである。重畳陰鬱なる自然の内に過した少年の日に、妖怪の信仰はおしせまった山脈と共に心中に生ひ立ったのであろう。あるひは幼時耳にした鞠唄子守唄などの含む草双紙的残虐味が、どうにもならぬ感興を唆かせ、これが重要な制作契機となることは、「照葉狂言」「草迷宮」の昔より、「由縁の女」を経て「燈明之巻」「神鷺之巻」の後年

の作に至るまで渝らない事実である。

と指摘しているように、母性追慕の象徴として鞠唄・わらべ唄が鏡花の内部に一貫して深く意識されており、鞠唄の作品への活用が決して一時の興味によるものではなかったことはあきらかである。

とはいえ、かような鏡花の内的必然性のみでは、なぜこの時期（明治四十一年）に唄を求めて諸国を彷徨う青年の登場する「草迷宮」のごとき作品が書かれなかればならなかったか、を十分に説明することはできない。唄への興味・志向が一貫していたのなら、他の時期にもまた書かれてしかるべきだからである。

これを解明するためには「どうにもならぬ感興を唆か」すに至った外的な要因・促しが考慮されねばならぬだろう。そして私見によれば、鏡花の本性をよびさまし、刺戟するような外的な状況が、この時期たしかにあった、と考えられるのである。

それは明治三十年代後半に高まりをみせた民謡の蒐集および研究の動きである。以下の節ではこの動きの一端について述べてゆくこととしたい（「民謡」とは俚謡、俗謡とも呼ばれ、ひろく童謡を含んで、民間に行われる歌謡のことであり、以下に記す「民謡」はこの意味において用いる）。

三　「草迷宮」の成立と民謡研究

明治以降の民謡研究のあらましについては、高野辰之編『日本歌謡集成』第十二巻（東京堂、昭35・6・25）の「解説」に、

俚謡の集は明治に入つて真に企てられたのである。それも雑誌の「風俗画報」あたりに於て掲載したのが先ず機勢をあふつたのであつた。明治三十一年に及んで大和田建樹氏編の「日本歌謡類聚」の下巻に此の部が設

けられ、三十五年には「児童研究」が童謡を集めることに力を用ひた。四十年には前田林外氏の「日本民謡全集」が出、四十二年には童謡研究会によつて「諸国童謡大全」四六版一千頁にも近いものが刊行された。さうして此の明治三十年代の終りから四十年代の始にかけて、真の俚謡輯聚業が文部省の手に於て企てられ、遂に集成の功を挙げて、俚謡集　一冊　文芸委員会編　が刊行せられた。

とあるのに盡されるのだが、これを補いながら当時の民謡蒐集・研究の流れを逐ってみる。

「風俗画報」および「児童研究」については後注（6）（7）に譲ることにして、「続帝国文庫」第四編として刊行された大和田建樹編『日本歌謡類聚』下巻（博文館、明31・5・10）について一言すると、本書は「其一　浄瑠璃」、「其二　地方唄」の二部より成っており、「地方唄は編者が多年見聞せるまゝに筆記し置けるものあり、博文館より広告して募集せるもあり」と注記されているように、蒐集の方法は各地方の報告者に拠り、末尾にその氏名を掲げているが、「地方唄」のうち手鞠唄・子守唄を含む「子供唄」がその三分の二を占めている。歌謡の集成としては最も早いものの一つであって、後続する民謡集の先駆をなすものである。先に刊行された上巻（明31・3・24）については、佐々醒雪が「帝国文学」（4巻6号、明31・6・10）誌上で歌の分類・配列法の不備、出典の明記がない点を批判している。

高野は先の「解説」で「児童研究」に続いて、四十年刊の『日本民謡全集』をあげているが、四十年以前に民謡研究の動きが文壇内（あるいはその周辺）に高まっていたことには触れられていない。また、童謡詩人会編『日本童謡集　一九二五年版』（新潮社、大14・6・17）の附録「童謡年鑑」には、高野の指摘以外に、三十八年一月・夏目漱石が「ホトトギス」に載せた「童謡」、同年三月・野口雨情の『枯草』、三十九年五月・薄田泣菫『白羊宮』の刊行が挙げられているが、このほかに重要だと思われることがらを拾いながら、三十年代後半の文壇および周辺の動きをたどってみよう。

浅野建二氏『日本歌謡の研究』（東京堂、昭36・2・25）に拠れば、小泉八雲（『知られざる日本の面影』明27・9・29、『影』明33・7・24）、森鷗外（「観潮楼偶記」中の「希臘の民謡」『かげ草』春陽堂、明30・5・28）等によって一部触れられていた「民謡」は、国文学者による論文の集成、国学院編『国文論纂』（明36・10・6）における歌謡研究の行われる一方、上田敏、志田義秀（素琴）らによって蒐集・研究の先鞭がつけられた。

上田敏は「楽話」（「帝国文学」10巻1号、明37・1・10）において、

一体、私は我邦音楽界の急務として、なるべく早く実行したいと思ふ事業がある。それは民謡楽の蒐集である。文明の普及と共に、山間僻地も自ら都会の俗悪なる諸分子を吸収して、醇朴なる気風の消滅すると共に、古来より歌ひ伝へたる民謡も全然滅亡しさうであるから、今のうち早くこれを蒐めて保存することは、歴史家其他の人の急務であるが、私の目的は左様いふ考古上の事に止まらず、実は他日国民音楽を大成する時に、一種の尚ぶべき材料と成るであらうといふ考だ。文学の方面から見ても、俗謡を書き留めてこれを詩歌の材とするものは極めて興味あり且つ有益なる事であるが、同時にその曲譜を作つて、永く吟詠することの出来るやうにし、又、その変調を案出し、之を器楽に活用するものは、音楽者がその思想を得る一方便であらう。

と、おもに音楽的見地からではあるが蒐集保存の要を説いていた。上田敏にはこの他にも、次に触れる志田義秀の論文を紹介した「鏡影録」（「芸苑」巻3、明39・3・1）、楽苑会第一回講演の筆記「民謡」(8)（「音楽新報」3巻7号、明39・8・5）、三田演説会での講演筆記「民謡」（「慶応義塾学報」113号／115号、明40・1・5／同3・15）等で繰返し説くところがあった。文学のみならず音楽にも造詣の深かった上田ならではの指針である。

いっぽう志田義秀は「日本民謡概論」と題する論文を明治三十九年二・三・五・九月の「帝国文学」に連載した。この論で志田は、民謡研究の必要を㈠国詩革新、㈡国語改良、㈢国楽改良、の三点から説き起し、独逸における民謡研究の現状に及んでこれを範とすべきことを述べ（二月号）、我国の民謡研究の歴史をたどり（三月号）、民謡の

起源の考察につづいて類別を試み（五月号）、形式の変遷について例歌を引きながら検討している（九月号）。とりわけ民謡の分類については、労働に属するものとして、農事歌・漁歌・樵歌・工事歌・牧歌（馬士歌）・茶摘歌の六種、舞踏に属するものとして、神事歌・祝事歌・盆歌・児童歌・童謡・風土唄をあげてさらにこれを細分しており、うち児童歌については、ラフカディオ・ハーンの分類を修正して、鞠唄・羽子唄・子守唄・天文に関する唄・動物に関する唄・其の他の遊戯唄、の六種を挙げている。分類の基準がはっきりせず、各論に入ったところで中絶しているのが惜しまれるが、研究の方法を具体的に示した点で、「この志田氏の論文が先鞭をつけて以来、民謡の蒐集・研究も一段と進展した」とする浅野氏の言葉は十分肯われる。

なお、この時期の「帝国文学」誌上の民謡に関する文章としては、例えば、志田論文に引かれた受売小僧署名の「文芸雑談」（10巻1号、明37・1・10）では「馬子唄、船頭唄、鞠唄、子守唄、機織唄、糸引歌なぞに、まだまだ掘り出し物が、シコタマあるかも知れません。万朝報の宝探しの流儀で、チト掘り返しに取り掛つては如何のものでござりましう（ママ）。ゲーテも、ハイネでも、此民の声を聞き流しにしなかつた為めに、読み出る歌に、一種言ふべからざる妙味があるやうに承りました。」と、戯文めいてはいるが唄の活用を奨めている。また高野斑山（辰之）は「閑吟集」を発見して「室町時代の小歌」（12巻8号、明39・8・10）を寄せ、桜井天壇（正隆）には「ゲエテが民謡詩の遡源研究一班」13巻5号、明40・3・10）があり、上田敏・志田義秀らのものと併せて同誌の民謡への言及は相当な数にのぼる。

＊

さらに詩の方面で、「文庫」派の詩人たちがさかんに民謡調の詩を創作していたことは周知である。例えば、横瀬夜雨の「お才」(9)をはじめ、民謡調の詩を多くものした詩人としては、北原白秋、平井晩村、筒井菫坡等をあげることができるし、薄田泣菫は三十八年から三十九年にかけて童謡風の詩（とくに子守唄）の試作をしてもいる。

また、この時期には大町桂月も「文芸時評 民謡と詩人の詩」（「太陽」11巻1号、明38・1・1）において、

　吾人は、往々、民謡に於て、真の詩を見る。民謡と詩人とを比較すれば、彼は、生命ある小児にして、此は巧に作られたる人形也。人形いかに美なりとも、生命ある小児には換ふべからず、吾人は、詩人の詩を喜ばずして、却つて民謡、もしくは、民謡趣味を得たるものを喜ぶ也。

と述べ、坪内逍遥の『新曲浦島』中の民謡数篇を引いて、それが「まことの詩」に及ばざることに触れ、最後に、

　余は信ず眼識ある者が、上下三千歳を通じて、詩人の詩の佳なるもの、もしくは民謡の佳なるものを撰び集むるは、今の詩壇の急務也。

と、詩壇にむかって民謡蒐集の要を説いている。

この桂月の主張を直接に亨けたわけではなかろうが、前田林外、相馬御風らの主宰する「白百合」は、三十九年十一月三日発行の第四巻第一号より終刊（4巻6号、明41・4・16）までを連続して「民謡号」と題し、民謡に関する評論と各地の同人から寄せられた民謡を掲載し、その集成として前田林外撰訂『日本民謡全集』（本郷書院、明40・3・29）、『日本民謡全集続編』（同、明40・11・19）が刊行された。この書は笠原伸夫氏の論に、「かなり大がかりな民謡・童謡の集成の最初のもの」として挙げられている書で、笠原氏はこれ以上の言及をされていないが、私はこの『日本民謡全集』に付載されている小泉八雲編著（大谷繞石訳）「日本の子供の歌」に注目したい。

というのは、この小泉八雲の文中に、先に掲げた「草迷宮」の「向うの小沢に蛇が立つて」の唄と「此処は何処の細道ぢや」の唄が、ともに含まれているからである。

八雲の文は A Japanese Miscellany（一九〇一・一〇・二）中の一章の翻訳であって、当初四十年一月一日発行の「白百合」（4巻3号）に掲載されたものの再録だが、「日本古代の民衆文学たる、文書に載らざる歌謡伝説は、今や二万七千の小学校（パブリクスクウル）の感化を蒙りて急速に人の記憶を去らんとしつゝあり」と始められ、子供歌を六種に分類し、

唄の総数は長短とり交ぜて九十七に上っている。訳者の大谷繞石（正信）によれば、大谷が三十年十一月、三十三年九月の二回、おもに『日本歌謡類聚』に拠って八雲に提供した唄に基づく、とのことであり（「あとがき」第一書房版『小泉八雲全集』第六巻、大15・11・20）、さかのぼればさきの二つの歌は『日本歌謡類聚』に出典を求めることができるのである。[10]

『草迷宮』の刊行以前に発表された八雲の文は、時期的に見ても鏡花に嘱目の可能性が皆無だとはいえないだろう。もっともさきの二つの唄は『諸国童謡大全』にも採られているので、こちらの編輯段階で知り得ていたかもしれず、鏡花が『日本民謡全集』および八雲の「日本の子供の歌」を読んでいたのかどうか、直接の証となるものは確認できない。

ただ本書については、四十年五月の「帝国文学」（13巻5号）が「批評」欄において紹介し、また同号には茘舟（八杉貞利）署名の「時評 民謡の採録に就きて」が載せられている。他の書評としては『日本民謡全集続編』巻末に、この「帝国文学」評のほか「万朝報」「早稲田学報」評を転載し、「以上の外、文章倶楽部、中学世界、心の花、中央公論、早稲田文学等の批評は前篇改版の部に掲載」とあり、これはむろん広告宣伝のためであるが、しかし同時にかなりの範囲にわたって紹介のなされたことをも示している。

ところで、鏡花と本書および雑誌「白百合」とを直接結びつけるものはない、といったけれども、全くつながりがないわけではない。以下に二、三記してみると、「全集」別巻に収める、日高有倫堂宛の書簡下書11（年次を明治三十九年一月から六月の間と推定）は、自著（『誓の巻』または『無憂樹』）の版元に各紙誌への送付を依頼したもので、その主幹名も記してある。これをそのまま列記すれば（（ ）内は記された主幹名）、「日本」（千葉江東）・「読売」（剣南道士）・「朝日」・「報知」・「時事」（永島永州）「日々」（島村抱月）・「都」（伊原青々園）・「二六」（山本柳葉）・「九州日々」（小早川秀雄）・「民友」（篠原温亭）・「早稲田文学」・「太陽」（長谷川天渓）・「帝国文学」・「文庫」（小島烏水〕・「新声」〔草村北星〕・「新潮」〔佐藤橘香〕・「芸苑」〔上田柳村〕・「明星」〔与謝野鉄幹〕・「白百合」〔相馬御風〕・「中央公論」であり、当時の主要紙誌をほぼ網羅している。ここには、すでに言及してきた「芸苑」あるいは「帝国文学」とともに「白百合」も含まれており、鏡花がこの雑誌を視野に入れていたことが判る。

また、竹風との共訳「沈鐘」掲載中に浴びせられた長谷川天渓の非難に対する反駁文「あひゞ傘」を掲載した明治四十年七月の「新小説」には、前田林外が「田園雑興」と題し、「谷地」「狐の嫁入」「ゆふだち」「鷊（たかべ）」の四篇、いずれも民謡調の詩を寄せているので、前田林外もまた未知の人ではなかったろう。

さらに小泉八雲については、斎藤信策〔野の人〕が「泉鏡花とロマンチク」（「太陽」13巻12号／13号、明40・9・1／同10・1）の第六章末尾で、鏡花訳「沈鐘」に触れたのち、

故に予は常に思ふ。西洋のロマンチクを以て、今更立ち騒いで不思議がつて輸入する必要はない。必要どころか無益である、文学は常に国民の信念に基かなければならぬ。是だから在来の日本の信仰の上に、日本のロマンチクを進化発展せしめなければならぬ。これは明かに可能である。この点で故小泉八雲氏は明かに成功した。但し当分之を能くする日本の文学者は、恐らく鏡花の外になからう。

とし、八雲・鏡花を併称した箇所がみえる。この言及なども鏡花に示唆するところがあったかもしれない。

しかし、鏡花は二つの唄を幼時より聞き憶えていたであろうから、ことさら活字に拠って確める必要はなく、もしかりに鏡花が如上の書物や文章において唄を見出したとしても、それは新たに知ったのではなく、おそらく再確認、再発見だったはずだろう。ここではそのような唄の活用にあたって、何らかの刺戟を与えたかもしれない民謡集の刊行および刊行紹介が、「草迷宮」の執筆時期に相当する明治四十年にかなりまとまってあらわれている、という事実を呈出しておきたいのである。

さらに付け加えれば、こうした民謡の蒐集は文部省によっても始められていた。さきに触れた高野辰之編の『俚

謡集』の刊行は大正三年九月であるが、文部省が芳賀矢一の立案によって編輯作業に着手したのは、これに先立つ明治三十八年のことであり、『愛媛民謡集』（愛媛県、昭37・3・25）の「解説篇」に載せる愛媛県宛の文部省通達の発令は三十八年十一月十日である。この通達では、

今般通俗教育取調上必要有之候ニ付、貴県各地方ニ行ハル、童話伝説俗謡等、調査御蒐集ノ上御回答相成度、尤其方法ニ付テハ私立教育会、若クハ適当ト認メラレ候者ニ依嘱相成等、適宜御措置相成度此段及照会候也

と、俗謡のほかに童話伝説を含めた調査を依頼しており、「別記注意事項」に具体的な調査項目を掲げ、俗謡調査に関しては「別記二」で十一箇条の注意項目を記している。したがって、文部省の蒐集開始も如上の民謡研究の動きの中に含めることができるのであって、官民ともに蒐集の行われていた三十八年から四年目にして、鏡花が「序」を寄せた童謡研究会編『諸国童謡大全』が刊行されたのである。本城屋勝氏編『わらべうた文献総覧解題』（無明舎出版、昭57・10・12）によれば、この書は「童謡研究会編」としてあるものの代表者橋本繁個人の手になる本で、「風俗画報」所載の唄を基にして編まれたものである。[11]

なお、内務省警保局『禁止単行本目録』（「発禁本関係資料集成第一輯」湖北社、昭51・7・25）によれば、本書は明治四十二年年九月三十日をもって発売禁止の処分を受けている。禁止の具体的な理由はあきらかではないが、後に刊行された文部省の『俚謡集』において「一般的なものと猥褻にわたると認められたもの、及び童謡類一切は省略されてしまつた」（前記高野辰之「解説」）という処置から察すると、収録した唄のなかに「猥褻にわたる」ものが含まれていたと思われる。春陽堂が『諸国童謡大全』を改訂版として刊行した際（大15・10・23）、書名を『日本民謡大全』と変更したのはおそらくこの発禁処分を慮ってのことであろう。

＊

さて、これまでに述べてきたところをまとめてみると、「風俗画報」、『日本歌謡類聚』下巻、「児童研究」等を先

駆として蒐集が始められていた民謡・童謡の類は、明治三十年代後半から四十年にかけて文壇内にもこの研究・蒐集の声が高まるようになった。上田敏・志田義秀の講演筆記や論文の載った「帝国文学」は関連の研究・著書の紹介をさかんにおこなって機運をあおり、詩誌「白百合」に拠った前田林外撰訂『日本民謡全集』もその機運の一つの結実であり、「草迷宮」発表以前のこうした一連の動きの、鏡花に与えた影響を想定することができるのではなかろうか。

鏡花が如上「帝国文学」の民謡研究・評論・紹介や敏、野の人らの文章、「白百合」の活動等をくまなく知り得ていたとは到底考えられないが、しかし明治三十八年から四十年にかけて鏡花は登張竹風と「沈鐘」の翻訳に携わっており、かつて「帝国文学」の編輯委員として活躍した竹風との頻繁な往来のうちに、これらの動向の一端に触れていただろうことは十分考えられる。また越野格氏（「泉鏡花文学批評史考(1)」「北海道大学文学部紀要」29巻2号、昭56・3・28）が述べているように、逗子滞在中とはいえ、「新小説」編輯のため、週に二日程度は上京してもいたのだから、文壇のこうした動きを察すること難かったわけではないのである。

「帝国文学」と鏡花との密接な関係については、つとに岡保生氏が「「高野聖」成立の基盤」（「青山語文」6号、昭51・3・1）において、「高野聖」と神話伝説研究の提唱とのかかわりを指摘されるところであるが、「高野聖」のみならず「草迷宮」の成立においても「帝国文学」を含む民謡研究の潮流との関係が考えられるとすれば、あらためて岡氏の指摘の重要性を確認することができよう。

四　まとめ

以上、従来触れられることの少なかった「草迷宮」成立の背景について、その中心を当時の民謡蒐集・研究の動向に求めて考えてみた。引用の長きに失し煩雑になったところも多いが、これによって明治三十年代後半の民謡研究の高まりはうかがいえたかと思う。

民謡の蒐集は三十年代前半から兆していた動きではあったが、三十八、九年から四十年、即ち「草迷宮」が書かれる前の時期に、この潮流が鏡花の身近なところへも及んできていたのだった。むろん外的な状況が存在していたとしても、鏡花の内面に応えるものがなければ作品は生れ得ない。しかし鏡花には応えるべき心性が存在していた。本作刊行から七か月後の談話「予の態度」（「新声」19巻1号、明41・7・1）において、

要するにお化は私の感情の具体化だ。幼い折時々聞いた鞠唄などには随分残酷なものがあつて、蛇だの蝮だのが来て、長者の娘をどうしたとか、言ふのを今でも猶鮮明に覚えて居る。

殊に考へると、この調節の何とも言へぬ美しさが胸に沁みて、譬へ様が無い微妙な感情が起つて来る。您麼時の感情が「草迷宮」ともなり、又その他のお化に変るのだ。

と述べられる「譬へ様が無い微妙な感情」がそれであり、また「草迷宮」において菖蒲のことばに「――唄は爾時（その）聞えませう。明さんが望みの唄は、其の自然の感応で、胸へ響いて、聞えませう。」と語られる「感応」がそれであったし、鏡花はこの「感応」を無二の拠りどころとしていた。

したがって、民謡研究の高潮はそのような彼の琴線に触れるものであり、創作意欲を刺戟するものであったので、自分が幼時聞憶えてしばしば作品に活かしていた子守唄・手鞠唄などの童謡が、蒐集研究するに足るものとして認められてきたこと、すなわち童謡の存在価値の公認に力を得て、自らの唄に対する「感応」を作品において定着展開せんとしたのが「草迷宮」なのであった。

亡母や母の代替者となる女性と唄の結びつきは「照葉狂言」より始まり、母の唄った子守唄・唱歌によって正気を取戻す「鷺花徑」がこれに続くが、「草迷宮」においては鞠唄を求めながら諸国を漂泊する青年葉越明の登場と

なってあらわれている。唄を求めることが同時に母を求めることになり、それをはっきりと自覚して諸国を経めぐる青年の造型には、亡母思慕の象徴としての唄に対する終生かわらぬ自覚・意識とともに、唄をたずね歩くこと自体に一定の意味を見出したことの与っている面が大きいといえよう。

むろん、そうして出来上った作品は原題「てまりうた」から「草迷宮」に変更されたこと[12]が端的に示しているように、唄そのものよりも唄との出会い、即ち「迷宮」たる秋谷屋敷での怪異に力点が移っている。寺田透氏が、この物語を「貫く糸は無論毬つき唄だが」、「断続的でかぼそい貫き糸とは言え、これに時間創出の力がそなわっているとは認められない。時間を生むのは、どれも過去を語ってやまない作中人物の現在ということになる。」と述べているように、この物語を運用してゆく「語り」のありかたそのものが大きくはたらいていることはあきらかである。しかし少なくとも、民謡研究の高まりという外因と、それに応うべき「感情」「感応」という内因の結びついたところに「草迷宮」成立の出発点があった、といえるのではないか。

さらにいえば、種田和加子氏は作中に唱歌をかえりみない子供の描かれていることについて、

このように一貫してわらべ唄や創造性が含まれた唄をうたわせつづけるところに鏡花の反時代的な姿勢をみとめることができる。

と述べているけれども、わらべ唄をうたいつづける子供を描くことが直ちに「鏡花の反時代的な姿勢」と結びつけられるのかどうか。もし私見のごとく成立の契機、基盤に時代の流れを認めることができるとすれば、必ずしも「反時代的」とはいえぬ気がするのである。

また「泉鏡花ほど生涯己れを信じ切り、時代の趨勢にも、変貌して行く文芸思潮にも棹ささず、孤塁を守り、一貫した創作態度を崩さなかった者も稀である」（三田英彬氏「泉鏡花の位相」『泉鏡花の文学』桜楓社、昭51・9・15）としても、自らの志向と一致し、本性や資質を刺戟するものである場合に、彼は、当時の主潮流たる自然主義以外

にも存在していた「時代の趨勢」と相渉ることがあった、と考えられるのではないか。そうして、かような時代との交渉は鏡花の心性に深く根ざしている限りにおいて、「草迷宮」の創出した独自な世界をいささかも妨げはしないのである。

ひいては、これまで自然主義との関係から逼塞の時期として捉えられてきた鏡花の逗子滞在を、今後さらに広く時代の動向の中に置いて考えなおしてみる必要がありはしないだろうか。

注

（1）のちに『鏡花双紙』（春陽堂、大5・1・1）、春陽堂版『鏡花全集』第七巻（大14・11・2）に収録。「全集」第十一巻。なお「草迷宮」本文の引用は初版の単行本に拠った。

（2）自筆原稿では、もと「お藤」となっていたのを、「菖蒲」と直してある。

（3）引用は『日本歌謡類聚』下巻556頁に「美濃国海西郡高須町」の手鞠唄として掲げられているのに拠る。本書については第三節を参照。また、ほぼ同様の唄が『諸国童謡大全』の「尾張国」の部にも見える。

（4）ただし自筆原稿では、第二十九の手鞠唄が、もと「己が姉さん三人御座る、」で始まる唄になっており、それを消して「産んだ其子が男の児なら、」の唄にしている。前述のごとく両者ともに同じ唄の別の部分であり、鏡花は同じ唄から、採る部分を変更したのである。

（5）「「高野聖」研究」の原題・初出は「高野聖」（「国語と国文学」12巻10号、昭10・10・1）であるが、引用した部分は初出に無く、のちに『近代日本浪漫主義研究』（武蔵野書院、昭15・7・1）に収録の際書き加えられたものである。以後の修文館版『近代日本浪漫主義研究』（昭18・3・15）及び東京堂版『浪漫主義の研究』（昭45・8・25）も、表記に若干の異同はあるが武蔵野書院版を踏襲している。引用はこの初刊に拠った。

（6）「風俗画報」（東陽堂発行、明22・2・20創刊）の「歌謡門」等に掲載された唄は、「手まり歌」が第106号（明29・1・10）以来第406号に至るまでの計77回で最も多く、以下「子供歌」が第242号（明34・12・10）以来計44回、「俗謡」

が第146号（明30・8・10）以来計33回、「子守唄」が第150号（明30・10・10）以来計22回に及んでいる。これらは各地の読者から寄せられた報告が中心で、むろん組織立てられたものではないが、一貫して掲載されていた唄の数々は蒐集の素地を作ったといえる。以上の調査は、宮尾しげを編『風俗画報総覧』（三元社、昭17・10・15）を参考とした。

（7）「児童研究」（日本児童学会、明31・11・3創刊）における童謡の蒐集については、高野の指摘する明治三十五年よりも前に、童謡に関する言及を見出すことができる。以下、巻号数・発行日を省略して主なものを列挙すると（断りないものはすべて無署名）、最も早いものは「唱歌と俗謡」（明32・4）で、これは「野卑猥褻に亘る」俗謡を排し唱歌を奨励する旨を述べた文であって、俗謡は批判的に扱われているが、続いて「岐阜県の俗謡及び子守唄」（明32・6、岐阜県の小学校長会で調査した唄の紹介。調査の要を説く）、「手毬歌と女子の一生」（同・9、手毬唄には女子の一生が教訓的に詠み込まれている故、女子修養のため唄を活用すべきを説く）、「山形地方の手鞠唄」（同・11）、船崎直吉「薩摩東市来村辺に於ける児童の歌謡」（明33・9）等があり、三十五年以降では、平賀泰三郎「越後越南地方の児童歌謡の研究」（明35・3）、同「越後の童謡」（同・11）、「琉球の子守唄」（明36・3）、峯岸京平「児童の口唱口吟」（同・7及び）、岩崎佐一「面白き童謡」（明37・6）、「児童の唱歌」（明39・4、後述）、斎藤暘谷「山形県庄内地方の子守唄」（同・5）、「天象に関する童謡」（同・7）等がある。いずれも唄の採録・紹介にとどまっており論説・研究に及んだものではないが、教育者の間にも一定の興味の持続していたことがうかがわれる。就中「研究法及実例」欄に載せられた「児童の唱歌」では、

一、児童及び大人に子守唄又は鞠歌を想起せしめ其十種を挙ぐべし。
二、自己が現在好むところの音楽と比較を試みよ。
三、児童が自発的に歌ふところの歌曲を注意せよ。
四、（イ）季節に関係ある歌曲にして最も好むもの。
　　（ロ）模倣せるものにして最も好むもの。
　　（ハ）常に興味ありと感ぜらるゝもの。
五、未だ音楽を学ばざる児童の歌を集めよ。

と具体的な指導目標を示している。これがどれほどの実践を伴ったかはわからぬが、三十二年の俗謡批判と唱歌の推

進、あるいはまた同年の女子修養のために手毬歌活用を説いたものから進んで、三十九年には童謡をある程度尊重し、教育法へ取入れんとする姿勢を示すに至った事例として、時代の推移がうかがえる点に注目しておきたく思う。子守唄、手鞠唄の「地位」は教育界においても確実に向上しているのである。

（8）「早稲田文学」第九号（明39・9・1）の「彙報」欄に載せられた「俗曲保存と民謡」では、東京音楽学校幹事富尾知佳の談話「本邦古楽曲の保存」が「毎日新聞」紙上に載ったことを報じて、内容を紹介し、「今まで専ら洋楽に傾いてゐた東京音楽学校に於ても俗曲の研究或は保存を唱へるに至つたのは蓋しこの問題が楽界の輿論となつた証左と見るべきであらう」と述べ、続いて上田敏の楽苑会講演「民謡」の紹介に及んでいる。

（9）河井酔茗は「『文庫』の全貌」（『酔茗詩話』人文書院、昭12・10・8）において、横瀬夜雨が、「お才」を「文庫」に発表した際（明31・6）、「そで女きん子合作」と匿名にした理由を、「今でこそ童謡民謡は詩壇を濶歩して憚らないけれど、その頃は俗謡と称して所謂新体詩よりは一段程度の低いもの、やうに思はれてゐた」からであろう、と述べている。三十一年当時、民謡が詩壇でどのように受取られていたかを示す言葉だと思われる。なお、横瀬夜雨が「よしあし草」（2年17号、明32・6・25）に発表した「ひざくら」は、「おらが姉様三人ござる、……」で始まる手鞠唄を挿入した詩である。鏡花が「照葉狂言」「草迷宮」等に活用したのと同じ手鞠唄を詩に用いた夜雨は、また母性思慕の強い点で鏡花と共通する。

（10）「向うの小沢に蛇が立つて」の唄は、下巻582頁に「信濃国諏訪郡上諏訪町」の「遊戯唄」として掲げられている。

（11）橋本繁は、「風俗画報」主幹山下重民のもとでこれを助けていた記者であり、第245号（明35・2・15）より第381号（明41・3・10）まで「風俗画報」の編輯人となっている。彼は本名のほか「橋本桔梗」「橋本花涙」「花涙生」等の署名で記事を執筆している。『諸国童謡大全』に寄せた鏡花の序文中に「花涙子其の趣味に憧憬して、経営数十年、日に日にこれ勉めつゝ、」云々とある「花涙子」は橋本をさすのである。鏡花に最も早く入門した人物で、明治三十一年二月の「新小説」（3年2巻）「時報」欄の「硯友系図」にも、すでに門人として「花涙」の名が出ているが、橋本の入門に関わった人物として大橋乙羽の存在を無視できない。乙羽は博文館に入る（明27・12）前、東陽堂に在って「風俗画報」や「絵画叢誌」の編輯に携わり、橋本もまた同じ時期に同誌で働いていたからである。鏡花が乙羽宅に寄食した明治二十八年二月以降、「新小説」に「硯友系図」の載る三十二年二月までの間に、乙羽の斡旋で入門したことは十分に考えられる。

(12)「草迷宮」の「迷宮」という語について一言すれば、鏡花作「五之巻」が掲載された明治二十九年十月十日発行の「文芸倶楽部」(2巻12編)には、卯の花庵主人作「迷宮物語」が載せられている。これは周知のテセウスにまつわるギリシア神話を翻訳したもので、主人公の名を「テヤシス」、アテネを「アゼンス」、クレタ島を「クリート島」、ミノタウロスを「ミノトール」等と表記していることから英語版の翻訳であることが知られる。

「卯の花庵主人」は本名を宮井安吉(明治三年七月二十四日生、大正十三年十月十三日歿)といい、明治二十七年帝国大学文科大学の選科を出た後、中学教師として金沢に赴任、三十年に帰京後、三十八年より歿するまで早稲田大学の英語の教授を務めた人で、二十七、八年に英国小説の翻訳数種がある。桐生政次(悠々)「宮井安吉を憶ふ」(「英語青年」52巻5号、大13・12・1)によれば、金沢時代に知遇を得、上京後の悠々を博文館の大橋乙羽に引合せたのが、そのころ「文芸倶楽部」に翻訳を載せていた宮井であったという。明治二十九年当時、鏡花は博文館編輯局員であり、自作の載った号には目を通していただろうから、「迷宮」及び「迷宮」にまつわる神話は未知のものではなかったろうし、彼が「迷宮」の語に接した上限をこの時期まで遡らせることができるのではないか。また「めさまし草」巻之十一(明29・11・30)の「雲中語」には鏡花の「龍潭譚」が取上げられているが、この「龍潭譚」の直前に「迷宮物語」の評があるので、嘱目の可能性はさらに強まる。

【追記】

本稿擱筆後、作中の手鞠唄、わらべ歌につき、奈良教育大学の真鍋昌弘氏が日本歌謡学会(五十七年度春季大会)において、「伝承童謡研究における諸問題」と題する講演をされていることを知った。すでに入稿済みであった原稿をお送りしたところ、書信にて「向うの小沢に蛇が立つて」の唄はこの唄の系統中最も整った歌詞をもつものであり、鏡花が唄の字句を活字によって確認し、これを作品に書入れた可能性の大なることを御示教いただいた。不敏にして論中へ十分に組入れることのできなかったのを憾みとする。右講演は「伝承童謡研究について」と題し、

「日本歌謡研究」第二十二号（昭58・9・30）に掲載されたほか、「明治期における伝承童謡の蒐集について」（奈良教育大学「国文―研究と教育―」7号、昭59・3・31。のち『日本歌謡の研究―『閑吟集』以後―』桜楓社、平4・6・10、に収録）でも、重ねて説かれ、本稿にも触れるところがある。

その後、同じく日本歌謡学会では、久保田淳氏の講演「泉鏡花とうた・うたひ・音曲」（平成十一年度春季大会）があり、「日本歌謡研究」第三十九号（平11・12・30）に活字化された。講演のおりの資料「泉鏡花とうた・うたひ・音曲 一覧表稿」は未定稿ながら、作中の「うた」を網羅して貴重である。

つとに塩崎文雄氏が「子どもたちのうたごえ―近・現代文学に現れたわらべうた・唱歌・童謡をめぐって―」（「和光大学人文学部紀要」20号、昭61・3・10）で挙げるところの、「うた」に感応してこれを作品に活用（引用）した数多の作家のうちでも、鏡花がその交感のもっとも深いことはいうまでもなく、本作の「手鞠唄」に限らず、久保田氏の示されたように、より一層広く「うた」の意味やはたらきが問われなければならない。

なお、『諸国童謡大全』の発売禁止処分については、坪井秀人氏「〈国民の声〉としての民謡」（『文学年報1・文学の闇／近代の「沈黙」』世織書房、平15・11・11。のち『感覚の近代 声・身体・表象』名古屋大学出版会、平18・2・28、に収録）に言及があり、改訂版『日本民謡大全』との異同に関し「管見ではおよそ四十篇ほどに大きな改変が加えられている。改訂内容はほぼ削除（全篇または一部）もしくは伏字を起こすかのいずれか」であり、「削除の対象になった歌には伏字が多いなどのために（当初の聞き取り不能のせいもあったろう）意味不明が理由のものもあるが、注目したいのはやはり色恋を歌ったものや性的な表象に対して配慮したものである」として四種の例を挙げている。

さらに、右論文に引用されている小寺謙吉『発禁詩集 評論と書誌』（西澤書店、昭52・6・29）には「「社会ノ醇良ナル良風美俗ヲ壊乱スルヲ以テ発売頒ヲ禁止スル」という、いわゆる風俗壊乱を理由とする発禁旋風が吹き荒れたのは、明治四十二年のことである」とし、大逆事件前夜の社会主義運動の昂揚期に発禁処分を受けた書として

『諸国童謡大全』が取上げられている。収録の童謡が編者橋本繁の編輯に携わった「風俗画報」誌掲載のものに基づくことや、民謡研究の高まりを背景とすることには触れていないが、発禁処分の多発した当時の状勢を説明している点、貴重である。本稿執筆の際に看過していたので補っておきたい。

「草迷宮」については、その後『泉鏡花〝美と永遠〟の探究者』（日本放送出版協会、平10・4・1）の第八章、および岩波書店版『新編泉鏡花集』第五巻（平16・3・24）の「解説」に述べたことがある。本文異同を示した「解題」とともに御参看いただきたい。

【本章初出】「緑岡詞林」第7号（昭和58年3月1日）〔原題〕泉鏡花『草迷宮』覚書―成立の背景について―

6　「歌行燈」覚書 ― 宗山のことなど ―

はじめに

「歌行燈」（「新小説」明43・1）は鏡花一代の名作と謳われて久しく、また登場人物のモデル詮索もしきりに行われてきた。作者鏡花が加賀藩の御手役者葛野流大鼓師中田万三郎の娘を母とし、母の兄である伯父に宝生流シテ方松本金太郎、従弟に同じく松本長をもつという血縁の深さを考えれば当然であろう。

これまで諸氏(1)によってモデルに擬せられた人物を、その結論のみ記せば、恩地喜多八が瀬尾要、木村安吉、恩地源三郎が宝生九郎、松本金太郎、辺見秀之進が三須錦吾、下村又右衛門、お三重が泉祐三郎の妹娘かをる、等であり、本作発表の翌年九月、雑誌「能楽」に載った鏡花の談話「能楽座談」中、瀬尾要の勘当に関する言及を主な根拠とすることから始まり、さらに周辺へと探索が進んでいる。

しかし、主要登場人物のうち、宗山について説を立てたものは見当らない。そこで、本稿では喜多八破門の因をなす按摩宗山発想の契機を考察するとともに、当時の能楽界の動きに作品の背景を求めてみることにする。

一　宗山と「佐渡土産」

宗山設定の手がかりとなるのは、恩地源三郎の一モデルとされる伯父松本金太郎の談話「佐渡土産」である。明治四十二年十二月一日発行の「能楽画報」（1巻10号）に掲載されたものだが、左に全文を引用する〔原文は総ルビ〕。

　新潟県佐渡吾潟村の本間令蔵氏邸内に宝生翁の敬慕碑が建てられたので、十月十七日其除幕式に招かれて、私は斎藤孝治さんと二人で同地に行つた。新潟に着いて直ぐに佐渡へ渡航する予定の処が、風の為めに船が出ないので二日間新潟に閉ぢ籠められ、愈々当日なる十七日の朝に新潟を出帆して佐渡に着いた。黒山の様な歓迎者諸君に包囲されながら本間氏の宅に着くと、時間が切迫して居るので、直ぐに式が始まると云ふ始末。イヤハヤ尻から火を焚かれる様な騒ぎであつて、式が終ると直ぐ能が始まる。番数は三番で、私は鉢の木を勤めた。此日は佐渡全島を挙げて能を見に来たと云ふ盛況で、日比本間等と反対の西三川派の連中なども来て居たさうだ。此西三川派と云ふのは金子と云ふ男が其首領株で、眼中に宗家もなければ流義（ママ）の平和など云ふ事もない。唯一人でも多く弟子を取らうと云ふ了見より外に何物もない。佐渡の様な小さな国に如何して此の如き邪道派があるかと云ふことを少しお話しやう（ママ）。

　維新の能楽瓦解の際に、今の西三川派の首領なる金子と云ふ男の親が、流義（ママ）の仕舞付けを百円で買入れた。金子は元来本間の弟子であるが、其れ以来百円で買つた舞付けをば虎の子よりも可愛がつて、一から十まで舞付けと首引きを為し、俄かに大天狗となつて師たる本間へは影の覗きもしない。のみならず自分免許の大先生になり済まして、手当り次第にお弟子を取り込み、金次第に依つて何でも教へる。何しろ廿円も出せば、道成寺、望月、石橋などの大習ひ物が悉く伝授されるのだから、何も分らぬ手合ひは先を争つて入門すると云ふ様な塩梅で、一時は中々勢力があつたものださうだ。今の金子と云ふ男に至つても矢張り親のやり方を以つて蒙昧な者を威かして居る。尤も本間は昔から代々宗家に入門して、永年斯道に盡力して居るから、其勢力は未だ本間に及ばざる事遠しであるが、然し此の如き小島に此の如き壓軋のあるは喜ばしくない事である。

今回私が行つた時に、金子と云ふ男が、使をよこして是非何か一席舞つて貰ひ度(た)いと申込んで来たが、私はさる邪道に踏み迷つて居る者に芸を見せるのは潔よくないから、断然はね付けた。其代りに斎藤氏が金子に逢つて、懇々と其不心得を説諭されたが、何(いづ)れ尚相談の上でと云ふ事で別れたさうだ。話しは其れッ切りになつて居る。要するに金子流として演(や)る分には何と云ふ必要もないが、宝生流の肩書きでやつてる限りは此の如き邪道派は須らく撲滅せしめねばなるまいと思ふ。

みる通り、宝生九郎翁敬慕碑（高さ一丈三尺余、侯爵蜂須賀茂韶の篆額、小池精一の撰文が刻まれていた）の除幕式に招かれて佐渡に赴いたおりの報告だが、その中心は西三川派なる「邪道派」に対する批難が占めている。文中、本間令蔵は佐渡の能大夫本間大夫の十五代。宝生宗家の薫陶を受けていたが、「金子と云ふ男の親」とある金子柳太郎と明治初年以来の確執があり、金子が十五代宝生大夫紫雪（九郎の実父友于(ともゆき)、引退後金沢にて歿）の舞付けを入手し大夫を名乗るに至り、その対立が激化した。両派の和解は昭和二十三年だというが（以上、「能楽界だより」「読売新聞」明42・7・30付3面、藤城継夫氏『能楽今昔ものがたり』筑摩書房〈ちくまライブラリー85〉、平5・1・30、を参照）、金太郎の佐渡行きはその対立渦中のことであり、本間家の九郎敬慕碑の建立は、西三川派に対し宗家を奉ずる一つの示威行為だったとみられる。文末「此の如き邪道派は須らく撲滅せしめねばなるまい」との強い調子は、むろん金太郎個人の気持ばかりではなく、宗家九郎のひいては宝生流全体の意を代弁するものであったろう。なお同行の斎藤孝治は東京府会議長を務めたこともある弁護士で、当時宝生流の後援団体「宝生倶楽部」[2]の専務幹事だった。

この「佐渡土産」を「歌行燈」の素材とするのは、第一に「眼中に宗家もなければ流義(ママ)の平和など云ふ事もない」、また仕舞付けを入手し「俄かに大天狗となつて」いる「邪道派」の存在が、本文第十二章の喜多八により、

其の按摩が、旧(もと)は然る大名に仕へた士族の果(はて)で、聞きねえ。私等(わたしら)が流儀と、同じ其の道の芸の上手。江戸の宗家も、本山も、当国古市に於て、一人で兼ねたり、と言ふ勢(いきほひ)で、自ら宗山と名告(なの)る天狗。

と語られる宗山の設定に通うものがある点、第二に、この伯父金太郎の佐渡行きが本作執筆の直前であり、雑誌の記事に拠ったか、金太郎から直接聞いたか、いずれにしろ執筆前にこの流儀の「邪道派」の存在を知りえていた公算が大きい、という点にもとづく。

従来喜多八のモデルとされてきた人物（瀬尾要、木村安吉）の破門の理由は、品行放縦のためではあっても、「歌行燈」の勘当のもととなった宗山退治の一件につながる要素を見出すことは困難である。この点において、同じ流儀の「天狗」を退治に出かけるという行為の発想を促したものが金太郎の実話であり、喜多八の宗山退治は、流儀――鏡花に近しい立場では宝生流――の邪道派排斥に端を発していた、といえそうである。

作品の構想に際し、作者の前には、宝生流の若き能役者の破門事件と、流儀の「邪道派」たる「天狗」の存在を知らしめた金太郎の話とがあった。そしてこの二つを結びつけ、若者の「天狗」退治を「因」とし、師からの勘当を「果」とすることによって、作品の重要な骨子が成立したのである。「鏡花は金太郎を叔父とすることで、いつでも自身を能楽師であるような、幸福な錯覚を持つことができた」とは朝田祥次郎氏[3]の言であるが、まことに彼の「能楽もの」――例えば「五大力」（大2・1）、「朝湯」（大12・5―7）など――には能役者が叔父甥の関係で描かれる場合が少なくない。その嚆矢が「歌行燈」であることを思えば、金太郎の体験とその実話の影響は、作中の宗山のみならず、そもそも能楽を軸に作を構えることにすら及んでいた、とも考えられる。

とはいえ、この宗山退治と勘当の因果関係はあくまでも発端であって、作品展開の全体をくまなく蔽うものではない。勘当以後の喜多八の流離、そのかんに生ずる宗山の遺児お三重との交渉から、終局「海人」の仕舞にいたる人物相互の絡みは、「佐渡土産」の実話の域をはるかに脱して、まったく鏡花一流の世界を実現している。

これまで宗山については、「左の一眼べとりと盲ひ、右が白眼で、ぐるりと釃つた、然も一面、念入の黒痘痕」（十四）という容貌魁偉の「嫉妬執着」（二十二）、「七代まで流儀に祟る」と「遺書」を残しての憤死において捉えられてきた。この盲人の妄執、因業、憤死、祟り等のモティーフは、はやく「黒猫」（明28・6―7）、「誓之巻」連作（明29・5―30・1）における按摩富の市に示されており、鏡花生来に発する形象であることはいうまでもない。しかし、本作が能芸をめぐる物語である以上、宗山造型の主要な意味は、嫌悪に発した「悪」の形象よりも前に、まず彼を主人公喜多八と流儀を同じくする「其の道の芸の上手」とした点に求められるべきであろう。

改めてこの点から考えれば、宗山は「東京の本場から誰も来て怯かされた」ほどの上手である。にもかかわらず、能を事とする者として致命的に欠けるところがあった。それは彼が盲人ゆえに、謡をよくしても、舞うことができぬ、という一事にほかならない。なぜなら能楽は「舞歌」の「二曲」を根幹とし、その両者の融合をもって完成されるものだからだ（世阿弥「至花道」）。

したがって「何某侯の御隠居のお召に因つて」座敷を勤めた際、「これほどの松風は東京でも聞けぬ」と「賞美」に与ったその高名も、彼が謡を専らにする限り、しょせんは具わらぬ芸であって、素人の上手に止まる。「あれで一眼でも有らうものなら、三重県に居る代物ではない。」と評判の宗山は、まさに「一眼」のない「不具者」の芸のために「東京の本場」へ出る道を閉ざされている。とすれば、「若気」の驕りからこの素人の宗山を「退治る料簡」で乗込んだ喜多八もまた、芸に対して盲いていた、ということになるだろう。宗山に「素人の悲しさ」を思い知らせた喜多八の芸の仕合は、破門流浪ののち彼が「畜生の残猿さ」と自嘲しなければならなかったように、宗山喜多八ともどもの未熟が裁かれる場なのであった。

以上の経緯を踏まえてはじめて、お三重の存在にも意味が与えられる。すなわち、父親に欠けるところを補い、その「芸」を完成させるものこそ、遺児お三重の舞う「海人」の「仕舞」であり、かつまた喜多八が宗山憤死の場所鼓ヶ嶽の裾でお三重に「舞」を伝授する必然性も、ここに由来するのである。

鏡花が伊勢を訪れる直前、「万朝報」から遷宮取材に派遣された沼波瓊音の「志州一見―風景美と風俗美―」の一

節に、

鳥羽の港は何ともいへぬ趣味に富んだ港であるが町民の娯楽は能楽で、芸妓も仕舞位は心得て居る、

（「万朝報」明42・10・12付1面。のち「お伊勢参り」と改題、改稿のうえ『三紀行』文成社、明43・3・28に収録）

とあるのに徴せば、当地に仕舞をする芸者の無稽でなかったことは明らかであるにしても、お三重の舞しか出来ぬ芸妓という設定、またわずか五日にして舞を習得した不自然さは、かかって謡のみの上手であった父宗山の不足を満たし、仇敵喜多八の伝授を介して舞をわがものとし、「舞歌二曲」の能芸の至境を完成するための典型がもたらした結果である、といってよい。そしてまた、「男」の演ずる芸である能の美妙を、終局ヒロインお三重の「女」の仕舞によって閉じたところにも、鏡花本来の面目をみてとることができよう。

二　成立の経緯

宗山の造型からお三重の舞の意義に及んだところで、あらためて成立事情を整理してみたい。

というのは、文芸革新会による関西講演旅行（明42・11・18—25）を最も大きな契機とする本篇は、もと「あまの舞」の予告題をもち、当初はお三重の舞を中心に構想されていたと考えられるからである。この「あまの舞」の発想には、少なくとも、旅行先を伊勢とする決定、その旅行地が謡曲と結びつくこと、この二つを要件とする。

まず、伊勢行きの決定については、今のところ具体的な日時は確定できないものの、九月二十日に開かれた革新会の第三回例会で[4]、関西地方の講演と、その幹事に後藤宙外、鏡花が決まっているから、準備に要する時間を考慮すれば、次の例会の十月二十九日までには講演先と日程が提示されていたと思われる。宙外の回想（『明治文壇回顧録』岡倉書房、昭11・5・20）によれば、この旅行の実務を斡旋したのは「新小説」編輯局員本多嘯月であった。す

でに小林照明氏も指摘されるように(5)、明治四十二年は伊勢神宮の式年遷宮の年に当り（遷宮式は内宮が十月二日、外宮が十月五日に挙行された）、参宮を兼ねて旅行地が決められたことは疑いない。加えて、日取りは、鏡花、宙外、嘯月と、三名の「新小説」関係者を含む以上、翌月号の編輯を終えてからの出発でなければならず、同誌の編輯が一段落する十八日が選ばれた、と考えることができる。第二に、その旅行先である伊勢と謡曲との結びつきは、喜多八のモデルとされる瀬尾要の破門事件と、すでに紹介した松本金太郎の佐渡行きの話とが、伊勢鳥羽の海女と謡曲「海人」の連想を容易ならしめた直接的な要因である。

もって、十月末に講演旅行先が伊勢と決まってから、旅行前に「あまの舞」を予告題として示したほぼ一か月の間に、お三重と宗山をめぐるエピソードと、それを若い能楽師の破門の因とするプロットのかなりの部分が鏡花のなかに萌していた可能性は高いと考えられる。この仮説はまた、十一月二十五日の帰京後ただちに筆を執り、新年号の原稿締切までの短期間に作品を仕上げることのできた事情を説明するのに有効だろう。

さらに執筆に関して注意しておきたいのは、鏡花の伊勢行きはこの時が初めてではなかったということである。想像力の卓越をいわれる鏡花だが、彼は生涯にわたって未知の土地を作品の舞台に求めることのほとんどなかった作家である。伊勢もまたその例に洩れない。自筆年譜明治三十五年の項に「二月、名古屋に行く。」とある通り、この年一月三十一日から二月十日まで柳川春葉とともに「新小説」特派員として名古屋巡りをした後、伊勢参宮をこころざしている。その所産が翌三十六年五月の「伊勢之巻」であり、さらに三十九年六月書下しの『無憂樹』である。「あまの舞」から「歌行燈」にいたる道すじは、これに先立つ「伊勢もの」二篇執筆の線上において把握されるべきであろう。

したがって、伊勢行きが決定したのち「あまの舞」の予告題をただちに示すことができたのは、エピソードの成立もさることながら、曾遊の地を訪れる期待と新たな「伊勢もの」執筆への意気込みあるがゆえだった。伊勢での革新会の講演とは別に、鏡花には小説執筆の取材旅行という明確な目的があったので、おそらくこの旅行に最も意欲的なのは、鏡花だったにちがいない。

鏡花君の如きは、懐中より聖書と称して、『膝栗毛』の古本、第五編を恭く取り出し、車上に立ち上つて、弥次郎兵衛が同伴の喜多八にはぐれた伊勢山田のくだりを開き、咳払を一つして、「もし此の辺に棚からぶら下つたやうな宿屋はござりやせんかと、賑やかな町の中を独りとぼとぼと尋ねあぐんで、もう落胆（がつかり）した……」と捧げ読むのである。それを見て他の嬉しがるのには一向無頓着に、当人至極すましたもので、「これは少々内証ですがね、内宮様へ参る途中、古市の藤屋の前で、先度はいかいお世話になり申したといふ気で、略儀ながら、車の上から、お辞儀をして参りましたよ、」など、大まじめで笑はせたものである。

（前記『明治文壇回顧録』圏点は原文）

とは同行宙外の証言である。右の宙外の回想が「歌行燈」の絵解きのような趣を呈しているのは、名作の余光といえばそれまでだが、われわれがそこに見出すのは、自作の糧とすべくこの旅を積極的に愉しもうとしている鏡花の姿だ。いかに滑稽であろうと、いやむしろ滑稽に徹して、膝栗毛をもどくことが鏡花の望ましい旅だった。であればこそ、旅のいちいちの経験がただちに作品へ流れ込み、最も印象深い桑名での一夜は「あまの舞」のプロットを当初より後退させ、「歌行燈」の世界が始まる現在の時間（「霜月十日あまりの初夜」）と空間（「桑名の停車場（ステイシヨン）」）とを決定づけたのである。

三　作品の背景

以上の経緯をふまえ、作品の背景をひろく当代の能楽界の動向のうちに探って、まとめとしたい。

冒頭にも述べたように、本作が「能楽を芸術の至上と仰ぎ、うたいあげた小説」（朝田祥次郎氏[6]）であることにより、能楽に即して、モデル、構成、文体、それぞれの面の研究は枚挙にたえぬほどである。しかしながら、発表当時の、すなわち明治末年における能楽界の状況を視野に入れる試みはほとんどなかった。[7]その理由は、能楽がいまもなお伝統芸術として命脈を保っており、当時の様態をことさら歴史的に考察する必要が生じなかったからだともいえよう。この点、同じ作者が題材とし、能を源流に幕末から明治初期にかけての能楽の瓦解期に流行しながら、すでに滅びてしまった芸能「照葉狂言」（今様能狂言）とは対照的である。

だが能楽は何の変転もなしに現代に至っているわけではない。その変動の一端をうかがう手がかりが、ふたたび宗山にかかわって、本文十三章、宗山退治の動機を語る喜多八の言葉の中にみえる。

維新以来の世がはりに、……一時(ひとしきり)私等の稼業がすたれて、影間(なかま)が食ふに困つたと思へ。弓矢取つては一万石、大名株の芸人が、いや楊枝を削る、かるめら焼を露店で売る。……蕎麦屋の出前持に成るのもあり、現在私が其小父者(をぢご)などは、田舎の役場に小使ひをして、濁り酒のかすに酔つて、田圃の畝(あぜ)に寝たもんです。

これに続いて、叔父の妹である喜多八の母が小金を借りた按摩から追廻されたことの按摩嫌いのゆえんが語られて行くのだが、むろんこの記述は根拠のあるところであって、鏡花の「小父者(をぢご)」松本金太郎の「維新後の経歴談」（「能楽」1巻7号、明36・1・1）には、維新に際し徳川慶喜に従って静岡に移った金太郎が、生計のため竹細工の内職をし、これが立ち行かなくなって、当地の地租改正係の試験を受けたが、もとより身に合うはずもなく落第した、とある。「田舎の役場に小使ひをして」云々はけっして鏡花の潤色ではない。

このような維新後の困窮がひとり金太郎に止まらぬものであったことは、雑誌「能楽」の主宰者池内信嘉の『能楽盛衰記』下巻（能楽会、大15・5・20）に収められた能役者の談話に就いてみれば明らかである。いち早く朝臣たることを願い出た宝生流家元九郎は、算盤を習い伊賀屋九助と改名して商売を始めたが、その後板橋に帰農、観世流宗家観世清廉は司法省の給仕となり、同じく元規は薪炭商を営んだのち花火屋となり、喜多流の元老松田亀太郎は溜池の渡守、同じく紀喜真は赤坂署詰の巡査、九郎、梅若実とともに明治の三名人といわれた桜間伴馬も菓子屋を営むほどだった、という。当時の宗家、名手がこの有様である。他の能楽師の実態は推して知るべく、「世がはり」による「稼業」の「すたれ」、すなわち武家の式楽からの凋落は、能楽が存亡に瀕した痛恨の過去であった。

宗山退治の「三年前」から、桑名の「霜月十日あまりの初夜」の間に展開する「歌行燈」中、さきの喜多八の述懐は叔父の世代の「過去」をかいま見せるほとんど唯一の箇所として看過できない。なぜなら、師資相伝の能楽は、いわば「過去」を「現在」へ承け継ぐことにより、現代まで永らえてきた芸能であって、この源三郎の「過去」のうえに喜多八の「現在」が存すべきものであるからだ。

そして、喜多八の真の「現在」は、破門流浪のはて、「饂飩屋に飲む博多節の兄哥」であり、この流亡において、「能楽界の鶴なりし」甥は、時と場所とこそ違え、「当流第一の老手」の叔父の辛苦をわが身でたどらねばならなかった。つまり、桑名でのめぐりあいの前、すでに喜多八は三年におよぶ放浪を通して源三郎の「過去」に出会っていたわけである。維新の「世がはり」を語る喜多八の落魄がひとしお身に迫るのは、両人が時をへだてて体験を同じくしたためなのである。しかしまた、叔父の世代の流離が時勢余儀ないものであったのに対し、喜多八のそれは自らの芸の未熟、「若気の過失」が招いた個人にかかわる問題であるという対比をも含んでおり、本篇の源三郎喜多八は、能芸の存立にかかわり幾重にも織りなされた血縁であり師弟なのだ、といってよいのではあるまいか。

ところで、この混迷から始まった明治の能楽の歴史は、古川久氏[8]の整理にしたがえば、凋落期（弘化勧進能から維新を経て明治十一年青山御所内に能舞台が出来るまで）、更生期（明治十四年の能楽社設立から日清戦争まで）、興隆期（明治二十九年の能楽社設立から大正六年九郎、伴馬歿まで）の三期に分たれるが、凋落期にひとり能を止めなかった梅若実と彼の慫慂によって再び舞台に戻った九郎に加え、新風をもって再生期を担ったのが、熊本から上京した桜間伴馬と静岡から帰京した松本金太郎の二人である。

鏡花が上京後、紅葉宅の玄関番となってから、はじめて伯父金太郎を訪ねた明治二十五年には、すでに神田猿楽町の自宅に稽古舞台を構え、月並能で毎一番を舞って、優に流儀を支える柱となっていた。対面の喜びを書き送った鏡花の父清次宛書簡に「今は東京にて二とさがらぬ宝生流の能役者」（明25・7・9付）とあるのもまた身びいきではなかったのである。

謹厳に身を守ることの堅い家元九郎に対し、金太郎の酒好き豪放磊落な人柄は、その周囲に多くの人を集め、徳川家達、松平、蜂須賀、細川の各侯、山縣有朋など、貴顕に弟子も少なくなかった。宝生流が他に先駆けて演能団体である宝生会を組織、流儀の態勢を磐石とすることができたのは、九郎金太郎両輪のはたらきによるものだが、明治三十年代後半には、自流の勢力を地方に及ぼそうとする動きが活発になり、この役目も旅嫌いの家元に替って金太郎が勤めることが多かった。先に紹介した「佐渡土産」もその一環であることはいうまでもない。流儀の統一のためには、それを乱すものを「邪道派」として斥ける必要があったわけである。地方出張は他の流儀でも同様だったので、たとえば鏡花が伊勢に到着した当日、四十二年十一月十九日宇治山田で開催の喜多会三重県支部秋季大会には家元喜多六平太が招かれている。維新後地方へ離散した能楽師が、再生期に東京へ集まり、組織を整えたのち、ふたたび地方に出かけてゆく時勢が訪れていたのだった。

すすんで「歌行燈」執筆の頃に焦点をあわせると、再生から興隆にむかった明治能楽界を象徴することがらがいくつも見出される。

その第一は、三十九年四月宝生九郎が古稀を迎え、「安宅」を舞納めとして現役を引退、さらに四十二年一月には梅若実が八十二歳で世を去って、ともに凋落期をよく凌いだ二名人が表舞台からしりぞき、かわって維新の瓦解を経験しない新世代が進出してくる。宝生流でいえば、九郎晩年の内弟子野口政吉と金太郎の子長両人の成長であり、「歌行燈」に重ね合せるなら、「食ふに困つた」零落を叔父の体験した過去の出来事として語る喜多八の世代の擡頭である。すでに述べた通り、「歌行燈」の理解に当っては、叔父に勘当された甥という関係のかげに、師と弟子の世代の対照、あるいはその新旧交替が踏まえられていることにも意を払うべきであろう。

そして第二には、四十二年二月、吉田東伍の校注になる『能楽古典世阿弥十六部集』が能楽会から刊行されたことである。野上豊一郎が本書の刊行時を回想し、

> まさに空谷の跫音とでもいはうか、明和の昔、前野良沢・杉田玄白・中川淳庵の学徒が初めて解剖学の蘭書を手に入れて雀躍したといふことなども思ひ出し、能楽の研究もこれから根本的にできるだらうと勇み立つたのは、けだし私だけではなかつただらう。（「能楽研究の今昔」『能楽全書』第二巻附録、創元社、昭17・7）

と述べるように、従来僧侶の手になるものと考えられていた謡曲の作者についての臆説を覆す決定的な資料の公刊であった。野上はまたこれを「世阿弥の発見」（『世阿弥元清』創元社、昭13・12・10）とも称しているが、十六部集の刊行は斯界にとどまらず、能楽の大成者世阿弥の社会的認知を求めるものであり、ここに近代能楽研究の起点が定まったといえる。しかも、校注者吉田東伍にこの原本となる江戸初期の写本を提供したのは、宝生流の有力な後援者であり、かつまた鏡花年来の友人でもある安田善之助（のち善次郎を嗣ぐ）なのであった。「歌行燈」に、能の序破急五段の展開にかなった構成を見るのは、すでに吉田精一氏[9]の指摘以来定説となっているが、この解釈も作品執筆のその年に発見された伝書が促した、謡曲の構成研究の成果を演繹的に応用したものなのである。

またこの時期、四十一年三月には、飯田巽以下二十三名による「能楽の奨励に関する請願」が提出され、衆議院において可決、翌四十二年三月には観世、金春、宝生、金剛、喜多の五流家元による「某等益奮励各家芸を研磨して誓て能楽の復興を稗備せむことを期すと雖も政府に於ても亦相当の方法を設け能楽奨励の道を立てられんこと切望の至に堪えず」との結びをもつ請願を、貴衆両院で採択、かくて維新の衰退をようやく過去のものとし、能楽が

国政により保護奨励されるに至ったのである。嘉永六年（一八五三）に家元に嗣いで以来の歩みを回顧した宝生九郎の言葉に、「六十余年間の我が能楽の盛衰は、長い〳〵夢路をたどる様な心持ちがして、其間の幾多の変遷やら苦辛（くしん）やらは、走馬燈（まはりどうろう）の様に一々眼前に浮んで来る。」（「能楽師の幼時」「能楽画報」1巻8号、明42・10・1）とあるごとく、維新に身を処した能役者の辛酸のうえに、明治四十年代以降の能楽の隆盛が築かれたのであった。

むろん本作が如上の能楽界の動きをそのまま承けて成ったと断定することはできないかもしれない。しかし、鏡花がこの芸能の興隆を全く慮外のこととして執筆に当ったと考えるのはさらに難しいだろう。鏡花の近くには当時流勢壮んな宝生流の立役者たる伯父金太郎、従弟の長、さらには流儀の若き後見である友人安田善之助がおり、おそらく鏡花は当代小説家の中で、その動きを最もよく知ることのできる一人だったはずだからである。

鏡花は名人至芸の境地を描くのに、彼をとりまく現実から離れて、はるか古典の芸能の世界にそれを求めたのではない。そうではなくて、彼にゆかりの者がいまここで携わっている能楽の美の世界を表現しようとしたのである。本作に示された芸の至上の認識は、維新後の凋落から復興成った能芸の現時の趨勢を背景とすることでより鞏固に自覚、主張されたにちがいない。したがって、作品の背景基盤に注目する限り、「歌行燈」は「能楽界への鏡花の夢」（村松定孝氏「解説」角川文庫版『歌行燈』昭30・6・1）に発するものであるとしても、きわめて現実的な認識に立脚点をもっており、この認識の堅確が、時代を越える能芸の至上を保証し、美的世界への飛躍を可能ならしめた、といえるのではあるまいか。

おわりに

本篇が文芸革新会の講演旅行を糧として成った作であることは再三指摘した通りである。この遊説に先立つ明治四十二年五月二十一日の第一回講演会に来賓として登壇した三宅雪嶺は、会に望むところを次のように述べた。

会員相互の間に、斯う云ふことはどう云ふ考を有つてお出になるか分りませぬが、時間があつたら自身で作を敢てなさるが適当である、(…)先づ革新会として打出した以上は、多少人に笑はれても、多少でなし大に笑はれても、その位のことは構はずに自分で踏出して見る、斯う云ふことがありがたい、唯評論だけに止まるのは少し残り惜く思ふ、どうも作をすると良さゝうに思ふのもあるのであります、

(「文芸革新会に就て」「新小説」14年7巻、明42・7・1)

この発言は、樋口龍峡、後藤宙外、笹川臨風らを中心とする啓蒙活動の理論観念の先行に対し、その主張を具現すべき実作を要請したものとして注目にあたいする。その後つづいて各地で行われた革新会の講演を報じる記事[10]によれば、当の鏡花は、伊勢に限らず、壇上挨拶程度で降壇するのを常とし、失笑を買うのみ、聴衆を前にほとんど語る言葉をもたなかったようである。しかし、この講演旅行に材を得て成った「歌行燈」の世界はなによりも雄弁にみずからの拠って立つところを物語っている。文芸革新会のメンバーの中で、雪嶺の要望に応えた者は、もっとも訥弁の鏡花だったのである。

注

(1) モデルについて説を立てた主なものは、吉田精一氏「泉鏡花「歌行燈」研究」(「明日香」3巻2号、昭13・2・1)、村松定孝氏「鏡花文学に現れた謡曲の影響」(『泉鏡花』寧楽書房、昭41・4・15)、藤城継夫氏「歌行燈」(「宝生」24巻10号、昭50・10・15)、新保千代子氏「「歌行燈」のモデルを追って」(「鏡花研究」6号、昭59・11・10)、三田英彬氏「鏡花と能楽界との交流・ノート」(「湘南短期大学紀要」1号、平2・3・10)等であるが、就中三田氏の論考が、従来の諸説を踏まえ、「歌行燈」に限らず、他の能楽ものを検討し、最も総合的である。

(2) 宝生倶楽部は、本間廣清が主事となり、明治三十六年一月に発会した。その規約に「本会は宝生流謡曲の隆盛を期

図し併て同好者の交誼を厚ふするを以て目的とす」とあり、宝生会が専門演能者主体の組織であったのに対し、この倶楽部は同好家の集まりで、毎月二番の素謡と三番の囃子を催していた。松本金太郎の通夜を素材とする「新通夜物語」（大4・4）中に、鏡花を思わせる萱原松吉の従姉お常の言葉として「倶楽部や会の人、お弟子さんたち大勢のゐる中で。」（一）とあって、宝生「倶楽部」と宝生「会」とはそれぞれ明確に区別されている。

（3）『注解　鏡花小説』創研社、昭42・6・25。

（4）「新小説」明治四十二年十月号の「時報」欄に、例会の内容について、
全会例会は二十日午後六時より麹町富士見町富士見軒に開会、出席者二十有余氏にて食卓に着て後過般の浜松、宇都宮講演会に就ての報告あり終つて各種の評議に移り関西地方講演会開催の件其他を決議し次会の幹事を後藤宙外、泉鏡花、若月保治三氏に托し且つ事務所を爾今小石川白山御殿町樋口龍峡氏方に移す事となせり。
とある。

（5）「『歌行燈』論」「中京国文学」1号、昭57・3・31。

（6）注（3）に同じ。

（7）明治の能楽界の動きに言及した論文に木村洋子氏「泉鏡花『歌行燈』論」（千葉大学「語文論叢」9号、昭56・9・30）があるが、本文の解釈が恣意的で論拠に乏しく、同じがたいところが多い。

（8）『明治能楽史序説』わんや書店、昭44・3・20。

（9）注（1）の吉田精一氏の論文。

（10）宇都宮での講演を伝える「下野新聞」（明42・9・15付5面）、および伊勢宇治山田での講演会を報じた「伊勢新聞」（同11・24付／11・25付各2面）の記事にもとづく。

【追記】

本稿は第二十回泉鏡花研究会（平成5年11月27日、於昭和女子大学）における口頭発表をもとに執筆したものである。

本作に関する昭和六十二年までの研究史は、拙稿「歌行燈」（『近代小説研究必携』第一巻、有精堂出版、昭63・4・10）に述べたことがあるが、以後、鈴木啓子氏「引用のドラマツルギー――「歌行燈」の表現戦略――」（「文学」隔月刊5巻4号、平16・7・27）、久保田淳氏「「歌行燈」における近世音曲・演劇」（同上）等で新生面が拓かれている。自筆原稿については右拙稿で「現在までに所在が確認されていない」としたが、その後、自筆原稿（総枚数九十五枚）は笹川臨風の子息笹川義郎氏の蔵になることが判明し、平成六年九月七日に石川近代文学館へ寄贈された。鏡花は文芸革新会の講演旅行の所産たる本作の原稿を、旅行の同行者であった畏友臨風へ進呈していたのである。なお、この自筆原稿の様態に関しては、井口哲郎氏「「歌行燈」校異」（「鏡花研究」10号、平14・3・30）に報告されている。

一節「宗山と「佐渡土産」」で触れた「西三川派」については、若井三郎『佐渡の能舞台』（新潟日報事業社、昭53・7・5）にも詳しい言及がある。右に拠れば、初代金子柳太郎は、天保七年西三川生れ、明治三十六年三月二十三日歿、享年六十八。二代金子高次郎は婿養子で、本間派（潟上派）の佐渡能楽倶楽部（明治四十二年結成）に対抗して佐渡能楽会（大正八年結成）を組織し、対立を続けて昭和に及び、戦後の昭和二十三年八月二十一日、両派の合同演能（於真野会館）が催されて、ようやく和解が成ったという。

なお、長塚節「佐渡が島」（「ホトトギス」11巻2号、明40・11・1）は、三十九年九月に佐渡を訪れたおりの紀行（写生文）だが、文中「漁村の能」の「途々聞くと佐渡には二派の能の先生があつた」との条に、右の本間派西三川派の対立を示す記述を見出すことができる。

二節「成立の経緯」の文中、初出には「新年号の原稿締切である十二月中旬」云々と記したが、明治四十三年年末の真山青果の原稿二重売り事件（「太陽」十二月号に「子供」と題して載せた原稿を「枷」と改めて「新小説」新年号分として持込み、博文館・春陽堂それぞれから原稿料を受取った）に関する報道記事「文壇の非買同盟（ボイコット）」（「東京朝日新聞」明44・1・9付6面）に、本多直次郎（嘯月）の言葉として、「新小説新年号の締切は十一月三十日迄で」、小栗風葉門下の弟弟子岡本霊華が「枷」の新年号掲載を見合せるよう交渉に来た「十二月十四五日頃」には「二万部からの印刷を終つて製本にもかゝつて居り」、「如何ともすることが出来なかつた」とある。あたかも「歌行燈」の発表はこの事件の一年前であるが、本多の言葉から編輯の実際を窺いうる。編輯局員の鏡花には多少の猶予が許されていたかもしれないが、原稿締切は十二月中旬よりもっと早かったろうことは間違いなく、執筆に要した期間はさらに限られるはずである。もって、本書収録に際し「十二月中旬」の語を削った。

なお、「新小説」の「十週年紀念号」（10年1巻、明38・1・1）の「今昔談」のうち、広津柳浪の「『新小説』に掲げし自作」では、「河内屋」（明29・9）発表の際、執筆が出来た順に断続して原稿を印刷所へ送り、校正と執筆を併行しながら進め、発行（発売）日九月十五日のところ、「九日といふ日に漸く脱稿しました」とある。また鏡花は「おもて二階」で、毎月「十日には皆が寄つて、スツカリ編輯を締切ります」「如何なものが出るか、載るかは、前の月の十日にチヤンと定まるのです」と述べてもいる。柳浪、鏡花の談話はそれぞれ時期や事情が異なるが、「新小説」の編輯、締切についての証言として参考になる。

三節に、明治の能楽史に触れたが、これを三期に分かつのは、注(8)の古川久氏『明治能楽史序説』が最初ではなく、横井春野著『能楽全史』（龍吟社、大6・12・20）の第四編「維新後の能楽」において、「瓦解時代」「勃興時代」「隆盛時代」に三つに分けているのをその先蹤とする。古川氏の説はこれを承けたものであろう。

この他、伯父松本金太郎については「松本金太郎の事蹟―泉鏡花ゆかりの人々―」（「緑岡詞林」22号、平10・3・31）に述べたことがあるが、いまだ十分ではなく、金太郎の幼少期に関して、長山直治・西村聡『大鼓役者の家と芸―金沢・飯島家十代の歴史―』（飯嶋調寿会、平17・10・8）によって補うべきところが存する。

また、松本金太郎の猿楽町の自宅に併設されていた能舞台に関しては、明治四十一年当時に「宝生会の舞台改築」として次のように報じられている。

近来宝生流の発展は実に多大なるものにて其勢力範囲亦日進月歩に拡張しつ、あるは能楽界の為め慶賀すべき事にこそ斯の如くなれば神田猿楽町なる同会舞台は其演能毎に常に狭隘を感じ会員外の臨時観覧客なぞは満場の故を以て空しく帰るの止むなきもの甚だ多かりきされば此際舞台を改築して観覧席を拡張し一般観客に遺憾なからしむるは深遠なる能楽趣味を普及する上より見ても焦眉の急務なりとて愈々舞台を改築する事に決し廿二、廿三、両日は先づ参考として靖国神社能楽堂に建築係りを出張せしめて設計に着手せしめたれば其竣工の暁には模範的広壮無比なる舞台を見るに至るべしと

（「やまと新聞」明41・3・25付5面）

右の舞台改築に象徴される「近来宝生流の発展」が、翌々年発表「歌行燈」の前提になっているだろうことはいうまでもない。

「歌行燈」発表前後の能楽界のありさまを踏まえた論考としては、その後、西村聡氏「『歌行燈』を能楽で読む」（「金沢大学日中無形文化遺産プロジェクト報告書」10集、平23・3・4）があり、能楽研究の立場からより詳細な考察がなされている。

右「報告書」には、拙稿「泉鏡花「照葉狂言」縁起―巌谷小波、高濱虚子のことなど―」も収録されている。岩波書店版「新日本古典文学大系　明治編」14『泉鏡花集』（平14・3・18）における「照葉狂言」の注釈解説の不備を補ったものである。併せて御参看いただきたい。

【本章初出】「学苑」第649号（平成6年1月1日）＊のち『日本文学研究大成　泉鏡花』（国書刊行会、平成8年3月27日）に収録。

Ⅲ

1　「印度更紗」と漂流記「天竺物語」

はじめに

大正元年十一月一日の「中央公論」に発表された小説「印度更紗」(1)は、翌十二月十日文芸書院刊の『南地心中』と、大正五年十月十八日春陽堂刊の『由縁文庫』に収められたが、従来の鏡花研究においては顧みられることがなかった。小稿はこの作の典拠をめぐる考察である。

以下にあらすじを述べてみる。

某博士旅行中の家の一間に、年若き夫人が現れ、「鸚鵡さん、しばらくね……」と声をかけ、白い鸚鵡に向って、今しがたまで読んでいた本の話を語ってきかせる。その物語とは——椰子の樹の茂る南洋の島の和蘭(オランダ)人の館に、和蘭人父子、唐人夫婦、黒人の酋長が相寄り、唐人の一人娘哥鬱賢(こうつげん)に贈られた、全身緋色の鸚鵡がしゃべる各国のことばのうち、ただ一つわからぬことばに就き話していた。そのことばを解くために、娘の婢(こしもと)が唐人の家で使う日本人の青年を連れてくる。と、青年はことばを聞くより先に、それは「港で待つよ」というのではないかと言う。一同驚くが、彼は筑前の水主(かこ)で孫一といい、日本から七年前に吹流されて、この地蕃蛇剌馬(ばんじやらあまん)に居るのだった。その船出の夜半に夢の中で、美女からの声がかりがあった。鸚鵡のことばはそれに違いない、と彼は涙ながらに語る。

——若夫人は孫一漂流の次第を語ったあと、鸚鵡にむかい「今、現在、私のために、荒浪に漂つて、蕃蛇剌馬に辛苦するると同じやうな少い人があつたらね、――お前は何と云ふの！何と云ふの？」と詰め寄り、気を込めた手に力が入ったので、鳥はもがいて夫人の小指を噛む。翼に血の垂れたまま棚に飛び移ると「雪なす鸚鵡は、見る〳〵全身、美しい血に染つたが、目を眠るばかり恍惚と成つて」、「――港で待つよ――」と朗らかに歌う。それを聞いた夫人は、「片手におくれ毛を払ひもあへず……頷いて……莞爾した」。

以上、夫人が語る孫一の話は、奇異の譚をよくした鏡花の創作にかかるかに思われるが、このような話が江戸期の漂流記「天竺物語」に見えるのである。

「天竺物語」は、『通航一覧』第二百七十「長崎志続篇」にも記載されている、宝暦十三年より明治八年に至る伊勢丸の漂流を扱った書である。成立年代は詳かでないが、『日本庶民生活史料集成』第五巻にこれを翻刻した池田皓氏の解題によれば、氏の架蔵になる「漂流天竺物語」以外に、写本としては「唐泊孫七漂話」（宮内庁書陵部蔵本）、「筑前孫太郎漂流記」（旧彰考館蔵本）、「吹流天竺物語」（石井研堂蔵本）等があり、全国の公共図書館にも相当数の写本がある由、漂流記としてはかなり流布したものと思われる。

またこの「天竺物語」とは別に、同じ漂流事件を青木定遠が著した「南海紀聞」という書も存し、この書は、著書が漂流者孫太郎（孫七の別名）自身から直接聴聞した記録体の漂流記であって、「学術的価値の高いもの」（池田氏）とされる。

そのほか、池田氏は触れていないが、荒川秀俊氏の『近世漂流記集』（法政大学出版局、昭44・8・2）に翻刻するところの「漂夫譚」（享和元年十一月の後記あり）と「華夷九年録」は、ともにこの漂流を扱った書であり、系統からいえば、前者は「南海紀聞」のごとき記録風なもの、後者は「南海紀聞」の凡例に「世に九年録と云へる雑書あり、其説杜撰甚多し、凡此書、泄たる事九年録に見へたるは皆虚妄なり、見人惑ことなかれ、」とあるように「南海紀聞」に先だつ成立であることとあきらかだが、内容はむしろ「天竺物語」に近いのである。

以上が「天竺物語」をめぐる諸本のあらましだが、明治期といえども、写本以外で目にすることができなかったわけではない。

というのは、石井研堂が明治二十五年六月十一日刊の『日本漂流譚 第一編』（学齢館）中、第五譚「筑前の人保爾尼（ボルネオ）に漂流し、万死を出でゝ故郷に帰る」に、この漂流記を児童読物としてわかりやすく紹介し、さらに研堂編校訂になる「続帝国文庫」第二十二編『校訂漂流奇談全集』（博文館。以下書名の「校訂」を略す）が三十三年七月三日に刊行された際、「吹流天竺物語」（以下書名の「吹流」を略す）、「南海紀聞」の二本とも、同書に収められているからである。

研堂石井民司は『明治事物起源』の大著をもって知られるが、尾佐竹猛が紹介しているように[3]、副島種臣（蒼海）伯命名するところの「漂譚楼」の号を持つ、この分野での開拓者であった。「天うつ浪」の作者幸田露伴は、「続帝国文庫」本の刊行後「漂流奇談全集を読みて雑感を記す[4]」という一文を与えて、次のようにいっていた。

漂流奇談全集収むるところの漂流記二十余部、事を叙するに精粗あり、筆を用ふるに巧拙ありと雖も、要するに皆人をして多少の興味を感ぜしむるに足る者あり。中に就きて鳥島物語は吹流天竺物語と共に文を以て勝り、南海紀聞、環海紀聞は体裁や、備はり考証亦密なるを以て勝り、馬丹島漂流記、遠州船無人島漂流記等は其事の極めて酸鼻駭神すべきを以て勝り、磯吉、光太夫、中の浜万次郎の顚末等は、其帰朝当時の風評甚だ大なりしを以て其名の我等が耳にも熟せるものから殊に興趣を感ぜしむ。（傍点引用者）

もって『漂流奇談全集』の概容がうかがわれよう。

一　鏡花と石井研堂

では、はたして鏡花と石井研堂および『漂流奇談全集』とを結びつけるものがあるかどうかという点につき、探ってみると、鏡花の談話「いろ扱ひ」を収める明治三十四年一月一日発行の「新小説」(5)巻末には、当時の編輯局員の新年挨拶が載せられており、そこには小栗風葉、神谷鶴伴、後藤宙外、小山栄達、田代暁舟、前田曙山、村上濁浪、柳川春葉等と並んで、石井研堂、泉鏡花両人の名がみえる。つまりこの時期鏡花と研堂の、ともに春陽堂編輯局に身を置いていたことがわかる。

日本評論社版『明治文化全集別巻・明治事物起原』（昭44・2・28）の「石井研堂年譜」に、

明治三十三年春陽堂編輯局に入り『今世少年』を編輯す。約一ケ年にて休刊。

とあるように、かつて「小国民」（のち「少国民」、学齢館発行）を編輯したこともある研堂は、この「今世少年」の主幹だったのである。

「今世少年」は、それまで春陽堂で出していた「学窓余談」を改題し、研堂を迎えて三十三年六月五日に発刊し、月二回（五日・二十日）の発行にて、翌三十四年四月五日発行の第二巻第七号をもって休刊するまで、通巻二十一号発行された少年雑誌である。執筆者には幸田露伴、薄田泣菫、島崎藤村、徳田秋聲らの名がみえるが、その中心はさきに挙げた編輯局員であって、就中、鏡花は、この「今世少年」明治三十四年一月一日発行の第二巻第一号「甲鉄鑑号」に「本朝食人種」(6)を執筆している。

「新小説」編輯局当時の回想「おもて二階」（「新小説」10年1巻、明38・1・1）には、研堂の名が見えないので、鏡花が研堂と親しく交わることはなかったかもしれぬが、研堂主幹の「今世少年」に「本朝食人種」を寄せていることからしても、両人の接触のあったことは確かであろう。

いっぽう『漂流奇談全集』については、師尾崎紅葉の「十千万堂日録其三・保養日録」[7]の明治三十五年五月二十三日の項に、次の条がみえる。

> 鏡花の来れるを伴ひ、亀遊軒に射を試む。折から斜汀雨泉の見舞に来れるを同道し来る。斜鏡と共に射る。（…）食後服薬して四十分過散歩に出づ。毘沙門寅年の祭典中にて万燈を捧げ太鼓を打ち境内に見世物飾物奉納物等有り。斜汀老祖母を伴ひ参詣するに値へり。盛文堂に寄り、前々太平記後太平記、仏語詳釈漂流奇談全集四冊を買ひ、更に坂下の植木店を見ありき、再び書肆に寄れば又鏡花の在るに会ひ相携へて帰り青木堂にてコオプスプレンド一鑵と用紙とを買ひ十一時前帰宅
>
> （傍点引用者）

文中の「前々太平記」「後太平記」は、「続帝国文庫」の第十編、第十五編に各々収められているので、おそらく紅葉は、この日『漂流奇談全集』と合せ三冊の「続帝国文庫」を購入したと思われ、鏡花は日中一度紅葉を訪ねて射場に赴いたのち、夜ふたたび書店で出会い、同道して帰ったのであるから、紅葉が購入したばかりの『漂流奇談全集』を目にした公算はかなり大きいといえよう。

つまり鏡花は、石井研堂を春陽堂編輯局員として知っており、具体的には研堂主幹の「今世少年」への寄稿を通して交渉があったのだし、さらにはまた師紅葉を介して研堂の編著書を寓目しうる状態にもあった。これらのことから、鏡花にとって、石井研堂およびその編著書はかなり身近なものだったとしてよいのではあるまいか。以上のことがらはあくまで傍証にとどまるが[8]、いまのところ、当時写本などよりは遙かに目に触れることの多かった、石井研堂編校訂による「続帝国文庫」本『漂流奇談全集』という活字本に拠って「印度更紗」を書いたのであろう、と考えておきたい。

二　「印度更紗」と「天竺物語」の本文比較

ところで、「印度更紗」はどれほど「天竺物語」に依拠して成ったのであろうか。以下に、その比較表を掲げてみる（表における「印度更紗」「天竺物語」本文上の数字は、それぞれ「全集」第十四巻、『漂流奇談全集』の頁・行数を示している）。

「印度更紗」・「天竺物語」本文比較表

頁	行	印度更紗	頁	行	天竺物語
627	11	其向うは、鰐の泳ぐ、可恐（おそろし）い大河よ。……水上は幾千里だか分らない、天竺のね、流沙河の末だとさ、河幅が三里の上、深さは何百尋（ひろ）か分りません。	126	14	前には大川あり、渡り三里有之甚深し、川上は南天竺より流れ出で、流沙の下にして、水上は幾千里といふ事を知らず、
629	13	……矢張これは、此の話の中で、鰐に片足食切られたと云ふ土人か。	133	2	然るに爰の川中（せんちう）に、不思議なるもの住居せり、其形は絵に書く龍の如く、口びる鼻のかまへいかめしく、右左に長き髭有り、耳有りし龍の角なき斗りなり、（…）或時夜廻り番の者、暑さを凌がんと、格子の内にて水をあびけるに、柱朽ちたる所より押やぶり、件の「ボアヤ」内に入り、水より上らんとする番人に飛かゝり、片足股より食切りけり、（…）足を喰切れし者は、療治叶はずして翌日の日中に死しけり、
629	14	人殺しをして、山へ遁げて、大木の梢へ攀ぢて、枝から枝へ、千仞の谷を伝はる処を、捕吏（とりて）の役人に鉄砲で射られた人だよ。	130	14	此者役人の帯せし剣を抜取り、二人の役人の腹を刺し、剣を棄てゝ逃げ出てけり、（…）数千丈の谷の上に、差出し大木成れば、鉄砲を揃ひて放ちけるに、あやまたず、

631	631	632	633	634	637
12	15	6	6	13	1
一寸(ちよいと)、其の高楼(たかどの)を何処だと思ひます……印度の中のね。蕃蛇刺馬(ばんじやらあまん)……船着の貿易所、	主人は、支那の福州の大商売(おほあきんど)で、	此が、哥太寛(こたいくわん)と云ふ、此家(こゝ)の主人(あるじ)たち夫婦の秘蔵娘で、今年十八に成る、哥鬱賢(こうつけん)と云うてね、島第一の美しい人のものに成つたの。	——内に、日本(につぽん)と云ふ、草雀(くさむしり)の若い人が居りませう……	……面(おもて)は、雪の香が沈む……銀(しろがね)の櫛照々と、両方の鬢に十二枚の黄金(こがね)の簪、玉の瓔珞(やうらく)はら〳〵と、お嬢さん。耳鉗(みゝわ)、腕釧(うでわ)も細い姿に、抜出るらしく鏘々(しやうしやう)として……あの、さら〳〵と歩(あ)行く。	唯今の鸚鵡の声は、私(わたくし)が日本の地を吹流されて、悠うした身に成ります、其の船出の夜半に、歴然(ありあり)と聞きました……十二一重に緋の袴を召させられた、百人一首と云ふ歌の本においで遊ばす、貴方方にはお解りあるまい、尊い姫君の絵姿に、面影の肖(に)させられた御方から、お声がかりがありました、其の言葉に違ひありませぬ。

	126	126	127	128	135	110
	10	11	11	2	7	13
梢より真逆様に谷底に落ちにける、	爰は中天竺の内にして黒坊のカイタニといふ国にして、バンジアラマアンと云ふ所なり、	南京福州山東山西の唐人出店して居る借地(かりち)なり、	家内廿余人と見えて、主人をタイコンクハンといひ、妻をハキントンといふ、年十八歳にて、この春此家に嫁入せしとかや、(…)下女にはヒガラン、ウキン、コキンの三人、是も遠国黒坊の娘なり、	我名を日本と呼び、初の程は物毎に仕方する斗りにて手伝し侍りしが、	嫁は顔を顕にして、拾弐本の簪差を髪にかざり、銀の櫛金の元結、耳のたれには瓔珞を下げ、手足に金の輪掛、衣装をよそほひ、天冠をさゝげて歩行せり、是の粧ひ誠に天人の影向(ようこう)とぞ思はれける、	然るに十月十四日の夜半ごろかと覚えし頃、百人一首に見覚えし、式子内親王の絵を見るごとき上﨟の、十二一重をあてやかに、艪の間の神前より出で給ひ、我は小淵に待つべしと、岡の方(かた)へぞ飛去り給ふ、異香四方に薫して夢覚たり、孫七不思儀に思ひ、かかる例も聞かざれば、我等今年十九歳、なまじいまる事いひ出し、嘲哢されんも恥かしく、口外には出ざりけり、

637	637	638
7	14	7
若い人は筑前の出生、博多の孫一と云ふ水主(かこ)でね、十九の年、……七年前、福岡藩の米を積んだ、千六百石の大船に、乗組の人数、船頭とも二十人、宝暦午の年十月六日に、伊勢丸と云ふ其の新造の乗初(のりぞめ)です。先づは滞りなく大阪へ——それから豊前へ廻つて、中津の米を江戸へ積んで、江戸から奥州へ渡つて、又青森から津軽藩の米を託(ことづか)つて、一度品川まで戻つた処、更めて津軽の材木を積むために、奥州へ下つたんです——其の内、年号は明和と成る……元年申の七月八日、材木を積済まして、立火(たつび)の小泊(こどまり)から帆を開いて、順風に沖へ走り出した時、一人、櫓(やぐら)から倒(さかさま)に落ちて死んだのがあつたんです、此があやかしの憑いたはじめなのよ。	南部の才浦と云ふ処で、七日ばかり風待をして居た内に、長八と云ふ若い男が、船宿小宿の娘と馴染んで、明日は出帆、と云ふ前の晩、手に手を取つて、行方も知れず……一寸……駈落をして了(しま)つたんだわ！	でも、駈落ちをしたお庇(かげ)で、無事に生命を助かつたんです。思つた同士は、道行きに限るのねえ。

109	110
3	3
筑前国志摩郡唐泊浦に伊勢丸とて千六百石積の船あり、船頭を十右衛門と云ふ、水主共に弐拾人天竺へ吹流され、乗合残らず死し、孫七といふ水主只壱人、九年かんくを経て、明和七年庚寅八月廿六日、唐泊の古郷へ帰りし物語を尋ぬるに、頃は宝暦十二午の年、新に船を作りかへ名を伊勢丸と号しける、今度は乗初にて、十右衛門を船頭にて、壬午の十月六日、福岡の御米を積み、今日吉日の道途(かどで)を祝し、聊の滞もなく、大阪に運びて豊前国中津の港に新玉の年を迎へ、二月中の六日、中津の御米を積で、江戸に廻し、又四月六日より奥州津軽の御米を青森より積出し、江戸に運びける、暫く爰に滞留して、笘(とま)の手入をする内に、はや年号も明和と改まり、申の六月始めより、津軽の材木を積んとて、又奥州へとぞ走りける、斯くて、七月二十日には、材木を揃ひつゝ、立火に小泊といへるより出帆して順風いと和かに帆足をのばして走りける、港をはなれて十四五里、沖の方へ出し頃何とかはしたりけん、食焚の源蔵といふもの帆足にはねられ、櫓よりうづ巻波へ落入けり、	程なく南部才浦といふ所に着て、十日余りも滞留し、源蔵が代りの人を才覚し、貞五郎といふ者を雇ひ、夫より松前の内箱館といふ所に着、よき港なれば滞留して十日あまりも日和を待居けり、然るに長作と云ふ若者、小宿の娘と忍びあひ、明日は出帆といふ夜前、宿の娘おきんを連れて出奔す、命をつなぐ縁の綱とぞ、後にぞ思ひしられける、

638	638	638	639	639
11	12	12	1	9
——毎日々々、百日と六日の間、鳥の影一つ見えない大灘を漂うて、お米を二升に水一斗の薄粥で、二十人の一日の生命を繋いだのも、はじめの内。	くまびきさへ釣れないもの、	長い間に漁したのは、二尋ばかりの鱶が一疋。さ、其を食べた所為でせう、お腹の皮が蒼白く、鱶のやうにだぶだぶして、手足は海松の枝の枯れたやうになつて、	然うして地を見てからも、島の周囲に、底から生えて、幹ばかりも五丈、八丈、すく〳〵と水から出た、名も知れない樹が邪魔に成つて、船を着ける事が出来ないで、海の中の森の間を、潮あかりに、月も日もなく、夜昼七日流れたつて言ふんですもの……	お聞き、島へ着くと、元船を乗棄てて、魔国とこゝを覚悟して、死装束に髪を撫着け、衣類を着換へ、羽織を着て、紐を結んで、てん〳〵が一腰づつ嗜みの脇差をさして上陸つたけれど、

114	114	114	116	113
8	11	11	5	10
粮米をわづかにして、ようやく始末の心を加へ、かゆに焚て食し、水は壱斗に米二升、二十人にて壱日の、朝と晩とを暮しける、	粮米の便りにもと、飯の餌にて釣をたれ、折ふしくまびきを釣得たり、	或時船のともの方え、大きなる鱶二疋、梶の當りを付廻る、是を釣て食せんと、米積鍵に苧綱を付、雪踏の裏皮引離して餌につなぎ投入れば、案の如くにかゝりける、(…)巻戸にかけて漸に引上見ればすさまじき鱶にて、四尋に余る程なりけり、	目馴ぬ木耳馴ぬ鳥の声、何れ日本へ遠かるべし、殊にまゆみの如き大木、海中に見へければ、覚束なくも伝馬をおろし漕付て山さとを見れば、蔦かづら生茂りて網をほしたる如くなり、	是を見るに、山のたゝずまひ、磯辺の景色も只ならず、嬉しさ悲しさ取交て、如何なる魔国に流れきて、おそろしき者の手にかゝり、悲しき死をや遂なんと、思ふ心ぞ哀れなる、爰は我等が、命を終る処ぞと、衣類を着替帯を仕替、最早なき身と思ひ極けれども、肌に守を懸け、羽織を着、脇差をさして上りける、

頁	行	本文
639	13	三百人ばかり、山手から黒煙を揚げて、羽蟻のやうに渦巻いて来た、黒人(くろんぼ)の槍の石突で、浜に倒れて、呻吟(うめ)き悩む一人々々が、胴、腹、腰、背、コツ〳〵と突(つゝ)かれて、生死を験(ため)されながら、抵抗(てむかひ)も成らず裸にされて、懐中ものまで剝取られた上、親船、端舟(はしけ)も、斧でばら〳〵に摧(くだ)かれて、帆綱、帆柱、離れた釘は、可忌(いまはし)い禁厭(まじなひ)、可恐(おそろし)い呪詛(のろひ)の用に、皆奪(と)られて了(しま)つたんです。……あとは残らず牛馬扱ひ。
640	7	孫一も其の一人だつたの……此人はね、乳も涙も張り落ちる黒女(くろめ)の俘囚(とりこ)と一所に、島々を目見得に廻って、其の間には日本、日本で、見世ものの小屋に置かれた事もあつた。
640	13	まだ可哀なのはね、一所に連廻はられた黒女なのよ。又何とか云ふ可恐い島でね、人が死ぬ、と家属(かぞく)のものが、其の首は大事に蔵(しま)つて、他人の首を活きながら切つて、死人の首へ継合はせて、其を埋めると云ふ習慣があつて、工面のいゝのは、平常(ふだん)から首代の人間を放飼に飼つて置く。(…)……其処へ、あの、黒い、乳の膨れた女は買は

頁	行	本文
117	1	程なく集まる其形、頭は螺髪にして赤くちゞみ、中にも異風の笠を着て、腰には毛皮をまとひ、弓を提げ矢を手ばさみ、間には鉄砲の外槍長刀鉾の如きものを持もあり、其数三百人斗りぞ、来りける、(…)浜辺に繫ぎし船に乗り、衣類諸道具悉く手々に持ち運び、
117	1	異形の人数十人程、鉄砲携へ槍をつき、寝たる處を取囲み、肩さき鎗にて突もあり、(…)異形の内より四五人、船より奪ひし尻切どんざを持来り、手々に帯をとき着せ替て、脇差守り袋紙入まで、残る者もなく引たくり、砂をかけて帰りける、
119	9	食物は芋其外芭蕉の実を、赤米焚交て食はせける、勿論器を一つにして、手につかみて之を食ふ、誠に牛馬を飼ふに異ならず、
122	11	日数を過ぎて我々が、のびし髪を元服させ、日本風に髪を結ばせ、うす物の羽織を着せ、細き太鼓を持たせけり、近き當りに舞台をかけ、鉦を鳴しチヤルメラを吹き、太鼓に合てあやしける、(…)其後は駕籠に乗せ、在々所々を連廻り、焼酎を呑せ、食事も麁末はなかりける、
124	2	さて此国の人、親死すれば首を切て残し置、他人の首を切て死体に継ぎ葬る、若し継がざれば、大ひにたゝりをなすとかや、男は男の首、女は女の首を継とかや、賤しき者は罪人をもらひ、又他国へ出て首を用意し、財有る者は、兼て売人を買置て、其用意をなすとかや、(…)日数逗留の内、独りも買人はなかりけり、二人の女は買置

	642	643
	14	3
れたんだよ。孫一は、天の助けか、其の土地では売れなくなつて——とう〳〵蕃蛇刺馬で方（かた）が附いた——と云訳なの……	哥太寛も餞別しました、金銀づくりの脇差を片手に、	……あら嬉しや！三千日の夜あけ方、和蘭陀の黒船に、旭を載せた鸚鵡の緋の色。めでたく筑前へ帰つたんです。

	141	141
	3	7
れしが、程なく我々二人を連れ、もとの船場へ出にける、	辰の四月十三日に暇を貰ひ、用意の為とて、金銭数多主人よりあたへられけれど、斯る品所持すれば、却て身をや害せられけんと、主人之返しければ、主人も是は尤もなりとて、品を替、壱尺八寸の剣を壱腰形見なりとてあたへられける、	久敷居訓しのみならず、主人の深かりしゆゑ、別て名残の泪に目くれて、見返り〳〵阿蘭陀船にぞ乗りにける、

両者を比較してみると、「印度更紗」のほぼ「天竺物語」の記述に添っていることがわかる。

もっとも、その凡てを引き写したわけではない。例えば、主人公の名を「孫七」（「南海紀聞」では孫太郎）から「孫一」としたのをはじめ、駆落ちをして助かった水夫「長作」を「長八」とし、漂流地ボルネオの「バンジャラマアン（現名バンジェルマシン）」に「蕃蛇刺馬」[9]、雇主の中国人商人「タイコンクハン」に「哥太寛」の漢字を宛てるなど、人名地名に関する部分的な改変がみられる。また、哥太寛の娘で十八歳になる「哥鬱賢（こうつげん）」は「天竺物語」に見えない。おそらく、原拠におけるタイコンクハンの妻の年齢の十八を活かし、名前は下女の「ウキン」、「コキン」から採ったのであろう。この哥鬱賢の容姿を述べた箇所（634・13）は、原拠で、主人の弟「カンベン官」の婚礼記事のうち、新妻の服装を叙した部分をそのまま用いている。

また、孫一の漂流を語ったうち「其の時分、大きな海鼠（なまこ）の二尺許りなのを取つて食べて、毒に当つて、死なゝいまでに、こはれごはれの船の中で、七顚八倒の苦痛（くるしみ）をしたつて言ふよ。」（639・4）という条も、「天竺物語」に見えない。しかし「南海紀聞」に、「翌日又漕廻りけるに沙噀（なまこ）の長さ二尺許りなるを数多採得て啖ふ、又毒にあてられたり、」とあるので、おそらくこの箇所から採ったのであろう。以上のことから、すべてを「天竺物語」に拠ったのではなく、『漂流奇談全集』に合せて収める「南海紀聞」をも参照しつつ物語を成したことがうかがえるのである。

さらにまた、「天竺物語」には見えぬ「鸚鵡」を「印度更紗」に活かすにあたっては、「南海紀聞」巻四「物産」の項に、

> 鸚哥（いんこ）　種類甚多し、紅白線或は五色を備へしもあり、孫太郎薪樵（きこり）に行しとき、山野にて毎々見たり、三々五々聯翩（れんべん）として花樹の際に飛集す、奇観云ばかりなし、ハンジヤラマアンにて籠鳥にして愛玩す、甘蔗沙糖水にて飼とぞ、

とある記述から発想したものと思われる。すでに「全集」別巻で村松定孝氏が説くとおり、鸚鵡が重要な役割を担う小説には、つとに明治二十九年一月の「琵琶伝」があり、「印度更紗」に近い時期では、四十四年十月に「貴夫人」[10]という作品（旅に出た作家の澤が、旅先の宿で、彼の先生を贔屓にする夫人から、先生のもとに贈られた白い鸚鵡の化身である美女に出会い、ことばを交す、というもの）があって、これらの作をものにした経験を生かしたのかもしれない。がともあれ、鏡花は、人間のことばを話す鳥である鸚鵡を、美女の予言——港で待つよ——をめぐる奇譚の有力な素材として用いたのである。

ここで作品全体の構成を眺めてみると、鏡花は、語り手を若夫人とし、部屋の人形を「天竺物語」中にみえる土人になぞらえて、語りの場をととのえたのち、原拠には見えぬ孫一と緋色の鸚鵡との出会いを設け、これを漂流物語の中心に据えている。そして、もう一度「天竺物語」に記す順序を辿り、結末で、漂流物語中の美女の言葉——港で待つよ——を、夫人の飼っている鸚鵡にしゃべらせることで「印度更紗」を締め括っている。つまり、若夫人の語る漂流物語においては鸚鵡と孫一の出会いが、その外枠の現実の物語においては鸚鵡の変化と発言とが、それ

ぞれ劇的な場面を成し、物語の流れを収束させている。いわば、孫一漂流の奇譚が、さらにもう一つの奇譚を導き出す契機となっているのがこの作品なのである。

三　鏡花の興味

では、鏡花はいかなる興味によって「印度更紗」の筆を執ったのであろうか。

前に触れた「漂流奇談全集を読みて雑感を記す」において、幸田露伴は、漂流記への興味の所以を説いて、第一に「大鑑小舟に論なく、船といふものの怒濤暴風に簸蕩せられて水夫淼茫の中に漂ふは実に悲しむべく傷むべき事に属すれば、漂流の記を読むもの、自ら同情の念を発せざる能はざる」点、第二に「また其漂ひて絶海の孤島、蠻貎の異域に到るの後の記事は、居処飲食より服飾習風に至るまで、皆吾が耳目の平生聞見するところに近からざるを以て、駭異怪訝の念を発せざる能はざる」点、そして第三に「事既に実際の談に属するを以て、たとひ中に間々神怪霊異の談を交ふるも、烏有の事を叙せる小説雑劇を読むに比して自ら別様の感を生ずる」点、を挙げていた。

この露伴の述べた観点からすれば、鏡花の興味は、美女（女神）の予言と鸚鵡のことばとを軸に物語を構えていることからもうかがえるように、漂流記に対する「同情の念を発せざる能はざる」第一の点よりも、むしろ「駭異怪訝の念を発せざる能はざる」第二の点にあったといってよく、また第三の点においては「事既に実際の談に属する」ことよりも、「間々神怪霊異の談を交」えているところに重きがあった、と考えられる。

むろん孫一の漂流を語る若夫人の言葉の中には、漂流民に対する「同情」を示したものがないわけではない（例えば「こはれごはれの船の中で、七顛八倒の苦痛（くるしみ）をしたつて言ふよ。……まあ、どんな、心持だつたらうね。」639・4／「可悲（かなし）い、可恐（おそろし）い、滅亡の運命が、人たちの身に、暴風雨（あらし）と成つて、天地とともに崩掛らうとする」641・

8など）。しかしそれらのあまり多くない言葉は、ひとつの出来事と次の話をつなぐ挿入句にとどまるものなので、必ずしも「同情の念」を中心に「印度更紗」が書かれたことを意味してはいない。冒頭、鸚鵡に対して「今ね、寝ながら本を読んで居て、面白い事があつたから、お話をして上げようと思つて、故々遊びに来たんぢやないか」と言う若夫人の言葉は、鏡花の興味が奈辺にあったかを端的に示していよう。

いうならば、「天竺物語」をもとに漂流民の辛苦や運命の変転を人間的な興味（「同情の念」）や観察からとらえなおすことが、この作品の主眼なのではない。「印度更紗」では、夢中の美女のことばを話す鸚鵡と孫一との奇遇の「説きあかし」として、その美女のことばに従わなかったがため、あやかしの憑いた航海に出た孫一らの異国遍歴が語られる。さらに、結末に至ってようやくあきらかになる若夫人の恋への憧れが、鸚鵡の変身を導き出す、という「奇譚」として「印度更紗」は組み立てられているのである。

そしてまた、それまでにさまざまな「奇譚」をものしていた鏡花にとって、漂流記のうちでも文に勝れている「天竺物語」の記述から、「吾が耳目の平生聞見するところに近からざる」（先引幸田露伴の言葉）異国の情趣を彩色鮮やかに描き出してゆくのは、それほど難しいことではなかったろう。

次に、典拠としたところの「天竺物語」と「南海紀聞」の関係をみることによって、この作品の性格をもう一度まとめてみたい。

石井研堂は、『漂流奇談全集』収録「天竺物語」の末尾に注して、

校訂者曰、本篇と、次の南海紀聞は同一の事実を記述したものなれども、此は文に富み彼は質に勝てり。故に地理上の正確の探訂を為すには、紀聞も亦棄つべきものに非ず両ながら併せて収刊す。読者宜しく、二者を参観して、文と質とに取る所有るべきなり。以て重複と為すことなくんば幸なり。

と述べている。この点をさらに具体的にいえば、「天竺物語」が、「筑前国唐泊浦孫七直述」として、すぐさま物語

を始めているのに対し、「南海紀聞」は、「序文」のあとに「追記」も含めて十ケ条からなる凡例を掲げ、孫太郎（孫七）説話の行間に、著書青木定遠自らの注記を一字下げで記している。また全五巻のうち、第一巻から第三巻までを「通紀」上、中、下として漂流事件を扱い、巻四を「物産」、巻五を「風俗、訳言、黒坊俗謡」にあてており、「南海紀聞」が漂流物語（実話）と、異国に関する資料の二部立てより成る点からしても、著書の立場を明確にした記録体の「南海紀聞」と、無名の著書による説話体の「天竺物語」とは好一対をなしているのである。

したがって、「天竺物語」と「南海紀聞」のふたつを合せて読めば、文学的興味と記録的（科学的）興味の両面から、この漂流事件の全体像をより具体的に把握できるわけで、この点が鏡花をして『漂流奇談全集』に収める数多くの漂流記から、この孫七漂流事件を採らしめた所以であったろう。

また「天竺物語」と「南海紀聞」のちがいは、鏡花が「印度更紗」で重要な因子とした美女の予言の条[11]を比較してみてもよくわかる。「天竺物語」には、

> 然るに十月十四日の夜半ごろかと覚えし頃、百人一首に見覚えし、式子内親王の絵を見るごとき上臈の、十二一重をあてやかに、艪の前の神前より出で給ひ、我は小淵に待つべしと、岡の方へぞ飛去り給ふ、異香四方に薫して夢覚たり、

とあるのに対し、「南海紀聞」には、

> 十月十四日の夜、水手弥吉夢見けるは、白及の女人、神龕の前に現し、我は小淵に待んと云ふ、忽ち其状を失す、

とあり、こちらは夢見た弥吉が後にそれを孫太郎に語ったことになっている。両書の叙述は「天竺物語」のほうが「南海紀聞」にくらべ、比喩を交えて具体的なことあきらかであろう。そうして、鏡花は、今までみてきたようにその「質」よりも「文」を採ったのである。

おわりに

同じ漂流事件を扱った二書のうち、記録的事実において豊富な「南海紀聞」よりも、物語的説話的要素の色濃い「天竺物語」を典拠の中心としたのは、「印度更紗」のめざすところが、事実の尊重よりも、記載事実のもたらす奇異や行動の数奇を語ることにあったからだ、と考えられる。

ということはまた、「天竺物語」の叙述がそなえているかたちをなるべく保持するような態度にもつながっていて、若夫人が今しがたま で読んでいた本の内容を、そのまま鸚鵡に語ってきかせるという「印度更紗」の物語の枠組および性格を決定したのであった。したがってこの小説は「漂流」の再現ではなくて、あくまでも「漂流記」をめぐる奇譚なのである。

本篇は、孫一漂流物語とこれを囲む外枠の物語とを、鸚鵡（と「港で待つよ」ということば）がなかだちをしていることにより、結末で夫人の飼う白い鸚鵡が、漂流記中に登場する鸚鵡と同じ緋色になって、「港で待つよ」と朗らかに歌う、という劇的な場面を中心に成り立っている。この点に、話に起伏変化をもたせて劇的な場面をつくり出し、現実と幻想を結びつけることに長けていた鏡花の創意を認めるべきであろう。が一方で、奇譚への不断の興味より発し、作品の典拠とした「天竺物語」に対する彼のわりあい単純素朴な反応によって「印度更紗」が成ったこともまたたしかなのである。

鏡花の奇譚への興味は「遠野の奇聞」［補注］等によってもうかがいうるが、すでに明治三十三年二月の「高野聖」において、怪異小説としての一頂点をきわめていること、あるいはまた、「印度更紗」の翌年から発表される「夜叉ケ池」（大2・3）、「天守物語」（大6・9）などの大正期の創作戯曲において、奇譚を劇的な世界でより立体的に展開させていることを考え合せると、作品への奇譚摂取の様相を採る際、「印度更紗」はその模索の一過程を示すものとして逸することのできぬ作品であるといえるだろう。

注

（1）「中央公論」27年11号、大1・11・1。春陽堂版『鏡花全集』第九巻、大15・3・15、に収められたのち、岩波書店版『鏡花全集』第十四巻（昭17・3・10）に収める。以下断らない限り「全集」とは、この岩波書店版全集をさす。

（2）三一書房、昭43・9・25。漂流事件の実際は、この書の解題及び注を参照されたい。

（3）「石井研堂翁の事ども」「明治文化」17巻1号、昭19・1・11。

（4）初出「海」3号、明33・9・18。初刊『讕言』春陽堂、明34・9・18。岩波書店版『露伴全集』第三十二巻、昭32・8・10、に収める。なお露伴のこの文については、中島敏之氏より御教示をうけた。

（5）第6年第1巻、明34・1・1。

（6）「全集」第六巻。のち「雪の翼」と改題。なお「全集」別巻の「作品解題」には、本篇の初出を「明治三十八年一月発行の「女学世界」第五巻第二号」とするが、国立国会図書館蔵の「今世少年」で確認したところ、「全集」第一巻「泉鏡花作品年表」記載のごとく「今世少年」2巻1号、明34・1・1、が正しい（＊のち別巻の二刷〈平1・1・10〉では訂正された）。

（7）中央公論社版『尾崎紅葉全集』第九巻（編纂校訂・柳田泉）、昭17・9・15。211頁。

（8）写本、版本に拠った可能性を捨てきれぬのは、「泉鏡花蔵書目録」（「鏡花全集月報」第14号、昭16・2）の「日本の部」に、「漂流巡島佐四郎物語（木）一冊」が見えているからである。本書は「天竺物語」同様、おそらく漂流記の一種であろうが、今のところ未調査である。

（9）「南海紀聞」には、「ハンジヤラマアシ、明人文郎馬神と訳す、万国地名考を案るに、刪鬆が、地図、ヘンタルマツシンとし、蘭人はハンタツマツシン、又ヘンジヤルマツシンと呼ぶ、」云々とある。また『宛字外来語辞典』（柏書房、昭54・11・21）には、松邑孫吉『最近漢文万国地図』の用例として、「班査邁星」の字を載せている。

（10）初出「三越」1巻9号、明44・10・1。「全集」第十四巻。鸚鵡の出てくる小説には、紅葉に「やまと昭君」（明22・4―8）があることを、岡保生氏より御教示いただいた。この作は、『東西短慮之刃』（明33・1刊）とともにアラビアンナイトの翻案である。鏡花がアラビアンナイトを訳本で読んでいたことは「知ったふり」（「新小説」明40・3／4。「全集」第二十八巻）によって知られる。

（11）「美女の予言」について、石井研堂は『漂流奇談全集』のほかにも、『文芸漫録雅三俗四』（博文館、明34・12・16）の第六十一「海客の迷信」において、「船玉神につきての迷信」の一例に『南海紀聞』の記事を抜粋紹介している。

【補注】

「遠野の奇聞」（「新小説」明43・9／10。「全集」第28巻）は、柳田國男の『遠野物語』をめぐって鏡花の奇譚民譚への興味を開陳したものである。本稿で触れた『漂流奇談全集』もその一編である「続帝国文庫」とのかかわりでいえば、「遠野の奇聞」文中に引く「老媼茶話」「三州奇談」ともに、「続帝国文庫」第四十七編、田山花袋・柳田國男編校訂『校訂近世奇談全集』（明36・3・17）に収められている。

小林輝冶氏が「「袖屏風」の成立過程―鏡花と「三州奇談」(一)」（「金沢大学語学文学研究」10号、昭55・2・29）および「「木の子説法」論―鏡花と「三州奇談」(二)」（「北陸大学紀要」4号、昭56・2・25）において論じられているところの「三州奇談」は、数多の小説に活かされている書であり、他方の「老媼茶話」もまた「天守物語」の一素材であることが知られているが、両書を合せて収める「続帝国文庫」本『近世奇談全集』が、ある時期以後一つの拠りどころになっていたのではないか、とも考えられる。

もっとも、小林氏が「三州奇談」の影響を認められる最も早い時期の作品は、明治二十八年の「妖怪年代記」で、これは『近世奇談全集』刊行の八年前にあたり、氏の指摘からすれば筆者の推定は成り立たないことになる。しかし一方で、柳田の『山島民譚集』を版元（郷土研究社）に求めた書簡下書（大3・7カ）からもうかがえるように、鏡花が幼時耳にした口碑伝説を再確認するにあたって、容易に入手できる活字本を利用した可能性は十分考えられよう。この点については奇譚民譚摂取をめぐる作品の検討を通じて、今後の課題としたい。

【追記】

文中に触れた石井研堂（慶応元年六月二十三日生、昭和十八年十二月七日歿、享年七十九）については、その後、山下恒夫著『石井研堂—庶民派エンサイクロペディストの小伝』（リブロポート、昭61・11・5）によって、生涯の大概がようやく示されるに至った。しかし、佐藤健二氏が「研堂については、きちんとした著作集が編まれてもよい人物だと思う。」（「あとがき」『歴史社会学の作法』岩波書店、平13・8・7）と述べているにもかかわらず、著作集はいまだ編まれていない。その基礎となるべき著作目録には、研堂の「喜寿祝賀会」を記念して配られた奥山儀八郎編『石井研堂先生著作目録』（尾佐竹猛編刊、昭16・5・15）があるが、「序」には「本目録は、先生の五十有余年に亘る全著述を網羅したりと云ふを得ず。漏れたるもの尚多かるべし。」と記されている。この目録には、単行本七十五冊、編輯に当った少年雑誌四種（「少国民」「今世少年」「世界之少年」「実業少年」）、浮世絵関係雑誌（「浮世絵」「錦絵」「浮世絵の研究」「浮世絵志」「中央美術」）、明治文化研究会の機関誌その他、各種雑誌への寄稿に加えて、末尾に未刊稿本四種（「広重版画目録大成」一冊、「漂流奇談十二種」二冊、「明治事物起源追補」二十冊、「田善資料」一冊）を掲げる。前記山下著によれば、昭和二十年の空襲で、遺された未刊稿本は灰燼に帰したという。

なお、研堂が蒐めた漂流記の一部は『異国漂流奇譚集』（福永書店、昭2・6・5）に翻刻されたが、その後彼は架蔵の写本を東京商船大学に寄贈した。

平成四年になって、研堂の二編著『漂流奇談全集』『異国漂流奇譚集』と東京商船大学（現東京海洋大学）資料館所蔵の漂流記類写本を中心に、日本評論社から『石井研堂コレクション 江戸漂流記総集』全六巻が刊行され、本稿で触れた「吹流天竺物語」「南海紀聞」は、その第二巻（平4・5・30）に収められた。

【本章初出】「青山語文」第12号（昭和57年3月10日）［原題］泉鏡花「印度更紗」と漂流記『天竺物語』

2 「芍薬の歌」ノート

はじめに

「芍薬の歌」は、大正七年七月七日より同年十二月七日まで、百五十回に亙り「やまと新聞」一面に連載され、翌八年三月二十日、春陽堂から単行本として出版された長篇小説である。(1) 出版後「時事新報」(大8・8・6付12面)に載った紹介記事の一節を引けば、

材料を深川木場にとり絵師文人狭斜の庵の人等麗人に佳女を配して一篇の物語を作す著書最も得意の壇に上り権力金力を嘲りて一種の理想美を高唱する著書の思想は本書にも横溢して著書の心酔者をして復喜悦せしむべきもの

ということになる。具体的には、絵師三浦柳吉、彼と相愛でありながら別れて亡くなった遊女菊川、その養女幾世、夜鷹お舟、青年実業家にして小説家峰桐太郎、深川の大家稲村屋の娘お京等に加え、幾世の養父群八、金主の根越萬兵衛、大間男爵等の敵役にも事欠かず、彼らの複雑な絡み合いが、水の町深川に物語を織りなしてゆく。

従来は、正義の好青年峰桐太郎が水上瀧太郎をモデルとしている点から触れられるのみで、久しく本格的な論評に恵まれなかったが、後述するように、岩波書店版『鏡花小説・戯曲選』第三巻(昭57・2・25)の寺田透氏の「解説」が、本篇の主題を読み解いたものとして貴重である。

小稿では、この寺田氏の理解を踏まえ、余り触れられなかった面を補いながら、「芍薬の歌」をもう一度考えてみたいと思う。

一　その素材

掲載に先立つ大正七年七月五日の紙面に掲げられた予告文中には、「鏡花氏は久しく長篇小説に筆を絶ちしが、這回本社の請により特に執筆を諾し、氏独特の江戸前式の清麗なる趣味を煥発すべし」云々とある。大正期の新聞小説としてはたしかに「参宮日記」（「京城日報」大2・8・28—同10・1、前篇のみ）以来のことであるが、本篇の直前六月に、止善堂より書下し刊行の『鴛鴦帳』もまたかなりの長さをもつ作品であって、必ずしも長篇を書かなかったわけではない。『鴛鴦帳』の長文の序（全集本で六頁に及ぶ）で、戯作者めいてはいるが、執筆の難渋を語っていることからして、向島・大川端を舞台とした『鴛鴦帳』の不首尾に、今度は描き慣れた深川を、と期するところがあったのであろうか。しかし、今のところ直接に執筆契機を証し立てるものは見出せない。

さきに「芍薬の歌」が言及される場合の常として、作中の青年峰桐太郎のモデル問題があったことに触れたが、この点に限らず、広くモデルと目される人物・事象について、一応の整理をしておきたい。

峰桐太郎が水上瀧太郎を擬したものであることは、鏡花・水上両人の言葉こそないが、久保田万太郎が「水上瀧太郎君と泉鏡花先生」（「中央公論」40年2号、大14・2・1）で明言しているように、年齢（「年紀（とし）三十一二」）、青年実業家にして小説家という境遇、言動等の一致から動かしがたい。本作発表の前々年十一月に知遇を得たばかりの水上を早々とモデルに起用したのは、鏡花を敬愛してやまぬ彼の人格への全面的傾倒はもちろんであるが、直接的には、『鴛鴦帳』の序に語るごとく、この作の執筆に苦しむ鏡花に物心両面の援助を惜しまなかったことへの感謝に由来していると考えられる。

また、峰・柳吉とともに菊川鮨を訪れた神戸の住人で「社長さん」（九章）と呼ばれるのは、水上の友人で神戸電機の重役梶原可吉であろうし、四十一章で、烏帽子に指貫を着て大間男爵に引き添う、丹青学校教授青野は、後年「薄紅梅」（昭12・1―3）中に「野土青麟」として登場する梶田半古を思わせる。というのは、半古が改良服と称して古代の服装を復活し、自らそれを着用し宣伝したことがあったからである[2]（むろん、東京美術学校の教師は、岡倉天心の発案で、烏帽子に闕服の姿だったから、必ずしも半古に限定することはできないかもしれないが）。

主人公三浦柳吉については、「年紀は三十六七らしいが、目下独身ものの」「昨年の春、女房に死なれた」（二十四章）という境遇だけに関していえば、鏡花周辺の日本画家で、妻の蕉園を大正六年十二月に亡くした池田輝方を想定することが可能である（輝方は「芍薬の歌」に続く長篇「由縁の女」の挿絵を担当し、掲載途中に病を得て、大正十年五月、妻のあとを逐うように三十九歳で歿している）。根拠としては、「芍薬の歌」発表五か月前の「友染火鉢」（大7・2／3）で、蕉園・輝方をそれぞれ画家のお梨映・月潮として登場させていること、またしばしば引く『鴛鴦帳』の序文で、作中に出てくる帯留は「輝方さんがいま形見に秘蔵して居なさいます、蕉園お百合さんの大すきな持ものだつたのを借用して使ひました。」と述べていることなどが挙げられるので、蕉園の死を悼む心から、この時期、鏡花輝方の距離はかなり近かったと言わなければならない[3]。

以上の具体的な人名を指摘できる人物の他に、柳吉のかつての愛人菊川のおいらんの境遇は、「第二菎蒻本」（大3・1）の染次、あるいは後年の紀行文「深川浅景」（昭2・7―8）に述べられる遊女のそれに酷似する。いずれも深川から更に身を落して地方に行き、再び東京に舞戻って、ついに儚くなる哀れな女たちである。これらの女性の運命の変転は、鏡花自身が深川洲崎に通ううちか、または妻すずよりの伝聞からか、ひとつの忘れがたい類型（パターン）となって、しだいに鏡花の中に定着していったものであろう。

次に登場人物の命名についてみると、ヒロイン「幾世」の名は、扇町と茂森町との間に架る「幾世橋」にちなんだものかもしれず（物語の中で、幾世の居る菊川鮨があると思われる西平井町一番地からは、木場を挟んで北に位置する橋である）、「菊川」は、深川との境界の本所菊川町からの名であろうか。夜鷹「お舟」は、岡場所全盛の頃深川に徘徊した「舟饅頭」と呼ばれる私娼の異名を連想させて、夜鷹そのものを示す名である。また「お京」は、彼女の住居がある「佐賀町」を京の嵯峨にかけた名であろうか。柳吉・桐太郎という、木の名を冠した男性たちも、深川木場からのゆかりであろうが、いずれにせよ如上の人名が深川と切り離せぬ名であることは確実だ。

最後に、後半の中心舞台となる「浄玄寺」について一言し、モデルに関する確認を終えたい。本文の記述によれば、この寺は「霊岸町」にあり、「伽藍の屋根は其よりも高く聳えた、霊岸寺の門から右に入つて、寺間を縫つて行く」うちに、「古は寺領百石と聞えたる、一座峰の如き大伽藍の門」を持つ寺である。位置からすると、現在平野町にある日蓮宗法苑山「浄心寺」とみてほぼ間違いなかろう。なぜなら、「御府内備考続編」[4]中の「御朱印寺領百石」（寛文五年七月十一日付）の記述と一致するばかりでなく、洲崎遊廓の遊女の投込寺であったこの寺は、「式部小路」（明39・1）に主人公のお夏が墓参を述べた条にも出、また「深川浅景」にも「大きな材木堀を一つ越せば浄心寺――霊岸寺の巨刹名山である。いまは東に岩崎公園の森の外に、樹の影もないが、西は両寺の下寺つゞきに、およそ墓ばかりの曠野である」と描かれているからである。とすれば、篇中の「善明院」も、浄心寺の塔中「善応院」が考えられ、それぞれ一字を変えて用いられたのであろう。

二　その舞台と設定

ところで、鏡花が深川を舞台としたのはこの「芍薬の歌」がはじめてではもちろんなかった。最も早いものは

「辰巳巷談」(明31・2)、つづいて「三尺角」(明32・1)、「葛飾砂子」(明33・11)、「木精」(ノチ「三尺角拾遺」明34・6)、「歌仙彫」(明45・5)、大正に入っては「五大力」(大2・1)、「第二菎蒻本」(大3・1)、さらに戯曲「稽古扇」(大1・9)があり、いわば「深川もの」として系列化できる作品群にあって、最も長い小説がこの「芍薬の歌」なのである。明治三十年代に連続して四作がものされた理由については、すでに岡保生氏が「〝鏡花の時代〟へ」(「学苑」500号、昭56・8・1)で述べられているように、鏡花自身が深川洲崎へ足繁く通ったことと、先輩作家広津柳浪の深い影響が考えられるし、そのようにして馴染んだ土地柄が、彼の想像を駆りたてる貴重な景観を備えていたことは、談話「小説に用ふる天然」(明42・1)でも自ら語っているとおりである。

よく知られるごとく、永井荷風は『濹東綺譚』(昭12・8・10刊)の中で、

曽て、(明治三十五六年の頃)わたくしは深川洲崎遊郭の娼妓を主題にして小説(『夢の女』明36・5、をさす)をつくつた事があるがその時これを読んだ友人から、「洲崎遊廓の生活を描写するのに、八九月頃の暴風雨や海嘯(つなみ)のことを写さないのは杜撰の甚しいものだ。作者先生のお通ひなすつた甲子楼の時計台が吹倒されたのも一度や二度のことではなからう。」と言はれた。背景の描写を精細にするには季節と天候とにも注意しなければならない。

と述べているが、鏡花は深川につきものの海嘯について、「葛飾砂子」の「橋ぞろへ」の章で遊客三人の早船通いを叙したうちに、数多い橋の紹介とともにさりげなく津波の碑を写している。本篇では冒頭「夜鷹」の章で、廃娼運動を展開する救世軍兵士を点出し、菊川鮨を訪れた客に海嘯の噂をさせているなど、導入部での背景描写に余念ないというべきだろう。もっとも海嘯の話に関しては、新聞掲載の第二十四回(大7・7・31)末尾に、

作者申す、篇中、時々噂しますす洪水は、昨年、大正六年秋のではありません。あの辺の出水は毎々で、もつと以前のことですから、其のおつもりで御覧を願ひます。紛らはしいと不可ませんから、一寸此の儀を。

と断り書きを加えている。「大正六年秋の」とは、六年九月三十日の洪水をさし、小説の舞台である洲崎弁天町平井町では軒近くまで浸水、深川区全体で八十余人の死者が出たという（『深川区史』上巻、大15・5・25）が、鏡花はこの付記によって物語の時間を「もっと以前のこと」とし、当時にそのまま重ねあわせて読まれることを避けている。

　では、このように設定された本篇の「時間」とはどのようなものであろうか。以下では、時間的・空間的な構成と、その構成を支える技法・趣向について考えてみたい。

段	章数	場	日時
〔1〕	1—23	洲崎手前「菊川鮨」周辺	6月13日・夜
〔2〕	28—38	洲崎引手茶屋「鶴兼」内	ひともし頃
〔3〕	24—27	深川亀住町停車場	〔2〕と同日・午後10時ごろ
〔4〕	39—44	日本橋浜町「越前楼」宴会	「少し日が経ってから」・夕刻
〔5〕	45—58	深川六間堀から佐賀町河岸	〔4〕と同日・雨の夜更け
〔6〕	59—68	麻布大間男爵邸	昼
〔7〕	69—89	深川浄玄寺墓地・脇御堂	秋・夕刻
〔8〕	90—96	深川高橋際鮨屋	午後10時過ぎ
〔9〕	97—114	日本橋檜物町待合「荻の家」	午後4時過ぎ
〔10〕	115—126	高輪峰邸	「小春日の午後」
〔11〕	127—128	深川浄玄寺客殿	夜
〔12〕	129—133	深川浄玄寺脇御堂	昼〜夜
〔13〕	134—142	深川浄玄寺脇御堂	〔12〕の3日後
〔14〕	143—149	深川浄玄寺脇御堂	〔13〕の翌夜
〔15〕	150	その後の善明院	

　百五十章から成る本篇の推移を、便宜的に場所と時間の転換に沿って区分すれば上のごとくである。

　場所としては、〔6〕麻布・〔10〕高輪を除いて、〔4〕・〔9〕の日本橋を含めた深川一帯で、深川において展開される時刻は、そのほとんどが夕暮から夜半にかけてであるのと全く対照的に、麻布の大間邸、高輪の峰邸の場はともに昼である。いわば山の手と深川一帯とが光と影のごとく書き分けられ、対置されている特徴を見てとることができよう。初夏の夜に始まった物語が、秋の夜に終局を迎えるとはいえ、経過する時間の総体は、鏡花作品の通例として、作品の長さや事件の曲折にもかかわらず、比較的短いものになっている。しかも全篇にわたって時間の経過を明示する語句は少なく、第一章での峰・幾世の再会の日が判明するのは、全百五十章の半ばを過ぎた八十章であり、幾世が如海に語った言葉から察すると、それは六月十三日のことである。その他、六十九章（9月15日掲載）に、お京の墓参を「秋晴れのこの日」、八十一章（9月26日掲載）に、幾世の墓参を「八月」とし、百十五章（10月30日掲載）に、柳吉・吉兵衛の峰邸訪問を「小春日の午後」と記した箇所を挙げることができる。とともに、季節の推移が、（ ）内に示した新聞掲載の日頃とほぼ一致している点も見逃せぬところである。さきに海嘯についての作者の断り書きに触れたが、鏡花は年次が当時と重ねあわされることを避ける一方で、このように物語内の季節を自ずから新聞連載時の季節にあわせる用意をした作者でもあったのである。

掲げた表を見る限りでは、一つの方向に流れる直線的な物語のごとくであるが、実際には、寺田氏（前出「解説」）が述べるように「現在を過去に引き戻し、過去に説明させながら、すでに過去となってしまった未来を現在に引き出すとでも言えるやり方」すなわち「黄泉（よみ）帰りの手法」が用いられることにより、各節に断層と飛躍をもたらしつつ、物語に奥行きと変化を与えている。日時の明示が抑えられているのは、こうした鏡花の手法の必然の結果であろう。

三　その趣向

さて、この作品には鏡花小説の、とりわけ風俗小説の常套として、近世的な趣向をいくつか指摘することができる。例えば、廃娼のための伝道をする救世軍兵士を戯画化して描いた第三章における、深川の橋の名・町名・地名づくし。また、四十四章浜町矢の倉「越前楼」の祝宴で、大間男爵が忠臣蔵四段目の義太夫を唸る場面での、落語「寝床」のもじり（パロディ）。あるいは、六十一章峰に義太夫を勧めてやまぬ大間の言葉「親類だけに二段き〻の格で以てな、いづれ、胸倉を取つて、聴いて貰ひますわ」は、同じく「寝床」の枕に置かれることの多い川柳「浄瑠璃は親類だけに二段き〻」を踏まえたものであるし、五十八章酒飲みの棟梁吉兵衛の言葉「俺こそ酒の上の借たまるだがね」（坂上刈田麿）の地口等、ほんの一例を挙げるに止めたいが、物語の脇の筋に配されて、作品に陰影を与えている。

しかし、物語を形成する場面においてより重要なのは、久保田淳氏（「鏡花世界小見」岩波書店版「鏡花全集月報」16、昭50・2）をはじめとして、諸家が述べるところの「歌舞伎的趣向」である。以下、そのうちの責め場・強請場・やつしについて見てゆくことにしたい。

「責め場」の最初は、八十三章幾世が墓参の帰り、群八・猫萬に材木小屋へ連れ込まれ、苛責を受けるところである。「牛頭馬頭」の彼らに帯を解かれた彼女は、「自身が人形になつて翡翠を抱く」という思いのもとに肌身につけていた添の玉まで取られそうになる。実はこの小屋には、先に柳吉とお舟が忍んでいたので、責められる幾世を助けんと飛び出したところ、逆に詰問され、柳吉の正体があらわれてしまう。つまり、幾世の責め場は同時に柳吉との出会いの場ともなっていたのだ。

このことは第二の責め場、すなわち百三十二章に、隠れ家である善明院の脇堂で病みついた柳吉が、かつての書生間鍋順助から「蚯蚓」とまで蔑まれ、墓場の腐れ水を飲まされんとする場についてもいえることであって、その一部始終を戸の影から見ていた幾世が、今度は「餓鬼」ともなった柳吉を救うことになる。まさに八十三章の裏返しがこの章になっているわけである。

さらに、柳吉を救って身の回りの世話を始めた幾世は、「怨霊」の章（百三十九章―百四十二章）において、義母であるおいらん菊川の亡霊（実は夜鷹お舟）から、母を地獄に堕した不孝者として、別の責めを受け気絶してしまう。これは柳吉を幾世に奪（と）られたお舟の念晴しであり、歌舞伎でいえば嫉妬からの「怨霊事」にほかならないが、百三十三章（第二の「責め場」）で幾世が「菊川ですよ、おいらんですよ」と言い、口移しに水を含ませて柳吉を甦らせた時、彼女はすでにおいらん菊川になり替っていたのであり、同時に幾世がいまは亡き義母の菊川から柳吉をたしかに引受けたことを意味し、お舟からの責めは、その最終的な確認となっているのである。

さらに、人物造型に関連して、「片輪車」の章でお舟が麻布の大間邸に乗込む段を「強請場」として捉えることができる。この場では、最初下手に出て正体あらわれてのち啖呵を切る、その変化と呼吸とが劇的効果をもたらすのだが、この章では、最初お舟が膝をついて差出す包み（中には大間がお京に送った写真が入っている）を受取らぬとなると、一転して啖呵を切り、とうとう五百円をせしめることになる。おそらく鏡花はこういう「強請場」の手法を、「濡れ場」「殺し場」などとともに歌舞伎において完成させた黙阿弥の白浪物に多く学んだと思われるが、鏡花の小説技法の重要な要素として他の作品にもしばしば活用され、知られるところとなっている。例えば、吉原のお職丁山が久世家に乗込む「通夜物語」（明32・4―5）、髪結愛吉がお夏の歌の師匠加茂川家に行く「三枚続」（明33・8―9）、また「婦系図」（明40・1―4）後編、久能山の河野英臣と早瀬主税の対決もそうであり、いずれも対する相手の俗物性を鮮やかに暴く場となり得ている。「芍薬の歌」では、以上の各篇ほど重要な意味を担ってはいないが、芝居がかった場を調えることで、好色貪婪な大間男爵の上前をはねるお舟の仇な姿、あるいは勇みを表現せんとしていることは間違いない。

彼女の服装（みなり）の悪さの強調は、章末で金をせしめてから様変りし、貴夫人の装いとなって待合へ繰込み、名題俳優を呼ぶという変化（へんげ）を際立たせているし、お舟の「婀娜」はうらぶれた境遇においてこそ、よりよく表現されるわけだが、この夜鷹お舟が実は如海の娘舟子であるという「やつし」の趣向もまた本篇の特質である。大道易者如海の

「見顕し」は、百十二章に峰と幾世を残して待合萩の家を出た後、

> 這個（この）観星堂を誰とかする。母なき一人の愛娘（まなむすめ）の、芳紀（としわか）少く二十にして恋人の許に嫁ぎながら、不倫なる舅を血に斬つて、獄舎の鉄窓に蒼く痩せしより、世を儚み、世を憤り、世を呪ふ、佯狂（やうきやう）を痴愚に替へて、浄玄寺に隠遁した、倫理学者にして博士たる大沢晴観は渠ぞかし。

と記されるが、夜鷹に身をやつした娘との再会は、百四十九章に「死んでも父娘（おやこ）は離れぬぞ。」と、彼も刃を咽喉へ立てたお舟の後を追うかたちで果される。

さらには、この親子の死という情愛の犠牲と、桐太郎・お京の経済的援助とによって復活する三浦柳吉もまた、おいらんと妻に死別し、絵が落選したのち「地獄」に身を置いていた点にあっては「やつし」の人物にほかならないのである。したがって、如海お舟父娘のやつしは、その見顕しにおいて劇的な出会いをもたらし、柳吉におけるそれは、後述するように、本篇の主題である「甦り」を導くための必須の前提になっているといえるだろう。

鏡花作品における欠点として、その登場人物の類型がよく言われるが、伝奇的な長篇小説が必然的に要求する筋や趣向の工夫は、人物の内的な発展や成長と必ずしも一致しないので、以上述べてきた責め場・強請場・やつし・見顕しなどの極めて劇的効果の高い趣向は、人物の類型という犠牲を払った上で、というよりも、類型を徹底することによって、作品内に大小様々な「劇」を形成しつつ、この「芍薬の歌」に長篇としての資格を与えたように思われる。

四　翡翠の玉と挿櫛

そしてまた、曲折の多いこの物語に一貫性を与えているものは、つとに井汲清治が、「「芍薬の歌」の解説」（「新

小説 天才泉鏡花」大14・5）において指摘したように、お京が夜鷹の人形に抱かせた翡翠とおいらん菊川の形見の挿櫛である。井汲の解説は本篇に触れた文章のうちでも早いものの一つだが、この文が「翡翠の玉を中心としたる間違ひの因が、この小説の骨子となつてゐる」とし、「因縁の糸」を説きながら、結局、本文の引用をもってその筋のみを紹介するに止まっているのは、ある意味で致し方のないことでもあった。因果関係を中心に説くならば、叙述の順序を入れ替えざるを得ず、その時点で鏡花が最も腐心したであろう筋（プロット）のもたらす微妙なあやはほとんど失われてしまい、整序された記述は、単なる説明に終ってしまうからである。

それを承知でもう一度整理してみると、冒頭部、夜鷹の人形にひそめてあった玉を峰が幾世に返す時点で、峰の添の玉が加わり、柳吉の持つ玉と合せて三箇の玉が存在している。が一つは直ちに義父にとられるので、実質的にはやはり二つの玉である。一方柳吉が如海から買った人形の玉は、五十七章でお舟の手に落ちる。それぞれの玉は柳吉をめぐる二人の女性の手に移ったのだが、幾世、お舟がともに玉を抱いて「人形」になると決心している点は注意されてよい。幾世の玉は、後に群八・猫萬に奪われる（八十一章以下）が、彼女が玉を奪（と）られたことに絶望し、善明院の母の墓前で自殺せんとしてお京にめぐり合うことになるので、幾世自身が玉を抱いた人形になると決意している以上、本物の玉が失われても、人形は幾世という玉のごとき人間となってお京の手に戻ったことを意味する。お舟の持つ玉は、彼女が八十九章で、

更めて縁を結ぶのさ。いつかは恁うして、矢張り私が人形に成つて、……其の時翡翠を返したのが、縁だつたわね。

と、脇御堂で柳吉に語った言葉によれば、再び柳吉に戻っているのであり、玉はそれぞれの人間の「縁を結ぶ」ことによって、本来は目にみえぬ「因果」の具体的な表徴となっている。

いっぽう、かつて柳吉が彩色し愛人の菊川に送った記念（かたみ）の挿櫛は、玉が峰から幾世へ渡った（十四章）のと時を

同じくして失われ、それを聞いた峰の依頼で柳吉が再びその替りを製作し、峰を経由して幾世に渡る（九十七章）。もとの櫛はいつしかお舟の持つところとなり、「怨霊」の章（百三十九章以下）で、菊川のおいらんとなって幾世を責める彼女の髪に挿されており、結局これも幾世の手に帰る。かくして、玉と櫛とがもとの持ち主にもどることによって物語の円環が完成するのであり、冒頭から終局まで、人々の間を巡りながら、長い物語に欠かせぬ筋や趣向にいっそうの伝奇性を付与しているのである。

五　主題と法華経

では、これまでにみてきた各種の趣向によって実現される主題とは何であるのか。作品の題名として示されながら、一度も具体的に名が記されることのない「芍薬」の花の意味について、寺田透氏は、明治三十五年五月発表の「薬草取」中の記述に注目し、この作で母の病気をひととき癒えさせた薬草が「芍薬」であることから、「鏡花はおそらく甦りを願う歌として『芍薬の歌』を書いたのだろう。」とされ、

自棄ではなく洒落からだろうと峰は言うがいずれにせよ、夫子自身好んで陥っている乱脈な、命を粗末に扱う三浦柳吉と、泣いて親子の縁を切ったのになお親からつけれらわれる幾世を、その薄倖で危難にみちた生活環境から救い出し、医し、甦えらせねばならないと、そう表立って言わないが、それこそこの作品の主題なのではなかろうか。

と主題を規定された。明確な規定であり、さらに付け加えるべきところもないのだが、彼らの「甦り」がどのようなかたちでなされるのかについて、いささかの補足をしてみることにする。

柳吉と幾世の甦りは、むろんただちに可能となるわけではなく、やはりある種の条件が必要であった。第一には、

彼らの受難・受苦であり、それはしばしば作中に「地獄」という言葉で実現されているところのものである。幾世については、例えば、

然ばかりの群八が、寝起の一つ家の、あれだけの美女を、飾つて見て居る道理がない。間がな隙がな、袖褄を引くのであるが、其処は猫萬の目金が光つて、睨め競の持ち合ひ、ホンのかね合ひと云ふ危い糸に引掛つて、幾世は落ちずに今日を過ごす、と言ふだけで、泥も油も一所に湧いたら、忽ち血の池、焦熱地獄。（三十八章）

と記される境遇がそれであり、柳吉は展覧会に落選後、家を飛び出して脇御堂を隠家とした自分を「地獄の明店に入つて三途河の婆さんと相借屋して居るもの」だと言っている。こういった「地獄」から脱け出るために、彼らが各々の「責め場」を経験しなければならなかったことは、さきに見た通りである。八十三章、幾世が牛頭の群八・猫萬に辱められる材木小屋の出来事を、影で見ていた柳吉は、九十章で吉兵衛相手に「まるで地獄なんだその其状は」と語るが、当の彼もまた、材木小屋で彼女を助けたことと夜鷹を描いた絵が落選した、その評判が「新聞で鳴渡る」という社会的な受苦に加え、病みついた脇御堂で間鍋に責められるという肉体的な受苦を蒙らねばならない。それは苦しみを伴うものであると同時に、物語の中で「再生」に必要な一種の「浄化」あるいは「浄罪行為」を意味するのである。柳吉が復活してのち、自らの受難のしるしとして「本堂に天女を祭つて、脇堂あたり、襖、天井、壁にも、八大地獄を描く」（百五十章）のは当然といえるだろう。

したがって、先に趣向のひとつとして指摘した「やつし」は、「家を捨て、世を捨てて地獄に堕ちた」（百三章）柳吉においては、単なる趣向にとどまらず、本篇の主題である「甦り」に深くかかわって、その不可欠の要件となりえている。このことは篇中の「責め場」において責めを受けるのが柳吉と幾世の二人に限られていることによっても証し立てられるだろう。

加えて、両人がともに肉親の愛にうすい「孤児」である点もひとつの大きな要件であろうが、しかし彼らの「甦

り」は彼ら自身の受苦によってのみ実現されるわけではない。幾世が群八との親子の縁――それはまさに悪縁にちがいない――を切ることができたのは、峰の判断、彼とお京の経済的援助とがあったことを見逃しがたいし、生き別れであった如海お舟親子の流した血も同様である。

ほとんどの人物が一堂に会する「絵蠟燭」の章以下の終局において、最も劇的な効果を与えているのはこの父娘の死をかけた行為であり、とりわけお舟の働きである。彼女のめざましさは、終局の真の主宰者が人形供養を発議したお京ではなく、お舟その人であったとすることさえできるほどである。

可憐で優しく、しかも心に張りをもって母の遺言通りに柳吉を慕い続け、めでたく彼と結ばれる幾世を陽のヒロインだとすれば、婀娜で勇みのあるお舟は陰のヒロインともいうべく、物語の裏で働く、夜鷹という現在の境遇そのままの「夜の女」であるといえよう。この章で、祭壇の峰と垣根に居るお舟の眼が合う場面に、

唯(と)ふと見遣ると、尾花に裾を消して、影のやうに佇(たゝず)んで、彼方を差覗いた婦(をんな)がある。黒い姿は、其とおのれのみ、影の其の婦はお舟である。

と描かれているのは、この点からしてもきわめて象徴的な表現である。

しかも、ともに死なんとした柳吉と幾世を救い、乱入した間鍋・群八を倒し、「発起」したお舟が自分の咽頭(のど)に刃を立てるこの章に、「提婆品」の読経が流れるのは決して偶然ではない。

この提婆品が最初に出てくるのは「客殿」の章（百二十七章）であり、この箇所では、お京が客殿の一室で読む経が「爾時龍女。有一宝珠。価値三千大世界。持以上仏。仏即受之。龍女謂智積菩薩尊者舎利仏言。我献宝珠。世尊納受。」とあって、龍女の持つ三千大世界に相当する宝珠が、お京の夜鷹人形に潜めた翡翠に重ね合され、玉が彼女の手に戻っていることを示している。とともに、実家に謀叛して寺に籠ったお京が読む経は、釈尊に敵対した叛逆者提婆達多の前生を語る「提婆品」のふさわしいのは言うまでもないが、提婆品の果す役割はこれに止まるも

のではない。

というのは、百四十九章において「復速於此。当時衆会。皆見龍女。忽然之間。変生男子。具菩薩行。即往南方。無垢世界。坐宝蓮華。成等正覚。三十二相。八十種好。」と引かれるとおり、龍女のいわゆる「女人成仏」を述べるこの経品の後半は、人形供養の場で柳吉、幾世に迫る魔手を斥け、自刃することで彼らを救う「夜光の珠の如き一人の美婦」お舟自身の「成仏」に重なり合うことで、はじめて意味を全うするからである。彼女が柳吉に向って、「三浦さん、先生が不足なほど、私はそんなに汚れた身体ぢやあ無いんですよ。貴方と一所の時のほか、一度も解いた覚えのない、此の乳を巻いた白羽二重には」「弁天様の御像を離したことはありません。汚い男が抱けますか。」といい、罪の無さを訴えているのは、かつて「不倫なる舅を血に斬つて、獄舎の鉄窓に青く痩せし」お舟が、身を夜鷹にやつしながらも、成仏するにふさわしい無垢の資格を備えていることの証にほかならない。

ちなみに、鏡花が法華経を作中に引く例はかなりの数にのぼる。管見では、「普門品」が最も多く、「冠彌左衛門」「活人形」「笈摺草紙」「女肩衣」「続風流線」「春昼」「草迷宮」「楊柳歌」そして本篇の第百三十章に、「陀羅尼品」が、「龍潭譚」「山僧」「高野聖」に、「寿量品」が「葛飾砂子」「第二菎蒻本」に、「薬草喩品」が「薬草取」に、といった具合である。各々の用いられかたは多様だが、法華経活用の理由の第一は、彼自身が「おばけずきのいはれ少々と処女作」（明40・5）で語ったように、その音調を尚しとしたからであろう。しかし、続けて「観音経を誦するも敢て箇中の真意を闡明しようといふやうなことは、未だ嘗て考へ企てたことがない。」として、「真意」よりもあくまで「音調」を優先する旨の発言を行っているのは、「芍薬の歌」の提婆品の意味の重さを考えると、にわかに信じがたいのである。むしろ本篇は経品自体の「真意」をこそ尊重し、その「真意」との一致が希求されているというべきであろう。法華経が今なお多くの人々を惹きつけてやまぬのは、経品の文学的（説話的）性格が与って力あることは知られる通りだが、鏡花もまた、この経典を単に教義・教条的にではなく、文学的に摂取した上で、作品の主題にふさわしい経文を積極的に活用せんとしていることは疑いないと思われる。
したがって、この点からすれば、「芍薬の歌」における「甦り」というテーマが自ずから宗教的なモティーフを内在させていたことによって法華経を導き出し、法華経は「発起」したお舟の「女人成仏」を意味することで終局の再生の儀式を完成させるに至った、と言ってよいのかもしれない。

六　深川という風土

ところで、「芍薬の歌」に示された「甦り」あるいは「救済」のテーマはまた、いわゆる「深川もの」に通有のテーマでもあった。

例えばこのことを最も典型的に示していると考えられるのが「葛飾砂子」である。それは、この作において、深川富岡門前の三味線屋待乳屋の一人娘菊枝が名題俳優尾上橘之助の死をはかなみ、橘之助形見の浴衣を抱いて入水し、これを老船頭七兵衛が救い上げる経緯が描かれ、文字通りの救済・蘇生譚となっているからである。

本作で菊枝を救助する船頭七兵衛は、「仕舞船を漕ぎ出すに当つては名代の信者、法華経第十六寿量品の偈、自我得仏来といふはじめから、速成就仏身とあるまでを幾度となく繰返す」親仁であり、ここでも「芍薬の歌」におけるのと同様、法華経が少なからぬ意味を担って登場する。七兵衛の唱える寿量品は、釈迦が「如来の誠諦の語を信解すべし」と説いて、自身が久遠常住不滅の仏であることを示し、衆生を救い、「仏身」を成就せしめんことを云った経品であり、「葛飾砂子」において直接には菊枝を救う七兵衛の題目は、菊枝ばかりか深川の土地とそこに住む人々すべてに向けられるべきものであった。

苫家、伏家に灯の影も漏れない夜は然(さ)こそ、朝々の煙も細く彼の柳を手向けられた墓の如き屋根の下には、子なき親、夫なき妻、乳のない嬰児、盲目の媼、継母、寄合身上で女ばかりで暮すなど、哀に果敢(はか)ない老若男女が、見る夢も覚めた思ひも、大方此の日が照る世の中のことではあるまい。

髯ある者、腕車(くるま)を走らす者、外套を着たものなどを、同一世(おなじ)に住むとは思はず、同胞(はらから)であることなどは忘れて了つて、憂きことを、憂しと識別することさへ出来ぬまで心身ともに疲れ果てた其家此家に、恁くまでに尊い音楽はないのである。（第七章）

こういう「哀に果敢ない老若男女」こそ救わるべき「衆生」に他ならないが、続いて一章を費し、病床にあえぐ娼妓の哀話が記される。もと旗本の娘である女は病身の両親を養うため、廓に身を沈めたが、彼女自身が病みついてからは内情が更に苦しくなり、揚句はその訴えを聞いた父が自殺する、という誠に悲惨な話である。このような境遇の女にとって、老船頭の読経は「いふべからざる一種の福音」となって響くのであり、「第二菎蒻本」末尾の寿量品が薄倖の遊女染次に手向けられたのと同じく、自己の功徳を他人にめぐらし衆生を救う「回向」でもあるはずだ。かくて「題目船」と題された七、八章の筆致は明治二十八、九年ごろの悲惨小説のそれを思わせもするのだが、にもかかわらず、この二つの章は「葛飾砂子」にあってはあくまでも背景に止まり、深川一帯の濃厚な江戸情緒が全体を支配している。むしろ背景、底辺に置かれることによって、悲哀の情趣をたたえつつ、思い余って贔屓の歌舞伎役者の後を逐う可憐な娘の入水と救済が生きてくるようになっている。さらに進めて言えば、七、八章の悲惨な場末の現実が、九章以下の七兵衛による菊枝の救済、即ち伝統に殉じる人間の讃美によって蔽われゆくところに成り立っているのが「葛飾砂子」なのではなかろうか。いわば初期の観念・悲惨小説の誇張された写実から伝統的な情調を美化するロマンティシズムへの移行、あるいは後者による前者の包摂が、水の深川の救済において示された点にこの作の意義を認めることができよう。

さらに、「葛飾砂子」に先立つ「三尺角」には、当時の鏡花が深川をどのように捉えていたかがより顕著に表現されている。

語り手によれば、深川は「文明の程度が段々此方へ来るに従うて、屋根越に鈍ることが分る」ような土地であり、

> ものの色もすべて褪せて、其の灰色に鼠をさした湿地も、草も、樹も、一部落を蔽包むだ夥多しい材木も、材木の中を見え透く溜池の水の色も、一切喪服を着けたやうで、果敢(はか)なく哀(あはれ)である。

また、そこに生活する人々や物音も、「皆何となく土地の末路を示す、滅亡の兆であるらしい。」のであり、「蛇は進んで衣を脱ぎ、蟬は栄えて殻を棄てる」ような「脱殻(ぬけがら)」の景色にほかならない。しかし、「衣を脱いで出た蛇は、残した殻より必ずしも美しいものとはいはれない」のであって、「まぼろしのなつかしい空蟬のかやうな風土は却つてうつくしいものを産する」のである。ここで鏡花は、文明に取り残されてゆく深川に「滅亡の兆」をはっきりと読み取りつつ、病んだ風土を再生させるべく、木曳きの与吉によって、材木に葉が茂るという超自然の――それはお柳の恋愛の成就の証しである――「福音」を「人に血を吸はれたあはれな」お柳の「将に死なんとする耳」に伝えさせて作品を閉じている。

「葛飾砂子」が、いったん彼岸に行きかけた菊枝が七兵衛によって此岸に蘇生した物語だとすれば、この「三尺角」は、お柳の彼岸への旅立ちを与吉の「福音」によって見送る結末になっているが、続篇「木精」(ノチ「三尺角拾遺」)は、お柳の魂がまさにこだまとなって当地へ還ってくる物語であり、「三尺角」末尾の彼女の死は単に生命の終りを意味せず、次なるものへの再生の契機であることがわかる。

このように各作品の深川の意味を探ってみると、やはりこの土地の、滅びゆくものであるがゆえに、かえって鏡花をして切実な甦りの希求を抱かせることになった、と考えられるのではないか。鏡花は、例えば永井荷風のように、

> 数年前まで、自分が日本を去るまで、水の深川は久しい間、あらゆる自分の趣味、恍惚、悲しみ、悦びの感激

を満足させてくれた処であつた。電車はまだ布設されてゐなかつたが既に其の頃から、東京市街の美観は散々に破壊されてゐた中で、河を越した彼の場末の一画ばかりがわづかに淋しく悲しい裏町の眺望（ながめ）の中に、衰残と零落との云盡し得ぬ純粋一致調和の美を味はして呉れたのである。（「深川の唄」明42・2）

と、自己における深川の意味を明言こそしなかったが、「三尺角」にはじまる一連の深川ものは、荷風の言葉にもまして雄弁に深川への思いが語られているといってよい。

「芍薬の歌」の中には、「土地の末路を示す」景観や、病みついた遊女の悲話が直截に示されることはないけれども、如海・お舟父娘の自己犠牲と峰・お京の援助とによって、ともにひとたびは「地獄」に堕ちた柳吉と幾世が甦るこの作品は、かつて鏡花が「滅亡の兆」を感じ取った深川の「まぼろしのなつかしい」風土再生への願いの具体的かつ美的な表現にちがいなかった。

注

（1）単行本のほかに、「現代長篇小説全集」14『泉鏡花篇』（新潮社、昭5・1・10）に「由縁の女」とともに収録。鏑木清方の筆になる六葉の挿画（うち一葉は彩色）が添えられている。のち、岩波書店版「全集」第十八巻に収める。

（2）添田達嶺『半古と楓湖』（睦月社、昭30・10・10）には、改良服を着用した半古の肖像写真が掲げられているが、これは、「流行」第二十二号（明34・9・25）に掲げられた「梶田半古氏良常服着装」のうちの一葉である。

（3）大正七年十月の第十二回文展に、池田輝方は「浅草寺」（四曲一双）を出品した。鏑木清方の「ためさるゝ日」にくらべ、評判はあまり芳しくなかったが、この絵の中に、故蕉園と鏡花をモデルとした人物を点描したことが指摘されている（「文章倶楽部」3巻11号、大7・11・1）。この絵が、自分をモデルにした鏡花への輝方の応答だったとも考えられて興味深いものがある。

（4）江東区役所編刊『江東区年表』（昭44・3・31）に翻刻されたものに拠る。

【追記】

稿中「三尺角」については、第四回泉鏡花研究会（昭和60年11月9日、於青山学院大学）における東郷克美氏の発表「「三尺角」雑談」に多くの示唆を受けた。この発表は「木霊と風景―「三尺角」試論―」と題し、本稿と同じ『論集 泉鏡花』に収められたのち『異界の方へ―鏡花の水脈』（有精堂出版、平6・2・25）に収録された。

二節に、作中人物のモデルとして梶原可吉に触れたが、水上瀧太郎の友人梶原についての事歴は、田中励儀氏「「峰茶屋心中」の成立過程」（『泉鏡花文学の成立』双文社出版、平9・11・28）に詳しく、彼を該作の主人公橋山樫一のモデルの一人に措定している。

なお、米国留学中の水上瀧太郎が「三田文学」に寄せた「梶原可吉氏に」と前書のある短歌二十五首（「落書」「三田文学」大2・12・1）の中には「汝が好む鏡花の筆の物語身に沁む秋をわれは旅寝す」「マルクスと鏡花をともにあげつらふその高声も心地よかりき」の詠が含まれており、水上に劣らぬ梶原の鏡花心酔のほどが窺われる。同じ水上の「購書美談」（「三田文学」大7・8・1、のち『貝殻追放』国文堂書店、大9・9・10）は、自分が片意地を張ったばかりに、神田の夜店の古本屋で売っていた「笈摺草紙」掲載の「文芸倶楽部」を買逃してしまった話に続き、大連駐在時の梶原が外地で刊本『日本橋』を手に入れるまでの経緯の綴られた文章である。

三節に触れた池田蕉園・輝方については、その後「泉鏡花と挿絵画家―池田蕉園・輝方―」（泉鏡花研究会編『論集泉鏡花』第三集、和泉書院、平11・7・30）に詳述、「芍薬の歌」にとどまらず「友染火鉢」「毘首羯摩」「銀鼎」「続銀鼎」「楓と白鳩」「駒の話」の諸作を「蕉園輝方もの」として系列化し、鏡花における両人の存在を考えてみた。なお、三浦柳吉が輝方をモデルにしている点に関し、日夏耿之介（「泉鏡花論」「明治大正文学研究」3輯、昭25・5・30）が「芍薬の歌の失敗は、水上、輝方など取巻文士画家を曲中の雛型に倩ひ来つて、虚実半ばし楽屋落にすぎ、拵へにかまけて拵への現実性を忘れ去つた為に外ならなかつた」と述べていることにも言及した。

本作を代表とする「深川もの」については、久保田淳氏「悪所と魔界—泉鏡花の「深川物」を例として—」（「国語と国文学」70巻11号、平5・11・1）に、より総合的な把握が示されている。

【本章初出】　泉鏡花研究会編『論集　泉鏡花』（有精堂出版、昭和62年11月20日　のち〈新装版〉和泉書院、平成11年10月10日）

3 「由縁の女」の成立をめぐって

泉鏡花の長篇小説「由縁の女」は大正八年一月より十年二月までの二年あまり「婦人画報」へ連載されたのち、同年八月、春陽堂より『櫛笥集（ゆかりのおんな）』として単行出版された(1)。

小稿では、慶応義塾図書館蔵「由縁の女」自筆原稿閲覧の機会を得たので、これに基づき、自筆原稿から初出を経て単行本出版までの経過を辿りつつ、「由縁の女」の成立過程を逐い、鏡花文学の理解を深めたいと思う。

一　原稿の執筆過程

「由縁の女」自筆原稿は岩波書店版全集別巻の「自筆原稿目録」に、

帙入三冊　和紙　第一冊二三四枚　第二冊二九八枚　第三冊二〇九枚　各二〇行二〇字内外　墨書

とあるごとく、分量に応じた三部の大冊である。原稿自体に大幅な加除訂正はみられないが、むろん細部にかなりな書直しの跡が認められる。

その特徴は、右「目録」の解題に、「大凡、草稿本文を省略（削除）することによって文章を凝縮し、当初冗長にみえた文体を引きしまった鏡花独自の文体に整えて行く例が多く見られる」と説く自筆原稿全般の傾向に合致するものであって、例えば「針屋の内は、颯と夜嵐。」（227・1、以下括弧内の数字は「全集」第十九巻の頁・行数を示す）は、当初「小糸針屋の内は、不意の野分に雨を交へて、少なからず荒んだ光景。」とあったのを、「針屋の内は颯と夜嵐に荒んだ。」（初出も同じ）とし、さらに単行本で現行のごとくに改めたところなどがその典型である。以下目立ったところを列挙すれば（↑の上が「全集」本文、下が原稿の状態を示す。以下同じ）、

○26・5「いや、身についたものは」↑「いや、麝香然ほどの贅沢もしまいけれど、身についたものは」の―を消す。○60・3「事と云ふと」↑「虫が好かないか、気が合はないか、事と云ふと」の―を消す。○69・4「べソを掻かず。」↑「べソを掻かずに済んだ。」を直す。○139・7「雲を薄紫に、田も畠も薄りと白くぼかした中に、」↑「雲を薄紫に、空を浅黄に、田も畠も」の―を消す。○224・8「露野の身について話し交すにつけ、」↑「鼬笛吹き猿かなづの唄につけ、露野の身の上を思ふにつけ」、を直す。○270・6「魂を宙に飛いて、鳶のやうに」↑「魂を宙に浮かして、ちょろ〳〵と水の音のやうに」を直す。○312・15「そして、お光の寝着姿に、」↑「そして無意識にお光の寝着姿に、」の―を消す。○469・1「明星声あり。」↑「被衣の袖は、はら〳〵と濡れたやうに月下に声あり。」を直す。○520・5「大宮人の意気がある。」↑「大宮人の趣がある。詩人は然も詩の中にある。」を直す。○521・6「皆菊の花弁である。」↑「皆白菊の花弁の心地がする。」を直す。○523・7「女神の像の如く、すらりと黒髪が、」↑「女神の像の如く、見ゆると思へば、すらりと黒髪が、」の―を消す。

などを挙げることができる。つまり原稿における文章の添削は、添に軽く、削に重い傾向が支配的だといえよう。

むろん、最初の字句を次第にふくらませて、細述に向った箇所、例えば、礼吉が露野との出会いを回想した第二十五章、露野が礼吉の後を追う場面で、最初「漸と遠くに俥の形が」を、「漸と遠くに山の裾を畝々と行く俥の形が」とし、さらに「漸と遠くに山の裾を峯なりに畝々と行く俥の形が」（142・12）とした例や、四十七章でお橘が

覗いた遠目金の中の母の姿を、「じっと此方を凝視られた心地がして」とし、さらに「瞳涼しく、真珠のやうな皓歯で、ふと微笑まれた心地がして」（346・4）とした例、或いはまた人物規定に関し、お光について、もと「鉛の扉をさしたやうな故郷の町の中に、此の我ままな従姉に」とあったのを「鉛の扉をさしたやうな故郷の町の中に、因循を破棄して、光を放つやうな、此の従姉に」（307・3）と直したり、末尾お橘に関して、もとの「此の女は」を、「此の生れながらの江戸児は」とし、さらに「此の生れたま丶の江戸児は」（553・15）とした例がありはするけれども、かえってそのような箇所が目立つほどに、全体の方向は文章の圧縮に傾いているということができる。

また蒲生欣一郎氏が、(2)

由縁の女は多分に鏡花の少年時代を回想した長篇であり、町名にしても生地の「新町」のヘンを使って「立木町」としたり、祖母の実家の「目細本家針」という針屋が、「ほんけこいとはり」で、実在の「目細小路」が「小糸小路」になっているほか、実在の変型が実に多い。

と述べているごとき「実在の変型」は、各所に認められる。例えば、小説中の父の名「誠七」「誠さん」は、原稿では父の工名「政光」をとった「政さん」を「整さん」とし、さらに「誠さん」としたものであり、「ほんけこいとはり」も「ほんけあやははり」の腹案を直したものである。「実在の変型」がとりわけて多いのは、「斑猫。黒き瓶」（十四章―二十一章）の湯屋における加賀騒動の話であって、十九章末尾に、

作者申す。（此の前後五六回、お家騒動の一章は史実に拠らず、流布の俚伝を採る。）

と自ら記しているように、大郷子老人の語る加賀騒動は、史実ばかりか、近世の「見語」「北雪美談金沢実記」等の実録体小説にも拠らず、専ら歌舞伎を経て講談により人口に膾炙した、大槻伝蔵と織田大炊の対立が採られているのは注目してよいことだ。原稿に就けば、

○95・1「大恩の六代様を」→「大恩の六代目藩主宗辰と云ふ」を「大恩の六代目様を」とする。○95・2「何

百年以前から、御城下なんか」↑「昔には、金沢なんか」を直す。○95・9「北国の臣民一統」↑「加州の臣民一統」を「加国の臣民一統」とする。○96・15「大槻の騒動に」↑「此の際大槻の加賀騒動に」の―を消す。など、実在の藩主の名を削ったり、金沢・加賀等の語句を避けていることとあきらかである。

また、本篇の各所に配された唄のうち、傘(からかさ)の謎唄「蝶々、蝶々一羽が先へ、竹の橋を渡つて、松葉屋へ着けば、何うして行燈(あんど)が濡れたやら、油障子に水走る……　……ものは何アに……傘ぢや」(56・1)は、小林輝治氏[3]により、福井の「あかしもん」(謎解き)の一つであることが指摘されているが、この唄が最初に登場する45・1「竹の橋を渡つて、松葉屋へ着けば、何うして行燈が濡れたやら、」の箇所では、もと「大指、小指」に直した唄の書き出しを削除し、「竹の橋を渡りや」を「竹の橋を渡つて」と新たに書き出し、そのあと「油障子水走る」を消し、「松葉屋へ着けば」を入れて、次の行を「何うして行燈が濡れたやら」としているごとき添削の跡が著しく、福井の「あかしもん」は「油障子に水走る、なあに?」の問に「唐傘」と答える単純な謎解きであり、他の唄にかような著しい添削が認められぬことから、問答の前の章句は、あるいは鏡花の創作にかかるかとも考えられるのである。

以上、原稿の執筆過程においてうかがえる特徴は、第一に、一部人物規定などに挿入細叙がみられるものの、文の附加よりも省略を中心とする文章の圧縮が第一義とされていること、第二に、蒲生氏いうところの「実在の変型」は固有名詞にみられ、それにより金沢色の朧化がめざされていること、第三に、唄の一部に、鏡花の創作にかかると思われるものが存すること、であった。

二　初出から『櫛笥集』出版へ

この原稿は、「婦人画報」(婦人画報社)大正八年一月一日発行の第一五五号より、大正十年二月一日発行の第一八一号まで、二十四回に亙って連載された（うち大8・3の第157号、大9・1の第180号の二回は休載）。挿絵は水野年方の弟子で池田蕉園の夫、池田輝方であったが、その絵は第十五回までで以後は挿絵がない。(4) 雑誌掲載にあたり、原稿との間に多少の字句の異同はあるものの、取り立ててみるべきものはそれほどない。ただ、金沢色の朧化という側面からすれば、礼吉が露野を連れて前塚権九郎を訪ねる途次、原稿で「此の大川は、……やがて、河北、八田と称うる大なる湖に潅ぐのである」としてあったのを、具体的な地名を避けて、「此の大川は、……やがて大なる湖に潅ぐのである」（236・12）とした箇所や、白菊谷へ向うお楊の馬を引く甚兵衛がせりふ中の「心配事も、百万石中、仕方も法も盡きたから、恁うしてござらつしやるだ。」の「百万石中」を「城下町中」（457・14）としたごとき、原稿執筆段階での添削の傾向を受けついでいる。

二か年におよぶ雑誌連載の終ったその半年後に「由縁の女」は、大正十年八月十八日、春陽堂から単行本として出版された。外函付で、書名は『由縁文庫』、「鏡花小史」と署名のある三六判丸背、総羽二重木版刷表紙装、装丁小村雪岱、雪岱画の六色刷木版「篇中仮搆地図」折込、本文は上質紙9ポ活字総ルビ七〇七頁、赤色刷目次一頁（ノンブルなし）、奥附一頁（同）、巻末広告三頁（同）、というものであった。

書名『櫛笥集』の「櫛笥」とは、村松定孝氏が「全集」別巻の作品解題に(5)「礼吉の母の形見の金草唐花模様の手函を開けると、島田髷に結った若き母の姿が浮かぶところから、母の櫛を入れた手箱の連想から、作中に登場する女性たちのさまざまな運命を集めえがくということに通わせた趣向である。」と説くとおりであるが、思うに、書名由来の一因として、さかのぼる大正五年十月十八日に、同じく春陽堂より「梟物語」以下全十五編を収める短篇集『由縁文庫』が出版されていることから、同書との書名の紛糾を避けて「ゆかりのおんな」を角書にし、新たに『櫛笥集』の名を与えたのであろう。

加えて、出版時点で注目すべきは、小村雪岱の手になる「篇中仮搆地図」が附されたことである。これは、原稿から初出を通じてみられた金沢色朧化の意向を受けるとともに、篇中の場所の位置関係を明示することにより、読者に小説空間の具体的な把握を可能ならしめるものと考えてよいだろう。

単行本では、雑誌掲載時に百六十三あった章が、新たに七十一章に纏められ、しかも「出達。故郷の山」より「巡礼。お楊より」に至る四十二の、多くは二つの標題（小見出し）から成る整理再編成がなされた。これは、掲載におけるひとえに量的な章立てが、展開内容による質的なそれになるという、鏡花の本作に対する新たな意味づけに他ならぬが、その再編成の過程においては、原稿・初出ともに、浅野川と犀川に因む「浅川犀吉」であった主人公の名を「麻川礼吉」に変え、彼を助けて死んだ山丈甚次郎の娘を「近ちゃん」から、橘・光・露野・楊につらなる懐しき名の「霜ちゃん」に、また露野を虐待する老人「大鋸内」を「大郷子」とする変更に始まり、さらに大幅な削除を行ったのである。

その削除部分とは、初出第二回後半より第三回の前半に至る、礼吉が妻お橘に母の遺品を見せながら故郷を語る場面中に存する。

内容は、――犀吉（礼吉）の父で錺職の誠七（号を一道）が、勧業博覧会出品の仕事を請負うたものの、なかなか仕上らない。そこへ師匠の養子で美術工芸会社を設立した佐分利便六が、自分の出品する鶏に仕上の眼を入れてほしい、と使いをよこす。師匠筋の頼みゆえ断われず、出かけて眼を入れた後、自らの刻印を打たんとすると、便六が「俺の製作に向って刻印を打つとは何事だ。」と、父に銘を入れさせない。父は口惜しさの余り雪の中を向山の母の墓に行き、涙を流す。ふと海の方を見ると、磯に山駕籠へ乗り、遠目金で沖を眺める若き母の姿を見た。――というものである。彫金師の「父」を語る筆づかいは入念で、これまでに「父」を扱ったもののうちで最も精細な叙述をもっている。

この父の話は、後に昭和二年発表の「ピストルの使ひ方」(6)に人名、設定を少し変えつつもそのまま活かされており、また母の姿は、つとに明治三十一年発表「笈摺草紙」(7)の都落ちした能役者の娘「紫」として描かれているところである。

つまり削除部分の前半は後の作に活かされ、後半は先行作が活用されているのであって、そのまま埋没しているわけではない。この部分は、すぐ後と、さらには四十七章で、お橘が遠目金を覗いて母の姿を見る場面の伏線ともなっていたのであったが、それをあっさり削除した理由を考えてみると、父に関する回想は、礼吉と読者を故郷へ近づける導入の一部を成していて、回想が祖母に続いて父母へと移ってゆくのは自然のなりゆきながら、以後の展開のなかで、作品の主軸であるところの礼吉をめぐる女性との関係（及び回想）と絡み合うことなく終ってしまった、つまりこれを展開の十分な要素とすることができなかったためではなかろうか（詳細は「参考篇」の復刻を参照されたい）。

これまで、「由縁の女」の原稿より単行出版に至る成立過程に一貫しているのは、金沢色の朧化と、ゆかりの「女」に関する統一であった点、さらに単行出版の際小村雪岱の添附した地図は、一箇の小説空間の成立に与って力があったろうこと述べてきたが、しかし読者はこの小説の主人公礼吉を鏡花に重ね合せ、その舞台を鏡花の故郷である金沢に通わせること確実であって、それは当時の広告、紹介にもよくあらわれている。例えば、大正十年十月の「新小説」(8)に載せる『櫛笥集』の一頁広告には、

> 哀艶限りなき美女が数奇なる運命、それを巡つて起伏する恋と仁侠の微妙なる交錯、これを包むに氏が独特の霊妙なる筆致を以つてした、この長篇小説は、氏が体験によつて力作大成せる近来の雄篇で、また一読忽ち、神秘なる夢幻の恍惚境に引入らるるであらう。（傍点引用者）

というふうに、鏡花の「体験」に基づくものであることを強調していたし、同号の新刊紹介、三樹之介署名「葉巻の煙」も同様の文言を連ねたのち、

父祖の遺骨を移葬すべく郷里へ帰つた或る多感な詩人を主人公として、彼がそこで数奇な運命を持つた限りない遊女露野と相知つた事から、はしなくも事件を起し、様々の事件が主人公を巡つて起伏する。と、もっぱら郷里での事件を惹き起した露野の「数奇な運命」に触れていたのであった。

三　「由縁の女」の世界

では、前述した経緯の末に成った「由縁の女」の世界は、どのようなものとして捉えられるだろうか。本格的な評は、『櫛笥集』刊行の翌々年大正十二年六月の「文芸春秋」（1年6号）に「櫛笥集と市井鬼」を寄せた川端康成である。単行出版の「当時一向文壇の評判にならなかつたやうに記臆(ママ)する」が、「水上瀧太郎氏が鏡花氏近来の傑作と賞讃してゐるさうである」と伝え、自分は「鏡花氏の作品だけは胸をときめかして貪るやうに読む。そして従来の人々とは別な見地から鏡花氏の世界やその表現を論じてみたいと常々思つてゐる」と述べ、「『櫛笥集』の如きは神々しい絶品である」としていた川端は、春陽堂版全集刊行の際の「新小説 天才泉鏡花」号の「『櫛笥集』など(9)」において、

櫛笥集には、お光、露野、お楊の三人の女性が主要人物として登場する。と云ふことは、つまり、美しい三人の女性の三つの型をあしらつて、美しい一枚の模様を描いたといふことである、お光は仁俠艶冶、露野は可憐繊麗、お楊は崇高清楚と云つた風に。

なる有名な評言をなしたが、続けて、鏡花小説中「最も傑れたものの一つであるこの作品」について、「感情や理性の新しさは少しも見られない」が、「先祖に対する日本人らしい敬虔な気持」が随所に現れている点、通俗的ではあるが、「筋の変化」「構想の変化」のある点、「白熱した」「気韻生動」の文章が存する点、を認めていた。

続いて、昭和三、四年頃「由縁の女」の「発端を読むや否や、忽ち二三年前に世を去つた父親を思ひ出した」とし、「私のまだ知らない金沢の山の姿、墓地の有様など、眼に見えるが如く鮮かであつた」と記す水野亮の「鏡花の思ひ出」（「鏡花全集月報」27号、昭17・10）は、前述した原稿段階での金沢色の朧化が、金沢の風景情景の再現にあたって、いささかもそれを防げるものではなかったことを示す貴重な証言である。

この回想を経て、蒲生欣一郎氏が[10]「墓参小説」の系譜を辿りつつ、そのテーマと技法の集大成なる本篇の映画的技法に注目し、三田英彬氏が[11]、現在―過去―現在という時間的縦軸と、横断的空間的な展開を備えた立体的な構造をもつ作品であり、その表現構造の類縁を、吉田精一氏の指摘[12]に始まる「夢幻能」に求めているのは、川端の述べた「筋の変化」「構想の変化」を作品の構成面から捉え直したものといえようし、また笠原伸夫氏が[13]、四人の女達を「四辺形の構図」に図式化した上で、その間を礼吉が揺れ動いているのが本篇であるとしたのも、「美しい女性の三つの型」（川端）の発展であろうことがうかがえるのであって、「由縁の女」評は川端に発している点を認めなければならない。

川端の作品評のうち、構成や技法に関しては、蒲生、三田両氏によってさらに発展せられてきたかに思われるが、もう一つの側面、すなわち「先祖に対する日本人らしい敬虔な気持」が随所に現れている点にも目を向ける必要があろう。

この点を考える手がかりとしたいのが、過去と現在をつなぐものとしての「因縁」である。むろん「因縁」は、必ずしもこの「由縁の女」に固有な要素ではない。つとに斎藤信策（野の人）は明治四十年「泉鏡花とロマンチク」[14]において、作品中の「因縁」を荒唐無稽として斥けた同時代の批評に対して、いやむしろ物語を読んでいる際「既に事実に於て不思議な感想を起さしむる、乃ち吾等は魅せらるる」がゆえに、これを承知しなければならない、つまり物語られた事象に対して感動し、眩惑されているのなら、その感動を受け容れる限りで因縁を認めるのは当然であり、因縁を浅薄だとするならば、感動することをやめなければならぬ、として作品中に因縁の存すること、因縁と幻想との不可分な関係を積極的に評価していた。

では「由縁の女」における因縁と幻想との関係はいかなるものであろうか。全七十章のうち、馬上のお楊に出会う六十三章まで、様様な因縁は、物語の基底に広くゆき亙って事件や回想をつなぎ合せており、幻想を導き出す契機以上の働きをしていると考えられる（三田英彬氏は、因縁を空間的横断的人間関係を規定するもの、とされる）。

例えば、お光が、礼吉や夫の佐八を前に露野の境遇を語った末に、佐八がつぶやく「因縁ぢや。」という言葉や、お楊の馬を引く甚兵衛の言葉「あれまあ、此の世界が二十何年後戻りをして、何の事はない極楽の道を二度歩行く気がしただ、因縁だ、道理だ。」、あるいは礼吉の幼い日に母が白菊谷へ向ったことを語ったのち、

「――姉さん。……
其処のお仏壇の扉を……どうぞ……」
「あい。」と同じ心に心を得て、お光は、つき膝に背後なる仏壇の扉を開けて、優しさは線香に火鉢の火を移したのである。

などをその最も著しい例として、過去の回想、因縁を説いた後の場面のほとんどが、夜や雨の中という暗い色調の中にあって、情感豊かな、しみじみとした雰囲気を漂わせているのは、この小説の本質が、「親子、夫婦、恋人、主従、さうした人と人との関係や接触から生じる人情、道義のうち、伝統的に最も美しいとされてゐる部分だけを眺めようとする」（川端康成「『櫛笥集』など」）ものであることを示している。

さらに、礼吉をとりまくお光、佐八、露野、甚兵衛、蓮性寺の上人などが物語の中に登場する場合、彼らは現在も故郷で生活しているわけだが、帰郷した礼吉とのかかわりにおいて彼らが語られる時、彼らの過去と、現在あるいは礼吉とを結びつけているのは、解明のしがたい因縁であって、因縁をそのまま受け容れている。だから作者の

注意は、そうした因縁が自然に働くように、物語の中でこれをうまく運行せしめ、彼らをその世界の中で生かすことに向けられているといってよいのではないか。

かつて吉田精一氏は、鏡花「独特の物語様式」を説いて、「長年月における性格の発展や推移のごときはとうてい盛ることができない[15]」としていたが、本篇においてもやはり、回想のうちの幾つかには、語っている人間を表現するためよりも、過去の事柄や事件の生起の説きあかしに主眼が置かれているので、各所に挿入された唄の数々が、過去を喚起する象徴として、昔も今も同じく唄われているように、佐八やお光や露野は、しばしば今と変らぬ姿で回想の中に登場することがあり、また変らぬさまが強調されている場合もある。

では、礼吉と彼の帰郷はどのように捉えられているかといえば、冒頭東京のわが家でお橘を前に、霊や先祖の話をしてきかせる彼の言葉によっても明らかなごとく、神仏や霊を信じるものに対しそれに解説するがごとき立場をとっていながら、いったん素朴な信仰のいきづく故郷に入ると、因縁をそのまま受け容れ、むしろすすんでそれに自分を託してゆくような姿勢をとることになる。そして彼は、亡母の幻想と、今は唯一永遠の姿をとって生きているお楊に身を委ね、そのかみ母の裸体を垣間見ようとし頭を打たれ発狂した甚次郎により、お楊の顔を見んとして同様に頭を割られ、死を迎えるという決着に至る。いわば礼吉の死は、過去における甚次郎発狂のいきさつの、現在における繰返しとその結果なのであった。

したがって、ふるさとへの「帰郷」は、礼吉の中で「過去」を「因縁」として再び「現在」に甦らせるものであった、といってよいのかもしれない。

篇中には、話と話をうまく結びつけられずに説明が後回しになったり、前後の矛盾を繕ったような箇所がしばしば目につくにもかかわらず、全体に調子づいたところや誂えものの感じがあまりないのは、因縁が事件の連鎖を性急に結びつけるべく働いて、ただ結末の幻想を導き出すためにのみあるような短篇のいくつかとは異なり、長い話の中での因果関係の定着に作者が腐心し、またそれがある程度の成功を収めているからだと思われる。

＊

「由縁の女」を書くにあたり、作品の展開のなかで「ゆかり」「因縁」をどのように定着させてゆくかという問題を、鏡花は新しいやりかたではなく、過去の回想を現在の中に組み入れて説き明かすという馴れ親しんだやりかたを採ることによって、解こうとしたのであったが、すでに過去と現在との対比、変化を内在させている「帰郷」というテーマこそ、その常套の手法にかなったものであり、因縁を物語の中へ深く浸透させて、展開を補翚し、因縁の存在をいっそう重くするものであった点、そして、情調や風物を点綴するのに、他のどこよりも知悉している「故郷」を小説の舞台とした点が、大きな破綻もなしに長篇小説「由縁の女」を成立させたゆえんであろう。

注

（1）のち春陽堂版『鏡花全集』第十二巻（大15・12・15）に収録、ついで岩波書店版『鏡花全集』第十九巻に収める。以下断りない限り「全集」とは、岩波書店版をさす。
（2）『鏡花文学新論』（山手書房、昭51・9・7）第一章・注5。
（3）「鏡花における「自然と民謡」の問題」福井大学国語国文学会「国語と国文学」19号、昭51・5・25。
（4）「由縁の女」が、新潮社版「現代長篇小説全集」14『泉鏡花篇』（第23回配本、昭5・1・10）に「芍薬の歌」とともに再録された際、鏑木清方の筆になる「針屋の妻。紋の橘」「水晶の裡の幻」「花売。伏柴」「露。隠亡廓の姫」「巡礼。お楊より」の各章に因んだ単色五葉の挿画が添えられており、本篇にかかわる挿画は、輝方の十五葉と合せて、二種二十葉が存することになる。
（5）「全集」別巻、838頁。
（6）原題「楊弓」「文芸倶楽部」33巻11号（昭2・9・1）より34巻2号（昭3・2・1）まで六回連載。
（7）原題「笈ずる草紙」「文芸倶楽部」4巻5編、明31・4・10。

（8）26年10巻、大10・10・1。
（9）30巻5号、大14・5・1。新潮社版『川端康成全集』第十六巻（昭48・10・30）に「泉鏡花氏の『櫛笥集』など」として収める。なお川端と鏡花の関係に触れたものとして、吉田精一氏に「川端康成論―泉鏡花との比較―」（「明治大正文学研究」25号、昭33・11・25）がある。
（10）『もうひとりの泉鏡花』（東美産業企画、昭40・12・28）第三部。
（11）「「由縁の女」と鏡花文学」「文学」43巻7号、昭50・7・10。のち『泉鏡花の文学』（桜楓社、昭51・9・15）に収める。
（12）「泉鏡花論」「国語と国文学」16巻11号、昭14・11・1。のち「泉鏡花の輪廓」として『近代日本浪漫主義研究』（武蔵野書院、昭15・7・1）、『近代日本浪漫主義研究』（修文館、昭18・3・15）および『浪漫主義の研究』（東京堂出版、昭45・8・25）に収める。
（13）「泉鏡花⒇由縁の女」「解釈と鑑賞」40巻9号、昭50・8・1。のち『泉鏡花―美とエロスの構造―』（至文堂、昭51・5・30）に収める。
（14）「太陽」13巻12号／13号、明40・9・1／10・1。
（15）注（12）に同じ。

〔参考篇〕「由縁の女」初出における削除部分の復刻

（一）おぼえがき

本論にも触れたごとく「由縁の女」の「婦人画報」掲載文中に、単行本出版の際削除された部分が存するので、参考のため以下にこれを復刻紹介することとした。削除部分は掲載第二回（第156号、大8・2・1）の後半、及び第三回（第158号、大8・4・1）の前半であって、掲載時の章立てでは第九章末尾より第十八章途中にいたるかなりの分量である。「全集」第十九巻でいえば、30頁14行目「魂は身を離れてもあるらしい」の後より始まり、30頁15行目「お家の重宝……」に接続するはずのもので、30頁14行目「次手だ……此處に遠目金がある。」は、削除部分末尾の一部を生かして、単行本出版の際に補った文である。

父清次（工名・政光）に関しては、蒲生欣一郎氏に詳しい考証がある（本論、注（10）の『もうひとりの泉鏡花』421頁―426頁）が、新保千代子氏が「鏡花研究」創刊号（昭49・8・10）の「新資料紹介」において翻刻し、のち「全集」別巻に収めた清次宛の書簡（書簡番号八、明26・5・26付）にみえる「長土塀とは其後中違ひなど遊ばさず候か父上が寛大脱塵なるあのやうなことは大海に塵一ツ葉にて別段気におかけ遊さるましくと存し候」という条の「長土塀」が師匠筋にあたる水野源六を指すとすれば、削除部分に描かれた経緯の裏づけになろうかと思われる。

復刻にあたり、本来ならば初出誌の形態をそのままに復元すべきだが、話の内容理解が第一義と考え、復刻の要領を次の通りとする。

一、漢字、かなの字体をおおむね現行印刷文字とした。
一、初出は総ルビであるが、読解に必要と思われる箇所のルビのみを残した。
一、自筆原稿と異同のある箇所、及び原稿の加筆訂正箇所に番号を振り、文末に一括してその旨注記した。
一、初出で章の改まっている場合には、そのつど、数字でこれを示した。

(二) 復刻

〔九〕

然う言へば、序に話すことがある、父がまだ活きてるうちに、さきへ亡くなつた若い母に、其の墓所で、雪の積つた夜、長火鉢でさしむかつた形で、歴然と逢つた事がある。

「――可恐いか――」

お橘は擦寄つた膝の音を、火鉢の胴で幽にさして、

「い、え」

〔十〕

犀吉は更めて言つた。

「順序として、」

「墓所の様子を一寸言つて置かないと困るんだが、五輪も石塔も何も建つては居らぬ。と云ふのが、母の一周忌頃は、太く父が不工面で、出来なかつた。最も祖母さんのは別に石碑は立つて居るが、母の中へは、あとで父が一所に入るつもりだつたので、別に築いて土饅頭の形で、上に、記念に小さな松を植ゑたのが、年が経つて枝葉が繁つて、此の前私が行つた頃は、最う上の岳を越して見上げるばかりで、颯と得も言はれない松風の調べが聞こえた。名はなくつても立派な塚です。草も青々として、其の中に、ちら〳〵と、此の色は薄いが大輪の菫の花が、恁う俯向いて弱々と咲いて居た。

故郷では此の花の事を、すまふ取草と言つてね、名は可厭だけども、する事は可憐らしい。小児同士が一本づゝ摑んぢやあ、台の処を両方から引掛けて、すツと引いて、菫を此方へ引切つた方が勝なんです。

丁ど、あの年の其の時は、前刻の音信の針屋のお光さんが一所に山へ来てくれた。――「お光さん相撲を取らうか。」と花を見て、」

と言掛けて、思はず笑つた。

「これ、笑つちやあ不可いよ。しかし少し変だ。」と又笑つて、「年紀も一つか、同い年の従姉妹同士で、七八歳の頃摑合ひの喧嘩をした人でないと、成程可笑しい……妙齢に成つても町内で評判の縹緻よしで、疵だ、と言はれたお転婆が、三十近い声が掛ると、神妙に成つた事――「菫は可哀相だからお止しなさい。これで引き較をしませう。」と言つてね、袂から出してくれたのが、小児の時分、私の好きだつた煎餅なんだ。」

「食べて？」

「あゝ、食べたよ。」

「おいしかつて？」

「あゝ、旨かつた。」と、おめでたい顔をする。……謹んで伺つて居ればば可厭な人——貴方はお光さんに惚れてるんぢやありませんか。」

「暫時。」

と犀吉は斜に背後へ肩を引いて、

「いま、山に居る処だ、若草を焼くと火事に成ります。——お前と一所に成らない前の話ぢやあないか。第一それ処か——此方は二人で印の雌松の声を聞いて、塚の菫を摑んでゐるんだが、一坂彼方は修羅の太鼓だ——丁ど日露戦争の時だつたから——来がけに、其の峯の月天子の堂へ寄つて、清水を汲むのに本堂へお辞儀をすると、堂守も何も居ない荒堂の板敷の上へ、十人ばかり、別に家らしい家もない、山谷、飛々の小家の中から出て集つた。爺さん媼さんが、旗を一旒。(1)

赤地の錦に三日月(2)の銀の薄雲に輝いたのは、御厨子から取出したらしいのを押立てゝ、南無妙法蓮華経々々々々々々々と、お題目を称へて、敵国調伏の祈をして居る。(3)私たちは膝をついて会釈をして出た。

此の旗一つも一師団だ。

紫羅傘の咲いた、白土の、薄日の山の、峯の、堂の、廂も落ち、壁も崩れた、じと〳〵と暗い中に、影のやうな老寄たちが、ぐるりと輪に成つて祈念をする、月天子の旗を思つて御覧。——一山の草は草摺、樹立は残らず鎧です。(4)

御祈禱巳に七日満じける月、諏訪の湖の上より、五色の雲西に聳き、大蛇の形に見えたり。八幡の御宝殿の扉開けて、馬の馳散る音轡の鳴音虚空に充満たち。日吉の社、二十一社の錦帳の鏡動き、神宝刃とがれて、御沓皆西に向へり。住吉四所の神馬、鞍の下に汗流れ、小守勝手の鉄の楯己と立つて、敵の方につき雙べたり。凡そ上中下二十二社の震動奇瑞は申すに及ばず、神名帳に載る処の三千七百五十余社、乃至山家村里の少社、櫟社、道祖の小神迄も御戸の開ぬはなかりけり。

と、(ママ)大平記にあるのを目の前に見るやうな気がしたんだ。」

〔十二〕

「其の年は、往の汽車が、近江から越前入つて、金ケ崎、鯖江、鯖波、今庄、燧峠なぞと言ふのを抜けて過ぎる……あの辺は新田義貞の悲い古戦場だがね、……それこそ山又山、谷又谷と言ふ、寂い処の、巌室の前に杭を打つたやうな小さな停車場が、ぽつ〳〵ある。其の何の停車場へ汽車が着いても、下りるものは些とも無しに、唯一人、二人づゝ、ひら〳〵と乗込む、と、何うかすると二三人の声が。谺は何千の響を返して――万歳――と呼ぶのが、天狗風で、ガウと鳴る。……最も夜なんだ。……気が附くと、皆、峠、谷間の孤家から予備の軍人が召集に応じて師団へ駆附けるのだつた。が、厳に、勇ましく、もの悲いまで凄い様子は、巨巌が動出し、大木が抜出るやうに見えた。

　其外春日野の神鹿、熊野山の霊烏、気比宮の白鷺、稲荷山の名婦、比叡山の猿、社々の使者悉く虚空を飛去る……

と続いて、本文に書いてあるのは、此こそと思つて、何となく涙がこぼれたよ。

　さあ、此も、向山の月天子の御堂に、霊あり、神あり、で、お庇を以て国難も安らかに、其處に、蒼生の数にも足りない雌雄が参詣をして居る、母の塚にも、優い魂が宿ると言ふ談話の続きだが――

　塚を、線香の煙が薄く巻いて、菫模様の紫に、淡い陽炎の立つ状は伏籠に小袖を懸けたやうだ、が、自分の親のだから御免を被れ、萌黄の搔巻で包むだ炬燵に見える。――それをね、父は長火鉢に見たとさ……真白な、青い火の燃える、そして白い鉄瓶の掛つた、――最も冬の雪の夜です。

　父は誠七の「誠さん。」号を一道と言ってね、[5]金銀の彫刻師と言ふと系図の方で聞えは可いが、それは、刀の目貫縁頭の時代の事で、[6]御煙管、指環、簪でなくちゃあ、活計に成らないとなると錺職だ。高彫の香合や、象嵌の花瓶を道楽に拵て居たんぢやあ、毎月の間に合はないからね。

　処で、一口に錺屋と安く言ふが、此の錺屋が何うして、なか〳〵楽な家業ではない。……手間を取る仕事の中では、此のくらゐ手の懸る、根の要るものはあるまいと思ふほどで、まあ、何の事はない、絹に筆で描く画を金属へ鏨で鑿るのさ、お剰に、地金まで拵へるんです。――其の彫刻なり、象嵌なりをする……

　銀の簪一本を拵へるにしても、目量で買つて来た地金なりでは、細工をする手に肌が合はないと、仕上げの上に粒が来たり毛が入つたり疵が出るから、鞴に掛けて、濾壺で溶かし直して、其から目分量で要るだけを、切鏨で、ちよきん、と切ると、其から、ならし盤で、鉄槌で、打つて伸ばす、何挺か、粗く細く鑢を入れる。此の鑢が粗雑で、打方が拙いと、仕上たあとで、髪に挿すと、すぐに一度で、脚がぶるぶると、曲る、はだかる、畝る。ちやうどいま、お前さんが挿してるやうな奴になる。

　おつと〳〵、いま更抜いて視て口惜しさうな目つきをする事はない、……何事も金子と相談、ひとへに拙者の不行届(7)。」

　と、恭しく細君に一揖して、

「話は話、ものはものさ。……処で、心ある女は、脚のびり〳〵した簪を人に見せるのは縮髪を曝け出すやうだと言つて恥ぢたものだ。で、此の狂の来ないやうに打つのは作人の手加減一つさ、此ばかりでも、二日や三日では出来やしない。其処で、梅、桜、牡丹、菊、花の高彫でもあらうものなら、花片は一枚一枚、細い蕋一つまで、何十本か名名が煉念した鏨を花なり葉なり別々に入れねば成らず。さて、仕上げと成ると、鑢目を消すのに、あら砥、磨砥で下拵へをしたあとで、朴の木炭を掛けて、其の上へ、ちさ炭を掛けて、それから磨く、色を揚げる、と成るが、此の砥でも、くるひが出るから、弟子小僧に任せて置けない。ちさ炭、砥の粉の仕上まで一々自分で手に掛ける、……と言ふ楽でもないものなんだ(ママ)。

〔十二〕

「また県下の有志家が出る……此奴何分にも煩いが仕方がない。」

　犀吉は煙草を投げて、

「殖産興業の何とやらで、……明治何年だつけか、東京に勧業博覧会を開くに附いて是非とも出品せい。一県の名誉のため、且は旧藩侯に国恩を報ずるためぢや、と洋服で開直つて、ピンと髯を反らした、両方に黒紋着の羽織袴が控えて、いづれも、上下次第ありだが、正何位勲何等の大な名刺を突きつけたものだから、世間見ずの父は、昔、征夷将軍の御上使が、天から降つたやうに驚いて、めつたに動いた事のない細工場の煎餅蒲団から、づゝと出て、草色の袢纏で、総髪の頭を低頭平身に及んで、「へい。」とばかりおうけに及ぶ、と、出品受つけは何月幾日何時までぢや、期限を間違へませぬやうに。――何うだい。一国の名誉のために働かせるものに向つて、烏金の催促をすると同じことを言つて――御苦労様にお祖母さんがついで出した、ぬるい茶を、汚らしそうに見て、づいと、靴足袋の裏を見せてお立ちさね。――其の癖、一銭も出さないんだ、地金を買ふのに、分(ぶ)を持たうとも言やあしない。……

父も父さ、そんなものは打棄(うつちや)らかして、早く新地の芸妓(げいしや)が誂へた松葉簪でも小意気に仕上げて、寝酒を飲んでりや可いものを――「お母(つか)さん、難有(ありがた)い……」「……名誉ぢやといの。」……は情ない。

ここで、売るやら、曲げるやらで、酷算段(ひどさんだん)で地金の銀を何百匁か調(とゝの)へて、それから、打出しで、雀が二羽、パツと組んで、チ、、と上下に重つて飛ぶ處を拵へはじめた。然も雪を乱した処だ、毛彫の羽に、鏨の呼吸で、颯と真白なのを散らして見せやうと言ふ工夫だつた。――父の考(かんがへ)では、餌(え)を拾ひながら、引組むで、腹を翻(かへ)すと、俯向けに乗つて、嘴で、嚙合ふのは、アレは喧嘩をするのでも、餌を争ふのでもない。仲のいゝ同士が、情が迫つて、嚙りついて引締めるんだと言ふんださうでね。

聖天様(しやうでんさま)を煮ないばかり、一生懸命、やがて四月(つき)ばかりの間、湯に行つて、帰りに蕎麦一杯食べるぐらゐのほか外出(そとで)もしない。――最も小児の内から十年も年期を入れて、好きで何某(なにがし)と言ふのに教はつたほどな彫金(ほり)だから、二かけや其処いら食はないでも、坐つて仕事さへして居れば、のんびりとした眉をして、嬉しさうに見えた人だから、側(そば)で思ふまで、当人苦痛でもなかつたらうが、見て居て気の痛むほどの努力(ほねおり)で。二月の中ごろの事だつたと言ふ、最う一息で、其の、むら[8]雀が出来上らうと言ふ處で、卜何ださうだ。目を入れやうとすると、二羽の雀の目が、何うしても喧嘩をして嚙合つて居るやうに見えて不可ない。それでは打壊(ぶちこは)しだ、と此の嚙合ひながら睦まじい和合の相に苦心をして、一先づ腕を組んで考へて居る処へ――

佐分利便六(さぶりべん)、と言ふ夥間(なかま)の処から使が来た、父に是非一寸来て貰ひたいと尻端折(しりはしをり)で、駆附けたのも職人です。夥間とは言ふが、父には、何某と言ふ其の名家だつた師匠の家で、便六は養子なんだ。それに、おなじ餝職と言つては勿体ない、もとは士族だとあつて、仕事場でも袴を着けてリウとして居る。仕掛も大きい。自分手に取つては煙管も覚束ないかはりには、仕事場を工場と称へて、表看板に曰[9]く美術工芸会社[10]だ。三四十人も職人を使つて、輸出向きの鋳物を盛に遣つているのだが美術工芸家だから、こゝ等が元締で県の名誉を発揚せしめさした訳で、博覧会の出品などは元祖だから、大烟突で馬力を掛けて、此の佐分利で、予て製作して居たのが、朧銀[11]の太鼓に乗つた銀の鶏の置ものだ。

偏く評判な物で、無論大ものだつたには違ひない。

養子の代でも、盆、暮、毎月々頭に、出頭を怠るまじき師匠の家急用と言ふので[12]、仕事着のまゝ、羽織だけ引被けた、其の硬い真田紐を結び〱家を出て、後とも言はず、使の職人について行くと……」

〔十三〕

「佐分利の工場、板敷の真中に、醤油樽ぐらゐな太鼓に乗つて、胸毛を突張り鶏冠を反らせて、其の銀細工の鶏が、時を作らうとして居る処が据置きだ[13]。大勢の職人が手を入れるので、鶏がぐらつくから、下の台へ紐を通し、空の天井から綱を渡して翼も羽搔も結えてある。

が、最う皆手を控へぐるりと周囲を取巻いて居る。「やあ、誠七さん。」と便六が親しげに父を呼んで、「いやあお互、お互、……御無沙汰の挨拶など職人同士に要らぬ事、」と例のお袴ながら例になく太く砕けて其処で呼寄せた早急の用は、と言ふと、其の鶏に一鏨目を入れて貰ひたい、と言ふのは便六は、仕事は出来ないけれど書画骨董を捻くつて、ものには目の開いた男だから職人の腕は分る、此の作ぶつについて特に高い給金を出したけれども、生死の大切な境の瞳を彫るものが誰も居ないから、と言ふ。

此こそ名誉だ。

が、再三辞退をしたけれど[14]、便六が先代の志と思へと言ふ。ぢやあ師匠の言ひつけも同一だから、退引成らず、手をついて畏つて、さて、凝と其の鶏に見入つたさうだが、便六の腹ぢやあ、すぐに其の場で間に合つて出来さうに思つたらしいけれど、其處は工芸家と餝屋とぢやあ了見が違う……餝屋の父の方に工夫が要る。……一両日御猶予を、と、先方が不心服なのを、無理に佗入つて、一旦家へ帰つた、と言ふものは、此から神棚へ燈明を上げて、例の細工場へ円く成つて蹲つて、其から、ものも言はないで、腕組をして、凝と工夫を凝らしたんだ。

処で烏金……ぢやあない、県の有志がお達しの日限だ、やがて、今日明日に迫つて居るのに、自分ものゝ、むら雀、雪折竹がまだ出来をして居ない。やがて半年の苦心も、間へ大仕事を引受けたゝめに、間に合はなくなつて、むだに成つても仕方がない、往生しやう。他ならない師匠の家の一大事だ、と其の方は断念める気で、一向専念に鶏の目の苦心をした。

自分のものを思切る気と、心労だけでも沢山な処へ、佐分利からは人橋かけて、やがて一日に四五度の催促、期限に、もしも、間に合はないと、美術工芸会社は破産をする[15]、主人便六は腹を切らねば成らぬと威す。

こゝまで来りや鋳屋は度胸が据つて、自若としたとさ。先方が腹を切れば、自分は咽喉を突く気です。肝が据ると、心も極つて、可、これならば、と言ふ処で、此から鉄を焼いて自分で鏨から拵へる、……筆屋に筆をまかせるのとは違つて鋳屋は此處で面倒だ。新いものにかゝると、花一つでも、葉なり蕋なり、思ふやうに彫るには、鏨から拵へなけりや成らない、……念を入れると鉄槌まで手製なんだ。

手すゝぎ嗽をし、神棚、仏壇に拝をして、一道具懐中を膨ませると父は最う莞爾して家を出た。

天も晴れたし、雪の路も凍てた、すり摺れたけれども、ちやら〳〵と雪駄ばきで——

佐分利へ出向くと、最う其の時は、例の催促に、追け罷出る趣を口上で知らせてあつたから、家内は婦子供まで、工場へ皆揃つて、親類の娘たちが手伝のお酌のつもりの、身拵へで控へる手配。両側に、最うづらりと膳が並んで居る。

と言ふ手廻し……唯目を入れるだけの事、いざ、と成つて鏨を持てば、もう半時ともかゝるわけではないことは分つて居るから、——「御免されい。」と父がづゝと出ると、職人たちは、ヂリ〳〵と輪を取つて手をついた。何も父を尊敬したと言ふ次第ではない、名々が手をかけた大製作を重んじたからだ[16]。「延引をいたしました……誰方も……不束ながら。」と会釈をして、手織木綿の羽織を脱ぐと、懐中の包を解いた。鉄の小刀を取つたが、一番に天井から釣つた綱を切り払つて、ブツリと足を結えた紐を切つた。——「少々、誰も御免を、」と言ふと、あの、咽喉の羽の上へ、細く刻んで鏨を入れる、と目はまだ入れぬのに鶏の胸毛が颯と立つ[17]。」

〔十四〕　＊以下連載第三回。

犀吉の瞳に屹と気が籠つた。

「処を透かさず、小山を取つて引敷くやうに、太鼓の胴に片膝を掛けると、釣鐘を載せても震へぬ肱で、半月十日と言ふもの、生れてから五十年、工風を凝らした手鍛えの鏨を胸元に取つて鶏の目を撓めながら、右の手の鉄槌は、綿よりも柔かに取つて挙げて、トンと打つと、工場に呼吸を凝らした多勢の寂然として堅唾を嚥んだ天井へカーンと響きながら、其の銀の鶏は、づッしりと据つたまゝ、毛一枚も動かさなかつたんださうだ。ト一鏨彫つたのを熟と視るうちに、鉄槌の手が柔かに膝へ下りると、可、で直ぐ其の膝を直して、片側に廻つて同じやうに鶏の左の目を入れた。大な細工場はパッと灯が冴えて明るく成つた、面も明るく成つた、鶏は目を覚して片頬笑をしたやうに見えたさうだ。(18)

父は袖で一寸額の汗を拭くと、其處へ大勢の職人が、便六はじめ一束ねに顔を出したが、まだものも言はないで目をたゞ鼻息が白く立つて、人の形は皆黒い。一音鳴いたら、夜が白まう、銀の鶏は、獣の喘ぐやうな、ごちや〱と固つた人間に対して爽かなものだつけ——

居直つてね、父がグイと其の鶏の毛爪を壓へた。其が寂然して皆が息を詰めた場合だつたものだから、世に生れて目が光つた第一番に、羽搏いて天井へ飛ばうとするのを押へて留めたやうだつた、と言ふんです。

——此の話は、……其のために故郷に帰つた私に、其の時、其の場に居合はせた職人が言つて聞かしたんだがね——」

聞入つたお橘が吻と息して、

「貴方は？」

「私は、其の時分、東京へ修業に来て居たのさ。」

「お内には？」

「お祖母さん。」

「えゝ、まあお父さんはお手柄だつたわね。」

「まあ、其のつもりだつたんだらう。……父は。——しかし職人が私に話したんです。悔みに来て、其の児に向つて、亡くなつた父の事を言ふのに、誰だつて悪く言ふものは無いんだから、其のつもりで割引をして聞いて下さいよ。

処で、いまの一件だが、父は毛爪に手を掛けて、其処で刻印を切らうとしたんだ。一道とし銘を打つ、画ならば落款なんです。「あ、何をする、」と便六が、もう鉄槌の肱の挙つたトタンだ、手には一道の鏨がある。口で留めてなんぞ間に合ふのぢやあないから、突如ドンと肩を突き退けた、「これい。老父。」と其処で怒鳴つた。

何の事とも弁へません、父は吃驚して、最う扶助を求めたさうに、夥間の職人をうろ〱と、眴しながら、「何ぞ麁忽でも。」と其のまゝ手を支いて訊くと、づいと便六が袴の膝で詣寄つて、「汝と言ふものは推参な、これ程らいもない、一県下の美術工芸を代表して、帝都の大博覧会に出品をしやうと言ふ俺が製作に向つて、刻印を打つと言ふ大それた法があるか。……一概（いちがい）は気違ぢやと世俗に言ふ……汝は正直もの、一概で気が違うたものぢやらうて、は、は、は。」と掠（かす）れた声で仰向いて笑ふて、次手で髯のないしやくれた腮（あご）で揮指（さしづ）をして、「さ、さ、皆、膳について、膳について、」――で、職人たち、客も交つて、影が消えるやうに、づッと鶏の前を立つて席に着く。……

父は、驚駭（おどろ）いたのと、口惜（くやし）いのと、落膽（がつかり）したので、黙つて、口も利けず、鏨と鉄槌を持つたなりで、唯俯向いて居たんださうだ。

何、もう半分、気を失つたやうに憎乎（ぼつ）として了つたんださうだけれども、便六の方ぢや、然うでもない、隙を見て飛着いて、一鏨入れやしまいかと思ふ懸念があつたか、袴の膜に、恁う手をついて、同じく座を立たず睨む（ママ）で居る。」

〔十五〕

「私にや、よくは解らないが、然うした作品は、目が生命で、其を彫つたものは、銘を入れるのが細工人の慣例（ならはし）なんださうだ。――勿論自分一人だけではないのだらうがね、父の肚ぢや其の鶏に名を入れさして貰ふことで、右の旧藩侯の恩を報ぜよ、とか言つて、威かされた洋服の人たちへの義理を済ませて申訳（まをしわけ）にもしたかつたんだね。

其と言ふが、あれまで苦心して老後の思出にしやう（ママ）とした抱合雀（だきあひすずめ）の水入が、最う受着けの時日や何かで間に合はない事は解つてゐる。既に便六の此の出品なぞも、其処で一酒宴したあとで、すぐに徹夜で荷造をしようと言ふ切端詰つた場合だつたものだから――目の彫の工夫をするのに、六日七日掛つた時に、最う自分のものは断念（あきら）めて居たんぢやあないか。野山が一斉に、細工場も暗（やみ）に成つて穴へ落ちた、父の其の時の胸の裡は察せられる。

佐分利の御新姐が傍へ来た。

こゝに一寸話がある。……父がまだ少（わか）い時――此の御新姐は武家のお嬢さんで、先方から申込の縁談のあつた事がある、勿論横合から便六のものに成つたのは言ふまでもないけれど。……気の優しい人だから、「さあ、まあ、彼方（あちら）へ……」と背中をさするやうに言はれたので、「はい、はい。」と、最う筋の萎へた腰を伸して、鉄槌（かなづち）を杖につくばかり。銀の鶏は振返つて視たらう。……便六は我が膳を其処へ取寄せて、「皆が遠慮せんと〱。」で、仰向いて頤(あご)を撫でる。

膳には着いたが、すきな酒も唯咽(む)せる。……猪口(ちよく)に二三杯と思つたのが考へ〳〵飲む所為(せゐ)か、やがて父の座を立つた時は、酌に頼む(ママ)だ娘たちの三味線で、裸踊を遣つてるのがある。——師匠の家だから勝手口から退(さが)る時、御新姐の心着けで女中が持たした料理の折を頂いてぶら下げて、門を出ると、此處が大(だい)土塀小(せう)土塀と言ふ屋敷町で、片側が何処までも畝々とした土塀続き、で片側は崖の下を鬼川(おにかは)、と言つてお城の用水が町を抜けて、大川へ落ちるんだから、巾は無いけれど、ざッと鳴つて凄い流れで、寂(さびし)いの何のぢやない。……

一面の雪です。

細い路が枯樹のやうに細く通つて、然も凍(いて)て居るから草履でぴたぴた、暗夜(やみよ)だが、雪あかりと言ふので、薄明(あかる)いのを辿つて、唯一人……父は何を思つたか、川岸へ寄つて、流の渦巻くのを視て凝と立つた。

(——此も矢張(やつぱ)り私に話をしてくれた職人が、内證で御新姐の注意を受けて、密(そつ)とあとをつけて出て視ていたので——)

「蕎麦アウアウイ」

「まあ、貴方。」と胸を引いて、お橘が犀吉の顔を視る。

「情が移りません。——寂い處だから、変な声を出さないと。荷の灯は早や見えたが、声は遠くのやうに幽に響いて、チンリン〳〵と前途(ゆくて)から来掛つたのが、職人より先に吃驚して、「親方。」と、父の袖を摑んだんだ。

処が、然うでない……「やあ、お蕎麦屋さんか、一杯おくれ。」と荷の前に立つた父の形が、撫附頭の帽子なし、黒の短い合羽を着て、股引で汚い足袋だ。いきなり硝子(こつ)盃(ぷ)で一息呷(あふ)つて、「身投と間違へられたのも無理ではないけれど、然うではない。……東京へ行つとる悴めが。」

……と言出した。

……私の事なんだ。」

「あゝ、ね。」

「……小児のうち、朝、学校へ行く前に、英語の塾へ通つた事があつて、塾が其の鬼川つゞきの邸(やしき)だつた処が、眠くつて堪りません。……まだ暗いうちなんだから。

——一朝も祖母に起されたつて、其の時刻に、たき立ての飯を食はして貰ひながら、ふくれツ面のあぶくを吹いて出た罰で、居睡をしい〳〵其の川縁(かはばた)を歩行(ある)いて、低い岸から川へ下りる石段に躓いて、真俯向けに、つンのめつて、胸を打つて、少時(しばらく)息の留まつた事があつた。」

「まあ、危い。」

「危いにも、夜あけ前だから人通は無し、もう一息でまゐる処さ。――其を父が蕎麦屋に話した。」

〔十六〕

「……其の忰めが、よく怪我もしないで助かつてくれた……聞けば丁ど此処だ、と思ふ岸に立つて、嬉しさに惘乎(ぼつ)として居た。悪い獺(かはをそ)が居て人を化(ばか)す、昔から風説(うはさ)のある気味の悪い処ながら、私は獺にも礼を言ひたい、と箸を持つて蕎麦を食べようとすると、何時の間にか、土産の其の折がない。「してやられた獺に、何の骨を折つて奪(と)らずとも、礼心(れいごゝろ)に遣るものを、は、は、は。」と父が笑つたさうだが、此の声は梟(ふくろ)の鳴くより寂しかつたらう。(――職人は、最う大丈夫、と此處まで見届けて引返したと言ふがね――)

なか〳〵大丈夫では無かつたので。――

成程、其処ぢやあ身を投げる気なんか無かつたらうけれど、無念さ、口惜(くやし)さの遣場がない。家に帰れば年よつた祖母(おばあ)さん。

父は遣瀬なさの余り、其の恋女房……私たちの母の向山の墓へ、蕎麦の勢で、雪を踏んで歩行(あるき)出した。真夜中です。……

幾つも幾つも寝鎮まつた町を通つて、夢なら、其処で行当つて魂が戻りさうな、白い向山を目の上に、浅野川の岸へ出た。岸の松も雪を被(かつ)いで白鷺の様に見える。橋も氷つて玉のやうです。川の瀬は冥途に響いて可恐かつた、が、尊いのは、砕ける波がすく〳〵と立つて白蓮の花を、枯れた柳の枝に散らす。

拝みながら、町はづれの、其の天神橋と言ふのを渡つた。

あとは夢中[19]、薄曇りの月の世界へ、しがみついて這上(はひあが)るやうに坂を上り、崖を伝ひ、岨路(そばみち)を踏みしめ〳〵、一心不乱に月天子の堂を志して、其處が輝くかと思ふと岳の中の墓に入つた。

――此の時です――

母の塚が、いつもの我家の細工場に、常規(きまり)に置く長火鉢の形に見えた、がしかし皆白い。火鉢も灰も火も白い。白い薬罐が掛つて、ふさ〳〵と雪の積つた松の枝を、其のまゝ焚くのが矢張り其のまゝ白い火で、煙も立たずに、唯藍のやうに青いは、火炎(ほのほ)がちら〳〵と搦む、と同じ青い切(きれ)を黒髪に掛けて、袖も襟も真白な母が、其の火鉢の前に雪を敷いて坐つて居た。袖は谷に、裳(もすそ)は峯の、皆白雪に一つゞきで。

こゝに来ると、星はない、虚空に波のやうな雲が見える。

峯は宝達、醫王山、奥へ続くのは白山だ。

……「おゝ。」と、唯恍惚(うつとり)と成つた父が、(20)真似事のやうに、母の酌で、湯沸の銚子で一口飲むと、世に単に此の墓に縋つて、泣いてせめてもの慰みを頼む気だつた、おとろへも、悲(かなし)みも、口惜(くちをし)さも、無念さも、愚痴も忘れて、クワツと血の踊るやうな元気が出た。

大胡座(おほあぐら)にむづと坐して、高笑ひをして、「あれ式のものが、何が、何だ。――喃(なあ)これ、私(わし)がの、恁うやつて鶏の目を彫つたわ。見てくれろ。」で、一抱へ膝の周囲の雪を掻いて、抱(いだ)いて寄せると太鼓の形。松の雪をさら〳〵と其の上へ、清く一束ねにして、しかし、手で鶏冠を立て、頭を撫で、翼を敲(たた)く、とたとへれば、うまれたての大な雛子(ひなこ)のやうな形が墓の雪の上へ一つ出来た……

……「目を恁う入れた。」

と居直つて、鑿を構へてトンと打つ、と塚の松がさら〳〵と鳴ると、其處に居る母の面影の、つむりの髪が、松も緑ともなく、雪ともなく、幻にはら〳〵と戦(そよ)いだのを、美しく見ながら、立違へて、肩に顔を並べて又坐を直して、「む。」と右の目を丁(トン)と入れた。

ばつと羽毛(はね)のやうに雪が散つて、白い翼を羽搏くと思ふと、鶏の声がした。

谷でこたへる、町へ響く。

我に返つて、父は墓で、東雲(しののめ)の山々峯々、薄紫の雪を視た。

夜が明けたんだ。向山の雪の中に、唯一人、松の枝が折れたやうな形をして……」

〔十七〕

「気が着くと、最も、母の姿は唯塚を包む(ママ)だ雪に成つた。

父の涙は凍らず流れる。しかし悲哀(かなし)いばかりの涙ぢやあない。はらはらと落ちて留(や)まない涙の隙に、現(うつゝ)に雪を刻んだ鶏を凝然(じつ)と見れば、松を払つた雪が乱れて、膝に落積つたばかりだつたが、一削り矗(すく)と氷柱のやうに立つた、鶏の鶏冠と思ふ一握の雪が、薄桃色に、ほんのりと紅(あか)く染まる……

遥に、白山の第一峯、白く細い、美人の指のやうな大汝ケ峯を裏透いて紅玉(ルビー)のやうな、朝霽(あさはれ)の日の日輪の一端の、朱鷺色に青空を染めた影が、近い崖に颯と映つて、射返したのが其の鶏冠をば彩(いろど)つたんです。

濃い紫に見えるのは、月天子の御堂(みだう)の棟。

鶏（にはとり）の声は、二筋真青な川の流れる百万石の白い城下の遠近（おちこち）に、玉を取つて投交はすやうに響いて聞こえる。

額の皺も莞爾（にっこり）すれば、霜の髪も松に黒い。

両手を支いて日月（じつげつ）を礼拝した。

鬣を取つて押頂〳〵と、

……「やあ、私（わし）は浅川一道ぢや……」

で、雪を白銀に擬（なぞら）へて、其の名を塚の根に刻んだ……と成ると、弥生の春の山遊びに、瓢簞酒を傾けたと言ふ、蕩然とした好い気持で、橋も城も、一斉（とき）に、悠然と景色を眺めたつけ。

目の行く其処に、洲の崎のやうに成つて城下の雪の盡きる処に、薄群青の海が見える。……二里離れた大野ケ浜金石（かねいは）の崎（さき）の磯続きなんだが。

雪に連る……偶〳〵（たま〳〵）其処に、思ひも掛けない山駕籠がある、小荷駄（こにだ）が通る、馬が来る。陽炎が遊ぶ、蝶が飛ぶ。桃も桜も一時に、ぼつと又霞を染める。

其の駕籠に、紫の袖を掛けて、文金の高髷で、背後（うしろ）姿（すがた）ですツと立つて、晃〳〵（キラ〳〵）と金時絵の遠目金の光るのを、前髪はづれに、沖の景色を視める品のいゝ娘が見えた。

……「おゝ、彼（あれ）は。」……

然うすると、海が忽ち、方角が変つて、越中、越後の国境（くにざかひ）……

つげる——今度行くのに私が汽車で通る処……」

と犀吉は、手函（てばこ）を膝に取直して、

「越後の市振（いちぶり）と言ふから、お前も聞いて知つてるだらう、北陸（ほくろく）一の大嶮難（けんなん）、親不知、子不知の荒磯つゞきで、駒返し——

父の目に、其の駒返しの景色に成つて、立つてる美（うつく）しい娘の姿は、両親姉兄（あねあに）たちと一所に、昔江戸から北国に来た時の道中の母なんだ。

馬に乗つてるのは姉で、最う一つの駕籠のは、嬰児（あかんぼ）を抱いた嫂（あによめ）。前にも一つ娘の母の駕籠がある。笠着た道中指、羽織の姿は娘の父。半合羽（はんがつぱ）、手甲（てつかう）して、吉原被（かぶり）の俠（いなせ）なのは兄貴と視た……

鹿島の神は、つい隣り、道祖神（さいのかみ）も幸（さいはい）して、長の道中も遊山旅。——音に聞いて、江戸の親類と此がために水杯した親不知も、鯱（しやち）、鯨の荒海どころか、鶴亀の緑の池で、丁度弥生の山桜、あの可恐（おそろし）い巌窟（がんくつ）も、椿の花に包まれて、絶壁に梅の香が残る。

打つ波は貝寄（かひよせ）の風唯そよ〳〵と、佐渡は、紫、鳥の浮巣。……

旅と言へば、猿若町の芝居の花道より知らなかつた、

十五の娘が、浅間ケ嶽の煙と聞けば、本陣に寝ても親たちの袖にかくれ、碓氷峠は山賊の建場(たてば)とばかり駕籠で震へて。但(たゞ)、あれこそは黒姫山、と駕籠舁(かごかき)が指した時、草双紙で読んだ尾形周馬(をがたしうま)、自雷也(じらいや)の棲家(すみか)と知つて、綱手(つなで)に成つて、垂を上げて駕籠から覗いた、繊弱(かよわ)い娘が、其の時、余りの長閑(のどか)さに、……其の駒返しで、はじめて駕籠を降りて渚づたひに、貝を拾つて遊んだ——

と言つてね、私なんぞ小児のうち、母からお伽話のやうに聞かされて、雛祭には壇へ並ぶ、其の時の板屋貝、阿古屋貝、桜貝は可いけれど、いま思へば小さな 鰒貝(あはびつかい)にさへ馴染だつけ。」

言ひかけて、犀吉は可懐(なつかし)さうに優しく笑むと、微笑み交はす、お橘の眉も美しい。

〔十八〕

さ、其の時の景色が、向山の、紀念(かたみ)の雪の塚に凭掛(もたれか)つて、遥かに海を眺めた父の目に、虹で包むやうに成つて、花霞した中に、紫の振袖が、駕籠に靡(なび)いて見えたのらしい。

唯(ト)、其の娘だがね。

沖を視(なが)めた、蒔絵の遠目金を、眉から取ると、扇を開いて、片頬にさす日を陰にしながら、はこせこの胸で、駕籠の柄越(えごし)に振向いたんです。——

世にも美(うつくし)い顔が見えた。

鐘が逢ふ時、「南無妙……もし。」と高らかに声を掛けたものがある。

ハツと思ふと、月天子の堂守、顔馴染のが、墓の傍に立つて居た、

（——此は父からも直(ぢか)に聞き、幾度(いくたび)も祖母(おばあ)さんに聞かして貰つた……）

父はまだ、其でも其の日山を下り、祖母さんの顔を視たんだ。

今私には、其の三人の影も見えない。

しかし、此の話につけても、皆(みんな)の霊は確(たしか)にある。

いや、そんな事より——次手(ついで)だ……此処に其の遠目金がある。」

「え、、」

と夢が正夢に当つたやうに、驚いたが、恍惚(うつとり)とした顔をして、

「其時のですか。」

とお橘は目を瞬(みは)つた。

〔注〕（1）「旗を一旒」↑「旗を三流」（2）「赤地の錦に三日月の」↑「大日本国皇土万歳、征夷将軍武運長久、と白旗に赤地の錦に三日月の」（3）「敵国調伏の祈をして居る。」↑「敵国の祈をして居る。」（4）「鎧です。」↑「鎧だよ。」（5）「父は整七の『整さん。』号を一道と言つてね、」↑「父は整七の『整さん。』号を政道と言つてね、」（6）「活計に成らないと成ると」↑「註文をするものがなくつて、活計に成らないと成ると」の—を消す。（7）「拙者の不行届。」↑「拙しやの過誤。」を「拙しやの不重法。」とする。（8）「むら雀」↑「女天雀」を直す。（9）「表看板に曰く」↑「会社組織で表看板に曰く」の—を消す。（10）「美術工芸会社だ。」↑「金銀銅器会社だ。」を直す。（11）「朧銀」↑「龍金」（12）「師匠の家急用と言ふので」↑「師匠の家だ、急用と言ふので」（13）「据置きだ。」↑「据置きで、」（14）「再三辞退をしたけれど」↑「再三辞退をした上で」（15）「破産をする」↑「破算をする。」（16）「重んじたからだ。」↑「重んじたからだよ。」（17）「鶏の胸毛が颯と立つ。」↑「鶏の胸毛が銀の粉を散らして颯と立つ。」（18）「見えたさうだ。」↑「見えたさうだがね。」（19）「あとは夢中、」↑「あとは夢中で——」（20）「母の酌で、湯沸の銚子で一口飲むと、」↑「母の手から其の銚子で一口飲むと、」

【追記】

自筆原稿の添削、初出、刊本の異同については、本稿でその総てを示すことができなかった。なお自筆原稿の調査に当っては、慶應義塾大学三田情報センター（現・同三田メディアセンター）の格別の御高配をいただいた。

二節に、「由縁の女」初出の池田輝方の挿絵が、大正九年五月号の第十五回までとなっている点に触れたが、この月輝方は肺結核を発病し、北里病院に入院、六月療養のため沼津へ転地、十二月大磯鴫立沢へ移ったが、翌十年五月六日、享年三十九で当地に歿した（以上、松浦あき子氏「池田蕉園研究─明治美人画の流れ」「明治美術研究学会第二十四回研究報告」明治美術研究学会、昭62・6・13、に拠る）。挿絵の中絶は輝方が病を得たための余儀ないものであったことを補っておきたい。

同じく二節に、『櫛笥集』刊行の際、小村雪岱画の「篇中仮構地図」が附されたことを述べたが、これについて補足しておく。

この地図は、五年後の春陽堂版『鏡花全集』巻十二（大15・12・15）の口絵頁に「由縁の女仮設地図」として写真版で再録された。「原画彩色　小村雪岱氏」とある図は単行本と同一、建物や地名を示す文字が鏡花自筆であることも同じながら、単行本の文字よりも大きく、また一部表記が改められている。「仮設地図」と改題したのは全集刊行に際し、手が加えられたことを意味するのである。

さらに「新潮日本文学アルバム」22『泉鏡花』（新潮社、昭60・10・25）に、本稿執筆時には未公開だったこの地図の自筆の下図（「泉用箋」と印刷された便箋を横にしたペン書）の写真が収録され、鏡花の素案の存在が明らかになったのであるが、その後、泉鏡花記念館の「泉名月氏旧蔵　泉鏡花遺品展」図録（平25・10・25）に、金沢市立玉川図書館小林輝冶文庫蔵の下図が公開された。この図は和紙に墨書で、先のペン書よりも内容が具体的であり、雪岱がもとにした下絵の可能性が高いものである。もって「由縁の女」の地図は、鏡花自筆の下図を加えて、都合四種類を数えることになった。この四つの図の相互関係については、同じく新たに公にされた「風流線」の構想地図と併せて考察した右図録の穴倉玉日氏「「由縁の女」—仮構地図という〈装置〉」と題する解説文に詳しい。今後、泉名月氏旧蔵の新資料の展覧には注視してゆく必要がある。

三節に、川端康成の「由縁の女」評に触れたが、田中励儀氏（「泉鏡花作品論事典「由縁の女」」「国文学」36巻9号、平3・8・20）が指摘するように、川端の評は古迫政雄「泉鏡花の恋愛観—主として「由縁の女」に依る—」（「文壇」1年2号、大13・8・1）の明らかな影響下にあり、古迫が鏡花の女性像を任侠型、可憐型、崇高型の三つに分類したのをほとんど流用したものといってよい。掲載誌「文壇」の「編輯後記」には「古迫政雄氏は、現在尚帝国大学国文科に在学中の新人であります。」とある。昭和八年版『東京帝国大学卒業生氏名録』（昭8・9・25）によれば、昭和二年三月国文学科を卒業、本籍地は大分、と出ている。川端が大正十三年三月に卒業した、その三年後であり、両者は同じ時期の同じ学科に在籍していたことになる。古迫の履歴については、これ以外にいまだ調査が行届かない。

本作については、『泉鏡花〝美と永遠〟の探究者』（日本放送出版協会、平10・4・1）の第十二章にも再説し、草双紙の活用に関し、「釈迦八相倭文庫」のほか、柳亭種彦「偐紫田舎源氏」第十二編の挿絵の遠眼鏡の趣向が本作四十八章「水晶の裡の幻」に活かされている点を指摘した。

その後の研究では、清水潤氏が「泉鏡花『由縁の女』論序説」（「論樹」7号、平5・9・30）、「泉鏡花「由縁の女」の小説手法」（「論樹」9号、平7・9・30）、「〈資料〉泉鏡花「由縁の女」本文異同」（「論樹」18号、平16・12・1）において一貫した論究を続けており、本稿の不備を補うところが大きい。

【本章初出】「青山学院大学文学部紀要」第23号（昭和57年1月30日）［原題］泉鏡花「由縁の女」の成立をめぐって

4　「露宿」をめぐって　―鏡花の随筆―

大正十二年九月二十日付「読売新聞」二面の「文壇人の消息」に次のような記事がみえる。

▲泉鏡花シ　大震には無事近所までヤけたが幸い類セウを免れた。

「大震」とは、いうまでもなく九月一日午前十一時五十八分に発生した関東大震災のことで、活字不足のため「氏」や「焼」がカタカナになっているのは、震災の被害を窺わせるに十分である。

「無事」であったとはいえ、鏡花は「類セウ」を避け、下六番町の自宅を離れて、多くの避難者とともに四谷見附近くの公園で二昼夜を過した。その罹災記が「露宿（ろしゆく）」の一篇である。以下では、この罹災記を通して当時の鏡花を考えてみたい。

一　震災の実際と記実

「露宿」は大正十二年十月一日、大阪のプラトン社発行の「女性」（4巻4号）に掲載された。鏡花を含め十九氏による「文壇名家遭難記」を組んだこの特集号にあって、久米正雄「鎌倉震災記」、広津和郎「東京から鎌倉まで」などと並び、「遭難記」中もっとも長い文章である。翌十三年三月十二日、新潮社刊行の「感想小品叢書」四『七宝の柱』の巻頭に据えられていることからして、著書自身がこれを重んじていたのはあきらかだろう。

この随筆は、

二日の真夜中――せめてたゞ夜の明くるばかりをと、一時（ひととき）千秋の思（おもひ）で待つ――三日の午前三時、半ばならむとする時であつた。……

殆ど、五分置き六分置きに揺返す地震を恐れ、また火を避け、はかなく焼出された人々などがおもひおもひに、急難、危厄を遁げのびた、四谷見附そと、新公園の内外（うちそと）、幾千万の群集は、皆苦（にが）き睡眠（ねむり）に落ちた。……残らず眠つたと言つても可い。（引用は『七宝の柱』に拠る。以下同じ）

という書出しに始まり、罹災を回想する叙述となっている。後に詳しく述べるが、「三日の午前三時」は番町一帯の火災鎮火の時刻にあたる。右の部分に続いて、この火事は「さしわたし一町とは離れない中六番町から黒煙を揚げたのがはじまりである。」と記されるとおり、同町明治薬学専門学校保有の薬品による発火であった。火災の経過を『大正震災志』上（内務省社会局編刊、大15・2・28）、『東京震災録 前輯』（東京市役所編刊、大15・3・31）によってまとめれば次のようになる。

一日・午後零時一分　中六番町十八番地明治薬学専門学校より発火。北進して三番町に延焼。

・午後二時半頃　この方面の延焼を一時防止。

・午後四時頃　風向西南に変じ、富士見町方面に延焼。

・午後五時頃　風向南北に変ず。三番町の一部、富士見町一丁目富士見軒以東の延焼を防止。

・午後八時（―二日夜半）風向北西に再変、風速十五メートルとなり、三番町の東西を焼いて南進。↓上六番町、六番町中六番町の大部分を焼燼し、五番町へ。↓上二番町、下二番町、元園町一・二丁目の低地へ。

・午後十一時半頃　北風風速二十メートル。英学塾、山県公控邸、英国大使館裏、一方は麴町警察、同区役所、同郵便局を焼く。

二日・午前一時頃　麴町一丁目電車通りから同二・三丁目へ。

・午前三時頃　山元町、平河町、隼町方面へ。

・午前三時半　隼町衛戍病院の延焼を防止。

・午前九時　松方邸を半焼して、この方面の火流を完全防止。

・午後三時　平河町方面延焼中、焼残りの麴町五丁目一番地より発火。元園町二丁目全部を焼き、北進して下二番町の一部を煽る。

三日・午前三時　これを鎮火。

罹災直後の執筆であり、記実の正確を求めるのは無理であろうが、「露宿」の記述と実際とを照合してみると、「其の当時、風は荒かつたが、真南から吹いたので、聊か身がつてのやうではあるけれども、町内は風上だ。差あたり、火に襲はるゝ懼はない」として、いったん家へ引返し、露宿に備えたのは、発火直後の昼下りのことになる。日歿後、鏡花は「中六の広通りの市ヶ谷近い十字街」へ様子を見に行き「一驚を喫した」。

半町ばかり目の前を、火の燃通る状は、真赤な大川の流るゝやうで、然も凪ぎた風が北に変つて、一旦九段上へ焼け抜けたのが、燃返つて、然も低地から、高台へ家々の大巌に激して逆流していたのである。

もはや、……少々なりとも荷物をと、きよと〳〵と引返した。

とあるのは、風向が北西に変じた、一日午後八時以降のことであろう。さらに、

> 二日――此の日正午のころ、麹町の火は一度消えた。(…)其処が急所だと消口を取つた処から、再び猛然として煤のやうな煙が黒焦げに舞上つた。渦も大きい。幅も広い。尾と頭を以つて撃つた炎の大蛇(おろち)は、黒蛇に変じて剰(あまつさ)へ胴中を蜿(うね)らして家々を巻きはじめたのである。

とあるのは、同日午後三時頃の出来事である。

以下は省くが、冒頭部分に発火からの延焼時間を「約二十六時間」(実際は三十九時間)としたのを除けば、実際の火災経過と齟齬するところはない。ふつうの文章では、ややもすれば瑕瑾とされがちな、飛躍・比喩・誇張の多さが、この未曾有の災厄に際しては、かえって平常を逸した危急時の難を如実に伝え得ている。

朝田祥次郎氏[1]は「鏡花は、何と火事の好きな、ぶっそうな作家であろう。」と述べ、その作例として、明治期では「三枚続」「続風流線」「瓔珞品」「月夜遊女」「楊柳歌」「朱日記」「池の声」「爪びき」、大正期では「日本橋」「町双六」「炎さばき」「卯辰新地」「黒髪」「縁日商品」「火のいたづら」「仮宅話」を挙げておられる。これに戯曲「愛火」「恋女房」なども加えられようが、この随筆にもまた、火を描くことに熱心であった鏡花ならではの叙述が躍如としている。

二　見舞の人々

しかし、「露宿」の記述は火災の状況のみに終始しているわけではない。罹災の見舞にやって来る人々が描出されることによって、大正末のこの時期における鏡花の交友がおのずと浮び上ってくる点にも、その特徴が認められるのである。

まず駆けつけたのは、同じ麹町区元園町に下宿する濱野英二だった。彼は当時「英語の教鞭を取る、神田三崎町の第五中学へ開校式に臨んだが、小使が一人梁に挫（ひしが）れたのと摺れ違ひに逃出した」のである。夫妻の身の回りの世話を買って出た濱野は、二年後、春陽堂版『鏡花全集』の編輯実務を担当し、その刊行に力を盡すことになる。

　次に「小稿……まだ持出しの荷も解かず、框をすぐの小間で……こゝを草する時……」と、わざわざ稿を中断してその見舞が記されるのは水上瀧太郎である。「「何うしました」と、はぎれのいゝ声を掛けて、水上さんが、格子へ立つた。私は家内と駈出して、ともに顔を見て手を握つた」。彼は八月末から鎌倉の別荘に遊び、その倒壊に遭ったが「無事だつたのである」。鏡花小説の主人公の姓と名をペンネームとしたこの作家が、大正五年十一月二十七日、初めて下六番町を訪れてから、以後の鏡花を精神的、経済的に支え続けたことは余りにも有名である。「ともに顔を見て手を握つた」のは当然であったろう。

　四谷に居て難を免れた吉井勇も、水上とともに顔を見せる。「鏡花先生追憶」（『洛北随筆』甲鳥書林、昭15・4・10）によれば「高輪に住んでゐた少年時代」「『三枚続』を読んだのがきつかけ」で「鏡花心酔」となり「大正三四年頃」、「紅葉祭[2]が芝の紅葉館に於て催された時」対面してから交りを結ぶようになったのであった。

　さて、話は一日の「宵闇」に戻る。「其処へ——「如何。」と声を掛けた一人（いちにん）があつた。……可懐（なつか）しい声だと見ると、弴さんである」。彼は執筆のため赤坂の旅館に居て、窓から逃出し、火に追われる途中、同じ難に遭った「明眸皓歯の婦人」を伴っていた。「河岸のかへり」（明44・5）で鏡花の賞讃を得てのち、「白樺」同人主催の第六回美術展覧会[3]（於衆議院議員倶楽部・大正二年四月十一日―二十日）を訪れた彼に、志賀直哉ともども声をかけたのが始まりで、「大正の鏡花」とさえ呼ばれたことが示しているように、その作風に色濃い影響が認められる里見弴は、鏡花宅の筋向いの本家有島家へと入って行った。

　「これと対をなすのは浅草の万ちゃん」すなわち久保田万太郎である。「お京さんが、丸髷の姉さんかぶりで、三歳（みっつ）のあかちゃんを十の字に背中に引背負（ひっしょ）ひ、たびはだし。万ちゃんの方は振分の荷を肩に、わらぢ穿で、雨のやうな火の粉の中を上野をさして落ちて行く」さまは、たしかに「美人を拾つて来た」里見弴と「対をなす」避難ぶりであるに違いない。彼は鏡花の「内に来て（久保勘）と染めた印半纏で、脚絆の片あしを挙げながら、冷酒のいきづきで」それを語るのだった（万太郎のこの出立ちは「文章倶楽部」8年10号、大12・10・5のグラビア「東京凶災画譜㈢」に写されている）。大正二年六月二十七日、「ホトトギス」主催の観能会で生田長江の紹介により相識ってから交流が始まり、鏡花は浅草生れの万太郎を「江戸ツ子」の典型として厚く遇した。「万ちゃん」という呼称はその表れであろう。(4)

里見弴が有島邸に入って「少時（しばらく）すると、うしろへ悠然と立つた女性（にょしやう）があつた。」岡田八千代である。四谷坂町の小山内さん（阪地滞在中）の留守見舞に、渋谷から出て来なすつたと言ふ。……御主人の女の弟子が、提灯を持つて連立つた。八千代さんは、一寸薄化粧か何かで、髪も乱れず、杖を片手に、しやんと、きちんとしたものであつた。

「御主人は？」

「……冷蔵庫に、紅茶があるだらう……なんか言つて、呆（あき）れつ了（ちま）ひますわ。」

是は偉い！……画伯の自若たるにも我折つた。が、御当人の、すまして、これから又渋谷まで火を潜つて帰ると言ふには舌を巻いた。

気丈夫な岡田八千代、そして彼女の言葉を通して、悠揚せまらぬ「温厚の長者」（笹川臨風「私の見た岡田さん」『画人岡田三郎助』春鳥会、昭17・11・15）たる「御主人」三郎助の人となりを巧みに伝える筆致である。こうした筆づかいを可能ならしめたのも、この夫婦が長らく鏡花にとって親しい存在であったからこそのことであるのはいうまでもない。

八千代の兄薫の鏡花びいきはつとに知られる通り、彼女の著『若き日の小山内薫』（古今書院、昭15・7・9）にも詳しいが、薫自身の「感謝」(「新小説」明42・11) 及び「第一課」(同、大4・1) は、その親炙を裏付ける小説である。この兄の影響もあってか、八千代は早くから鏡花えがく女性に憧れ、その世界を讃仰してやまなかった。一方の三郎助は、八千代との結婚の年 (明39)、逗子時代の作「春昼」の口絵を、さらに『草迷宮』(明41刊) の装丁装画を手掛けてより、この震災後、春陽堂版全集の装丁を担当するに至る。鏡花周辺の画家としては、鏑木清方、鰭崎英朋、小村雪岱とともに逸することのできぬ人物である。

三　その終局

さて、見舞の客が去った後のこと、火の粉が二階へ入るのを防ぐため雨戸を閉めねばならないが、その勇気が出ずにいると、隣家の白井さん (名は泰治。歯科医師) と馴染の床屋の親方がその役を買って出た。

此の勢に乗つて、私は夢中で駈上つて、懐中電燈の燈を借りて、戸袋の棚から、観世音の塑像を一体、懐中し、机の下を、壁土の中を探つて、なき父が彫つてくれた、私の真鍮の迷子札を小さな硯の蓋にはめ込んで、大切にしたのを、幸ひに拾つて、これを袂にした。

「真鍮の迷子札」が亡き父の彫ってくれた形見であるならば、「観世音の塑像」はまた、母のかわりにちがいなかった。ふたつながら、危厄に見舞われた鏡花を守護するものといってよい。彼はこれを取りに戻ってから、公園の広場へ移動し「外側の濠に向つた道傍に、やうやう地のまゝの蓆(むしろ)を得た。」ここが一晩の「露宿」をした「避難場」である。

「ただひとへに月影を待つた」二日の深夜、一緒に寝ていた「白井さんの若い母さんが胸に抱いた幼児(をさなご)が、怯えたやうに、海軍服でひよつくり起きると、ものを熟(ぢつ)と視て」また「すや〳〵と其のまゝ寝た」が、「私は膝をついて総毛立つ」てしまう。

唯今、寝おびれた幼(をさない)のの、熟と視たものに目を遣ると、狼とも、虎とも、鬼とも、魔とも分らない、凄じい面が、づらりと並んだ。……いづれも差置いた荷の恰好が異類異形の相を顕したのである。(…)

其の隣、其の隣、其の上、其の下、並んで、重つて、或は青く、或は赤く、或は黒く、凡そ臼ほどの、変な、可厭(いや)な獣が幾つともなく並んだ。

皆可恐(おそろし)い夢を見て居よう。いや、其の夢の徴(しるし)であらう。

彼は夜更けて怪異を目のあたりにしたのである。だがしかし、火災が鎮火すると同時に魔は消滅する。「婦人たちの、一度に目をさました時、あの不思議な面は、上臈のやうに、翁のやうに、稚児のやうに、和やかに、やさしく成つて莞爾(につこり)した」のだった。

この深夜の怪異は、読みようによっては、おもねりすら感じさせかねない、いわゆる「鏡花式」の表現である。またそれを恬として筆に上せるところに鏡花たるゆえんがある、ともいえるのだが、この怪異にもまして、鏡花らしさがよく表れているのは結末の部分である。

やや長いが、次に引いてみる。

——江戸のなごりも、東京も、その大抵は焦土と成んぬ。ながき夜の虫は鳴きすだく。茫々たる焼野原に、いかに虫は鳴くであらうか。私はそれを、人に聞くのさへ憚らるゝ。

しかはあれど、見よ。確に聞く。浅草寺の観世音は八方の火の中に、幾十万の生命を助けて、秋の樹立もみどりにして、仁王門、五重塔とゝもに、柳もしだれて露のしたゝるばかり厳(おごそか)に気高く焼残つた。塔の上には鳩が群れ居、群れ遊ぶさうである。尚ほ聞く。花屋敷の火をのがれた象は此の塔の下に生きた。象は宝塔を背にして白い。

普賢も影向ましますか。

若有持是観世音菩薩名者。
設入大火。火不能焼。
由是菩薩。威神力故。

このように、鏡花は「浅草寺の観世音」が、火の中から「幾十万の生命を助けて」「厳に気高く焼残つた」ことを記し、法華経「普門品」の一節を引いて、この罹災記を閉じている。ここに引かれた経文は、観世音菩薩が衆生を利益する有様を説く本品にあって、菩薩の「威神力」により、「七難」のうちの「大火難」が除かれることを述べた部分である。そして、「花屋敷の火をのがれた象」が白象となって「影向」せしめる普賢菩薩は、「勧発品」に「是人若行若立。読誦此経。我爾時乗六牙白象王。与大菩薩衆倶詣其所。而自現身。其供養守護。」と説かれるごく、法華経の教えの受持者を守護する菩薩なのである。

鏡花作品と法華経との関係については、一部旧稿[5]で触れたことがあり、ここでは繰返さないが、この随筆もまた他の小説と同様に、経文がその全体を収束し得て、作者の信ずるところを物語っている。火災の中を取りに戻った観音像は、鏡花をたしかに救ってくれたし、「威神力」の故に「幾十万の生命を助け」もした。彼はそう信じたのである。鏡花にしてみれば、法華経の加護を信じ、それを表明することは、ごく自然の発露であった。震災後、文壇の作家たちは数多くの罹災記、印象記を綴ったが、それらのなかに罹災中の怪異や経文を記したものは皆無である。法華経「普門品」の一節で締めくくられたこの随筆には、やはり鏡花の独自な世界が遺憾なくあらわれている、といえるのではあるまいか。

かくて、鏡花はこの未曾有の災厄にあっても変っていなかった。そしてまた、時代や事変によっても変らぬ一貫性こそが、見舞に訪れた作家たちを彼にひきつけてやまぬ源泉であったにちがいない。彼らは鏡花をたんに文壇の老大家としてのみ遇していたわけではないのだ。

水上瀧太郎、吉井勇、里見弴、久保田万太郎など、いずれも大正文壇の一角を支えていた彼らは、当然ながら鏡花よりも年少の作家である。この年五十一歳を迎えていた鏡花にとって、歩みを同じくしてきた人々――例えば、牛門の四天王のうち、春葉は大正七年に世を去り、風葉は豊橋に隠棲、秋聲とは疎隔が生じていた――はその傍らに居なかった。が、いまや鏡花の作によって生い育った人々が彼のもとに参集するようになった。鏡花をとりまく人々は確実に代がわりしていたのである。

火災の恐怖に怯えつつ、露天に宿をとらねばならなかったことは、たしかに震災のもたらした不幸であったろう。しかし、変ることなく自らの世界を保ちえていたがゆえに、年若い作家に敬愛され、見舞を受けていた鏡花は、このとき幸せであったかもしれない。「露宿」はそういう感慨をすら抱かせる随筆である。

注

（1）『注解考説泉鏡花　日本橋』明治書院、昭49・9・25。

（2）それまで十二月十六日の誕生日に開いていた「紅葉祭」は、大正元年から、十月三十日の命日に、名を「紅葉忌」と改めて催されることになったので、吉井勇の記憶する年次に誤りがないとすれば、正しくは「紅葉忌」の席で、ということになる。

（3）「第六回美術展覧会記事」（「白樺」4巻5号、大2・5・1）による。

（4）従来、両人の出会いは、大正元年十一月とされてきたが、「ホトトギス」16巻9号（大2・7・13）には「本誌二百号記念文芸家招待能は予定の通り六月二十七日午後四時半より飯田町三十一番地喜多舞台に於て開催」とあり、「来会者芳名」に、鏡花・万太郎・長江の名が見える。「元年十一月」は、おそらく万太郎の記憶違いであろう。なお、本会に「歌行燈」の恩地喜多八のモデルの一人とされる瀬尾要が出席し、所感を述べているのも興味深いことである。

（5）「「芍薬の歌」ノート」泉鏡花研究会編『論集泉鏡花』有精堂出版、昭62・11・20。のち和泉書院より新装版、平11・10・10。＊本書収録。

【追記】

二節に、鏡花と里見弴との初対面を、大正二年四月の「白樺」同人主催第六回美術展覧会のおり、と記したが、その後弦巻克二氏「泉鏡花と志賀直哉」（奈良女子大学日本アジア言語文化学会「叙説」38号、平23・3・31）において、木下利玄の日記にもとづき、志賀直哉、里見弴との初会が同第四回美術展覧会（於赤坂三会堂）最終日の明治四十五年二月二十五日であることが明らかにされた。詳細は拙稿「泉鏡花「年譜」補訂㈩」（「学苑」857号、平24・3・1）に記したので御参看いただきたい。

また本作については、穴倉玉日氏「「露宿」を読む」（泉鏡花研究会編『論集泉鏡花』第五集、和泉書院、平23・9・20）、および「泉鏡花と関東大震災―「露宿」自筆原稿翻刻（上）」（公益財団法人金沢文化振興財団「研究紀要」9号、平24・3〔発行日記載なし〕）によってさらに詳しい考察が進められている。

【本章初出】「解釈と鑑賞」第54巻第11号（平成1年11月1日）

Ⅳ

1　鏡花のなかの一葉 ―「薄紅梅」を中心として―

はじめに

泉鏡花と樋口一葉の問題をはじめて研究の俎上に載せたのは、柳田泉氏の「一葉女史と泉鏡花」（「書物展望」12巻8号、昭17・8・1）であった。この文は、新世社版『樋口一葉研究』刊行（同・4・15）に触発されての執筆で、鏡花作「薄紅梅」の一葉像を中心に、両者の関係を探ったものである。

その内容を摘めば、まず「薄紅梅」新聞連載の当初は、書出しの「くどくど、ねちねちした描写に参つてしまつて」興味をもてなかったが、改めて単行本を「読んでいくにつれて、その人物のことが、一々実在の女性男性にあてはめられる興味も加はつて、はては意外な面白さをもつて読み通した」のである。

続いて、一葉の登場する本文第十六章の検討に移り、「鏡花の見た一葉といふものが文学界の諸君子の描く一葉とは何といふ相違であらう」「これが作家一葉としての正真の姿をつかんだ唯一の観察ではないにしても一葉といふ女性の或る面を実に正確に描き出してゐることは一葉の作物に照して疑ふ余地がない」とし、鏡花の一葉訪問時期を明治二十八年の梅雨時と推定、この訪問が一葉日記に記されていないのは、日記の偶然の欠落によるものだとして、最後に「薄紅梅」全体の評価に及び、

此の「薄紅梅」は、鏡花と、同門の女流作家北田薄氷の秘められた恋を描いたもので、恐らく鏡花一代の極秘

の材料といふのであつたらう。さういふ点から見ると、これは鏡花に関心をもつ人々の見のがすべからざる材料を提供する作であるが、然し、さういふモデル問題を離れても、まづ鏡花晩年の傑作といつて然るべきものである。

と結論している。

右に詳しく紹介したのは、以後柳田氏が見ることを得なかった資料も発見紹介されてきたが、それらは氏の指摘を修正するに至っておらず、提起した問題がいまだに有効かつ新しいという理由による。したがって以下に私も、ここを出発点とし、柳田氏の説に沿いつつ、㈠鏡花と一葉の交渉の実態をふまえて、㈡鏡花えがく一葉像をたどり、㈢「薄紅梅」の成立までを考えてみたい。

一　鏡花と一葉の交渉

両者の交渉を検討するために、それぞれ互いをどのように意識していたのか、まず現存する資料を整理してみる。

(A)一葉側のものは、日記中に、(1)「水のうへ」(明29・1・7)の「国民之友」の「わかれ道」掲載号の他の執筆者の一人に「鏡花」を記した条、(2)「みづの上日記」(同・7・22)の、斎藤緑雨の言葉の中に「我れつら〳〵世のさまをみるに泉鏡花の評判絶頂に達せし時われはじめて一げきを加へつるより名声とみに落て又泉鏡花あるなしといふさまに及べり」云々とある条、(3)雑記「はな紅葉　一の巻」(17丁ウラ)の「鏡　泉鏡」という散し書き(執筆時期は明29・7・14以降と推定)、また一葉歿後では(4)「香奠帳」に「金壱円　泉鏡」とあり、(5)樋口家蔵邦子筆の「知人住所録控」にも大塚の住所が記されている。以上の五つが現在確認できる一葉側の資料のすべてである。

次に(B)鏡花側の資料では、一葉宛書簡が二通あり、(1)明治二十九年五月六日付(年次推定)は「拝啓特に御婦人といふ心にてはかきにくゝ候まゝこれは男のともだちに書いたる手紙にござ候」に始まり、鏡花の知人桐生悠々と一葉との行き違いに触れた後「さてちとあそびに来たまはずや（…）此方からは参るけれど参つた日を覚えて居るほど遠慮をいたしをり候何をいふにも女のかたには不自由なるにつけ樋口さんがそれでゐて男だつたらどんなにいゝだらうといつでもさう思ひ候」という文面がみえ、(2)同年八月二十四日付は「医者がきらひだといふそんなわがまゝな御病気なれど実はお案事申候」に始まる病気見舞の葉書で、「御容体いかゞにや角の長屋の夫婦喧嘩はあのあくる日女房がでゝゆき」云々とある部分から、鏡花の一葉訪問の事実をうかがわせる内容となっている。

さらに、紙幅の都合ですべてを引用できないが、書簡以外に一葉歿後鏡花が公にした言及を、古いものから順に列挙してみると、明治三十年発表の「雑句帖」（「太陽」）には、(3)「新墓」（同・9）に「今年春寒、築地本願寺なる直参堂の美人の墓に詣でて一句あり」「美人や、去年十一月下旬を以て逝きしもの」とあることから、名前こそ出ないが、一葉追悼の文だと判明する。(4)「説林」（同前）の冒頭は「故人一葉の説に因れば糸に飯粒をくつつけたので水馬(みづすまし)が釣れるさうなり」で始まり、以下柳浪、天外、宙外、水蔭、緑雨の説くところを記し、(5)「露八の物真似」（同・10）では「本郷の下宿屋に一葉の「たけくらべ」を読みて恐ろしく感心したる男」が紹介されている。また(6)「赤インキ物語」（「太陽」明30・9）は「亡くなつた一葉は、女詩人の号を奉られた人だが、あれで煙草さへ呑んでくれたらと、喟然として歎ずる」「煙草通」の「僕」と友人との会話を記したものであり、(7)「弥次行」（「太陽」明32・12）では、三島神社の先の通りを「亡なつた一葉女史が、たけくらべといふ本に、狂気(きちがひ)街道といつたのは是から前(さき)ださうだ」と紹介し、(8)「一葉の墓」（「新小説」明33・10）は題名の通り墓参の記で「亡き樋口一葉が墓は都築本願寺にあり、彼処のあたりに序(ついで)あるよりよりに、予(われ)行きて詣づることあり」「目立たざる碑(いしぶみ)に、先祖代々と正面に記して、横に智相院釈妙信女と刻みたるが亡き人の其の名なりとぞ」とあって、前出(3)の「新墓」よりもよほど具体的になっている。発表の月からもわかるように十一月の一葉忌を前にした追善の文で、諸書に収められて著名である。(9)談話「いろ扱ひ」(「新小説」明34・1)では、自らの草双紙耽読に係わって一葉の「近視眼」が土蔵の中で細かい仮名を読んだためであるとし、この話により「立女形の美を傷つけて済みません」と詫びる。同じく(10)談話「処女作談」(「天鼓」明38・5)は、大橋乙羽宅に寄食中、乙羽夫人から一葉が「夜行巡査」を賞めていたことを聞いた嬉しさを語り、大正に入っては、(11)「新春閑話—いかにして文壇に出た乎—」(「文章倶楽部」大7・2)で、一葉を「うまい」と誉めつつも「あの人の自分の事を言つた日記を読むと、私は余り面白いとは思はない」ので「楽屋を見せつけられたやうな気がして」、日記を「人にやつてしまつた」と述べる。(12)「身延の鶯」(「東京日日新聞」大11・1—3)にも「たけくらべ」が出、(13)「新潮合評会」(「新潮」大14・4)では、「経づくえ」の「原稿を化粧台へのせて置いて、一風呂あびてあがつては読み、あがつては読んだので、はだかでぼうツとしましたよ。これが福山町の姉さんの経づくえだからい丶やうなもの丶、はだかでぼうツとしたなんざ、高島田の薄氷女史ので丶もあらうものなら叱られますぜ」と発言しており、一葉に比較して北田薄氷に及んでいる点は注目に値する。また(14)「麻を刈る」(「時事新報」大15・9—10)中にも、俥の数の多さを言うのに「大音寺前の姉さん、一葉女史」の「たけくらべ」の一節が引用され、昭和に入っては、(15)明治大正文学全集『泉鏡花篇』(春陽堂、昭3・9)の「小解」中「誓之巻」末尾を引いて、「樋口一葉の、肺を病みて、危篤なるを見舞ひし夜なり。こ丶を記す時凄じく凩せり。此の凩、病む人の身を如何する。稚気笑ふべしと言はば言へ。当時ひとり、みづから目したる、好敵手を惜む思ひ、こもらずといはんや」と記す有名な条があり、このあとに(16)「薄紅梅」十六章の一葉登場と、三十四章の墓参とが来るのである。

なお、このうち、(7)・(11)・(12)・(14)は須田千里氏[1]が鏡花文の渉猟によって指摘した言及であり、須田氏はまた「東京日日新聞」(明41・11・24付3面)が報じた「一葉女史の十三回忌」の記事中に「馬場孤蝶氏頻りに斡旋の労を執るに忙しさうなり上田敏戸川秋骨平田禿木島崎藤村氏の面々は中央の大火鉢を囲んで雑談最中向ふの隅には済込んで居る泉鏡花氏見え大野病院長洒竹宗匠国手然と控ゆ」とある鏡花の参列を見出されており、当時の彼の動静をうかがう貴重な資料として、これに付け加えておきたい。

　あらためて整理すれば、逝去まもない明治三十年には、(3)の墓参による「美人」追慕を始発とする一方で、書簡(1)の「樋口さんがそれてゐて男だつたらどんなにい丶だらう」という実感の延長上に、(6)の「女詩人の号を奉られた」一葉に煙草を呑む姿をのぞむ気持が表明される。この願望と「薄紅梅」の冷酒をあおる姿態までの距離はそれほど遠くないであろう。一葉の夭死は鏡花の中で彼女を「立女形の美」をもつ女人として定立せしめ、傑作「たけくらべ」を書いた崇拝の対象となってゆくのである。大正期に進んでは、(11)・(13)・(14)にみられるごとく、「大音寺前」「福山町の姉さん」であって、これまた「薄紅梅」の「姐娘(あねご)の挙動(ふるまひ)」をする一葉像の素地がすでに準備されている。明治四十五年に公刊された一葉日記をうかがえば、鏡花の捉えた一葉と違う彼女の姿もあるはずだが、(11)のように、日記による一葉探求を斥けている。その理由は、先の一葉側の資料で確められたとおり、彼女の日記に鏡花との親交の証が見出されない限りは「面白い」はずもなく、たんに「楽屋を見せつけられた」のがいやで日記を人に譲ったというよりも、自分の登場しない記録を手元に置く必要がなかったからであろう。

　以上、煩を厭わず鏡花の一葉言及を列挙したのは、従来鏡花と一葉の関係追求においては、書簡の他に、「一葉の墓」、『泉鏡花篇』の「小解」、そして「薄紅梅」のみが取上げられ、いわば定型化した資料の使い廻しによって同じ把握が繰返されてきた傾向があったからだ。むろん(1)から(16)にいたる言及のうちには片言隻句にすぎぬものも多いが、しかし、それは一葉逝去の翌年からすでに始まり、明治、大正、昭和と一貫して続いたのち、「薄紅梅」に帰着するのであって、彼女を自己の心象に準じた永遠の女性像へ登録してゆく、そのおりおりの過程を確認しておきたかったからにほかならない。

　次には、先行諸説[2]を検討しながら、存命中の一葉と鏡花の交渉の実態を考えてみる。

これまで鏡花の一葉訪問の根拠をなしてきたのは、一葉日記〔A〕、鏡花の一葉宛書簡〔B〕、そして「薄紅梅」十六章の記述〔C〕であるが、柳田氏は〔B〕を嘱目していないので、一葉訪問を二十八年の梅雨時と推定、塩田良平氏は〔B〕をもとに、確実に会ったのは二十九年五、六月頃とし、〔C〕の記述を「全然虚構を書いたとは思はれない」とする。関良一氏は〔A〕の明治二十八年五月二十四日の一葉の乙羽初訪問を上限とし、これ以降おそらく二十九年に入ってから接触があったとする。伊狩章氏は〔A〕明治二十八年年五月十三日の「大橋君のもとより使あり」の「使」を鏡花ではないかとし、〔C〕の真偽については柳田説を支持、岡保生氏は〔B〕から何回かの交渉があったことは確実であるとして塩田説に従い、「一葉は鏡花のような人間が嫌い」で、〔C〕の態度は「いわばていのいい追っ払い」だったと実体験の反映を認める。村松定孝氏は、関氏を除く各説を紹介しながらも、両者の交渉、接触時期の詮議は「無意味」だとし、〔C〕を「ああしたふるまいを「して見せて欲しかった」鏡花の作為」すなわち虚構だとみている、明確な虚構説をとる村松氏以外は、交渉の確実性に基づき「薄紅梅」の記述に実体験の反映をみる説が大勢を占めている。これらが柳田氏の最初に唱えた説の範囲内にあることはいうまでもなかろう。

諸説中、伊狩氏の「大橋君のもとより使あり」の「使」を鏡花とみなす説は、傍証の得られぬ限り、単なる憶測に止まるものと思うが、博文館の「日用百科全書」編輯以外にも、鏡花と一葉の接点は、同じ雑誌に作品が掲載されることにより生じていた。「ゆく雲」と「愛と婚姻」（『太陽』明28・5）、「経つくえ」と「外科室」（『文芸倶楽部』同・6）、「わかれ道」と「琵琶伝」（『国民之友』明29・1）、「われから」と「一之巻」（『文芸倶楽部』同・5）、「すゞろごと」と「妙の宮」（『文芸倶楽部』同・7）がそれであり、文壇の新進としてお互いを意識していたろうことは間違いない。ただ、そうした外的な状況に加えて、一葉に直接もたらされた情報は、先引「みづの上日記」の斎藤緑雨の言葉や、関如来の一葉宛書簡（明29・3頃）の「鏡花出れば心理小説出たりとて褒辞を呈せしは只の一年其墨痕未だ乾かざるに今は攻撃の堝爐中に投じ去る鏡花ははじめよりあれ丈の鏡花なれば紅葉の創作の才なきも今に始まりし事に非ず」など、観念小説からの転換後の鏡花評の凋落期が一葉の最晩年に重なっているために、鏡花にとって思わしくない評言が彼女の周囲にあったことも、日記に記載をみない一因と考えられる。

また一方、村松氏のごとく、両者の交渉の詮議を無意味だとし、虚構説をとる立場にもただちには同じえない。というのは、第一に、一葉訪問の事実を確定する資料が存在しているからであり、第二に、もしかりに虚構であるとしても、その虚構の内実が十分に意味づけされていないと考えるからである。第二点については後節に述べるとして、第一の点につき、検討してみたい。その資料とは、新世社版一葉全集月報「一葉ふね」第五号（昭17・2）に掲載された泉谷氏一の書簡である。以下に冒頭を引用する。

拝啓未だ拝姿の栄を得ず候へども、老生昨年末刊行の「日記」を此元旦より読み初め候所、其二七〇頁・二十九年七月十七日の条下に、「午後、智徳会・泉谷氏一君来訪。夏期付録のもの、催促になりけり」に出会、大いに当時を追懐致候。然るに老生の丸山福山町に訪問したるは午後七時頃なりしが、先客に泉鏡花君と戸川秋骨君在り。共に釣りランプの下にて色々の話出で、今尚記憶に残れるは、鏡花君がお化小説を書くのは、昼間は戸を閉めて眠り、夜になつてから起上り、机に向つて其時分の巻煙草サンライスか何かを盛んに吹かし部屋中濛々たる中に、やがて幻影を発見してから夜通し執筆するなりと語り、一葉女史は一寸皮肉な表現をせられ候。お邦さんは吾々にお茶を出し下されたり。（…）

これは右全集四巻日記篇の校訂者小島政二郎宛書簡の転載で、当時泉谷は六十七歳。二十九年頃は「智徳会雑誌」を編輯していた。後略部分には同誌の説明と、泉谷宛一葉書簡の写しがある。泉谷によれば、明治二十九年七月十七日の訪問時の先客に、鏡花と戸川秋骨がいたことになり、同日の鏡花訪問を特定する有力な証言となる。この証言に拠って、和田芳恵氏（『樋口一葉の日記』今日の問題社、昭18・9・20）は、一葉の日記削除説を唱えたのである。

その際に和田氏は泉谷書簡に加え、日記公刊前、明治四十年六月の「文章世界」に載った「×××」署名「一葉女史の日記について」の次の条、

唯だ一つ、極めて不思議なことがある。それは当時最も繁く出入したことを、大抵の人が知り盡してゐる泉鏡花氏については、女史の日記中たゞの一言も及んでをらぬといふことである。もしそれ、女史の日記が公けにされたならばかくのごとき女史の生涯の一方面のみに限らず当時の文壇のあらゆる方面に渉ツて、事実を明瞭ならしめることが出来るかもしれぬ。

をもとに、

一葉の死後、邦子は借金を逃れるために、緑雨の入智恵で大橋乙羽の邸に半年ほど身をかくしてゐたことがあり、その時は乙羽の許に寄宿してゐた泉鏡花と近づきになつてゐる。／邦子は一葉の日記を鏡花に貸しあたへた事もあつたらうと想像されるならば、鏡花の手で鏡花に関する部分が誰にも知られずに削除されてしまつたかもしれないのである。

としたのである。その後の『一葉の日記』（筑摩書房、昭31・6・30）の「序説」では「一葉女史の日記について」の匿名の筆者「××生は（ママ）、実は泉鏡花だ。またこの内容や引用文から見ると、鏡花も、真筆の日記稿本を読んでゐたらしい想像はつく。」とも述べている。しかしこの昭和十八年以来の削除説は、

［「文章世界」の記事の］筆者はかなりな事情通であると思はれるが、匿名なのでわからない。（…）日記稿本について調べたが、抹消された迹はなく、始めから書かれてゐなかつたことになる。

（「解説」筑摩書房版『一葉全集』第四巻、昭29・3・10）

と、全集編纂のため日記の自筆稿本を調査した和田氏自身により訂正されるにいたる。柳田説を越えんとした和田氏の削除説は、結局、資料の空白によって阻まれたのである。

和田氏の泉谷書簡への着目は、日記削除説の取下げにより、前述諸家の間でもほとんど検討されず、埋没したかたちになっているが、いまだ訪問日特定の重要な資料たる価値を失ってはいない。というのは、先に引用した雑記「はな紅葉　一の巻」の当該部分は、「智徳会雑誌」に寄せた詠草の下書きで、明治二十九年七月十四日以降の執筆と推定されているが、[(3)] 一葉の念頭に同月十七日の鏡花訪問が残り、「鏡　泉鏡」という散し書きがなされたとすれば、時期は符合して必ずしも矛盾しないからである。

ただ、問題となるのは泉谷書簡の後半部分の内容である。「お化小説」を書く際の様子が事実だとすると、この明治二十九年当時、鏡花はいわゆる怪異小説をほとんど発表していないから、泉谷の証言は後年鏡花の本領となった作風の印象が混入している可能性も出てくる。しかしまた一方で、この執筆の状態を語る条は、ただちに広津柳浪が「新著月刊」（3号、明30・6・30）のために語った「広津柳浪氏が近作の由来」の、

私は一体明いところでは書けませんでね、ひどく日を嫌ひます、大抵は夜やります。夜明に近くなツて、更二（もう）三枚で出来あがるなんて云ふ時は戸を態（わざ）としめましてね、其でかくのですよ。わたしは些（ち）と頭痛がして、鉢巻でもしたいやうになると、気がのツて、ずん〳〵筆がのびてゆきます。

（のち『唾玉集』春陽堂、明39・9・19、に収録）

を想起させる。さらに、柳浪の別の談話「取留めもないこと」（「文章倶楽部」12巻1号、昭2・1・1）によれば、明治二十八、九年当時、鏡花はしばしば柳浪宅を訪れては一葉の話をしていたので、

私が女史が病患の床に悩んでゐるのを聞いたのは、泉鏡花君からだつた。鏡花君は当時大橋乙羽君の戸崎町の家に常食して居たので、小石川から牛込の横寺町の師紅葉君の家を訪づねる路次の序に、私の矢来の宅を訪うたのらしかつた。そして、鏡花君は乙羽君の依嘱を受けて、今一葉女史の処へ金を届けて来たと云つた。病蓐にゐた女史は大層喜んだと云つて居た。

とあること、また前述「赤インキ物語」に「中の丸に住んでゐる柳浪氏なぞは名代の夜更しゆゑ」云々ともあって、柳浪の執筆ぶりを知っていたことが窺える。とするなら、鏡花は一葉の前で先輩作家柳浪の創作苦心談を、あたかも自分のそれのごとく真似て語ってみせたことも十分考えられるのである。なお「巻煙草サンライスか何かを盛んに吹かし」の条は、同じく「赤インキ物語」の「煙草通」の「僕」の言葉にふさわしく、いずれも二十九年前後の鏡花の語った言葉としてあながち不当なものではないことは確かであろう。

以上、訪問の折の座談の内容の当否について検討の余地を残しはするものの、泉谷が訪問の先客に鏡花が居たことの記憶を誤る可能性は少ないと考えられるから、この日の訪問をほぼ認めてもよいのではないか。

二　鏡花えがく一葉像

では次に、「薄紅梅」十六章の、「じれつた結び」で現れ、主人公辻町糸七に向って「失礼な、うまいなり、いゝえね、余りくさ〳〵するもんですから、湯呑で一杯……てつたところ……黙つて、頂戴」と云う一葉の姿はどこから生れてきたのであろうか。これまでの一葉像を検討しながら考えてみたい。

一葉観の問題に関しては、すでに関良一氏[4]の適切な整理がある。氏の総括のみを引けば（〔　〕内はその捉え方の代表者）、「作家像」では（a）抒情詩人風な芸術派の天才作家〔「文学界」「めさまし草」系の人々・小島政二郎・佐藤春夫・久保田万太郎ら〕、（b）虚無的なリアリスト〔斎藤緑雨・島崎藤村・和田芳恵〕、（c）文明批評家肌の人生派の作家〔田岡嶺雲・かつての関良一〕と捉えるもの、「女性像」では（d）古風な前近代的な女性〔相馬御風〕、（e）進歩的な女性の先駆者〔かつての関良一・和田芳恵・長谷川泉〕とみるもの、「人がら」では（f）下町風のおてんばなしたたかもの〔田辺花圃〕、（g）士族の娘らしいしとやかな山の手風のお嬢さんタイプ〔伊東夏子〕とするもの、それぞれ一葉の側面を多様にとらえているわけではなく、各項には時代に応じた有力な一葉像の大勢があることはいうまでもない。むろん類別の各項が均等の重みをもっているわけではなく、各項には時代に応じた有力な一葉像の大勢があることはいうまでもない。

関氏の行ったのは同時代以降の批評、研究、回想を中心とした腑分けだが、一葉像の全体を把握するためには、一葉にかかわる小説、戯曲、映画等、大衆に向けて一般化された像をも考慮に入れる必要があるだろう。まだ調査が行き届いていないため、大正期では、七年六月九日から歌舞伎座で上演された「にごり江」（三場・脚色真山青果・出演河合武雄、喜多村緑郎）のみを確認するに止まっているが、「薄紅梅」の書かれた昭和期に限っていえば、㈠邦枝完二の伝記小説「樋口一葉」（「婦女界」48巻9号、昭8・9・1―49巻6号、同9・6・1）、これを㈡濱村米蔵が脚色し（脚本は「新演劇」3巻2号／3号、昭10・2・1／3・1）、昭和十年二月、日本俳優学校劇団が帝国ホテル演芸場で試演した。「薄紅梅」以降では、㈢巌谷三一の戯曲「樋口一葉」（「三田文学」14巻3号、昭14・3・1）は「百七十枚の力作」（同誌「編輯後記」）で、同じ年の㈣青江舜二郎作・久保田万太郎補綴「一葉舟―一葉ものがたり―」（「文芸」7巻5号、昭14・5・1、全五幕）が、㈤久保田万太郎演出、新生新派で明治座に上った。また、東宝映画「樋口一葉」（監督並木鏡太郎・脚本八住利雄・主演山田五十鈴）の上映に触発された、㈥鐺田研一作『小説樋口一葉』（第一書房、昭15・6・5）も刊行されるなど、「薄紅梅」発表の前後にはひとつのブームがあった。

これらは各種の媒体によって織りなされた一葉の「テクスト」といってよいが、その共通項を括れば、公刊の一葉日記をもとに、半井桃水や文学界派との交情交友を描き、「たけくらべ」や「にごりえ」の作中人物（もしくはモデル）を登場させて、一葉や家族と絡ませ、実生活と作品とを重ね合せつつ、大音寺前から丸山福山町時代の一葉の生涯をたどるもの、となる。こうしてみると、一葉というテクストの「綾」は、意外に単調であって、大衆化されたメディアの中には、少なくとも鏡花の描くような一葉像は現れていないのである。一葉当人を主題とする「伝記」を含む限りは、その最も有力な根拠としての「日記」の記述がこれらのテクストの織り出す模様をあらかじめ規制してしまっているからに相違ない。つまり鏡花えがく一葉像の独自性は、日記の記載と関わりをもたぬ自由なところに存しているといえよう。

では、かかる独自性は、全く鏡花の独創によるものなのであろうか。この問いに答える手がかりは、すでに秋山稔氏(5)が報告された、明治三十一年一月三日発行の「新著月刊」（2巻1号）掲載「文壇逸話」中の「紅蓮の雫（一葉）」に求めることができる。この「逸話」欄は、一葉のほか、逍遥、紅葉、露伴、思軒、弦斎、桜痴、麗水、浪六のエピソードが紹介されているが、一葉の分の全文を引けば、

> 故一葉女史、作するに最も苦心惨憺を極むるを常とせしが、意を句錬字烹に用ふること度に過ぎ、為に肩に瘤を生ずるに至れりきとぞ。筆を下して意の如くならず、心悶々に絶えざる折には勝手元にて冷酒をぎうと立ち飲みして、机に向ふが習ひなりきと。健康を傷ひしは、或ひは此の冷酒も一因となりては居らざりしかと云ふ。
> （傍点原文）

とある。周知のごとく鏡花は「新著月刊」創刊当初から賛成員として名を連ねており、かつ同号「文壇逸話」の直前には、鏡花と小栗風葉が聞き手となっている「紅葉氏が恋愛論、婦人論、良妻論」（前記柳浪と同じく『唾玉集』に収録）が載っており、当然のこと鏡花はこの「文壇逸話」に眼を通していたはずである。もって、「薄紅梅」の「湯呑で一杯」の一葉の姿は、「勝手元にて冷酒をぎうと立ち飲み」することを伝えた「文壇逸話」に淵源をもつ、としてよいのではなかろうか。

もとより逸話は流伝に過ぎず、また鏡花の面会した折にそうした姿態をとったとする実体験説を否定するものでもないが、このエピソードはかなり根強く残っていたらしく、明治三十六年八月一日発行「明星」（卯歳8号）掲載の馬場孤蝶の談話「故一葉女史」には、

> 戸川が、ある時、私にいツたには、一葉女史の文章の一面を見ての想像だらうが、一葉女史は吉原の側に住つ

て居つて、御母は某楼のヤリテで、一葉姉妹は吉原でオデンを売つてたのだと言つてゐる人があると私に話した人があつた。実に是等の話に至つては吹き出す所ではない、（…）また、今一つ一葉君が文章を書いて居つて、疲れて来ると台所へ行つて冷酒をあをつて、勢をつけてそれから、筆を走らせると云ふ事を言ふ人があつたが、是れも身体の弱い所へ、度々外から催促をされて、困る時は、即ち「うつ蝉」「軒の月」などは、夜る人（ママ）が来て居て、出来なくて、夜通しで書いたと云ふ事も聞いたが、さう云ふ時には薬用葡萄酒位は飲んだかも知れないが、普通の日本酒をアオツテ飲むなどと云ふ事のなかつた事は明かであります。（原文の圏点を省略）

と弁明し、そのイメージの払拭、修正に努めている。歿後七年目のこの時点まで、「日本酒をアオツテ飲む」一葉像が逸話として存在していたことはやはり注目すべき事実である。したがって「薄紅梅」の一葉像の独自性は、他の人々の全く思い描かなかった姿をつくり上げたことにあるのではなく、歿後しばらく流布し、そしてしだいに消えていったエピソードを、長い間をおいて再び復活させたところにある、といわねばならぬだろう。

そうしたエピソードの消滅は、何といっても孤蝶を中心とする「文学界」派の人々の「讃嘆渇仰するミューズ」（前記柳田氏の言葉）のごとき「天才」一葉の像が大勢を占めるようになったからである。存命中に親しく出入りしていた彼らの、それは真摯で誠実な努力の賜だったといってよいが、しかし、彼らの回想も終始一貫して変らなかったわけではない。一葉二十三回忌を迎えた大正なかばになると、孤蝶「樋口一葉を偲ぶ（中）」（「読売新聞」大7・7・18付7面）の、

「文学界」の連中のみならず、泉鏡花君其他の若い人々のみが一葉を訪問したといふ事が、一葉の文学的生活を調べる場合には看過す可らざる点であると思ふ。

あるいはまた、平田禿木「「文学界」の頃（三）」（「読売新聞」大7・9・10付7面）の、

種々な事から硯友社方面とも妙に縁が繋がつてゐた。御大の尾崎氏が自分などの書いた、其の作物に対する

下らぬ批評を買つてくれたことも一つであるし、（…）泉君が一葉女史の作物に傾倒して、折々其の家を訪づれ、連中と落ち合ふこともあるといふ風で、自然親しい間柄になつた。

のごとく、鏡花の「一葉傾倒」がはっきりと語られるようになる。明治年間の彼らの談話にはみられぬ言葉であり、それは自然主義の波をくぐりぬけていまだ文界に創作を送りつづける鏡花の存在を無視しえなくなっていたことのあかしであろう。

一葉逝去後二十三年の時間の経過は、早くに創作から離れ、自らの青春の証言者として生きていた孤蝶や禿木の一葉回想の中に、かくして鏡花を登場せしめたのである。一節に触れた鏡花の一葉言及において「姉さん」という呼称の使われ出すのがこの時期以降だということも、「文学界」派の回想の変化と無縁ではないはずである。さらにまた、十八年後に書かれる「薄紅梅」の一葉像の迫真性（リアリティ）は、すでにこの時点で保証されつつあったといえよう。

次節では「薄紅梅」そのものについて考えてみたい。

三　「薄紅梅」の成立

「薄紅梅」は昭和十二年一月五日から二月二十三日まで「東京日日新聞」夕刊に、同じく一月五日から三月二十五日まで「大阪毎日新聞」夕刊に、それぞれ全四十一回が掲載された。毎回の挿絵は鏑木清方で、掲載に先立ち「東京日日新聞」の前年十二月十七日（夕刊13面）と二十八日（同2面）に予告が載っている。周知のように本篇には「朝霧」と題されたペン書きの初稿（二〇一枚）と、一葉登場の十六章に相当する墨書の草稿断片（一枚）とがあり、本来はこれらを含めて検討を行うべきだが、紙幅にゆとりがないため、詳細はそれぞれの翻刻解題[6]にゆずって、以下では成立の端緒について考えてみることにする。

鏡花の一葉言及は、先にも見たとおり、歿後から途絶えることなく続いているが、「薄紅梅」における一葉の登場は十六章と、墓参に触れる三十五章のみであり、作品全体のごく一部であって、その大部分は北田薄氷をモデルとする月村京子と辻町糸七との屈折したロマンスと往時の文壇回顧が占めている。したがって本篇成立には北田薄氷が素材として採用される必然性を考慮しなければならないわけだが、私はその契機の第一を、大正十四年四月の「新潮合評会」に求めたい。一節に触れたように、この座談会には、一葉像の有力な形成者馬場孤蝶が加わっていたこともあり、孤蝶を相手に㈠「夜行巡査」発表当時の一葉「経つくえ」愛読にかかわって、ここに初めて一葉と薄氷とが対比的に言及されている他に、㈡「我楽多文庫」掲載「紅子戯語」中「はさみ言葉」の場面の面白さの強調、㈢同じく「我楽多文庫」発行時の石橋思案の吉原通いの様子、㈣詩星堂時代の小栗風葉の外套の誂え、以上四つのエピソードが、ことごとく「薄紅梅」に活かされているからである（草稿「朝霧」も同様）。すなわち、㈡と㈢は、これに丸岡九華の回想（「硯友社文学運動の追憶」「早稲田文学」232号、大14・6・1）の依田学海訪問の条を加えて冒頭一、二章の導入部に、㈣は十七章の同門月府玄蟬の紹介の条に、そして㈠は十六章の一葉登場に、といった具合である。この座談会掲載号の巻末「記者便り」に「もとより、とりとめのない漫談の形式ではあるが、しかし今の読者にとつては、いろんな珍しい事実が光つて居ると思ふ」（筆者はおそらく座談会の司会を務めた中村武羅夫であろう）と記すごとく、「漫談」の中から自分の関係した「珍しい」「光つて居る」事実を選り出して再構成したのが「薄紅梅」なのである。

そして第二の契機は、昭和七年四月の「白花の朝顔」（「週刊朝日」）の発表である。この作は作家境辻三が「著者」に語る形式で、一章より五章まで祇園の芸妓お絹との交渉が述べられたのち、編笠に描かれた朝顔の縁から、同門の清瀬洲美が画家大野木元房に嫁した時分の回想に移るのだが、六章に「一歩さきに文名を馳せた才媛」洲美について、薄手で寂しい、眉の凛とした瓜核顔（うりざね）の……佳い標致（きりやう）。（…）その文金高髷の時代から…平打の簪で、筆を取る。……
銀杏返し、襟つきの縞八丈、黒繻子の引つかけ帯で（たけくらべ）を書くやうな婦人も、一人ぐらゐ欲しいとはお思ひになりませんか、お互ひに……
月夜の水にも花は咲く。温室のドレスで、エロのにほひを散らさなければ、文章が書けないといふ法はない。

とあり、この記述は、草稿「朝霧」の四章、

名作（たけくらべ）の一葉を、人は（…）紗綾形の襖で囲つて、白襟の賢女に仕立てる。威儀を乱し、格を落さじとするためである。蓋し緞子、繻珍の丸帯を見たばかりで、黒繻子の打合を閑却したのである。女史には銀杏返、昼夜帯の引掛けで、じれツたいよ、と冷酒を煽つた半面があつた。――と聞く。頬辺を赤く、黛を塗り、耳を隠すか、髪を断つて、股を出さねば、女流の文学者でないとは誰か言はう。

にただちに結びつく。当代の断髪スカートのモダンな女流作家への反感に発した、往時の閨秀作家薄氷・一葉の対比は「薄紅梅」発表の約五年前の「白花の朝顔」に、これが認められるのである。

北田薄氷とその夫梶田半古の投影作としては、すでに秋山稔氏の指摘された「祝盃」（明35・1）をはじめ、私がかつて触れた[8]「芍薬の歌」（大7・7―12）における丹青学校教授青野を挙げることができるので、「白花の朝顔」がその最初とは言いがたいのだが、糸七と京子の秘められた恋の原型が成ったのはこの作だとしてよい。

こうして、「薄紅梅」は、大正末の「新潮合評会」、昭和に入って「白花の朝顔」での造型を経て、草稿「朝霧」を改稿することによって成立をみたわけだが、もう一つ見逃せないのは、いわゆる「薄氷もの」以前にも、鏡花に近しい閨秀をモデルとする作の試みが続けられていた点である。

その対象となったのは、日本画家池田輝方の夫人蕉園（旧姓榊原）である。鏡花の愛読者であった彼女は、結婚

前明治四十二年四月刊の『柳筥』の口絵装丁を手がけて以来、文展で華々しい活躍をするかたわら、各種の鏡花本の装丁を、ときに夫とともに担当し、大正六年十二月三十二歳で早世した。その翌年の「友染火鉢」（大7・2—3）の画師お梨映・月潮は、蕉園・輝方をモデルとする最初の作である。詳細な検討は稿を改めるとして、作品のみを挙げれば、「芍薬の歌」（前出）、「毘首羯摩」（大10・1—10）、大正十年五月の輝方逝去以後では「銀鼎」（大10・7）、「続銀鼎」（同・8）、「松の葉」（同）、「楓と白鳩」（大11・7）、「駒の話」（大13・1）等に、両人の投影、登場が認められるとともに、このおしどり画家への追悼、追善のモティーフが一貫している。蕉園歿後、輝方の死を挟む七年間に発表されたこれらの作が「蕉園輝方もの」として系列化できるとすれば、「薄紅梅」を代表とする「薄氷もの」は、薄命の佳人、閨秀作家への追慕において「蕉園輝方もの」に共通し、かつ時期的にもこの二つの作品群は連接するのである。

かかるモティーフから見たとき、今まで問題としてきた樋口一葉もまた、この薄命の閨秀の列に加わることはいうをまたない。「薄紅梅」の一つの章を割き、薄氷との対比において一葉が登場する必然性はこの点にあったのだ。

さらに、その対象の選択の必然性を強めたのは、関東大震災の帝都焼燼以後に本格化した、明治文学研究および文壇回顧の動きであろう。大正十三年十一月設立の明治文化研究会を先駆とし、明治文学会（昭7・2）、明治文学談話会（同・10）等が設立され、その機関誌を中心に研究が活発化するとともに、「書物往来」「愛書趣味」「書物展望」等の書物誌による文献・逸文・逸話の発掘紹介、本間久雄編集「早稲田文学」の明治文学研究号七冊の刊行に加え、『きのふけふ』（博文館、大5・3・5）の増補改訂版である内田魯庵『思ひ出す人々』（春秋社、大14・6・15）を皮切りに、各作家による文壇回顧録が陸続と刊行されたことは周知の通りである。鏡花が孤蝶、田山花袋とともに招かれた、前記「新潮合評会」もむろんその一環であり、震災後から「薄紅梅」発表までの期間は、魯庵の書名にあるごとく、人々がこぞって「明治」を「思ひ出す」時代にほかならなかった。

「薄紅梅」の第五章、神田三崎町の貸本屋お伽堂を訪れる「お嬢さん」を叙した条には、往時と現在の町の様子を比較して、

——場所によると、震災後の、まだ焼原同然で、此の貸本屋の裏の溝が流れ込んだ筈の横川などは跡も見えない。古跡のつもりで、あらかじめ一度見て歩行いた。ひよろ〳〵ものの作者如きは、外套を著た蟻のやうで、電車と自動車が大昆虫の如く跳梁奔馳する。瓦礫、烟塵、混濁の巷に面した、その中へ、小春の陽炎とともに、貸本屋の店頭へ、佳うした娘姿を映出すのは、（…）なか〳〵もつて、アテナ洋墨や、日用品の唐墨の、筆、ペンなどでは追つつきさうに思はれぬ。彫るにも刻むにも、鋤と鍬だ。

とある。先述の明治文学研究や文壇回顧がそうであったように、本篇は震災後の東京の「焼原」の中に埋もれてしまった「明治」という時代を、「鋤と鍬」を使って掘りおこしてゆく作業だったといってよい。「薄紅梅」の追憶や回顧は、震災後の時勢がこれを用意したのである。

この追憶の赴くところ、明治文学研究の先達柳田泉氏が、次々に登場する「人物のことが、一々実在の女性男性にあてはめられる興味も加はつて」「意外な面白さをもつて読み通した」（「一葉女史と泉鏡花」）のは当然であった。そしてまた、「朝霧」と「薄紅梅」との人物を比較、一覧（後掲［別表］）して気づくことは、草稿にはない主人公「辻町糸七」という名の登場であろう。その由来は、本文十七章の、

上杉先生の台町とは、山……二つあなたなる大塚辻町に自炊して、長屋が五十七番地、渠自ら思ひついた、辻町は先づい、、はじめは五十七、いそなの磯菜。「ヘン笑かすぜ、」「にやけて居やがる、」友達が熱笑冷罵する。そこで糸七としたのである。

とあるのに明らかだが、鏡花の伝記的事実に照せば、彼が長屋に自炊していたのは、小石川大塚町五十七番地であって、大塚辻町ではない。しかも隣町の辻町には地番が十九番までしかないのである。したがって「辻町糸七」の

命名も微妙なところで虚と実のずれを含んでいることに注意すべきだが、いずれにしろ、本作が明治二十九年五月から三十二年秋までの大塚時代を題材とし、このかんの樋口一葉との出会いと北田薄氷の結婚とをもとに組立てられている点において、主人公の命名が作品の「時間」と「空間」とを象徴するものになったのである。

さらにもうひとつ、一覧によって判明するのは、実名を記す者たちはもとより、ヒロイン月村京子のモデル北田薄氷をはじめ、主要な登場人物のほとんどが物故しているということであって、モデル小説ないしは回顧的作品であるとはいいながら、京子との秘められたロマンスを中核とする「薄紅梅」の虚実は、一葉像も含めて、たんなる追憶や回顧にとどまらず、この時代まで生き永らえた老境の作者鏡花と、すでに物故してもの言わぬ人々との関係の上に成り立つ世界であることを忘れてはならないだろう。

おわりに

はじめのほうで確認したとおり、泉谷氏一の記憶・証言に誤りがないとすれば、一葉の歿する約四か月前、明治二十九年七月十七日に、鏡花の一葉宅訪問が確められるのだが、この日の一葉日記に泉谷の名はあっても鏡花の名はみえない。この時以外の訪問も確実ながら、今残っている日記に記載はないのである。

いうまでもなく、一葉の日記は彼女の生涯の軌跡を示す最も有力な資料である。馬場孤蝶のごとく「女史のこと――殊に作家となつてからのこと――を書くには、あの日記を抜き書きさへすればいゝ」（『明治文壇回顧』協和書院、昭11・7・24）とまで言い切ってしまうことはできないにしても、この記録が作家あるいは人間一葉の像をよりいっそう精細ならしめるとともに、一葉像の大勢をかたちづくる基幹であったのは疑いない。そして、現存する日記中に鏡花の訪問が記されていない事実は、日記の欠損・散佚を考慮に入れてもなお、一葉の中に鏡花の存在がほとんど形をなしていなかった証であると判断して、それほど大きな誤りではなかろう。少なくとも、鏡花が彼女を「好敵手」と目するほどに、一葉が同年代の青年鏡花に重きをおいていなかったことは明らかだ。

現在のわれわれは、その後着々と文壇での地歩を固め、作家として大成した天才鏡花を知っているから、彼がかく軽んじられたことに不審を抱くのだが、当時いかに脚光を浴びたにせよ、ほんの数作で青年作家の力量とその後を測るのは難しいし――実際、鏡花は観念小説的な方向へ以後の歩みを進めなかった――一葉が鏡花に注目しなかったのも無理はないのである。みずからの文壇での好評を「空しき名のみ仇なる声のみ」（「水のうへ日記」明28・10・31）、「虚名は一時にして消えぬべし」（「水のうへ」明29・1）と自戒していた彼女が、いっときの世評に従うはずもなかったろうし、むしろ作家評においては、人間一葉の探求を宣言して自分の内面に深く喰い入ろうとした斎藤緑雨の言葉のほうを、より重んじたにちがいない。のみならず、当時の評家は、観念小説後の鏡花の転換の意味を摑みかねていたから、晩年の一葉の耳に届くのは鏡花評の凋落ばかりだった。

では、一葉にほとんど意識されなかったことは、鏡花にとって不幸だったろうか。いや、いちがいにそうとも言い切れぬのではないか、というのが私の所感である。

われわれは、これまで一葉と鏡花の交渉を探る際に、一葉側の資料の「空白」、日記の記述の「欠落」を負の要因だと考えてきた。であればこそ、柳田泉氏、和田芳恵氏以下、先学諸氏の追究が、この「空白」や「欠落」をなんとかして埋めようとする努力となってあらわれたのである。しかし、認識を改めて、「欠落」を前提に、これを積極的に捉えた時、そこに「薄紅梅」の一葉像生成の意味が見えてくるのではなかろうか。

「文章世界」の記事にも明らかなように、一葉歿後の文壇において、彼女と鏡花とに交渉のあったこと、そしてにもかかわらず、日記に記載のないことは、周知の事実となっていた。博文館版『一葉全集』前編の刊行（明45・5・13）による日記の公開は、この周知をさらに徹底させたにちがいない。鏡花はそういう認知の上に立って、自分だけに見せた一葉の姿態を描くことにより、「文学界」派の人々とは違う、一葉と自分との特別な関係を「薄紅梅」で提示したのである。その是非について、当の一葉は何も語らない、というより語ることができないし、また妹の邦子も、この時すでに世を去っており（大正十五年七月一日歿、享年五十三）、したがって、そのような姿を決して見せなかったと反駁できる者のいないことを前提として造りあげられた一葉像であった。と同時に、それは全く想像もできぬ彼女の姿ではなく、そうあり得たかもしれない可能性の範囲内の像だったことにも注意しなくてはならないだろう。

「新著月刊」の「文壇逸話」に拠れば「冷酒をぎうと立ち飲み」する一葉のイメージは、一つのゴシップとして、すでに逝去の翌年に成立し、その後しばらくのあいだ流布していたからだ。このゴシップそのままの姿を描きながら、それが単なる「噂」として片付けられなかったのは、第一に、一葉と鏡花の交渉の周知、第二に、鏡花が明治、大正、昭和の三代を現役の作家として生き続けてきたこと、そして第三に、そのかん鏡花の一葉像を否定する人間が次第に少なくなってきたこと、などに因る。つまり、一葉歿後四十年の「時間」の経過は、鏡花にとってなによりの武器だったのだ。さらに言うなら、彼の描いた像が「白襟の賢女に仕立て」て「格を落さじとする」（「薄紅梅」の草稿「朝霧」の一節）一葉像の大勢を相対化する力をもっていたからだ、と考えられる。

主軸である北田薄氷とのロマンスもまた、一葉像形成の場合と同じく、或る程度の蓋然性のうえに組み立てられた話であり、かつ主たる当事者の物故している点でも共通している。こうした「時間」の経過を背景に、「極秘の材料」によって、薄命の閨秀作家との「秘められた」ロマンスを創り出し、それに同じく夭折した閨秀の代表一葉を加えること、これが「薄紅梅」でとった鏡花の「方略」なのではあるまいか。「極秘の材料」や「秘められた」などの語は、この問題の最初の探究者である柳田泉氏のものだが、かかる「秘められた」世界は、当事者側の資料の「空白」によって、逆に保証されていたといえよう。

もっとも、そうして描かれた像が、一葉を全円的に捉え、その観察が深くに及んでいるとは必ずしもいえない。「姐娘（あねご）」肌や俠気はたしかに彼女の性格には違いないが、現存する日記中の彼女は――自分がかくありたいと願った像も含めて――多面的で複雑な姿をわれわれの前に見せており、鏡花の一葉像はやはり一面たるに止まることを否定しえないのである。それは鏡花と一葉との交渉が親密でなかったことに由来する限界というほかない。生前の一葉に宛てた鏡花書簡に「此方からは参るけれど参つた日を覚えて居るほど遠慮をいたしをり候」とある一節が、はからずもこの限界をものがたっている。両者の交渉は「此方から」「参る」だけの一方的な接触にすぎなかったのである。しかし、鏡花が狙ったのは、一筆書きのスケッチで、「想ふ楯の裏を見せ」（本文十六章）た一葉を点出して、従来の一葉像に自分なりの「あや」を加えることだったし、それが効果を上げれば充分だったにちがいない。日記の「空白」と、歿後四十年余の「時間」は、以上の点において、鏡花の一葉像の形成に大きな力と自由とを与えるものだった。それは単なる回顧や追憶の域を超える、鏡花独自の虚構世界の存立を意味していた。重ねていえば、鏡花えがく一葉像は、一葉側の資料の「欠如」ないしは「空白」の上に成り立ち、その「空白」をもっとも有効に活用した描出であったことを確認して、本稿の結論としたい。

［別表・「朝霧」「薄紅梅」の登場人物］（モデルの想定できる者に限る）

「朝霧」	「薄紅梅」	モデル	歿年（享年）
北畠蘭	辻町糸七	泉鏡花	昭14・9（67）
月岡京子（田毎）	月村京子（一雪）	北田薄氷	＊明33・11（25）
玉樹先生	上杉映山	尾崎紅葉	＊明36・10（37）
冨森逸鳳	野土青麟	梶田半古	＊大6・4（48）

絹川小夜子	三浜渚	田中夕風	昭27・3（80）
小南金草	月府玄蝉	小栗風葉	＊大15・1（52）
	弁持十二	柳川春葉	＊大7・1（42）
	久須利苦生	徳田秋聲	昭18・11（73）
矢野弦光	矢野弦光	桐生悠々	昭16・9（69）
依田学海	依田学海		＊明42・11（77）
石橋思案	石橋思案		＊昭2・1（61）
樋口一葉	樋口一葉		＊明29・11（25）

（注記）＊は「薄紅梅」発表時までの物故者。従来、矢野弦光に日本画家矢沢弦月を想定する説もあったが、矢沢弦月と鏡花との接点が確認出来ないので、私は採らない。弁持十二を柳川春葉、久須利苦生を徳田秋聲とするのは、日夏耿之介の「解題」（実業之日本社版『鏡花選集』第5巻、昭25・2・1）に拠る。

注

（1）「一葉から鏡花へ─『わかれ道』と『三枚続』『式部小路』─」「光華女子大学研究紀要」28集、平2・12・10。

（2）言及順に諸家の文献を一括して掲げる。塩田良平氏『樋口一葉研究 増補改訂版』中央公論社、昭43・11・23。関良一氏「一葉年譜」筑摩書房版『一葉全集』第7巻、昭31・6・20。伊狩章氏「鏡花と一葉」「鏡花研究」5号、昭55・5・30（のち『幸田露伴と樋口一葉』教育出版センター、昭58・1〔刊行日記載なし〕に収録）。岡保生氏『薄倖の才媛 樋口一葉』新典社、昭57・11・10。村松定孝氏「泉鏡花「薄紅梅」の虚実─その一葉像をめぐって─」笹淵友一編『物語と小説』明治書院、昭59・4・20。

（3）筑摩書房版『樋口一葉全集』第三巻下（昭53・11・10）の「補注」による。

（4）「一葉像の問題」「金城国文」3巻2号、昭31・10・25。のち『樋口一葉 考証と試論』有精堂出版、昭45・10・20、に収める。

（5）日本近代文学会北陸支部例会（平6・9・7）における口頭発表「『薄紅梅』考―成立をめぐって」。以下秋山氏の指摘はこの発表に拠る。

（6）「朝霧」の翻刻は「国文学」30巻7号、昭60・6・20（解題は檜谷昭彦氏）。「薄紅梅」草稿断片の翻刻は岩波書店版「鏡花全集月報」24号、昭50・10（解題は村松定孝氏）。

（7）「紅子戯語」については、鏡花の談話「紅葉先生」（「明星」卯歳11号、明36・11・1）に、入門前、紅葉の文業に接した時のことを語って「確か版元は大阪だつたと思ひます。合本になつて『紅子戯語』といふのが出ました。あれは其頃硯友社の楽屋と云ふやうな事が書いてあつて思案さんや何かが寄合つて、談論風生といふ有様、就中先生の風采が朧気に分りました。」（圏点原文）とあり、また「初めて紅葉先生に見えし時」（「新小説」明43・2）にも「紅子戯話に接せる時、覚えず、爪立つて衝と起ちし、魂はそゞに飛んで、硯友社の空にやありけん。」ともあって、文学同好の士が打興じる愉しさに強く心惹かれ、紅葉入門の思いを募らせたことがうかがえる。「薄紅梅」の物語の出発点に「紅子戯語」の活用されたゆえんである。

（8）拙稿「「芍薬の歌」ノート」泉鏡花研究会編『論集泉鏡花』有精堂出版、昭62・11・20。のち和泉書院より新装版、平11・10・10。＊本書収録。

【追記】

本稿は樋口一葉研究会第五回例会（平成7年6月3日、於お茶の水女子大学）での口頭発表にもとづく執筆である。引用した「薄紅梅」本文は中央公論社版の刊本（昭14・10・18初版）に、それ以外の鏡花の文章は岩波書店版『鏡花全集』に、一葉「日記」の引用は筑摩書房版『樋口一葉全集』に、一葉宛書簡は『一葉に与へた手紙』に、それぞれ拠った。

一節に、一葉に関する鏡花側の資料として、鏡花の一葉宛書簡二通を挙げたうち、明治二十九年五月六日付の書簡に下書のあることを逸していたので、追加しておきたい。

この下書（墨書一枚）は、生誕一一一年を記念する「泉鏡花「墨の世界」展」（昭和六十年二月五日─十七日、於鳩居堂画廊）に出品されたもので、その図録の写真版により確めることができる。清書簡とくらべて大幅な異同は認められないが、見せ消ちの部分に注意を要する箇所があり、とりわけ後半部分に削除抹消の跡が著しく、清書簡にはない結語「敬具」、宛名「おなつ様」のあとに脇付「硯北」の語がある。岩波書店版全集別巻、同『新編泉鏡花集』別巻一にも収録をみなかった資料であり、この時の出品の模様からして泉名月氏旧蔵品であると思われる。以上を加えて、一葉宛書簡は都合三種を数えることになるが、下書も含めた本書簡の読解については、別に稿を改めたい。

二節で、「新著月刊」（明31・1）「文壇逸話」の、冷酒を立飲みするという一葉のエピソードに触れ、その五年後の明治三十六年八月「明星」に載った馬場孤蝶の談話がこれを打消したことを述べたが、それより早く、同年二月の「文庫」（22巻4号、明36・2・1）の「談叢」欄に載る、某氏談話、兎耳生筆記の「樋口一葉女史」の末尾に、

本話（このはなし）を終るにつけて、一寸弁じて置きたいことがあります、それは外でもありませぬが、故人に関する冤罪で、一葉の逸話としてかういふことが伝はつてゐる、一葉は台所へ駈けこんで、徳利の口から冷酒をグイ飲みにして、その勢ひで原稿を書くと申したものがありましたが、女史の文章を読んで、其人と為りを想像して、コンな話を捏造したのでせう、女史はうはべは洒脱であるが、腹はシツカリとして、謹厳な方で、ソンな取次（しだら）のない、さもしいことをするやうな女性ではないのです。

との弁駁が述べられているのを見出した。談話者を「某氏」とするが、文中に一葉の逝去当時を語って「忘れもしないこの十一月のはじめに、私は彦根へ行かなければならない用があつて、女史の宅（うち）へ音訪れた」云々とあるので、逝去のおり彦根中学赴任中であった孤蝶だと判明する。「明星」の談話の半年前にはすでに同趣の反論が示されていたことになる。もって一葉歿後七年のあいだ、この逸話は巷間に流布し、近親の孤蝶が「冤罪」だとして重ねて

否定しなければならぬほど有力だったのである。

なお、右の談話には、筆記者（兎耳生）の文章で、

これは、この談話の筆記者一個人の考へだが、鏡花が近ごろ書いた『三枚続き（ママ）』といふ小説は、確にヒロインのモデルを一葉に取つたに相違ない、この小説はお夏といつて、一葉女史と同名であることは素より、歌の先生何がし女史の門に入つて、古参ではあるが、貧乏人の娘といふのでそのお師匠さんは或る貴族の姫君の新参門弟に、チヤホヤして、お百度に耻をかゝせるといふ筋は、前項の事実に、演劇的脚色を施したのであらう、

と述べた条があり、鏡花作「三枚続」のヒロインお夏に一葉の投影を認めた同時代の文として貴重である点も、併せて補っておきたい。

三節の「薄紅梅」の新聞掲載について、初出稿の誤記を田中励儀氏「「薄紅梅」の成立過程―北田薄氷・富松登久・伊藤晴雨らをめぐって」（『泉鏡花文学の成立』双文社出版、平9・11・28）により訂した。田中氏には別に「樋口一葉と同時代作家―北田薄氷・泉鏡花を中心に」（樋口一葉研究会編『論集樋口一葉Ⅳ』おうふう、平18・11・25）の論もある。一葉歿後の一葉像の形成については、本稿発表後の論考に、小川昌子氏「変貌する「一葉」―明治三十～四十年代における「一葉」語りの諸相―」（『日本近代文学』67集、平14・10・15）、笹尾佳代氏『結ばれる一葉 メディアと作家イメージ』（双文社出版、平24・2・28）がある。

同じく三節に触れた「蕉園輝方もの」については、その後「泉鏡花と挿絵画家―池田蕉園・輝方―」（泉鏡花研究会編『論集泉鏡花』第三集、和泉書院、平11・7・30）に詳しく述べた。

【本章初出】 樋口一葉研究会編『論集樋口一葉』（おうふう、平成8年11月10日）

2　泉鏡花と草双紙 ―「釈迦八相倭文庫」を中心として―

はじめに

泉鏡花が幼時より晩年に至るまで草双紙を愛読していたことは、自筆年譜に、

明治十三年四月、町より浅野川を隔てたる、東馬場、養成小学校に入学。これより先、母に絵解を、町内のうつくしき娘たちに、口碑、伝説を聞くこと多し。

と記された有名な条、あるいは談話・随筆等によっても周知の事実である。

また、広く近世文芸一般と鏡花文学との関係については、吉田精一氏(1)に、

浄瑠璃、歌舞伎を最として、俳諧・俳文・洒落本・草双紙・滑稽本のたぐいが打って一丸となってその作品の素地をなし、これを貫くに京伝馬琴から糸ひいて、種彦の「田舎源氏」「諸国物語」を経、「釈迦八相倭文庫」「白縫譚」「神稲水滸伝」に至る読本・合巻の一筋があって、いわば鏡花作品の物語性を決定していることはすでに人の知るところであろう。

とする適切な要約がある。もっとも、鏡花作品の草双紙的要素は、つとに数多の同時代評が、それを江戸趣味の悪弊だとして、批判の対象にしていたところであって、例えば、鏡花の知己である小山内薫をして「氏の小説は劇に近い。劇的である」が、しかし「徳川時代の劇的なのだ、近代の劇的なのではない。言ふ白(せりふ)も、する科(しぐさ)も、筋の仕

組みも、悉く臭草紙だ。」（「劇となりたる鏡花氏の小説」「読売新聞」明41・6・21付6面）とすら言わしむる点がたしかにあった。かような評価の傾向が伝奇的作品において著しいのは、伝奇性評価の基準を、西欧ではなく我国の前時代文学たる読本や草双紙に求めざるを得なかったという事情も考慮されねばなるまいが、いずれにしろ、鏡花の自己形成が草双紙に多くを負っていることは、彼の文学に認められる前近代的性格と結びつけられて、しばしば論者が作品世界の狭小、偏奇、画一性を指摘する際の有力な根拠を与えてきたかに思われる。

にもかかわらず、一部の随筆類を別にすれば、草双紙・読本を中心とする近世末期文学と作品との関係が具体的に論じられたのは、必ずしも多くないのが実情ではなかろうか。

影響関係については、早くに興津要氏が[2]「風流線」に「国字水滸伝」『北雪美談時代加賀見」の影響を認めたのち、近年では小池正胤氏の論考が[3]、処女作「冠彌左衛門」と「新局玉石童子訓」、「黒百合」「風流線」と「近世説美少年録」「児雷也豪傑譚」「白縫譚」との関係を指摘され、秋山稔氏が[4]「冠彌左衛門」における馬琴摂取の様相を詳しく論じられたのが注目されるけれども、依然その範囲は限られている。

これらの研究もまた、同時代評の多くがそうであったように、伝奇的作品への影響が中心となっているが、はたして鏡花の草双紙受容は伝奇的作品にのみ止まるものなのであろうか。

以下小稿は、鏡花幼少時の読書体験を整理確認したのち、草双紙、とりわけて「釈迦八相倭文庫」と作品の関係をさぐり、鏡花にとっての草双紙がいかなるものであったのかを考えようとするものである（なお、以下に述べる「草双紙」は、おもに「合巻」を指すものとして用いたい）。

一　「いろ扱ひ」について

受容の様態を考えるために、鏡花の発言を確認し、新しい側面を探ってみたい。

談話「いろ扱ひ」は、明治三十四年一月一日発行の「新小説」（6年1巻）に載せられたものである。この号の附録「名家談叢」のうちの一つで、紅葉・露伴・柳浪ら十一氏に交っての談話だが、冒頭「これは作者の閲歴談と云ふやうなことに聞えますと、甚だ恐縮、ほんの子供の内に読んだ本についてお話をするのでございますよ。」とあるごとく読書体験記である。以下触れられている書目を列記してみる（書名は談話の表記に従う）。

幼児期は「白縫物語」「大和文庫」「時代かゞみ」等の草双紙、母の歿後は友達から借りた活版本・南翠「結城合戦花鍬形」のほか「難波戦記」「呉越軍談」「水滸伝」「三国志」「美少年録」等の「堅いもの」、同時代文学として、思軒「瞽使者」、春廼舎おぼろ「妹と背かゞみ」「此処や彼処」、師紅葉の「色懺悔」「京人形」「夏痩」、露伴「風流仏」を述べ、再び近世に戻っては馬琴の「八犬伝」「弓張月」「旬伝実実記（ママ）」、馬琴に飽いてから後の贔屓の作者として京伝、三馬、一九、種彦を挙げている。

これらの書目を見る限り、草双紙から貸本を経て同時代文学へ、という道筋は、当時の読書経験としてほぼ順当なもので、決して特殊ではないが[5]、当面の対象である草双紙に絞って仔細に見てみたい。やや長いが、冒頭部分を次に引用する。

母が貴下（あなた）東京から持つて参りましたんで、雛の箱でさゝせたといふ本箱の中に、「白縫物語」だの「大和文庫」「時代かゞみ」大部なものは其位ですが、十冊五冊八冊といろ〳〵な草双紙が揃つてあるのです。母はそれを大切（だいじ）にして綺麗に持つて居るのを透（すき）を見ちやあ引張り出して……但し読むのではない。三歳四歳（みつゝよつゝ）では唯だ表紙の美しい絵を土用干のやうに列（なら）べて、此の武士（さむらい）は立派だの、此の娘は可愛いなんて……お待ちなさい、少し可（を）笑（か）しくなるけれど、悪く取りつこなし。さあ段々絵を見ると其の理解（わけ）が聴きたくなつて、母が裁縫（しごと）なんかして居ると、其処へ行つて聞きましたが面倒くさがつてナカ〳〵教へない。夫（そ）れを無理につかまへてねだつては話をしてもらひましたが、嘸ぞ煩かつたらうと思つて、今考え（ママ）ると気の毒です。（…）始終絵ばかり見て居たものですから、薄葉を買つて貰つて、口絵だの、挿画だのを写し始めたんです。（引用は初出）

この部分は鏡花幼少期の自己形成を語る場合に、おそらく最も多く引用されてきたところだろうが、母の絵解きの様子に始まり、遂には絵を透き写しするに至ったことが述べられている。このような読み方は、野崎左文[6]が言うごとく、「先づその挿絵を順々に目を透して、事件の変遷や巻中人物の浮沈消長等を、腹の中に納めたのち、徐ろに本文に取掛つて、自分の予想を確めて行くといふ読方」を、母に手助けしてもらいながら実践して行ったもので、いわゆる「画君文臣」の草双紙における「画文相倚相助ける鑑賞」（鈴木重三氏[7]）にほかならない。したがって、幼児期のこの時点では、読むことよりも見ることが先行し、構想や筋よりもまず、或る特定の場面の視覚的受容があったことを確認しておく必要がある。

この「いろ扱ひ」は「え丶、此のごろでも草双紙は楽にして居ります、それに京伝本なんぞも、父や母のことで懐い紀念が多うございますから、淋しい時は枕許に置きますとね。若菜姫なんざアノ画の通の姿で蜘蛛の術をつかふのが幻に見えますよ、演劇を見て居るよりも余程い丶」と述べられて終るのだが、さらに談話「そのころ」（明41・6）、「昔の浮世絵と今の美人画」（明44・10）等によれば、唯一の道楽として草双紙の蒐集をしていた時期のあったこともわかる。

その内容はいかなるものであったろうか。鏡花所蔵の草双紙については、㈠旧蔵目録・「鏡花先生の「草双紙目録」」（岩波書店版「鏡花全集月報」19号、昭17・4）と、㈡現存目録・「泉鏡花蔵書目録」（岩波書店版二刷「鏡花全集月報」29、昭51・3）の二種の目録があり、両者を照合することによって、その概要を窺いうる。合巻に限っていえば、（端本もあるため）冊数を別にすると、㈠65種、㈡46種であって、うち重複するものを差引くと、計86種に及んでいる。作者別では、柳亭種彦の33種が群を抜いて多く、以下、山東京山（11）、山東京伝（9）、笠亭仙果（二世種彦」（8）、二世為永春水（6）、曲亭馬琴（5）と続いている。画工では、種彦の著作が多いことと相俟って歌川国貞が半分近くを占めている。まさに、彼自身の作の題名のごとく「国貞ゑがく」草双紙を殊のほか愛好していたといえようか。また、「いろ扱ひ」で言及されている草双紙のほとんどがこの中に含まれており、草双紙以外の蔵書目録（岩波書店版「鏡花全集月報」15号、昭16・12）と比較しても、鏡花蔵書の重要な部分を占めていたことがわかる。

草双紙への愛着は、さきの「いろ扱ひ」という談話の題名そのものが端的に示しているように、草双紙を「いろ」と見、それに憧憬と愛顧を与えているのであって、作品の素材・場面への反映においてもまた同様のことがいえる。先学の指摘も含めて列挙してみると、教師の眼をぬすんで「近世説美少年録」を耽読する「怪談女の輪」（明33・2）、「田舎源氏、大倭文庫、白縫物語」を持って江戸下谷から田舎に落ちた娘「紫」を描く「笈摺草紙」（明31・4）、「母の記念（かたみ）と云ふ」「時代鑑」を枕頭に寝た幼い頃を思い起す「新通夜物語」（大4・4）、憧れの女性お楊とともに「田舎源氏」第二編を読む場面のある大作「由縁の女」（大8・1—同10・2）等、幼時を回想する場面には触れられずにはおかないのが草双紙である。その他、文中とりどりに引用される作品には、朝田祥次郎氏[8]が指摘されたところの「星の歌舞伎」（大4・5—12）、「鴛鴦帳」（大7・6）、「菊あはせ」（昭7・1）のほかに、例えば「鯛」（大10・1）中の「田舎源氏」、「燈明之巻」（昭8・1）における種彦作「奇妙頂礼地蔵道行」など、この種の事例は枚挙にいとまない。

また、直接に草双紙を扱った作ではないが、かつて学校の教科書を買うために売った母遺愛の錦絵を取戻さんとする「国貞ゑがく」（明43・1）もある。先の「いろ扱ひ」において、私塾に通う頃、貸本屋に通いつめ、三十銭の見料を得るため小学校の先生が褒美にくれた本二冊を売ってそれに充て、以後しばしば教科書を売った、と述べられているが、このエピソードが、「国貞ゑがく」においては、八十銭の「新撰物理書」四冊を得るために祖母が錦絵を売る、という逆のパターンになっている点が興味を惹く。結構として、母の形見を取り戻そうとする「国貞ゑがく」の方が秀れているのはいうまでもないが、真偽の程はにわかに判じがたい。

このように、鏡花における草双紙は、常に父や母の思い出と深く結びついている。上京後長じてからの草双紙蒐集は、「国貞ゑがく」の構図にあるごとく、父母とともに在った幼時期を回復せんとするところにあったとみてよい。むろん、草双紙は単なる回想・愛顧の対象ではなかった。雑記「かながき水滸伝」(明38・3)に、水谷不倒著『列伝体小説史』(春陽堂、明30・5・14)の一節を引いていることから、この書に拠って草双紙全体の史的な把握は可能であったろうが、しかし、談話「草双紙に現れたる江戸の女の性格」(明44・4)で「白縫譚」のヒロイン若菜姫に「江戸児」の典型を求めていることからも明らかなように、鏡花にとっては、草双紙の客観的な位置づけに先立って、自己の心象に準じた受容こそが第一であった。それはまた、彼自身の考えていた「江戸趣味」の充足という側面を併せもっていたのである。

以上の特性は作品の中でどのように現れているのだろうか。次には、特定の草双紙と作品との関係を見てゆくことにする。

二 「倭文庫」と「由縁の女」

ここで、数ある草双紙の中から「釈迦八相倭文庫」を取り上げるのは、この合巻が他のものとは異なり、鏡花永遠のテーマである亡母憧憬と結びついて、作品にさまざまな影を落していると考えられるからである。

「釈迦八相倭文庫」は、鏡花自身が「夫人利生記」(大13・7)において、

万亭応賀の作、豊国画。錦重堂版の草双紙、——その頃江戸で出版して、文庫蔵が建つたと伝ふるまで世に行

はれた、

と記すとおり、弘化二年に初編刊行以来、明治四年に五十八編を出した、典型的な末期長篇合巻である。画工の豊国とは三代豊国即ち歌川国貞である。題名は、釈迦が一代に示現した降兜卒・入胎・住胎・出胎・出家・成道・転法輪・入滅の八相を平易な婦女向きに翻案したことに由来し、江戸末期の風俗によって現代化している。作者応賀については興津要氏「万亭応賀研究」（『転換期の文学』早稲田大学出版部、昭35・11・10）に詳しいが、各種の経文を引用しつつ、釈迦と提婆や外道との対立を恋愛中心に描くことによって、女性読者の興味を惹くことに努めている。明治期に入っても、翻刻を通じて広く行われ(10)、流布本としては博文館版「続帝国文庫」第四十一編（明35・4・27）、第四十二編（明35・7・23）がある。鏡花が本書に接したのは「いろ扱ひ」によっても明らかなように、幼児期の母所蔵の草双紙としてだが、後年彼自らが蒐集した際の覚書には、買求め先に「本郷四丁目、菊坂上」と記されており、現在慶應義塾大学図書館には、初編―三十八編・四十一編―五十六編の計一〇八冊が所蔵されている。冊数からいえば、現存の旧蔵書中、最も大部のものである。

ところで、鏡花がこの「釈迦八相倭文庫」を作中に用いたかたちとしては、二つの系列が考えられる。一つは「摩耶夫人」に関するもの、第二は「鬼子母神」に関するものである。前者は従来諸家によって説かれたところも多いので簡潔に述べ、後者の「鬼子母神」の系列に重点を置いて検討したい。

摩耶夫人と鏡花との出会いは、自筆年譜明治十六年（正しくは十五年）十二月の母の死を記した次の年に、

明治十七年六月、父にともなはれて、石川郡松任、成の摩耶夫人に詣づ。陘（みち）の流に合歓の花咲き、池に杜若紫なり。なき母を思ひ慕ふ念いよ〳〵深し。

とあるごとく、釈迦を産んで直になくなった摩耶夫人と、自分を産んで九年後に儚くなった母の鈴とが重ね合されることによって、より一層の宗教的感情にまで高められていったと考えられるが、その最も早い現れは「清心庵」

（明30・7）である。この作に登場する女性の名は他ならぬ「摩耶」であり、屋敷を出て庵で少年と暮す彼女は、奉公女お蘭により、

> 考へて見りやお名もまや様で、夫人といふのが奥様のことだといつて見れば、何のことはない、大倭文庫の、御台様さね。

と見立てられ、末尾で、母を求める少年の意識は、

> この虫の声、筧の音、框に片足かけたる、爾時(そのとき)、衝立の蔭に人見えたる、われは嘗て恁る時、かゝることに出会(であひ)ぬ。母上か、摩耶なりしか、われ覚えて居らず。夢なりしか、知らず、前世のことなりけむ。

というところまで進んで行く。即ち少年は、母か、摩耶か、夢か、現実か、総てが融化した永遠の瞬間に立合うことになるのである。

以後鏡花は折にふれて「夫人像」を描こうと努めるのだが、「夫人利生記」の末尾に、

> 筆者は、無憂樹（明39・6）、峰茶屋心中（大6・4）、なほ夫人堂（明44・6）など、両三度、摩耶夫人の御像(みすがた)を写さうとした。いままた繰返しながら、その面影の影らしい影をさへ、描き得ない拙さを、恥ぢなければならない。

とまで付記しているのは、その思いの深さを物語っているだろう。それぞれの作品の分析には野口武彦氏のもの（『鑑賞日本現代文学3泉鏡花』角川書店、昭57・2・28）があり、詳細はこれに委ねたいが、同氏が述べられるように、「摩耶夫人的存在」とは「女性原理一般からとりわけてぬきんでた母性原理の顕現」であり、摩耶夫人の影像と作者の心象の結合によって、名匠の勝利（「無憂樹」）、心中死（「峰茶屋心中」）、夫人木像の完成（「夫人利生記」）という結末を導き出すべき「核」として働いているといえよう。

＊

これに対して「鬼子母神」が関係する作もまた、摩耶夫人ものに劣らず、鏡花作品中に独特の位置を占めている。「時雨の姿」（大6・1）で、少年雪次郎が病母の祈願に御詣りし、娘との出会いの場となる「鬼子母神様」は、絶筆「縷紅新草」（昭14・7）の辻町糸七とお米の会話にあらわれる「柘榴寺――真成寺」であるが、両作ともに主人公に出会いを与えると同時に、過去の時間を甦らせる場（空間）として、重要な意味を持っている。鬼子母神を祀る寺が時間を遡行する契機として働く限り、金沢を舞台とした、いわゆる帰郷・墓参小説の不可欠な要素となるので、それは大正期の大作「由縁の女」において最も典型的である。

墓地移転のため故郷に戻った詩人麻川礼吉は、又従妹お光の家に寄宿するうち、露野という薄幸の娘を助けたのが災いとなり、彼女の主人大郷子の一味から追われることになる。礼吉が隠家としたのは、麻川家菩提の蓮性寺という鬼子母神を祀る法華の寺であった。「幼馴染の御本尊」鬼子母神の御厨子の前で、訪ねてきた露野を相手に語るのが、第五十五章「鬼子母神の話」である。この話が「釈迦八相倭文庫」に拠っていることは、すでに吉村りゑ氏[11]に指摘があるが、さらに詳しく内容を見てみたい。

「由縁の女」で礼吉が語る鬼子母神の話とは、おおよそ次のようなものである。

――天竺の大兜国猫王山に住む鬼子母神の亭主「閻慢具足夜叉」は或日殺生に出かける。前途に黒猩々（狒々）を認めて鉄砲を撃つが効き目なく、逆に大木から下の大川へ落ちた。流れ流れて沈まんとした時、「翼に縋れ」という朗らかな清い声がしたので、影につかまると、白い砂浜に下ろされた。声の主は「面は美女のやうで真白」、「青い翼が八枚あつて脚が一本」の「青鷭」という大鳥であった。その鳥は「此の後、たとひ如何なる事あつても、恁る処に我あり、と忘れても人に言ふなかれ」と言い、夜叉は家に帰された。家では鬼子母が、迦毘羅衛国の王子を奪って喰べんとする処へ、釈尊一行が来かかり、美女に化けた鬼子母を成道正覚させ、王子を取戻す。しかし王子は体が爛れる悪病に罹ってしまう。母帝の夢のお告げに、青鷭の翼を褥に敷けば治癒するとあったので、触れを出したところ、下郎に化けた夜叉が青鸐の居所へ女帝を案内する。王子は本復するかわりに、忘恩の夜叉は仇をうけて体が爛れ、揚句は猫に成った。――

この話の特徴は、鬼子母が釈尊によって正法に帰する、いわゆる鬼子母神説話を含みながらも、その亭主の閻慢具足夜叉の水溺と末路が中心となっている点である。成道正覚の話は、すでに明治四十二年九月「少女」に発表した「吉祥果」において、幼児向きに語られていたところであったが、「由縁の女」では夜叉の話に中心が移っている。「由縁の女」の記述が「釈迦八相倭文庫」に拠っていることは、五十五章冒頭に、地の文として、

礼吉は母から聞いたうろ覚えのもの語(がたり)、鬼子母神経も寄婦(ママ)伝も、陀羅尼集説もありとは知りつゝ、未だ学ばざる懶惰を恥ぢて、忸怩としながら、

とある部分が、「倭文庫」第三十三編の序に、

この三十三編は、鬼子母神の大厄祓(はらい)清めて、孩子を護る発起を誌せど、鬼子母の説は顕正論、又鬼子母経及び寄帰伝並に陀羅尼集等、皆異説あるが故、其撮要を再戯して、（本文は「続帝国文庫」本に拠る。以下同じ）

とあるのに一致し、また、帰って来た具足夜叉と鬼子母の会話を、「由縁の女」で、

――何うしたつて、お前、何うしたなんぞの処ぢやあねえ。生命拾ひをしたんだぜ、生命を拾つて来たんだぜ、――と夜叉が息急いて言ふほど、此方は薄笑をして、何処にさ、拾つて来た生命つてのを一寸お見せな、どんな形をして居るんだえ。――なんのつて、鬼子母神様は洒落を言つておいでなさる。

とある部分が、「倭文庫」の、

されば聞きやれ、おりや命を拾つて来た、エ、命を拾はさんしたとは、其の拾つた命をば、どこへ置いて戻らしやんした、私しやまだ命と云ふもの、見た事がない、一寸見せて下さんせ、

とある条に一致することによっても明らかだろう。紙幅の都合上、その総てを比較し得ないが、鏡花は「倭文庫」

三十三編及び三十四編の記述をほぼ正確に踏襲し、かつて「吉祥果」で語った鬼子母正覚の部分は簡単に触れるに止め、夜叉の命拾いとその滅亡を中心に、彼一流の語り口をもって再構成している。この話に関して「由縁の女」で鏡花が新たに付加した要素は極めて少ない。鏡花の工夫は、露野への語りの合間に礼吉の思いを絡めて、鬼子母神説話と小説全体との関連を失わぬようにするところにあったかのごとくである。

むろん、この五十五章は単に礼吉の連想を導き出すに止まるものではない。忘恩の夜叉の水中からの救済と末路とは、六十一章以下に展開されるように、露野を振切って川を渡り、白菊谷に入って「人妻を恋ふる罪」を犯してまで、永遠の女性お楊の顔を見んとし、遂に頭を割られる礼吉の姿に重なり合う。通例鬼子母神説話の中心となる鬼子母正覚に余り筆を割かず、夜叉の外道の振舞と末路を中心に話を組立てた所以は、後の礼吉の行動を示唆することでより活きてくるものであった、としてよい。

三 「倭文庫」と「化鳥」

ところで、鏡花が「倭文庫」の鬼子母神説話に素材を仰いだ作品は「由縁の女」のみではなかったと考えられる。というのは、先に記した「猩々を狩損つて、遁上つた樹から揺落されて、大川へぼちやんをし、鳥の翼で助けて貰つた」闍慢具足夜叉の話のパターンが、明治三十一年四月発表の「化鳥」(「新著月刊」創刊号)を容易に想起させるからである。

作品の題名の「化鳥」とは、川に落ちて溺れた時に助けてくれた「大きな五色の翼(はね)があつて、天上に遊んで居るうつくしい姉さん」を探し求める少年の、「私が鳥のやうに見え」る瞬間があるところに由来している。従って「翼の生えた美しい姉さん」の解釈はこの小説の主題を規定することにもなるわけだが、「人間即野獣という厳しい世界観に諦観した母親が、その思想に少年をつなぎとめて愛の対象としながらも、なお満たされず胸中に抱く〈失楽園〉以前の自己の姿」であり「イデアの母のイメージ」であるとする由良君美氏[12]の解釈が、諸説の基本となっている。しかし、「化鳥」のイメージの拠って来るところの解明については、未だ検討の余地を残していると考えられる。

以下では、「由縁の女」に述べられた鬼子母神説話との比較を通して、その解明に近づいてみたい。

「化鳥」で、少年は川端に繋いである猿をからかっているうち、足を辷らせて、川へ落ちてしまう。以下、いささか長いが比較のためにその場面を引いてみる。

わつといつた顔へ一波かぶつて、呼吸(いき)をひいて仰向けに沈んだから、面くらつて立たうとすると、また倒れて、眼がくらんで、アツとまたいきをひいて、苦しいので手をもがいて身体を動かすと唯どぶん〳〵と沈んで行く。(…)もういかんとあきらめるトタンに胸が痛かつた、それから悠々と水を吸つた、するとうつとりして何だか分らなくなつたと思ふと、熌(ぱつ)と糸のやうな真赤な光線がさして、一幅あかるくなつたなかに此の身体が包まれたので、ほつといきをつくと、山の端が遠く見えて、私のからだは地を放れて、其頂(いただき)より上の処に冷(つめた)いものに抱へられて居たやうで、大きなうつくしい目が、濡髪(ぬれがみ)をかぶつて私の頰ん処(ところ)へくつついたから、唯縋り着いてぢつとして眼を眠つた覚(おぼえ)がある。(十章)

そして少年は、母親から、救ってくれたのは「大きな五色の翼(はね)があつて、天上に遊んで居るうつくしい姉さんだよ。」という答を得るのである。

これに対し「由縁の女」では、殺生に出かけた夜叉が犇々に出会い、逃げ上った大木の上から落ちて川へ沈む。

十里と成り二十里と成り、四十里五十里と成るうちには、精も力も盡果てて、最うね、取縋つた枝も離して、俯向けに水を飲んで沈まんとすると、耳許に、朗な清い声して「翼に縋れ、翼に縋れ。」と言ふ声が聞えたんだ。(…)何がなし具足夜叉が、遮二無二、薄光の映す影につかまると、其の影は大木の幹より力があつて、颯と水を切ると、縋つた身は青い虹を伝ひながら雲へ上るやうに思ふうちに、静にすつと下してくれた。（…）……吻と具足夜叉が人心地に成つて、いま助けられた、「翼に縋れ。」と人間の言で云つたのを、神か仏かと跪いて見ると、それは大きな鳥なんだ。（…）青鷀と言ふ大鳥でね、唐土の鳳凰と同じで、天竺では此が舞へば天下太平、聖人出世の兆。面は美女のやうで真白だ。青い翼が八枚あつて脚が一本だと言ふんです。

一見して明らかなように、二十年以上を隔てる両作品には共通点がある。中でも特徴的なのは、川に溺れる因となるのが、「化鳥」では猿であり、「由縁の女」では狒々であること、溺れた者を助ける「鳥」のイメージに共通性がみられることであろう。細部の描写における類似はいうまでもない。おそらく、鏡花は「青鷀」の形容を「倭文庫」三十三編上冊の口絵〔後出 図1 参照〕に「青鷀は八の翼ありて人の面にて毛色雉の如く其声笙竿の音に似て一足なり此鳥集啼時は天下太平にして聖人出表といへり」とあるのに拠ったと思われるが、原拠には「面は美女のやう」だという形容を見出すことはできない。しかし、川に溺れる者を救うのは、それがたとえ「異なる」ものであったとしても、鏡花にとってはあくまで「美女」である必要のあったことがわかるだろう。

とはいえ、叙述の類似は状況の類似から必然的に導き出された結果であり、「化鳥」の重要なエピソードが、「由縁の女」で用いられたように、総て「倭文庫」三十三編の記述に基づいて成ったものだと断定することはできないかもしれない。

そこで、影響関係を想定し得る要因として重視したいのは、第二節で詳しく見てきた、鏡花幼少期の読書体験である。具体的にいえば、幼児期に親しく接した草双紙においては、内容もさることながら、「絵解き」による視覚的イメージが優位を占める、という点にほかならない。おそらく「化鳥」執筆時には、年齢的にみても、かような「絵解き」の体験が鏡花の中で鮮烈に生きていたであろうことは容易に想像できるのである。

図示したのは、現慶應義塾図書館所蔵・鏡花旧蔵の「倭文庫」三十三編上冊（嘉永八年板）の挿絵である。〔図

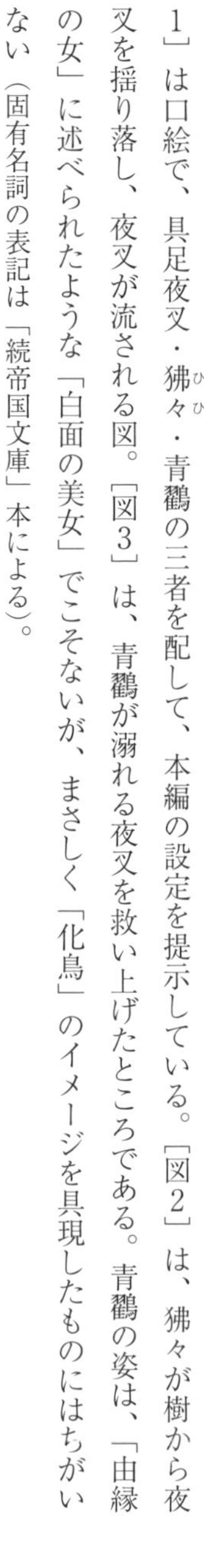

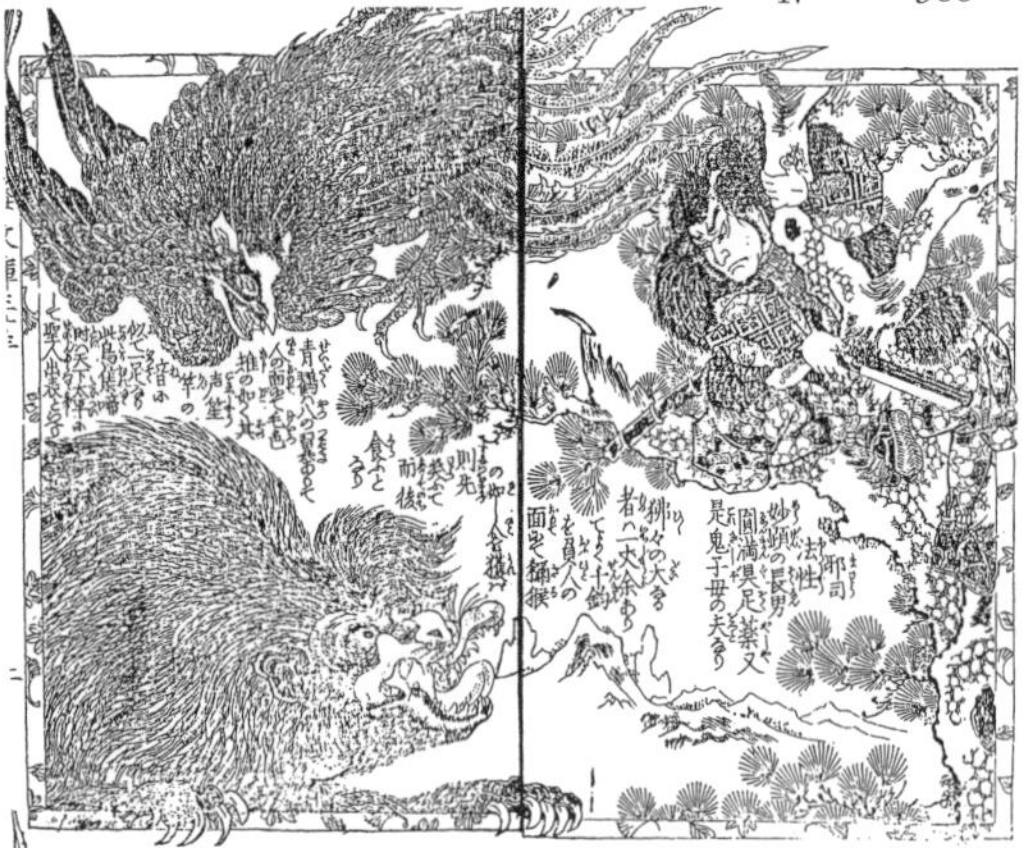

図　1

図　2

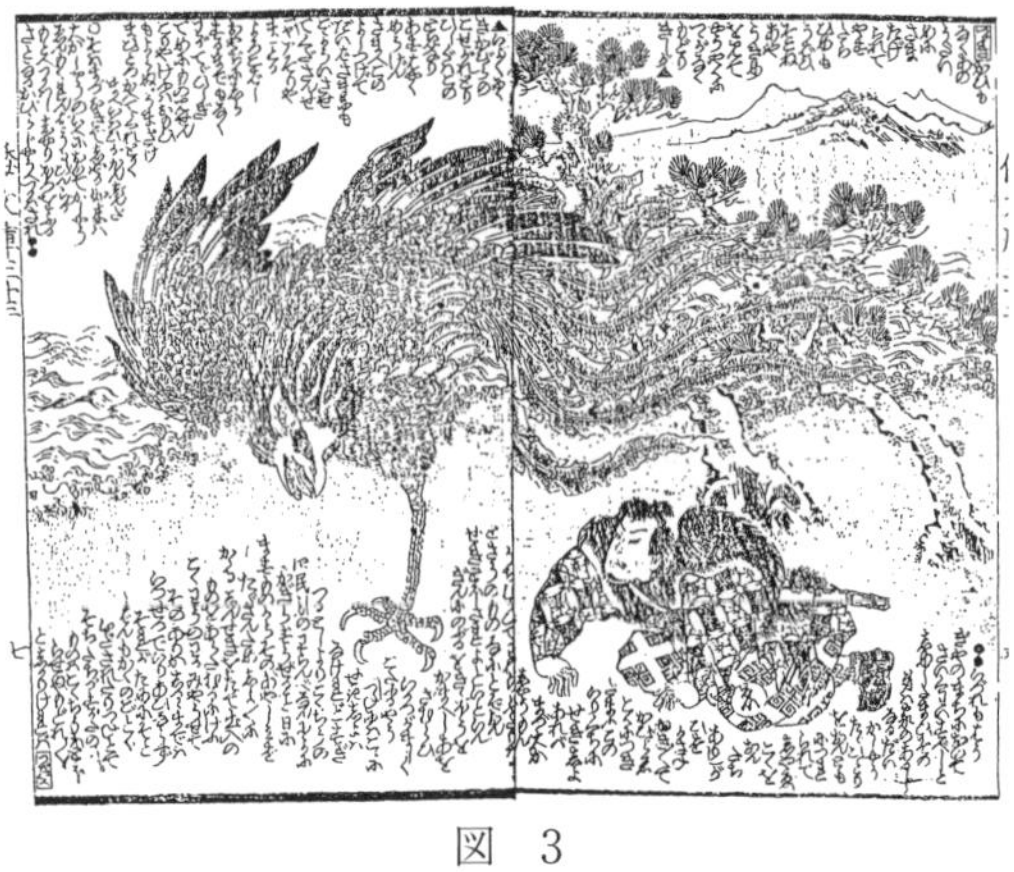

図　3

1〕は口絵で、具足夜叉・狒々・青鸖の三者を配して、本編の設定を提示している。〔図2〕は、狒々が樹から夜叉を揺り落し、夜叉が流される図。〔図3〕は、青鸖が溺れる夜叉を救い上げたところである。青鸖の姿は、「由縁の女」に述べられたような「白面の美女」でこそないが、まさしく「化鳥」のイメージを具現したものにはちがいない（固有名詞の表記は「続帝国文庫」本による）。

では、「天上に遊んで居るうつくしい姉さん」のイメージはどこから得られたのであろうか。その源泉を「倭文庫」三十三編に限らず、他の編に求めてみると、二つの場面を指摘することができる。〔図4〕は、第十一編上（嘉永

図　4

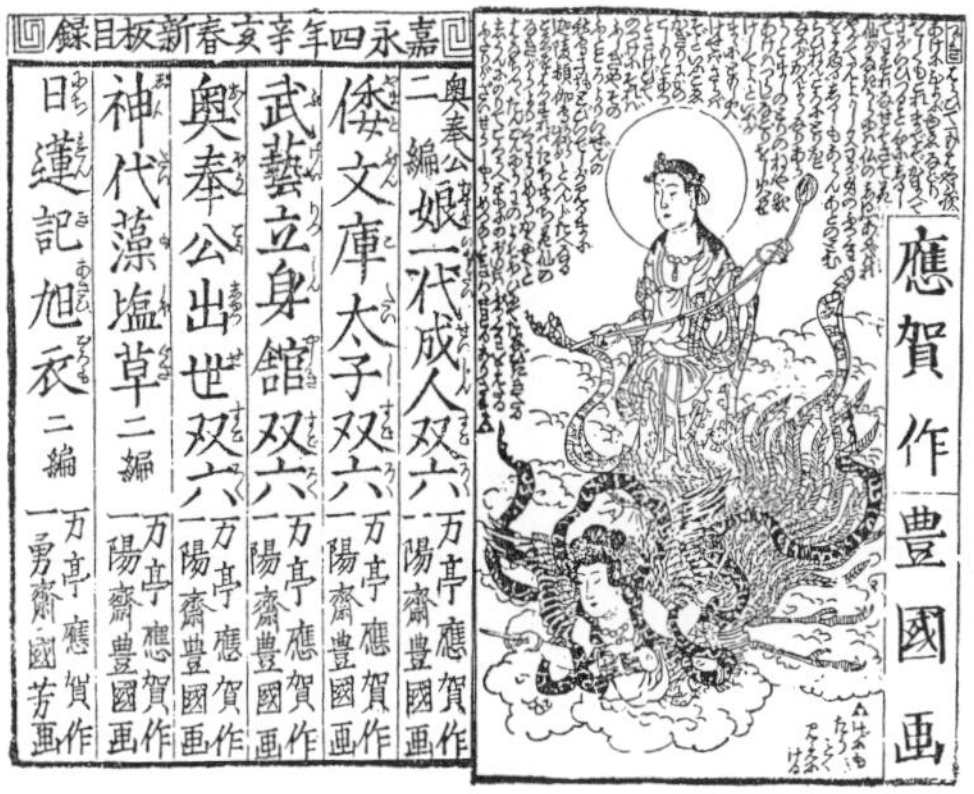

図　5
（図1—5は慶應義塾図書館蔵）

二年板）の挿絵で、出家の証として太子が差出した髻を受け取り、出家を供養する普賢菩薩を中央に、天上で「天津乙女」が舞楽を表する図である。また［図5］は、第十六編上（嘉永三年板）の挿絵。力士獅子ヶ嶽（後の舎利弗）が、太子の妻耶輸陀羅女の危難を救うため、わが妻花仙を死なせてしまうものの、妻の死骸から生前可愛がっていた鵙子が迦陵頻伽と変じ、花仙の文殊菩薩となって天上にのぼる図である。

両図とも、天上に舞う美女の像というほかは「化鳥」に通う要素を持っていないが、「倭文庫」の原話では、先の「青鸛」が実は普賢菩薩の化身であるという設定になっており、この点では第十一編の菩薩と天女の絵に連結するものがあろう。すでに述べたように、鏡花にとって水からの救済者はあくまでも「美女」でなければならなかった。化鳥と美女との結びつきは、例えば「由縁の女」二十章、あるいは「毘首羯摩」（大10・1—10）第三章、「絵本の春」（大15・1）などに徴しても明らかであり、そのイメージの具体的表現を求めるとすれば、以上の二図のごとき挿絵の複合にあったのではないか、と考えられる(13)。

鏡花の表現が、その視覚的性格において優れている点は、おそらく誰しも認めるところであろう。このことは同時に、鏡花が自らの想像力を喚起する影像に鋭く反応した結果であり、また反応しうる資質に恵まれていたともいえるのであって、例えば「星の歌舞伎」（大4・5—12）において、隣家の美しい娘が持つ草双紙の挿絵にあった上臈の姿をいまだ忘れられぬ画師に「絵に画いた水でさへあれば、見さへすれば、堪難いまで飲みたいのです。月に、雪に、一本の草の花に、それが実物であるよりは、絵であるものに、却つて、あこがれもし、見惚れもするのです。」と告白させているのは、談話「昔の浮世絵と今の美人画」（明44・10）で、絵そのものに「岡惚」をし、「草双紙の中にあるやうな女が事実にも」「あるものだと信じて居る、無ければならぬと思ふのです。」と語った言葉を作品で具体化したものに他ならぬが、草双紙への愛着に裏付けられたイメージの創出に当って、挿絵のもつ意味は決して看過されるべきではない。

そして、この具足夜叉の説話が鏡花を惹きつけたのは、そこに水からの救済というモティーフが内在していたからであろう。鏡花文学における「水」の重要性はここに更めて説くまでもないが、代表作「高野聖」をはじめ、「水」は人を死へ誘う（「鐘声夜半録」「春昼」等）と同時に、常に死からの再生・浄化をもたらすべきものである。「化鳥」の少年が、末尾で「故(わざ)とあの猿にぶつかつて、また川へ落ちて見ようか不知(しら)。さうすりや、また引上げて下さるだらう。」という誘惑にかられるのは、水の魔力が彼を領しているからであり、イデアとしての母たる「うつくしい姉さん」には、水をくぐることによってしか出会えないのである。同様に「由縁の女」でも、礼吉は川を渡ることによって初めて永遠の女性お楊に近づき得た。いずれの場合も、「水」は主人公が現実の時空を越えるために不可欠の要素となっている。

したがって、この説話が「水」を媒介として鏡花の心層に刺戟を与えた時、挿絵の視覚的要素とともに、「化鳥」のイメージが具体化されていったのではあるまいか。

＊

ところで、「化鳥」の中には直接に鬼子母神と結びつくものはなかったが、「化鳥」発表前後の作品中には、その要素を抽出することが可能である。

まず、「化鳥」以前の作品では「龍潭譚」（明29・11）が挙げられる。この作品の終局「千呪陀羅尼」の章の舞台は「寺の本堂」であり、主人公の千里は陀羅尼呪の中「燦爛たる御厨子のなかに」「尊き像（すがた）」を拝みつつ、姉に縋りつくことによって平静を取戻す。従来この「尊き像」は摩耶夫人像と解されることが多かったが、吉村博任氏が述べられるように[14]、この寺のモデルは「柘榴寺」の別称ある、日蓮宗の真成寺（「由縁の女」の蓮性寺）であり、「像」も作中の描写から鬼子母神像と解することができる。吉村氏はまた、章題の「千呪陀羅尼」について、「真言陀羅尼の経典を調べてみてもその中には千呪という陀羅尼は何処にも見あたらない」とされているが、ここでは単純に、「高野聖」二十三章で宗朝が唱えたのと同例の「法華経」の「陀羅尼品」を指すと考えられないだろうか。なぜなら、陀羅尼品は十羅刹女と鬼子母神がともに、説法者を悩ます害を除かんと誓願し、呪を説いたことを記す経品だからであり、日蓮宗では祈禱の際、鬼子母神を本尊に勧請して行われることを勘案すれば、この「千呪陀羅尼」とは、「陀羅尼品」を「千呪」する章段と解せるのではないか。とすれば、「龍潭譚」においては、神隠しにあい、里に戻った「憑きもの」の少年に平安をもたらすものとして、子供の守護神であり、かつ「九ツ谺」の魔神の怒りを鎮める力をもつ鬼子母神の存在が求められていた、といえそうである。

守護神としての鬼子母神はまた、「化鳥」発表後の三十一年九月の「鶯花徑」によっても確められる。主人公の「私」は誰かに手を曳かれて「御寺沢山な処で、一本松の下にあたる窪ツ地の、鶯谷」を行くうち、「こゝにある鬼子母神様の石壇の下」で立停り、かつて自分を殺めんとした狂気の父から逐われて来た時のことを思い出す。

　鬼子母神様は母様が御信仰なすつた、さうしてあの仏様は小児を守つて下さるんだつて、いつでもおつしやつたから、始終遊ぶのに来て居た処で、また皆が鬼子母神様のお乳だつていつて、門の柱がくしの鉄の釘のふつくりした円いもののついた頭を、戯れに吸ひ〳〵した、（六章）

ここには、「龍潭譚」の少年が九ツ谺の貴女にしたのと同じ構図が現れている点でも注目されるが、「鶯花徑」において鬼子母神の寺は、父が自分の替りに吉坊を殺した場所、「私」の気が狂った所でもあり、さらにまた新しい「少い母様」と出会う場所でもあるので、作品の中核となる空間として設定されている。

その他の金沢ものでは、三十年十二月の「髯題目」に、背中へ髯題目の入墨した女役者早乙女縫之助が、縁付いた女分の小燕を気づかい、芸人たちの出入を恐れる嫁先の粂屋に対して、「しみつたれたことをいふ、信心をして拝んで見や、お賽銭は此鬼子母神様から投げてやる」とまで言う「俠気」のある女芸人の見立てとして表現されている。

これらの作に、「倭文庫」の摩耶夫人に触れた「清心庵」（明30・7）、江戸から数多の草双紙を携えて下ってきた能楽師の娘紫が、浜の摩耶寺に立寄る「笈摺草紙」（明31・4）を加えてみると、明治二十九年から「化鳥」を挟んで三十一年の此の時期に、「一之巻」連作に始まった幼児期への回帰が、様々な位相を見せながらも、その自然の勢いとして、思い出深い草双紙、具体的には「倭文庫」とその中に登場する摩耶夫人・鬼子母神に傾斜する場合の多かったことが十分窺えるのである。

ところで、鏡花がこれほどまでに「鬼子母神」に惹かれた理由は何であろうか。既に見てきたように、第一には、幼い子供の守護神であったからだろうが、加えて第二に、鬼子母神が成道正覚する以前は鬼神・魔神であり、魔的な側面をもつ二面神である点に拠るところが大きいのではないか。この点については、例えば談話「たそがれの味」（明41・3）に「善から悪に移る刹那、悪から善に入る刹那、人間はその間に一種微妙な形象、心状を現じます。私は、重にさう云ふたそがれ的な世界を主に描きたい、写したいと思つて居ります。」とする善悪二面観に明確にあらわれているし、何よりもまず、「義血俠血」の白糸をはじめとして「高野聖」の孤家の美女など、鏡花世界の女性が、善から悪、悪から善への転身者たるべく造型されていることが、雄弁に物語っているところであろう。

さらに、説話的イメージから「化鳥」を捉えてみた場合、先に述べた「水」のモティーフに関連して、「化鳥」の母親にも如上の二面性を認めることが可能である。東郷克美氏[15]は、この母親を「子に対しては無限の優しさを示し、俗界に向かっては激しい憎しみの念を燃やし続ける」女と捉え、彼女を「橋姫的存在」であるとされている。これは、柳田國男が「橋姫の話」（「女学世界」18巻1号、大7・1・1）において、「今昔物語」（巻二十七第二十一話）以降の橋にかかわる各地の説話を分析し、「橋姫といふ神が怒れば人の命を取り、悦べば世に稀なる財宝を与へるといふやうな両面両極端の性質を具へてゐる」と述べたのに結びつけての規定だが、鏡花が「義血俠血」以来、「南地心中」（明45・1）などをその典型として、数多の作品で橋に佇む女を重要な構図に採用していることを考えると、妥当なものだといえよう。

そしてまた、少年の「母様（おつかさん）」が、説話的・伝承的世界のイメージを負っている存在であればこそ、彼女の抱く「人間も、鳥獣も草木も、昆虫類も、皆形こそ変つて居てもおんなじほどのものだ」という汎神論的世界観は、口碑伝説の中にいきづく精霊信仰（アニミズム）のまことに自然な認識である、と理解できるのである。

このように、「化鳥」の母親を鏡花作品に普遍な「橋姫的存在」と捉えることができるならば、その属性の「両面両極端の性質を具へてゐる」点において、鬼子母神の二面性にも通じるものであって、この時点ではいまだ途上ながら、鬼子母神は守護神・鬼神の双面神として、鏡花永遠の女性の探求に深く関与していた、といえるのではなかろうか。

おわりに

以上の考察では、鏡花の草双紙愛好と幼児期の読書体験を整理したのち、「由縁の女」五十五章の「鬼子母神の話」が、万亭応賀作の草双紙「釈迦八相倭文庫」を典拠としていることを確認し、説話のパターンの類似から、その影響――とくに挿絵からのイメージの喚起を、さかのぼって「化鳥」の中に見出そうとした。

むろん「化鳥」に、「由縁の女」で認めたような意味での明確な典拠・影響関係を見出すことは難しいかもしれない。しかし、「化鳥」が「倭文庫」の鬼子母神説話の忠実な反映ではないという、その点にこそかえって「化鳥」における草双紙受容の特質が存するといえるのである。なぜなら、「由縁の女」において、鏡花は思い出深い「倭文庫」を作中に活かしたが、それがあくまで語り手礼吉の立場から原拠の叙述を再構成するに止まっていたのに対し、「化鳥」では、一時的な死と、そこからの再生をもたらす力を秘めた「水」への誘引によって、視覚的イメージを介し、永遠の母の像を創出することができたからである。水からの救済者が「天上で遊んで居るうつくしい姉さん」であって、決して具体的な「青鸖」という固有名詞でなかった所以も、かかってこの点にある。

したがって、鏡花の草双紙受容の特質の一つは、彼が草双紙の中に亡き母、ひいては危機的な状態での庇護者・救済者としての存在を求めていった点にある。彼の亡母憧憬が宗教的感情を伴いつつ、母にゆかりの草双紙にむかった時、その中から、摩耶夫人・鬼子母神の両守護神の登場する「釈迦八相倭文庫」が選ばれたのは必然であった、と言わなければならない。

かような意味から、鏡花の草双紙受容については、従来指摘されることの多かった伝奇的な構想面への影響のみならず、視覚的受容を考慮し、心象を豊かに発動させるものとしての影響関係、さらには口碑伝説からの民譚的発想をあわせて検討してゆく必要があると思われる。

注

（1）「鏡花の表現」『浪漫主義の研究』東京堂出版、昭45・8・15。
（2）「泉鏡花と江戸戯作」「明治大正文学研究」21号、昭32・3・30。
（3）「泉鏡花―『冠弥左衛門』と『新局玉石童子訓』」「解釈と鑑賞」44巻13号、昭54・12・1、および「鏡花文学の古層―古典の世界―」「解釈と鑑賞」46巻7号、昭56・7・1。
（4）「『冠弥左衛門』考―泉鏡花の出発―」「国語と国文学」60巻4号、昭58・4・1。
（5）例えば、塚原渋柿「江戸時代の軟文学（続）」（「あふひ」4号、明43・8・18）、江見水蔭『自己中心明治文壇史』（博文館、昭2・10・22）、星野天知『黙歩七十年』（聖文閣、昭13・10・12）などに徴しても、草双紙の絵解きから、演義物、軍談、読本へという道筋は揆を一にしている。
（6）「草双紙と明治初期の新聞小説」「早稲田文学」261号、昭2・10・1。
（7）「合巻の趣向」『絵本と浮世絵』美術出版社、昭54・7・30。
（8）「鏡花の小説と江戸文学」「解釈と鑑賞」41巻14号、昭51・11・1。
（9）この雑記は「誰方も御馴染の種彦が、其の訳水滸伝の文章につき、門弟なりし尾州熱田の仙果が許におくりたる書面あり。饗庭篁村翁所蔵のよしにて、水谷不倒氏著、小説史稿に其の文出でたり。」と始められているが、『小説史稿』（金港堂、明23・4・5）は関根正直の著、鏡花は『列伝体小説史』を誤ったのである。この書名の錯誤をもってしても、研究書が鏡花にとって第一義でなかったことが窺える。
（10）前田愛氏「明治初期戯作出版の動向」（『近代読者の成立』有精堂、昭48・11・20）によれば、明治十五年から十八年にかけての戯作の翻刻では、「八犬伝」の七点に続き、「倭文庫」が「膝栗毛」「絵本三国志」「絵本西遊記」とともに五点の多きを数えている。

(11)「泉鏡花と歌謡」「芸能」24巻5号、昭57・5・10。

(12)「鏡花における超自然―『化鳥』詳考」「国文学」19巻3号、昭49・3・20。なお小林弘子氏は「『化鳥』小考」(「鏡花研究」6号、昭59・11・10)において、「化鳥」とは金沢で「売春婦」のことを呼んだ事実があり、「化鳥」の母親もそのような業いの人ではなかったか、とされている。たしかに新視点ではあるが、同氏が根拠として引く『日本国語大辞典』の用例は、おそらく平凡社版『大辞典』中の引用例、風来山人著の洒落本「里のをだ巻評」(安永三年)に諸国遊女の異名を列挙した箇所で、「ものの名も所によりて易(かは)るなり(…)加賀に化鳥」とあるのに拠ったのであろう。しかし、鏡花がこの呼称を知っていたという傍証がない限り、解釈の根拠としてはやや弱いように思われる。

(13)「化鳥」の初出誌「新著月刊」には、口絵として渡辺金秋画の多色刷石版画が添えられており、川と小屋、空中に舞う天女の姿が描かれている。

(14)「神隠幻想―「龍潭譚」論」「鏡花研究」6号、昭59・11・10。

(15)「泉鏡花・差別と禁忌の空間」「日本文学」33巻1号、昭59・11・10。

【追記】

本稿は第六回泉鏡花研究会(昭和60年11月29日、於青山学院大学)での口頭発表にもとづく執筆である。鏡花旧蔵書の調査および「釈迦八相倭文庫」中の挿絵の引用につき、慶應義塾大学三田情報センター(現・同三田メディアセンター)より格別のご高配をいただいた。

再録にあたっては、

発表後、鈴木重三氏より、文中に図示した「釈迦八相倭文庫」第三十三編の挿絵は、二代国貞(もと国政・弘化三年襲名)の手になるものである、との御指摘を受けた。記して御教示に感謝したい。

と付記した。

その後、草双紙を中心とする近世文芸との関係を考究する論が多く現れており、この分野の研究の進展には著しいものがある。「泉鏡花と中国文学―その出典を中心に―」（「国語国文」55巻11号、昭61・11・25）で漢籍の典拠を博捜していた須田千里氏は、「鏡花文学における前近代的素材（上）（下）」（「国語国文」59巻4号／5号、平2・4・25／5・25）においで広範囲にわたる夥しい典拠を示したのちも、「草双紙としての『風流線』」（「文学」隔月刊5巻4号、平16・7・27）、「反自然主義を越えて―近世文学の受容、谷崎潤一郎との類比」（「解釈と鑑賞」74巻9号、平21・9・1）で探索を続けており、また杲由美氏「泉鏡花「国貞ゑがく」論―〈姫松〉の形象が意味するもの―」（「語文」70輯、平10・5・30）は該作における「善知安方忠義伝」「児雷也豪傑譚」からの摂取を論じている。

なお、「夫人利生記」に関しては、秋山稔氏「『夫人利生記』の周辺」「『夫人利生記』の成立」（『泉鏡花　転成する物語』梧桐書院、平26・4・24）に詳しい。

【本章初出】「文学」第55巻第3号（昭和62年3月10日）＊のち「日本文学研究資料新集」12『泉鏡花・美と幻想』（有精堂出版、平成3年1月7日）に収録。

3 鏡花の転居

泉鏡花が、その臨終までのあしかけ三十年を暮した番町（麴町区下六番町十一番地）の家については、泉名月氏「鏡花と住まい」（「鏡花全集月報」15、昭50・1）に詳しい証言がある。しかし、紅葉の玄関番から独立して移り住んだ家々は、必ずしも番町の家ほど明確にはなっていないようだ。以下では明治三十六年までの転居の実態を考えてみることにしたい。

＊

牛込区横寺町四十七番地の師尾崎紅葉宅を出て最初に移ったのは、小石川区戸崎町六十一番地の大橋乙羽宅であった。坪谷善四郎『大橋佐平翁伝』（博文館、昭7・3・15）、『博文館五十年史』（昭12・6・15）では、創業者佐平が購入し、長女時子の結婚に伴い女婿又太郎（乙羽）に譲られたという邸宅の地番を「四十六番地」とするが、『日本現今人名辞典』（同発行所、明33・9・30）や、樋口一葉の乙羽宛書簡封筒（明28・4・14付、筑摩書房版『樋口一葉全集』四巻（下）、平6・6・20）に「六十一番地」とある。「四十六番地」は、尾崎紅葉「十千万堂日録」の明治三十四年六月三日の、前々日に歿した乙羽宅弔問を記した条に「雨中にて乙羽氏宅の混雑一層劇しかり。佐平氏隠宅にて待合す。」とある創業者の「隠宅」の地番であろうと考えられる。転居の時期は、自筆年譜に二十八年二月とあるが、「処女作談」（明40・1）には二十七年十月とあり、時期の確定については今後の検討を要する。戸崎町は白山御殿町の帝国大学植物園の東南に隣接する町であり、「外科室」（明28・6）構想の端緒が乙羽宅寄寓と深く関わるのはいうまでもない。

二十九年頭の博文館「新年挨拶」に名を連ねていることからもわかる通り、鏡花は乙羽宅で「日用百科全書」の編輯に携わり、博文館編輯局員として樋口一葉や北田薄氷らを訪ねている。広津柳浪の回想（「取留めもないこと」『文章倶楽部』12巻1号、昭2・1・1）によれば、一葉の病褥にあることを柳浪にもたらしたのが鏡花だったという。鏡花が博文館に最も深くかかわったこの時期は、日清戦中、「太陽」に続いて「文芸倶楽部」「少年世界」等を発刊して、雑誌王国を築かんとした時であり、館の支配人宅に寄食していた青年作家は、この出版社のめざましい発展を目のあたりにしつつ、「夜行巡査」「外科室」「海城発電」「化銀杏」等を執筆したのである。これらいわゆる観念小説の問題作がみな博文館発行の雑誌に掲載されたのは決して偶然ではない。日清戦後の博文館の大躍進はまた新人作家鏡花の進境でもあった。

＊

自筆年譜によれば、二十九年五月、同じ小石川大塚町五十七番地に一家を構え、夏頃に金沢から祖母と弟を迎える（田中励儀氏「『妙の宮』成立考―明治二十九年の鏡花―」『鏡花研究』7号、平1・3・31。のち『泉鏡花文学の成立』双文社出版、平9・11・23、を参照）。「瓔珞品」（明38・6）の蘆澤辰起の回想中に「地続きの近い処が、陸軍省の所轄地で、大きな焔硝庫がありますから、」（十七章）とある陸軍省弾薬庫は、隣の大塚町五十六番地にあって、遠方から避雷針の直立するのが望まれたという。この家の様子は、所番地に因んだ「辻町糸七」を主人公とする「薄紅梅」（昭12・1―3）三十三章以下の記述から、「大塚の場末の――俥が其の辻まで来ると、もう郡部だといつて必ず賃銀の増加（ましね）を強請（だ）る――馬方の通る町筋を、奥へ引込んだ格子戸わきの、三畳の小部屋」に祖母が居り、「土間から格子戸まで見通しの框の板敷、取附の縦四畳、框を仕切つた二枚の障子」の奥に四畳半のある家だった、とうかがえる。さきにあげた「瓔珞品」や「な、もと桜」（明30・12）、「錦帯記」（明32・2）は、大塚時代の見聞を活かした作であるが、その他、「おもて二階」（明38・1）に、矢来中の丸の柳浪宅をしばしば訪れたこと、「豆名月」（明44・10）には、旧暦九月の十三夜に横寺町の紅葉が柳川春葉らとともに顔を見せたこと、などが語られている。

　大塚から牛込南榎町への転居は、自筆年譜に記載をみないが、三十二年秋のこととされている。転居の理由は、妹他賀の引取りに伴うものではなかろうか。輪島まで他賀を迎えに行った斜汀豊春の目細八郎兵衛・てる宛書簡の年月推定（明32・7・20）が正しいとすれば、他賀を加えた家族四人が住むのに手狭となった大塚の家から、より広い家を求める必然性は十分に考えられるからだ。なお、紅葉閲・斜汀作の「彫像記」（「新小説」明33・10）は、妻・祖母とともに暮す木彫家秋野駿星の家に、幼い時養女に出した「外」という苦界の勤めで病を得た妹を引取ったため、仲睦まじかった家庭が軋み出す、という作だが、外＝他賀という名の類似をはじめ、他賀引取りによって生じた泉家の波瀾の反映を看てとることができる。

　かく斜汀の書簡や作品は、鏡花の年譜考証における補助資料として重要な意義をもつが、南榎町の家の様子と神楽町への転居について詳細な情報を提供してくれるのもまた斜汀の「転居記」（「新小説」明36・6）である。以下この斜汀文を紹介しながら転居の経緯をたどってみたい。全七節から成る「転居記」の冒頭「旧の小家」に記された南榎町の家は、「牛込区南榎町廿二番地」の李の樹に囲まれた二階家。格子戸を開けると二畳の玄関、その奥に長火鉢、仏壇のある五畳、右手に床の間つきの六畳間があり、祖母きては五畳に、斜汀と原口春鴻が六畳に机を並べ、女中は二畳に寝起きしていた。二階が鏡花の書斎で、梯子段を昇って上り口に三尺の手摺、障子の二枚入った四畳半である。上って左隅に半月形の小窓があり、その傍の壁に、門弟が集うた俳句の運座の記念として、

　　春の夜の鐘うなりけり九人力　卅三年四月廿一日

と紅葉の落書きがしてある（この句のことは「春着」大13・1、にもみえている）。壁に片寄せて桐の小簞笥、母の形

見の手文庫が並び、北向き正面の櫺子窓の下に、横寺町玄関以来の小机、脇に火鉢、茶道具、煙草盆が置かれて、西側入り口の傍に三尺の床の間、本の詰った地袋の上に蒔絵の小筥と法華経八巻が載せられていた。南側は「九尺四枚、中硝子の障子。其外に手摺が在つて、細い縁になつて居」た、とある。

次頁に掲げたのは、この書斎に座る鏡花の写真（「新小説」明33・5、「湯女の魂」掲載号のグラビア）と、記述をもとに作成した見取図である。

この書斎へは、「火の用心の事」（大15・4―5）、「十千万堂日録」等によって知られるように、横寺町の頻繁な来客を避け、紅葉がしばしば通って来て、執筆に一日を過すこともあった。また、私見では、「女客」（明38・11）で謹とお民が会話を交す二階の部屋は、南榎町の書斎を写したものである（拙稿「泉鏡花・祖母の死と「女客」」「学苑」590号、昭64・1・1、＊本書収録、を参照）。

＊

ところで、南榎町から神楽町への転居は、自筆年譜に三十六年三月とあるのに対し、「転居記」には三十六年一月二十日に手付けをし、二十二日に引越をしたと記され、食違いを見せているが、鏡花の談話「紅葉山人追憶録第七」（「新小説」8年13巻、明36・12・1）中に、

今年一月私が南榎町から神楽町へ移転した日に、先生が入らしツて、もう大変胃がお悪かつた者ですから、何も食べないが、瓦煎餅を買つて来いとおつしやつて、

という言葉がある。この談話は「転居記」と同様、引越をした当年中のものであることから、自筆年譜の「三月」は、「一月二十二日」に訂正してよいと思う。

移った先の地番は、牛込区神楽町二丁目二十二番地で「坂下の洋服屋と、唐物屋の間を入つて、島金の前を通り、真直に、竹矢来を結つた、竹内小学校の石垣に添うて、右は段々を上つた処に、維新以来の黒門がある。其の黒門

(影撮氏澄眞木鈴)　君　花　鏡　泉
(「新小説」明33･5より)

〈南榎町書斎見取図〉

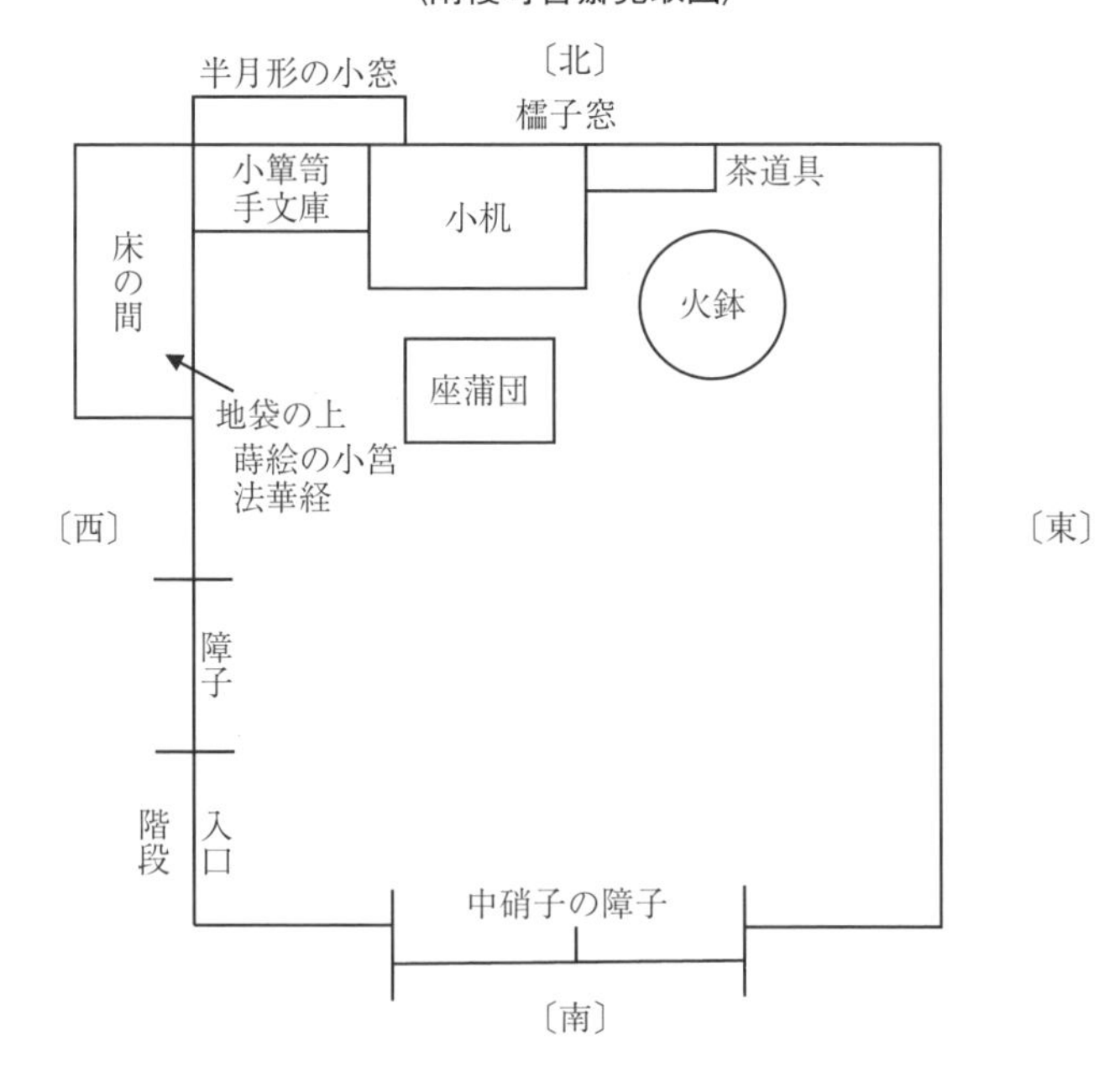

を入つた二軒目」に家があった。やや長いが、「転居記」の原文を引けば、

家は新築の二階家で、入口が二枚格子、正面に木戸が有つて、庭口へ行かうといふ。格子戸をからりと開けると、石灰叩の土間、花崗岩の靴脱、欅の式台。障子を開けると、四畳半の玄関。茲に小さな開戸が有つて、其を潜ると出窓の有る、三畳の住居なり。

偖て突当の襖を開けると、床の間付六畳の小座敷。東側が廻縁で。小さけれど庭を控へ、西の方に一間の押入、猶三尺の戸棚も有る。

二階は、上つて、西向の窓に、手摺の着いた物干場が有つて、神楽坂の裏を見渡し、植木鉢でも置く処、突当りに三尺の押入、並んで右は縁への通路。九尺四枚の襖を開けると、八畳の座敷である。西の方には、一間の床、仝じく又違棚。上下には袋戸棚で。南の隅に一間の押入。向は下と仝じやうに、東南へ廻縁側。

というたたずまいであった。

引越には、斜汀、春鴻のほか、飯田町の寺木花門（定芳）、牛込赤城下の橋本花涙（繁）、早稲田の田中花浪（万逸）らが手伝いに駆けつけ、空いた南榎町の家には田中万逸が夫婦で入居した、と記されているが、彼らが本当に手伝いをしたのか、この時期寺木は渡米中であったとする説もあり、鏡花一門総出といったおもむきの記述内容には、なお一考の余地があろう。

鏡花は、家探しから引越の準備まで、ほとんどを斜汀に任せていたようで、「大事な商売道具」の硯と筆と墨を入れた袋を一つ、外套の下にぶら提げながら先に家を出、祖母のきては俥に茶道具と合乗りで、それぞれ神楽町にむかい、後片付けをした斜汀が門札を外して家を出たのは夕闇迫るころであった。

神楽町に移ってしばらくの後、すずとの同棲が発覚、紅葉の叱責を受けて離別を余儀なくされたのは周知のことだが、大塚町以来三軒目のこの家で紅葉（明36・10）と祖母（明38・2）の死を送った鏡花は、自らの体調を崩し、

三十八年七月逗子に転地、三十九年一月に逗子へ転居したむねの告知を出すまでの時を過すのである。

＊

以上に述べた転居の状況をあらためてまとめれば、次のようになる（＊はその他の年譜事項）。
(1)明治二十八年二月（あるいは二十七年十月カ）、小石川区戸崎町六十一番地へ。
＊同二十八年十月三十日、清次より戸主を相続。
(2)明治二十九年五月、同区小石川大塚町五十七番地へ。
＊同三十二年一月三十一日、石川県金沢市三社川岸町三十九番地より同地へ転籍。
(3)明治三十二年秋、牛込区南榎町二十二番地へ。
(4)明治三十六年一月二十二日、同区神楽町二丁目二十二番地へ。
＊同年十二月十五日、同地へ転籍届出。
これら居住地の横寺町紅葉宅からの距離（明治二十八年の縮尺五千分之一「東京実測全図」より概算）は、それぞれ、(1)二一五〇m、(2)一八七五m、(3)四七〇m、(4)六〇〇m、となる。これに紅葉歿後の、(5)麹町区土手三番町三十番地（一二五〇m）、(6)同区下六番町十一番地（一五五〇m）を加えても、紅葉入門以来、歿するまでの東京における鏡花の居住空間は、小石川、牛込、麹町の三区にまたがる六度の転居にもかかわらず、横寺町を中心とする半径二キロ前後の円内に収まってしまうことになるのである。

【追記】
初出では、大橋乙羽宅の住所を小石川戸崎町四十六番地と記したが、その後の調査により六十一番地と改めた。鏡花の「年譜」（岩波書店版『新編泉鏡花集』別巻二、平18・1・20）でも同様に「六十一番地」とした。

続く文中に、「外科室」構想の端緒と帝国大学植物園に隣接する戸崎町大橋乙羽宅への寄寓との関係を述べたが、巌谷小波の日記（『巌谷小波日記翻刻と注釈―明治二十八年―』『白百合女子大学児童文化研究センター研究論文集』Ⅳ、平12・3〔発行日記載なし〕）の明治二十八年四月七日（日曜日）の項に「午後二時小石川乙羽方へ赴く　硯友／博文、及青年画工等ヒ［被］招　新婚／新築の披露なり　植物園散歩／花妙なり　老主の宅にて酒肴／柳橋の大小妓来七時後散／帰宅す」とあるのが注目される。すでに寄食していた鏡花がこの「青年画工等」の招待された乙羽の「新婚新築の披露」宴に出席していたとすれば、「外科室」の場所のみならず、画工を語り手とする発想にも示唆を与えていたのではないか、と考えられるからである。時期もまた六月の発表の二か月前であり、その可能性は高まる。今後調査を続けて傍証を得たい。

なお、前記の地番に関していえば、小波日記の「老主の宅」が「十千万堂日録」にいう「隠宅」で四十六番地、新婚に際して新築された邸が六十一番地となるのであろう。

南榎町の家に関して触れた、弟斜汀豊春、妹他賀については、その後「鏡花の弟妹―年譜研究から」（『解釈と鑑賞』74巻9号、平21・9・1）にやや詳しく述べた。従来南榎町への転居は「明治三十二年秋」とされてきたが、同年九月二十二日付尾崎紅葉の鏡花宛書簡の宛名が「小石川大塚町」であるので、少なくとも転居は九月二十三日以降のことになる。

寺木定芳の渡米の時期については、「逗子滞在と「起誓文」「舞の袖」」の「追記」（本書160頁）に、明治三十六年十二月であろうことを記したので、一月の神楽町への引越の手伝いは可能であった。

また番町の家に関し、「泉鏡花「年譜」補訂（十四）」（『学苑』879号、平26・1・1）において補ったところがあるので、左に要点を記しておく。

鏡花逝去の一年あまり前の昭和十三年八月一日、区画整理による町名変更で、麹町区下六番町は六番町に改められ、地番も変って、逝去時の住所は「六番町五番地一号」であった。

未亡人となったすずは、十八年に鏡花の実弟豊春（斜汀）の長女名月を養女にむかえ、名月の実母岡本サワとともに、十九年八月熱海へ疎開したが、翌二十年五月二十五日から二十六日にかけての米軍空襲により、番町の家は焼失した。以後すずは東京へ戻ることなく、二十五年一月二十日、喘息のため熱海仲田の自宅に歿した（享年七十）。

なお、右「補訂」に書洩したが、鏡花逝去直後の「東京朝日新聞」（昭14・9・9付朝刊11面）に「『文豪鏡花の家』／老大家の輝く業績偲んで／保存の床しい企て」の見出しで、「生前の著書、原稿類を蒐め、『鏡花文庫』設立の計画も進められてゐるが、葬儀後改めて未亡人との間に種々交渉を開始することになつた」という写真入の記事がある。発起人の一人里見弴の「文豪の家保存は外国には幾らも例のあることですし、今後は未亡人と具体的なお相談をはじめます、東京市に譲つて市の旧蹟保存として貰ふか或は他の方法によるか、いづれにしても我々後輩といふ意味で文壇総動員で計画に乗出したいと思つてます」との談話も録されているが、もしかりにこの企てが実現していたとしても、空襲によって家宅の灰燼に帰したことは同じだったろう。

周知のように、鏡花の遺品と蔵書は、水上瀧太郎を介して昭和十六年八月五日に慶應義塾へ納められ、翌十七年には、一作ごと縹色の和装本に製本され鏑木清方筆の題簽の付いた自筆原稿がまとめて寄贈されたが、自宅焼失と同日の空襲で、一部の草双紙を除き蔵書は総て焼失、自筆原稿と遺品とが厄を免れた。この経緯を記した松村友視氏「慶應義塾図書館蔵の鏡花遺品と自筆原稿について」を収める泉鏡花記念館編刊の図録『番町の家』（平21・11・1）で、現存する遺品の一部を見ることができる。

【本稿初出】「泉鏡花研究会会報」第9号（平成4年7月25日）

4　泉鏡花と演劇 ―新派・新劇との関係から「夜叉ケ池」に及ぶ―

はじめに

泉鏡花と演劇については、これまでその紐帯の最も強かった「新派」劇との関係において常に言及されてきた。「新派」とは、今では一劇団の名称にとどまっているが、名実ともにその代表者であった喜多村緑郎が、

　明治二十一年、角藤定憲が改良演劇といったのが壮士芝居の濫觴となり、それより川上音二郎、青柳捨三郎、

山口定雄、福井茂兵衛、……の諸氏が相次いで起つたやうに、その名称も――改良演劇、壮士芝居、書生芝居、新演劇、正劇――と、あとから〳〵変つていつた。さうしてそれがいつの間にか新派といふ名によつて、すべて清算されたことになる。

（「序」柳永二郎編『新派五十年興行年表』双雅房、昭12・2・9）

と述べるごとく、明治二十年代以降に生起した新しい演劇様式が幾多の変遷を経たのちに定着した呼称である。愛読者の一人として、その作品を積極的に上場してきた鏡花が逝去する二年前、壮士芝居が興って五十年後のこの喜多村の言葉には、新派の「清算」――一つの完成に中心的な役割を果した者なればこその重みがある。

したがって、現在までのところ鏡花と新派劇について最も詳細な研究である越智治雄氏の論考（『鏡花と戯曲 文学論集3』砂子屋書房、昭62・6・25）が、喜多村緑郎の残した上演用の「かきぬき」を中心として「瀧の白糸」「通夜物語」「湯島詣」「婦系図」（含「湯島の境内」）「白鷺」「日本橋」等を対象にしているのもまた当然であった。台本から自分の役の科白を抽き出したこの「かきぬき」は「詳細に、動きはもちろん、その役の感想やプランに相応するものまで記入してある」ゆえに「上演台本よりも重要性がある」（波木井皓三『新派の芸』東京書籍、昭59・1・10）ものであり、新派の芸統の解明に最適の資料体であったことは間違いない。

とはいえ、喜多村緑郎の長い生涯をかけて完成した芸が新派のすべてではない。戸板康二が自らの観た喜多村はじめ、大矢市次郎、藤村秀夫らの演技に触れたあと「じつをいうと、明治の鏡花物には、今あげた喜多村や大矢や藤村の演じ方は、なかったのかも知れない」とし、また「時代が変り、演劇の思潮を敏感に受けとめた、昭和の俳優や演出者が、創造した、別の「鏡花」があったのだろう。」（「新派の鏡花物」国立劇場「白鷺」上演プログラム、昭51・6・4）と述べているように、明治、大正、昭和、各々の時代に応じた「鏡花もの」の展開があったはずだからである。

従来の文学史においては、たとえば、

大正初期までに上演された小説脚色物の代表的なものを挙げてみると、(…)『金色夜叉』『不如帰』はじめ(…)柳川春葉の『生さぬ仲』などの家庭小説類や、泉鏡花『通夜物語』『婦系図』『白鷺』『日本橋』などがある。

（藤木宏幸「新派劇の展開」『日本文学全史5 近代』學燈社、昭53・6・1）

と説かれているが、現在までの調べでは、鏡花が歿する以前に、「白鷺」は明治期に二回、大正期に上演が無く、昭和に入って三回の計五回、「日本橋」は初演（大正四年三月）以降、同じく大正期に再演が無く、昭和期の二回を含めて三回しか上演されていない。もって、少なくとも鏡花が生きているあいだ、この両作を新派「鏡花もの」の「代表的なもの」とすることは難しい。「代表的」になったのは、鏡花の歿後、先の喜多村緑郎の努力によって上演が重ねられた戦後昭和二十年以降のことであろう。「鏡花もの」の実態を知るためには、やはり鏡花の生きていた時代に立戻らなければならないのである。

ちなみに、明治期の壮士芝居の濫觴から十年を経たころに、

壮士芝居と云ふものが、一雨毎に殖(ふ)えて、本家だの出店だのと、売薬の競争の様に、種々(さまざま)の一座が出来、余が一昨年この新演劇を調べて見たら、全国に於て、何一座とか、何団とか、云ふやうなものが合して三百八十余あり、この一ツの座に役者が十五人と積ると、書生俳優と云ふ者は、凡そ五千七百人余あつた、これ等は多く、各地方に巡演して居るのである。

（司馬意士「新俳優の内幕」「新小説」5年5巻、明33・4・25）

との報を見出すことができる。こうした「新演劇」の一座のすべてに「鏡花もの」が演じられていたわけではないにしても、東京のみならず全国の各地で多様な上演が行われていたはずであるが、その実態の把握はごく一部に限られていて全体に及んでいない。

したがって、以下では、いきおい羅列的になることは避けられないが、これまで言及の無かった演目をできるだけ採掘し、存命中の「鏡花もの」の諸相を考えるための材料を調え、さらに進んでは新派にとどまらず、新劇との

関係も視野に入れつつ、大正期の幻想的な戯曲の嚆矢「夜叉ケ池」発表の必然性に及びたいと思う。

「鏡花もの」上演の諸相㈠　―「瀧の白糸」の「変奏」―

泉鏡花の名が演劇史に現れるのは、明治二十八年十二月、川上音二郎一座が「義血俠血」（「読売新聞」明27・11・1―30）と「予備兵」（同10・1―24）を綯交ぜにし、「瀧の白糸」の外題で浅草座に無断上演したことに対し、両作を刪正した師の尾崎紅葉が抗議した一件である。新聞連載時の署名も「なにがし」であり、両作を収める単行本の書名も『なにかし』（春陽堂、明28・4・8）、奥附には著者「尾崎紅葉」と記されているので、紅葉の厳談となったのだが、川上はこれを受けて「読売新聞」ほか七紙に「謝罪の事」と題する陳謝を載せ、「義血俠血」と「予備兵」が紅葉鏡花の合作であることを明言した。

「瀧の白糸」は、壮士芝居の濫觴（角藤定憲「剛膽之書生」の脚色「耐忍之書生貞操佳人」明21・12 大阪新町座）以来の常套である書生の苦学の物語（「義血俠血」）に、前年大当りをとった日清戦争もの（「予備兵」）を綯交ぜにし、かつ法廷の裁きを一つの山場とする芝居を仕組んだ点において、いかにも川上一座にふさわしい演目であった。

小説を脚本化上場することは、書生芝居の当初から行われていたが（例えば川上一座の「経国美談斉武義士自由旗挙」明24・4 堺卯の日座）、それらはみな政治小説か、さもなければ翻案もの、実録ものであって、柳永二郎が「戦争劇での一と盛りをすぎて、一座からは高田・岩尾・小織らに脱退された川上一座が、文芸物にむかおうとした現れで、藤沢の頭脳が働いていると見るべきだろう。」（『絵番附・新派劇談』青蛙房、昭41・11・20）と述べる通り、本劇白糸役をつとめた藤澤浅二郎の志向であったといってよい。同時にそれは「文芸もの」すなわち当時流行の小説の脚本化という方法によって、やがて隆盛期へとむかう道を開くことにもなったのだが、「鏡花もの」の中にあって「瀧の白糸」は多くの「変奏」を伴う演目であった。

白糸を終生の当り芸とした喜多村緑郎の「白糸考」（「演劇界」3巻3号、昭20・10・1／4巻2号、昭21・2・1／4巻6号、同7・1）にもとづく近年の上演史研究（穴倉玉日「旅する「白糸」」福井大学言語文化学会「国語国文学」45号、平18・3・20。植田理子「鏡花小説を上演する—明治三〇年代における「滝(ママ)の白糸」「辰巳巷談」上演を中心に—」泉鏡花研究会編『論集泉鏡花』5集、和泉書院、平23・9・23）によって、その詳しい内容が判明しつつあるが、これらを踏まえて「変奏」の特徴をまとめてみたい。

まず第一に挙げられるのは、本作がさまざまな外題を持つことである。浅草座初演以降、角藤定憲一派の書生芝居に不満を抱く喜多村が大阪で「是又意外」（角座 明29・12。角書は「判事之逮捕 検事之自殺」）を上演するまでに、地方公演では「検事の自殺」（小樽住吉座 明29・2）、「検事廼自殺」（青森中村座 同・5）があり、また後年大正期に鏡花が喜多村のために書下した「錦染(もみぢぞめ)瀧白糸」（新富座 大4・11）、昭和に入って同じく「掬縁(むすぶえにし)瀧白糸」（明治座 昭13・8）と、鏡花の最晩年まで異題をもっている。

その他、明治三十年代に「意外の罪人」（演伎座 明33・11）、「法庭(ママ)廼自殺」（末広座 明34・11）がある。しかもこの時期には「瀧の白糸」の外題も併行していて、「意外の罪人」の翌月には改良座で「瀧の白糸」が、また「法庭廼自殺」の翌月には宮戸座で「瀧の白糸」が、というふうにそれぞれ異なる一座による外題を替えての上演が確認できる。つまり、三十三年、三十四年の歳末の東京では、同じ女芸人白糸（友）と書生欣彌の登場する、異なった外題の劇が二た月連続して上演されていたことになるのである。

このような連続した公演のうえに、三十六年一月の真砂座、三十七年八月の宮戸座、ともに欣彌を澤村訥升（四代、ノチ七代宗十郎）、白糸を澤村源之助（七代）という紀の国屋一門の歌舞伎俳優による所演が積み重ねられ、やがて四十年三月新富座での伊井蓉峰の欣彌、河合武雄の白糸による興行の成功があった。河合の芸が源之助の直伝であることは言うをまたない。この年正月の同じ新富座の両者による「通夜物語」劇は、該作上演の頂上だと思われるが、「瀧の白糸」においてもまた「内容面、芸の習熟、そして人気の上でも一つの頂点だった」（前記植田理子氏「鏡花小説を上演する」）ことを認めうるのである。

なお、喜多村が明治二十九年十二月大阪角座で初演した「是又意外」の外題は、その後京阪での上演が継続しており、興行年表から、三十八年六月京都福栄座（水沢一座）、四十二年一月大阪老松座（白川廣一一座）、大正二年一月大阪九条歌舞伎座（伊藤綾之助・原辰一）などを拾うことができる。「瀧の白糸」の「変奏」は微かではあるが大正に入ってもなお続いていたことになる。

外題は当然ながら劇の焦点をどこに置くかによって決められるが、書生の苦学立身譚や裁判（犯罪）ものの要素に重きをおく初期から、やがて女芸人の悲劇を主眼とする「女の物語」への変容――すなわち書生芝居の残照から、より写実的な人情悲劇を目ざそうとする新演劇の志向が、いったん派生した外題を再び初演の「瀧の白糸」へと回帰させていったのだと考えられる。外題の多様に示される「瀧の白糸」の「変奏」は、もともと初演が原作題を用いぬ綯交ぜだったことに由来するが、同時に怪談奇崛の特異な作家である鏡花が、その一方で明治三十年代に開拓した花柳ものの諸作によって、苦界の女の運命悲劇を謳い上げる作家としても成熟し、「通夜物語」や「辰巳巷談」の頻繁な上演を通してその認知を確実なものにしていったことと無縁ではなく、この中に女芸人「瀧の白糸」の物語も加えられていったのである。

次には、白糸役を女優が演じている点を挙げておきたい。前記明治三十三年十一月演伎座の「意外の罪人」は中野信近、森操、石田信夫に女優千歳米坡（安政2・10―大7・8・2）が加わった新演劇の「相共会」（ノチ「愛嬌会」）の興行で、初演（白糸役は藤澤浅二郎）以来の女形に替り、初めて女優の出演したものとして注目される。従来は、鏡花自身が師の紅葉とともに観劇した三十四年十二月の宮戸座上演が女優出演の最初とされてきたのだが、それより一年をさかのぼっての上演が認められるのである。宮戸座で当初予定の児島文衛の代役が必要になった時、米坂が選ばれたのは前年演伎座の白糸役の経験が買われたからだろう。

詳細な検討は今後の課題ながら、宮戸座での上演を観た鏡花は「中野の欣彌は信近に過ぎ、千歳の白糸は米坂に過ぎ」云々と厳しい評価を下しているものの（あげ汐「瀧の白糸について原作者泉鏡花君の談」「歌舞伎」20号、明35・1・1）、同じ号に載った紫葉（伊臣真）と松の舎（安田善之助）の合評（「宮戸座の餅搗芝居」）では「此前の藤澤のギス〳〵したるに比して雲泥の差あり」との好評を得ている。演伎座、宮戸座と二度の出演のしからしむるところであったのかもしれないが、当時の新演劇に女優の演ずる主人公が「鏡花の女」を造型してゆく可能性はあったのである。

ちなみに、女優出演の「鏡花もの」は他に、明治四十一年九月の三崎座「通夜物語」（玉川清＝岩井米花、丁山＝澤村紀久八、久世友房＝松本錦糸、篠山六平太＝市川鯉喜之助、篠山澄子＝松本錦絵(きんゑ)、久世操＝市川左喜次ほか）の「女芝居」の一座による興行がある。丁山役の澤村紀久八（元治1・3・3―昭6・6・18）は、三十年五月舞台を勤めている時に発狂、巣鴨病院に入院、三年後に復帰した女役者で、小栗風葉「鬘下地」（明32・9）、広津柳浪「乱菊物語」（明35・12）、そして佐藤紅緑「俠艶録」（明39・10本郷座初演）のモデルになったことで知られる（以上、澤村紀久八談「女優の半生涯」「読売新聞」明41・7・16付6面等を参照）。いまだ劇評が見つからず、新派劇「己が罪」の環、「想夫憐」の雅子を演じたこともある彼女の丁山の演技の様子を窺いえないのが憾みである。

大正に入っては、三崎座改め神田劇場の「辰巳巷談」（大8・7）に沖津を中村歌扇（明22・8・15―昭17・10・24）が演じている。芸者お兼＝澤村芳江、宗平女房お浪＝市川左喜子、松葉楼新造お重＝中村雛子、松葉楼胡蝶＝中村桃代、長屋婆お熊＝中村扇司、大橋鼎＝大山虎雄、馬鹿の三吉＝大矢市次郎、赤胸源太＝藤川岩之助、船頭宗平＝関根達発ほかで、歌扇は十代から娘芝居で活躍、妹の歌江とともに大正のこのころ人気を誇って、昭和十年代まで達者に舞台へ立った女役者だが、劇評に「新加入関根達発の船頭宗平が鏡花氏の原作をよく呑込んでゐるだけ大詰の殺しなどは大いに宜かつた」「大山の鼎は壮士役者じみる点だけを除いて後は結構、歌扇の沖津は此優に嵌まり役で男まさりの俠ひ肌（きほ）がよく現はれ」（春〔伊藤みはる〕「神田劇場」「都新聞」大8・7・15付3面）、と女俠沖津の適役であることが評価されている。この二年後には、常盤座に同じ「辰巳巷談」（大10・9、佐々木杢郎脚色）が、沖津＝市川菊子、宗平＝梅田重朝ほかで上演されている。市川菊子は市川久女八（守住月華）の養女である。いずれも大劇場ではない小芝居での所演だが、上演回数の多い「通夜物語」や「辰巳巷談」であればこそ、彼女たちの主演する機会も生れていったのだと考えられる。

「鏡花もの」においては、新派の最大の特質である女形の芸、すなわち喜多村緑郎、河合武雄、花柳章太郎らがどのように「鏡花の女」を演じたのかが常に話題となってきたが、上演史の視野を広く取れば、「鏡花もの」は必ずしも三人の独擅場とばかりは言えないので、こうした女役者の出演を掘りおこし、検討を加えることによって女形の芸の相対化が可能になるのではなかろうか。

「鏡花もの」上演の諸相㈡ ―「湯島詣」の「塗りかへ」―

「瀧の白糸」が初演以来さまざまな外題を派生させながら、ついに原題の「義血俠血」としての上演を持たなかったのに対し、明治三十二年十二月書下し刊行の「湯島詣」の場合はその様相を異にする。

越智治雄氏は「「湯島詣」の上演はそう多くない。」（「泉鏡花の「かきぬき」」東京大学教養学部「人文科学科紀要」67輯、昭53・3・24。前記『鏡花と戯曲』に収める）としているが、調査の範囲を拡げてみると、いちがいに「そう多くない」と言い切ってしまうことはできない。以下に現時点で判明している上演を列記してみる（上演年月・劇場・幕数・出演者（おおむね姓のみ）の順に記す。通し番号の上の「＊」は今回新たに追加したもの）。

［1］明39・9　大阪朝日座一番目　六幕　秋月・小織・福井・山田
＊［2］明39・10　名古屋音羽座一番目　八幕　亀井・岡本・河本・小栗・荒木
＊［3］明40・2　神戸大黒座二番目　笠井・熊谷・巽糸子
［4］明40・3　大阪繁栄座一番目　笠井・熊谷・西田
＊［5］明41・3　牛込高等演芸館一番目　九場　馬場・小高・高瀬　＊演劇研究会「紅潮社」試演
＊［6］明42・7　京都末広座二番目　有馬・木村・静浪・岡本
＊［7］明42・10　大阪本町座一番目　五幕　小宮・荒川
［8］明42・12　常盤座夜一番目　池田・伊藤・千崎・川崎
＊［9］明43・2　大阪春日座一番目　縣・小神・芝燕・友吉　＊新旧合同
＊［10］明43・11　大阪天満座一番目　酒井・福井・小林・小金井
＊［11］明44・10　名古屋吾妻座一番目　伊藤次郎一座　＊新派劇元祖角藤派
＊［12］大5・9　大連歌舞伎座　高濱・染井・愛澤・中村
［13］昭13・7　歌舞伎座四番目　六幕　花柳・柳・河合・喜多村　＊伊井蓉峰七回忌追善興行

今後、外地や国内地方公演の調査が進めば、上演回数は増えるだろうが、存命中では従来確認の四つの興行へ、さらに九つを加え、都合十三回の上演を挙げることができる。

中に異色なのは、［5］明治四十一年三月（二十一・二十二日）の紅潮社（早稲田大学文科学生有志の組織する演劇研究会）が喜多村緑郎を後見にして行った試演会で（「紅潮社の第一回試演」「報知新聞」明41・3・21付4面）、神月梓＝小高与四三、蝶吉＝高瀬桂葉、主宰馬場清唱が女将お蔦と法科大学生龍田の二役を演じたが、幕間に時間を要し、「諸君の腕前では此難役を勤むるべく、更に幾十回の修業を重ねなければなるまい。」（蝶々子「笑ひ出された悲劇」「読売新聞」明41・3・23付3面）と酷評されたのは当然としても、素人（アマチユア）の現役学生が新派の演目を試演した事例は他に求めがたい。明治三十年代後半の新派劇の隆盛が、書生の観客の増大によってもたらされたことは周知だが、四十年代に入って、観客たるに止まらず、これを演ずる者たちの公演が成ったのである。そしてまた、その演目に学士と数寄屋町の芸妓との悲恋心中を描く「湯島詣」の選ばれたのには必然性があったといえよう。

［1］大阪朝日座の初演については、前記越智氏の論考に言及されているが、なお検討の余地を残している。というのは、この初演が原作そのままの上演でなかったことを示唆する小山内薫の言葉があるからである。「鏡花の小説は一種のアナクロニズムだ」と断じた一節によってよく知られる小山内の「劇となりたる鏡花氏の小説」（「読売新聞」明41・6・21付6面）中に「『湯島詣』が『三枚続』と綴り合はされて、大阪の朝日座に演ぜられたといふ話は嘗て聞いてゐたが」云々と述べる条がそれである。六幕十場の詳しい場割や筋書が確認できないのだが、新聞報（「演芸」「大阪朝日新聞」明39・8・29付3面）をもとに、判っている役名と原作の登場人物とを比較してみると、神月梓（秋月桂太郎）、蝶吉（山田九州男）、龍子（松平龍太郎）等の主要人物は共通しているが、原作には無い芸者羽根吉・紋床の文次（實川延二郎ノチ五代延若の二役）、紋床主人政吉（野垣清一）、龍子異母弟玉司（小織桂一郎）、蝶吉祖母お市（白川廣一）、同妹お光（尾上楽之助）等の加役がある。先引越智氏は、このうち紋床の文次を原作七章以下に出る鳶の「頭（かしら）」に当るとするが、小山内の言葉に従えば、この文次が「三枚続」の紋床の愛吉に相当することは明らかだろう。

劇評（田舎漢（いなかもの）「朝日座の「湯嶋詣（ママ）」と「妖霊星」」「大阪毎日新聞」明39・9・7付7面）によると、紋床の文次は「竹を割つたやうな気味の好い若もの」であり「悪婆お市の宅の場」で蝶吉の妹「お光が縛られて戸棚から出る」ところを助けに入り、お市を「殴り倒す」場面があったという。「三枚続」の主人公お夏に当る役は見受けられず、悪婆を退治する役として「三枚続」からは愛吉だけが綯交ぜにされたと考えられる。この役割は、翌月の［2］名古屋音羽座（紋次は荒木清）、さらに三年後の東京での初演［8］常盤座（文次は川崎猛夫）まで引継がれているから、「三枚続」の綯交ぜは「湯島詣」上演の定型になっていたとしてよい。

初演蝶吉役の山田九州男（山田五十鈴の実父）は演芸画報社版『日本俳優鑑』（明43・3・1）の愛読作家に「鏡花」の名を挙げるほどの女形であり、新聞に「狂乱は鏡花式ともいふべき目新しき処を見せんと熱心に工夫しつゝある」（「演芸だより」「大阪朝日新聞」明39・8・29付3面）と報じられている。「鏡花もの」の女形が喜多村・河合の二人へと定着する前に、数多の女形が自らの「鏡花式」を発揮しようと努めていたことを忘れてはならないが、高田実門下の山田九州男もまたその有力な一人であった。

梓役の秋月桂太郎は、高田実、喜多村緑郎ら、かつての成美団の盟友が東上した後も大阪に残って朝日座を守っていたが、四十一年五月朝日座の座附作者小島孤舟とともに十六年ぶりに上京、菊池幽芳作佐藤紅緑脚色の「月魄」（東京座）に続いて、翌六月明治座の孤舟脚色「みじか夜」に出演した。配役と合せて、あらすじを記せば、

子爵北上家の嫡男融（藤澤浅二郎）は先代の命に依り身を下層社会に隠し志操堅実の人たるべく職長原田哲哉（高田実）の下、鉄工所の職工となった。融の姉光子（木下吉之助）は文学士小栗久男（秋月桂太郎）を婿に迎えて先代の後を襲おうとしたが、これを倦厭する久男は家を出て本牧寺に籠るうちに原田の妹で芸者の米香（河合武雄）と馴染む。久男に無断で堕胎した米香が、人形を抱いては久男を思う余り、鮨屋の髭金（五味国太郎）の悪戯で発狂。悔改めた光子は融に家督を譲らんとして拒まれ、融は久男に襲爵を乞う。不本意のまま家に戻った久男は再び家を出て、狂気の米香と沼のほとりで心中する。

（以上、清郎「みじか夜（明治座六月狂言）」「演芸画報」2年7号、明41・7・1、を参照）

となる。一読明らかなように、「湯島詣」の梓・蝶吉を久男・米香に変え、これに子爵嫡男融、米香の兄哲哉を加

えた「改作」であるが、孤舟は上演後に右のあらすじの載った「演芸画報」（同前）へ「『みじか夜』の脚色に就て」を寄せ、「或る俳優の注文で泉鏡花君の湯島詣にある大和屋人形の件を書入れて呉れといふので、鏡花君に相談をしてその許を得て差加へました」と弁じた。人形の件を依頼した「俳優」が誰なのか判らないが、これに応じた孤舟の改作「みじか夜」は、自身「劇作者としては俳優の注文を聞いて充分に働かせるといふ事が主要」（同前）と述べる通り、朝日座初演で梓を演じた秋月桂太郎を軸に藤澤浅二郎、高田実のための役を設けて、より世話物の綾を出すプロットに仕組んだわけである。

その後、孤舟の文を読んだ後藤宙外が「劇壇対文壇」（「読売新聞」明41・8・9付5面）で「湯島詣」の剽窃、無断上演を難じ、「鏡花氏は右の事件に就き小島孤舟に詰問の書を送つた」ことを明かし、鏡花の許しを得て詰問に対する鏡花宛の孤舟の返答書を引用、「剽窃」との批判を甘んじて受けるという文言に続いて、「改めて御願申上候やまとやの人形の件と蝶吉の人形に対する述懐の一節は何卒御拝借願上度偏に御許を願上候」（傍点原文）とある孤舟の文面と、鏡花の返答の無いにもかかわらず、許諾を得たとする先の「演芸画報」の言明との矛盾を指弾した。かつて「湯島詣」に鏡花の写実的傾向の顕在を認め、高評していた宙外だけに、本作の無断上演にはいっそう敏感になっていたからだが、この批難を受けて、当時新派の座附作者として脚本を提供しはじめていた佐藤紅緑が「宙外殿よ」（同8・22／23付各5面）でこれに反論、彼は演目の相談があった時、「それが面白いから書いて呉れたまへと孤舟に頼んだ」立場から孤舟を弁護し、「筋の大部分が異（ちが）ひ、人物の大部分が異ふた、米香といふ芸妓（げいしゃ）が湯島詣の蝶吉と同じ丈（だ）けだ」と言い、孤舟が鏡花に許諾の手紙を出したのに「原作者は何の返辞も無かつたといふぢやないか、返辞がなければ承諾と認めても差支あるまい」と述べているが、両作を比較すればその当否は明らかであり、井上剣花坊が「マア〳〵待つた紅緑殿！」（同8・27付5面）で紅緑を窘めてこの応酬を収めた。

宙外の非難に先立って、上演の直前にも「何故「湯島詣」といふ原名にて開演せざるにや「湯島詣」趣味は花柳界其他に伝播して神月梓や蝶吉の様な人が有るか無いか戯れに投票せる者さへある者を」（「明治座の短か夜」「国民新聞」明41・6・1付2面）と訝しむ記事さえあったほどだが、宙外の述べた孤舟への詰問書以外、この件についての鏡花自身の反応や言明は今のところ確認することができない。

先に「湯島詣」初演のところで触れた小山内薫の「劇となりたる鏡花氏の小説」は、発表年月（明治四十一年六月）からも判るとおり、実はこの「みじか夜」の劇評を主眼とする文であって、「大勢の俳優を是非使はねばならぬという情実」による加役から仕組まれた「一種お家騒動式の筋」に、「熱」と「火」を欠くこと、原作発表当時「現実的」であると褒めそやされた「湯島詣」だが、これはあくまでも「理想小説」であり、したがって上演されたものを写実劇と観てはならぬこと、を指摘したあとで「「みじか夜」は殆ど河合一人の芝居と言つて好い」としている。

さすがに小山内は鏡花の原作の本質的な意味も、改作者孤舟の意図もまた正しく見透しているというべきである。「みじか夜」は先の剽窃、無断上演の騒ぎの影響もあってか、以後の再演を確認できないのだが、「湯島詣」はこの改作を契機として、さらに別の演目（演題）を派生させることになった。

明治四十三年二月に大阪春日座で「湯島詣」が上演された五か月後の、京都明治座における「草枕」（六幕）がその第一である。新聞には、

「草枕」と銘打つたるは「三枚襲ね」と「湯島詣」を一丸にしたる骨子に肉を着せたるドタバタ劇
（「明治座の「草枕」」「大阪朝日新聞京都附録」明43・7・7付3面）

さらにまた、

久しぶりで新派の大一座『くさまくら』といふ大甘物鏡花氏の湯島詣と二枚つゞきをつぎあはせ其外いろいろのものをゴツチヤにして場あたり沢山の筋の通つた様な通らぬ様な芝居
（「明治座スケッチ」「京都日出新聞」明43・7・4付5面）

と報じられている。「三枚襲ね」「二枚つゞき」はむろん「三枚続」の誤りだが、かつて「大阪毎日新聞」に連載（明33・8―9）された本作も京都での周知はままならなかったようだ。役割は、喜多川譲＝静間小次郎、芸妓千代香＝山田九州男、同蔦吉＝松山操、三遊亭円輔＝篠塚太郎、下剃長松＝英太郎、辰床職人文吉＝小織桂一郎、蛇の目鮨金次＝福井茂兵衛、新聞記者龍田健吉＝大井新太郎、喜多川龍子＝河村昶、家令中山＝金泉丑太郎、子爵喜多川久男後に小栗久男＝秋月桂太郎ほか（以上「たのしみ」「大阪朝日新聞京都附録」明43・7・1付2面による）で、主人公の姓の北上が喜多川に変ったが、名は前記改作「みじか夜」と同じ、蝶吉を米香に変えたヒロインは千代香となり、また朝日座初演のおりの紋床の文次は辰床の文吉になっている。劇評から役どころを窺えば、文吉は「お光が情夫、一寸した縁の繋ぎ合ひから命まで投げ出すといふ物好きな江戸ツ子で」、敵役の「金次の向うへ廻つて啖呵を切つてよい方を庇ひ看客を喜ばせ」「金次以下の悪党を刺す」（前記「明治座の「草枕」」）役であり、千代香の山田の「狂態は研究を積んだといふ、自ら胸を割いての狂中の臨終は一寸工夫はしてゐるやうだ」（同前）と評されている。初演で蝶吉を勤めて以来の彼の「研究」は、おそらく「通夜物語」大詰の丁山の姿などを参酌したものであろう。

「関西新派の大頭株の大合同」（「明治座の「草枕」劇」「京都日出新聞」明43・7・7付7面）と銘打たれた「草枕」は十二日で打上げとなり、「大頭株」は二つに分れて、静間・福井・金泉は明治座に残り、もう一方は同じ京都の岩神座に移った。

▲岩神座は片割れの小織、秋月、山田の一座で「湯島詣」を塗りかへた「夏木立」で同日午後から開場（初日半額）する
（「たのしみ」「大阪朝日新聞京都附録」明43・7・15付3面）

というその役割は、喜多川譲＝高部幸次郎、芸妓千代香＝山田九州男、同蔦吉＝松山操、辰床文吉＝小織桂一郎、蛇の目鮨金次＝秋山十郎、龍田健吉＝大井新太郎、喜多川龍子＝河村昶、家令中山＝矢野伊之助、喜多川久男＝

秋月桂太郎ほかであって、抜けた三名以外は明治座と同役による興行である。小織、山田、秋月はかつて大阪朝日座の「湯島詣」初演に出ていた役者だった。

かくして、原作名による上演と併行し、「湯島詣」は「みじか夜」を含めて三たび「塗りかへ」られたわけである。この三回におよぶ「塗りかへ」の演目のすべてに出演しているのは、初演で神月梓役を勤めた秋月桂太郎ただ一人であり、彼の加わった一座が持ち回って改題上演を重ねることにより、鏡花原作の劇は秋月主演の劇になったといってよい。

*

大阪中座の「俠艶録」出演中の秋月桂太郎が、宿痾の肺病のため四十六歳の若さで亡くなったのは大正五年の正月十九日だが、「湯島詣」の「塗りかへ」は秋月の歿後にまた新たな展開をみせる。

四度目の「塗りかへ」は「心中女夫星（めをとぼし）」で、大正末年この演目に加わった花柳章太郎の説明によれば、

> 『心中女夫星』は連鎖劇として泉先生の「湯島詣」と「三枚続」をとぢ合せたもの、上月梓のやうな役を井上さんが、芸者蝶吉を秋本菊彌と云ふ優（ひと）が勤めて赤坂の演伎座で当りを取つたものださうです。
> 私、大阪での新進新派の二回目の興行の折、瀬戸氏の脚本が出来なかつた為め梅島君の提案で上場したことが御座います。
> これは「紅行燈」として出したのですが可成バラ〱なものでした。
> （「湯島界隈―技道遍路（第二十四回）」「演劇新派」6巻7号、昭13・7・15）

というものであった。「三枚続」との綯交ぜはいまだ引継がれている。この「心中女夫星」の上演は、

［1］大5・10・31―11・10　演伎座〈連鎖劇〉綾小路省吾＝井上正夫、勇駒五郎助＝栗島狭衣、芸妓君香＝秋元菊彌、床屋政吉＝梅島昇、譲＝藤村秀夫

［2］大6・3・11―　真砂座〈連鎖劇〉十一場　若水美登里、花井天女、中村秋孝大合同一座

［3］大7・3・10―30　中央劇場　三番目　九場　清水の国香＝静田健、山本一彦＝戸川、勇駒五郎助＝伏見三郎、理髪師政吉＝吉岡啓太郎、綾小路実＝石井、綾小路多津子＝松下彦太郎、木下省吾＝多知花静衛

［4］大7・7・14―　本郷座〈連鎖劇〉二番目　四幕八場　並木亮七脚色　昼夜二回通し　文学士綾小路省吾＝井上正夫、芸妓国香＝木下吉之助、理髪師政吉＝深澤恒造、女将小浅＝藤田芳美、新聞記者山本一彦＝小林利之、勇駒次郎吉＝栗島狭衣、芸妓花助＝中山歌子、綾小路譲＝藤村秀夫　綾小路夫人多津子＝吉田豊作、芸妓君勇＝葛城文子、お房＝川田芳子

［5］大8・8・11―　神田劇場　一番目　八場　綾小路省吾＝藤川岩之助、勇駒次郎吉＝関根達発、政吉＝平野、お房＝平田、綾小路多津子＝米津佐喜子

［6］大13・11・23―12・2　京都座　二の替一番目　四幕　寺田頓念＝山田巳之助、理髪職人政吉＝梅島昇、上州屋浅五郎＝藤山秋実、花の家小浅＝山田好良、綾小路省吾＝藤村秀夫、山本一彦＝高橋義信、花の家花香＝村田式部、お房＝花柳章太郎

と、大正期に以上六つの興行を確認することができる。なお先引花柳の言葉の中の「紅行燈」は、大正十三年一月角座（五幕）興行で、花柳のほか梅島昇、松本要次郎の出演が認められるが、この時は「江東酔人作」となっており、花柳は［6］京都座の「女夫星」と角座の「紅行燈」とを混同している可能性もあり、今後の調査を要するものの、右の「紅行燈」を含めれば、「湯島詣」の「塗りかへ」は五度に及ぶことになる。

「心中女夫星」の内容は、［4］本郷座上演のおりの主演井上正夫の言葉によると、

私の文学士綾小路省吾と言ふ若人と木下吉之助の清水浅の国香と言ふ芸者の、蜜の様な甘き恋物語の結果は、

　辻堂の中で合意の心中となります。時に天の一方に異光を放つて居た星二つ、不思議や長き青白い尾を曳いて流れると言ふので、奈何にも美しき情緒に富んだ劇
（「本郷座盆狂言」「都新聞」大7・7・16付6面）

であって、題名は「湯島詣」の終局、梓蝶吉二人の心中から採られたことが判るのだが、この四度目の「塗りかへ」が従来と異なるのは、実演と映画（活動写真）の合体した「連鎖劇」によって上場された点である。

　連鎖劇については改めて後に詳しく述べるが、現在までの調べで、東京における「鏡花もの」連鎖劇の最も早い上演は大正五年四月遊楽館の「通夜物語」であり、［1］演伎座の井上一座による「心中女夫星」はこれに次ぐ上演ということになる。関西の山崎長之輔に対して、東京の連鎖劇の中心人物たる井上正夫が、秋月桂太郎歿後にこの劇を主演したことによって、「塗りかへ」は新しい媒体（メディア）の中に展開の場をひろげていった。

　したがって、大正期は従来の上演年表が示していたような「湯島詣」劇の空白期間ではなくして、原作題名に替り「塗りかへ」劇がこれを補塡していた時期だと捉えることができる。

　こうした初演以来の「塗りかへ」を含めたさまざまな経緯を踏まえてみてはじめて「湯島詣」の鏡花生前最後の公演となった歌舞伎座興行に格別の意味が与えられる。というのは、劇場筋書（昭13・7・1）の「俳優の横顔」欄に「泉鏡花原作として上演されるのは今度が最初である」との言葉にいつわりなく、「三枚続」との綯交ぜによる初演の明治三十九年から、実に三十二年間にわたり「塗りかへ」が重ねられた演目を、逝去の前年にようやく原作者が取りもどした上演であるからだ。

　初日より半月前の予告（「蓉峰祭に〝湯島詣〟」「読売新聞」昭13・6・15付夕刊3面）では、蝶吉花柳章太郎の相手役に梅島昇の名が挙げられている――この両人は先述「塗りかへ」の一つ「紅行燈」で共演している――が、結局柳永二郎が梓役となった。さらに初日のあくる日の「東京日日新聞」（同7・2付夕刊4面）では、「前から七列目の観客席に腰を下してジツと舞台を眺めてゐるかと思ふと、時々立上がつてダメを出したり、指導したり、六十六

歳とも思へぬ若々しさ」で舞台稽古に立会う鏡花の姿が写真入で報じられ、「『湯島詣』の上演は珍しいことですし、今度の上演で少し書き直したところもあるので心配になつて出かけて来ました」「この『湯島詣』と『婦系図』の湯島天神とは別のものですがそれを混同してゐる人が多いので弱りましたな」云々との談話も伝える。この並々ならぬ意気込みを示した興行の内容については、田中励儀氏の論考（「泉鏡花『湯島詣』の成立と変容」『日本近代文学』72集、平17・5・15）に詳しいので、委細を省くが、序幕「仁輪加の総ざらひ」に自作の唄を作詞提供し、喜多村緑郎のために蝶吉の将来を予言する女易者千原数子を加役、さらに大詰心中の場面を改訂している。

はじめに確めた通り、大正期に「湯島詣」の上演が外地大連での興行以外に認められず、結果として「上演はそう多くない」と思われてきたのは、田中氏が引用しているように「婦系図」湯島境内の場が有名になり「ふたつの舞台の興行的な価値の力関係に差が生じはじめた」（中川寿夫「『湯島詣』のこと」平成元年五月新派特別公演「筋書」新橋演舞場、平1・5・2）からであろうし、鏡花みずからが両者を「混同してゐる人が多い」ことに言及するに至ったのだった。しかしまたこの「混同」の要因は、「みじか夜」以来の「湯島詣」の「塗りかへ」が進行し、原作名の上演を凌いでいったことも与るところ大きいのではあるまいか。

遡れば、その因は初演以来の「三枚続」との絢交ぜに胚胎し、小島孤舟の改作「みじか夜」が加わって、秋月桂太郎主演の「草枕」や「夏木立」を派生させ、「心中女夫星」が連鎖劇という新しい上演様式によってこれを受継いだ大正期に、「婦系図」（明41・9　新富座初演）の湯島境内の場が人口に膾炙してゆき、ついに「湯島詣」は原作に沿った上演の機を失って昭和期に及んだのであった。

鏡花が最晩年に至ってようやく原作単独の上演を手に入れた「湯島詣」の歌舞伎座興行に際し、原作に無かった女易者千原数子の役を設けたのは、明治以来「鏡花の女」を演じ続け、「鏡花もの」を新派の代表演目にした盟友喜多村緑郎に報いるがためであった。その喜多村は鏡花の歿したあくる年の座談会（「〝鏡花と新派〟座談会」「演劇新派」8巻3号、昭15・3・5）で、面識を得る前の大阪時代（明治二十九年―三十九年）のことを語って、

その当時の文学青年で、とくに泉さんのものを愛読してゐたわたくしだつたので、それ以来ちよい〳〵『湯女の魂』だの『七本桜』だの『髯題目』だのをやりました。勿論その時分のことです、泉さんには無断です。

と述べており、またすでに鏡花存命中の明治四十年にも「今日まで演つたのは瀧の白糸、七本桜、髯題目、湯女の魂に今度の風流線ぐらゐなもので」（「鏡花君の小説」「趣味」2巻9号、明40・9・1）云々と語るところがあった。この喜多村緑郎の言葉は「鏡花もの」の諸相を考える上で看過できない。挙げられた演目が従来の新派研究においてほとんど論及の対象となってこなかったものだからだ。

以下では、これらも含めて、頻繁な上演に至らなかった演目や存命中一回限りの上演を検めて行きたい。

その一 ―「雪中竹」（「髯題目」）

まず、喜多村の発言のうち「髯題目」（作品発表は明30・12）については、原作の題名通りではなく、明治三十四年一月大阪朝日座興行の二番目「雪中竹（せっちうのたけ）」としての上演が確認できた。番附（早稲田大学坪内博士記念演劇博物館蔵。以下「演劇博物館蔵」と略記する）によると、場割は、序幕「新橋停車場待合室」「鳥料理銀水亭門前」、二幕「粂屋奥座敷」、三幕「紅蓮寺墓場」「角海老楼小夜衣部屋」、大詰「粂屋おえん別宅」「吉原田圃深夜」であり、役割は、女役者早乙女縫之助・花魁小夜衣＝河村昶、僧三明＝木村周平、粂屋風呂番十蔵＝小織桂一郎、粂屋主人山喜清一＝秋月桂太郎、浪花節巴波川灘丸＝高田実、粂屋隠居おれん＝河合武雄、灘丸女房三津濱＝酒井政俊、

粂屋女房おえん＝喜多村緑郎ほかである。

評に「二番目は鏡花子の小説「髭(ママ)題目」を三幕物に脚色(しくみ)て多少の色を添へたるもの題して「雪中竹」といへど何処が竹やら節は分らず脚色も可(よ)し」（老松庵「朝日座一口評」「大阪朝日新聞」明34・1・10付9面）と見えている。原作は粂屋に嫁いだ小燕の辱めから服毒の死を軸とする筋であるが、上演では場所を東京とし、新橋停車場、吉原角海老楼の場などを設け、花魁小夜衣の役を加えている。主役喜多村の演技は「相応の出来紅蓮寺の墓地に母の死骸を発(あば)かるゝを見驚いて駆け付け意を決して左の腕の繡字(いれずみ)を見せるより一人の人足の手を取りてぐるりと廻しながら金包を握らせ「是を上げるからさ」とゝんと突き遣る処大(おほい)によく涙ながら身の不幸を恨(かこ)つ処見物にほろりとさせたり」（同前）との評よりすれば、原作小燕の背の真紅の入墨はさすがに出しかねて「左の腕の繡字」となり、また大詰が「吉原田圃深夜」では、原作末尾「粂屋の身代半分はかけたらうといふ、小燕が葬儀」は実現されなかったとみるべきだろう。巴波川灘丸は高田実に適った役だと思うが、評には見えない。

この成美団の公演に河合武雄が加わっているのは、「思ひ出すまゝ」（『女形』双雅房、昭12・7・10）に回想されているように、前年の六月常盤座出演中に恋人と駆落ちせんとしたものの果せず、単身喜多村を頼って大阪へ出奔していたためで、河合はこの「雪中竹」を名残にまた東京へ戻ることになる。先引喜多村の座談会での発言と全く重なる時期に、彼が「鏡花さんのお作は『髯題目』を最初に手がけました」（「鏡花もの」「演芸画報」34年3号、昭15・3・1）と述べてもいるごとく、のちに「通夜物語」の丁山をその典型として、喜多村とともに新派女形の芸の玉成を担った河合の「鏡花もの」との出会いが、多端な大阪時代の「雪中竹」であったことは記録にあたいする。

劇評に「「雪中竹」にても第一の出来は矢張り河合武雄の粂屋の隠居を推さゞるべからず嫁のおゑんをいびる処より紛失したる珠数を我敷きたる座蒲団の下より出づるを見極り悪さうにするあたり抜ける程よし」（前記「朝日座一口評」）とあって、当年二十五歳の彼には珍しい老役で評価の高かったことも特記しておきたい。

その後「雪中竹」は、三十八年六月十七日から二十七日まで大阪南地千日前弥生座で成綾団により（「大阪毎日新聞」明38・6・19付5面、同30付7面）、四十三年二月十七日から京都末広座で静間派支部により（「京都日出新聞」明43・2・17付7面）、それぞれ上演されているのが確認できる。「静間派支部」は京都を本拠とした静間小次郎の分派であろうし、「成綾団」は名前からして新派の一座であること明らかだが、その詳細は判らない。

また東京では、三十七年一月二十二日より四谷末広座で好生団の「雪中竹」上演が見えるが、報じられた役割からすると、これは同名異曲の劇ではないかと思われる（「楽屋すゞめ」「東京朝日新聞」明37・1・21付4面）。

その二 ―「吉原雀」（「湯女の魂」）

「湯女の魂」については、喜多村緑郎への入門直後の京都行きのことを語った花柳章太郎「初恋あやめ浴衣」（『女難花火』雲井書店、昭30・6・10再版）に、明治四十二年五月の京都明治座興行に関して、

四月に師匠だけ、その頃頭角を現はしかけて来た京都の興行師大谷竹次郎さんに招かれ、新京極の明治座へ出勤することに決まりました。三月の月末、師匠喜多村から手紙で四月の京都興行から自分の手許に来るやう言はれ、改めて私も小学校を卒業しましたので、共に京都へ参らなければならなくなりました。（…）

四月興行が当つたので、五月の芝居もそのまゝの顔振れで、替りを打つことになりました。

泉鏡花の「湯女の魂」を伊原青々園の「吉原心中」へ篏め込んだ「吉原雀」といふ芝居。師匠は花魁で、大蝙蝠に悩まされる、宙乗りなんかがある「けれん」ものでした。

とある言葉が手がかりになる。これに従って新聞報を検べると、場割は、序幕「吉原尾彦楼廻し部屋」「亀戸天神内茶店」「外神田小野邸勘当」、二幕目「根岸農学校宿直室」「同運動場」「同門前」、三幕目「龍泉寺町裏橋場比企家別荘」、四幕目「尾彦楼九重部屋」「夢の廊下」「同茅ケ原一つ家」「元の部屋」「大広間愛想づかし」、大詰「同部

屋離座敷大久保邸庭園」（「劇界」「京都日出新聞」明42・4・29付7面）であり、役割は、銀行員小野輝爾＝秋月桂太郎、彦多楼（ママ）娼妓九重＝喜多村緑郎、農学校会計筑紫晋一郎＝小織桂一郎、銀行重役小野隆＝熊谷武雄、苦学車夫田上眞砂男＝静間小次郎、輝爾の妻操子＝丸山操、陸軍少佐比企基安・悪漢三椒大夫の銀蔵＝福井茂兵衛、眞砂男の妹お妙後に芸妓小雛＝英太郎ほか（同上4・30付7面）となっている。脚色は岩崎蕣花と並木萍水で、劇評に、

▲五幕目の作意は重に鏡花子が「湯女の魂」から胚胎して居る、鏡花子作中の女主人公（ヒロイン）は喜多村の柄にあるのだから大方喜多村の発意になつたものであらう▲「湯女の魂」は芝居などでは出来まいと思はれる程幽玄な品作であるにも拘はらず此位にやれば成功の方だ、作者及び喜多村の労を多とする▲喜多村の九重が夢中蝙蝠に連れられて花道に行き連理引になる科（しぐさ）は旨い古い事を新しく見せて居るのが手柄だ苦節の場は無理酒を飲むさまが亦河合と趣が変つて好い、小織の筑紫と心中ならぬ背中合せの自殺は一寸新らしく凄惨だつた、着附け凝りやの事だから種々（いろ〳〵）変つて好い殊に蝙蝠の模様の着附は実に凝りに凝つたものだつた

（八重雄「明治座の「吉原雀」（上）」「京都日出新聞」明42・5・5付7面）

とあるのに劇中への取込みの実態が知られる。

上演の主筋となった「吉原心中」は、「吉原心中新比翼塚」と題して「都新聞」（明34・4・22―12・6）に連載された青々園の作を、連載途中の七月に、澤村源之助が宮戸座（十二日初日）で、伊井蓉峰が演伎座（十四日初日）で、さらに水野好美が常盤座（二十九日初日）で、それぞれ「新比翼塚」として上場した演目である。当時の幸堂得知の劇評（東帰坊「演伎座評（夜の部）」「東京朝日新聞」明33・7・31付7面）にそのあらすじが（□は欠字）、

此の「新比翼塚」は丸山作楽□朝鮮事件より始まり遊女雲井が異腹の兄に救ひ出され中島座付芝居茶屋の女将となりてより役者に欺されて借財に苦み其上にて道路にて彼俳優に侮辱され口惜しさのあまり投身するを土屋と云ふ書生に救はれ其後再び吉原品川楼に身を沈め谷豊栄に馴染を重ねて終に相対死をする

と紹介されている。右の「新比翼塚」を骨子とする「吉原雀」の筋立ての全容は把捉しがたいが、「各地五月芸信」（「演芸画報」3年6号、明42・6・1）に「これは「比翼塚」を土台とし「今戸心中」「湯女の魂」などを加味せしもの」とあるので、「湯女の魂」ばかりでなく、広津柳浪作「今戸心中」（明29・7）をも取入れた劇であったことが判る。先の劇評を手がかりにすれば、「湯女の魂」（明33・5）を篏め込んだのは五幕目、「夢中蝙蝠に連れられて花道に行き連理引になる」場（「夢の廊下」「同茅ケ原一つ家」）であり、原作全十九章のうちの十四章以下、蝙蝠が寝ていたお雪を誘き出し、学生小宮山良介がその後を逐う場面を活用したことになる。「湯女の魂」終局部に蝙蝠の魔（飛縁魔）による「連理引」のあるがゆえに「吉原雀」へ篏め込まれたのである。評者（八重雄）は「幽玄な品作であるにも拘はらず此位にやれば成功の方だ」としているものの、別の評、宮島春齋「京の五月芝居」（「歌舞伎」107号、明42・6・1）は「全体があまり取合せ過ぎたる場面ゆゑ、面白けれど味ひ無し」とし、八重雄もその景況は「人気宜しき方にては無之候」と伝えている。

　劇の趣向からすれば、もともと「新比翼塚」は「心中もの」だが、「今戸心中」でこれに綾を加え、「湯女の魂」の怪を取り込んだのが「吉原雀」だったことになろう。

　これまで「雪中竹」「吉原雀」の認知が難しかったのは、「泉さんには無断」で行った上演ゆえに、原題を憚って別の題で上場されていたためである。この点からすれば、残る「七本桜」も別題で演じられていた公算が大きいのだが、喜多村緑郎出演の興行はいまだ見出すことができない。なお「吉原雀」は喜多村東上後の明治四十二年であり、これも大阪時代に別の演目で試みられていた可能性もあるが、いまのところ確認できず、今後の調査を俟つほかない。

その三 ―「七本桜」

「七本桜」は、喜多村緑郎の上演ではないが、明治三十九年二月（一日初日）名古屋音羽座での興行が見出せる。新聞報（「演芸界」「新愛知」明39・2・1付5面）では、

▲音羽座　在来の座員の外更に東京より桜井武夫、大阪より里見秀雄、松本一夫と当地在住の新俳優山本薫を
差加へ泉鏡花子の小説「七本桜」九幕

とあり、その役割を掲げては（［　］内に、当時の新聞報から姓・名を補う）、

長島進（伊東［逸郎］）岸上つな子、女将おこま（原田［新之助］）桂庵おとら（西川）須藤一郎（星野［清］）林田妻富子（［北川］千代子）久保田伴作（恩田［得郎］）岸上祐助、石屋庄平（加藤［孝之］）三田刑事（染崎［五郎］）老母折江（永井）禅僧探了（楠［秀二郎］）乳母お春、大迫平八（粂田［貞二郎］）林田勤一郎、北畠博士（國島［敏良］）竹垣医学士（松本［一夫］）車夫喜蔵（山本［薫］）令嬢きよ子（佐藤［薫］）喜蔵妹おしも、女髪（ママ）おきん（桜井［武夫］）熊澤國三（里見［秀雄］）日下信夫（里見大）娘おはな（宮田［信］）

と出ている。場割や筋書は不明ながら、役割が原作（発表は明31・11）よりもよほど増えており、原作と共通する役名は、お駒、探了、清子、お欽であるが、長島進が信之助、岸上祐助が岸田資吉に当るものであろうか。

これに先立ち、明治三十六年八月に東京で藤澤浅二郎一座による「七本桜」の上演予告のあったことは、のちの「予報のみに終った演目」のところで述べるが、この名古屋での上演との関係は判らない。

その四 ―「妖星」（「黒百合」）

では次に、喜多村緑郎の発言以外の演目についてはどうか。

この点に関してもまた、探索の手がかりを与えてくれるのは小山内薫の「劇となりたる鏡花氏の小説」である。

小山内薫の文は先述のように「湯島詣」の改作「みじか夜」上演に触発されてのものだが、その前半は題名の通り、彼の観劇体験をふまえてこの時（明治四十一年九月）までの鏡花作品の上演を列挙した文章となっているからだ。

彼が最初に鏡花劇を観たのは、本郷座の藤川岩之助一座の「辰巳巷談」（明36・8・31初日）だというが、次いでは国華座（浅草座改メ）の「黒百合」をあげている。これは原作名ではなく、「妖星」の外題で、明治三十六年十一月二十二日初日の一番目として上演されたものだ。

番附（演劇博物館蔵）によれば、福井茂兵衛を座頭に、藤澤浅二郎が補助に入った全五幕十場で、序幕「毛氈苔、化銀杏」、二幕「黒百合、破廉知、蔵品蔵」、三幕「地獄道、天狗礫」、四幕「大洪水」「同其二」、大詰「進水式」から成り、役割は、野村家令嬢弓子＝桜木六花雄、子爵千早瀧太郎＝福井、花売娘相馬お雪＝児島文衛、理学士若山実＝藤澤、旅商人実は女俠白魚お兼＝酒井政俊、壮士雀部多摩太・黒百合艦長海軍大佐若山猛＝村田正雄、若山家義僕服部慶蔵＝柴田善太郎ほか（役名表記はすべて番附のママ）である。新聞報「国華座の「妖星」」（「都新聞」明36・11・28付6面）は劇評ではなく、「舞台面を通覧せるのみにては要領を得ざる」「鏡花式」の内容ゆえ「観客の便に供せん」として、各場の梗概を記したものであるが、これを見ると、劇はほぼ原作に沿った展開ながら、大詰「進水式」の場が膨らんでおり、「大海を跋渉して主なき国土を奪ひ、海賊を倒して国家の為に盡さんとする若山猛、同実、千早瀧太郎等の大望成りて、太平洋中の無人島にて作りし軍艦の竣工を告げ是に黒百合と命名せる当日、一同勇ましき首途に、遥かに海賊船の浮べるを見、司令長たる千早子爵の命に報じ戦闘の準備をなし、遂に海賊船を鏖すと云ふに終る」となっている。日露開戦の前年のこととて、国威発揚が如実に示された大詰の仕組みである。

しかし舞台を観た小山内は、「村田の多摩太と死んだ児島の花売お雪が多少忘れ難い印象を与へたきりで、石瀧の場も、大詰の黒百合艦も終に滑稽劇たるに終つた」（前記「劇となりたる鏡花氏の小説」〔引用者注〕児島文衛は四十年九月五日歿、享年三十三）と手厳しい。むろん装置や脚色の工夫に不備があり、また演者の力不足もあったろうが、伝奇小説の上場としては「風流線」に先駆けること三年八か月、これまで鏡花の花柳もの、世話ものに終始してきた新演劇の上演に対する新しい企画の意欲は評価に値しよう。

その五 ―「高野聖」

右の国華座「妖星」劇の発起は誰であるのか、資料を欠いていて判らないが、翌三十七年九月本郷座興行のため、鏡花に戯曲の書下しを依頼した藤澤浅二郎（若山実役）をその第一に挙げることは許されるだろう。彼は劇中に「湯女の魂」を取入れた（前記「吉原雀」）喜多村緑郎よりも、伝奇性（幻想性）のある鏡花作品の上場を強く志向していたと考えられるからだ。藤澤の需めに応じた脚本「深沙大王」は、三年前の三十四年三月発表の小説「水鶏の里」を素材として、これを三幕（六場）に仕立てたものだが、初出「文芸倶楽部」（明37・10）の末尾には「藤澤浅次（ママ）郎興行権所有」との断り書きがある。

しかし本郷座での興行に当って、一番目の「フランチェスカの悲恋」（題名の表記は架蔵絵番附に拠る）の帳数多きにより、当初予定の「深沙大王」から急遽差替えられ、「高野聖」の上演となったことはよく知られている。

ダンテ作「神曲」の翻案「フランチェスカの悲恋」は、三十二年以来初代市川左団次のために新作史劇を提供していた松居松葉（ノチ松翁）が高田実を主人公に当てて初めて書いた劇だった（松居『劇壇今昔』中央美術社、大15・5・10）。だが、本読みをした高田が「再々妥協訂正を申し込んだ」にもかかわらず、松葉は「一字一句の訂正は勿論幕切れその他指定のト書を変更する場合直ちに脚本を取下る」と主張して譲らず、原作通りの帳数での上演を余儀なくされた、と共演の河合武雄が回想しているように（河合「高田氏と松葉先生―続・思ひ出すまま―」「演劇新派」6巻6号、昭13・6・5）、結果、しわ寄せは二番目の鏡花作に及んだのである。穴倉玉日氏の調査（「本郷座の『高野聖』について―泉鏡花『深沙大王』の成立と上演見送りの背景―」福井大学国語学会「国語国文学」37号、平10・3・10）によると、「都新聞」紙上に「深沙大王」の場割が発表された九月八日の四日後十二日に「フランチェスカの悲恋」の場割が掲載され、さらに四日後の十六日に二番目演目の変更が報じられている。

　こうした急な差替えを可能ならしめたのは、原作者鏡花の側にかねてよりの用意があったからである。「高野聖」観劇後に寄せた書簡体の文章「本郷座の二番目に就て」（「歌舞伎」54号、明37・10・13。鏡花が斜汀同道で九月二十八日以前に観劇して、伊藤銀月と同席になったことは「泉鏡花「年譜」補訂（十三）」「学苑」869号、平25・3・1、に記した）に、

　さア、高野聖をといふ相談にあひなり候、これは無理なるべく、第一演る人がありますかと怪み候ところ、山かつも、妖婦も、廃人も、沙門も買つて出るとの話ゆゑ、勿論あり合はせのものを、使はるゝに異議はこれなくいよ〳〵といふ運びにあひなり候、最も（ママ）両三年前より其の下心にて、脚本体にしたものも既に出来をり候

（傍点引用者）

とあるのに従えば、「両三年前」すなわち三十五、六年ごろ――「高野聖」発表の数年後には、これを「脚本体」にしたものを調え、きたるべき上演に備えていた、その「下心」があったことになる。従来この「脚本体」の存在はほとんど注目されてこなかったが、存命中ただ一度の「高野聖」上演のおそらく最も重要なモメントであることは疑いないであろう。

　藤澤浅二郎の需めに応じて「深沙大王」を書下し、不都合による代替として「脚本体」の「高野聖」を供したこの時点で、鏡花の演劇への関与は始動していた。大阪成美団の支柱だった高田実の東上による河合、藤澤との合同が実現したことをもって、新派全盛のいわゆる「本郷座時代の開幕」（大笹吉雄『日本現代演劇史　明治・大正篇』白水社、平7・1・20）と認定される本興行は、また同時に鏡花の自作上演への関与の皮切りとなったのである。

その六 ―「子は宝」（「愛火」）

これまで見てきた演目は「瀧の白糸」をその初めとして、すべて鏡花原作「小説」の上演であった。唯一書下しの戯曲「深沙大王」も番組の不幸で上演の機を逸し、小説「高野聖」に差替えられていた。

次に見る「子は宝」（明治四十年一月、名古屋歌舞伎座）は、前年末に書下し刊行されたばかりの戯曲「愛火」の改題であり、戯曲発表の翌月の上演が、東京ではなく名古屋に初めて現れたことになる。

「深沙大王」が小説「水鶏の里」に基づいているのと同じく、「愛火」もまた明治三十五年五月に上総成東鉱泉逗留中の尾崎紅葉を逐って訪れたおりの体験を素材とした、生前未発表の小説「新泉奇談」を戯曲に仕立てた五幕の現代もので、主人公立石秋哉の命名が、秋谷海岸の立石に因むことが端的に示しているように、三十八年夏以来の逗子滞在期の書下し戯曲である。三十九年四月五日のヴェスヴィアス火山の大噴火に続く、同月十五日のサンフランシスコの大震火災をふまえ、「火山」の爆発を主人公立石秋哉（祐山）の怒りの象徴としていることにより、時事性もまた十分にあった。

「子は宝」の名古屋歌舞伎座興行は、地元紙に「中京成美団に山岡如萍、芦邊濤子等の合同一座にて明十一日より二の替り芸題（げだい）は前狂言鏡花小史原作「子は宝」七幕切小波山人の喜劇「やかずむこ」一幕なり」（「演芸界」「新愛知」明41・1・10付5面）と報じられたのが最初で、役割は、伯爵柳澤忠臣＝原（良一カ）、男爵花町蔵人＝木村行秀、子爵園江譲＝小磯文濤、伯爵未亡人まき子＝花岡章吾、令嬢綾子＝新井競、馬丁権太＝岩崎新之助、高取巡査＝江川信吾、玉川館主人＝藤本金一郎、番頭喜七＝伊井眠虎、嫡男一馬＝濱田新之助、園江令嬢雪子＝芦邊濤子、園江立哉後に行者生神＝山岡如萍ほかであった（同上1・11付5面による）。場割、筋書は不分明だが、劇評には、

泉鏡花子新作脚本「愛火」の一節を別に脚色したる「子宝（ママ）」を一番目に、二番目には巌谷小波氏の「やかず婿」を据ゑ、十一日より開場せしが筋の不自然とよりは奇怪に近きところ、鏡花式とでもいふべくや、山岡の園江

立哉何が何して世を憤り、自ら悪魔大王に化（な）つて何んとやらといふ次第にて甚だ夫子自らの溜飲を下ぐるに適すべしなど丶皮肉をいふ人もありし、寧ろ欠点のシャガレッ聲も断食行者には尤もに聞え、科（しぐさ）は可なり詰んで居たり、見せ場は五幕目兄妹対面の場なるべし、澪子の立哉妹雪子は誠に可憐に出来たり此女優（ひと）の芸風は孰（どっ）ちかといへば余裕のある方なれば追々舞台（いた）に着くやうになるに従ひ十分技倆を発揮することが出来るならん

（同上1・15付5面。傍点原文）

とあり、また別に「「子は宝」は意外に面白く例の山岡の理想の鬼となり妹の雪子に逢ふ処などは男も泣かすべく頗る好評なり又二番目の喜劇「やかずむこ」泣いた後に見物を笑はせ配合頗る妙なり」（「演芸だより」「名古屋新聞」同1・15付3面）とも出ている。

演者の「中京成美団」は興行年表（八木書店版『近代歌舞伎年表 名古屋篇』）をたどると、明治三十一年八月に武知元良一座改め「中京団」の名が見え、三十五年に再び武知一座と「中京成美団」の合同公演が現れているから、このころよりおおかたの組織が固まったと考えられる。主演（客演）の山岡如萍は大阪天満座を中心に一座を組み、日露開戦時に川上音二郎の戦地視察隊への参加が報じられたこともある（「読売新聞」明37・2・28付3面）俳優だが、「子は宝」上演の翌年四十一年十月十七日、肺患のため享年三十九で大阪に歿した。訃報（「名古屋新聞」同10・19付5面）には「妻は女優蘆邊澪子（ママ）こと本名荒川たね（二十七）とて世に矯名（ママ）隠れなし」とあるので、「子は宝」は夫婦の主演する劇だったわけである。

先の両紙の報を手がかりにすれば、原作と役名の共通するのは雪子のみ、立石秋哉＝祐山に当る立哉と雪子とが「兄妹」という設定であり、鍼医大原玄禎、かつら館女中お龍等の敵役は省かれているようである。「子は宝」との改題からして、原作第五幕「其七」「其八」の大詰を主に組立てた脚色らしいが、もとより「愛火」の作意の全体を汲んだものとは言い難かろう。刊本『愛火』の四頁目には「不許無断興行」とあるが、刊行翌月のいち早い上場

るのである。

の名古屋歌舞伎座興行が原作者の許可を得たものかどうか判らない。「子は宝」への改題は「無断興行」を示唆す

その七――「風流線」

鏡花最大の長篇「風流線」は、逝去の翌年（昭和十五年）十月に久保田万太郎、岡田八千代、阿木翁助の分担脚色による明治座の再演が行われているが、存命中は明治四十年七月（十四日―八月五日）の本郷座興行があるのみである。先述「黒百合」改題「妖星」と同じように伝奇小説の上場はみな再演に恵まれていない。「深沙大王」や「高野聖」のごとき幻想性の濃い作品もまた同断である。

番附（演劇博物館蔵）によれば、主な役割は、水上規矩夫・三太母おかん＝青木千八郎、堅川昇＝水野好美、村岡不二太・唐澤新助・捨吉＝藤澤浅二郎、小松原龍子・河童の多見次＝喜多村緑郎、巨山五太夫・眇目の三太＝中野信近、塚原伝内・工夫力松＝五味国太郎、巨山夫人美樹子＝木下吉之助、秀岳妻おつま＝児島文衛、鼓打幸之助＝山中新三郎ほかである。見る通り、長篇ゆえに二役（藤澤は三役）が多い。

同じく場割は、第一「小松原公爵家園遊会」、第二「鞍が嶽の麓傾斜地蔵堂前」、第三「巨山妾お篠宅」、第四「金沢公園団子茶屋」、第五「仮名倶楽部饗宴」、第六「絵師秀岳の住居」、第七「芙蓉館の奥殿」、第八「松原暇札の辻」、第九「黒髪谷の辻堂」、第十「芙蓉館の秘密室」、第十一「手取河畔の七夕」、となっていた。

この上演については、すでに穴倉玉日氏（「「風流線」の初演」「金沢大学国語国文」28号、平15・3・10）が、おもに岡田八千代の劇評（芹影「本郷座の『風流線』」「歌舞伎」88号、明40・8・1）を参照し、筋書と原作とを比較して所演の様相を探っているが、これに触れられなかったところを補いながら、経緯をたどってみたい（なお、当時は演芸通信社からの配信体制が確立しており、市内各紙の報にほとんど差異がないため、以下に引用する記事の典拠

を概ね一紙にしぼって記し、この項に限り、年記の「明40」を省略する」。

佐藤紅緑の脚色という「風流線」の予告が六月二十八日の各紙に載ったのは、九州より各地を席捲しつつ東上した桃中軒雲右衛門に東京の檜舞台を与えた本郷座の六月興行が、二十七日終了の予定だったからである。雲右衛門の「義士銘々伝」は好評につき三十日まで日延べして本月の興行を納めた。

二十八日には、当初予定の高田実の病気欠場、代りに中野信近の加入が報じられ（「日本」6・28付3面）、七月二日に場割（「都新聞」同日付3面、ほか六紙）、六日から稽古（「東京二六新聞」7・7付3面）、十日に役割（「都新聞」同日付3面、ほか六紙）がそれぞれ発表された。十四日の初日は「序幕の明かぬ内に満員」（「都新聞」7・15付3面）で、「一層人気よし」（「やまと新聞」7・16付3面）という好景気を月末まで維持し、本郷座は前月に続いて、八月五日まで日延べとなった（同7・31付3面）。盆狂言としては上々の入りであろう。

幕開きは、番附では午後五時のところ、帳数が多く、初日から二十一日まで三時開きとなり、二十二日から四時開きになったが、二十四日には「大詰七夕の幕を前に廻して秘密室を結末に改む」（「時事新報」同日付6面、ほか三紙）として各場の幕開きが、

小松原家園遊会（正四時）巨山宅より仮名倶楽部（五時十分）画家秀岳内（六時十五分）芙蓉館（七時二十分）
松原街道より結婚まで（八時五分）巨山秘密室（十時）

と報じられた。この場割の変更で、劇の展開は多少なりとも原作に近づいたことになる。後年鏡花逝去の翌月昭和十四年十月に、若草幸次郎がこの初演を回想した文（「上場された鏡花氏の作品」「演芸画報」33年10号）に「たしか三時頃幕があいて、十一時近くまでかゝつて、この芝居一本だつた。七幕ぐらゐあつて、十二分に芝居をして見せた」とあるのによると、八時間におよぶ上演だったことになる。かつて三十七年九月に同じ本郷座で、一番目の帳数が多いため、急遽演目の差替えを強いられたことを思えば、三年後の「風流線」の上演はまことに恵まれていた

というほかない。

このかんに、「国民新聞」は原作の初出紙ならではの記事を載せて、他紙との差異化を図っている。十五日付（2面）の「本郷座の風流線」は初日前日十三日の道具調べの詳しい模様、二十三日付（5面）の「何な芝居が受るか」は藤澤浅二郎の楽屋訪問記であって、村岡不二太・唐澤新助・工夫捨吉の三役に扮した藤澤は、身に合った村岡・唐澤よりも、「演り難い」三尺物の捨吉のほうが科白の受けの良いことにとまどっている様子である。

劇評では、穴倉氏の挙げた、伊原青々園（都新聞）、幽冥路＝竹久夢二（読売新聞）、海野廣（同）のほかに、蝶二生＝中内蝶二「盆芝居評判記 本郷座」（「万朝報」7・21付3面）、竹の屋主人＝饗庭篁村「本郷座の風流線」（「東京朝日新聞」7・26付4面）、柿山伏「本郷座見物」（「東京二六新聞」7・29付3面）等があるが、就中、柿山伏の評は、「明治の思想を草双紙の油で揚げたやうなもので、兎に角近代の小説中では類と真似事の無い種類のもの」である本作中に生起する事件が「多様多端」なために、上演の「無理」がある難点を述べた後で、

> 喜多村のお龍は絶世の美人としてある芙蓉夫人よりもつと美いといふ筋だけに、彼の縹緻が大分邪魔をしたが、演る事は細心の苦心十分に現れた。又時々に旧式の見えたのも、作が作故好い調和が取れて居た。二役多見次は此人江戸児役者にしては歯切れの悪いのに驚いた。一々「エーオイ〳〵」の韻を踏まなければ口が利けぬとは情ない。（…）水野の竪川昇は充分に水野式といふものを発揮して此一座との調和を滅茶苦茶に蹂躙した。

として、一座の中心喜多村緑郎の演技評と、客演水野好美の体たらくを難じている点で出色だが、中内蝶二の評にも「儲役」の多見次を「小気味よくは演て居たれど此優男役になると、何時も白の語尾がもつれて、明瞭と聞きとれぬが疵なり」とあり、また水野、中野、青木について「此三人は相変らずの壮士役者なり」としている点、柿山伏の評に共通する。欠場高田実の穴を塡めるべき水野、中野らの加入は実らなかったといってよい。

最後に脚色について一言し、「風流線」の検討のまとめとしたい。すでに述べたように、当時の予告、広告、番

附、筋書の総てに「佐藤紅緑氏脚色」と記されているが、上演から一年後、前記「みじか夜」上演の際の後藤宙外の非難に対する紅緑の反駁文「宙外殿よ(上)」（「読売新聞」明41・8・22付5面）の中に、

> 風流線は最初から僕の考へで「これは芝居にはならぬもの」と刎ねつけたのだ、処が喜多村といふ役者が是非之を演りたいといふので喜多村が原作者泉鏡花殿を逗子の宅へ二三度も訪問して万事打合せの上其通りにしたのだ、あれは喜多村緑郎泉鏡花両人脚色と言て宜いのだ、佐藤紅緑脚色といふ肩書は是非省いてくれと僕が請求したので、電車ビラ丈けで表看板に僕の名を省く事となつた

とある。また翌年の談話「余が物したる脚本に就て」（「演芸画報」3年1号、明42・1・1）でも、

> 大阪から帰つて来て七月狂言の『風流線』を脚色したが、是れは君も知つてる通り鏡花君の作で、僕は余り嬉しくは無かつたけれど、同君と喜多村との関係上やることになつた為め、一応同君に相談して、同君の注文通りにやつたのだから、実は僕の脚色とは云へないのだ。

と重ねて語っている。この佐藤の二つの文によって、「風流線」は鏡花と喜多村が「相談」しながら、原作者の「注文通りにやつた」上演であったことが判明する。春陽堂の正続刊本のいちいちの頁数を示しながら、原作と舞台の展開を詳細に引合せている、前述岡田八千代の劇評「本郷座の『風流線』」を読めば、「『風流線』が舞台化に際し、時間の経緯に沿う形でその結構が作りかえられていた」（穴倉玉日氏）ことは明白であるものの、この変更は佐藤紅緑の関与というよりも、鏡花と喜多村とが相談の上で行っていたことになるのである。

　鏡花の上演への関与の始まりを求めるとすれば、先述の「脚本体のもの」を提供した三十七年九月の本郷座「高野聖」をその第一とすべきであろうが、演者の側では藤澤浅二郎を最初として、この「風流線」の前年に東上して面晤を得た喜多村緑郎が、大阪時代の「雪中竹」（「髯題目」）や「吉原雀」（「湯女の魂」）のような「無断」の興行ではなく、鏡花と相談づくで上演を実現する段階に至ったのであった。もって「風流線」は鏡花最大長篇の上演で

あるのみならず、鏡花新派劇への関与において重要な意義をもつ演目となったといえよう。

「風流線」で大作に取組み、これを東京新派の一大拠点本郷座の舞台に実現した喜多村は、翌四十一年九月柳川春葉脚色で新富座に「婦系図」を、四十三年同じく本郷座に「白鷺」を上場し、立役の筆頭伊井蓉峰と組んで、それぞれお蔦、小篠という後年の当り役を得るに至るが、四十年代の花柳ものについては後に節を改めて述べたい。

その八 ―「霊象」

「風流線」の翌年四十一年の三月には、「七本桜」、「愛火」改題「子は宝」の所演があった名古屋で、音羽座に「霊象」（八幕）の上演がみられる。この上演を見出す契機を与えてくれたのは里見弴『若き日の旅』（甲鳥書林、昭15・5・25）の次のような一節である。

さすがに疲れて、一二時間もとろ〳〵としたかと思ふと、もう夜があけて、大井川の鉄橋を渡つてゐた。熱田で降りて、（…）やがて薄汚い名古屋の町はづれにかゝると、小さな劇場の絵看板に、泉鏡花原作、「霊象」と出てゐる。むろん先生は夢にも御存知ないことだらう、などゝ話しながら、大須の観音にはいり、裏へぬけて、二階三階の家並、落語家（はなしか）の謂ふ「錦の裏を返したやうな」昼の静閑（しづけさ）、――すぐ、はゝアと勘は働いたが、黙つてゐた。年嵩の志賀さへ「遊廓だね。そつちイ曲らうか」などゝ、すまし込んで云ふくらゐのわれわれだつた。（二）

『若き日の旅』は志賀直哉、木下利玄、里見弴（山内英夫）が、明治四十一年三月二十六日から四月九日までの関西旅行の様子を交互に記録した「寺の瓦」（ノチ『旅中日記寺の瓦』中央公論社、昭46・2・5として翻刻）に基づいて綴った文で、名古屋着は二十七日朝、午後には発って伊賀上野に宿している。右の「霊象」に関する条は「寺の瓦」には無く、『若き日の旅』で初めて記されたものである。里見弴が鏡花と面識を得る前のことながら、よほど印象に残っていたのであろう。

これをもとに当時の地元紙に当ると「名古屋新聞」（明41・3・13付3面）の「演芸だより」に、

▲音羽座　は本日より狂言を差替へ泉鏡花子の小説「霊象」を八幕に脚色して上場すと出ている。役割は、法学士藤島新一＝荒木清、高利貸盲人国沢清次＝濱田新之助、紳士名倉仙蔵＝山本薫、名倉夫人秀子＝桜井武夫、大工三枝重兵衛＝小磯文濤、重兵衛娘お玉後娼妓玉浦＝佐藤薫、悪漢三枝長次・裁判長＝村島太郎ほか（同前）であり、当時音羽座を常打ちにしていた荒木清一座の所演である。

劇評（鳴の字「音羽座の「霊象」劇」「名古屋新聞」明41・3・24付3面）には、「比較的鏡花式の朦朧式鋳型を脱して筋の透徹した、人物の輪廓が瞭然（はつきり）と、性格も正しい。由来鏡花氏作の小説を舞台に上場（のぼ）すと殆んど原作の俤を破つて演（し）なければ成らないが此霊象は比較的自然に出来て居て、原作の筋と差したる相違もなく従つて変化のある、情緒と、波瀾とが工合好く配合されて妙味の有る劇と為（な）つて居る」云々と、好意的な評価が与えられており、客受けも良く、「「霊象」劇は近年になき好評にして日々大当りなれば来る二十九日まで日延べなす」（同上3・28付3面）こととなった。「霊象」の発表は四十年一月の「文芸倶楽部」だが、その翌年の音羽座以外に存命中の上演は確認できず、今のところ名古屋のみの興行である。

こうしてみると、「七本桜」に続く「愛火」改題「子は宝」、さらに「霊象」など、名古屋に限られた「鏡花もの」の上演は、「中京」の名の通り、従来の新派上演史における東京・京阪のそれを相対化するに足る位置を占めていることが判る。俳優、座組み、興行の実態について不明の部分を残すものの、今後解明が進めば、名古屋の位置の重要性はいっそう増すにちがいない。

その九 ―「三味線堀」

籾山書店から、橋口五葉装丁のいわゆる「胡蝶本」の第一冊目として『三味線堀』が刊行されたのは明治四十四年の一月であるが、早くもその二か月後には宮戸座の夜興行に上場があった。

二月二十三日に予告（「都新聞」同日付3面）があり、「当ル明治四十四年三月一日午后六時ヨリ」と記された番附（演劇博物館蔵）には「船橋碧川脚色」とあって、六幕の場割は、第一「白銀町貧家の場」、第二「小嶋町新瀧亭の場」「山科邸門前長家(ママ)の場」、第三「下谷三味線堀の場」「仝竹町妾宅の場」、第四「寄せ新瀧亭の場」「三味線堀夜の場」、大詰「鳥幸二階座敷の場」「竹町妾宅裡空家の場」である。

役割は、山科松之助＝嵐芳三郎、おはし様の霊＝河村昶、長屋女房お濱＝吉野次郎、下足番三次＝川崎猛夫、飴屋甚四郎＝木下録三郎、新瀧亭主人＝越後源次郎、帰天斎正十＝厚見正一、新瀧亭娘お国＝嵐芳之助、躄の入道＝佐藤幾之助、横庄子分種吉・魔物の老爺＝五味国太郎、笹川お雪こと清元師匠雪江＝木下吉之助、横井庄兵衛・船頭地潜りの定＝水野好美ほか、水野の一座に嵐芳三郎（大正元年十月十一日歿、享年四十一）の加入した新旧合同劇で、芳三郎は昼興行の一番目「松が浦島」（村井弦斎作）にも大導寺三郎役で主演している。

すの字（鈴木春浦）の劇評「宮戸座の昼夜」（「都新聞」明44・3・17付3面）は「お箸様といふ猫をつかひしめにしてゐる伝説から割出された珍妙な怪談もの、見てゐる内に釣り込まれて面白くなつて来るといふ芝居だ」と述べて、筋をたどったのち、「水野の二役で三味線堀に住んでゐる船頭地潜りの定といふ変り者が佐藤幾の売卜者躄の入道といふ妙な大坊主を相手に大いに鏡花式の警句を吐いて満場をうならしてゐる」としている。

「三味線堀」は下谷場末の寄席「新瀧」の高座を文字通りの「舞台」とし、飴売甚四郎（高座の芸名を鸚鵡亭甚叟）の口演する「下谷竹町猫又怪談」の巧みな「語り」によって運ばれる作品である。がこれを現実の宮戸座の舞台に上せた劇は、ほぼ原作に沿った展開をもつとはいえ、語りの醍醐味を抜き去ったところに成り立つ、お雪松之助の世話場（責め場）に、おはし様の霊をからめた芝居となってしまったごとくである。伝奇ものや怪奇ものと同様に、脚色演出によほどな工夫を要することはむろんだが、水野一座に嵐芳三郎を迎えてもなお、座組みの役者は宮戸座という小芝居に相応の面々で、彼らに原作の妙味の再現を望むのは酷に過ぎるのかもしれない。

この点、すでにしばしば引用してきた小山内薫の「劇となりたる鏡花氏の小説」中に、鏡花作品上場の失敗の因由を、読者はその「話し方が巧いから感じる」ので「話してる事実が人を動かすのではない」、したがって「その事実を劇にして色に見せ形に見せた処で、それに少しも動かされる筈はない。話し方の巧いといふ事は、その話を仕組んだ劇の上にまで現れて来るものではないから」だ、としている条は、そのまま「三味線堀」劇の批評としても有効だと言わざるをえないのである。

その十 ―「夜行巡査」

ところでこの小山内の文にはまた、数ある鏡花の小説の中に「今迄芝居で手を附けないもので、近代劇を生み得べき材料も少くない。将来鏡花氏の小説を劇にする人は左様云ふものに注意して貰ひたい」として、その例に「夜行巡査」「外科室」の如きを一幕物にするも面白からう」とする示唆も含まれていた。小山内の右の提案から四年後、明治四十五年五月の大阪九条歌舞伎座に「夜行巡査」（二場）の演目がみえる。『近代歌舞伎年表 大阪篇』（第五巻、八木書店、平2・3・31）の典拠となった番附を実見していないので、一日初日の本興行の詳細を述べるに至らないが、出演者には伊藤綾之助と松浪義雄の二名が挙がっている。

伊藤綾之助は、岩井創造編刊『新派百年 俳優かがみ』（平成二年六月十九日）に「明治三十年代から大正にかけて、関西方面で活躍した新演劇小芝居の座長」で「生歿年ともに不詳」と出ているが、大正四年ごろに京阪での連鎖劇の興行が確認できる（前記『近代歌舞伎年表 大阪篇』）。

松浪義雄については、同じく『新派百年　俳優かがみ』に「女剣劇の先駆者、初代大江美智子の父である。主に関西地方で興行していた小芝居の座長で、大正五年成美団の「婦系図」に出演している。生歿年ともに不詳」とある。「新派俳優人気鑑」（大正十五年寅一月改正、文楽堂杉岡惣吉発行）には、明治二十二年十二月生れ、大阪市南区宗右衛門町在住、当り役に千々岩安彦、間貫一、と記されており、昭和十二年版「新派俳優鑑」（丁丑壱月改正、同上）にも同じ記述があるから、この年四十八歳までは存命していたことが確認できる。松浪の当り役が立役である点からすれば、伊藤綾之助が女形ということになるだろう。が、これ以外の詳細が不明な現状では、劇の内容等を検討するに至らず、後考を俟つこととしたい。

その十一 ―「南地心中」

大阪で「夜行巡査」の上演があったのと同じ月、明治四十五年五月三日から東京の新富座二番目狂言として「南地心中」の初演があった。前月二十六日の、

▲新富座　五月狂言一番目「瞽使者」は去る廿七年中三崎町の川上座にて書き下ろしたる六強国の世界を取って四幕五場とし今回は各優二役づゝ引受け二番目の「南地心中」は鏡花氏が俳優側の注文を聴いて筆を執り大阪名物宝恵籠を出し大詰は市女の行列を見せると（「芝居とゆうげい」「都新聞」明45・4・26付3面）

との予報の中でとりわけ注目されるのは、原作者鏡花の上演への関与が明記されている点である。鏡花自身の発言こそ無いものの、伊原青々園（「新富の「南地心中」」「都新聞」明45・5・13付3面）は「鏡花氏が自作の小説を自分で脚色したとの事」云々と述べ、また仲木貞一（「新富座合評㊦」「読売新聞」明45・5・18付5面）も「今回のは鏡花氏が脚色して稽古も自ら二日間附けられたといふ」と伝えており、この時期、作者の新派興行への本格的な関与が内外に示されるようになった。

番附および筋書（ともに演劇博物館蔵）によれば、場割は、序幕「天王寺の夢」、二幕「逢坂の辻餅屋店先」、三幕「南地灘屋仮祝言」、大詰「宝の市姫練もの」となっており、役割は、丸官愛妾芸妓灘屋のお珊＝河合武雄、猿廻し多一＝伊井蓉峰、丸田官蔵＝村田正雄、お美津＝木村操、猿＝瀬戸日出夫、餅屋伝五郎＝井上正夫、初坂登＝都築文男、南地幇間＝福島清、同六平＝藤井六輔、高利貸鬼塵山＝深澤恒造、芸妓政千代＝花柳章太郎ほかである。

五月十日に、親友水上瀧太郎とともにこれを立見で観劇した小泉信三は「脚本が上手に出来ていて役者の駄目な為めつまらない芝居になってしまった」（『青年 小泉信三の日記』慶應義塾大学出版会、平13・11・5）とその感想を記し、役者では「伊井の多一はイヤだ。河合のお珊は矢張り一番いい」とする。仲木貞一もまた「舞台上に少しの弛みも穴もなく各優の科白は共に完全円熟の境に入つて居た」、「舞台面は凡て夢幻的の絵画であつた。台辞は皆音楽であつた。河合はおやまとしての極点を示した物と思（おもつ）た」と言い、最後に「我日本に鏡花氏の如き名脚本作者を得た事を衷心から悦（うれ）しく思ふ」（先引「新富座合評㊦」）とまで述べて、ほとんど手放しの讃辞を呈している。

伊原青々園の「何処やらに在り触れた新派の芝居と変つた眼新しい所がある」「序幕の天王寺の大銀杏の下に伊井の猿廻しが猿を使つて居る所へ河合のお珊が御守殿風の拵へで塗籠に乗つて出るといふのからが奇抜で丸で小説の口絵を見るやうな心地がする」（同「新富の「南地心中」」）との評からも、仲木の感想と同じく、従来にない絵画性に溢れた舞台面の新しさのあったことが窺えよう。

「南地心中」が、発表の前年四十四年十月の喜多村緑郎の招きによる大阪行きを契機として成ったことはよく知られているが、妖艶なヒロインお珊は河合武雄ならではの役であって、残念ながら喜多村の柄ではない。鏡花の談話「水際立つた女」（「新演芸」大3・2）にも、河合のお珊を「秀逸」と高評した言葉があるほどで、おそらくこれは「都新聞」（明43・5・14付3面）に「南地心中の作者の為に十二日は鏡花会の河合の大連あり」と報じられた愛読者の集い「鏡花会」による総見のおりの印象にもとづくものと思われる。

青年層にも一定の共感を得て、新派「鏡花もの」の新生面を開く可能性をもっていた「南地心中」が、なぜ存命中に再演をみなかったのか、また翌年十二月刊行の『恋女房』が河合のために書下された戯曲である（河合武雄「鏡花物」「演芸画報」34年3号、昭15・3・1）にもかかわらず、なぜ上演に至らなかったのか、ともに訝しいが、「南地心中」の三か月後の八月下旬に河合が急性の脳脊髄膜に罹り、一時危篤の重態に陥ったことと無関係ではないのかもしれない（河合の重患については「泉鏡花「年譜」補訂㈩」「学苑」857号、平24・3・1、を参照。この時、鏡花も病床の河合を見舞っている）。

なお、本作の一齣を脚本化した「鳥笛」「公孫樹下」（モト「銀杏の下」）は、おそらく新富座上演の名残であろうし、またこれらの一幕物での上演の可能性も考えられるが、いまだ確認に至らない。

その十二 ― 「紅玉」

大正期に入っての「鏡花もの」上演で注目すべきは「紅玉」の野外劇である。演劇史上にもわが国初の―専門俳優による―野外劇として必ず触れられるところであるが、その上演の実態の把握は十分とはいいがたく、新聞記事や観劇記等に拠って、当時の模様をたどってみたい。

諸紙誌を総合して概要を述べれば、大正二年十一月一日、午後五時から、日暮里の旧佐竹邸跡（モト山荘衆楽園跡地）で、井上正夫の後援会「井上会」の主宰による野外劇場第一回試演として初演されたのが「紅玉」（一場）で、その上演時間は四十五分であった。

配役は、画家＝井上正夫、侍女＝坂東のしほ、老紳士＝関根達発、烏＝立花貞二郎・田中達夫・森潔、子供＝瀬戸日出夫・木下二葉ほかだが、上演の直前まで「十一月一日薄暮」開演ということが判っているだけで、脚本（演目）も場所も発表されなかった（「演芸」「読売新聞」大2・10・23付3面）。前日になってようやく演目の鏡花作「紅玉」が公表されたものの、役割はいまだ発表されず、当日午後四時に田端白梅園に集合すれば、会場の「日暮里のある廃頽した邸跡（やしき）」へ案内、観劇後一週間以内に「野外劇の写真や記事を入れた記念帖を当日来た人に頒布する」（「井上の野外劇」同10・31付3面）ことになっていた（結局「記念帖」の頒布は無かったようである）。この上演の趣向はたしかに変っているが、おそらく欧州の野外劇上演に先蹤のあるのに倣ったものだろう。

上演でまず目を惹くのは、原作者鏡花が夫人同伴でこれを観ている点である。前引「読売新聞」報と重なるところもあるが、「東京日日新聞」（「昨夕の屋外劇」（ママ）大2・11・2付7面）の記事を引いてみる。

井上正夫の屋外劇場は愈昨日第一回開演をするといふのみで場所も出物も分らない▲同劇場側でも一向に知らせないが午後四時迄に田端の白梅園へ集まつて貰ひたいとの事に出かける、集まる人々二百五六十人、誰も是から何うなるかゞ分らないで有耶無耶の中に一時間が経つ▲集まつた人の中には泉鏡花夫妻、柳川春葉、中内蝶二、松居松葉、伊原青々園、岡村柿紅、楠山正雄等の人々、紋三郎等も居り、時雨女史、田村とし子と御婦人連も少くない▲かくて御案内致しませうと白梅園の裏木戸口から引つ張られて約二丁、佐竹の原の原の中莚が二十枚ばかり敷た処へ追放（おつぱな）される、前の小山の前へ子供が六人ワイ〳〵とわめいて現はれる——屋外劇場が始まつたの也▲すると井上の画家が落選画を背負つて酔つた心で出て来る、いろ〳〵あつて画家は子供の輪の中へ入つて狂ひ廻る中に画家は酔ひ倒れて了ふ▲時に午後五時過ぎ薄暮漸く迫つて夜に入り舞台も見えなくなると黒い魔があらはれる……▲真暗で一向に見えない、要するに貴夫人ありルビーの指環を烏が啣へて去る、其指環を画家が拾つたのが縁となり貴夫人と画家は恋に落ちる、画家は此の感興から烏を描いて文展に出したが遂に落選をするといふ筋だ▲科白にも仕組にも鏡花式を充分に発揮したもの▲幕がないので終つたのか終らないのか分らない処へ井上が出て先づ今晩は之れぎり今後御ひいきに願ますと云つた、草原に坐つた事とて寒

い事夥しい　芝居は四十五分間しかゝらなかつた（一日、午後六時記）

上演の模様もほぼこれに盡きているので他紙の引用を控えるが、右記事に挙げられた者も含めて、鏡花夫妻以外で判明する観劇者をまとめると（五十音順に）、足立朗々、石橋思案、市川ぼたん、伊庭孝、伊原青々園、岡田八千代、岡村柿紅、小山内薫夫妻、尾上紋三郎、加能作次郎、楠山正雄、久保田万太郎、山宮允、瀬戸英一、竹久夢二、橘弾碁、田中栄三、田村俊子、田村西男、土岐哀果、中内蝶二、中谷徳太郎、名倉聞一、長谷川時雨、原田信造（春鈴）、坂東秀調、松居松葉（大久保二八）、森曉紅、柳川春葉、和気律次郎など、各紙の伝える観客数は区々ながら、総勢二百名を越えていたことは確実である。伊原青々園の評（「井上会の野外劇」（「歌舞伎」162号、大2・12・1）で、観客に触れて「文士や画家が多い。俳優では秀調、紋三郎、ぼたんなど旧派が多くて、新派は一人も見受けなかった。」とあるのも注意を要するだろう。この時期決定的になりつつあった新派凋落の一因が、この井上の試演に対する無関心にも表れていると考えられるからである。

鏡花はむろんのこと、先の観劇者のほとんどは招待客であろうが、これ以外の一般観覧希望者は、事前に井上会の事務所へ会費一円で申込むことになっていた。事務所は「駒込神明町八山本方」すなわち山本有三の自宅である。山本は当時二十六歳、東京帝国大学（文学部独逸文学科選科）の二年生だったが、四十四年二月処女戯曲「穴」を東京俳優学校（後述）の劇団「試演劇場」が初演した際、校長の藤澤浅二郎に紹介されて井上正夫と知合い、同校講師の桝本清や大学仲間の久米正雄らとともに「井上会」を組織し、桝本を舞台監督に、自らも脚本化に加わってこの野外劇を企画運営するに至ったのだった。

彼は上演に先立ち「壬生融」署名で「野外劇場の話」（「演芸画報」7年11号、大2・11・1）、「野外劇場」（「新小説」18年11巻、同）を、「み、ゆ、生」署名で「独逸の野外劇場」（「演芸倶楽部」2巻11号、同）を、と三つの文章を各誌に寄せ、公演の意義の周知に努めている。後年の井上の回想（「身の上ばなし（中の2）」「演劇界」5巻8号、昭22・

12・1）には「日暮里駅から坂を登つて行つた所の渡邊治右衛門さんの邸内（元の佐竹屋敷跡）の松林の中でやりました」「その時の画はたしか久米さんが泥絵具で描いたと思います」ともあり、山本も「井上君の扮する落選画家が背負つて出る烏の絵は、当時英文科の学生だつた久米正雄君が描いたものです」（「井上君と僕」「演芸画報」16年12号、大11・12・1）と述べているので、この野外劇上演に果した久米正雄の役割も特記しておきたい。

しかしながら観劇の者が異口同音に歎くように、この本邦初の野外劇の試みは、まず何よりも上演の時季をわきまえぬ企画であり、また配役を知らされない上演では演技評もままならぬ上に、照明は蠟燭のみで場面が良く見えず、楠山正雄（「野外劇を観る記」「演芸画報」7年12号、大2・12・1）は、上演後原作者鏡花に場面の意図を質してさえいるほどだ。楠山は、井上の「酔つぱらいの身体のこなし」とのしほの「綺麗な声」とを賞しつつ、しかし「いくら「日本では始めての試み」だといつて、あの野外劇そのものはあんまり造作無さすぎた、殆んど「試み」と言ふほどの試みもしてゐない、何でもないものでした。」と断じるのである。

これに対し、当の井上正夫は上演の三か月後に、

> 演（や）ります演ります、今度は時候の好い時分に、何でも花時分にしたいと思ひます。（…）否（い）え昨年のだつて暖かい中に演る心算（つもり）だつたのですが、地方へ出たり何かして時間が無く、何でも演るといつたのですから演ら無ければならぬといふ訳で、諸君に風邪を引かせて了（しま）つたのです。（…）無論脚本の好いのが出来なければ可（い）けないのですが、いやまう野外劇は動きのあるもので無ければ駄目です、「神秘」だなぞといふやつは駄目ですね。
>
> （「新派一人一言 ◎御迷惑な野外劇」「演芸倶楽部」3巻2号 大3・2・1）

と弁明している。上演前に「実は昨年の夏之を催します筈でしたが、先帝御崩去といふ、国民として最も歎かはしい事に遭遇しましたので断然中止」したとの発言（井上「井上会の野外劇に就て」「歌舞伎」161号、大2・11・1）もあるから、「暖かい中に演る心算」におそらく偽りはあるまいが、鏡花の脚本に対する幻滅は決定的だった。当代

の新派劇の画一に飽足らぬ井上が新時代劇協会（明43・11―44・5）の失地を回復すべく試みた野外劇は時宜かなわず、彼はさらに新境地を求め、やがて浅草の連鎖劇へと赴くことになるのだが、井上会の試みに続いて、十一月二十九日玉川電車終点玉の丘遊園地で、井田弦声作「無謀」の上演、さらに翌三年の七月二十五・二十六日には鶴見花月園野外舞台で、ズーデルマン作（小山内薫訳）「テエヤア王」、グレゴリイ夫人作（田中栄三訳）「噂」の野外劇上演とが続いたことよりすれば、決して「紅玉」上演の徒に終ったわけではなかった。

少なくともこの試みが、当り狂言に泥んで停滞する新派劇から一歩を踏み出そうとした井上正夫によって行われ、その演目に「夜叉ケ池」を発表して新たな劇的世界を拓いていた鏡花の書下し「紅玉」が選ばれたことには必然性があったというべきであろう。

その十三 ―「晴衣」（「唄立山心中一曲」）

さらに大正期では、末年十五年八月（五日―十七日）、大阪角座で「唄立山心中一曲」（大9・11）の改題「晴衣（はれぎ）」（二幕）の上演が確められる。『近代歌舞伎年表 大阪篇』第七巻（八木書店、平4・3・31）に拠れば、「自由座」の第一回公演の一番目、宇田六平脚色、出演は藤村秀夫、英太郎、藤山秋美、高田亘、都築文男、東愛子ほかで、典拠の番附を実見していないので、詳細を述べるに至らないが、これを初日に観劇した喜多村緑郎に、

一番目の「晴衣」――中井氏の脚色。――泉氏の「唄立山心中一曲」が脚色されたものである。これは「鞄の怪」「片袖」などといつて、いつてみれば一寸とした小品であつたが、かすかな記憶によつてみると、故高田実の依頼で脚色したものがあつて、それが、故人の死によつて、その本も失はれたものだが、それがこれだと思ふ。

泉氏のものをやる連中ではない。これは云々するまでもないが、まるでその色が出てゐない。

（『喜多村緑郎日記』演劇出版社、昭37・5・16）

との感想がある。「日記」七月二十九日の項に「大阪では、英、都築、藤村で、自由座と名づけた一団を組織し、多田がこれを営むと云ふ」とあり、新派の中堅が新しく一座を構えたので、その成否を見極めるため初日に出かけた喜多村だった。花柳章太郎の場合においてもよく知られるごとく、後進の芸に厳しい喜多村だが、鏡花作品の上場だけによりいっそう容赦がない。「中井氏の脚色」とあるが、前記『近代歌舞伎年表 大阪篇』では、中井泰孝は三番目「小品陳列」（四幕）の作者として出ている。

なお喜多村日記の「故高田実の依頼」云々の件は、大江良太郎「喜多村緑郎聞書」（『新派』大手町出版、昭53・10・1）に、大正三年正月のこととして記されている。「唄立山心中一曲」の先行作「革鞄の怪」の発表は同年二月（「淑女画報」3巻2号）であるから、時期には矛盾がなく、その後原稿は失われたというが、この改作「晴衣」に高田実の遺児亘が出演しているのは何がしかの機縁があるのか、詳しいことは判らない。

「鏡花もの」上演の諸相㈣ ― 予報のみに終った演目 ―

前節では、存命中一回限りの上演を見てきたが、これらの演目のなかには、別に上演の予報がありながら実演に至らなかったものもある。「鏡花もの」の諸相はこうした演目にも及んでいる。

「七本桜」は、先に明治三十九年二月名古屋音羽座での上演に言及したが、これより二年半前の三十六年八月に予報の出たことがある。「新小説」（8年9巻、明36・8・1）の「時報」欄に、

◎泉鏡花氏の旧作『七本桜』は花房柳外氏の手を経て藤澤一座の舞台に遠からず上るべし

とあるのがそれで、右の予報は同日発行の「歌舞伎」（39号）に載る藤澤浅二郎の談話によっても裏づけられる。

この談話は「すの字」(鈴木春浦)筆記「本郷座楽屋訪問記」のうちの一篇で、本郷座上演、菊池幽芳原作「己が罪」の共演者高田実、脚色者花房柳外のそれとともに載った。「己が罪」の医科大学生塚口虎三を演じた藤澤は、不本意ながら勤めた本演目のあとに、「この次は紅葉先生の短慮之刃か、鏡花さんの七本桜かをやる積りです。」と述べている。「東西短慮之刃」は翌八月七日からの東京座興行(一番目狂言、六場)で実現したが、「七本桜」の上演は予報のみで実らなかったようである。

しかし、藤澤の「鏡花もの」上場の意欲は、すでに見たとおり、この年十一月の国華座での「黒百合」(改め「妖星」)で一つの実を結び、さらに翌年九月の本郷座に書下し戯曲を需めて、「深沙大王」を得、演目の都合から、これを差替えた「高野聖」の上演へと、着々歩を進めており、当時大阪に在った喜多村緑郎に対し、東京において鏡花に近かった藤澤の取組みは「鏡花もの」の生成に当って逸することはできない。

藤澤浅二郎(慶応2・4・25―大6・3・3)は京都に生れ、明治二十四年から参じた川上音二郎一座では俳優と作者を兼ねて彼を扶けた副将たる存在だが、一方で御歌所の大口鯛二の弟子として「紫水」の号を以て和歌にも秀で、文学好きの多い新派俳優の中でもその素養は異数であったから、鏡花への傾倒は一入なのであった。

こうした藤澤が「黒百合」「高野聖」に続いて、東上した喜多村と力を合せて鏡花最大の長篇「風流線」に取組んだのが先に見た明治四十年七月の本郷座興行だったわけだが、「風流線」はその舞台である鏡花の生地金沢において上演されようとしたことがあった。

大正二年四月一日の「北国新聞」がそれを次のように伝えている。

◎第四福助座　新派今枝恒吉一座は本日より鏡花作「風流線」十五場を出し花々しく開演すべく安値の勉強芝居なれば大人気ならむ

(「演芸界」同紙大2・4・1付15面)

ところが、翌日には、

◎第四福助座　新派今枝恒吉一座にて昨日開演せしが狂言は都合により俄に搗き替へ第一「怨の名鳥」第二「心中物語」第三喜劇「子宝」を出せり第一は嘗て本紙に掲載して好評を博せる探偵事実談第二も本紙掲載の事実談

（「演芸界」同紙大2・4・2付7面）

とあって、ついに地元金沢での「風流線」上演は予報のみに終ったのである。

一座した今枝恒吉（万延1—昭9）は岐阜県の生れ、このころ載った紹介記事には、

今枝恒吉は随分古い新派の俳優である、十幾年か前に南座に旗印を樹てたこともあるが、一風変つて「社会教育新派劇仏教有無会長」など、叫ぶのが他の俳優と毛色を異にするので、遂に旅から旅に俳優となつてゐるが、細民救助に奔走したり志士の建碑を企てたり、一片の義俠は種々の事業を芝居の傍らに行う（ママ）ので岐阜辺から北陸筋へかけては名物の一座となつてゐる、十幾年の余同じ一座を維持してゐるのを見ても変り者のお俳優様（やくしや）だ

（「たのしみ」「大阪朝日新聞京都附録」大3・6・22付2面）

と出ているほどの人物であり、大正末期には引退して仏門の信仰生活に入ったという（『郷土歴史人物事典〈岐阜〉』第一法規出版、昭55・12・10）。このような義俠に富む経歴の持主であればこそ、金沢での上演を企図する必然性もあったわけである。また、予報の載った四月一日付の「北国新聞」は全十六面「祝北陸線全通」を謳った記念号であり、富山まで通じていた北陸線が七か年の工事を経て直江津まで全通の成った日の新聞である。「風流線」の地元での上演がこの北陸線全通を当込んだ興行であったことは疑いがない。

しかし、金沢出身の鉄道技師水上規矩夫が因循姑息な故郷を呪い、自分の生家跡を金沢の停車場として北陸線を貫通せしめるこの「風流線」を、当地で上演するのには、努力と工夫を要し、また同時に相当の障碍もあったはずで、演目の差替えは余儀ないところであったのかもしれない。

以上「風流線」の予報は一例に過ぎないが、冒頭にも引用したごとく、明治三十年代以降各地に多様な傾向をも

った一座が存立していたのは確実なので、こうした今枝のような「変り者」の「名物」一座を迎える観客の一定の支持もあったことを忘れてはならないだろう。先に興行地としての名古屋の重要性を指摘したが、東京、京阪のみで語られてきた従来の新派研究では見定めがたい「鏡花もの」上演の諸相を明らかにするために、今後各地方での興行の実態調査が求められるゆえんである。

「鏡花もの」上演の諸相㈤ ― 映画というメディア ―

いわゆる「鏡花もの」は、新派演劇の舞台にとどまらず、明治末年以降になると、新興のメディアである映画（活動写真）の世界にその上演の範囲を広げてゆく。

草創期の映画製作の監督は、後の衣笠貞之助に典型的なように、俳優からの転身者も少なくなかった。その一人吉野二郎（次郎トモ）は、前述明治四十四年三月の宮戸座上演「三味線堀」に端役（長屋女房お濱・腰元・職人千吉の三役）として出演している新派俳優だが、のち映画会社福宝堂に迎えられて日暮里の花見寺で撮影を行っていた。彼の語る映画製作の模様は次のようなものである。

私は宮戸座にいた関係から、吉沢商店の撮影所へはよく行きましたが、花見寺は天幕もなく板敷もなく、ただの野天に蓆を敷いて座敷に見たて、背景に書割を使い、太陽の照りつける下で撮影するという、ひどくお粗末なものでした。（…）木下録三郎〔新派俳優〕がよく小劇場の座員たちを契約して連れてきました。大抵の場合は野外撮影で済ませました。舞台を使うとそれだけ費用がかさむからでしょう。（…）浅草金竜館が福宝堂の浅草封切館でしたから、勢いここでの評判不評判が製作方面に影響しました。ご承知の声色のうまい弁士土屋松濤は、伊井、喜多村、河合を初め新派俳優の声色が上手だったので、新派で当りをとった狂言は片っ端から映画に作り、それを舞台同様に土屋が声色を入れて興行したのです。出張先は江の島あたりが最も遠い方で、多くは市川、または鴻ノ台、田端あたりで間に合わせました。

（田中純一郎『日本映画発達史』Ⅰ、中央公論社、昭55・2・20。第二章「創業期」第六節「撮影所建設」の一節）

見る通り、当時の映画は「新派で当りをとった狂言」を手早く撮影し、「声色のうまい弁士」を入れてする興行であって、映画独自の表現には至らず、あくまでも上場舞台の再現がめざされていた。しかもその再現は無声（サイレント）であるから、科白の発声は必要なく、画面に俳優のそれらしい動作や表情があれば事が足りた。新派の中堅以下、大部屋の役者でも十分に務められたのである。

鏡花と映画に関しては、すでに千葉伸夫氏『映画と谷崎』（青蛙房、平1・12・25）中に「泉鏡花作品映画一覧」（以下「千葉一覧」と略記）として示されたのによってその概要をうかがうことができるが、誤記誤植も散見し、以後新たに判明した点もあるので、補正して左に存命中の映画作品一覧を掲げてみる〔作品名・封切日・封切館・製作・監督・内容・出演の順で、判明している事項を記し、数字の上の「＊」は新しく追加したものを示す〕。

［1］「通夜物語」明43・4・15　美音館封切　製作吉沢商店　出演柴田善太郎　＊無名氏作「女の意地」として上映。
＊［2］「瀧の白糸」明43・5・15　富士館・三友館封切　製作横田商会　無声版　全十二場　一四八尺
＊［3］「辰巳巷談」明43・9・15　三友館封切　製作吉沢商店　出演木下吉之助・五味国太郎・木村操・関根達発
［4］「通夜物語」明45・3・1　金龍館封切　製作福宝堂　無声版　全十場　監督吉野二郎　出演山崎長之輔・若水美登里
［5］「通夜物語」大3・9・15　三友館封切　製作日活向島　最大長篇一万余尺
［6］「瀧の白糸」大4・2・14　オペラ館封切　製作日活向島　監督細山喜代松　出演立花貞二郎カ　ノチ深川

扇橋館巡回

〔7〕「通夜物語」大6・3・1　オペラ館封切　製作日活向島　監督小口忠　出演秋月邦武・立花貞二郎・土方勝三郎・大村正雄　説明土屋松濤　ノチ上野みやこ座巡回

〔8〕「葛飾砂子」大9・12・28―30　有楽座封切　製作大正活映　監督脚色栗原喜三郎　発案谷崎潤一郎　撮影稲見興美　舞台主任尾崎庄太郎　出演岡田時彦・上山珊瑚・中尾鉄郎・神部光男・豊田由良子・長谷川清　三巻　ノチ千代田館・武蔵野館巡回

〔9〕「日本橋」昭4・2・1　みやこ座・富士館封切　製作日活太秦　監督脚色溝口健二　撮影横田達之　出演梅村蓉子・岡田時彦・夏川静江・酒井米子・高木永二

〔10〕「瀧の白糸」昭8・6・1　電気館封切　製作入江プロ（新興キネマ太秦）　監督溝口健二　脚色東坊城恭長・増田真二・舘岡謙之助・清涼卓明　撮影三木茂　出演入江たか子・岡田時彦・瀧鈴子・菅井一郎・浦辺粂子

〔11〕「婦系図」昭9・2・22　帝国館封切　製作松竹蒲田　監督野村芳亭　脚色陶山密　撮影水谷至宏　出演田中絹代・岡譲二・飯田蝶子・志賀靖郎

〔12〕「折鶴お千」昭10・1・20　帝国館封切　製作第一映画社嵯峨野　監督溝口健二　脚色高島達之助　撮影三木稔　出演山田五十鈴・夏川大二郎・羅門光三郎・芳沢一郎　＊原作「売色鴨南蛮」

＊〔13〕「稽古扇」昭10・5・8　電気館封切　製作新興キネマ　監督勝浦仙太郎　脚色陶山密　撮影中井朝一　出演伏見信子・田中春男・伏見直江・立松晃・野辺かほる　サウンド版　全十巻　二二八八m　市内新富座・新宿帝国館・麻布新興館・神楽坂牛込館でも封

［14］「瀧の白糸」昭12・2・18　遊楽館封切　製作マキノ・トーキー　監督広瀬五郎　脚色波多健治　撮影藤井春美　出演久松美津枝・大内弘・志村喬

各項、情報の量は区々ながら、千葉氏の挙げた十一作品へさらに三つを加え、十四作が存命中の映画作品となる。明治四十三年より大正六年にいたる八年間に封切られた七つの作品が、「通夜物語」(四作)、「瀧の白糸」(二作)、「辰巳巷談」であるのは、当時までこの三作が舞台における「鏡花もの」の上演回数の首位から三位までを占める「当りを取った狂言」(先引吉野二郎の言葉)であったためにほかならない。

鏡花は後年の梅村蓉子との対談（「一問一答録　泉鏡花と梅村蓉子」「映画時代」4巻1号、昭3・1・1）で「先生のお作で映画になりましたものは？」との問いに答えて、

え丶、私のものは「葛飾砂子」ってのがありますし、もつと前には「通夜物語」と云ふのもあります、(…)柳川春葉が中に入つて、何でもと云ふので撮影しました。何とか云ふ会社です。役者も知りません。最も（ママ）見もしなかつた。

と述べている。この「通夜物語」が［1］［4］［5］［7］のいずれを指すのか判然としないが、出演俳優は中堅以下の下回りあるいは地方廻りの一座の者であって、先に見たような当り狂言の焼直しの即製では、もとより鏡花の意にかなうはずもなかったろう。

［1］は、「千葉一覧」に主演柴田善太郎・實川延太郎とあるが、新聞広告（「都新聞」明43・4・18付4面）を見ると、實川延太郎は同時上映「本蔵下屋敷」という旧劇作品の主演者であるので名前を削った。しかも予告（同4・15付3面）に「通夜物語」とあるものの、封切後の案内広告では「無名氏作　悲劇「女の意地」」と改題されての上映になった。おそらく原作者に無断上演であるのを憚ってのことと考えられる。

［4］は、先の吉野二郎の談話の別の箇所に「連鎖劇で人気をとった山崎長之輔、若水美登里の一派が評判でした。泉鏡花先生の「通夜物語」（明治四五年三月一日金竜館公開）などは、その年の本郷座一月狂言で好評を博したものですが、これを若水と山崎で撮影し、未曾有の大当りをとったものです。」とあることから、監督は吉野二郎であり、また舞台と同様その好評であったことが判る。吉野の談話を載せる前記『日本映画発達史』Ⅰ（173頁）には、本作の相合傘の山崎長之輔、若水美登里を映したスチール写真が収められている。

［5］は、新聞広告（「都新聞」大3・9・16付4面）によって、日活向島の封切館三友館での公開、「新派悲劇」との角書をもつ「最大長篇一万余尺」の作品ということが判るだけで、監督、出演者等は不明である。

［7］は、日活向島の監督の小口忠による作品だが、丁山を立花貞二郎（藤澤浅二郎の弟子）、清を秋月邦武がつとめ、『日活四十年史』（日活株式会社、昭27・9・10）にその大詰の場面の写真が収められている。

［2］は、［1］の封切からちょうど一か月後の公開である。『日本劇映画総目録』（日外アソシエーツ、平20・7・25）には上映館の記載を欠くが、同時期に富士館と三友館の両館での上映が確められる（「都新聞」明43・5・16付4面）。両者が同一作品であるかどうかは判らないものの、この作は二か月後に京都（新京極北電気館）へ巡回している（「大阪朝日新聞京都附録」明43・7・15付3面）。

［6］は、日活向島の製作としては［7］に先んじている。のち市内深川（扇橋館）に巡回しているが、これを観た高梨輝憲（『小名木川物語』私家版、昭62・3〔刊行日記載なし〕）によれば、主演は［7］にも出ている立花貞二郎であったという。

［3］は、今回新たに判明した、現在「辰巳巷談」唯一の作品で、［1］と同じく吉沢商店の製作だが、出演の四名は中堅どころの新派俳優であり、いずれも「鏡花もの」の舞台でそれなりの役をこなしている者たちである。彼らは大正改元後に日活が出来ると、その向島撮影所に移り、五味や関根は女形立花の相手役を勤めるようになる。

大正中期以降では、何といっても大正活映の［8］「葛飾砂子」が目を惹く。従来は、当時の新聞広告（「都新聞」大9・12・27付1面等）にも謳われていることから、同社の文芸顧問だった谷崎潤一郎の「脚色」とされてきたが、監督の栗原トーマス（本名喜三郎）の追悼文で谷崎自身が「「葛飾砂子」の如きに至つては、私が単に原作を読ませ、ざつとした注文を出しただけで、始めから君が脚色した」（「栗原トーマス君のこと」「映画時代」1巻5号、大15・11・1）と述べているのにしたがえば、谷崎の関与は作品の発議提案に止まるということになる。なお、製作に加わった内田吐夢（『映画監督五十年』三一書房、昭43・10・15）に拠ると、鏡花は谷崎とともにロケーション撮影に立会っている。

作品の出来に関しては、これも谷崎が「「葛飾砂子」は、いふまでもなく泉鏡花さんのものであるが」、「殆ど映画といふものを見られないあのひとがご覧になつて、大変結構ですと賞めてもらつたぐらゐだから、おそらく、その後もたくさん映画化されてゐるあのひとのもののなかでも、いまでも映画としては一番すぐれてゐるのではないかと思つてゐる」（「映画への感想」「サンデー毎日」14巻1号〈春の映画号〉昭10・4・1）と述べ、原作者鏡花の与えた高い評価とみずからの自信を示すほどであった。

谷崎の面目は、ひとえにそれまでの「通夜物語」や「瀧の白糸」のような舞台の当り狂言ではなく、未上演の「葛飾砂子」を選んだところにある。「活動写真の現在と未来」（「新小説」22年10号、大6・9・1）で新派に上場されて失敗に終った「高野聖」や「風流線」こそは「きつと面白い写真になる」はずであると述べ、談話「改造を要する日本の活動写真」（「読売新聞」大9・5・9付9面。中央公論社版全集未収録）でも「その何れもがよい場面を持つて居る」鏡花の作物の中で、再び「風流線」の名を挙げているほどの谷崎であるから、「葛飾砂子」を選ぶのに躊躇はなかったろう。新興芸術としての活動写真の未来を確信し、その水準の向上をめざした谷崎において、映画表現はとうてい新派の当り狂言の延長上には無かったからである。また鏡花も、深川を舞台とする出世作「刺青」（明

43・11）を持つ作者によって「深川もの」の「葛飾砂子」が選ばれたことを徳としたにちがいない。

なお「葛飾砂子」は、まず有楽座（帝国劇場経営）で三日間の「特別短期提供」の封切をしたあと、市内の直営館（浅草千代田館・新宿武蔵野館）へ巡回し、さらに大阪神戸へと廻ったことが判っており、この二年後の大正十一年九月松竹キネマへ合併吸収されて短命に終った大正活映の興行形態をうかがう上でも注目される。

以後、昭和に入っての六作のうち［9］［10］［12］はいずれも溝口健二の監督作である。溝口が映画化の許諾を得るため、私淑する鏡花を番町に訪ねて教えを受けてから製作した「日本橋」は、信頼する依田義賢の脚色を望んで容れられず、東坊城恭長らの脚色となった。原作の「日本橋」は初演（大正四年三月本郷座）以来再演が途絶えていたので、明治大正期のような当り狂言の安直な映画化ではなかったけれども、原作に沿うたというより舞台を観るような様式美に彩られた「溝口鏡花もの」の初作となった。

これに次ぐ「瀧の白糸」もまた、舞台を意識させる手法ながら、女性の悲運を物語化して描写する溝口の練達した演出力によって、主演入江たか子の魅力を引出して彼女の人気を不動のものとし、「映画は愛憎の起伏のはげしいドラマとして観客をひきつけ、新派劇を思わせる情緒ゆたかな語り口によって評価され、その年度キネマ旬報選出で二位にあげられた」（登川直樹「滝（ママ）の白糸」『新興キネマ－戦前娯楽映画の王国』財団法人山路ふみ子文化財団、平5・3・30）のである。

今回新たに判明した［13］「稽古扇」は、「瀧の白糸」と同じく松竹傘下の新興キネマの製作で、松竹蒲田の助監督から監督へ昇進して入社した勝浦仙太郎の第一作である。「深川もの」の戯曲である原作を現代に直したもので、「瀧の白糸」がその芸術性の高さによって映画史上に名を残すのに対し、娯楽映画を多産した新興キネマの路線にかなった作ではあるものの、当時の評に「泉鏡花の原作といふ「稽古扇」のどこに原作者の精神があつたらうか。」（岸松雄「稽古扇」「キネマ旬報」544号、昭10・6・21）と評され、原作中もっとも強烈な印象を残す船虫の紋次の死についても「有名なあの毒虫を飲んで自殺する紋次の面影は勿論ない」（「東京朝日新聞」昭10・5・9付朝刊7面）とも言われる程度の出来に止まったのである。

「鏡花もの」上演の諸相㈥ ― 連鎖劇というメディア ―

「鏡花もの」の映画化において大正九年の「葛飾砂子」が期を画す作品であったことは改めて多言を要しないが、「葛飾砂子」までの大正中期には、演劇と映画との混成形態である「連鎖劇」の盛行があった。すでに「湯島詣」の「塗りかへ」の一つ「心中女夫星」のところでも触れたが、その東京における中心俳優井上正夫の語るところによれば、「連鎖劇」とは、

> 要するに、舞台劇の間々に映画を挟んで見せるので、舞台では充分に効果の出し得ない乱闘の場面だとか、追つ駈けの場面だとかを、初日前にロケーションに行つて撮影して来るのです。前の場面が終ると、舞台の前面に白いカーテンが降りて来る。場内の電気がパッと消えて活動写真が映るといふわけです。役者はカーテンの裏か舞台の袖にかくれてゐて、映画に合せて台詞だけ喋るのです。（…）そして活動写真の場面が済むと又カーテンが上り、パッと場内の電気が明るくなつて、次の実演の場面に変るのです。（…）普通の日には一日三回興行でしたが、祭日や日曜などには五回も興行したことがあります。
>
> （「連鎖劇前後」『化け損ねた狸』右文社、昭22・9・20）

というものであった。活動写真（映画）と実演との混合の試みは、右井上の書（「中洲の真砂座」の章）に述べるごとく、彼が松山から上京して加わった伊井蓉峰一座の明治三十七年三月真砂座興行「征露の皇軍」を嚆矢とするが、「連鎖劇」の名をもっての興行は大正期以降に始まる。その沿革については、これまで柴田勝編刊『実演と映画　連

鎖劇の記録』（昭51・3・21）にまとめられたもの以外に、前記田中純一郎の『日本映画発達史』Ⅰの記述に限られていた。近年では研究もより進んで、岩本憲児氏「連鎖劇からキノドラマへ」（「演劇学」31号、平2・1・19）や、横田洋氏の論考（「連鎖劇の興行とその取り締まり―東京における事例をめぐって―」「フィロカリア」25号、平20・3・31、および「連鎖劇とその変容―興行資料にみる大正期の映画と演劇の関係―」神山彰編『忘れられた演劇』森話社、平26・5・21）によってその実態が明らかになりつつあるが、「鏡花もの」については言及されることが少ない。以下に、判明している演目を挙げてみる。

［1］「通夜物語」　大5・4・1―　遊楽館　青柳捨三郎カ

［2］「心中女夫星」大5・10・30―11・10　演伎座　井上正夫・栗島狭衣・秋元菊彌・梅島昇・藤村秀夫

［3］「通夜物語」　大5・11・11―　第一劇場（開盛座改メ）　中村秋孝・静田健

［4］「通夜物語」　大6・1・25―　みくに座　高部幸次郎・小堀誠

［5］「心中女夫星」大6・3・11―　真砂座　若水美登里・花井天女

［6］「婦系図」　大6・3・21―　中央劇場　佐川素経・木下八百子・中野信近

［7］「瀧の白糸」　大6・4・21―　本郷座　梅島昇・木下吉之助

［8］「心中女夫星」大7・7・14―　本郷座　井上正夫・木下吉之助・深澤恒造

［9］「艶物語」　大8・9・10―　大阪蘆辺劇場　天活新旧合同大劇団

京阪神地方や名古屋の調査が進んでいないため、今後も演目の増える可能性があるものの、現在は以上の九演目を数えることができる。

映画の場合と同じく、「通夜物語」がその筆頭で、「心中女夫星」がこれに次ぎ、時期も大正五、六年の連鎖劇最盛期に集中している。連鎖劇は大正六年七月二十日公布の警視庁発令「活動写真取締規則」による規制のため、「映画と舞台劇を組み合わして一つの劇を構成する仕組は防災上から不許可を宣告され、この年〔大正六年〕七月二〇日を限って、警視庁管内の連鎖劇場は一斉に興行を中止した」（前出・田中純一郎『日本映画発達史』Ⅰ。〔　〕内引用者）とされているが、当時の新聞広告を見ると、八月に入っても寿座、宮戸座、世界館は依然として興行を続けており、必ずしも「一斉に興行を中止した」わけではないようである。また警視庁の管轄外である大阪では、大正八年蘆辺劇場での興行もあり、東京とは事情を異にするごとくだが、いずれにしろ連鎖劇の最盛期に当って「鏡花もの」もまた従来の一般劇場での公演以外に多くの観客を動員していたことが確められるのである。

　なお、一覧への記載を控えたが、右の東京での連鎖劇に先んじて、京都での上演の可能性がある演目を報告しておきたい。それは大正四年二月（十四日初日）の京都朝日倶楽部の「夜叉ケ池」の上演である。新聞広告（「京都日出新聞」大4・2・14付5面）を見ると、「第一　悲劇　夜叉ケ池　一幕」の前に、「キ子（ママ）オラマ応用専属男女優出演」の文字が見える。配役は、妻お百合＝神谷玉尾、池の主白雪姫＝伊東梅香、万年姥＝山本胡蝶、木の芽峠の山椿＝庄司雪枝、村長畑上嘉伝次＝瀬川紫浪、祀官鹿見宅膳＝松井春夫、文学士山沢学円＝澤田紫芳、鐘楼守萩原晃＝荒井信男ほかであり（「ゑんげい」「京都日出新聞」大4・2・14付7面）、出演「専属男女優」のほとんどは、前年来新京極大正座興行の男女合同劇出演者に重なる。中でもお百合役の神谷玉尾は、「東京俳優学校の一期卒業生五名、在校生三名および女優十名にて組織した劇団」（田中栄三『明治大正新劇史資料』演劇出版社、昭39・12・1）であった「独立劇場」の京都南座公演（明44・9・10―25）と大阪角座公演（同10・1―15）に出演している女優である。また萩原晃役の荒井信男（明6・8・2東京下谷生れ）は、明治二十九年青木千八郎一座で初舞台を踏み、その後、大同団（青木、佐藤歳三、水野好美、静間小次郎、金泉丑太郎ら）に加わり、同団解散後は自ら一座を組織して北海道に渡って巡業、帰京後は水野の奨励会に入ったのち、「四十年七月本郷座の風流線の時から同座に出勤し爾来高田の門弟となった」（『日本俳優鑑』演芸画報社、明43・3・1）古参の新派俳優、「風流線」での役割は学生宮崎義三であった。先の広告にしたがえば、一幕である点、役名が一致し加役の無い点からして、おそらく原作に忠実な所演とみてよいだろう。

「キ子オラマ応用」の実態をさらに調査する余地はあるが、上演年月の示す通り、従来「夜叉ケ池」の初演とされてきた大正五年七月の本郷座よりも一年半以上早い公演となる。したがって、幻想的戯曲の嚆矢である「夜叉ケ池」の初演が、東京ではなく京都において実現したこと、しかもそれが東京での連鎖劇の上演第一作に先んじていること、さらにオリジナル戯曲の上演としては「紅玉」野外劇に次ぐものであることなど、注目を要する点が多々あり、本朝日倶楽部上演の意義は極めて大きいといわねばならない。

なおまた「夜叉ケ池」に関しては、本作発表の翌年大正三年一月、名古屋の「新愛知」紙上に大橋青波の同題の戯曲「夜叉ケ池」が連載（1・9—2・1。四幕。全24回）され、完結を待たずに一月二十六日から二月二日まで地元末広座で市川左団次・八百蔵一座による上演（中幕の上）があったことも報告しておきたい。

作者青波は、連載初回の「序説」で「近郷に行はるゝ伝説」の「神鬼怪冥」ゆえに「之を主題として書いた脚本も、嘗て公にされましたから、同題も如何かと思ひますけれども、彼れは専ら越前地方の伝説を採つたので全然行方が異ひます」（傍点引用者）と弁じて、美濃方面の伝説に依拠した本作の予告としている。鎌倉時代の或る夏の美濃安八郡を舞台に、夜叉ケ池の大蛇の精（鱗麿）が旱魃の村へ雨を降らせる代りに、里の長者安八太夫の娘を池に迎え入れ、向後紅白粉を池に供えて祈願すれば必ず降雨せしめると約定して終幕となる青波の作は、戯曲というより説話の域に止まるといわざるをえない内容である。

先行する鏡花作には及ぶべくもない作品ながら、新聞連載後の七月には「夜叉ケ池探検隊」を募り、美濃側と越前側の二隊が池をめざした探検記（8・1—8・15）へ、伝説の古蹟を写真入りで連日報道した結果、八月三十一日から帝国座で中村信濃一座による「夜叉ケ池」の再演があった。この一連の報道を載せた当時の「新愛知」の主筆は桐生悠々であるが、かく当地に夜叉ケ池の認知が広まり、同名作の上演が行われたことは、優に鏡花作の余響とするに足る事実であろう。先の鏡花作「夜叉ケ池」京都朝日倶楽部における興行が青波作所演の翌年であるから、両者の関連もまた一考を要する。

*

新派劇の趨勢からすれば、明治末より大正期にかけてはその凋落期であり、明治三十年代後半「本郷座時代」の盛時に比して著しく下降停滞していたが、これに対し明治末年以降に新興した映画（活動写真）や、実演と映画との混成である連鎖劇は、低廉な入場料と頻繁な上演回数によって新派好きの観客ばかりでなく、さらに広範囲の観客を動員することに成功していた。いわゆる「新派悲劇」は舞台劇の模写である活動写真と、その上映に際し俳優の声色をする弁士とによって次々に複製されていった。重要な演目である「鏡花もの」の当り狂言もまたこうした大衆娯楽化の中で普及かつ消費されたのである。大正期の新派の凋落沈滞は、歌舞伎や新劇との関係からのみではなく、以上の新しいメディアの興起との関係にもその因を求めることができるのではなかろうか。

「鏡花もの」上演の諸相(七)　―「ラヂオ」というメディア―

活動写真（映画）、連鎖劇に続く、第三のメディアともいうべきラジオの放送においても「鏡花もの」は上演されている。

放送された劇作品が「ラジオドラマ」という名で呼ばれ、広く普及、受容されていったにもかかわらず、その歴史的な研究は立遅れ、これまで各書の記述が区々で精確を欠く状態が続いていたが、西澤實氏『ラジオドラマの黄金時代』（河出書房新社、平14・3・30）によって、発祥から発展にいたる過程がほぼ確定されたので、以下これに従い概要を述べてみる。

日本初のラジオ（試験）放送の開始は、関東大震災の翌々年大正十四年三月二十二日のことだが、愛宕山東京放送局（ＪＯＡＫ）の本放送開始（七月十二日）までの仮放送の期間中、四月二十九日に「映画せりふ劇」として「大地は微笑む」（井上正夫・栗島すみ子・奈良真養）、五月十日に「放送舞台劇」の「鞘当」（尾上菊五郎・中村吉右衛門・守田勘彌）、五月三十日に「ラジオ劇」の「国定忠治」（澤田正二郎他新国劇）、六月十四日に同じく「不如帰」（花柳章太郎・藤村秀夫）、七月四日に同じく「嬰児殺し」（五月信子・高橋義信）の放送があった。西澤氏によれば、映画、歌舞伎、新国劇、新派、新劇からなる順次の放送編成は「加入者獲得のことも含んで、聴取者各層の観劇傾向に配慮した結果」であるという。

七月十二日の本放送開始日には、記念番組の一つに坪内逍遥作「桐一葉」（中村歌右衛門他）があったが、「ラジオ劇」としては、一週間後の十九日、井上正夫、水谷八重子共演の「大尉の娘」がその第一作となった。この演目は大正六年一月浅草三友館での活動写真（小林商会製）、本郷座での連鎖劇による初演以来の井上の当り狂言であり、新派ものとしては仮放送期の「不如帰」に次ぐ放送である。

さらに八月二十三日には、舞台や映画には無いラジオ放送独自の劇の可能性を模索する、小山内薫、久保田万太郎、久米正雄、里見弴、長田幹彦、長田秀雄、吉井勇、井上正夫らによって「ラジオドラマ研究会」が結成された。メンバーには鏡花に親しい者が多く、中でも久保田万太郎が東京中央放送局の嘱託となった大正十五年十月以降、昭和に入ってから鏡花作品の上演が具体化するのである。

本放送開始後のラジオ劇第一作「大尉の娘」は、ヴィクトル・グレットゲン原作の「憲兵の娘」を翻案した中内蝶二の舞台用脚本を、井上と長田幹彦が放送台本に改訂しての放送であり、先引西澤氏の「ラジオドラマ」を「ラジオのためにオリジナルドラマとして書かれた脚本」による放送、とする規定にしたがえば、厳密には「ラジオドラマ」とは言えないのだが、当時はさまざまな名で呼ばれていて、呼称は定まっていない。以下に掲げる鏡花作品は「大尉の娘」と同じく舞台劇の台本を基本とする「ラジオ劇」としての放送ということになる。

［1］昭3・1・28「日本橋」葛木晋三＝伊井蓉峰、お孝＝喜多村緑郎、巡査笠原・医学士千場＝伊志井寛、お千世＝瀬戸日出夫

［2］昭3・3・27「稽古扇」船虫紋次＝伊井蓉峰、お綱＝喜多村緑郎、お藤＝花柳章太郎、柏木信夫＝石川新水、ごろつき一松＝藤井六輔、川辺旬作＝大矢市次郎、大工長三郎＝小織桂一郎　＊「雁々松」の場のみ。

［3］昭3・8・28「夜叉ケ池」萩原晃＝伊井蓉峰、百合＝喜多村緑郎、山沢学円＝大矢市次郎、与十＝藤井六輔、大蟹五郎＝瀬戸日出夫、白雪姫＝花柳章太郎

［4］昭4・3・25「婦系図」早瀬主税＝伊井蓉峰、お蔦＝喜多村緑郎、声色使＝雪岡光次郎・吉岡啓太郎、万吉＝藤井六輔

［5］昭5・11・29「海神別荘」沖の僧都＝伊井蓉峰、公子＝喜多村緑郎、女房＝村田式部、博士＝菊波正之助、美女＝東山千栄子

＊昭6・8　久保田万太郎、東京中央放送局演劇課長兼音楽課長となる。

［6］昭9・4・27「稽古扇」お藤＝花柳章太郎、船虫の紋次＝小堀誠、地主勘右衛門＝藤村秀夫、大工長三郎＝柳永二郎、その女房＝英太郎、川辺旬作＝大矢市次郎、柏木信夫＝伊志井寛　＊脚色＝喜多村緑郎

［7］昭10・4・28「瀧の白糸」瀧の白糸＝花柳章太郎、村越欣彌＝柳永二郎、大夫元若林＝大矢市次郎、裁判長＝藤村秀夫、南京出刃打＝村田正雄、朗読＝伊志井寛　＊脚色＝川村花菱

［8］昭10・12・26―28「歌行燈」口演＝喜多村緑郎

右の通り、昭和三年から十年まで放送が継続しており、おそらく久保田万太郎がそのほとんどの面倒を見ていたと考えられる。明治大正期の舞台における「鏡花もの」の代表作であり、それを反映して映画化もされた「通夜物語」や同じく上演回数の多い「辰巳巷談」が見えないところに、時代の変遷が如実に表れているといってよい。当時の新派の中心、伊井と喜多村、喜多村の弟子花柳の主演する劇が放送の電波に乗ったのである。就中、［5］「海神別荘」と［8］「歌行燈」は、舞台に先駆けてラジオ放送が初演になっている点、注目される。「歌行燈」は本郷座の舞台の五年前、「海神別荘」は戦後の新橋演舞場が昭和三十年八月だから、それより実に二十五年前の、それぞれラジオ初演ということになるのである。

ともに舞台上演の機が熟さなかったためではあるのだが、その兆しが全く無かったわけではないので、例えば伊井蓉峰は、大正五年一月の「演芸画報」のアンケート（「望みの役々（其四十）」）において「日本のものでは晩年の家康公、鏡花氏の「海神別荘」など」と答えており、作品発表後三年経たぬうちに上演を望んでいるほどだ。この回答はまた、同年七月本郷座所演の「夜叉ケ池」が「海神別荘」に代る演目として選ばれた可能性を示唆する。なお、ラジオ「海神別荘」放送前の十一月二十五、二十六の両日に鏡花自身も愛宕山に出向き、久保田万太郎とともに稽古に立会っていることが、放送で公子の役をした喜多村緑郎の日記（『新派名優喜多村緑郎日記』第一巻、八木書店、平22・7・30）によって確められる。

いっぽう喜多村緑郎の「砧」（『芸道礼讃』二見書房、昭18・3・15）によれば、大正六年「七色珊瑚」（小杉天外原作・真山青果脚色）上演の稽古で喜多流の能役者金子亀五郎から「砧」を習ったおり、上演を考えていた「歌行燈」の話をしたところ、金子もこれを請けて「海士」の仕舞を伝授する手筈になっていたものの、当時「東奔西走、新派多端の秋だつた」ために機を逸し、「終に私は（歌行燈）を出演ることを諦めた」と述べている。喜多村は大正六年以来の宿願を、十八年後の三夜連続のラジオ劇によって果したことになるのである。この「歌行燈」放送当日にも、「海神別荘」の時と同じく鏡花は立会をするため愛宕山に赴いている（『新派名優喜多村緑郎日記』第二巻、八木書店、平22・11・30）。

今後詳しい実態の調査を要するが、新派の沈滞していた大正半ばに、その頭目の伊井と喜多村とがともに新しい演目を所期して果さず、昭和のラジオ放送でこれを実現したことは銘記しておくべきであろう。

「沈鐘」の上演企画と「夜叉ケ池」

泉鏡花の生涯で唯一の翻訳は、詩や小説ではなく、ハウプトマンの戯曲「沈鐘」（*Die versunkene Glocke* 1986〈明29〉.11）であった。登張竹風との共訳である「沈鐘」の成立過程については拙稿（「「沈鐘」成立考—泉鏡花の翻訳について—」「青山学院大学文学部紀要」24号、昭58・1・31）に述べたことがあるが、このハウプトマンの代表作が鏡花に与えた影響に関しては村松定孝氏（「「沈鐘」と泉鏡花」「学苑」278号、昭38・2・1）や松村友視氏（「鏡花戯曲における『沈鐘』の影響」「芸文研究」38号、昭54・2・1）の研究において明らかにされ、「夜叉ケ池」以下、大正期の幻想的な戯曲群の創出に与って大きな力となったことは、すでに定説となっている。

先に「愛火」に触れたところで、明治三十八年四月以前に始まっていた翻訳の作業が二度目の逗子滞在期（明38・7—明42・2）に完了、公にされたことから、この時期の所産である書下し戯曲「愛火」（明39・12刊）や、これも書下しの小説「草迷宮」（明41・1刊）に影を落している点を指摘したが、ここでは本稿の課題である戯曲の上演史の観点から「沈鐘」と「夜叉ケ池」との関係をあらためて考えてみたい。

戯曲「沈鐘」の上演に関しては、本邦初演である大正六年九月の芸術座による歌舞伎座興行（脚本は楠山正雄）

が特記されてきたが、実はこれ以前にも上演の企画があった。この企画に加わった田中栄三『新劇その昔』（文芸春秋新社、昭32・10・30）の次のような条によってそれが知られる。

私は土曜劇場の解散後、北村〔季晴〕氏がハウプトマンの「沈鐘」を音楽劇にしてやりたいというので、藤澤浅二郎校長のハインリッヒで、北村初子夫人のラウテンデライン、北村氏の水の精ニッケルマンにきめて、帝劇に交渉してOKを取つたり、登張竹風、泉鏡花共訳の「沈鐘」を台本に使うので、鏡花さんのお宅へ承諾を求めに行つたりした。鏡花さんはおやりになつても好いが、帝劇は見物をしながら煙草がのめないから、それから先に改良して下さいというので、私はひどく困つてしまつた。この「沈鐘」上演問題は藤澤校長の躰が新派の都合であかなかつたり、いろいろと手違いができて実現できず、遂に通信劇団ということになつてしまつた。

（「千朶山房の森鷗外先生」135頁）

著者の田中栄三（明19・11・3―昭43・6・13）は、東京日本橋兜町生れ、国民英学会英文科卒業後、新派俳優藤澤浅二郎の作った東京俳優養成所（ノチ東京俳優学校と改称）の第一期生となり、新劇の俳優として活躍したが、大正六年日活向島撮影所に入って、名作「京屋襟店」（大11）を監督し、戦後再び俳優に復帰した。新劇に関して、森鷗外からの梗概原稿の提供を受けて成った『近代劇精通』（籾山書店、大2・12・5）、すでに引用した『明治大正新劇史資料』等の新劇に関する貴重な著作を残している。

谷崎潤一郎、久保田万太郎の序をもつ『新劇その昔』は、同題で「東京新聞」夕刊に連載（昭31・11・15―12・31付各5面。12・30／31のみ4面。全47回）した文へ加筆して刊行された体験的、自伝的新劇史で、引用の「千朶山房の森鷗外先生」は単行の際の書下し部分である。

藤澤浅二郎が私財を投じ新派の後継者を作るつもりで開校した東京俳優養成所は、演技指導の講師に招いた小山内薫や桝本清の強い感化を受け、生徒がみな新派ではなく新劇を志すようになった結果、生徒による試演会でも翻訳戯曲が取上げられ、そのうち卒業生・在校生の主だった者が小山内の指導のもと、有楽座で毎週土曜日の午後に近代劇を定期上演する劇団を作った。これが引用冒頭の「土曜劇場」で、明治四十五年三月から一年足らずの短い活動だったが、毎土曜日月四回ないし五回の公演は充分な稽古を可能にし、小山内の指導も奏功して、彼らの取組みは高く評価された。引用した田中の回想は、この土曜劇場の解散（大正元年歳末）の後から始まるのである。彼は別の著書（『女優漫談』聚英閣、昭2・12・20）の中で「私は元来、一度見た芝居は、どんな演出でも、舞台の隅々から、演技の一挙手一投足に至るまで実に瞭然と記憶してゐる性質なのです」と述べているほど克明強記の人物であるから、「沈鐘」上演企画に関する回想も確実なものとしてよいだろう。

引用文末の「通信劇団」とは、新劇団が簇出した大正期初めに「新聞の通信欄に名前と出し物だけ発表して、実現できずにぽしゃる劇団」（『新劇その昔』149頁）のことであるが、この予報のみに終った企画を当時の新聞報で確めてみると、最も早いものは大正二年二月二十四日付「読売新聞」（3面）の「●帝劇の「沈鐘」△四月興行の韻文劇」と題する記事で、他の劇界彙報とともに、

▲暫く休場中であつた土曜劇場は音楽家の北村季晴氏夫妻、岩野清子夫人等と合体して来る廿四日からストリンドベルヒ劇其他の近代劇を演出する筈であつたが、俳優の内に差支を生じて折角の復活劇も一頓挫を来したが、此れと同時に田中栄三、井上、三好等の一派は更に北村氏夫妻岩野清子の外藤澤浅(ママ)次郎をも加へて新団体を作り来る四月下旬帝国劇場に於てハウプトマンの韻文劇「沈鐘」を演(や)る事に目下交渉中であるといふが何しろこの作は歌唱が大部分を占めて居るので俳優で音楽家を兼ねる者でなければ演出出来ない物であるから該団体は北村氏夫妻が中心となつて居るから此点に於ては目下の日本で最も適当な物と見なければならない、而して大凡(おほよそ)の役割は藤澤氏の鑄匠ハインリヒ、北村氏の水魔、初子夫人のローテンデライン等であると、訳本は鏡花氏の物に修正を加へて使用するとか愈々確定の暁には近代劇協会の「ファウスト」と相併んで近来の見物

であらう、

としており、内容に踏みこんで相当に詳しく、ここに鏡花訳を用いての上演であることが明らかにされている。翌月三月十六日付（3面）の続報では、

●愈々「沈鐘」を上場　予て屢々記載せる藤澤浅次郎北村季晴氏夫妻及び俳優学校卒業生の合同せる新劇団にては愈々帝劇と談纏り来月廿八九卅の三日間ハウプトマンの詩劇「沈鐘」を上場する事に決定せるが登場俳優は北村氏夫妻藤澤氏外田中、三好、井上、酒井、服部、青山、大山諸氏及帝劇歌劇部の清水氏外四名の女優と別に一二期生の女優一人出演する由にて背景は梶田恵氏の図案に依る物なりといふ

と、田中栄三、三好今太郎、井上勝、酒井米子、服部省介、青山長次郎、大山新次郎、清水金太郎らの出演者が示された。他紙では、三月二十九日付「都新聞」（3面）でも、

▲「沈鐘」劇　藤澤浅次郎及東京俳優学校出身者と音楽家北村季晴夫婦と合同開演の計画ありしハウプトマン原作戸張（ママ）竹風泉鏡花両氏訳の「沈鐘」は五月下旬帝劇に上場すべしと

と報じられ、同日の「東京朝日新聞」（7面）も、竹風の姓を「戸張」と誤ったところまで全く同一の内容であるから、二十八日に演芸通信社から各紙へ配信があったのであろう。しかし、「読売新聞」はじめこれ以降の各紙に「沈鐘」上演報が載ることは無く、当初の「四月下旬」、続報の「廿八九卅の三日間」から「五月下旬」に至っても実現せず、ついに予報のみの「通信劇団」に終ったのである。

もと土曜劇場のメンバーと合同した北村季晴・初子夫妻は、ともに東京俳優学校の音楽の講師であり、作曲家の夫、声楽家の夫人を中心に興した「演芸同志会」では、明治四十四年六月（九日・十日）有楽座でハウプトマン原作「僧房の夢」を森鷗外の訳により上演、さらに翌年一月（二十二日―二十四日）にも鷗外訳によるイプセン作「幽霊」、ビヨルンソン作「手袋」を上演（鷗外はこの時の公演を家族同伴で観劇している）、北村夫妻以外は田中をはじ

めとする東京俳優学校の有志であった。この二回の公演はいずれも不入りで、赤字を抱えた演芸同志会の活動は頓挫していたが、「沈鐘」上演に当って土曜劇場の面々と合同する機縁は二年前に生じていたことになる。

田中は「沈鐘」の実演に至らなかった主な理由を「藤澤校長の躰が新派の都合であかなかつた」ためとしている。たしかに藤澤は三月一日―二十二日の歌舞伎座（「焼野」の木挽職彌兵衛）のあと、四月三日―二十四日は大阪浪花座（「礎」の栗岡元衛父惣平）、五月十三日―二十七日は名古屋千歳座（「礎」の畠山篤子・栗岡侯爵）に出ていて無理だったのであろうが、原因は俳優の都合もさることながら、「沈鐘」を音楽劇に仕立てることの困難さにあったように思われる。北村季晴は日本人による最初の音楽劇「露営の夢」（歌舞伎座　明38・3）を制作したこの分野の先駆者であり、「読売新聞」報にもあるごとく「目下の日本で最も適当な」人物であった。この「沈鐘」の企画は、おそらく帝国劇場における前年四十五年二月のユンケル作曲「熊野」（出演柴田環・清水金太郎）、同じく六月の松居松葉作・竹内平吉曲「釈迦」（出演清水金太郎・柏木敏）の刺戟を受けてのものであろうが、時機を得ずして失敗に終ったこの両作を乗越えることはなお難しかった。

音楽と演劇との融合を計るという演芸同志会の本旨を実行すべく、当時最良の器である帝国劇場を舞台に、創作劇ではなく翻訳劇として「沈鐘」を選んだ本公演が実現に至らなかったのは残念というほかないが、しかし、このもくろみは「沈鐘」の台本に当時唯一公にされていた鏡花の翻訳を採用したことによって、鏡花自身への反響をもたらすことになった。それはいうまでもなく、「沈鐘」上演予告の出た、その翌月三月の「中央公論」誌上に発表された「夜叉ケ池」である。

先にも述べたように、これまでの研究において、幻想的戯曲の第一作「夜叉ケ池」が「沈鐘」の影響を本格的に示した最初の作品であることは定説となっているが、ではこの作が翻訳完成以後のどの時期にも発表されてよいはずであるのに、なぜ大正二年の三月に発表されたのか、その執筆の必然性についての十分な説明は無かった。

しかし田中栄三の証言にもとづく「沈鐘」の上演企画をここに置いてみるならば、「夜叉ケ池」発表との因果関係が明らかになるはずである。今後鏡花の側の傍証を求める必要はあるが、最初の二月二十四日の「読売新聞」報では、すでに主要な役割のほか相当に具体的なところまで話が進んでいるから、遅くともこの月の初めまでには、訳の使用についての許諾を求める田中の訪問があったのではないかと思われる。三月号のための執筆に許された時間は限られているが、全く不可能な時日ではない。

もとよりこの「沈鐘」上演の企てが「夜叉ケ池」発表の唯一の契機なのではなく、また上演企画を知ってからはじめて起筆したというよりも、翻訳の作業を開始した明治三十八年以来、大正二年にいたるあいだに、漸次執筆の素地がかたちづくられてきた、と考えるのが自然であろう。

そこで、この八年間の素地の作られる道程を、以下の九つの点、すなわち㈠「沈鐘」翻訳の着手、㈡文芸協会賛助員の承諾、㈢『愛火』の自筆広告、㈣自作上演への関与、㈤『遠野物語』の影響、㈥自由劇場のこと、㈦新派凋落の危機感、㈧長島隆二との接触、㈨大正二年という年、からそれぞれ確認してみたい。

㈠「沈鐘」翻訳の着手

まず、起点となった「沈鐘」の翻訳作業について、「沈鐘」の紹介移入を含め、経緯をたどってみる。

わが国で「沈鐘」が「独ハウプトマンの最新戯譚曲（メルヘンドラマ）「沈鐘（フヘルズンケネ・グロツケ）」は五曲にしてファウストのメルジネの意匠を鎔融せしもの」と、初めて紹介されたのは、原作完成の翌月のベルリン初演（一八九六・一二）を伝えた「江湖文学」第四号（明30・3・5）においてであり、上演後三か月足らずでその消息が伝えられたことになる。

ドイツ語からの下訳を提供して共訳者となる登張竹風は、明治三十三年の十月と十二月の「帝国文学」に「ゲルハルト、ハウプトマン」の力作評論を載せて、この作家を初めて本格的に批評紹介した人物である。とりわけ「古今の大作とまでたゝへられ、ゲエテの『ファウスト』とさへ併称せらるゝ」作の「沈鐘」には十二月号掲載文の三分の二を費やしているほどであった。

竹風と鏡花との面識は明治三十五年三月、師の尾崎紅葉とともに、竹風が委員を務める帝国文学会へ招かれた時に始まるが、同い歳の両人の交際の密になったのは、やはりこの「沈鐘」の共訳作業を機とするものであろう。竹風が鏡花へ共訳の話を持ちかけたのがいつであるのか、これを証する資料を欠くが、明治三十八年四月の「新小説」（10年4巻）の「時報」欄に、

▲登張、泉二子の近業　登張竹風子は泉鏡花子と共に現下某珍書の翻案に従事中なるが其脱稿は早くも来る七八月の交なるべしと、蓋し是れ夏季文壇の異響たらん

と記されたのが最初の報である。これに中島孤島が、

登張竹風と一緒に「沈鐘」の翻案にかゝつて居るとか、かゝる筈だとかいふ話だが、結構なことだ、少し頭を新しくしなければ、折角の才物も無慚々々（むざ〱）終つてしまひはしまいかと案じられる。

（「乙巳文壇（近刊雑評）」「読売新聞」明38・4・16付4面）

と作品名をあかし、「新小説」では翌五月号（10年5巻 同5・1）に、

▲登張竹風氏と沈鐘　前号に拘げたる如くハウプトマンの沈鐘は登張竹風氏泉鏡花氏と共にその翻案に従事中なるが目下その稿を急がれつゝあれば意外に早く読者の前に現はるべきか

と続報を掲げたが、作業は難渋し、脱稿に至らぬまま鏡花は七月下旬逗子に赴いた。

この後、三十九年四月八日の竹柏会大会（於華族会館）で「ゲルハルト・ハウプトマン」と題する講演を行った森鷗外が翌五月の「心の花」誌上にこの講演筆記を載せ、「沈鐘」に触れて「此脚本は近い内に春陽堂から某の翻訳で出版になると云ふことであります」と述べている通り、「新小説」四月号に『沈鐘』の近刊予告が載ったものの、

刊行に至らなかったため、春陽堂から十月に出た右講演にもとづく鷗外の評伝『ゲルハルト、ハウプトマン』では、「沈鐘」訳刊行に触れた条は削除されている。

鏡花は逗子滞在中に心身の不調を抱えながら稿を継ぎ、ニーチェ主義の唱導によって高等師範学校教授を依願免官となった竹風の在籍する「やまと新聞」へ連載を開始したのは「婦系図」の連載が終った翌月の四十年五月五日からであった。逗子行きの因となった体調不良もあるが、未知の作業だけに、最初の報から公表まで実に二か年を要したのである。

しかし、翻訳を非難する長谷川天溪の評（「「沈鐘」の翻訳」「太陽」13巻8号、明40・6・1）が出たことも影響し、「やまと新聞」への連載は第二幕までで中絶、春陽堂から原書フィッシャー版（Berlin 1906 S.fischer）に倣った装丁の刊本が出たのは、逗子から帰京する五か月前、四十一年九月二十日であった。年次未詳の竹風宛書簡（下書）に「貴兄が御訳のおもしろさに暑さも忘れ日に夜に勉強いたし」云々と記されているが、この「勉強」を鏡花は逗子滞在中のほとんどに亙って続けていたことになる。「沈鐘」とのかかわりは、思いのほか長いといわなければならない。

(二)　文芸協会賛助員の承諾

ついで確認したいのは、文芸協会との関係である。文芸協会は、演劇のみならず、文学から美術、教育、宗教まで、文化の全般におよぶ革新をめざし、島村抱月の帰朝後、彼を恃む者たちによって、師坪内逍遥の自重を押切るかたちで発足したが、結局は逍遥を中心とする演劇活動に限定されたことはよく知られている。

東儀季治（鉄笛）の筆記になる「文芸協会記録」（松山薫「資料翻刻　前期文芸協会記録」早稲田大学坪内博士記念演劇博物館紀要「演劇研究」13号　平1・12・10）によれば、明治三十八年十二月二十三日の発起人会において、明年二月の発会式（於紅葉館）の挙行とともに、「本日マデニ賛助員ヲ承諾セシ人名」が報告された、そのなかに「泉鏡花」

の名があった。この他、作家としては（記載順に）、小栗風葉、後藤宙外、小杉天外、饗庭篁村、佐佐木信綱、菊池幽芳、広津柳浪らも含まれており、必ずしも鏡花のみが特筆されるものではないが、発足前の呼びかけに応えた三十余名のなかに鏡花がいたことはやはり記録に値するだろう。

発会後に賛助員となった森鷗外、高濱虚子、田山花袋、薄田泣菫（二月）、島崎藤村（四月）、内田魯庵（七月）、夏目漱石（八月）、柳田國男（九月。以上各月の「早稲田文学」掲載「文芸協会記事」の報告に拠る）らは会の成行きを見極めた上でこれに加わった慎重派だと言えようが、七月には喜多村緑郎が賛助員に、深澤恒造、木村周平、児島文衛、佐藤歳三、藤澤浅二郎が会員になっている。新派の役者も発足後に文芸協会の一員となったわけである。幹事の島村抱月が発会式で協会の事業を述べた中に「第一に雑誌発行、是は会員並に賛助員に上げるもので、之は現に発行して居ります」とあるのに従えば、賛助員である鏡花は、毎月発行の「早稲田文学」を読むことができた。同誌によって文芸協会の活動、その中心である演劇運動の実際を逐次知りえていたことになるのである。

こうして、あたかも当時東京を離れ逗子に滞在中であったからといって、鏡花が文壇劇壇の動きから遠いところに身を置いて孤塁を守っていたとする理解の正しくないことは明らかであろう。むしろ離れていたのであればこそ、新しい動向にいっそう敏感であったと考えるべきなのである。

㈢　『愛火』の自筆広告

三十八年末の文芸協会賛助員の承引をふまえてみると、この一年後、三十九年十二月の書下し戯曲『愛火』の「自筆広告」にみられる次のような宣揚の理解もまた容易になるだろう。

現今の脚本に於ける、無味乾燥の稚気と生硬と不調和の欠点通弊を打破して、結構縦横、技巧自在、言々琴線を鳴らし句々世潮に触る、凡そ吾人の言語の如何に壮麗に、霊妙に、幽玄に、凄愴に、はた自然の音律に合うて立処に文たり歌たり得るものかを見よ。閑を貪りて筆を賦し、力及ばずして労を盗む、所謂筋書なるものにあらず。著者多年思を潜め、秘して語らず、興来り、機の熟するを待ちたるもの、此の篇一たび出でて文壇の惰眠を覚し、読者の睡魔を駆らん也。即是生粋の国詩純正なる日本劇、謹で問ふ、今の劇壇に演じ得べきや否やを知らず、彼の劇曲といふは、それ恁の如きものならずや。

大変に強い調子の、力の籠った宣伝文であるが、「愛火」の全八場が、はたしてこの文にいう「即是生粋の国詩純正なる日本劇」とするに足るものであるかといえば、残念ながら否と答えざるをえない。たしかに立石祐山の怒りの象徴たる「天に冲する火」に鏡花の運命的主題の表出は見られるものの、郡司正勝氏（「鏡花の劇空間」「国文学」30巻7号、昭60・6・20）が指摘するごとく「悪人の玄禎・権九郎・お滝など、名前からしてかぶきの典型的人物だし、お雪が、実は伯爵の令嬢だったとするなど、かなりあざとい。そうした趣向の典型は、祐山に極まり、その人物描写はかぶきの頼豪阿闍梨や清玄といった類型にまで墜（ママ）している」からである。

そしてまた、今のところ唯一の上演と目される名古屋歌舞伎座の山岡如萍を迎えた中京成美団は、これを「子は宝」と改題し、主人公とお雪とが兄妹だとする人情劇に変えてしまっていたのは先に見た通り、少なくとも名古屋新派の一座には「今の劇壇に演じ得べき」力とて備わっていなかったのだった。

この時点では、未発表の小説「新泉奇談」を素材とした戯曲にいまだ劇の創意を籠めることができなかったわけだが、実作と宣伝文との乖離が目立つほど、「興来り、機の熟するを待ちたる」鏡花自身の戯曲に対する意気込みは際立っている。

また『愛火』刊行の直前、明治三十九年十月の「新小説」には、「森林太郎氏著　ハウプトマン」に続いて「泉鏡花氏著　新作愛火」と「泉鏡花氏登張竹風氏訳　沈鐘」の三著が並んでいる「春陽堂近刊予告」を見ることができるが、ハウプトマンの本格的評伝、鏡花の初の書下し単行戯曲、そして同じく初の翻訳、それぞれの刊行が謳われたこの広告には、六年後の「夜叉ケ池」の起点が据えられていると言ってさしつかえない。

(四)　自作上演への関与

「愛火」改題「子は宝」の上演は、おそらく鏡花の与り知らぬところであったと思われるが、鏡花が上演を承知していた演目については原作者として相応の関与をしている。その始まりはすでに見たように明治三十七年九月「深沙大王」の代替に「脚本体」の「高野聖」を供した時に求められ、四十年七月の「風流線」にもまた「作者の注文」が認められるのであるが、とりわけ四十一年九月「婦系図」の新富座初演以降にそれが顕著になってゆく。

「新富座所感」(「新小説」明41・11)は、文中喜多村緑郎のお蔦を評して「一体原作では、殆ど菅子が女主人公で、お蔦はさし添と云ふのであるから」、「お蔦だけでは見せ場はなからうと思つたが、舞台にかけると案外で、まるでお蔦の芝居になつたり。」という条のあることで知られる見物評なのだが、俳優の演技を細評する言葉の端端に「芝居道に心得のないもの」の「あとねだり」「我まゝ」と言いながら、相当の注文を出している。同門の親友柳川春葉の脚色であり、また馴染の喜多村が主演する芝居ゆえ、遠慮のない物言いになったのであろうが、原作に無い菅子の顔見せの場面は「開場前にも打合せがあつて」、いったん諒承したものの、見物した上で、やはり不要だった、としているところなど、この時に上演前の相談の行われたことが判るのである。

「婦系図」に続く花柳ものの「白鷺」の初演は明治四十三年四月本郷座であるが、柳川春葉が「孝が五坂に痰呵を切る処も長くなつてゐるので、或所まで泉氏が筆を取つたのを、芝居になるやうに書き直したのです。」(「「白鷺」の脚色について」「歌舞伎」109号、明43・5・1)と言い、伊井蓉峰も同様に「大詰の小篠が死んだ跡へ来て、五坂に痰呵を切る処は泉君が殊に書いたのですが、泉君の好い警句が、白(せりふ)として云へない場合もあつて直してやつてゐます。」(「勝田孝と伊達先生」同上)とも述べているから、鏡花が作中特定の場面を上演用に改訂していることが判明する。喜多村に入門直後でまだ端役だった花柳章太郎は、師匠の小篠の消える場面のテストで舞台に立った姿を「トテモ具合がい、と云つて先生にほめていたゞいた」結果、「前の場のお年をおぶつて出る子守の台詞(せりふ)をふやしていたゞいた」(「「白鷺」の思ひ出―技道遍路(第三十回)―」「演劇新派」7巻2号　昭14・2・1)とも回想しており、もって「白鷺」初演の内実を窺うことができる。

さらに翌四十四年十月の「婦系図」再演(大阪南座)では、初演をふまえて喜多村が「「照陽女学校教室」「待合嬉し野」等が泉氏の立案になつて、静岡の件りも大分氏の手が入つて初演からみるとずつと纏つたものとなつてゐる」(「「婦系図」と十月」「演劇新派」6巻10号、昭13・10・15)と述べるように、初演からさらに進んで、原作の再構成にもまた加担している。

以上はみな、原作小説の上場に当っての関与だが、明治最後の年四十五年の二月には、書下し戯曲「稽古扇」を、このころに新派の興行権を掌握した松竹へ提供するに至る。当時の報に、

▲鏡花氏脚本界の初陣　泉鏡花氏は今回松竹合名社の嘱に応じ明治座二月興行に嵌込みたる脚本に初めて筆を染むる事となりしかば(…)小説「うしろ髪」を根底として座中幹部を活動せしむるやう脚色し「稽古扇」といふ名題で作り自ら稽古場へも来りて監督し居れりと
(「芝居とゆうげい」「都新聞」明45・2・8付3面)

とあるごとく、「深沙大王」が「水鶏の里」の、「愛火」が「新泉奇談」の、それぞれ旧作小説の戯曲化であったのと同じく、旧作「うしろ髪」(明33・7発表)の脚本化ではあるが、松竹の嘱に応じて、しかも結びつきをいっそう強くしていた喜多村緑郎をお藤に当てての書下しであった(成立経緯については、穴倉玉日氏「「稽古扇」考」泉鏡花研究会編『大正期の泉鏡花』おうふう、平11・12・10、に詳しい)。これを観た与謝野晶子は「恋をして居る女の見て居る世界と云ふやうな特別な脚本だと思へば面白い」し、「お藤役者だけで外は皆端役だと思ひました」(「明治座合評」「東京日日新聞」明45・2・23付4面)と、脚本の意図をさすがに正しく見抜いている。

稽古場での鏡花の指導は、先に触れたように、続く五月新富座の「南地心中」でも報じられており、本作は当時新派の女形で、喜多村の「梅」に対し、その華やかさで「桜」に譬えられた河合武雄へ、妖艶なお珊の役を供したかたちになる。絵画性豊かな舞台面がより若い世代に感動を与えたことも先述したので繰返さないが、「南地心中」には「鏡花もの」上演の一つの可能性が示されていた——ただし再演に恵まれず、あくまでも可能性に止まってしまったが——といってよいだろう。

このように、明治末年までの上演をたどってみると、事前の打合せに参与した「婦系図」から、特定の場面を書き改めた「白鷺」へ、さらに興行元松竹の嘱に応じ、特定の役者へ当てて書いた「稽古扇」では稽古場へ出向いての指導が始まり、「南地心中」でも二日間にわたって稽古を付けるなど、四十一年以降、年を逐ってその関与が深くなってきているのは瞭然としている。

もとよりこの時期に小説の創作を疎かにしていたわけではないのだが、それまでのような単なる原作提供者としてではなく、自作の脚色や演出、さらには新派へ戯曲作品を与えるところまで進んで行ったのには、文学ジャンル全体の中で戯曲の占める位置が相対的に大きくなってきた形勢と無縁ではない。

それを測る手がかりが、明治四十三年二月の「歌舞伎」(118号)誌上「一記者」の言に見える。

> 今年ほど、初劇の雑誌に脚本の多く出た事は珍しい。気運が文壇から追ひ〳〵劇界に迫つて行く兆として悦ぶ
> (「劇壇時事」)

この「一記者」の指摘を、雑誌のみならず新聞までに広げて、鏡花「高野聖」上演の明治三十七年以降の新年一月発表の脚本(翻訳を含む)の数だけ挙げてみると、37年＝6、38年＝8、39年＝12、40年＝5、41年＝9、42年＝10、43年＝15、44年＝22、45年・大正元年＝27、2年＝34、3年＝26、4年＝20、5年＝10、6年＝15、となる(以上、改造社版「現代日本文学全集」別巻『現代日本文学大年表』昭6・12・18、をもとに算出)。大正六年までとした

のは、「天守物語」発表の年だからであるが、「歌舞伎」記者の感得、期待した「気運」は明治四十三年以降に漸次高まりつつ大正期に及んで、三年後、「夜叉ケ池」発表の大正二年には四十三年の二倍以上、三十七年の五・六倍以上の数を示して頂上をなし、大正半ばまで続いていることが判る。もって鏡花の上演への関与とその深まりも、こうした「気運」に棹さして進行していったのだと考えられる。

(五)『遠野物語』の影響

「夜叉ケ池」の成立に至る過程で「沈鐘」に劣らぬ影響を及ぼしたものに、「伝説」のモティーフへ直結する柳田國男の『遠野物語』があることはよく知られ、伝説を求めて諸国を歩く主人公の萩原晃に柳田の投影を見ることも許されるほどであるが、なおその周辺に確認しておくべきことがらも残っている。

『遠野物語』の刊行は明治四十三年六月十四日、三百五十部印刷の刊本の第一号を原話提供者の佐々木喜善に呈し、第二号を自家にとした柳田が、これを鏡花へ献呈したことは疑いない。その結果、鏡花はのちに本書の書評の白眉とされるようになる「遠野の奇聞」を「新小説」の九・十月号に載せたのだが、その前、『遠野物語』刊行の翌月の同誌に「津々浦々 選者のことば」として次のような文を掲げていることはあまり知られていない。

此の欄の書簡文、小品など、引続いて、大分久しい事になりましたから、何か趣をかへてみたいと思ひます。就ては「津々浦々」と題を据ゑて、こゝでは、いづれもの方々が御見聞の諸国各県の風俗と髪笄衣服調度から、さて一寸漬物、珍料理、物凄じくも伝へ聞く、(…)風の音も山国と海辺ではお聞きの耳に違ひませうから、そんな事も一興なり、奇談、伝説、たとへば近い頃の彗星でも船頭衆が沖合で、樵夫が深山の樹の空で、見るにつけ、思ふにつけ、心々の話が出ませう。(…)希(こひねがは)くば才子才媛、壮んに寄稿あらむ事を。

(「新小説」15年7巻、明43・7・1)

とあるこの文は、無署名ながら、文体措辞からして、長らく同誌投稿欄の書簡文や小品文の選者を務めてきた鏡花の自筆とみて差支えないものであり、全国「津々浦々」の「奇談、伝説」の投稿の呼びかけは、『遠野物語』を呈された直後の、そして「遠野の奇聞」に先んずる鏡花の直截な反応だといってよい。

また郷里遠野の昔話を提供した佐々木喜善は、柳田と出会うよりも前に鏡花と面識を得ている。佐々木の初めての上京は哲学館入学を志した明治三十八年四月とされているが、三十八年五月三十日付の佐々木宛の鏡花書簡からすると、鏡花が逗子に赴く前、牛込神楽町の鏡花宅を幾度も訪ねていることが判る。佐々木が水野葉舟に伴われて柳田に面会したのは四十一年十一月四日、水野と佐々木との初対面は三十九年十月十七日であるから、それよりも一年半近く早い面晤ということになる。

こうして鏡花は「此話はすべて遠野の人佐々木鏡石君より聞きたり」「鏡石君は話上手には非ざれども誠実なる人なり。自分も亦一字一句をも加減せずに感じたるまゝを書きたり」という序文をもつ『遠野物語』の成立ちを、さながらに感得できる数少ない読者の一人だったのである（ただし鏡花は「遠野の奇聞」で、「鏡石」の号をもち、上京後直ちに親炙した佐々木をただ「土地の人」と記すのみ、両者の間にその後何らかの疎隔が生じていたことを窺わせる）。

とともに『遠野物語』は鏡花がこれを一方的に受容した書物ではなかった点にも注意を払っておきたい。「遠野の奇聞」から一年後の「新小説」（16年12巻）に載った柳田の「己が命の早使ひ」の冒頭に「「遠野物語」に、ああ云つた風な話を、極くうぶのまゝで出さうとした結果、鏡花君始め、何だ、幾らもある話ぢやないか、と云ふやうな顔色（かほつき）をした人が、段々あつたけれども、負け惜みのやうだが、自分は、あれを書いてる時から、あの話が遠野にだけにしかない話だとは思つてゐなかつた」と弁じさせることにもなったごとく、「奇談、伝説」は『遠野物語』によって初めて啓示されたのではなく、文学を湧出させる源としてすでに鏡花の内部にすでに深く湛えられていた。それゆえ柳田の反応を引出したのだとみることができるのである。

㈥　自由劇場のこと

文芸協会発足の三年後、明治四十二年に小山内薫が市川左団次（二代）と組んで興した自由劇場が新劇運動の起点となったことはいうまでもないが、この新劇団の活動は、先述文芸協会の場合と同じように、鏡花あるいは新派と全く無縁なものではなかった。

第一回の試演である森鷗外訳「ジヨン・ガブリエル・ボルクマン」が有楽座で上演された、その当日の「大阪毎日新聞」に次のような記事が載っている。

▲東京で演ずる自由劇場のイブセン劇「ボルクマン」へ河合が出勤の約束であつたのを此方の都合で違約したさうだ、実をいふと平生の興行を措いても出かけるといふ意気があつて欲しい、河合はどうも舞台限りの人らしい、俳優（やくしや）は今も昔も舞台限りで好いかもしれぬが、さてなあ

（「演芸百種」同紙明42・11・28付11面）

さらに小山内薫の妹岡田八千代はその事情を、

第一回上演脚本はイブセンの「ジヨン、ガブリエル、ボルクマン」と言ふ事になつた、此演劇には、初め、新派から河合武雄も参加する筈であつたので、エルラの役をはめる事になつて居たが、開演間際になつて河合の一身上の都合で破約を申込んで来たので、初めに同優の参加を非常に期待してゐた同一座の中には相当憤慨した者もあつて、見物に来たらなぐつて終ふと口外したものさへあつた

（「浅草時代」『若き日の小山内薫』古今書院、昭15・7・9。傍点原文）

とも伝える。当の河合武雄は前記『女形』で、自由劇場の約成って稽古に入る直前、高田実の病気で大阪の新派興行開幕（朝日座カ）が遅れたため、やむなく出演を断念したと述べているが、自由劇場の興行事務を司った木村錦花によれば、この件は河合がお世辞で出ると云ったのを、左団次が真に受けてしまったための行違いだとのことである（戸板康二編『対談日本新劇史』青蛙房、昭36・2・20）。

右の河合武雄の出演違約のみをもってただちに新派とのつながりを言立てるのは軽々に過ぎようが、自由劇場がその出発に当って新派の女形の客演を拒まなかったことは確かであるし、河合のするはずだったエルラは市川莚若、その双生児の姉妹でボルクマンの妻グンヒルドは澤村宗之助、それぞれに女形が起用されての第一回試演だった。この左団次一門の女形の起用は、以後しだいに女優の出演を増やしながらも、最終第九回公演（大8・9・26―30帝国劇場）まで引継がれたのである。

自由劇場は大正改元後の小山内の渡欧（大1・12―大2・8）によって一時中断するが、渡欧の直前、明治年間最後の第六回公演は、四十五年四月二十七・二十八の両日、帝国劇場での「道成寺」（萱野二十一＝郡虎彦作、一幕）と「タンタヂイルの死」（マアテルリンク作・小山内薫訳、五幕）であった。
清姫が蛇になって鐘を溶かしてから二十年後、という設定の「道成寺」を観た仲木貞一は、その感想の中で、

> 此の作に依ると鐘を七巻半にして男も金も鉛のやうに溶かしたといふ恐ろしい蛇体の女は陰になつて居て、其の迷へる女を調服した道成寺の和尚が主人公となつて、其が母の怨霊の為めに女鑄鐘師に子を孕まし遂に精神錯乱を来すのであるが、何だかハウプトマンの「沈鐘」が思出された。
>
> （「自由劇場評」「読売新聞」明45・5・5付3面。傍点引用者）

と述べる。仲木の印象を確めるために、その手がかりを、七か月後に刊行された『自由劇場』（自由劇場事務所、大1・11・24）収録の舞台写真［次頁参照］に求めてみると、大詰、三つの相に分れた鬼女清姫が鐘楼に出現するのを見て昏倒した女鑄鐘師依志子（坂東秀調）に駆寄って這いつくばる道成寺和尚妙念（市川左団次）の姿は、これを「夜叉ケ池」の大詰、鐘楼の前で自刃した百合に取縋る萩原晃の姿に重ねることが許されるような舞台面ではなかろうか。むろん仲木はこの時知るよしもないが、もしかりに十か月後に発表された「夜叉ケ池」を一読したなら、「道成寺」に近いのは「沈鐘」ではなく「夜叉ケ池」であると答えたであろう。

「道成寺」舞台写真
（『自由劇場』大1・11・24より）

当日は舞台の証明が暗く、また原作に対する役者の理解が拙で、多くの観客の不評を買ったこの公演を、おそらく鏡花は観ていないだろうが、「三味線堀」や「朱日記」の発表誌「三田文学」の四十五年四月号に載った郡の脚本「道成寺」ならば嘱目の可能性は皆無ではない。

いずれも傍証を欠く憶測ながら、「鐘」をめぐる「伝説」の再生を企図した郡虎彦の戯曲が「夜叉ケ池」の前年に発表され、自由劇場で上演されたこの劇を観て「沈鐘」を想起した青年のいたことを確認しておきたいのである。

先の文芸協会やこの自由劇場のことにこだわるのは、鏡花と新派とのつながりが余りにも強固だからといって、新派とは違う演劇形態である新劇運動の両輪だった如上二つの団体と鏡花とが全く没交渉であったと考えるのはおそらく正しくないであろうし、劇界の新劇の動きを十分に察知し、その影響や刺戟を受けることがあったはずだと考えたいがためである。

(七)　新派凋落の危機感

すでに述べてきたように、演劇史上の大正期は一般に新派の凋落期とされているのだが、その始まりはいつから

なのか。諸家の説に就いてみると、通史の記述では、

大正年代は、新劇と歌舞伎の挟撃に遭った形で、新派は甚だ振わなかった。やや極言すれば、昭和七年の伊井蓉峰死没直前の大合同を中興の点として、そこまでの二十年間は空白時代と言ってもいいのではなかろうか。

（河竹繁俊『日本演劇全史』岩波書店、昭34・4・24）

とあり、大正期ばかりでなく、「空白時代」は関東大震災をはさみ、昭和に入って伊井蓉峰の死（昭7・8・15）まで続く、とする。さらには、

佐藤紅緑（…）柳川春葉（…）真山青果のような、新派脚本の文学化に尽くした人もありはしたが、大勢は作者・俳優の近代的自覚の伴わないままに、日露戦争後、大きく変動する社会に対応する力を失って、退嬰的な花柳劇や狭斜物、または特殊な風俗劇の袋小路に閉じ込められて、大正期には停滞してしまうのである。

（藤木宏幸「新派劇の展開」『日本文学全史5 近代』學燈社、昭53・6・1）

ともされている。また具体的な演目としては、

〔明治〕四十三年十一月に、中里介山の小説を脚色した「高野の義人」が、すでに「めずらしい大入」といわれている所を見ると、もう凋落の色は濃かったのであろう。この興行は本郷座が松竹の手に入って二回目のことである。

（戸板康二『演劇五十年』時事通信社、昭25・7・5）

と説くのは時期の早い方で、大正二年三月歌舞伎座での大合同「焼野」だとする説（後述、三宅周太郎『俳優対談記』）もあり、両者の間には二年四か月の開きがある。もとより具体的な時日を定めるのは困難だが、前記文芸協会の設立、自由劇場の結成という新劇の勃興に応じて新派の下降が始まったことは動かしがたい。

かてて興行の面からは、明治四十三年の一月に新富座を買収して本格的な東京進出を始めた松竹が、この年の九月に新派の拠点本郷座を傘下に収め、全東京新派俳優を掌握した（城戸四郎編・脇屋光伸著『大谷竹次郎演劇六十年』

大日本雄弁会講談社、昭26・5・15）のに加え、大正期に入ると、大正五年一月に秋月桂太郎、続いて九月に高田実、六年三月に藤澤浅二郎がそれぞれ斃れて、有力俳優が欠けてゆき、歌舞伎を主体とする松竹の興行上の大方針の制約と俳優の不足とで、ついに劣勢を挽回することができなかった。

またこれを新派の側の証言に求めると、

私の生涯を通じて、もっとも不遇であり、将来の希望を失っていたのはこの時である。明治四十三年から大正四年までの六か年は、私の悩みつづけた下積み時代。それが年を経た壮年から今日にいたっても、なおかつ心のアザとして残っている。（…）大阪から帰ってからの東京での公演は順調に続けられた。（…）しかし芝居が順調にゆくに従って、いつしか安住になれ、新派の演ずる芸者がマンネリズムにおちいり、いつも一人の男を二人の女が争うという三角関係の芝居ばかりが続くようになった。（『がくや絣』美和書院、昭31・10・20）

と回顧する花柳章太郎は、さらに、

私がつまり役者になりだしてからの二、三年のうちに、かくも劇界は多彩になつて来たのに、独り新派は、依然として新聞小説の劇化、その他は往年人気を取つたものの蒸し返しに余念がなかつたため、生気を失つてきたことは実際でした。（『女難花火』雲井書店、昭30・6・10再版）

とも述べる。喜多村緑郎入門（明治四十一年）後から幹部昇進（大正六年二月 歌舞伎座）までの苦しい歩み、また役者の伸び盛りの時期がちょうど新派の衰退期と重なっていた花柳の言葉には、余人に代え難い彼の実感が籠っている。師匠の喜多村が大正四年に「此頃になつて、新派が衰微してきたとか、凋落したとかいふ噂さがあるやうですが、私は、私だけはそれは嘘だと思つてゐます。それは全くの噂さで、そんなことはないと思ひます。」（「新派は何うなるか（其四）単に噂さのみ」「演芸画報」2年9号（ママ）、大4・9・1）と述べているのは、師弟の立場上の違いゆえ当然であるが、花柳とは全く対照的な言葉である。

さらに、鏡花と同じように多くの小説を新派の舞台に与えていた田口掬汀は「新小説」（16年8巻、明44・8・1）の「演劇研究号」に「新派劇は衰へるが可い」を寄せ、

> 新派劇は衰亡するだらうといふ予想を僕は持つてゐる――尤も「今日の儘ならば」といふ仮定の下に観てゞある。新俳優の為には此上もなく忌はしい僕の予想は既に事実に現はれてゐるから為方がない、全国に散在する幾千の新派俳優は丁度日暮の山路を辿る老人のやうに、暗い前途を的もなく眺めながら喘ぎ〳〵歩いてゐるのだ。勃興と生気を意味する新の一字は最早彼等の所有でない。

と述べて、衰運を招いた原因を、一度手に入れた地位を失うのを恐れるあまり、演技の向上開発を忘れた俳優の怠慢にあるとする。もとより「衰亡」を願うのが彼の本意ではなく、新派全盛期にサルドウー作を翻案し「祖国」や「熱血」として提供し、また自作小説の上演では「女夫波」（明38・1　真砂座）の井上正夫（橋見英夫役）、「伯爵夫人」（明39・1　本郷座）の河合武雄（ルイズ役）等をもって彼らの出世芸、当り芸を誘掖した掬汀ならではの新派再興のための奮起を促す発言なのであった。

田口掬汀のこの発言は、内部に身を置いていた花柳章太郎の言葉とともに、新派に関わりの深い作者の側の危機感の表れとして看過することができない。なぜなら、如上新派の凋落下降傾向がはっきりしてきた時期は、あたかも前項に見たごとく「婦系図」初演以降の鏡花の自作上演への関与が深まってゆく時期に重なるからだ。つまり鏡花は上演の内部へと立入る過程で、関わりが深くなればそれだけ凋落の実態を目の当りにし、危機感を募らせていったと考えられるのである。また同時にそうした新派的なるものからの脱却の道を模索する必要もあったはずで、大正期に入ってからの幻想的戯曲の創出される必然性はかかってこの点にあったとしてよいのではあるまいか。

ところで、幻想劇の始発となった「夜叉ケ池」発表の翌年になるが、鏡花の動静に関して一つ確認しておきたいことがらがある。

(八) 長島隆二との接触 ― 大正三年の夏 ―

大正三年の七月二十一日、鏡花は箱根に滞在中の長島隆二のもとを訪ねた。いささか長いが、長島が「泉鏡花君」で回想するところを引けば、

多分大正三年の夏だと記憶するが、私は箱根宮の下の奈良屋に逗留してゐた事があつた。その時私は小さな二人の娘と女中を連れて其処の洋館に一夏を過したのである。(…) 此頃の或日突然一人の来訪の客があつた。その来客は実に思ひ掛けなくも泉鏡花君であつた。が、私には鏡花君がどうして未知の私をわざ〳〵東京から訪ねて来て呉れたか不思議でならなかつた。(…) 実は私の末弟は、紅葉先生の門下であつて、永く牛込横寺町の先生の御宅に寄寓してゐた事があつた。(…) 鏡花君は、その紅葉先生の門人である。従つて私の末弟とも頗る近しい関係にあつた。

私はそんな事を想ひ出したので、鏡花君がきつと遊びに来て呉れたものであらうと思つて快く会つて見た。(…) 鏡花君の用事といふのは、わたしが劇界を統一する会社を作つて其社長になると云ふ新聞記事を見たので、その会社に関係を持ち劇作に当りたいと云ふ希望から出たものであつた。

然乍らその新聞記事は間違ひであつた。尤もその当時大谷(松竹)故田村(市村座)故新免(有楽座)の三氏が度々私の処へやつて来、これから劇界を大統一して新会社を作らうと思ふから其社長に適当な人を見付けて呉れと云ふ相談があつた時、それを引受けた事はあるが私が社長になるなぞと云ふ話は間違ひだつた。で、私は鏡花君にその訳を話してやつた。まあそれで鏡花君の用談は済んだ訳ではあるが私は前述した様な事情で君に親しみを感じてゐたので君を引留めた。

(『政界秘話』平凡社、昭3・10・25)

との内容である。長島隆二（明11・11・29―昭15・10・8）は、埼玉県出身、帝大法科卒業後、大蔵官僚となり、大正二年に退官、翌三年から昭和十一年まで四期にわたり衆議院議員に選出され、明治末に桂内閣の総理大臣秘書官を務めた縁で桂太郎の三女キヨコと結婚している。

また文中の「末弟」とは原口春鴻（本名豊秋）のことで、明治三十四年八月三十一日尾崎紅葉に入門を許され、出身地鴻巣にちなみ春鴻の号を与えられた（紅葉「十千万堂日録」）。鏡花斜汀兄弟とも親しく、三十五年夏の最初の逗子滞在にも同行、神楽町の家にもよく出入りし、「草あやめ」（「新小説」明36・7）に「姓は原口、名は秋さん、呼んで女形といふ容子の可いの」と出てくる。紅葉歿後に国民書院を興し、日露戦役に合せて鏡花の「留守宅見舞」、自作「美丈夫」ほか全十三氏の合集『三尺剣』（明37・8・25）等を出版したが、生歿年は未詳で、大正三年当時の消息は確認できない。

この箱根訪問に材を得て、後日鏡花は「紅葛」（「中央公論」大3・12）を書くに至るが（詳しくは岩波書店版『新編泉鏡花集』第五巻、平16・3・24の「解説」を参照）、ここに注目したいのは、鏡花の長島を訪ねた目的である。

右の一件を詳しく報じた「都新聞」の「劇界の黒雲」（大3・7・6―10付各5面）に拠ると、

劇場の大トラストの噂があつてその創立発表は本月下旬と伝へられ明日といひ二三日中といつてゐたが実は内部に少々混雑あり（…）▲新会社の名は　日本演劇株式会社と号し創立事務所を芝桜田本郷町十に設けた（…）此の新会社の中心の人といはれてゐるのは長島隆二氏でその他に実業家が多く首を突つ込むでゐる殊に大浦男の添書書付きで同志会関係の実業家から株の申込が沢山あるべき見込みだといつてゐるが此の点は出来て見ねば判らない　（7・6付）

新会社の設立に関し、屢その名を伝へられた長島隆二氏は弁じて曰く「此の件に就き再三紙上に名が現はれ誤解尠からず甚だ迷惑の次第である同会社には何等関係なく只過般某氏から／▲適当の社長は　なきかと人選を頼まれたれど適当の人を発見せずその旨を回答して置きたるのみであつた」と打消してゐた　（7・9付）とあり、また「東京朝日新聞」の「松竹（まつたけ）と長島氏」（同7・12付5面）では、京都に帰った大谷竹次郎の談として「長島氏の会社は既に事務所迄出来て目下熱心に運動しつゝある模様なり松竹会社も既に二回迄交渉を受け居りされど目下のところ自分から進んで何等かの話を為すが如き事ありては松竹が自己の劇場を持参して売付けんとするもの、やうに誤解さるゝ虞れあり（…）自分は今の所雲行を観望し居りて余り深入せぬようになし居れり」と伝えている。長島は政界で「奇策縦横」「策謀の鬼才として世に謳はる」（『明治大正史第十五巻 人物篇』実業之世界社内明治大正史刊行会、昭5・12・15）といわれたほどの人物であるから「新聞記事は間違ひであつた」（先引『政界秘話』）という彼の言葉の真偽は定かではない。

がそれはともかく重要なのは、鏡花が新聞記事を信じて、同門原口春鴻の実兄という縁のみで、全く面識の無かった長島に会うべく箱根まで出かけて行ったこと、そして用談の主題が「劇界を統一する会社」に、すすんで「関係を持ち劇作に当りたいと云ふ希望」を述べるためだったことである。みずから求めて動くことの極めて稀な鏡花にとって、この箱根行きは彼の内部の衝迫の強さを物語るものであって、それほど「劇作に当りたいと云ふ希望」は切実だった。前年「夜叉ケ池」（三月）以下、「紅玉」（七月）、「海神別荘」（十二月）、「恋女房」（同）と矢つぎばやに発表されたオリジナル戯曲こそ、その強い意欲の証にほかならない。

(九)　大正二年という年

当時の鏡花にこうした意欲と希望を募らせたものは何か。それがひとり鏡花にのみ限らぬものであったことを確めるために、田中純の「小山内薫の坊主頭」の一節を引いてみたい。

自由劇場の最初の成功が、どうしてあれほど当時の文壇人を感動驚喜させたかを知るためには、その頃の文壇人の殆ど全部が、演劇に野心を持っていたという事情を知って置く必要がある。大抵の若い作家は小説よりも先ず戯曲を書こうとしたし、すでに小説家として一家をなしている人でも、一篇や二篇の脚本を試みないものはなかった。正宗白鳥さんのような徹底的に散文的な作家でさえ、いくつかの脚本を力作したほどであった。むろん、新しい劇団もつぎつぎと興った。（…）それがみんな古い歌舞伎劇に代って、日本の舞台を乗り取ろうという意気ごみであったのだから時代はまさに若かったというしかない。

（『作家の横顔』朝日新聞社、昭30・7・10）

この回想にしたがって、鏡花に近いところで挙げてみるならば、小山内薫、市川左団次との親交から、主宰する「三田文学」で三たび（明43・11、明45・4、大3・9）の自由劇場特集号を組んでこれを支援した永井荷風には、戯曲の処女作「異郷の恋」（『ふらんす物語』明42・3）以降、「秋の別れ」（明44・1）、「暴君」（明45・1）、「わくら葉」（同）等の作がある。その荷風の推輓を得た谷崎潤一郎の初めての発表作は「新思潮」創刊号（明43・9）に載った戯曲「誕生」であり、続いて「象」（同 明43・10）、「信西」（「スバル」明44・1）と、それぞれ着想や技法を異にする戯曲を書き分けて才能を存分に発揮した。また久保田万太郎は、小説「朝顔」に続いて荷風に送った戯曲「遊戯」が「三田文学」（明44・7）に載るや島村抱月の賞歎を受け、懸賞応募の「Prolougue」もまた小山内の選によって「太陽」（同・7）に載り、新進作家としての地位を確実なものとしたし、阿部章蔵が初めて鏡花小説の主人公の姓と名を取った水上瀧太郎の筆名で公にしたのは、小説ではなく戯曲の「嵐」（「スバル」明44・10）であった。もって田中の回想の決して無根でないことが知られよう。

自由劇場創立の明治四十二年以降、劇作脚本の数が年を逐うごとに増えていった推移は先に見たとおりだが、その頂上であった大正二年の劇界――とりわけ新劇の世界はどのようなものであったのか。再びその渦中に身を置いていた田中栄三の言葉を『明治大正新劇史資料』から引いてみたい。

大正二年は新劇の最全盛期であった。〝雨後の筍の如く簇生する新劇団〟と新聞の見出しにうたわれた通り、後から後からと新劇団が芽を出して、劇壇に話題を提供した。

大正元年は「有楽座女優劇」「近代劇協会」「とりで社」と、僅かに三劇団の創演があっただけだが、二年の声を聞くと同時に俄然活況を呈した。二月「黒猫座」四月「創作試演会」「美術劇場」五月「吾声会」十月「新劇社」「公衆劇団」十一月「舞台協会」「田端」及び「玉川」の「野外劇」と、この一年間に創立公演をやって名乗りを挙げた新劇団だけでも十指を数えた。その上「文芸協会」の「思ひ出」と「シーザー」（二月、六月）「近代劇協会」の「ファウスト」と「マクベス」（三月、九月）「自由劇場」の「夜の宿」の再演（十月）「芸術座」の「サロメ」と「とりで社」の「ウオーレン夫人の職業」（十二月）と、枚挙に遑のない程公演が続いた。猶その上帝劇や有楽座の「女優劇」明治座の左団次一座などが、普通興行の間に度々新劇を上演したから、新劇ファンは目の廻るような忙（ママ）がしさで、劇場の廊下は押すな押すなの盛況だった。

出し物も沙翁やゲエテの古典から、ショルツやホフマンスタアルの新古典、イプセンもあればストリンドベルヒもあり、ショウ、ワイルド、ゴルキイ、ハウプトマンと、西欧の名作は手当り次第（？）に上演された。百花繚乱、正に翻訳劇の全盛時代で、タケノコ劇団の汚名も物かは、原作を読むより、見た方が早わかりと、劇団も見物も、西欧文化の吸収に、血道を上げたものだった。だが、このブームはこの年限りで呆気なく終った。年が明けると、筍劇団がパタパタと潰れた。新劇は大正三年の初頭から、下り坂に向った。四年、五年と年毎に下火になり、大正八年にはその極に達した。正直な見物がまやかし物に懲りて、新劇に背を向けた結果であった。筍劇団の自業自得であろう。

（「新劇最盛期に簇出した筍劇団」63頁）

当事者の証言ゆえに引用が長くなったが、その実況を伝えて余すところがない。田中の述べた「雨後の筍の如く簇生する新劇団」の新聞見出しは確認できていないが、「読売新聞」の「劇界の新運動」（大2・1・19付3面）と題する記事の副題に「新劇団の続生」の語が見え、帝国劇場歌劇部、土曜劇場、新時代劇協会、近代劇協会、アカネ演劇会、国民劇場等の動向を詳しく伝えている。

　では、これに対して当時の新派はどのような情況であったのか。右記事から十か月後の同紙（11・9付5面）の「多忙なる新劇壇」は、

　往年歌舞伎の塁を摩さんとする素晴らしい景気を見せた新派劇も、今や秋風落漠として観衆の興味は全く褪せ果てその折り〱発表する下題、役割、番附の如きも余り人の注意を引かなくなつた。

と始まり、「それに引き代へて数年前から頭をもたげつゝあつた新興劇が本年に入つては殊に目覚しく活動」、「ために中央の劇壇は古典的な歌舞伎と清新潑溂な新劇とが渦まくかの如き偉観を呈した」として、各新劇団の「群雄割拠の有様」が報じられている。

　また三宅周太郎は、後年、花柳章太郎との対談で次のように述べる。

三宅「(…)新派のケチのつき初めは大正二年三月の歌舞伎座、伊井、河合、高田、喜多村、それに故人揃ひだが、秋月、村田、藤澤、などの所謂大合同で『焼野』を出した時からでしたね。あの大一座が散々の悪評と不入りのため、新派の形勢が忽ち一変し出したのでしたね。」

花柳「え。さうです。それから大正四年の新富座の大一座の『実花仇花（みばなあだばな）』が、脚本のことでもめて、正月興行なのに初日が遅れて中旬になつて漸くあくといふ騒ぎから、愈々新派がいけなくなりました。」

（「花柳章太郎対談記」「中央公論」57年3号、昭17・3・1。のち『俳優対談記』東寶書店、昭24・2・20、に収める）

と、両者は具体的な演目を挙げて、衰微の明徴を認めている。この対談より先、伊原青々園もまた『続団菊以後』（相模書房、昭12・7・27）で、

　とにかく伊井は明治座といふ自分の本城が出来たので、大かたは小勢でそこに出演して居たが、その翌年（大

正二年〕に歌舞伎座で新派の大合同の興行があつて、高田、藤澤、小織、喜多村、河合といふ顔ぶれへ伊井も加はつて『焼野』といふ新作を出した。／それが全く気の毒なほどの不入りであつたは、御大喪後で世間の不景気なのが主因であらうけれど、新派はドン底へ落ちたやうに思はれた。伊井はこれきりで元の明治座へ立籠つたが、無論思はしいことは無かつた。

（「下り坂の新派劇」）

と述べるところがあった。

そして、興行界における大正二年は、何よりも、田村成義が歌舞伎座から手を引き、すでに新富座と本郷座の二座を買収していた松竹大谷竹次郎がこの大劇場の経営に参加することになった年として記憶される。松竹は帝国劇場を当面の目標に、三座で歌舞伎主体の興行を始めたが、帝劇創立（明44・3）以後に定まった「芝翫・八百蔵・羽左衛門の歌舞伎座、梅幸・高麗蔵の帝劇、菊〔五郎〕・吉〔右衛門〕の市村座、そして左団次の明治座と、大正昭和を通じての代表俳優による分布の大勢」（前記河竹繁俊『日本演劇全史』）に変更をもたらすような物故者も出ず、各々の地位、勢力、芸風を維持推進しつつ、いわゆる大正期の「新歌舞伎の時代」を現出してゆくのである。当期の新派、新劇にくらべて最も安定を保っていたのは歌舞伎界だったといってよい。

鏡花の訳を用いた「沈鐘」の上演が企てられた年、そして「夜叉ケ池」発表の年の劇界のありさまは、おおよそ以上のごとくであった。

＊

本節では、大正二年の新劇関係者（モト演芸同志会と土曜劇場のメンバー）による鏡花訳を脚本とした「沈鐘」の上演企画が「夜叉ケ池」発表の直接の契機になったのではないか、との推定を確実なものとするため、明治三十八年の「沈鐘」翻訳着手以降の道程にその徴を求めてみた。

「夜叉ケ池」が「沈鐘」の影響下に成ったことは早くから定説をみているが、なぜ大正二年にいたって発表されたのか、その必然性は挙げた諸要因がそれぞれ糸となり、しだいに織込められて本戯曲の素地を成した経緯によって説明することができるのではあるまいか。この「生地」は決して目の粗いものではなく、約八年の時間をかけて少しずつ織られたものであったからこそ、「夜叉ケ池」にとどまらず大正二年以降の創作戯曲の量産を可能ならしめたと考えられる。

しかも、三十八年より大正二年にいたる八年間は、あたかも新劇の勃興期にあたる。日本の新劇に重要な演目を提供したハウプトマンの代表的戯曲の共訳に従事した時点で、鏡花は後年の新劇からのアプローチを受ける資格を持ちえたことになる。またこの八年間は、鏡花の原作で演目をうるおし、発展してきた新派劇が一頂上に達したのち、団菊歿後の沈滞から復活した歌舞伎と、文芸協会・自由劇場によって勃興した新劇との挟撃に遭って下降をたどりはじめ、やがて凋落を決定的にした期間でもあった。

こうした新派退潮のなかにあって、鏡花は逗子から帰京後の「白鷺」初演（明43・4本郷座）以降、自作の上演への関与をより深めつつ、劇作への意思を持続している。その意思の反映としての創作（オリジナル）戯曲にいわゆる新派的なものが少なく、中心を幻想的な戯曲が占めているのは、新派衰微の劇界の趨勢と決して無縁ではない。

とはいえ、当時の新劇にも鏡花戯曲を上演しうる力が具わっていたわけではなかったが、「沈鐘」上演企画、「紅玉」野外劇の試みなどを通して、新劇の「場」に鏡花を導き入れようとするアプローチが始まっていたし、当の鏡花にもまたこのころに自らすすんで接触を求めた長島隆二の言が正しいとすれば、興行「会社に関係を持ち劇作に当りたいと云ふ希望」があったのである。

これまで、存命中の鏡花と新劇との関係がほとんど考慮の対象とならなかったのは、まず何よりも新派との結びつきがあまりにも強固だったためであるが、次いでは新劇という既成概念が鏡花の劇から隔たること遠かった点もまた与って大きい。

神山彰氏（「「芸道もの」としての新劇」成蹊大学文学部学会編『明治・大正・昭和の大衆文化』彩流社、平20・3・20）は「今では、若い世代には説明抜きで語れなくなってしまった用語かもしれない」と断ったうえで、「新劇とは原作を十分に読解、理解し、演出者の意図を把握し、役者でなく戯曲を重視する等々の、実際にはどこにもいない「純粋観客」を想定して、作品の「本質」を簡潔に表現する「純粋演劇」を目差したジャンルと定義されるかもしれない」とし、このようなイメージは「一九二四（大正十三）年創立の「築地小劇場」以降のそれであり、大正時代も、それ以前の「群小劇団」と演劇史では扱われているが、重要な存在である「近代劇協会」や「新劇協会」等々の「新劇」の雰囲気は、およそ「純粋」なものではなく、随分と違った要素が含まれていた」点に注意を促している。

小山内薫の築地小劇場を新劇の正統あるいは到達とする観点において、風俗大衆劇である新派と深く関わる鏡花は視野から除かれてしかるべき存在となる。しかし、新劇が歩みを始めた明治末から大正初期にかけての時代に立戻れば、多様な「群小劇団」の簇生があったことは、先にも見た通りである。戸板康二（前記『演劇五十年』）は、そうした動向の中から、文芸協会、自由劇場の活動と時を同じくして「藤澤（浅二郎）の俳優学校の系統及び既成の新派俳優によって行われた」公演の団体である新社会劇団、新時代劇協会（井上正夫ほか）、演芸同志会、土曜劇場、新劇場、公衆劇団（河合武雄ほか）等を「新演劇系新劇」と名づけているが、こうした「新劇」団の活動のうちに、鏡花との接点が生じたことを忘れてはならない。

今後、鏡花戯曲の検討に際しては、新派の「鏡花もの」の諸相を明らかにすることはもとより、これを新派に限るのではなく、新劇、歌舞伎を含めた劇界全体の流れとの相関から捉える視点が要請されると思う。

■本章は新稿。ただし一部に「学苑」誌上に連載中の「泉鏡花「年譜」補訂」の記述と重複するところがあり、用いた資料の多くは、第五十七回泉鏡花研究会（平成24年7月21日、於慶應義塾大学）での発表に拠っている。上演の確認に関しては梅山聡氏の御教示を忝くした。

後　記

昭和五十年代当時盛行していた森鷗外の特に歴史小説研究の影響を受けて、卒業論文、修士論文ともに鷗外であった私が、泉鏡花の研究を志すようになったのは、高校時代に「高野聖」と出逢って以来、随一の愛読作家だったことにもよるが、なによりも岡保生先生が大学院の授業で一貫して鏡花を扱ってくださったためである。

知られる通り岡先生は尾崎紅葉研究の泰斗でいられたから、その一番弟子の鏡花の文学を読むのに、これほど恵まれたことはなかった。片山宏行君などとともに演習で読んだのが「草迷宮」であり「芍薬の歌」「由縁の女」であって、「高野聖」や「歌行燈」や「日本橋」でなかったのは私の研究にとってさらに幸いだった。岡先生の烱眼に導かれ、授業のレポートをもとに論文を発表してゆくことが大学院時代のアルバイト――独逸語の正しい意味での為すべき仕事――だった。このほかに読んだ作品では「祝盃」「三味線堀」「南地心中」「国貞ゑがく」「卯辰新地」などがあるが、論文に至っていないのは、ひとえに勉強不足のためである。今後の課題とするしかない。

岡先生の授業では多くのことを学んだ。作品の一字一句を丁寧に、かつ穏やかに味読してゆくことはもとより、引用する文献は流布本や普及版ではなく、必ず初出初刊の原典に就いて確めること、今の流行(はやり)の新視点や用語は移ろいやすく、すぐに色褪せてしまうこと、論文の注はなるべく少なく、本文で読ませるようにすること、これらはみな耐用年数の長い論文につながる訓えであり、すなわち細心精緻な岡先生の学風の基盤であった。調べの手間を惜しんだ安直なその場凌ぎの解釈は厳しく斥けられた。

レポートを論文に仕立てるため、慶應義塾の図書館へ再三通った。図書館の貴重書室は、今の建物になる前は煉瓦造の八角塔の一階にあって、「由縁の女」の自筆原稿を調べに日参していた夏のとある日、夏羽織に袴姿で風呂敷包を提げた野間光辰氏が、そこを斯道文庫と間違われて訪ねて見えたこともあったのを懐しく思い出す。貴重書室のご担当だった田中正之、白石克両氏の御高配に御礼を申し述べておきたい。その後、調査の範囲も広がり、日本近代文学館、神奈川近代文学館、石川近代文学館、泉鏡花記念館でも、館の皆様のお世話になったし、今もお世話になっている。併せて深謝申し上げる。

昭和五十九年七月十日付「読売新聞」（夕刊九面）の「よみうり抄」に、

第1回泉鏡花研究会　14日午後2時・上智大7号館（四ツ谷駅）。青山学院大教授・岡保生氏の講演「鏡花と紅葉」など。

と報じられたその当時、私は長野に居た。上京して急遽司会を務めたあとの懇親会で、東郷克美先生が、長野に居ても研究は出来るのだから、と温かい励ましの言葉をかけてくださったことを今でも忘れない。以後の研究会の歩みは、かつて鈴木啓子氏との対談（「泉鏡花研究の現在」「解釈と鑑賞」74巻9号、平21・9・1）に語ったことがあるので繰返さないが、それまで論文をコピーしては読んでいた方々と直接お話しすることができるようになり、松村友視、田中励儀、秋山稔各氏との交流が始まって今に及んでいる。研究会なればこその有難い縁である。

別の縁あって今の職場に就き、創立者の東明人見圓吉が作られた近代文庫に足を踏みいれ、そこに並ぶ本や雑誌の数数を目にした時は、ほとんど夢心地であった。国会図書館に通っては鏡花作品の初出のコピーを取っていた大学院のころに引きくらべ、目あての一冊のみを見ていたのでは判らない、有機体としての雑誌の相貌を体感できる浄福の時だった。この「時」の恵みがあってはじめて、作品の書かれた時代に立戻って考えようとする、今の私の研究の位置が定まったのである。

泉鏡花という作家のタブローはとうてい出来上らないと思っていたので、論文集の書名を「素描」とすることは早くからの腹案だった。基礎的研究ということごとしい題名を避けたかったからでもあるが、のちに岸田劉生の

「色彩の悦楽は要するに感能の悦楽に終る。美術の事はそれから先の事である。美術にあつては何と云つても素描の深さを第一に知る必要がある。色は深さに至る事は出来ない。深さを会得するには素描を会得しなくてはならない。」（「色彩論」『劉生画集及芸術観』聚英閣、大9・12・10）という言葉のあるのを知って、いささか心を強くした。

その描線をできるかぎり精確にまた濃やかにすべく勉めてきたが、収録論文は発表してから時間の経っているものもあり、文章を整え、表記書式を統一したほか、各篇末尾の「追記」に、発表後に判明したことや、以後の研究の成果などを補った。しかし新たな描線たる書きおろしの論考が、総説「泉鏡花素描」と巻末「泉鏡花と演劇」の二篇に止まったのは菲才というほかなく、また論及作品に偏りのあることも否めない。鏡花世界の探索を「由縁の女」「芍薬の歌」から始めた私はこれまで、明治に厚く、大正昭和に薄い論究の不均衡をしばしば指摘してきた。にもかかわらず、収録論文の明治期のみが膨らんで、大正昭和期の倍以上に及んだのは、まさに天に唾するありさまで、慙愧に堪えない。

この上に見苦しい言訳を許してもらえるなら、私の素描は本書収録のものが総てではないので、鏡花と挿絵画家、鏡花本の造本装丁についてのもの、また今の仕事の中心となっている「年譜」考証なども、望蜀ではあるが、いつの日かまとめて仕切りをつける機会を得たいと願っている。

いまや鏡花研究は国内のみならず、海外でもさかんに行われるようになったが、その先達の一人であるチャールズ井上（Charles shirō Inouye）氏は、日本への留学後に出版した鏡花の評伝（*The Similitude of Blossoms* Cambrige (Mass) and London, 1998）の序文で、私のことを〝careful and hardworking scholar〟と紹介してくれた。むろん過褒の言葉には違いないけれども、〝careful and hardworking〟こそは、年来かくありたいと念じていることであり、チャールズはその目標を指し示してくれたのだと思い、感謝とともに今後を励んで行きたい。

すでに御名前を記した方々、機関のほかに、赤峯裕子氏、穴倉玉日氏、大矢一哉氏、須田千里氏、坂東眞理子氏、東原武文氏、村松定孝氏、湯川成一氏、泉鏡花研究会会員諸氏、青山学院大学図書館、岩波書店編集局、慶應義塾大学三田メディアセンター、国立国会図書館の各位には、折にふれてご教示、ご高配を忝くした。

また、本書カバーと扉とに小村雪岱の『芍薬の歌』表見返しの絵を意匠として用いたが、雪岱の文字の使用とあわせて、御遺族の小村欣也氏のお許しを得たこと、装丁に上野かおる氏の意を盡していただいたこと、平成二十六年度に勤務先の昭和女子大学から特別研究休暇を与えられて、長い間の宿題を果せたこと、ともに記して篤く御礼を申し上げる。

他の仕事にかまけて、本書刊行を具体化できなかったにもかかわらず、辛抱強く見守ってくださり、ようやく上梓に至ったのは、ひとえに和泉書院社長廣橋研三氏のおかげである。その御海容には本当に御礼の言葉もない。

そして最後に、私のわがままを許し、日々の研鑽を支えてくれた家族へ最も深い感謝をささげたい。

平成二十八年　丙申　三月

吉田昌志　識

泉鏡花 著作・書簡 索引

【し】

【す】

【せ】

【そ】

【た】

【ち】

【つ】

【て】

【と】

【な】

【に】

【ぬ】

【の】

【は】

【ひ】

泉鏡花 上演作 索引

人名・書名・事項 索引

【か】

【く】

【さ】

【し】

【す】

【せ】

【そ】

【た】

【ち】

【つ】

【て】

【と】

【な】

【に】

【ぬ】

【の】

【は】

【ひ】

【ふ】

【ま】

【ゆ】

【よ】

■著者略歴

吉田昌志（よしだ まさし）

昭和30年3月 長野県諏訪市生れ。
昭和53年 青山学院大学文学部卒業。昭和59年 青山学院大学大学院文学研究科博士課程単位取得退学。
昭和61年より昭和女子大学に勤務、現在同大学大学院教授。
『泉鏡花“美と永遠”の探究者』（日本放送出版協会）のほか「新日本古典文学大系明治編」14『泉鏡花集』、『新編泉鏡花集』、『鏡花随筆集』（以上岩波書店）等の編著がある。

近代文学研究叢刊 58

泉鏡花素描

二〇一六年七月二五日初版第一刷発行
（検印省略）

著者 吉田昌志
発行者 廣橋研三
印刷・製本 太洋社
発行所 有限会社 和泉書院
大阪市天王寺区上之宮町七-六
〒五四三-〇〇三七
電話 〇六-六七七一-一四六七
振替 〇〇九七〇-八-一五〇四三

装訂 上野かおる

ISBN978-4-7576-0790-3 C3395

近代文学研究叢刊

論集 泉鏡花

泉鏡花研究会 編

A5上製・カバー装・価格は税別

第一集 弦巻克二／田中励儀／秋山稔／手塚昌行／越野格／東郷克美／笠原伸夫／松村友視／高桑法子／吉田昌志／三田英彬／岡保生／村松定孝　二七二頁・六〇〇〇円

第二集 越野格／笠原伸夫／弦巻克二／藤澤秀幸／秋山稔／手塚昌行／須田千里／三田英彬／田中励儀／種田和加子／吉田昌志　二五六頁・六〇〇〇円

第三集 藤澤秀幸／松村友視／須田千里／鈴木啓子／市川祥子／秋山稔／越野格／吉田昌志／田中励儀　二三六頁・五〇〇〇円

第四集 川原塚瑞穂／淺野敏文／森井マスミ／市川祥子／杲由美／野口哲也／松田顕子／清水潤／吉村博任／田中励儀　二四四頁・六〇〇〇円

第五集 植田理子／禧美智章／市川紘美／早川美由紀／川島みどり／市川祥子／金子亜由美／野口哲也／西尾元伸／吉田遼人／森井マスミ／穴倉玉日／吉田昌志／田中励儀　三〇六頁・八〇〇〇円